ЭДУАРД
ТОПОЛЬ
АЛЕКСАНДР
СТЕФАНОВИЧ

Я ХОЧУ ТВОЮ ДЕВУШКУ

Русско-французский
роман-карнавал

Книга первая

Любовные истории,
рассказанные знаменитым
московским плейбоем
Александром Стефановичем
Эдуарду Тополю
по дороге из Парижа в Лион, Милан,
Монте-Карло, Вильфранш-сюр-Мер,
Жюан-Ле-Пэн, Канны и Ниццу

ИЗДАТЕЛЬСТВО
МОСКВА
2000

УДК 882-054.72-31 Тополь
ББК 84 (2-Рус) 6
Т 58

В оформлении обложки использована репродукция
картины американского художника Чейси Чена

Тополь Э., Стефанович А.

Т58   Я хочу твою девушку: Русско-французский роман-
      карнавал: В 2 кн. Кн. 1. — М.: ООО «Фирма «Издатель-
      ство АСТ», 2000. — 464 с.

ISBN 5-237-04592-8

Сенсационный роман «Я хочу твою девушку» — результат совместной творческой работы писателя Эдуарда Тополя и режиссера
Александра Стефановича. Действие разворачивается во Франции,
Швейцарии, Германии и других странах. Захватывающая интрига,
невероятные приключения поразят воображение даже самых иску-
шенных читателей и заставят поверить в то, что многим кажется
невозможным.

УДК 882-054.72-31 Тополь
ББК 84 (2-Рус) 6

ISBN 5-237-04592-8

ПОСВЯЩЕНИЕ А. СТЕФАНОВИЧА:

Фредерике, Наташе, Анюте, Юлии, Ксюше, Долорес, Свете, Джейн, Олечке, Сарре, Ире, Нине, Доменик, Маше, Натэлле, Мишель, Кате, Элине, Оксане, Ю-Ю, Анжелике, Наире, Алене, Фариде, Нонне, Жене, Лейле, Ларисе, Паскаль, Веронике, Татьяне, Сандрине, Марине, Наоми, Лене, Джоан, Гале, Антуанетте, Юми, Любочке, Асе, Гузаль, Инне, Лере, Бернардетте, Жанне, Юкико, Лине, Марте, Клод, Соне, Элеоноре, Лиде, Мари, Алле, Клео, Надежде, Тине, Натали, Гульнаре, Вере, Яне, Набиле, Снежане, Анук, Рите, Владе, Тамаре, Нане, Марте, Лиле, Астрид, Каролине, Ивонне, Эвелине, Линде, Тоне, Мэгги, Ламаре, Миле, Урсуле, Розе, Олесе, Ганне, Джулии, Лайме, Уме, Ким, Габи, Росите, Мануэлле, Кристине, Каталине, Ребекке, Ю Лан, Эмили, Ванде, Беатрикс, Даше, Николь, Мариам, Вике, Мерилин, Джильде, Альбине, Екко, Насте и всем остальным моим любимым девушкам — прошлым, настоящим и будущим.

ПОСВЯЩЕНИЕ Э. ТОПОЛЯ:

Сыну Антоше и жене Юле, которые все понимают.

Книга первая

ЭПИГРАФ А. СТЕФАНОВИЧА:

Pétri de vanité il avait encore plus de cette espèce d'orgueil qui fait avouer avec la même indifférence les bonnes comme les mauvaises actions, suite d'un sentiment de supériorité, peutêtre imaginaire*.

Александр Пушкин

ЭПИГРАФ Э. ТОПОЛЯ:

Нужно научиться не льстить никому, даже народу.

Стендаль

---

* *Проникнутый тщеславием, он обладал сверх того еще особенной гордостью, которая с одинаковым равнодушием побуждала его признаваться как в своих добрых, так и в дурных поступках, вследствие чувства превосходства, быть может, мнимого (фр.).*

ЧАСТЬ ПЕРВАЯ

ГОРЯЧАЯ ДЮЖИНА

— Кто знал о вашем приезде во Францию?

— Только один человек — мой друг Александр Стефанович. Но его подозревать нелепо — он был в машине со мной; если бы нас перевернули, мы погибли бы оба.

— Подумайте еще раз. Может быть, вы еще кому-то звонили, говорили, назначали встречу?

Я подумал, открыл свою деловую папку, извлек лист бумаги и протянул Кену. На листе было напечатано по-английски:

Мсье Кену Гайленду,
Генеральному секретарю Интерпола
(по факсу, срочно, лично)

Дорогой Кен,
утром 26 марта по дороге из Парижа в Ниццу хотел бы заехать к Вам на несколько минут повидаться и подарить свою новую книгу, которая только что вышла в Нью-Йорке. Будете ли Вы в Лионе в этот день?

Ваш Эдуард Тополь

Оценив мой черный юмор, Кен усмехнулся:

— Моя секретарша вне подозрений. А кроме нее и меня, ваш факс никто не мог увидеть. Но дело не в этом. Просто мы не можем исключить возможности повторения покушения. А я не могу дать вам охрану, у меня нет — как это по-русски? — силовых отделений...

— Силовых структур, — поправил я.

— Да, конечно.

Я всегда завидовал людям, говорящим на двух языках, а Кену я соответственно завидовал втройне — он знал шесть языков и сейчас с увлечением, как он мне сказал, учил китайский.

— Но мы сделаем так, — продолжал он. — Напишите мне об этом инциденте официально, и тогда у меня будет повод предупредить полицию на всем вашем пути. Они тут, на континенте, такие бюрократы... Кстати, каким путем вы едете в Ниццу?

— Ну, каким? — пожал я плечами, отметив про себя эту неизбывную в британцах высокомерность к континенту. Кен уже пятнадцать лет руководит Интерполом и живет в Лионе, но французы остаются для него «они» и «тут, на континенте». — Мы поедем по А-6, через Бургундию и Прованс.

— Смените маршрут. Поезжайте через Италию.

— Ничего себе крюк! Завтра в Ницце у нас встреча с кинопродюсером.

— Тем более. Жизнь стоит некоторых затруднений. Пишите. — И Кен положил передо мной чистый лист бумаги.

— По-русски или по-английски?

— Лучше по-английски. Русская оккупация здесь была давно и недолго — в 1813 году.

Теперь я должен был оценить его юмор. Я написал:

Г-ну Кену Гайленду,
Генеральному секретарю Интерпола

Довожу до Вашего сведения, что сегодня, 26 марта 1999 года, в 14.10 по местному времени на 284-м километре дороги А-6 Париж—Лион на меня было совершено покушение — «опель» 4×4 «пикап» темно-зеленого цвета с замазанными грязью номерами трижды атаковал сзади автомобиль «БМВ», в которой я ехал с кинорежиссером Александром Стефановичем. Только чудо и высокое шоферское мастерство мсье Стефановича помогли нам избежать гибели.

Эдуард Тополь

— У вас есть телефон в машине? — спросил Кен.

Я кивнул и через стол протянул ему мое заявление. Если час назад устрашающий инцидент казался нам с Сашей выходкой какого-то придурка-шофера, то после того как Кен показал мне расшифровку оперативного перехвата телефонных разговоров по сотовой связи, ситуация перешла из разряда дорожного приключения в жанр криминального романа. Только теперь речь шла не о выдуманных мною персонажах, а о моей собственной жизни. В оперативке было сказано:

МСЬЕ КЕНУ ГАЙЛЕНДУ. ИНТЕРПОЛ. СРОЧНО. СЕКРЕТНО.

Сегодня в 08.24 в районе аэропорта Орли по ключевому слову «Интерпол» зарегистрирован секулярно-телефонный разговор по-русски, который в дословном переводе звучит так:

«...Ну, я подошел к ним, когда этот режиссер встречал Тополя. Я встал совсем рядом. Режиссер спросил: «Может, все-таки заедем в Париж? Хоть на пару часов?» А Тополь сказал: «Нет, сразу в Ниццу, но по дороге — в Интерпол к Гайленду. Он ждет меня». Сейчас они оба на парковке в подземном гараже садятся в черный «БМВ» с номером «371-KVL75». Так что встречайте.

Должен признаться, что сочинять такие тексты куда занятней, чем читать их о самом себе в кабинете Генерального секретаря Интерпола. Особенно после до озноба свежих воспоминаний об «опеле», который на спуске к реке пытался со всего разгона врезаться сзади в наш «БМВ». Казалось, ему ничего не стоило сбросить нас под откос или в Сону через ограду моста. («Саша, в чем дело?» — заорал я после его первого удара, когда наша машина отлетела от клыкастого переднего бампера «опеля», как футбольный мяч от удара Пеле. «Он идет на таран, снова...» — сказал Саша, глядя в боковое зеркало. «Почему?!» — «А хрен его знает!» Саша до упора выжал педаль газа, и лишь способность 525-го «БМВ» с ходу переходить в форсированный режим и мгновенно набирать сумасшедшую скорость позволила нам буквально выскочить из-под «опеля» — как зайцу, удирающему от волка в мультике «Ну, погоди!». Только в жизни этот мультик продолжился такой погоней, что у зайца по имени Эдуард Тополь вспотели спина, задница и даже уши...)

— Оставьте моей секретарше номер вашего мобильного, — сказал Гайленд, провожая меня к выходу из кабинета. — И подумайте, кому вы забегали дорогу. Так по-русски?

— Перебежали, — сказал я.

Но думать я стал о другом. Стефанович ждал меня под уличным навесом кафе у Лионской оперы, и за эти десять минут, что я ехал к нему на такси из Интерпола (озираясь, нет ли поблизости машины со снайпером... хотя вряд ли... они не будут убивать меня возле Интерпола...), — за эти десять минут мне нужно было решить, говорить Саше об интерполовской оперативке или нет. Одно дело — пережить дорожный инцидент и забыть его, как выходку какого-то психа, которого Саша, сам того не заметив, подрезал на шоссе, и совсем другое — знать, что за нами идет настоящая охота.

— Старик, мы едем в Милан.

Саша поднял на меня глаза:

— С какого хрена?

Но, даже глядя в его изумленные серо-голубые глаза, я не решился сказать правду и произнес как можно небрежней:

— В Милане сейчас Ростропович, он ставит там оперу, и завтра у него день рождения. Будет клево заехать вдвоем и поздравить. — И, сев за столик, открыл меню. — Что ты ел?

— Ты знаком с Ростроповичем?

Судя по его интонации, от этого факта мой вес в его глазах мог удвоиться.

— Мы на ты, — сообщил я скромно. — Только нужно его предупредить, что мы заедем. Дай телефон.

Саша достал из кармана «Эрикссон», однако и в жесте его, и во взгляде еще было сомнение. Которое я, конечно, предпочел игнорировать. Взяв телефон, я нашел в своей телефонной книжке фамилию «Rostropovich».

— Постой! — спохватился Саша. — А как же продюсер? Мы опоздаем...

Я отмахнулся:

— От Милана до Ниццы часа четыре езды. Утром выедем пораньше и будем у твоего продюсера. Зато выпьем с Ростроповичем!

Кто откажется выпить с Ростроповичем? Саша умолк, а я набрал десятизначный миланский номер. На мою совершенно дикую удачу буквально после второго гудка послышался знакомый хрипловатый голос:

— Алле...

— Слава, это Тополь. Я тут недалеко, в Лионе, и хочу заехать, поздравить с наступающим...

— А когда ты будешь?

— Секунду, сейчас скажу. — Я глянул на Стефановича: — Саша, когда мы будем в Милане?

Саша в раздумье сложил губы трубочкой и качнул головой из стороны в сторону.

— Ну, вечером, поздно...

— А точней?

— В девять, не раньше.

— К девяти приедем, — сказал я в трубку.

— Это рано, — ответил Ростропович. — Понимаешь, я сейчас иду на репетицию, а в семь — в гости. Но не уходить же оттуда в девять. Приезжай к десяти. У тебя есть мой адрес?

— Только парижский.

— Ну, запиши...

Я записал, попрощался и, возвращая Стефановичу телефон, сказал:

— Он ждет нас в десять. Извини, но придется разорить тебя еще на бутылку «Московской».

— Да уж... — деланно сокрушился Саша. — Одну бутылку начальнику Интерпола, вторую Ростроповичу. Так мы далеко не уедем.

Только так мы, может быть, и уедем от киллеров, подумал я, но опять струсил сказать ему правду.

— May I have an onion soup and expresso?* — попросил я гарсона и повернулся к Саше: — Слушай, давай перейдем внутрь кафе.

— Почему?

— Не забывай: я прилетел из Флориды. Мне тут зябко, я могу простудиться.

Конечно, это было полное вранье, день был не по сезону теплый, весенний, отчего все столики на улице были заняты обрадованными ранней весной французами и туристами, а внутри кафе не было ни души. Но сидеть на виду у всей площади и

---

* Можете принести луковый суп и кофе? (англ.)

13

ждать, когда неизвестно откуда на тебя накатит очередной «опель» или мотоциклист с «калашниковым» в руках, было выше моих сил.

Саша показал гарсону, что мы переходим внутрь кафе, и снова заказал свой любимый «тэ ситрон». Этот чай с лимоном он выпивал на каждой остановке.

— Как прошла твоя встреча в Интерполе?

— Это была отмазка, — ответил я, изо всех сил заставляя себя не смотреть в окно. — Понимаешь, я же начал писать второй том «Русской дивы» — о римском периоде нашей эмиграции в 78—79-м годах. Во-первых, читатели просят, а во-вторых, так было задумано еще двадцать лет назад, до отъезда из России, — эдакое еврейское «Хождение по мукам». Первый том — «Любожид», то есть исход из России, второй — дорога от Бреста до римского аэропорта Леонардо да Винчи, а третий — наши первые приключения в Нью-Йорке. Причем мой римский период был совершенно классный — пять месяцев полной нищеты, даже без пособия, и на фоне дикого взрыва терроризма тех лет — похищение Альдо Моро, «Красные бригады», «Черные пантеры», коммунистические митинги по всей Италии, покушение на Папу Римского. И в этом море красного безумия, когда даже итальянские монашки шли по виа Венето с транспарантами «Мы хотим, чтобы нам давали мясо два раза в неделю, как в СССР!» — десять тысяч еврейских эмигрантов, только что сбежавших из советского мясного «рая». Со своими совковыми разборками, с первой русской мафией, с агентами КГБ и ЦРУ, с крушением и завязкой личных судеб. А какие персонажи! От великой Беллы Давидович до красавца Баткина, первого «крестного отца» русской мафии, которого зарезали его же бандиты во время воровского суда в лесу под Римом. А я буквально за месяц до этого был у него в гостях, записал на магнитофон всю его жизнь... Короче, несколько месяцев назад Кен Гайленд обещал сосватать меня в свое римское бюро, чтобы я собрал там материалы по терроризму тех лет. И я уже сговорился с ним на апрель, но ты со своим кино сломал мне все планы. Теперь я должен был хотя бы заглянуть к нему, чтоб не выглядеть болтуном...

За окном не было ничего подозрительного — огромная площадь с гигантским водоемом, из которого струи фонтанов хлещут по воспаряющим над водой бронзовым коням, вокруг поток машин и автобусов с туристами, какие-то студенты с рюкзачками и фотоаппаратами, а за крохотными столиками под навесами уличных кафе сотни разморенных теплом лионцев, занятых луковым супом, печеными улитками и прочими французскими деликатесами. Это успокаивало. Или я просто загаваривал сам себя? Но представить, что эту лениво-обжорную атмосферу вдруг разрежет автоматная очередь, звон разбитой витрины кафе и мой предсмертный хрип, было совершенно невозможно.

Я сорвался, сказал нервно и громко:

— Блин! Мне когда-нибудь дадут мой суп?!

Суп, как ни странно, тотчас и явился — на подносе у гарсона в глиняном горшочке, накрытом хлебной лепешкой:

— Мсье... — сказал гарсон, ставя его на стол.

— *Thank you*, — буркнул я успокаиваясь. — То есть мерси.

Но какого хера меня хотят убить?

Читатель, знакомый с творчеством данного автора, впервые встречает мат **в авторском тексте,** *но что поделаешь — в смертельно опасных ситуациях и писатели подчас переходят на жаргон своих персонажей. Впрочем, поправимся:*

Но какого черта меня хотят убить? Кто и за что?

Нет, видите — «чёрта» тут совершенно недостаточно. А **вот на хрена я приехал в эту грёбаную Францию?** *— это совершенно точная постановка вопроса...*

Телефонный звонок прозвучал среди ночи; я решил, что это Москва.

— *Кэн ай спик ту мистер Тополь?* — сказал мужской простуженный голос.

— Говорите, — промычал я спросонок.

— Старик, это Саша Стефанович. Ты меня помнишь?

— Угу...

— А который у вас час?

— Второй.

— Дня или ночи?

— Ночи, Саша.

Наверное, в моем голосе появились ноты, по которым Саша понял, что звонить через океан в Майами, чтобы узнать, который у нас час, могут только очень близкие люди. А мы с ним последний раз виделись лет двадцать назад, еще до моей эмиграции из СССР.

— Извини, старик, — сказал голос. — Я звоню по делу.

Я молчал. Звонить среди ночи без дела было бы странно.

— Ты меня слышишь?

— Да, Саша.

— Мы давно не виделись, и я не знаю, в курсе ли ты моей биографии. Я поставил в России семь художественных фильмов... — Саша гулко кашлянул мне в ухо, — извини, я слегка простужен. Так вот, сейчас я живу в Париже и работаю для французского телевидения. И тут появился продюсер с проектом «Love International» — любовного сериала на национальном материале всех народов. На Россию падает одна неделя показа, то есть пять серий любви по-русски, которые буду делать я. И предлагаю тебе написать сценарий.

— Саша, спасибо. Но я уже двадцать лет не писал для кино.

— Ерунда! Я читал твои романы, они написаны как большой сценарий, их можно снимать хоть завтра.

— И у меня больше нет любовных сюжетов, они все ушли в «Русскую диву» и «Новую Россию в постели».

— Старик, сюжетов у меня полно. Я тебе расскажу на сто серий!

— Тогда зачем я тебе? Напиши сам или возьми французского сценариста в соавторы.

— Эдик, о чем ты говоришь?! Что француз может написать о русской жизни? Ты знаешь Россию, к тому же французы не хотят связываться с московским сценаристом. Им нужен западный «профи», а я видел твои книги и в Париже, и в Германии. Сколько книг у тебя вышло во Франции?

— Пять.

— Вот видишь! Я хочу работать с тобой. Ты, блин, непревзойденный мастер интриги, мне нравится динамика твоей прозы, легкая, с иронией, манера изложения. Это как раз то, что обожают французы. И если это будет присутствовать в нашем фильме...

Кто сможет отказать после такого града комплиментов? Но будучи опытной жертвой кинематографа, я все же спросил:

— Саша, а что там за шум? Ты откуда звонишь?

— Я из «Бан-душа».

— Откуда?

— Из «Бан-душа». Раньше здесь была баня с душем, а теперь это самая тусовочная парижская дискотека. Сплошные модели и знаменитости.

— А который сейчас час в Париже?

— Шесть утра. Почему ты спрашиваешь?

— Саша, сколько тебе лет?

— По-моему, я лет на шесть-семь младше тебя. А что?

— И ты до шести утра в дискотеке?

— Естественно. Поэт Леня Дербенев — помнишь такого? — говорил: проблема не в том, что тело стареет, а в том, что душа остается молодой. Значит, так, Эдик... — В голосе у Саши появились командные интонации кинорежиссера, давно мною позабытые. — Я понимаю, что ты в работе, пишешь очередной шедевр...

— И нянчу сына. Ему семь месяцев.

— Тем более! Я не хочу вторгаться в твою жизнь как снег на голову. Поэтому я тут наговорил на магнитофон несколько сюжетов и пришлю их тебе на пленке. Для затравки. А ты послушаешь и решишь. Диктуй свой адрес.

Я продиктовал.

— Майами? — удивился Саша. — Но ведь я звоню по нью-йоркскому номеру.

— Это называется «call forwarding», Саш. Телефонная станция автоматически переводит твой звонок на мой флоридский номер.

— Вот суки!.. — И Саша опять закашлялся. — А какая у вас погода?

— Тридцать по Цельсию.

— Тридцать чего?

— Тепла, конечно. А в Париже?

— У нас минус два, но здесь это хуже, чем минус двадцать в России. Ну ладно, старик, пока!

Я положил трубку, укачал проснувшегося сына, сказал прильнувшей ко мне жене «спи» и уснул, согретый Сашиными комплиментами. А на рассвете, когда сын, по своей младенческой манере, разбудил нас в шесть с копейками, спросил у нее:

— Кто-то звонил ночью или мне это приснилось?

— Конечно, приснилось, — хмуро ответила жена. — Ты можешь сказать своим московским друзьям, чтобы они перестали звонить по ночам? Или я буду выключать телефон...

Я взял сына на руки и вышел с ним на балкон. С высоты двадцать первого этажа открывался вид на прибрежные пляжи, зеленую гладь Атлантического океана и рыжее солнце, возникающее за загибом океана к Кубе и Багамским островам. Но еще горели уличные фонари на струящейся вдоль берега Коллинз-авеню, сияла неоновая реклама ночных кабаков и тлели огни в тридцатиэтажных башнях жилых домов. Флорида, как гигантский корабль, медленно вплывала своим восточным бортом в новый день. Только поселившись здесь, на вершине одного из стеклянно-бетонных колоссов, я наконец воочию убедился в том, что земля вращается под солнцем, а не наоборот.

Но, глядя на зеленые пальмы, горячее солнце и первых собачников в шортах, трудно было поверить, что где-то есть замерзающий Париж, утопающая в снегах Россия. Это казалось нереальным, как ночной звонок насчет французского любовного сериала.

Однако уже назавтра в пять тридцать утра — новый звонок. На этот раз снизу, от секьюрити гарда — портье и охранника.

— «DHL» привез вам срочный пакет. Можно впустить?

Сын заревел в люльке.

Чертыхаясь, не попадая ногами в шорты и гадая, кто мог прислать мне пакет по самой дорогой и экстренной почтовой связи, я пошел открывать дверь.

Это был пакет от Стефановича. Я понял, что, как говорят американцы, he minds business, он человек дела. Но какие сюжеты он мог прислать? Сделав до эмиграции семь фильмов, я хорошо помнил, что режиссеров нельзя подпускать к бумаге, а все их поползновения к сюжетосложению нужно убивать в эмбриональном состоянии, иначе дело обернется катастрофой, как с половиной моих картин.

После парного заплыва с сыном в океане я сдал его жене, а сам нехотя вставил прибывшие из Парижа кассеты в магнитофон и включил пленку. Вот что на ней было:

— Дорогой Эдик! Сейчас ты услышишь несколько историй из моей жизни. Поскольку в них фигурируют подлинные и подчас весьма известные люди, прошу, чтобы, кроме тебя, ни один человек эту пленку не слушал. Конечно, в сценарии мы изменим все фамилии, но сейчас я, чтобы не путаться, буду рассказывать, ничего не меняя. Итак...

ИВОННА

— Старик, это одна из самых романтических историй в моей жизни. Расцвет брежневского застоя, я работаю на «Мосфильме», снимаю кино про заграничную жизнь. И там действие одного эпизода происходит в отеле. Поэтому съемки идут в вестибюле гостиницы «Интурист» на Тверской, а по-старому — на улице Горького. Причем следующим образом. Оператор с камерой должен лежать на движущейся по полу тележке и снизу, на фоне потолка, люстр и витражей, видеть лица актеров, которые разговаривают, направляясь к выходу из отеля. Но перед съемкой я, как режиссер, лег вместо оператора под камеру, чтобы через объектив увидеть игру актеров и сделать поправки.

И вот везут меня на тележке, все, конечно, перед ней расступаются, я смотрю в объектив на актеров, слежу за их игрой — все нормально. И вдруг — стоп! Камера останавливается, как споткнулась, и я вижу, что надо мной уже не актеры, а божественной красоты девушка с совершенно фантастическими ногами и в высоченных ботфортах. Я думаю: это мираж, это я насмотрелся фильмов Антониони, таких женщин не бывает вообще, а в СССР тем более. Отвожу глаза от объектива и вижу, что надо мной действительно стоит роскошная двадцатилетняя красавица в шубе из соболя, и от нее исходит аромат каких-то невероятных духов. То есть она, войдя в отель, не уступила, как все, дорогу камере, а, по праву своей красоты, ждала, когда мы ее объедем. Или дорогу ей уступим. Я понял, что она иностранка, и говорю:

— Скъюз ми, леди, у нас тут киносъемочка происходит.

Она спрашивает:

— А вы кто?

Я говорю:

— Я тут самый главный, кинорежиссер, а фильм у нас как раз про вашу иностранную жизнь, и мне, кстати, нужна ваша консультация...

Какая к черту консультация, чего? Я ее впервые в жизни вижу и не знаю, кто она такая. Но она отвечает:

— Хорошо, I'll be happy to help you, буду рада помочь вам.

Я говорю:

— Тогда, будьте любезны, сядьте вот здесь, в баре, у нас еще час до конца съемки, но отсюда вам все будет видно. И когда мы закончим съемку, я задам вам несколько вопросов.

Она говорит «хорошо», садится в баре, заказывает себе какой-то коктейль.

А я, конечно, тут же перестраиваю всю композицию сцены, и мы уже ездим исключительно вокруг этого бара — во-первых, чтобы ей было лучше видно, а во-вторых, чтобы мне ее не упустить. И мне уже наплевать на то, попадет в кадр красивая люстра или не попадет, мне лишь бы с ней не потерять контакт. И в течение всего часа между нами происходит эдакий молчаливый диалог взглядами, потому что я все время показываю ей глазами — мол, еще пятнадцать минут, еще один дубль. А она отвечает глазами: ничего, ничего, не спешите. Но помимо этого текста, еще один, внутренний, — то, что называют «ангел пролетел». То есть какая-то волна взаимной тяги до обалдения. Ну, и едва закончилась съемка, я тут же — в бар. А надо сказать, что я и сейчас плохо говорю по-английски, а тогда вообще знал десять слов из школьной программы. И вот я подсел к ней, она говорит: задавайте ваши вопросы. А я не могу свой вопрос сформулировать на английском языке. То есть вопрос-то у меня есть, он самый главный и всегда стоит, но я же не тот мужик, про которого в записных книжках Ильфа сказано, что он не знал нюансов родного языка и поэтому сказал прямо: я хочу видеть вас голой. Я, как интеллигентный человек и с высшим кинематографическим образованием, не мог пойти по этому пути. Поэтому начал с таких общих фраз, как «Вы первый раз в Москве?». Она говорит: «Да». Я говорю: «Как вам нравится Россия? Интересно ли вам? Вообще, какие у вас планы? Может быть, я покажу вам Москву?» Она отвечает: «Yes, I'll be very grateful».

Мы вышли на Горького, сели в мой грязный «жигуленок» и поехали на Ленинские горы. А это зима, ноябрь, одиннадцать вечера. На Ленинских горах она посмотрела со смотровой площадки на ночную Москву — такую унылую, малоосвещенную — и спрашивает:

— А сколько тут населения?

Я говорю:

— Ну, наверное, миллионов десять.

— А у нас, — она говорит, — во всей стране меньше.

— Это в какой же стране?

— В Швейцарии.

— Да? А зачем вы сюда приехали?

Она говорит:

— А я начиталась русских писателей и решила посмотреть эту загадочную Россию. Куда здесь можно пойти? В какой ресторан, клуб, дискотеку?

Я смотрю на часы — 12 ночи. А тогда в моде был такой анекдот. Ночью человек стучит в ресторан, а швейцар говорит: «Пошел вон, все закрыто!» «Извините, — говорит посетитель, — очень хочется выпить, можно хоть на минутку зайти?» «Иди отсюда, тебе сказали! Все закрыто!» Но посетитель снова стучит: «Извините, последний вопрос. А где здесь ближайший ночной бар?» Швейцар на него смотрит как на больного и отвечает: «В Копенгагене!»

Так вот это был как раз тот случай. Я ей говорю: у нас сейчас все закрыто. Она говорит: you're crazy! Я соглашаюсь и говорю: йес. И вообще, говорю, у меня для моей страны есть хорошее название. Она говорит:

— Какое?

— «Крэзи Раша».

Она хохочет:

— И что же «крэзи» вы можете предложить?

— Все.

— Что все?

— Садитесь в машину, я покажу.

И с этой смотровой площадки заезжаю в какую-то аллейку, где мы начинаем безумно целоваться — с ходу, без всяких разговоров! При этом она скидывает свою роскошную шубу и — что меня потрясает — полностью раздевается! В машине! В «Жигулях»! А потом натягивает на ноги свои высокие сапоги — ботфорты, которые по тем временам на меня произвели немыслимое впечатление, и мы предаемся любви на откинутых сиденьях, в страшно неудобной позе, в автомобиле «Жигули» первой модели. Причем взаимному счастью нет предела! Хотя мы сказали друг другу десять фраз, и то половину не поняли из-за моего плохого английского. Но любовь как бы возникла сразу, просто осенила нас своим крылом!

И вот, представь, роскошная обнаженная девушка лежит на сиденье, поднимает свои волшебные ноги кверху и начинает мокрыми и грязными подошвами сапог выкладывать какой-то рисунок на потолке моей машины. Ну, ты же помнишь, что такое для нас машина в те годы! Я за нее все свои постановочные за первый фильм заплатил! И конечно, другой девушке я бы за тот рисунок голову оторвал. Но тут это было так непосредственно, очаровательно и смешно. Я говорю: что это? Она говорит: «Итс май презент ту ю». Но самое потрясающее во всей этой истории то, что, когда я пытаюсь отвечать ей по-английски, она говорит: «Стоп, плиз! Сэй ит ин рашн!» То есть вообрази: мы занимаемся любовью, я говорю с ней по-русски, и она балдеет от русских слов, не понимая ни одного из них! Причем я могу заменять эти слова и говорить самые грубые, могу болтать все что угодно, а она торчит от звуков русской речи, просто сходит с ума!

Короче, у нас безумная любовь, и на следующий день, утром, я мчусь за ней в гостиницу, хотя у меня в это время на «Мосфильме» съемка. Но я сажаю ее в машину и говорю:

— Хочешь посмотреть самую крупную в Европе киностудию? Ты видела когда-нибудь, как делается кино?

Она говорит:

— Нет, никогда. У нас в Швейцарии, по-моему, вообще нет киностудии.

Привожу ее на «Мосфильм», в павильон, где я должен снимать сон одного из заграничных героев своего фильма — сон, в котором он видит, как душат женщину. И ассистенты приводят мне какую-то актрису, одетую и загримированную под иностранку. Ну можешь вообразить, как в ту пору наши гримеры и костюмеры представляли себе иностранок! Как они ни наряжали актрису, а она все равно была похожа на Нюшку из пивной! И я от стыда перед истинной иностранкой за свою великую Родину начинаю орать, вы, мол, хоть посмотрите иностранные журналы, как там люди выглядят! А эти несчастные костюмерши начинают плакать и говорить:

— Да где же их взять-то? Мы их в жизни не видели! У нас же ничего, кроме журнала «Польский экран», не продается! Мы думаем, что так выглядят иностранки.

Я говорю:

— Нет, они выглядят вот так! — И показываю на Ивонну, которая, конечно, ни фига не понимает, что происходит.

И тогда второй режиссер мне говорит:

— Так ее и надо снимать!

Я говорю:

— Конечно! Ивонна, снимай шубу!

Она раздевается.

— Садись сюда!

А она все не врубается. Она же пришла только посмотреть и вдруг оказывается в центре внимания, ее начинают гримировать. Я говорю:

— Нет! Не трогайте ее! Ничего с ней не делайте! Пусть она будет такая, как есть! Только тон наложите.

Короче, она снимается в эпизоде фильма, что, конечно, ей страшно нравится. А потом мы с ней едем к художнику Брусиловскому, у него роскошная мастерская, проводим вместе какой-то безумный день, потом второй... Я уже вообще не являюсь на «Мосфильм», бросаю все съемки, вожу ее по каким-то дачам, студиям художников, подпольным ресторанам. И вот третий день — последний день ее пребывания в Москве. И вдруг в десять вечера она мне говорит, что ей нужно купить водку. Я говорю: зачем тебе водка? Я, говорит, должна сделать подарок своему мужу, купить ему десять бутылок водки. Я говорю: это невозможно. Она говорит: то есть как невозможно? Я говорю:

— Ну, невозможно, понимаешь? Уже десять вечера, а у нас «афтер сэвэн водка — капут, нот фор сэйл».

А тогда и правда после 19 часов водку не продавали. Она говорит:

— Крэзи Раша!

А я думаю: где же достать? Десять бутылок даже в ресторане не продадут, побоятся. И вообще, я впервые слышу про ее мужа. Но если она говорит: «I *must* bring him ten bottles of vodka!» — то, наверно, у них отношения какие-то серьезные. Must — это я даже со школы помнил — высшая степень обязанности.

И везу ее в гастроном на Смоленской площади, который, если ты помнишь, открыт до одиннадцати. А там, конечно, водка стоит на прилавке, но не продается. Ивонна говорит:

— Вот эти бутылки хочу.

Я говорю:

— Это нельзя купить, итс нот фор сэйл.

— Почему? Everything for sale!

Я говорю:

— Это у вас, капиталистов, все продается. А у нас только до семи часов!

Короче, мы идем к директору магазина, я показываю свои мосфильмовские «корочки», говорю, что это моя актриса-иностранка, звезда европейского кино, завтра уезжает в Швейцарию, ей нужна водка, у них там проблемы с этим продуктом. А тот говорит:

— Десять бутылок?! Да вы что! Ее не пропустят через таможню!

Я говорю:

— Это уже не ваши проблемы! Держите билеты в Дом кино на американский фильм, держите деньги...

И вот, представь себе, эта швейцарская богиня в сияющих сапогах-ботфортах на вот таких каблуках, в роскошной собольей шубе и во всех своих бриллиантах спускается со мной в какой-то темный подвал, в какую-то сраную подсобку, и нам заворачивают «Московскую» водку в газету «Правда», прячут эти бутылки в коробку от макарон, и мы выходим счастливые, и она меня целует и говорит:

— Спасибо тебе за подарок моему мужу!

Тут, надо сказать, я упустил один момент, который очень важен. Когда мы с ней знакомились, она сказала: «Меня зовут Ивонна Зельдмахер». И как-то так смотрит на меня с любопытством. Но мне до лампочки — Зельдмахер или Зельднахер, мало ли смешных фамилий! Главное, как она выглядит под этой фамилией, верно? А она говорит: «Ты никогда не слышал эту фамилию?» «Нет, — говорю, — а что?» Она говорит: «Ну и замечательно, поехали твою Москву смотреть». И так она все три дня была для меня просто Ивонна. А потом этот последний день, она должна уезжать из отеля «Интурист» в двенадцать дня. А у меня с девяти съемка, но я, конечно, звоню на студию, говорю второму режиссеру, что у меня серьезный конфликт с автором сценария, необходимо переписать диалоги, вы, мол, пока выстраивайте массовку и репетируйте, а я после двух подъеду. Короче, навешал всем лапши на уши, а сам — к «Интуристу».

Приезжаю, а моя Ивонна уже сидит в интуристовском автобусе вместе с другими швейцарцами из своей группы. Но — видит мою машину, выскакивает и начинает со мной безумно целоваться. Прямо на улице, перед гостиницей и на глазах у всех своих земляков, которые просто балдеют от этой сцены. Кто-то из них улыбается, кто-то аплодирует, и вообще такая доброжелательная атмосфера. Но тут из гостиницы выбегают гиды нашего «Интуриста» и начинают оттаскивать меня от Ивонны, а ее тянуть в автобус. Я говорю:

— Вы куда едете? В Шереметьево? Я повезу ее на машине. Они говорят:

— Ты с ума сошел? Ты вообще отдаешь себе отчет, кого ты собираешься везти?

Я говорю:

— Это моя подруга.

— Какая подруга? — орут. — Пошел вон!

Начинается перебранка, и вдруг я вижу, что эти гиды смотрят уже мимо меня и глаза у них просто вылезают из орбит. Оглядываюсь — и что же?

Сзади, за моей спиной, на мостовой, где стоит моя машина, Ивонна в своей роскошной шубе и сияющих сапогах стоит на коленях перед моим «жигуленком» и на его боку, покрытом слоем грязи и снега, рисует огромное сердце и пишет: «I want you!» То есть под крики гидов «убирайся отсюда! вон!» она расписывает мне всю машину: «Я хочу тебя...»

Ясное дело, тут же собирается толпа наших аборигенов и смотрит на Ивонну во все глаза. Потому что она как бы не замечает ни своей шубы, ни ботфортов. Если ей нужно сесть в снег или в грязь, она садится. Свободный человек...

Но все-таки гиды оттаскивают ее от моей машины, суют в автобус, приказывают шоферу ехать, и я, забыв про все дела, еду сзади. А она — на заднем сиденье автобуса, машет мне оттуда, целует стекло, рисует на нем сердце и те же слова — «I love you, I want you». И так мы едем до Шереметьево. Приезжаем в аэропорт, там опять безумная сцена прощания, гиды пытаются оттереть ее от меня, но она их чуть ли не бьет своей сумочкой, прорывается ко мне... Слезы, она рыдает у меня на шее и не хочет идти в самолет... Потом эти швейцарцы и стюардессы все же отрывают ее и уводят, а один из гидов мне говорит:

— Откуда ты, сука, взялся?

Я говорю:

— А что?

Тут они все подходят ко мне:

— Кто такой? Документы!

Я говорю:

— Какое вам дело, кто я такой? Вы сами-то кто такие? Что вы лезете в личную жизнь людей?

Хотя я-то уже понимаю, кто они такие. Они говорят:

— Это не личная жизнь. Она приехала на пять дней и первые два дня была паинькой, а потом как с цепи сорвалась. Но теперь понятно, где она шлялась! Ты нам, сука, всю работу сорвал, мы тебе покажем, кто мы такие! Мы тебе такое устроим!..

Я говорю:

— Ага! Сейчас! Если вы ее проворонили, то вас вообще надо гнать с работы!

И так мы расходимся, но номер моей машины они, конечно, успели записать. После чего мне на студии тут же отказали в поездке по США, куда ехала делегация «Мосфильма». Но зато я начинаю получать письма из города Берна. Я никогда в жизни не получал таких писем! Они были в роскошных конвертах, на голубой бумаге с ангелами, а наверху золотом, да еще с глубоким тиснением было написано ее имя «Ивонна Зельдмахер». Даже сама по себе бумага была произведением искусства. А еще там были всякие лирические слова, причем письма приходили сразу по три-четыре и со всякими укорами насчет того, что я ей не пишу.

Я понял, что наша почта мои письма просто не выпускает из страны, а ее письма пропускает ко мне через соответствующие инстанции. Потом я получаю заказную бандероль, а в ней золотой «Паркер» с гравировкой: «My beloved director! With this pen you'll sign $1.000.000 contract!» — «Мой возлюбленный режиссер, этим пером ты подпишешь контракт на миллион долларов!» А пятое письмо пришло вообще странное — такой большой фотоплакат. И на этом плакате были нарисованы Ивонна и какой-то мужчина, оба сидят на скамейке, но смотрят в разные стороны, а под ними текст: Ивонна Зельдмахер и Андрэ Ребер объявляют всем друзьям о расторжении брака. При этом у мужа изо рта исходит некий пузырь, в котором написано: «Все было хорошо, пока она не поехала в Россию, никогда не пускайте туда своих жен, потому что русские все разрушают». А у Ивонны изо рта тоже вылетает пузырь, и в нем написано: «Ты ничего не понимаешь, русские — это замечательно!» Короче: расторжение брака в такой-то церкви, после чего состоится банкет.

Я, конечно, в полном шоке — неужели нужно ломать благополучную швейцарскую семью из-за случайной встречи с каким-то малоизвестным, косноязычным и нищим фраером из холодной коммунистической страны?!

А тут еще она мне звонит по телефону и плачет. Я говорю:

— Привет, я получил твой плакат, но я не понимаю, что это такое.

Она говорит:

— Ми энд май хазбэнд — финиш. Ай лав ю! Бат ай хэв биг проблем виз йе Кэй-Джи-Би.

Я говорю: при чем тут КГБ? И из ее фраз, которые я понимаю с третьей на шестую, догадываюсь, что ей не дают визу в Советский Союз. Я говорю:

— Ивонночка, май диар, кул даун!

А она:

— Плиз, гавори по-русски! Ай лав Раша!

И я, уже все позабыв, начинаю по-русски поносить КГБ, кричу, что мы должны быть вместе. А она на том конце провода плачет. И у меня возникает чувство вины, хотя я даже не знаю, какие у нее были отношения с мужем. Может, они давно хотели развестись. Но с другой стороны, мужу, с которым собираются разводиться, не везут десять бутылок водки, верно?

Тут мне выпадает киноэкспедиция в Прагу на отбор натуры, поскольку действие фильма, который мы снимали, происходило в Англии. Но кто же нам даст валюту для съемок в Англии и, вообще, кто нас туда пустит? А в Чехословакию — нет проблем. И я, конечно, звоню Ивонне:

— Ивонна, есть возможность увидеться!

Она говорит:

— Итс импосибл!

Я говорю:

— Как импосибл? Полный посибл! Мы с тобой встречаемся в городе Праге. Ты была в Праге?

Она говорит:

— Йес, бьютифул таун, классный город!

Я говорю:

— Ну вот, я там буду 18 декабря.

— Ол райт, — она отвечает, — 18 декабря, отель «Интерконтинентал», ты там остановишься, и я там остановлюсь, и в двенадцать дня мы встречаемся в холле!

Я начинаю оформлять документы, но, как у нас обычно бывает, паспорта вовремя не готовы, визы не готовы, денег нет. Я начинаю бегать и кричать, что мне нужно 18 декабря быть в Праге. Но я еду не один, со мной опытные товарищи из Комитета по кинематографии, и они спрашивают, почему именно 18-го? И предлагают: давайте, говорят, поедем 24-го, там во всех магазинах будут рождественские скидки. Я начинаю орать, что производственные условия требуют быть в Праге именно 18-го, пишу какие-то письма в «Госкино» — короче, уперся рогом, потому что противодействие этой группы, собиравшейся за полцены скупить всю Прагу, очень сильное. Но я их просто сметаю своим натиском, и 17-го числа мы вылетаем в Прагу под руководством начальника международного отдела Комитета по кинематографии СССР.

А в Праге выясняется, что нас, конечно, поселили не в «Интерконтинентале», а в каком-то другом, дрянном отеле. И больше того — на следующий день у нас назначена встреча с руководителями чешской кинематографии по поводу съемок, из-за которых мы прилетели.

Но я-то должен встретиться с Ивонной! И я говорю руководителю делегации, что я не могу пойти на встречу с чехами, я должен идти смотреть натуру.

— Какую, — он говорит, — натуру? На хрен? Мы приехали сюда для переговоров, вы понимаете? Вы же больше всех кричали про производственные условия! Вы нас вырвали сюда задолго до Рождества!..

Я говорю:

— Мне, как режиссеру-постановщику, нужно в первую очередь осмотреть места съемок. И пока я не посмотрю Прагу и не решу, на каких улицах я снимаю, я ни на какие переговоры не пойду.

Они, конечно, смотрят на меня как на больного и говорят:

— Что ж! Мы пойдем без вас, но если вы не придете, дома у вас будут неприятности.

А это такие люди — они на ветер слов не бросают. Международный отдел есть международный отдел, там все в званиях не ниже полковника, как ты понимаешь. Короче, все кончается скандалом, и они уходят без меня. А я тут же хватаю такси, прикатываю в «Интерконтинентал» без четверти двенадцать, сажусь в центре вестибюля, как герой фильма «Крокодил Данди», и жду, когда спустится моя красавица. Полчаса — ее нет, час — ее нет, два — ее тоже нет. Я сижу четыре часа, а ее нет. Вдруг ко мне подходит портье и говорит: «Вы товарищ Стефанович?» Я отвечаю: «Да, это я». И понимаю, как он меня вычислил. Там, конечно, было много людей, но только один урод сидел четыре часа в центре холла, причем на самом видном месте, чтобы обозревать все пространство. А он говорит: «Вас к телефону, Берн». Я подхожу к его стойке, беру трубку, и Ивонна мне говорит:

— Мне не дали въездную визу в Чехословакию.

Представляешь, старик? Я еще мог понять, когда ей не дали визу в Советский Союз. Она только что была в Москве и уже обратно рвется! Но чтобы в Чехословакию?! Это уже был какой-то глобальный сговор против нас — наш КГБ дает депешу в чешский КГБ, чтобы ей не давали визу! Я просто одуреваю от этого, я уже начинаю думать, что она шпионка, террористка, член «Красных бригад». А она рыдает на том конце провода. Тогда я спрашиваю у портье:

— Вы говорите по-английски или по-немецки?

Он отвечает: «Конечно». Европа, блин! Там даже швейцары говорят на трех языках. Я говорю: «Помогите мне, переведите». И вот он берет параллельную трубку, начинает меня переводить, и наконец я впервые за все время нашего с Ивонной романа разговариваю с ней по-человечески. То есть через переводчика, ведь до этого у нас вообще не было никаких внятных объяснений, а только мое сплошное мычание на английском языке. А тут я ей говорю:

— Ивонночка, дорогая, милая, как же так получилось?

Она рыдает:

— Я не могу понять! Я так хотела приехать, ты не представляешь! Я же постоянно езжу! Я объехала весь мир, я была в Африке, в Австралии, в Японии! А тут в какую-то Чехословакию меня не пускают! Да никогда в жизни у меня не было таких проблем! Что я сделала вашей стране? Ладно, хорошо, пусть я что-то не то сделала в России! Пусть я вывезла десять бутылок вашей грёбаной водки! Но что я сделала Чехословакии?

Причем надо тебе сказать, что по мере перевода у этого вальяжного портье лицо все каменеет и каменеет, и я вдруг понимаю, что у них в социалистической Чехословакии то же, что и у нас, — кто может быть портье в международном пятизвездочном отеле? Конечно, свой чешский гэбэшник!

Короче, пражская история кончается ее рыданиями, и потом, после обмена еще несколькими письмами, сама собой затухает, потому что проникнуть через «железный занавес» ни я не могу, ни она. Меня после этой истории вообще перестали пускать за границу. Когда мой приятель режиссер хотел снять меня в роли болгарского партизана, меня не пустили на съемки даже в Болгарию! Можешь себе представить, на каком замечательном счету я был в Комитете госбезопасности! То есть я подозреваю следующую вещь. Когда возникали романы между русскими и какими-то известными иностранцами — например, Высоцкий и Марина Влади или Каузов и дочка Онассиса, — в КГБ решали: это можно, это нам на руку. С помощью загранвиз мы, может быть, сможем и Высоцким манипулировать. Но Ивонна была взбалмошной и совершенно неуправляемой девчонкой, притом замужней, а я —

всего лишь начинающим режиссером. Затевать с нами какую-то долгосрочную игру они не решились и потому просто похерили наш роман. Чтобы ни им, ни нам.

И вот проходит несколько лет, я уже женат, у меня своя советская жизнь. И вдруг — Горбачев, новое мышление, перестройка, открываются границы. И я отправляюсь в город Мюнхен на встречу со знаменитой подругой Гитлера фрау Лени Рифеншталь, чтобы снять о ней фильм. А это женщина, которой уже под девяносто лет и которая вообще ни с кем не общается и никого не принимает, потому что немцы после войны устроили ей обструкцию. Не за то, конечно, что она была близкой подругой Гитлера, а за пропаганду фашизма — она в тридцатые годы была там так знаменита, как у нас Дзига Вертов или Эйзенштейн, и практически стала в те годы первым имиджмейкером Адольфа Гитлера. Ну а после войны — полная опала, затворничество, никаких интервью. И вдруг она снизошла до того, чтобы принять режиссера из Советского Союза! Это отдельная история, как я сумел к ней подкатиться, но суть сейчас не в этом, а в том, что там сразу нашелся немецкий продюсер, который финансировал этот фильм. Ну и раз такое дело — тут тебе и деньги! А где деньги, там и свобода! Я выбираю себе автомаршрут через пол-Европы, через Швейцарию.

Жена говорит:

— Ты в своем уме? Зачем ехать машиной? В Мюнхен самолетом три часа!

Я отвечаю:

— Дорогая, зато ты увидишь всю Европу, чем плохо?

Она говорит:

— Ну, если это ради меня, тогда другое дело!

И вот мы действительно пересекаем пол-Европы и приезжаем в город Берн. На моем «жигуленке»!

Не надо тебе говорить, что в моей записной книжке — все телефоны и адреса Ивонны, и, приехав в Берн, я тут же говорю жене:

— Знаешь, у меня проблемы с машиной, мне нужно поехать в автосервис, но вот тебе, дорогушечка, деньги, и ты, пожалуйста, иди погуляй по магазинам. А через час мы с тобой встретимся в центре Берна, на площади у фонтана.

Она говорит «хорошо» и, счастливая, уходит за покупками. А я подбегаю к ближайшему телефону, хватаю трубку, но — не знаю, как звонить! У них же телефоны не такие как в Союзе.

Минут десять бьюсь с этим телефоном, как дикарь, потом все-таки разбираюсь, что к чему, начинаю звонить по всем номерам и спрашиваю Ивонну, но никто мне не отвечает, а иногда просто вешают трубку! Я думаю: так! Или это мой английский такой плохой, или это местные жители такие приветливые, потому что в Берне, как ты знаешь, живут немцы. И, прозвонив безрезультатно по пяти номерам, которые Ивонна мне когда-то дала, я беру телефонную книгу и пытаюсь найти в ней ее фамилию. Все-таки прошло столько лет — может, она переехала? Но — нет ее фамилии! Представляешь? Вообще нет в телефонной книге такой фамилии!

Тут у меня все обрывается внутри, потому что, честно говоря, я ехал к *своей* любовнице, а не к любовнице Гитлера! Я с Ивонной должен был встретиться! Я из-за нее пол-Европы на «Жигулях» пересек! А ее даже нет в этом городе! Представляешь?

И вот я, совершенно убитый, стою в телефонной будке посреди Берна, у меня десять минут до встречи с женой, и я понимаю, что той надежде, с которой я, оказывается, жил столько лет, — все, ей капут!

Но жизнь, старик, все-таки самый великий драматург, круче Шекспира! Она не боится подыграть своим персонажам, она не боится даже того, что вы, писатели, с презрением называете «рояль в кустах». Именно в тот момент, когда я уже сдался и предавался полному отчаянию, на улице, прямо напротив меня, останавливается автомобиль «ауди», а в нем, под ветровым стеклом, лежит газета «Известия». Русская! Я бросаюсь к этому автомобилю и говорю:

— Ой, здравствуйте, вы говорите по-русски?

А там такой солидный мужик, лысый, лет сорока пяти, он говорит отстраненно:

— Да, я говорю по-русски.

Я представляюсь, рассказываю, кто я такой, какие я снял фильмы. Он говорит:

— Да-да, очень интересно, я ваши фильмы видел.

Тут мы начинаем находить общих знакомых, и я спрашиваю: а вы кто? Он говорит: я советский консул. Я говорю:

— Очень приятно, товарищ консул. Знаете, у меня тут одна небольшая проблема. Я ищу свою знакомую, но никак не могу ее найти. Она дала мне свои телефоны, но по ним ее уже нет. Можете мне помочь?

А он отвечает:

— Ну, вообще-то это довольно сложно. Это все-таки Швейцария, а не Советский Союз. Тут люди постоянно перемещаются, путешествуют, уезжают в другие страны. Но давайте посмотрим в телефонной книге. Как вашу знакомую зовут?

Я говорю:

— Ее зовут Ивонна Зельдмахер-Ребер.

Консул отшатывается, смотрит на меня и делает стойку. Я говорю:

— Вы ее знаете?

Он отвечает:

— А кто же ее не знает?

Я спрашиваю:

— Извините, а откуда вы ее знаете?

Он говорит:

— Так ведь это дочь чуть ли не самого крупного банкира Европы, одного из самых богатейших людей мира! Только ее фамилия теперь не Зельдмахер-Ребер, а Зельдмахер-Кригель. Первая часть всегда по отцу, а вторая — по мужу.

Я говорю:

— Мне это все равно, мне нужно ее найти, это моя подруга.

Он говорит:

— Знаете, дорогой, насчет «подруги» я сильно сомневаюсь. Это женщина высшего общества. Судя по газетам, ее друзья — принц Монако, принц Чарлз и Тед Тернер. А из звезд Голливуда только Шварценеггер смог попасть в ее компанию. А вы — «подруга»! Я понимаю, что вы режиссер «Мосфильма», но все-таки надо и меру знать.

Я говорю:

— Я вас уверяю: она моя подруга! Вот смотрите, у меня все ее телефоны! Если бы я знал, что я вас встречу, я бы привез ее письма! Мы были связаны деловыми отношениями!

То есть я начинаю лепить какую-то ахинею, что мне ее нужно найти для производственных целей, напоминаю ему, что у нас перестройка, и она должна финансировать какие-то фильмы. Он смотрит с недоверием, но говорит:

— Вообще-то найти ее можно. Но не по справочнику. Ее телефонов ни в каких справочниках нет. Сами подумайте — разве Морган, Рокфеллер или Дюпон печатают в справочниках свои телефоны? — А сам уже звонит в наше консульство, может, резиденту, а может, своей секретарше, получает там какой-то номер телефона, снова набирает и говорит мне: — Вот, я соединяюсь с ее секретарем. Как вас представить?

Я говорю:

— Так и представьте: Саша Стефанович из России, этого достаточно.

Он эдак скептически покривился, но, слышу, называет меня по-английски:

— Мистер Алекс Стефанович фром Раша.

Потом наступает длинная пауза — очевидно, секретарь докладывает кому-то. И вдруг — консул прямо от трубки отшатнулся, потому что в ней раздался не просто крик, а визг, рев! Он говорит:

— Извините, мадам Зельдмахер, это не Александр, сейчас я дам ему трубку.

Я беру трубку и говорю:

— Ивонна, это я, я тут.

Она кричит:

— Ты? Ты приехал? Когда мы увидимся? Где?

Я говорю:

— Знаешь, я здесь проездом всего на час.

Она кричит:

— Сейчас же приезжай ко мне! Вот мой адрес, это загородная вилла под Берном, тут езды двадцать минут!

И я уже не спрашиваю консула, есть у него время или нет. Я ему говорю: «Записывайте адрес!» Он записывает. Я говорю: «Мы должны сейчас же подъехать к Ивонне!» И самое поразительное, что он меня слушается. Он же мог послать меня куда подальше. Выбросить из машины, сказать, что занят. А он говорит: «Хорошо, едем!» Я говорю:

— Одну минутку, сначала подлетим в конец этой улицы, на площадь с фонтаном, к моей жене.

Ну, тут он вообще падает! К какой жене? Короче, мы приезжаем к фонтану. Я говорю жене:

— Слушай, машину я починил, но вот знакомься: это советский консул, у нас важные государственные дела, а какие — я не могу тебе сказать, это секретно. Вот тебе еще деньги, иди по магазинам. Встречаемся через час — здесь же, у фонтана. А если я задержусь, ты меня жди, сколько бы там ни было! Видишь это кафе? Зайдешь туда и будешь сидеть.

Она говорит:

— Ты вообще соображаешь, что делаешь? Нам еще сколько ехать до Мюнхена! Мы же русские, нам на границе все вещи будут переворачивать, сто раз проверять, кто мы такие! Но если мы опоздаем к фрау Лени — ты представляешь, что будет?! Ты же сам говорил, что она ни с кем не хотела общаться! А до тебя снизошла. И теперь ты собираешься в чисто русской манере опоздать и сорвать этот проект?! Из-за каких-то дурацких «государственных» дел?

Я говорю:

— Успокойся, эти государственные дела как раз и связаны с фрау Лени!..

Короче, я сажусь в машину консула, и мы мчимся за город, на эту виллу. Едем десять минут, пятнадцать, двадцать и, наконец, подъезжаем. Красивая решетчатая ограда, за ней сад, остриженные газоны, клумбы, а вдали небольшая, но очень красивая вилла. То есть все как надо, как живут проклятые миллионеры в фильмах Голливуда 50-х годов, в эпоху «розовых телефонов». И конечно, у ворот охранник: «Кто такие? Как доложить?» А меня уже всего колотит. Потому что времени мало, а мы столько лет не виделись! А охранник, блин, такой степенный, медлительный немец, звонит куда-то по телефону и говорит консулу:

— Герр Стефанович может въехать, но у вас машина с советским дипломатическим номером, поэтому представьтесь, кто вы такой? Вы его шофер?

Консул белеет, говорит:

— Я не шофер, я — советский консул!

Тогда охранник опять звонит, а там, наверно, спрашивают: «Почему с консулом?» То есть еще полторы минуты потеряно!

Но наконец впускают, и мы по дорожке подкатываем к вилле. А там со второго этажа, с балюстрады, — лестница вниз. И вот я выхожу из машины, а Ивонна бежит ко мне по этой лестнице, и мы начинаем обниматься. И это были такие объятия и поцелуи — надо было видеть глаза нашего консула! То есть он, может быть, бывал на приеме у мэра Берна или даже у президента Швейцарии и видел издали людей такого класса, как моя Ивонна. Но чтобы дочка самого крупного банкира Европы висела на каком-то московском фраере, который на «Жигулях» прикатил из России?! И не просто висела, а однозначно липла к нему всем телом! Да еще публично — при консуле, при дворецких!

Я ей говорю:

— Ивонна, знакомься, это наш советский консул.

Она, конечно, как воспитанная леди, ему говорит: «О, плиз, вэлкам ту май хаус!» Сажает нас у камина. Тут же набегают слуги: «Что будете пить — кофе, чай, ликеры?» Я говорю:

— Ивонна, у меня только двадцать минут.

Консул слышит эту наглую фразу, и у него вообще челюсть отвисает. Тем более что Ивонна в ответ на это просто хватает меня за руку и тащит по внутренней лестнице наверх, оставляя внизу консула с его чаем. А наверху мы забегаем в ванную, с ходу начинаем раздеваться и предаваться любви — прямо в ванной. При этом Ивонна плачет и у меня слезы текут, чего со мной не бывает никогда в жизни. Я вообще никогда не плачу ни по какому поводу. Но тут я вижу ее эмоциональное состояние, и у меня слезы текут совершенно непроизвольно! И все эти двадцать минут проходят в безумной любви, сексе и слезах. А потом мы кое-как одеваемся и спускаемся к консулу. Который, надо сказать, челюсть свою уже двумя руками поддерживает и при этом глазами, как кукла, хлопает, потому что он этим глазам не верит. Я говорю:

— Ивонночка, теперь у нас перестройка и гласность, мы уже можем ездить куда хотим. Когда мы увидимся?

А она говорит:

— Никогда!

Я говорю:

— Почему?

Она говорит:

— У меня уже другая жизнь. У меня есть муж, и больше ничего такого между нами быть не может, импосибл!

И — плачет!

Я говорю: «Посибл, посибл!» — но понимаю, что она права и что жизнь, как самый великий драматург, поставила последнюю точку в этом волшебном романе.

...А когда мы ехали обратно, то консул только трепыхал крыльями и говорил:

— Ну и ну! Знаете, почему я вас туда повез? Мне было интересно, когда вы, аферист, проколетесь. Когда вы мне пели, что знакомы с Ивонной Зельдмахер, я был стопроцентно уверен, что вас оттуда выставят, не пустят даже на порог! Где и как вы с ней познакомились?

Но я не стал ему исповедоваться, я сказал:

— Да так, знаете, случайно, на киносъемке.

Что было, между прочим, абсолютной правдой.

* * *

Вот такая, старик, история, нравится ли тебе этот сюжет? А если нет — слушай следующий.

БАСКЕТБОЛИСТКА

— Это история о том, как судьба свела и сделала любовниками двух людей настолько разных, что трудно себе даже представить.

Дело происходило в Ленинграде, где я дружил с молодым писателем Лешей N. Он жил на канале Грибоедова, в огромной коммунальной квартире, но ему там принадлежали всего две комнаты: одна большая, а вторая — маленький закуток, где помещался только раскрытый диван. Надо сказать, что Леша в то время испытывал определенные материальные затруднения и сдал эту маленькую комнату студенту Академии художеств азербайджанцу по имени Вагиф. Вагиф учился на скульптурном отделении и был, с одной стороны, человеком интеллигентным, а с другой — довольно состоятельным, сыном первого секретаря горкома партии города Кировабада, который Вагиф называл почему-то «Чировабад». Его азербайджанские губы не могли произнести русскую букву «к». А с третьей стороны, у него была еще одна, главная особенность — Вагиф был очень маленького роста. Я думаю, роста в нем было где-то метра полтора, то есть как раз то, что называется «метр с кепкой». Но при этом парень он был очень милый, талантливый, веселый, хороший компаньон, а уж когда начинал рассказывать какие-то истории, то просто обаял всех вокруг.

Мы с Лешей были в то время людьми молодыми, большими ходоками по части девушек и проводили значительное время в его большой комнате — как правило, вчетвером. А Вагиф у девушек никаким вниманием не пользовался. Его рост не способствовал любовным романам, потому что девушки не любят, когда при взгляде на их кавалеров кто-то ухмыляется или усмехается. И это была его трагедия. Видя наши бесконечные любовные победы, он все время приставал: «Ну, познакомьте меня с кем-нибудь!» А мы отлынивали, считая, что такие вопросы каждый должен решать сам.

Но тут подошел Новый год — праздник, который мы традиционно справляли в Лешиной квартире. И к этому Новому году мы стали готовиться загодя, изыскивая себе новогодние подарки в виде красивых девушек. Вагиф же, как человек состоятельный, начал закупать шампанское, сыры и колбасы, а азербайджанские фрукты и сладости ему прислали из дома. И мы понимали, что так просто нам это не обойдется, мы должны соответствовать. И действительно, Вагиф начал канючить, чтобы мы достали ему девушку. А мы все думали, что девушку ему и правда хорошо бы достать, но где? Снимать каких-то проституток нам тогда и в голову не приходило, а познакомить девушку с Вагифом заранее и сказать: «Вот Вагиф, вы проведете с ним Новый год», — было просто абсурдно, потому что любая питерская девушка сбежала бы мгновенно и предпочла провести Новый год с подругой, чем с кавалером, у которого рост — метр с кепкой.

Короче, Вагиф к Новому году подготовился, а мы по его части — нет. Причем я надеялся, что Леша кого-нибудь приведет, а Леша думал, что приведу я, и в результате на Новый год, когда мы собрались где-то часов в одиннадцать, мы оказались в обществе только двух очаровательных девушек и Вагифа, который смотрел на нас, как на людей без чести и совести, потому что он выкатил такую поляну, а мы в ответ во всем Питере не нашли ему хоть какую-нибудь подругу. В общем, лицо Вагифа было таким, что все над ним сжалились, включая девчонок, даже они поняли, в чем дело, и Леша сказал:

— Я не могу видеть такое несчастное лицо! Оно может стать символом несчастья всего следующего года! Поэтому, Вагиф, сейчас мы идем к метро и найдем тебе девушку, но имей в виду: сейчас уже половина двенадцатого, все спешат на Новый год, и какую мы достанем, такую достанем! Ты понял? Сегодня лица должны быть у всех счастливые!

Мы мгновенно оделись и помчались через Сенную площадь к метро, чтобы с кем-нибудь познакомиться или, говоря нынешним языком, кого-нибудь «снять». Вбежали в метро и остановились у эскалатора, который поднимал пассажиров. Представьте себе: 25 минут до Нового года, огромное количество спешащих людей и какие-то редкие девушки среди них. Но когда мы видели какую-нибудь девушку и говорили: «Вагиф, эту берем!» — Вагиф говорил: «Нет, она не подходит». Это нас просто потрясало. Мы говорим: «Вагиф, мы же договорились — любую, первую попавшуюся, какая будет!» Он говорит: «Нет, эта не подходит никак, она не в моем вкусе!» Тут на эскалаторе возникала следующая девушка, она спешила и ехала на нас, как золотая рыбка в сети, мы говорили: «Вагиф, ну вот девушка! Видишь?» А он опять: «Нет, и эта не в моем вкусе».

И когда мы пропустили десять совершенно разных девушек — блондинок, брюнеток, высоких, маленьких, толстых, худых — и обнаружили, что ни одна из них не соответствует вкусам Вагифа, то заявили:

— Вот что, Вагиф. Сейчас без четверти двенадцать. У нас есть пять минут добежать до квартиры, три минуты раздеться, две минуты сесть за стол, пять минут выпить за старый год и встретить новый. И все! Это впритык! Поэтому первая же девушка, которая появится сейчас, будет или твоя, или ты останешься без девушки. Точка!

— Хорошо, — сказал Вагиф.

И в этот момент появилось очаровательное девичье лицо. Вагиф сказал «Вах!» и издал какой-то гортанный рев, по которому мы поняли, что эта девушка — та самая, долгожданная! Мы бросились к эскалатору, но потом стали идти все медленней и медленней, а последние шаги мы делали уже как в рапиде, потому что эскалатор, поднимаясь из глубин, возносил это очаровательное лицо все выше, выше, выше, выше и в такие заоблачные выси, что нам пришлось задрать головы. То есть мы увидели девушку с очаровательным лицом, со стройной фигурой, но! — она была ростом два метра двадцать сантиметров! И, как впоследствии выяснилось, была баскетболисткой. А как всякая баскетболистка, имела в запасе не только спортивные достижения, но и огромные комплексы по случаю своего роста. И мы решили, что закадрить такую девушку будет довольно нетрудно — она наверняка одинока, у нее проблемы с мужчинами, не зря она держит в руках авоську с большим тортом и бутылкой шампанского, это наверняка для спортивного девичника, к любимому не ездят со своим шампанским.

Мы подлетели к ней и начали с двух сторон:

— Девушка, дорогая! Как мы рады вас видеть! Поздравляем с Новым годом! Вы не хотели бы встретить праздник с нами?..

Наш напор был настолько силен, а песня, которую мы без остановки пели ей в оба уха, такая сладкая, что девушка, даже не понимая, что происходит, дала увлечь себя через занесенную снегом Сенную площадь, и мы притащили ее к нам без трех минут двенадцать, посадили за стол. Причем лицо у нее было совершенно обалдевшее — куда она пришла? зачем? что происходит? кто эти юноши? что это за коммунальная квартира? И только когда она увидела еще двух девушек и поняла, что она не одна в этой компании, она облегченно вздохнула и некая смущенная улыбка появилась на ее лице.

Мы выпили за старый год, потом, как водится, сразу же за новый, и после шампанского щечки у нее стали пунцовые, она расслабилась. Тут-то мы и познакомили ее с Вагифом, которого до этого она просто не видела с высоты своего роста, не замечала. Дальше было застолье, веселье, мы стали заниматься нашими дамами, разбрелись по парам, и тут до нее дошло, что Вагиф и является ее кавалером на сегодняшний вечер. А надо сказать, что парень он во всех отношениях был очень достойный и стал ухаживать за ней очень красиво — куда-то убежал среди ночи, достал цветы, хотя тогда купить в Ленинграде цветы в новогоднюю ночь было просто невозможно! Но он достал и преподнес ей букет у нас на глазах. И в конце концов она растаяла. А когда праздник начал угасать, мы стали распределять, кому где спать, и решили, что мы вчетвером будем спать в большой комнате, где было два дивана, а Вагифу и баскетболистке, как новобрачным, была выделена отдельная комната. То есть та маленькая каморка в конце коридора, в которой стоял диван и ничего другого не помещалось.

И вот мы остались обниматься с нашими девушками, а Вагиф ушел со своей баскетболисткой, и когда за ними закрылась дверь, мы, конечно, отпустили пару шуточек насчет его горячего кавказского темперамента и кипящей крови, которая не находила себе выхода в течение нескольких месяцев. А надо сказать, что от нашей комнаты до его комнаты шел довольно длинный петербургский коридор и двери в комнаты других соседей — то есть было довольно большое расстояние. Тем не менее спустя какое-то время мы вдруг услышали крик раненого слона, который мог издавать только один человек на свете. Мы вскочили кто в чем был, бросились в ту комнату и увидели следующую картину. На большом раскладном диване сидела абсолютно обнаженная красавица двух с лишним метров высоты и с изумлением смотрела вниз, где у ее ног лежал, скорчившись, Вагиф, который без одежды казался еще крохотней и который кричал, вернее, не кричал, а издавал звуки действительно нечеловеческие. При этом он не мог произнести ни слова, это был сплошной стон, какие-то жуткие всхлипы боли.

Мы поняли, что если медицина не вмешается, то мы потеряем его.

Леша, натянув штаны, бросился на улицу, благо напротив его дома, на другой стороне канала Грибоедова, находилась станция «скорой помощи». И уж не знаю за какие посулы шампанского, выпивки и закуски он в новогоднюю ночь притащил к Вагифу бригаду медиков. Мы с некоторым смешком сказали им, что с человеком что-то случилось в самый пикантный момент.

Врач и санитары осмотрели Вагифа и тут же увезли в больницу, а мы, естественно, не могли уже спать и поехали туда. Там дежурный врач нам сказал, что смеялись вы, ребята, совершенно зря, у человека перелом четырех ребер. Ему сделали укол новокаина, наркоз, его отключили, выпрямили эти ребра, положили в гипсовый корсет — сделали все, что полагается, вы тут не нужны, можете идти. Мы вернулись обратно. И конечно, потрясенные этой историей, первым делом зашли в ту комнату, где продолжала сидеть обнаженная баскетболистка. Мы спросили:

— Слушай, ты знаешь, что с человеком?

Она говорит:

— А что?

— У него сломано четыре ребра! Как это произошло? Что у вас случилось?

Она сказала:

— Честно говоря, не знаю. Он стал меня обнимать, потом мы начали заниматься любовью, и мне было так хорошо, что я немножко сжала его ногами. И тут он стал кричать.

Больше вопросов у нас не было.

Если ты захочешь сделать этой истории хеппи-энд, можешь написать, что она стала его бессменной сиделкой, выходила его в больнице, вышла за него замуж и у них теперь четверо взрослых детей.

А не хочешь — придумай другой финал. Я же перехожу к третьей истории.

* * *

«МИСС МИРА»

Вот история, рассказанная мне юной и прекрасной моделью с романтическим именем Гузаль, которую мы обязательно отметим в титрах нашего фильма. Она поведала мне о судьбе своей подруги и конкурентки по конкурсу «Краса России».

Итак, восемнадцать лет назад в городе, скажем, Свердловске, ныне Екатеринбурге, в семье вора в законе и школьной учительницы родилась девочка, которая была совершенно очаровательной и с детства находилась под влиянием двух начал — Луны и Солнца. То есть папа ее был отпетый вор, и не простой, а вор в законе с соответствующими манерами, а мама — честная советская учительница, правильная, чистая и возвышенная женщина. Поскольку воровской кодекс запрещает ворам в законе жениться, их брак не был зарегистрирован, к тому же отец существенную часть времени проводил в местах не столь отдаленных, и девочка практически воспитывалась без отца. Однако жили они на его деньги, он их содержал и имел на дочку огромное влияние, что, как ты увидишь, сказалось на ее характере и судьбе.

Девочка росла, была отличницей, золотой медалисткой, параллельно окончила музыкальную школу и вообще получила замечательное образование. Но, окончив школу, связалась с какой-то шпаной, потому что эдипов комплекс сделал свое темное дело и девочка, которая обожала отца, искала себе мужчину наподобие своего кумира-папы. И нашла его в короле местной шпаны, среди которой сама стала своеобразной королевой. Не знаю, где к этому моменту был ее папа — сидел или потерял влияние в криминальном мире в связи со всеобщей перестройкой, которая коснулась и воровской сферы. Ведь если раньше у воров и бандитов была жесткая иерархия с определенными законами и четкими формами взаимоотношений, то с приходом перестройки начался беспредел, воровские законы так же, как и все остальные законы в стране, совершенно не исполнялись и каждый прыщ объявлял себя «вором в законе», из-за чего пошли постоянные разборки и убийства как старой, так и новой криминальной гвардии.

Так вот, девушка, которая была дочерью старого, «классического» вора в законе, стала возлюбленной вора в законе новой формации, беспредельщика, для которого вообще не существовало ни человеческих, ни воровских законов. А надо сказать, что девочка эта была очень красивая, эдакий замечательный цветок, который расцвел в этом суровом уральском городе. И несмотря на протесты, с одной стороны, матери, считавшей, что не дело порядочной девушке демонстрировать на подиумах свою красоту в купальниках, а с другой стороны, отца, который ворчал, что он ее и так обеспечит, и с третьей, ее молодого человека, нового вора в законе, для которого главное — будь здорова, а остальное купим, — несмотря, повторяю, на все это, наша героиня стала ходить на отборочные просмотры и показы конкурсов красоты. И победила сначала в конкурсе какого-то клуба, потом на телестудии и в конце концов стала «Мисс Екатеринбург». А сделавшись самой красивой девушкой города, должна была ехать в Москву, чтобы принять участие в конкурсе «Краса России».

Конечно, это польстило и ее отцу, и ее кавалеру, и на деньги воровского общака она была упакована в лучшие уральские наряды и самоцветы и с соответствующей охраной отправлена в Москву, где заняла первое место, то есть стала самой красивой девушкой России. И с этим триумфом вернулась домой. Тут же всей шпаной и воровским миром был устроен грандиозный пир в честь того, что наши девушки — самые лучшие! А на этом пиру, когда гости стали ее расспрашивать, как ты будешь жить дальше, она сказала, что теперь представляет не просто свой город, а всю Россию и через несколько дней уезжает в Лондон, где состоится конкурс «Мисс мира». Надо сказать, что при этом сообщении лицо ее возлюбленного слегка помрачнело. Но наша героиня этого не заметила. И, как всякая девушка, стала тут же рассказывать подружкам, что ждет ее в Лондоне, какие там замечательные возможности открываются. Мол, если она победит в том конкурсе, то ей светит годичное мировое турне с благотворительными и рекламными выступлениями, а кроме того, девушки, побеждающие на таких конкурсах, тут же выходят на мировую орбиту, попадают в Голливуд, начинают сниматься в кино.

В общем, она ничего не сочиняла, это так и есть — каждую «Мисс мира» или «Мисс Вселенная» действительно ждут фантастическая карьера, миллионные контракты на рекламу духов, косметики и одежды, кинопробы в Голливуде и прочее. Но чем больше она про это рассказывала, тем больше мрачнел ее друг, который в какой-то момент не выдержал и сказал: «Пусть они туда едут, а ты не поедешь никуда!»

На банкете наступила гробовая тишина.

Она, побледнев, спросила:

— Почему?

А он ответил:

— Потому что я так сказал.

Все напряглись, но она, кротко улыбнувшись своей замечательной улыбкой «Красы России», сказала:

— Милый, мы с тобой это решим потом...

Но по ее интонации стало совершенно ясно, что она не намерена отказываться от поездки на конкурс «Мисс мира» и выхода на мировую орбиту.

Ее друг тоже не стал углублять конфликт, налил ей шампанского, они выпили и поцеловались. Веселье продолжалось, инцидент был исчерпан. Но через час она почувствовала себя плохо, потеряла сознание, ее отвезли в больницу. Врачи тут же промыли ей желудок, сделали анализы, и оказалось, что вместе с шампанским в нее была влита совершенно лошадиная доза клофелина.

Все поняли, кто это сделал, но заявить в милицию было нельзя, потому что в городе Екатеринбурге бандиты имели больше власти, чем милиция. Поэтому мать, родственники и отец нашей героини, который ненавидел молодую поросль этих братков, грудью встали вокруг палаты и охраняли ее в течение нескольких дней, пока врачи выводили нашу «Красу России» из комы.

Она пришла в себя, когда до конкурса в Лондоне оставалось три дня. Но, лежа под капельницами, она сказала матери: «Мама, если я не приму участия в мировом конкурсе, то покончу с собой». И мама поняла, что это правда и что девочке нужно бежать из Екатеринбурга. Однако выехать ей незаметно было невозможно, ее знал весь город. Поэтому мама взяла паспорт ее школьной подруги, на машине они сделали бросок в Пермь, и под другим именем она вылетела в Москву, а уже из Москвы под своим именем в Лондон.

В конкурсе «Мисс мира» она стала победительницей, то есть была признана самой красивой девушкой мира. И перед ней открылись все те возможности, о которых она мечтала на банкете, и даже те, которых она не могла себе представить. Поэтому никакого желания возвращаться в Россию, а уж тем более в Екатеринбург у нее не было. На гонорар за первое место, который составляет около 250 тысяч долларов, она сняла квартиру и стала жить в Лондоне. Ее взяли на работу в крупнейшее английское агентство моделей. Но она опасалась, что свердловские братки достанут ее и в Лондоне. И выходила из дома только по работе, старалась себя обезопасить. Хотя, конечно, ни о какой охране не могло быть и речи, поскольку в Англии, да и в любой другой цивилизованной стране, кроме президентов и суперзвезд типа Майкла Джексона, никто с охраной не ходит.

Но однажды прозвучал звонок из Екатеринбурга от какой-то ее подруги, которая попросила купить ей свадебное платье и туфли. Мол, кто-то из их общих знакомых летит из Лондона в Москву и привезет ей эти вещи. А если наша героиня хочет что-то передать и своим родителям, то — пожалуйста, общая знакомая захватит, она летит первым классом, там вес багажа не лимитирован. Так что пусть наша «Мисс мира» не стесняется, а привезет хоть целый чемодан с вещами по такому-то адресу.

Конечно, эту возможность девочка не могла упустить, она любила своих родителей и хотела показать им это. Она пошла по магазинам. Было куплено все лучшее и для подруги, и для отца, и для матери. И с новеньким чемоданом, набитым подарками, она приехала по указанному адресу. А спустя несколько дней на первых страницах всех английских газет появились сенсационные сообщения о том, что в какой-то квартире, снятой неизвестно кем, найден труп самой красивой девушки мира, которая приехала в Лондон из России.

* * *

История четвертая

РАЗМЕР БЮСТА

— Есть такой анекдот. Стоят на улице два француза и спорят, что у женщины самое прекрасное. Один говорит: «Самое прекрасное — это бюст». А второй говорит: «Нет-нет, самое прекрасное — это ножки». Первый не соглашается: «Нет, бюст!» Второй: «Нет, ножки!» Мимо идет какой-то старичок, слышит их спор, проходит, а потом возвращается и говорит: «Пардон, мсье! По-моему, вы оба не правы. Я сейчас уже не помню, как это называется и где находится, но — шарман!»

Я, честно говоря, не знаю, что он имел в виду, но по поводу бюста могу сказать так: дело не в бюсте, а в его размере. И это доказывает следующая история.

Снимал я фильм «Пена», комедию с участием Папанова. И одна из сцен — кошмарный сон Папанова, в котором он видит себя на огромной свалке металлолома, где за ним бегут люди, которые хотят его растерзать. Причем кошмар на то и кошмар, что героя в нем преследуют не какие-то заурядные совки, а типажи, которые врезались в его подсознание на протяжении всей его жизни. Поэтому я сказал ассистентам, чтоб они набрали массовку из людей ярких, броских, необычных.

И вот приехали мы на московскую загородную свалку металлолома, осмотрелись, выбрали точки для камеры, и я говорю: а теперь давайте сюда всю массовку, нужно выбрать типажей для первого ряда преследователей. И когда массовка выстроилась в один ряд, вся наша группа вперилась глазами в одну девушку. Сказать, что у нее был большой бюст, — это ничего не сказать. Это были два каких-то не арбуза даже, это были два дирижабля, которые колыхались, перекатывались и летели сами по себе! А она была такой тоненькой подставочкой под ними.

Конечно, мы поставили ее в первый ряд. Сняли всю эту сцену. И когда съемка закончилась, я сказал:

— Девушка, можно вас на минуточку? Я хочу с вами поговорить. Может быть, вы снимаетесь еще в какой-то сцене.

Короче, усадил ее в машину и повез в город. А по пути стал расспрашивать: кто такая? где живет? Она отвечает: я актриса.

— А где вы учились?

Она говорит:

— Вы все время смотрите на мой бюст, но лучше вы на дорогу смотрите. А на бюст еще насмотритесь...

А я действительно ехал и дороги не видел из-за этих дирижаблей.

Она говорит:

— Конечно, я понимаю, почему вы так смотрите. Я уж не знаю, что мне делать с этим бюстом. Казалось бы, ерунда. Бюст есть у всех. Но моя проблема в его размере. Это моя беда и трагедия, потому что все в моей жизни связано с ним, проклятым!!!

Я говорю:

— Ну, тогда рассказывайте.

И она рассказала такую историю.

Бюст у нее начал расти лет в одиннадцать, когда у девочек еще вообще ничего не растет. А у нее уже начал расти. В двенадцать лет он уже был второго размера, в тринадцать — шестого, а к четырнадцати годам он уже стал просто непомерного размера, таких нет даже в снах героя фильма Феллини «Восемь с половиной». При этом девушка она была миловидная, стройная, с тонкой талией. Конечно, говорит, я уже в юном возрасте чувствовала на себе жадные мужские взгляды. Когда на моих двенадцатилетних подружек никто не смотрел, на меня уже смотрели совершенно безумными глазами. И чем больше рос у меня бюст, тем больше мужчин сходило с ума. Я видела, как они цепенели, бледнели, останавливались. Количество автомобильных аварий, которые я повидала в своей жизни, не поддается описанию. Стоило мне выйти на улицу, как я слышала — бац! — столкновение автомобилей. Обо мне стали ходить легенды, все автомобилисты нашего городка старались проехать по нашей улице, чтобы на меня поглазеть, а потом стали приезжать даже из области, из других городов. Люди стояли возле нашей школы, чтобы посмотреть на мой бюст.

При этом я была строго воспитана, ни о каких любовных романах не могло быть и речи. Мужчины у меня вообще вызывали ужас, потому что я видела в их глазах, что они собирались со мной сделать. Если бы это реализовалось, то сон вашего Папанова — просто мечта о курорте по сравнению с моими кошмарами. Поэтому я никого к себе даже близко не подпускала. Кроме одного-единственного человека, который стал моим другом. Теперь-то я понимаю, что он был вовсе не другом, а таким же похотливым мужиком, как и все остальные. Но тогда...

Это был руководитель нашего школьного драмкружка, который меня сразу же выделил среди остальных девочек и стал говорить, что я великая актриса, что мне светят великие роли. Ну кто я была тогда? Юная дурочка из провинциального белорусского городка. Естественно, в этом возрасте хочется верить в такие вещи. Ведь он делал со мной какие-то этюды, ставил на меня спектакли, работал со мной часами и облизывался, когда смотрел на мой бюст. И чем больше он смотрел, тем больше он фонтанировал, тем больше он старался сделать для меня что-то на сцене. Он постоянно заставлял меня выпрямлять плечи и спину, чтобы бюст мой катился впереди меня, сверкал, выделялся. Причем, надо честно сказать, он ко мне не прикоснулся. Может, он был онанистом, может, он был еще кем-то, но, во всяком случае, плотских контактов у нас не было. Хотя подчас он смотрел на меня совершенно безумными глазами. А я уже интуитивно понимала, что он, конечно, человек хороший, но никакой не великий режиссер, а я никакая не актриса. Актриса — это серьезная работа, этому надо учиться. И, едва окончив школу, я стала расспрашивать его, как поехать в театральный институт. Тут он перепугался насмерть и стал врать, что там все экзамены давно кончились, что поступить невозможно, что туда берут только через постель и чтобы я туда даже не лезла! Мол, сколько великих актрис начинали в провинции, а потом с триумфом въезжали в столицу — прямо во МХАТ, в БДТ, на Таганку! То есть он делал все, чтобы я не поехала поступать в ГИТИС или в Щукинское театральное училище.

Но я вовремя поняла, что это все вранье и желание удержать меня возле себя. Я собрала вещи и сказала родителям и подругам, что уезжаю в Москву, потому что я прирожденная актриса и буду учиться в театральном институте. И с драным, из прессованного картона, чемоданом я приехала в столицу, стала спрашивать, где театральный институт. Оказалось, что этот мерзавец, мой учитель, был частично прав, потому что, пока он меня отговаривал, в лучших театральных институтах приемные экзамены закончились, а остались какие-то второсортные университеты культуры, где был недобор и куда еще брали студентов. Когда я пришла туда на экзамены, то я по своей сценической практике выкатила вперед свой бюст. Кроме смеха, это ничего не вызвало. Оказывается, на вступительных экзаменах в театральные вузы нужно читать басню, лирическое стихотворение и отрывок из прозы. Ничему этому он меня не учил. Мы с ним сразу играли Ромео и Джульетту, сцену на балконе и в ее спальне. И я заявила экзаменационной комиссии, что покажу им отрывок из «Ромео и Джульетты». А поскольку партнера у меня не было, то я говорила так:

— Джульетта: «В окошко день, а радость — из окошка!» Ромео: «Обнимемся! Прощай! Я спрыгну в сад!» Джульетта: «Ты так уйдешь, мой друг, мой муж, мой клад?»

То есть я говорила то за Джульетту, то за Ромео, что, конечно, вызвало всеобщий хохот. И наконец кто-то там сказал:

— Девочка, тебе сколько лет?

— Семнадцать.

— Вот именно. Не смеши народ. Подготовься как следует и приходи на следующий год.

И я оказалась на улице — с чемоданом, без копейки денег. Но самое главное: я не могла вернуться в свой город, ведь там все знали, что их местная знаменитость с такими выдающимися внешними данными — уже актриса в Москве! Как я смотрела бы им в глаза? Да я бы не смогла там жить, я бы покончила с собой!

Я пришла в студенческое общежитие, упросила вахтершу разрешить мне переспать там последнюю ночь и стала рыдать. И кто-то из студенток-старшекурсниц неожиданно сказал:

— Ты, между прочим, напрасно ревешь. Ты хочешь быть актрисой?

— Да.

— Так можно стать актрисой и без всякого театрального института!

— Как это?

— А вот как: в Москве есть актерская биржа, на которую раз в году, перед началом театрального сезона, съезжаются актеры со всей страны. Это могут быть актеры дипломированные, заслуженные, народные и вообще никакие. Провинциальные режиссеры набирают там труппы, находят героев-любовников, травести и так далее. И актеры переходят из труппы в труппу, заключают договоры, выторговывают какие-то условия, новые звания, квартиры. Сейчас август, пойди туда и поедешь примадонной в какой-нибудь Павлоград или Мариуполь!

И я пошла на эту биржу в маленьком сквере под открытым небом, но еще за сто метров до нее увидела, как ко мне бежит какой-то человек. Он бежал как умалишенный, стараясь всех обогнать, хотя никто еще, кроме него, ко мне не спешил. Он подлетел ко мне и сказал задыхаясь: «Вы актриса?» Я сказала: «Конечно, я актриса». Он сказал:

— Вот билет, вот контракт, вы работаете у меня, вы будете играть Софью, вы будете играть Джульетту, вы будете играть все!

Самое потрясающее, что я действительно подписала контракт и получила подъемные — сто рублей, что по тем временам были для меня безумные деньги, тогда моя мама получала зарплату 64 рубля в месяц. И он вручил мне билет на самолет во Владивосток. Но он не хотел отпускать меня одну даже за чемоданом в общежитие. Он хотел быть все время рядом. Он боялся, что меня умыкнут, перехватят, перекупят. Я дала ему честное комсомольское, что я никуда не денусь, не перебегу в другой театр, а приеду в аэропорт и приду на этот самолет, но сейчас мне нужно пойти в институт за документами и в общежитие за вещами. Он предлагал поехать на такси. Но я отказалась, мне еще нужно было зайти в аптеку кое-что купить, я не хотела, чтобы мужчина видел...

Короче, я приехала в аэропорт. Он, когда меня увидел, аж подпрыгнул от счастья. Наши места в самолете оказались рядом. Мы летели десять часов до Владивостока, и он рассказал, что он главный режиссер театра Тихоокеанского флота с базированием в какой-то бухте Советская, которая хоть и малоизвестна, но является нашей самой крупной военно-морской базой. И что там замечательный театр, он построен каким-то выдающимся архитектором и нисколько не хуже, чем уже обветшавший МХАТ. Он рассказывал, какая там сцена, как она вращается и опускается на домкратах, какой там занавес, какая люстра и какой он сделает репертуар, какую он из меня сделает классную актрису. Эту лапшу я слушала в течение всего полета. Во Владивостоке мы сели в автобус и еще четыре часа ехали по жуткой дороге в сопках. Автобус был ужасный, небо серое, пошел дождь, все стало грязно, мокро. И чем дальше мы ехали в эти сопки, тем больше я понимала, что и Владивосток-то — дыра, а тут я качу уже в какой-то полный конец света. А когда начались линии колючей проволоки, противотанковых «ежей» и рвов, я почувствовала, что все во мне опускается от ужаса, даже мой гордый бюст.

Между тем автобус ехал и ехал, пассажиры выходили в каких-то грязных поселках, и никто не садился в этот автобус, он обезлюдел. Затем начались КПП, контрольно-пропускные пункты, среди совершенно, как мне казалось, пустынных сопок, но меня пропускали, потому что мой режиссер показывал всем охранникам мой контракт. В конце концов мы с ним остались единственными пассажирами, и я поняла, что я действительно пропадаю. Но отступать было поздно. И автобус привез нас на главную площадь этого города, который оказался чисто военным поселением. Город, состоящий только из казарм, в котором строем ходили матросы: пятьсот в одном направлении, триста — в другом. Женщин я не видела вообще. И когда мы вышли из автобуса на главной площади, я увидела, как движение стройных колонн моряков сбилось и остановилось, все они уставились на меня, и никакие команды и крики командиров уже не могли сдвинуть их с места.

При виде такой реакции на мой бюст мой главный режиссер жутко побледнел. Он схватил меня за руку, второй рукой подцепил мой чемодан и потащил меня к большому красивому зданию, которое стояло в центре этой площади. Это и был Дворец культуры базы военно-морского флота. И одновременно — театр.

Зал там был замечательный — с партером на тысячу человек и с амфитеатром и ложами еще на шестьсот. С модерновой сценой, которая действительно вращалась, опускалась и поднималась на домкратах. С прожекторами и софитами для любых световых эффектов, с роскошным занавесом и с мощными электромоторами для мгновенной смены задников и декораций. Со звуковой аппаратурой японского производства. С уникальной гигантской люстрой. И все было бы хорошо, если бы там еще существовал хоть какой-то театр. Но никакого театра, конечно, не было. Там был только этот главный режиссер, задачей которого была постановка различных концертов к праздникам и мероприятиям. То есть он занимался художественной самодеятельностью с этими одуревшими от онанизма и отсутствия женщин моряками в количестве 80 тысяч человек. Да, восемьдесят тысяч моряков составляли население этого города, и ни одной женщины там не было вообще! Вернее, была одна женщина. Больше того, она работала в этом театре, это была спившаяся шестидесятилетняя актриса, которая заехала туда спьяну и много лет назад. Старая несчастная женщина, она жила в этом Дворце культуры, за сценой, в одной из пустых гримерных, где и мне дали комнату. Но как только я поселилась в своей гримерной комнате, туда тут же вошла эта бомжиха и сказала:

— Знаешь что, детка, если тебе дорога жизнь, то ты здесь одна не можешь быть и минуты! Ты просто не представляешь, куда ты попала. Немедленно перебирайся ко мне!

И раскрыла мне глаза, что это за город. Оказывается, это не просто база для каких-нибудь крейсеров или линкоров, которые, плавая, иногда заходят в разные порты, а это — база атомных подводных лодок. Отсюда моряки уходят в плавание как минимум на шесть месяцев и одуревают под водой от отсутствия женщин. Они не заходят ни в какие порты, они не видят людей, они вообще не всплывают на поверхность по полгода! А когда они возвращаются на берег, то только сюда же, в бухту Советская, но тут опять же нет женщин, потому что никакие женщины тут жить не имеют права, это засекреченный объект. Тут нет женщин, нет детей, нет школ, детских садов, магазинов женской одежды, женских парикмахерских. Жены офицеров живут за пределами базы, мужья к ним периодически ездят, а жены попадают сюда только по самым большим праздникам, да и то — жены лишь самого высшего командного состава. То есть мы с этой старухой были всего две женщины на этой базе. И потому, она мне сказала, я ни под каким видом и никогда не должна выходить из клуба на улицу — меня там сразу изнасилуют. Даже ее, старуху, она сказала, насиловали шестнадцать раз.

Я смотрела на нее, на ее всклокоченные волосы, последние четыре зуба и вообще на весь тот кошмар, который она собой представляла, и думала, что если уж ее насиловали шестнадцать раз, то что сделают со мной? Тут она просветила меня и на этот счет. Она сказала:

— Если тебя только изнасилуют, это будет твое счастье. Но эти одуревшие от отсутствия баб моряки тебя не просто изнасилуют тут же на площади перед Дворцом культуры, а еще и похитят, засунут в подводную лодку. И поскольку они уходят в море на полгода, то они и будут все эти полгода иметь тебя всей лодкой, а это семьдесят шесть человек. А потом, когда они получат приказ вернуться на базу, они поймут, что на берегу ты можешь их всех, включая командира и замполита, подвести под высшую меру. И тогда они сунут тебя в торпедный аппарат и выбросят в море. И на этом кончится твоя жизнь, невзирая на твой юный возраст и такие замечательные сиськи!

От этой картины у меня волосы встали дыбом настолько, что я действительно не высовывала носа из этого Дворца культуры. Но хотя внешне эта старуха была Баба Яга и алкоголичка, но, с другой стороны, она была профессиональной актрисой. Она была единственным человеком, который начал серьезно заниматься со мной актерским мастерством. Она притащила «Горе от ума», «Ревизора», «Чайку», «Старшую сестру», и мы с ней на разные голоса — я за Софью, она за Чацкого, я за Лизу, она за Вершинина — репетировали весь русский и мировой репертуар. Она научила меня актерским приспособлениям, паузам, даже вокалу. У нее началась новая жизнь, она стала кому-то нужна, она могла передать кому-то свои знания. Она воспряла, стала причесываться, стирать и даже гладить свои платья и нижнее белье.

Между тем у главного режиссера были свои фантазии. Он решил, что поскольку теперь у него есть две актрисы и есть он сам, то он может ставить пьесы на троих. И пока репетиции проходили как читки, в комнате или в его кабинете, все было нормально. Но когда мы перешли на сцену, началась настоящая пытка. Все моряки, которые заходили в этот Дворец культуры по каким-то делам, тут же проникали в наш зал и смотрели на сцену совершенно безумными глазами, хохотали, гоготали, отпускали шуточки, и никакими силами невозможно было выставить их из зала. То есть из наших репетиций ничего не получалось. А режиссер был обязан ко Дню Военно-Морского Флота, к Новому году, к Первому мая и к 7 ноября делать какие-то художественные вечера или концерты. И обычно он делал так. Он сам разучивал стихи Маяковского о советском паспорте и с матросами ставил отрывки из «Поднятой целины» Шолохова, а воины-спортсмены репетировали какие-то пирамиды, кто-то из моряков играл на баяне «Амурские волны» и «Соловей» Алябьева. На этот раз он сделал то же самое, только в финале я должна была петь лирические песни о Родине и партии.

При этом там было такое правило: сначала эти праздничные концерты смотрел младший состав моряков-подводников, потом среднее офицерство, а потом высшее начальство. То есть на эти концерты строем пригоняли моряков, набивали ими зал. Но даже при том, что Советская бухта — самая большая дыра в мире и там вообще нет никаких развлечений, моряки на эти праздничные концерты идти не хотели, они уже слышали Маяковского и Алябьева сотню раз. И когда им в очередной раз приказали одеться, построиться и с левой ноги в театр — «Шагом марш!», они, конечно, завыли: «В какой театр?! Нам бы отдохнуть после вахты!»

Но когда они увидели на сцене меня — Господи, что случилось в зале! С ними был шок, затем раздались крики, шум, грохот сидений и топот ног. Я впервые увидела, как люди занимаются онанизмом, и не один человек, а целый зал! Режиссер был за кулисой и ничего не видел, а я стояла на сцене со своим бюстом, направленным в зал, как две торпеды на врага, краснела, бледнела, но не могла же я прервать песню о партии и уйти со сцены!

Конечно, мне устроили овацию и кричали «бис!» до тех пор, пока режиссер не вызвал патруль и их силой стали выводить из зала. А на следующий концерт явилась чуть не вся база, то есть желающих — пропасть. Режиссер не мог понять, в чем дело. Ведь раньше эти концерты были как наказание, а теперь... Теперь в зале яблоку негде было упасть, теперь моряки стояли в проходах, за кулисами, висели на карнизах лож, балконов и амфитеатра и терпеливо ждали моего выхода. А когда я вышла на сцену, они принялись заниматься онанизмом, абсолютно не стесняясь друг друга. Я им про партию, которая наши народы сплотила, а они...

Я вижу, что вы мне не верите. Действительно, такое представить трудно даже с вашим творческим воображением. Но вспомните сегодняшнюю съемку. Вспомните, сколько раз ваши ассистенты роняли с рельсов операторскую тележку, потому что смотрели не на эти рельсы, а на меня. И сколько раз ваш оператор забывал переходить с крупного плана моего бюста на общий план массовки и как вы бесились по этому поводу. Да что оператор! Сам Папанов не убегал от нас, а все время останавливался, чтобы я лишний раз с разбегу налетела на него своей грудью! А ведь это интеллигентные люди, москвичи, они видят женщин сотнями и каждый день! Подводники же военно-морской базы бухты Советская во мне единственной видели всех женщин мира, а в моем бюсте — все женские прелести. И от этого они теряли голову, честь, рассудок и все человеческие представления об элементарных нормах поведения.

Но самым главным, самым высшим моим испытанием было, когда на наш праздничный концерт прибыли командующий Тихоокеанским военно-морским флотом и остальное высшее командование со своими женами. Зал заполнили совсем другие люди, это были адмиралы, капитаны первого и второго ранга и женщины в норковых манто и бриллиантах. Когда я вышла на сцену в праздничном платье с декольте, весь зал дружно выдохнул. А я стала петь: «Партия наши народы сплотила в братский единый союз трудовой» — то есть весь этот дурацкий текст. Но овация была такая — ничего подобного нет и никогда не будет даже у наших суперзвезд, даже у Пугачевой! Все эти адмиралы и капитаны первого и второго ранга вскочили, орали, топали ногами. Это было что-то безумное.

Но самое потрясающее было впереди. После концерта у них был праздничный банкет, и режиссер сказал мне, что командующий флотом приглашает меня. Я пришла на этот банкет, с которого почему-то мгновенно испарились все женщины. То есть все их жены были куда-то отправлены и все капитаны первого и второго ранга тоже. Там были только самые высшие офицеры. И эти адмиралы в белых кителях с золотым шитьем наперебой предлагали мне руку и сердце, машину, катер, переехать к ним жить, жениться сейчас, поселиться в отдельном особняке командующего, где прямо во дворе бьют какие-то серные источники и гейзеры. Я в жизни не слышала такого количества предложений. Мне всегда предлагали куда-то пойти, но это ограничивалось кафе, рестораном или постелью. А здесь мне предлагали просто все, чем располагали эти люди. Если бы я сказала: дайте мне подводную лодку, — они бы отдали главную атомную подводную лодку страны со всеми ракетами. А если бы я сказала: начните войну с Америкой — они бы начали. Такое у меня было влияние в тот момент.

Затем, буквально на следующий день, началась битва между командующим флотом и двумя его заместителями — один по политчасти, а второй по морскому делу. Эти трое мужчин — серьезные и, наверно, умные люди — чуть не дошли до драки. То есть они, конечно, не били друг друга и не вызывали на дуэль, нет, этого не было. Просто у них начались рабочие конфликты, они стали отправлять друг друга в учебные походы и командировки на дальние морские базы, в какой-то Южно-Сахалинск, Петропавловск-Камчатский — только для того, чтобы кому-то из них остаться рядом со мной. Хотя ни с одним из них у меня ничего не было. Откуда же я все это знала? Главной сплетницей города была моя учительница актерского мастерства. «Ты свела с ума этого! Ты свела с ума того! Этот с этим подрался! Этому жена набила морду! С этим жена развелась! И с этим тоже!..» То есть на базе началось разложение. Матросы наперебой набивались в наряды мыть и чистить наш Дворец культуры, чтобы видеть меня. Пошли мордобои. Тут кто-то послал мою фотографию в «Тихоокеанскую звезду», газета ее напечатала, и теперь вся база онанировала на этот портрет. Если бы об этом узнали американцы, они могли бы голыми руками взять главную военно-морскую базу Советского Союза и оккупировать наш Дальний Восток!

Но самое главное, что главный режиссер тоже поддался этому безумию. Он стал приставать ко мне, по любому поводу держал меня за локоть, за коленку, хватал за грудь. Я поняла, что живой мне отсюда не уйти, хотя мне уже была выделена охрана, которая сопровождала меня не только от комнаты до сцены, но даже до туалета. Но я боялась, как бы эти автоматчики сами ко мне не ворвались. У моих ног был весь Тихоокеанский флот, я могла женить на себе хоть самого командующего, но я оставалась девственницей и не могла выйти из своей клетки, которую без всякой моей просьбы зам по тылу буквально завалил черной и красной икрой, балыками, омулями, финской колбасой, крабами и шампанским. Я поняла, что развязка будет ужасной, мне нужно бежать, и срочно.

Как это сделать, я не знала. Но, очевидно, сработала женская интуиция — та, которая выручает любую женщину в трудную минуту. Однажды начальником моей охраны назначили какого-то молоденького мичмана, очень красивого и ужасно застенчивого. Он не пожирал меня глазами, а, наоборот, отводил их от меня. Если я что-то спрашивала, например: «Могу я пойти в магазин за зубной пастой?» — и ему приходилось посмотреть мне в глаза, чтобы ответить, он краснел даже ушами и шеей. Это было ужасно смешно, я стала нарочно с ним заговаривать, подшучивать над ним. Короче, я выделила его из толпы обожателей и позволила ему ухаживать за собой. Тут же по всему гарнизону разнесся слух, что вот такой-то все-таки добился внимания. Не тела, но расположения. Командование, покряхтев, одобрило мой выбор, поскольку оказалось, что он сын командира крейсера «Дзержинский», флагмана Дальневосточного военно-морского флота. И я уже стала выходить из Дворца, но ходила с ним только под руку. Причем на одном боку у него висел кортик, а на другом — кобура с заряженным пистолетом. Он говорил, что получил разрешение в любой нестандартной ситуации стрелять первым, иначе и для него, и для меня это кончится плохо. Так мы с ним гуляли. Оказалось, что в этом городе есть только одно кафе, которое находится на той же площади, что и Дворец культуры, и все наши прогулки были — из Дворца культуры в кафе и обратно. Причем стоило нам появиться на площади, как все, кто был на ней в это время, просто останавливались и замирали, как в кино на стоп-кадре. Люди, машины, патрули — все замирало, вылупив на нас глаза. Однажды полк, марширующий накануне какого-то парада, остановился и стал смотреть настолько однозначно, что у меня ноги подкосились и я уже втянула живот от страха. Я бы втянула и свои проклятые дирижабли, если бы знала, как это сделать.

После этого эпизода я сказала, что я, в принципе, согласна выйти за него замуж. Но я воспитана в белорусском городе, у нас такие порядки, что я могу это сделать только с разрешения родителей, к тому же, учти, я сказала, что мне еще нет восемнадцати лет, без согласия родителей нас ни один загс не распишет. Мы подождали еще месяц, и за несколько дней до моего дня рождения он взял отпуск, купил мне билет и полетел со мной в Белоруссию. И всю дорогу, даже в самолете, он держал меня за руку, не отпускал от себя вообще!

Так он довез меня до нашего города, но, как только мы прилетели, я бросилась к родителям и закричала: «Спасите меня!» Бедный мичман не мог понять, что случилось. Потратив огромные деньги, он получил полный поворот кругом. Родители сказали ему: она не хочет вас видеть. Он бегал вокруг нашего дома, кричал, что меня застрелит. Папа вышел к нему и сказал, что вызовет не милицию, а военный патруль и его просто разжалуют в матросы и отправят в дисбат. После этого мичман заплакал, как мальчик, у которого отняли конфету, и уехал. Я две недели отлеживалась. Год я прожила в своем городе. Но я уже честно могла сказать всем, что была актрисой, работала в театре и играла такие-то и такие-то роли. Я, правда, не рассказывала, что играла их только в гримерной комнате, где жила с этой актрисой-старухой. Тем не менее я могла показать контракт. То есть я ходила по городу с гордо поднятой головой и могла построить свою жизнь, как хотела. Я могла стать медсестрой, учительницей, даже врачом. Я могла выйти замуж за лучших людей: за директора универмага, за начальника стройтреста, за врача-гинеколога.

Но отрава актерской профессией уже жила во мне. По ночам я вспоминала овации, которые мне устраивали моряки, и как они вызывали меня на бис. О том, что это аплодировали не мне, а моему бюсту, я постепенно забыла. Я стала бредить этими аплодисментами, как алкоголик спиртным. И я поехала в Москву, чтобы продолжать свое актерское образование. Я понесла свои документы в один театральный вуз, в другой. Мне везде предлагали встретиться поближе, переговорить в интимных местах. Все мужчины говорили исключительно одно: с тобой нужно долго работать. Я никуда не поступила, жить мне не на что, я живу сейчас под Москвой, в Балашихе, и, чтобы хоть как-то подработать, хожу по массовкам то на «Мосфильм», то на студию имени Горького. Вот и вся моя история. Вы можете верить мне или не верить, это ваше дело. Только прошу вас, товарищ режиссер, смотрите все-таки на дорогу! Мы уже шесть раз чуть не вмазались во встречный транспорт.

* * *

ЛЮБОВЬ АЛБАНЦА

— В 1957 году я был пионером и учился в 153-й школе города Ленинграда. Более того, я был звеньевым, занимался общественной работой, и на мне лежала подготовка нашего пионерского звена к московскому Всемирному фестивалю молодежи и студентов. То есть я выпускал какие-то стенгазеты и отвечал за приветствия на встречах с иностранцами, которых мы тогда впервые в жизни видели. Фестиваль еще не начался, шла только подготовка, поэтому гостями нашей школы были редкие иностранные студенты, которые обучались в вузах города. А обучались там в основном китайцы, а также не столь многочисленные представители других соцстран.

Одним из таких гостей был представитель Народной Республики Албании, студент Политехнического института. Придя в нашу школу, он обнаружил, что никому тут не нужен, и слонялся по коридорам, а старшая пионервожатая накричала на меня, что я должен подойти и его поприветствовать. А надо сказать, что приветствие у меня уже было заготовлено. И, подойдя к нему, я произнес на чистом албанском языке два слова: «Пачэ! Мичэфи!», что означало: «Мир! Дружба!» Албанец был совершенно потрясен, погладил меня по голове, встретился с пионерами и поведал нам какую-то лабуду про нерушимую албанско-советскую дружбу. Как я уже говорил, жизнь богаче любой литературы, и то, что в литературе кажется притянутым за уши, в жизни порой случается совершенно естественным образом. Кто мог знать, что тот самый албанец, которому я сказал «пачэ, мичэфи» и который совершенно случайно зашел в 153-ю школу на Гончарной улице возле Московского вокзала, был тайным любовником моей двоюродной сестры Наташи, которая училась в том же Политехе на несколько курсов младше его.

Наташа жила тогда со своим отцом и матерью по соседству с нашей Гончарной улицей, на Старом Невском проспекте, в большой четырехкомнатной квартире, и ее отец, дядя Сережа, был родным братом моего отца. Более того, он был у отца самым любимым братом. То есть в большой семье, где было много братьев и сестер, отношения между моим отцом и дядей Сережей были особенные. Дело в том, что дядя Сережа и мой отец выделялись из остальных своих братьев и сестер как люди, сделавшие карьеру. Мой отец был известный в городе журналист, заместитель главного редактора детской газеты. А дядя Сережа был человеком, сделавшим карьеру в органах НКВД, которые по тем временам были второй головой коммунистической гидры. В Ленинград дядя Сережа приехал совсем недавно, и приехал он с Дальнего Востока, где занимал должность начальника концлагерей острова Сахалин. Был он абсолютным, как я понимаю, фанатом по своей гэбэшной части, за что в 1955 году был вычищен из партии и из НКВД, но не посажен, и обиженный приехал в город трех революций для продолжения жизни в качестве военного пенсионера.

Можешь себе представить, что это был за человек и каких взглядов он придерживался. Я хорошо помню этот 1955 год, когда сталинские лагеря уже начинали закрываться и дядя Сережа вернулся в свою ленинградскую квартиру, которая была у него на брони. Вся наша огромная семья собралась за длинным столом в его четырехкомнатной квартире, набитой старинной мебелью. Дядя Сережа сидел во главе стола, а на противоположном конце этого стола сидела моя бабушка, которая была главой семьи и родила всех этих братьев и сестер. А мой отец, как я уже говорил, был журналистом и, наверно, поэтому человеком свободных взглядов. И вот, сидя за столом в доме своего брата, полковника НКВД и начальника сахалинских лагерей, мой отец — в 1955 году, то есть еще до разоблачения культа Сталина и светоносного XX съезда партии! — сказал, что Сталин был далеко не так идеален, как мы его себе представляли, и вообще много безвинных людей пострадало в лагерях. На что дядя Сережа — я хорошо помню этот жест, хотя я был маленький мальчик, но даже я замер от ужаса, — дядя Сережа протянул правую руку в угол комнаты, взял оттуда саблю, вытащил ее из ножен и взметнул ее над столом.

Наступила гробовая тишина.

Все отпрянули в разные стороны.

И тогда дядя Сережа сказал, что если кто-нибудь, даже его самый любимый родной брат, произнесет в его присутствии хоть одно плохое слово о Сталине, то он его зарубит. При этом лицо дяди Сережи выражало такую решимость, что все просто замерли от вида этой сабли, которая взлетела над их головами и готова была обрушиться на любую из них.

И только моя бабушка встала, абсолютно бледная, из-за стола, подошла к дяде Сереже, выкрутила эту саблю из его руки и унесла ее в дальнюю комнату.

Думаю, теперь ты понимаешь, кем был мой дядя Сережа. Поэтому когда Наташка закрутила роман с иностранцем, то об этом дяде Сереже говорить было, конечно, нельзя. Дядя Сережа зарубил бы Наташу точно так, как он, не дрогнув, зарубил бы моего отца за любое нелестное слово в адрес великого вождя всех времен и народов. Потому роман Наташи и албанца по имени Артан возник и развивался втайне. И вот в момент, когда этот Артан пришел в нашу школу, роман их был в самом разгаре, о чем ни я, конечно, и никто в нашей семье не подозревал. Думаю, что об этом романе вообще не знал никто, кроме этих двух людей — албанца Артана и русской Наташи.

Между тем наступили глобальные исторические перемены. Благодаря Хрущеву в Советском Союзе был разоблачен культ личности и соответственно изменилась внутренняя и внешняя государственная политика. Однако не все социалистические страны приняли эту линию. Страны Восточной Европы — от Болгарии до ГДР — стали тоже поносить Сталина и изгонять своих «великих вождей», но две страны социалистического лагеря уперлись рогом в землю и продолжали твердить, что Сталин — самый великий человек планеты, он был, есть и остается путеводной звездой всех народов. Это были — самая огромная страна мира Китай и маленькая и самая бедная страна Европы Албания. Поэтому и Китай, и Албания в срочном порядке отзывали всех своих студентов на родину, чтобы они не заражались в СССР духом ревизионизма.

Теперь я должен сказать несколько слов об Артане. Артан был человек непростой. Он происходил из знаменитой албанской революционной семьи, которая имела такие заслуги перед коммунистической партией Албании, что была близка к самому хозяину страны, генеральному секретарю албанской компартии Энверу Ходже. И близка настолько, что Ходжа считал Артана своим воспитанником. То есть Артан в детстве неоднократно сидел на коленях у великого дяди Энвера и дергал его за усы, а Энвер Ходжа поучал мальчика как жить, и считал, что этот мальчик — олицетворение всей молодежи Албании. Поэтому когда Артан окончил албанское «суворовское» училище и перед ним стал выбор, кем быть, он решил стать военным инженером. И поехал в Советский Союз, в Ленинградский политехнический институт, который давал лучшее в мире образование в области военного машиностроения.

И вот когда Артана в конце пятого курса отозвали в Албанию, то, я думаю, он испытал двойной шок. Во-первых, худо-бедно, но Ленинград был в то время довольно цивилизованным городом с весьма интеллигентным населением. Из этого населения вышли Дмитрий Шостакович, Анна Ахматова, Иосиф Бродский, Сергей Довлатов и другие знаменитости. Худо-бедно, а в Ленинграде функционировали Эрмитаж, БДТ, «Ленфильм», Консерватория. В ЛПИ преподавали выдающиеся ученые. Питерское студенчество не отставало от московского по части увлечения Ремарком, джазом, штанами-дудочками и публичными обсуждениями романа Дудинцева «Не хлебом единым». По Невскому ходил троллейбус, а под городом уже проложили первую линию метро. И когда после всего этого молодой человек попадает на свою малоцивилизованную родину, где главным транспортным средством является осел, то он испытывает шок. Ведь Албания была единственной в Европе страной, не имевшей сети железных дорог. Об автомобильных дорогах там и не мечтали, поскольку автомобилей в Албании не было. Это была абсолютно нищая горная страна, зараженная коммунистической заразой, где люди, готовясь к атомной войне с США, без конца строили бомбоубежища. Вся страна была изрыта этими убежищами, хотя совершенно непонятно, кому нужна была эта Албания и зачем США ее завоевывать.

А кроме того, этого молодого человека оторвали от любимой девушки — да еще по причине идеологических разногласий между Албанией и Советским Союзом! Привыкший к вольному духу ленинградского студенчества, Артан, явившись в Албанию, стал, конечно, отпускать соответствующие колкости по поводу албанского социализма. Сначала ему сделал замечание сам Энвер Ходжа, потом Ходжа уже не снисходил до него, а замечания ему делали члены его семьи. Потом Артана вызвали в албанскую госбезопасность и сделали ему последнее предупреждение. А когда он в очередной раз выразил сомнение в том, что Албания является процветающей страной, то был отправлен в ссылку на югославскую границу, в самый бедный и отдаленный район своей самой нищей в Европе державы. Там он и еще один юный диссидент должны были пасти коз в горах. Их никто не охранял, потому что охранять их было бессмысленно. То была самая глухая дыра на свете. И Артан с новым другом по несчастью провел в этой дыре целый год. Но, будучи единомышленниками, подкрепившись козьим молоком и проверив друг друга в условиях борьбы с горными буранами, эти молодые люди поставили перед собой цель сбежать из Албании к едрене фене. А поскольку Артан в своей жизни видел только две страны, а именно — свою кошмарную, с отсутствием цивилизации Албанию и становящийся, как ему казалось, на рельсы демократии Советский Союз, то Советский Союз и являлся для него путеводной звездой. А кроме того, там жила его любовь — русская девушка Наташа, светлый образ которой он не мог позабыть даже в обществе албанских коз.

И вот во имя этой любви к Советскому Союзу вообще и к моей кузине Наташе в частности Артан и его приятель начали обрабатывать козьи шкуры, чтобы сделать из них ни больше ни меньше, а воздушный шар. Артан, как без пяти минут инженер и выпускник ЛПИ, произвел все расчеты и понял, где кроется главная трудность. Она заключалась в том, что козьи шкуры довольно жесткие и тяжелые, а создание воздушного шара требует легких материалов. К тому же у них не было никаких приспособлений для тонкой обработки шкур, эти приспособления нужно было мастерить по ночам и прятать. Козы тоже были на учете, их нужно было воровать, списывать на нападения волков. То есть все было довольно сложно, рискованно и развивалось медленно, как в лучших фильмах о побегах из лагерей смерти.

Однако они преодолели все трудности и за год кропотливой работы сделали воздушный шар из козьих шкур! Этот шар они наполнили горячим воздухом и, зацепившись вдвоем за одну веревку, перелетели югославскую границу, где тут же загремели в югославскую тюрьму, как албанские шпионы.

В этой тюрьме их держали полгода.

А Югославия тогда была центром мирового ревизионизма, то есть «социализма с человеческим лицом», вот что такое ревизионизм — для тех, кто не знает. Поэтому в тюрьмах там не пытали, не давили каблуком гениталии, не выбивали на допросах зубы, не прокалывали барабанные перепонки. Что позволило Артану не признать себя ни албанским, ни китайским шпионом, а на протяжении всех допросов на вопрос: «С каким диверсионно-шпионским заданием вы пересекли границу Югославии?» — отвечать одно: «В Ленинграде живет моя любимая девушка Наташа, и я сбежал из Албании для того, чтобы соединиться с ней». За полгода ежедневных допросов следователям так надоело слышать одно и то же, что в один прекрасный день его действительно депортировали в Советский Союз.

Не надо объяснять, что, как только в нашем аэропорту «Пулково» приземлился самолет, прилетевший рейсом из Белграда, Артан был арестован, препровожден в следственную тюрьму КГБ на улице Воинова и помещен в камеру для особо опасных преступников, в которой когда-то, еще при царском режиме, сидел Ленин, что впоследствии стало для Артана предметом особой гордости. В тюрьме ленинградские следователи задавали ему тот же вопрос, что и югославские. А именно: «С каким шпионско-диверсионным заданием он пересек границу Советского Союза?» На что Артан отвечал с чисто албанским упрямством: «В Ленинграде, на Невском проспекте, живет моя любимая девушка Наташа, которую я не смог позабыть, и ради воссоединения с ней я, собственно, и прибыл». А поскольку попытки примерить человеческое лицо докатились к тому времени и до СССР, Артану и тут не отбили почки, а еще через полгода, когда русским следователям надоело это слышать точно так же, как югославским, Артана вывели из тюрьмы и пинком под зад выбросили на Литейном проспекте — в том виде, в каком он прибыл из югославской тюрьмы, куда попал, как ты помнишь, на воздушном шаре прямо с албанских козьих пастбищ, то есть в рубище.

В этом замечательном наряде Артан, который знал Ленинград не хуже столицы Албании Тираны, пешком прошел с Литейного проспекта на Старый Невский и позвонил в квартиру Наташи, моей двоюродной сестры. Нужно заметить, что с момента его вынужденного отъезда из Ленинграда прошло два года, и это были два года жизни девушки, которой в начале их любовного романа было восемнадцать лет, а теперь стало двадцать. А жизнь девушки в этот период течет значительно стремительней, чем жизнь юноши. Поэтому Наташа уже давно забыла своего поклонника из какой-то Албании, и к этому моменту у нее был жених Вася, за которого она должна была выйти замуж, их документы уже были поданы во Дворец бракосочетаний на набережной Лейтенанта Шмидта. И когда Наташа увидела на пороге небритого, заросшего бородой и воняющего козлятиной человека в пастушьих лохмотьях, то она просто не узнала его и хотела захлопнуть дверь, считая, что какой-то бомж лезет в квартиру. Тут он сказал:

— Наташа, я Артан.

Наташа упала в обморок.

Он поднял ее на руки, внес в квартиру. В квартире никого не было. Он побрызгал ей лицо водой, она пришла в себя, и он ей рассказал всю историю. Он сказал, что в Албании, которая представляла собой концлагерь, он провел почти целый год в ссылке, в горах, и еще в двух других странах отсидел по полгода в тюрьме, но каждое утро он просыпался с мыслями о ней и каждую ночь, после любого допроса, засыпал с ее образом перед глазами, а по ночам видел ее во сне. И несмотря ни на какие испытания, он преодолел две границы, летел на воздушном шаре и выдержал все допросы во всех тюрьмах, чтобы теперь прямо из тюрьмы прийти к ней, своей любимой!

Конечно, в этой ситуации Наташа не могла ему сказать, что на днях выходит замуж. Сославшись на крутой характер своего отца, она вызвала по телефону свою подругу, дала ей какие-то деньги и попросила, чтобы эта подруга забрала Артана, отвезла к себе домой, вымыла, побрила, отвела в магазин, купила ему костюм, рубашку, туфли, носки. Кроме этого чисто человеческого желания помочь человеку, попавшему в беду, ею еще двигало стремление как можно скорее избавиться от этого безумца, сплавить его с глаз долой, потому что вот-вот должен прийти жених Вася, чтобы ехать за свадебными нарядами. Короче, у Наташи, по ее собственным словам, других эмоций в тот момент не было. И действительно, эта подруга забрала Артана буквально за минуту до прихода Васи, а Наташа, счастливая, что так удачно все обошлось, поехала с Васей в «Салон для новобрачных» и другие магазины покупать свадебные наряды.

Но когда они в перерыве между какими-то магазинами зашли перекусить в сосисочную на Невском, Наташа вдруг посмотрела на Васю и спросила:

— Слушай, Вась, а ты меня любишь?

— Ну, само собой, — сказал он.

— А скажи мне, Вася, ты бы мог сесть из-за меня в тюрьму и просидеть в этой тюрьме, скажем, два года? Просто лично из-за меня?

На что Вася сказал:

— Что я, псих, что ли?

На что Наташа задумчиво произнесла:

— А есть человек, который просидел.

Что дальше происходило в ее женской голове, мне доподлинно не известно, хотя она моя любимая двоюродная сестра. Но вся наша семья знает, что вечером она тайно позвала свою маму на кухню их четырехкомнатной квартиры и, закрыв дверь в комнату спящего отца, сказала:

— Мама, тут такое дело: был у меня любовник Артан, албанец по национальности. Он ради меня отсидел два года в тюрьме. В общем, я хочу выйти замуж за него, а совсем не за Васю.

Мама, выслушав всю историю, сказала:

— И правильно, Наташка!

А теперь я хочу пояснить, почему она сказала «правильно», поскольку сказать это могла только моя тетя Галя. Тетя Галя была верной женой дяди Сережи, то есть офицерской женой, которая шлялась с ним по всем дальним гарнизонам. Но сама она была женщиной с потрясающими способностями, которые она, конечно, не могла реализовать на Сахалине и в других тмутараканях. Но как только она приехала в Ленинград, то за короткий срок сделала фантастическую карьеру. Она стала директором самого лучшего в Ленинграде ювелирного магазина «Яхонт», который находился неподалеку от Дворцовой площади. Раньше, до большевиков, этот магазин назывался Главный магазин Фаберже, и этим все сказано. Так вот, тетя Галя интуитивно все поняла и сразу же, еще не видя этого Артана, стала на его сторону.

Как ты понимаешь, влияние директора магазина «Яхонт» на жизнь города было совершенно безгранично. Она могла все. Поэтому на следующее утро она поехала с Наташей на набережную Лейтенанта Шмидта к директору Дворца бракосочетаний. Родственники жениха Васи говорят, что при входе в этот Дворец в руке у тети Гали были замечены небольшие коробочки для ювелирных изделий, а при выходе этих коробочек уже не было. Но мы, родственники Наташи, считаем, что это грязные домыслы и инсинуации. Потому что не станет один директор унижать другого директора такими мелочами. Короче, когда тетя Галя и Наташа уходили из этого Дворца, то анкеты новобрачных были заменены и в них русская фамилия жениха Васи была исправлена на албанскую фамилию Артана.

Далее я опущу тот момент, когда жениху сообщили об этой метаморфозе. Он, я надеюсь, горевал недолго и вскоре утешился. Но самое интересное в том, что о замене жениха не успели оповестить всех гостей Наташиной свадьбы. А их было бесчисленное количество, ведь замуж выходила дочь самой хозяйки «Яхонта»! И все эти гости пришли с сервизами, хрустальными вазами и другими подарками, украшенными гравировками следующего содержания: «Новобрачным Наташе и Васе от таких-то родственников, друзей и так далее». А все эти подарки с благодарностью принимали Артан и Наташа. На этой свадьбе, которая была совершенно шикарной и проходила в самом фешенебельном зале гостиницы «Астория», оплаченном тетей Галей, отца Наташи, дяди Сережи, не было. Узнав о том, что его дочь променяла нашего коренного русского жениха на какого-то поганого иностранца, пусть даже из социалистической, но никому не нужной Албании, дядя Сережа пришел в ярость, сказал, что ноги его не будет на этой свадьбе, и проклял тетю Галю — организатора всей этой антипатриотической акции. А ночью во время свадьбы, оставшись один в их четырехкомнатной квартире, он той самой полковничьей саблей изрубил всю мебель, сервизы и вообще все, что попадалось под руку.

Поэтому после свадьбы Наташка и Артан ушли на какую-то квартиру, которую сняла им тетя Галя. Но самое главное, что с этого дня дядя Сережа перестал разговаривать со своей женой тетей Галей и они прожили в этом молчании двадцать следующих лет. Это чистая правда. Двадцать лет они жили в одной квартире как бывшие муж и жена, но не разводились. При этом тетя Галя готовила обеды и ужины, следила за хозяйством, стирала, убирала квартиру, покупала мужу какую-то одежду, но они не произносили ни слова. Но и это еще не самое страшное. Страшное будет впереди.

А теперь мы отвлечемся от дяди Сережи и тети Гали и перейдем к нашим новобрачным, потому что они стали жить-поживать, добра наживать. Артан окончил Политехнический институт, получил какую-то работу, Наташка тоже окончила институт, и они родили дочку по имени Анжелика, которая является моей родной племянницей. Крестины новорожденной состоялись 21 августа 1968 года. Этот день я запомнил навсегда, потому что он вошел в историю не только как день крестин Анжелики, но и потому, что в этот день доблестные советские войска вошли в Чехословакию, чтобы покончить с «Пражской весной». И вот все наши родственники — а это уже огромная семья, у сестер и братьев моего отца выросли уже свои дети, — эта, я повторяю, большая семья собралась в квартире тети Гали и дяди Сережи на Старом Невском проспекте на крестинах Анжелики. Дяди Сережи, конечно, не было, он демонстративно ушел из дома еще с утра.

Но это совершенно не портило наш праздник. Все были веселы, радостны, поздравляли родителей. А меня, который к этому моменту уже окончил Институт кинематографии и работал на Ленинградском телевидении, Артан отозвал в угол, считая, очевидно, самым прогрессивным членом нашей семьи. Он отозвал меня в угол и со слезами на глазах сказал буквально следующее:

— Знаешь, Саша, я родился в Албании, это концлагерь, каких земля не видела. Это самая коммунистическая, темная, малоразвитая и отсталая мусульманская страна. А Советский Союз всегда был для меня самым светлым местом на земле. Кроме того, здесь жила Наташа и вы, ее родственники, которых я так люблю! И здесь есть еще масса людей, которые мне помогли, которые даже после тюрьмы восстановили меня в институте, приютили, дали работу. То есть я вас всех просто боготворил, считал самыми замечательными людьми в мире! Но после того, что произошло сегодня, я хочу тебе сказать: вы — фашисты. Ты не представляешь, что происходит в моей душе! С одной стороны, это страна, которую я безумно люблю, а с другой стороны, я понимаю, что у вас психология оккупантов, что вы всюду заводите концлагеря, что везде, куда вы проникаете, вы сеете эту чудовищную бациллу коммунизма, навязываете всем свой режим и считаете, что вы, люди из обоссанных подъездов, можете управлять другими странами, нациями и народами. Что вам далась эта Чехословакия? Что она вам сделала? Что плохого сделали эти люди, которые хотят того же социализма, но с человеческим лицом, то есть — чтобы в той же системе, которую вы строите, люди жили более или менее нормально. Почему вы должны вводить туда танки? Почему вы должны унижать и давить других людей?

То есть он мне высказал все то, о чем я думал сам. И он сказал, что с этого дня он будет думать только об одном — как отсюда уехать.

И действительно, это стало его идефикс, он постоянно вспоминал, как бежал со своим другом из Албании, зацепившись за веревку на воздушном шаре. Этого друга после долгих допросов в югославской тюрьме тоже занесло в Европу, а именно в город Копенгаген. Они иногда перезванивались, переписывались, поддерживали контакт, и за это время тот копенгагенский албанец стал уже процветающим хозяином нескольких модных датских ресторанов. И Артан решил улететь к своему другу. Для него, как человека без гражданства, не составляло большого труда сесть в самолет

«Ленинград — Копенгаген» и через два часа сорок минут ступить на землю свободной и процветающей Дании.

Он ступил на эту землю, чтобы начать новую жизнь, но его ждал удар. Он мне рассказывал: «Ты не представляешь, чем для меня были эти первые месяцы пребывания в Дании! С одной стороны, это прекрасная цивилизованная страна. А с другой стороны, я приехал из коммунистического блока, никому не нужный человек. Единственное, что мне сделал мой друг-албанец, а ведь мы с ним перед побегом поклялись помогать друг другу, и вот он мне помог — он взял меня мойщиком писсуаров в свой ресторан. Меня, инженера с высшим образованием! Меня, с которым он делил кусок хлеба с овечьим сыром. Меня, с которым он год вручную выделывал козьи шкуры для побега, стирая руки до мозолей. Меня, который вывез его на воздушном шаре из нашей сраной Албании. И меня, с которым он полгода сидел в югославской тюрьме. После всего этого он дал мне лежанку в бытовке своего ресторана и работу уборщика сортиров. По ночам, когда я руками вынимал бычки из писсуаров, я плакал. Просто плакал...»

Но Артан оказался человеком неслабым, он не сломался и действительно заново начал свою жизнь. За то время, что он работал мойщиком писсуаров, ему выправили документы, он получил пособие политэмигранта и Дания предоставила ему квартиру — маленькую, но свою. Вскоре он из мойщика писсуаров превратился в официанта, потом в бармена, а потом так хорошо стал работать агентом по закупке продуктов для ресторанов своего хозяина, что через какое-то время стал его компаньоном и, получив в банке кредит, даже выкупил у него один из ресторанов. К этому моменту, несмотря на то что все было очень сложно и дядя Сережа не давал разрешения на отъезд дочери, он сумел и Наташу вырвать из лап коммунистов и перевезти в Данию, где уже имел большую квартиру, машину, ресторан и постоянный заработок.

Наташа, приехав туда, выяснила, что обладает редкой и очень нужной на Западе специальностью инженера по вентиляционным установкам. Она устроилась на работу в хорошей архитектурной фирме и стала сама зарабатывать деньги.

Между тем карьера Артана не остановилась на ресторане, а продолжала стремительно развиваться. Ему пришла в голову одна простая, но гениальная мысль. Он обнаружил, что

Копенгаген, несмотря на все его процветание, обладал одной унылой деталью. В Копенгагене в то время продажа алкоголя была по ночам запрещена, а в 23 часа закрывались почти все рестораны, поскольку благонравные датчане шли спать. Тем, кто не знает датской жизни, нужно сказать, что когда датчанин рождается, то уже известно место на кладбище, где он будет погребен. То есть вся жизнь человека расписана: она будет хороша, добротна, но все ясно и определенно до самого конца. А Артан прошел албанский концлагерь, югославскую тюрьму, советский КГБ и привык еще в СССР крутиться, чтобы выжить, — он не мог смириться с этим унылым укладом. И ему пришло в голову открыть в Копенгагене сеть ночных молочных баров. Не нужно тебе объяснять, что эти молочные бары в самое короткое время стали центрами молодежных тусовок, в которых продавались наркотики. И Артан сказочно разбогател. В самом фешенебельном районе Копенгагена они с Наташей купили старинный дом, сложенный из гранита и набитый огромным количеством роскошной старинной мебели. Они купили огромную американскую машину, ложу в театре, виллу в Ницце и вообще стали первыми людьми города.

При этом Наташа не забывала своих родителей, вернее, одну родительницу — маму, потому что папа с ней тоже не разговаривал. И она постоянно делала вызовы своей маме. Но что значит вызов в Данию для жителя Советского Союза, если он, то есть она, — директор крупнейшего ювелирного магазина? Тетя Галя залетала на минуточку в Данию, а потом они с Наташкой и малолетней внучкой Анжеликой садились в самолет и летели на Гавайские острова, в Италию или в Австралию. То есть они облетели весь мир. И тетя Галя стала такой мировой туристкой, что просто не было на земле райского уголка, где бы она не побывала со своей дочерью. Как раз в это время появились фотоаппараты «Кодак» с цветной фотопленкой, и из каждого путешествия тетя Галя привозила сотни фотографий. С дядей Сережей, как известно, она не разговаривала. Поэтому она просто выкладывала перед ним пачки этих фотографий и гордо уходила на работу, а дядя Сережа целыми днями рассматривал эти фотографии, изучал по ним, как живет его дочка, и сравнивал со своей жизнью.

Тут следует честно отметить, что жизнь дяди Сережи была не такая уж плохая. Он восстановился в партии и стал директором пищеторга Смольнинского района Ленинграда. А на территории Смольнинского района, как известно, находится Смольный институт для благородных девиц, в котором был расположен Обком партии. То есть дядя Сережа тоже стал одним из уважаемых людей Ленинграда. Но что была его жизнь, даже самая прекрасная, с лучшим харчем, который он выносил со своих складов в немереных количествах, — что была эта «партейная» жизнь рядом с гавайскими пляжами, американскими автомобилями и виллами на Лазурном берегу?

И на двадцать первом году семейного молчания, когда дядя Сережа досмотрел очередную пачку фотографий, он взял свою саблю, сломал ее и со словами «Жизнь прошла мимо!» получил обширный инсульт.

Примчалась «скорая», его отвезли в больницу — в ближайшую и самую обычную больницу города Ленинграда. И он бы умер в этой больнице, если бы не моя племянница Анжелика, историю которой нужно рассказать отдельно.

Анжелика, как ты помнишь, наполовину русская и наполовину албанка. Полжизни провела в городе Копенгагене, в частной школе, где, как известно, обучают не только датскому языку, но и английскому, французскому и немецкому. Поэтому к окончанию школы Анжелика знала русский, албанский, английский, немецкий, французский и датский языки. И также, по-моему, испанский, потому что, будучи дочерью богатых родителей, начала шляться по всему миру, но большей частью — в Испанию. Потом от греха подальше она была отправлена родителями в Швейцарию, в Школу переводчиков ООН, где выучила еще какие-то языки и стала абсолютным полиглотом. Но, будучи девушкой очень симпатичной, доставляла своим родителям массу хлопот тем, что пропадала из дома на месяцы, а потом обнаруживалось, что она на южном побережье Испании переживает измену своего очередного испанского любовника.

Родители были в отчаянии и просто не знали, что с ней делать. Наконец, после того как ее в очередной раз буквально чудом вырвали из лап финской полиции (а вся ее компания села в тюрьму за перевозку наркотиков), терпение родителей иссякло. Они силой упекли ее в самолет и отправили в Советский Союз к бабушке и дедушке, которые должны были наставить ее на путь истинный и определить в какой-нибудь институт. При этом они сказали Анжелике, что она может выбрать любую специальность, все будет оплачено. Анжелика выбрала медицину и была устроена в Первый Ленинградский медицинский институт. А поскольку она знала несколько языков и мозг у нее устроен совершенно потрясающе, она легко заучивала всю эту врачебную дребедень, полюбила медицину и стала учиться просто здорово. А все свое свободное время тратить на личную жизнь. За короткий срок среди ее поклонников перебывали самые знаменитые эстрадные артисты Москвы и Ленинграда, а более простые и юные питерские плейбои вились вокруг нее просто роями, сходили от нее с ума и, самое главное, один за другим садились в тюрьму. Это не преувеличение и не выдумки, просто Анжелика из тех девочек, на которых нужно тратить такое количество денег, какое честным путем заработать нельзя даже на Западе, не говоря уже о городе-герое Ленинграде. Поэтому поклонники и любовники Анжелики воровали, тырили, «кидали», спекулировали валютой и один за другим садились в тюрьму. А Анжелика продолжала свой карнавал жизни, и я бы мог привести целый список московских и питерских знаменитостей, которые пали к ее ногам, но сейчас промолчу.

И вот в один прекрасный день, вернувшись из какого-то очередного загула в квартиру к дедушке Сереже и бабушке Гале, она обнаружила плачущую бабушку, которая сказала:

— Внучка, готовься к самому печальному. Дедушки скоро с нами не будет.

Анжелика бросилась в больницу и обнаружила своего дедушку — он лежал там в коме, в коридоре, описанный, обаканный, и никто, конечно, не собирался его лечить. Дядю Сережу, как никому не нужного старика, просто оставили умирать в этом вонючем и пропахшем карболкой коридоре. Как мне рассказывала Анжелика, больше всего ее потрясло то, что на тумбочке у дяди Сережи она обнаружила лекарства, которые он должен был принимать, чтобы не умереть. Эти лекарства медсестра оставляла перед парализованным и умирающим человеком и совершенно не заботилась о том, чтобы он их выпил.

Тогда Анжелика, как девушка с темпераментом мусульманских кровей, разъяренной тигрицей ворвалась в кабинет главного врача и стала орать на него благим матом. То был весь русский мат, которым она, как полиглот, владела в совершенстве. И кроме того, там был албанский, немецкий, испанский и весь остальной европейский мат, который она почерпнула у своих многочисленных поклонников.

Главврач не понял, в чем дело, и принял ее за сумасшедшую. Он нажал потайную кнопку под своим столом, ворвались два санитара и попытались Анжелику скрутить. Она стала царапать их и в момент боя даже укусила главврача. Но все-таки три мужика загнали ее в угол, и тогда она инстинктивным движением выхватила из сумочки свой датский паспорт и стала махать им перед их лицами и орать:

— Не прикасайтесь ко мне, я датская подданная!

Тут главврач разом вспомнил, что уже успел засветить этой подданной по уху, струхнул и приказал санитарам: немедленно вон! И спросил у Анжелики:

— Мадемуазель, чем я могу быть вам полезен?

Она сказала:

— Там, в коридоре на шестом этаже, умирает мой дедушка Сергей Окунев, полковник КГБ в отставке. На его тумбочке стоят таблетки, которые он должен был принимать, а эти суки, ваши медсестры...

Главврач тут же нажал другую кнопку и сказал своему заместителю по хозяйственной части:

— Немедленно! Лучшую палату! Перевести больного Окунева с шестого этажа!

Ему ответили:

— Извините, сейчас в лучшей палате лежит народный артист из Большого драматического театра, который на реабилитации.

— Выбросить народного артиста!

И выбросили в общую палату народного артиста — наверное, очень хорошего человека. А дядю Сережу перевели в лучшую, и врачи набросились на него в тот момент, когда он действительно уже был в состоянии клинической смерти. Но они вернули его на грешную землю. И Анжелика в течение всего пребывания дедушки в больнице находилась при нем, отлучаясь только в магазин «Березка». И кабинет главврача постепенно заполнялся импортными стереосистемами, видео-магнитофонами и французскими коньяками.

Короче, дядю Сережу подняли на ноги, он вышел из боль-ницы, но уже, конечно, человеком после инсульта — левая рука у него осталась скрюченной, а левая нога волочилась. Тем не менее к нему вернулась речь, он был спасен. Наташа, мать Анжелики, сделала все возможное для того, чтобы вы-писать своих родителей в Данию. Для этого по тем сраным коммунистическим законам нужно было отдать ленинград-скую квартиру и продать все имущество, которое у них было. Они все оставили, раздали, продали за бесценок и выехали в Данию. Когда они приехали, то сначала поселились в боль-шом 14-комнатном доме, где Наташа жила со своим новым мужем, потому что за это время успела развестись с Артаном и выйти замуж за хозяина той архитектурной фирмы, в кото-рой работала и которого она развела с женой и женила на себе. Но в 14-комнатном доме им показалось тесно, и вообще на Западе не принято, чтобы родители жили вместе с детьми. Поэтому Наташка стала требовать у датского правительства, во-первых, пенсии для дяди Сережи и тети Гали, которые приехали к ней как к датской подданной, а во-вторых, выде-ления им квартиры. И им действительно была выделена трех-комнатная квартира в фешенебельном районе, но самое главное, что дяде Сереже была назначена пенсия, равная той, которую получал бы датчанин аналогичного звания и долж-ности. А поскольку когда-то дядя Сережа занимал должность начальника концлагерей острова Сахалин и был полковни-ком, то ему была дана пенсия полковника датской армии. А эта пенсия была больше, чем зарплата Анжелики, которая к этому моменту окончила институт и стала врачом, а врачи на Западе очень неплохо зарабатывают.

Надо сказать, что вскоре Анжелика вернулась в Данию, купила себе квартиру и часто приходит к дедушке Сереже и бабушке Гале, потому что все-таки они старики и им нужно помогать. А у Анжелики своя личная жизнь, она родила ре-бенка. Но это отдельный роман, и мы не будем его касаться. А по соседству с ними в большом собственном доме живут знаменитый датский архитектор и его жена — очень хороший инженер и дочь бывшего начальника концлагерей острова Сахалин, получающего пенсию датского полковника. Но главным украшением этого экзотического семейства является все-таки тетя Галя, которая приехала в Данию в возрасте 75 лет, тут же пошла на курсы датского языка, выучила его, получила автомобильные права и сейчас, будучи эдакой очаровательной, респектабельной и хорошо одетой датской старушкой, носится по всей Европе в роскошном «ягуаре», живет на пенсию дяди Сережи и прекрасно себя чувствует.

Да! Забыл сказать, что после двадцатилетнего молчания дядя Сережа, поселившись в Копенгагене, стал разговаривать со своей женой.

И конечно, нужно сказать несколько слов о судьбе Артана, который увеличил население Датского королевства столь ценными гражданами. Он живет бобылем, навещает внучку, гуляет с ней по копенгагенским паркам и детским магазинам. А все остальное время, свободное от руководства сетью молочных баров по всей Дании, он посвящает своему новому хобби — воздухоплаванию. Как человек неимоверно богатый, он ежегодно строит себе новый воздушный шар и совершает на нем путешествия над Европой. При этом главной его заботой является рассчитать маршрут таким образом, чтобы его, не дай Бог, не занесло попутным ветром на родину, в Албанию, или в его столь прежде любимую Россию.

И пока Бог его миловал.

* * *

ТИХОБОРОВ И ЗВЕЗДА

— Старик, только мы договариваемся, что все фамилии в этой истории будут изменены, включая фамилию главной героини, поскольку речь пойдет о всемирно знаменитой женщине.

Итак, на «Моснаучфильме» работал и до сих пор, наверное, работает начальником отдела международных связей человек по имени Петр Тихоборов. Скромный такой, с лицом советского инженера — абсолютно неброский. А на фоне актеров, которые табунами ходят по нашим студиям, он в мужском плане вообще никто. Тем более что он всегда носил какой-то затертый пиджачок и брюки с пузырями на коленях. Конечно, все понимали, что, как всякий начальник международного отдела, он должен сотрудничать с КГБ, но наверняка никто это не выяснял, да и зачем нам?

И вот однажды мой приятель, директор кинокартины, говорит мне, садясь в машину:

— Слушай, Саша, подбрось меня в ателье.

— Какое еще ателье? Мы едем по делу!

— Нет, мне нужно в ателье!

— Зачем?

— Да, блин, Тихоборову шинель шью.

— Какую еще шинель?

— А ему генерала дали, надо ему шинель сделать.

Тут до меня дошло, что скромняга Тихоборов — ни больше ни меньше как генерал КГБ и, следовательно, нужно с ним быть настороже. А он как человек очень симпатичный был — всегда при встрече остановится, вежливо разговаривает, много спрашивает. То есть очень хороший психолог. Хотя однажды, еще в начале перестройки, у меня был совершенно классный контракт с одной шведской нефтяной компанией, которая давала немереное количество денег на производство рекламного фильма о ней. Но чтобы снять его, мне нужен был загранпаспорт, и я был готов производство этого фильма отдать той студии, которая этот паспорт сделает. И я пришел с этим в «Госкино», а они вызвали Тихоборова, мы с ним долго беседовали, он кивал и говорил, что ему тоже хочется поехать со мной в Стокгольм. А через неделю объявил мне, что нас не пустили. Я тут же побежал на студию имени Горького, и они сделали мне этот паспорт буквально за два дня, мы уехали в Швецию, и студия Горького обогатилась, а «Моснаучфильм» оказался в проигрыше. А почему Тихоборов так поступил, я до сих пор не знаю, это тайна его профессии.

Но история не о том. Главная история такая. В те коммунистические времена главными событиями нашей кинематографической жизни были, конечно, московские кинофестивали. Потому что, в принципе, Москва жила неинтересно, никаких особых развлечений. А на Московский кинофестиваль приезжали сразу все звезды мира, самые знаменитые актеры — Жан Маре, Жерар Филип, Ив Монтан, Симона Синьоре, Софи Лорен. А потом стали приезжать и американские звезды, то есть фестиваль действительно стал большим событием. Дом кино разрывался от желающих туда попасть, и даже если люди получали билеты не в Дом кино, а в какой-нибудь занюханный клуб «Серп и молот», а там на сцену выходил Роберт де Ниро, то и это было для них событием всей жизни!

Правда, и у звезд были свои капризы. То у них в номере окна не туда смотрят, то джакузи нет, то еще что-то. С ними, конечно, проводили профилактическую беседу, объясняли, что вы приехали в самую передовую, но бедную страну. Если тараканы будут бегать по номеру, не надо падать в обморок. Если нет туалетной бумаги, пользуйтесь газетой «Правда», у нас за это не судят. Но иногда эти звезды выкидывали такие номера, что с ними просто не знали, что делать. И вот про один из таких случаев мне рассказал директор Московского фестиваля, так что это чистая правда, хотя и большой секрет.

В программе каждого фестиваля, рассказывал он, роли всегда заранее распределены. Скажем, в этом году главный герой фестиваля — Жерар Депардье, и его, может быть, год охмуряли, чтобы он приехал. А в следующий раз звезда фестиваля — Марчелло Мастроянни или, например, Ким Новак. И по уровню этих звезд судят о престижности самого фестиваля.

И вот, рассказывает мне директор, после очень долгих уговоров я заполучил на фестиваль американскую супер-секс-звезду мирового экрана, вторую по знаменитости после Мэрилин Монро. Ее вообще три года уговаривали, наобещали ей с три короба, и, наконец, она согласилась, приехала. Конечно, говорит директор, я селю ее в лучшую гостиницу — в «Россию», в башню, номер-люкс в четыре комнаты с видом на Красную площадь, туалет сам проверил — работает, бумагу завез из распределителя ЦК, салфетки из двухсотой секции ГУМа. Все как надо. А она, блин, засела в этом номере, пьет виски и отказывается посещать какие-либо мероприятия, просто никуда не хочет идти! Ей говорят: как? вы же на кинофестивале! у вас программа! встречи с публикой! «Не пойду никуда! Ничего не хочу!» Ей там уже цветы — корзинами, народ у входа в гостиницу специально ради нее толпится. То есть ажиотаж полнейший! Но для нее это — ноль! Сидит в номере, пьет и на всех рычит: shit, shit, fucking shit! То есть все говно, все говно и так далее. К ней приходят переводчик, члены оргкомитета, секретари Союза кинематографистов, даже заместитель министра кинематографии, который по-английски трекает. Бесполезно!

Ну и наконец мне, как директору фестиваля, говорят:

— Все, теперь сам будешь расхлебывать. Притащил эту стерву с сиськами восьмого размера, а у нас из-за нее срываются все мероприятия! Иди и принимай меры!

Я говорю:

— Это не по моему профилю, директор фестиваля занимается другими делами, а не ходит по номерам артистов уговаривать.

Но тут мне звонят из отдела культуры ЦК, намекают на острое перо в мягкое место за срыв фестиваля, и я, конечно, иду к этой суперзвезде. Прихожу. Действительно, сидит роскошная баба — в каком-то немыслимом пеньюаре, груди фантастической красоты наружу вываливаются. Красавица безумная! Хоть и не первой молодости, но роскошная! Я ей представляюсь:

— Разрешите вам помочь, я директор фестиваля. Если у вас какие-то проблемы, то я...

— Нет, я ничего не хочу! И ничего мне не надо! — Сидит, пьет виски из стакана и ворчит: — Почему я пью теплое виски? Льда нет...

Я ей говорю:

— Сейчас будет, и вообще не стесняйтесь, скажите, что вам надо, я выполню любое ваше желание!

А она вдруг так смотрит внимательно и спрашивает:

— Любое?

Я говорю:

— Любое!

Тут она поправляет сиську, которая вываливается из ее пеньюара, и говорит:

— Хочу Тихоборова!

Я, конечно, не понял, спрашиваю у переводчика:

— Чего она хочет?

Он говорит:

— Какого-то тихобора! — И обращается к ней: — Мадам, вы объясните толком, какого тихобора вы хотите? Может быть, не тихобора, а старовера?

А она говорит:

— У нас в Америке, в Голливуде, был представитель вашего кино Тихоборов. Вот такой мужик, но потом он, сука такая, взял и исчез. Причем в самый неподходящий момент. И я хочу выяснить, почему он все-таки исчез. Я что, самая плохая на свете баба? Да передо мной короли на коленях стоят! А этот подлец — я из-за него таким мужикам отказала, сенаторам! А он — раз! — и исчез. Не написал, не позвонил — полное говно! Shit! Я ему хочу сказать все, что я о нем думаю! — И стаканом об стенку. — Дайте мне Тихоборова!

Я говорю:

— Спокойно, мадам, не волнуйтесь, сейчас я привезу вам Тихоборова.

А сам выбегаю к дежурной по этажу, звоню в Госкино, в отдел кадров:

— Слушайте, тут у меня главная звезда фестиваля пьяная в стельку, у нее алкогольный бред, она хочет какого-то Тихоборова. Кто такой Тихоборов?

А в Госкино говорят:

— Сейчас посмотрим. Под такой фамилией у нас есть режиссер на хабаровской киностудии, есть монтажер в Благовещенске и есть две Тихоборовых в Одессе, но это женщины. Может, она лесбиянка?

— Нет, — кричу, — она не лесбиянка, она про мужика говорила! И хватит мне лапшу на уши вешать! Кто из ваших гэбэшников мог в Голливуде наше кино представлять? Или вы хотите, чтобы я в ЦК это выяснял?

Ну, тут они колются, говорят:

— Вообще когда-то представителем «Совэкспортфильма» там работал Михаил Калатозов, но он уже умер. Хотя есть у нас и Тихоборов. И кажется, он тоже одно время работал от «Совэкспортфильма» в Лос-Анджелесе, а сейчас на «Моснаучфильме» начальник международного отдела. Но дайте нам уточнить по его личному делу. Точно! Отозван из Соединенных Штатов. О-о, нет! Не стоит ему с ней встречаться, и даже не пробуйте!

Я говорю:

— Да вы понимаете, что у меня из-за него срывается весь фестиваль?!

Но в этом управлении кадров тоже гэбэшники сидят, они говорят:

— Ваш фестиваль — ваши проблемы, а к Тихоборову мы вам не советуем соваться, он ни с какой американской звездой не будет встречаться.

Я думаю: ну, все! Значит, здесь у меня КГБ голову оторвет, а там ЦК КПСС перо в одно место вставит. Что делать? Ладно, была не была! Набираю телефон международного отдела «Моснаучфильма» и говорю:

— Товарища Тихоборова!

— Да, слушаю.

Я своим ушам не верю.

— Вы Тихоборов?

Он отвечает:

— Так точно, Тихоборов.

Ну, думаю, если я сейчас скажу ему, в чем дело, или буду просить о помощи, он испугается и ни в какую «Россию» действительно не поедет. И говорю официальным тоном:

— Товарищ Тихоборов, с вами говорит директор Московского кинофестиваля. У нас тут возникла одна проблема, которую мы с вами можем решить только с глазу на глаз. Прошу немедленно прибыть в гостиницу «Россия», высылаю за вами машину.

Он говорит:

— Не надо высылать машину, у меня своя есть.

Я говорю:

— Через сколько вы будете?

— Через десять минут.

— Приезжайте скорее! Жду вас у лифта в восточном вестибюле!

И тут же кладу трубку, понимая, что он, как гэбэшник, не может ослушаться приказа. Если ему начальственным тоном сказано быть как можно скорее, то он бросается в машину и несется через все светофоры. Поэтому я через пять минут спускаюсь вниз, в восточный вестибюль, стою у лифта и смотрю, кто тут может быть Тихоборов, по которому сама американская суперзвезда сохнет. И вспоминаю Калатозова, постановщика легендарных фильмов «Летят журавли» и «Красная палатка», роскошного красавца грузина. И вот я стою, высматриваю второго Калатозова.

А фестиваль же в разгаре, и там, в вестибюле, полно народу. Актеры, режиссеры, кинопродюсеры — то есть все мужики первосортные, особенно иностранцы. Но все — мимо меня и даже по сторонам не смотрят. И тут же крутится какой-то хмырь невзрачный, в совершенно потертом костюме, локти светятся. Я уже думаю: где этот Тихоборов, блин, застрял? Начинаю ходить по вестибюлю и бубнить все громче:

— Тихоборов! Тихоборов! Тихоборов!.. — чтобы, значит, обратить на себя внимание.

И вдруг этот хмырь подходит и говорит:

— Я Тихоборов, что такое?

Я говорю:

— Так. Тут не место это обсуждать, идемте со мной!

Заталкиваю его в лифт и говорю:

— Дело вот в чем. К нам приехала одна актриса, у нас для нее целая программа заготовлена, а она пьет как лошадь, и только вы можете ее спасти!

Он говорит:

— Почему я-то? С чего вы взяли?

Я заливаю:

— Понимаете, ваша студия делает много совместной продукции, «Альманах кинопутешествий». И я подумал, что вы можете психологически на нее воздействовать. У вас есть опыт общения с иностранными звездами.

Он говорит:

— Да у вас такой же опыт! Даже больше моего! Вы же международный фестиваль организуете!

Короче, происходит такая перебранка между двумя мужиками по дороге, между прочим, к самой красивой женщине в мире! Подходим к ее двери, он говорит:

— Никуда я не пойду! Почему я должен за вас вашу работу делать и лечить какую-то алкоголичку? Вы меня вырвали со студии, у меня там своя программа, гости фестиваля.

Я говорю:

— У вас есть хоть какое-нибудь представление о мужской солидарности? Ну, можете вы меня, как коллега, выручить? Она, между прочим, не «какая-то», а мировой секс-символ!

И с этими словами распахиваю дверь и вталкиваю его в номер.

Дальше была немая сцена, как в «Ревизоре» у Гоголя! Причём в театре это длится минуту, а тут, мне показалось, это длилось час. Два человека — эта полупьяная суперзвезда со стаканом виски в руках и в голубом пеньюаре со своими немыслимыми сиськами наружу и этот русский чиновник в потёртом пиджачке — они стоят и смотрят друг на друга, и на их лицах вся гамма их безумных чувств. Они ничего не говорили, они просто смотрели друг на друга — но Боже мой, какие там были эмоции! Сначала они друг друга не узнали. Потом узнали и пошли какие-то радостные эмоции. Потом эмоции негативные. Потом какое-то преодоление этих негативных эмоций, и вдруг она как закричит:

— Пье-е-ер!

Бросилась на него, стала его обнимать, пеньюар у нее задирается, мы видим ее знаменитую на весь мир попу, но все стоим, как два идиота, — директор фестиваля и переводчик, присутствуем при этой безумной сцене. И я не знаю, что делать. Если бы этот Тихоборов мне хотя бы рукой показал или сказал: уйди. Но он стоит как каменный, а она на нем виснет. И вроде он, как мужик, должен ей отвечать — или обнять, или, наоборот, оторвать ее от себя. Но, как чиновник и гэбэшник, он ни того не делает, ни этого.

Тут я выхожу из оцепенения и говорю переводчику: нам надо срочно позвонить! Выскакиваем из номера, садимся в холле перед этой дверью, сидим и ждем, как два мудака. Думаем: что будет? Через полчаса выходит этот Тихоборов, весь помятый, потрепанный, подходит ко мне и говорит:

— Ну, ты, сука, меня и подставил!

Как будто я его к какой-то Нюшке с Казанского вокзала привел!

Я говорю:

— Извините, я не знал, что это ваша знакомая.

Он говорит:

— Все ты знал, сука!

Я говорю:

— Ну, хорошо, знал. Но она сказала, что хочет вас видеть.

Он говорит:

— Мало ли что она сказала! Ты баб больше слушай, урод! — И с этими словами уходит в лифт.

Я смотрю на переводчика, тот — на меня. Мы же своими глазами видели его лицо, когда они встретились. Оно же радостью озарилось — пусть на один только миг, пусть потом он опять стал «железным Феликсом», чекистом, но этот миг был! И я подумал: не из-за этого ли романа его из США отозвали? Но уточнять мне было некогда, да и Тихоборов уже уехал в лифте. Я вздохнул и постучался к ней в номер, говорю:

— Можно войти?

Она кричит из-за двери:

— Come in! Входите!

Мы с переводчиком заходим, а она там одевается и говорит:

— О'кей, господин директор, все в порядке! Какая у вас программа? Напишите мне расписание моих выступлений. Но имейте в виду: я езжу только с Пьером!

...Ну, и когда директор фестиваля рассказал мне эту байку, я ему заметил:

— А ты знаешь, что этот Тихоборов теперь генерал КГБ?

А он говорит:

— Неужели? Ну, тогда прав был Бакатин, когда КГБ разгонял! Вот за что они там свои звания получали!

* * *

История седьмая

МИМИСТКА

— Жизнь для мужчины — поле боя, а для женщины — сцена. И об этом моя следующая история.

Был у меня приятель, знаменитый мим Кеша Перов. Он был известен эстрадным номером под названием «Мульт». Там он изображал человека, который двигался как в немом кино, когда фильм крутили со скоростью 16 кадров в секунду, а не 24, как сейчас. То есть он делал резкие движения, словно мультипликационный персонаж, и это было очень смешно и трогательно. А кроме того, он был весельчак и большой любитель девушек, в чем у нас с ним и было много общего. И вот однажды звонит у меня телефон, снимаю трубку, раздается голос Кеши.

— Сашка, — он говорит, — ты чего там сидишь?

Я говорю:

— В каком смысле?

— Ну, ты сидишь у себя в квартире и не знаешь, что самые красивые девушки страны собрались сейчас в Москве, в Театре эстрады на конкурс!

— В честь чего? Что они там делают? — сделал я стойку.

А в те годы, при коммунистах, никаких конкурсов красоты не было. Кеша говорит:

— А ты что, не в курсе? В Театре эстрады идет конкурс пантомимы, и я председатель жюри. Со всего Союза собрались лучшие девушки и показывают свои пантомимы, а я их сужу!

Я говорю:

— Ну так что же мы тут стоим на солнцепеке?

Он говорит:

— Это ты стоишь на солнцепеке! Давай быстро приезжай!

Я приезжаю в театр, и Кеша начинает шепотом объяснять мне такую ситуацию.

— Ты, — говорит, — понимаешь, я тут познакомился с девушкой такой красоты, какой я просто в жизни не видел! Она актриса из Тарту. Я ей дал все баллы, и не я один, а все наше жюри по ней с ума сходит. И, понимаешь какая штука, вчера после первого тура у нас произошла любовь. Но я же человек женатый, мне ее некуда привести, и мы с ней занимались этим делом на какой-то кошмарной лестничной площадке. А поскольку твоя жена в командировке, то сегодня я иду к тебе, ты нас приглашаешь и мы проводим замечательный вечер.

Я говорю:

— Хорошо, что ты за меня уже все решил. Я приглашаю в свою квартиру тебя и эту красавицу, а сам что? Сижу и лапу сосу?

Он говорит:

— Старик, ты не понимаешь, здесь такое количество потрясающих девушек, что любая будет твоей! А моя красавица тут вообще главная, все на нее смотрят, как на богиню, она любую может пригласить к тебе!

И в этот момент я вдруг вижу, что все начинают оборачиваться, и мы тоже оборачиваемся, потому что по лестнице спускается девушка неземной красоты. Она настолько красива, что все замолкают, пораженные, и мы тоже. А она подходит к Кеше и говорит:

— Привет! Как дела? Какие на сегодня планы?

И я понимаю, что это и есть та красавица, которую он мне описал, но его описание было лишь десятой долей того, что я увидел. А он говорит ей:

— Вот, знакомься, мой друг Саша. Сегодня мы идем к нему в гости, он нас приглашает. Но ты же понимаешь, Верочка, ему с нами будет скучно. Нужно, чтобы у него тоже была какая-то дама из наших конкурсанток.

Она говорит:

— Да нет ничего проще! Пойдемте, Александр, я вам представлю всех, кто вам понравится.

И мы идем с ней по каким-то холлам, лестницам, буфетам и кулисам этого театра, она подводит меня к группе девушек и говорит: «Вот, знакомьтесь, это Катя и Валя, а это —

Александр». То-се, мы начинаем разговаривать, потом она отводит меня в сторону и говорит:

— Как вам эта Катя? Ее можно взять с собой.

Я говорю:

— Понимаете, эта Катя, конечно, девушка замечательная, и если бы у нее были такие ноги, как у вас, то, конечно, я бы её взял. Но у нее с ногами проблема.

Вера говорит:

— Хорошо, идемте!

И заводит меня в другой угол, где другие девушки репетируют.

— Вот, — говорит, — теперь здесь посмотрите, это девушка Инна. Инна, иди сюда! Я хочу вас познакомить. Это Александр. — А потом отводит меня в угол: — Ну как? У Инны, по-моему, ноги ничего.

Я говорю:

— Ноги у нее просто класс. Но фигура у нее в сравнении с вашей просто ничто. Она какая-то плоская. А у вас такие замечательные формы!

Тут она смеется и говорит:

— Ну, конечно, до меня ей далеко! Но давайте подойдем туда, к девушке Гале. Галя, я хочу тебя познакомить, это Александр. Поговори с ним, он замечательный человек!..

А через пару минут опять отзывает меня в сторону:

— Ну как вам Галя? Ничего?

Я говорю:

— У Гали фигура просто замечательная! Но понимаете какая штука, у нее же нет таких потрясающих глаз, как у вас.

Вера хохочет:

— Таких глаз, рук, ног и фигуры, как у меня, нет ни у кого. Вам придется остаться одному.

И с этой шуткой мы спускаемся вниз, в зал, и она уходит за кулисы перед своим выступлением. Кеша садится в жюри, она выходит на сцену, делает свои замечательные пантомимы, ей устраивают овацию, потому что она действительно звезда и по достоинству получает все высшие баллы. После конкурса мы встречаемся с ней опять, и Кеша говорит: «Ну, все, поехали!» Но она говорит:

— Я, к сожалению, сейчас поехать не могу, у нас собрание, нам дают инструктаж перед последним туром. Вы отправляйтесь и дайте мне адрес, а я, как только закончится собрание, обязательно приеду.

Я беру спичечный коробок — у меня под рукой ничего больше не было — и на спичечном коробке пишу свой телефон и адрес. И мы с Кешей уезжаем ко мне готовиться к встрече. По дороге мы заезжаем в магазин, набираем всякой вкуснятины, шампанского, фруктов, закусок и сидим, ждем, когда приедет наша красавица. А красавица все не едет и не едет. Опаздывает. И Кеша мне говорит:

— А ты выбрал девушку?

Я говорю:

— Нет, не выбрал.

Он говорит:

— А как же ты будешь сегодня? Один, что ли? Позвони какой-нибудь своей девчонке, пусть приедет, ты будешь со своей подругой, а я со своей.

Ну хорошо. У меня есть список «скорой помощи», я звоню по этому списку и говорю: «Олечка, можешь приехать?» А она отвечает: «Могу, но только с подругой. Она у меня сидит, и деть мне ее некуда». Я говорю: «Приезжайте вдвоем». И они едут к нам. Мы с Кешей все приготовили, разложили, накрыли, сидим и надеемся, что они скоро приедут.

В этот момент раздается звонок, я иду в прихожую, распахиваю дверь, и входит наша красавица мимистка. Мы открываем шампанское, начинаем гулять. Все это весело, с подъемом, Кеша рассказывает анекдоты, я рассказываю какие-то истории, мимистка тоже, а потом Кеша говорит:

— Знаешь, Верочка, Саша у нас такой робкий, не выбрал ни одну красавицу из тех, что ты ему предлагала.

Она говорит:

— Я сама поразилась! Я ему таких предлагала — одна лучше другой!

— Но пока тебя не было, — продолжает Кеша, — он пригласил двух девчонок, и они сейчас приедут.

Вера несколько удивилась, и тут Кеша говорит:

— Послушайте, у меня есть гениальная идея! Эти девчонки едут уже полтора часа, и за это мы их накажем. Как? Очень просто. Скажем, что, пока они ехали, неожиданно вернулась из командировки Сашина жена. Ты, Верочка, сыграешь ее роль. И посмотрим на их реакцию. А когда потом все раскроем — вот уж будем хохотать!

Тут эта мимистка говорит:

— Но тогда я должна подготовиться. Минуточку.

Она уходит в ванную и через несколько минут выходит в домашних тапочках моей жены и в ее халате, надетом на голое тело и подпоясанном каким-то пояском. Кеша умирает от восторга:

— Смотри, какая девочка! Какая потрясающая женщина! Какая актриса! Как она все обыграла!..

Мы выпиваем по бокалу шампанского за ее артистизм, в этот момент раздается звонок, я выхожу в прихожую, открываю дверь, и тут же с визгом и криками мне на шею вешаются эти две приглашенные девчонки. Я говорю:

— Минутку, девочки! Секунду! Я вас прошу — тихо! Отвисните от меня, потому что, пока вас не было, приехала моя жена!

Они поджали хвостики и говорят:

— Ой! Ну так что, нам идти гулять?

Я говорю:

— Нет, гулять не надо, оставайтесь, все будет нормально, мы вас примем. Тем более что это будет еще подозрительней — вы пришли и тут же сбежали...

Тут в прихожую выходят Кеша и эта Вера, мимистка. Я говорю:

— Знакомьтесь, это моя жена.

Девчонки очень вежливо говорят:

— Здравствуйте, нам очень приятно. Если бы мы знали, что вы здесь, мы бы пришли с каким-то подарком.

А она говорит:

— Да что вы, девочки! Какие тут подарки? Раз вас мальчики пригласили, так я что — не понимаю, что ли? Вы и есть для них подарки! Проходите!

Тут девочки вообще не знают, как себя вести. Но она очень вежливо сажает их за стол и сама садится. Мы выпиваем, затеваем какой-то разговор, но некое напряжение у девчонок, конечно, чувствуется. Кеша, как главный инициатор, втихаря давится от смеха, мы с Верой тоже прячем улыбки, а девчонки чувствуют себя не в своей тарелке. Но постепенно расходятся, тем более что эта артистка ведет себя, как настоящая хозяйка дома: начинает командовать, кому сменить посуду, куда что принести. Садится рядом со мной. Кеша просто умирает от того, как она замечательно вошла в роль. А когда время подходит к двенадцати ночи, Вера говорит девчонкам:

— Девочки, спасибо, что пришли. Вы такие милые, я рада, что у Саши и Кеши такие хорошие подруги. Нам было приятно с вами, но, понимаете, я сегодня целый день летела на самолете и нам пора отдыхать. Приходите завтра, послезавтра, мы вас всегда будем рады видеть. А сегодня такой день — вы уж извините.

Девчонки встают и говорят:

— Конечно! Мы все понимаем, нет вопросов! Спасибо вам за стол, за прелестный вечер, нам было так приятно познакомиться.

Идут в прихожую и надевают шубки. А Вера продолжает:

— И Кеша вас, кстати, проводит до метро, ему тоже пора.

Тут Кеша делает круглые глаза и говорит:

— Я не понял. Кто проводит? Куда мне пора?

— Ну как же, Кеша! — она говорит. — Вы пригласили девушек. Неужели они сами уйдут в эту ночь? Мужа я не могу отпустить с ними, а ты иди и проводи их, будь джентльменом!

Кеша меняется в лице.

— Чего-то я не врубаюсь, вообще. Можно тебя на минутку?

Они с Верой выходят на балкон, и он ей говорит:

— Слушай, ты что? С ума сошла? Ты что говоришь? Куда меня гонишь?

И говорит это так громко и возмущенно, что все слышат — и я, как бы муж ее, и девочки, стоящие у двери этой маленькой однокомнатной квартиры. На что Вера не менее громко ему отвечает:

— Кеша, по-моему, ты сошел с ума! Я приехала к мужу, я по нему соскучилась, я проделала огромную дорогу, мне нужно принять ванну, мне нужно ложиться спать, в конце концов! Ты что, лишнего выпил, что со мной так разговариваешь? Иди на улицу, охолонись! Тебя девушки ждут!

Кеша выходит с балкона полностью потерянный, она подает ему его пальто и прощается с девочками такими специфически женскими поцелуями щечкой к щечке. Такой же поцелуй отвешивает Кеше и выталкивает его за дверь, закрывая ее изнутри на щеколду.

И тут уже я не знаю, как себя вести, потому что весь юмор пропал. На что она говорит:

— Милый, помоги мне убрать посуду, давай тут приберемся.

Мы начинаем прибираться. Я вижу, что она вошла в роль жены просто потрясающе. Она все убирает, потом идет в душ, я раскладываю постель, она приходит из душа, сбрасывает халат, ныряет под одеяло, и я ухожу в душ, не понимая, что же, собственно, дальше будет и до какой же степени может дойти эта игра. После душа заворачиваюсь в полотенце, возвращаюсь в комнату и встречаю ее жаркие объятия — именно такие, какие должны быть у жены, когда она долгое время не видела своего горячо любимого мужа. И между нами происходит любовь, и все совершенно замечательно, даже потрясающе. Утром я просыпаюсь от того, что она на кухне, что-то напевая, готовит завтрак и спрашивает меня оттуда: «Тебе чай или кофе?» Потом она приносит завтрак в постель, мы поедаем его с огромным аппетитом, затем целуемся и снова предаемся любви — просто настоящая семейная идиллия! Затем она просит, чтобы я отвез ее в Театр эстрады, где проходит этот конкурс. Я везу ее туда на машине, она мне машет ручкой и упархивает за сцену. Я нахожу Кешу, который смотрит на меня, как на врага народа, и говорит: «Ну, ты мерзавец! Ну, негодяй!» — и все остальные слова великого и могучего. Хотя видно, что главным объектом его злости является она, а не я. «А на эту... у меня вообще слов нет!» — шипит он.

Но он-то председатель жюри, и тут идет третий тур. Вера выходит на сцену, ее, как фаворитку и лидера, встречают овацией, и, как Кеша ни пытается занизить ей очки, она побеждает в этом конкурсе. Дальше происходит банкет-фуршет, на который меня Кеша не приглашает. И она уезжает, так и не позвонив, в свой город Тарту. А я вспоминаю об этой ночи как об одной из самых счастливых ночей моей жизни. Я просто не могу забыть эту девушку ни днем, ни ночью. И тогда я сажусь в свой автомобиль «Жигули» первой модели и мчусь через Ленинград в Эстонию, приезжаю в Тарту. А в Тарту всего один театр, я прихожу туда, говорю, что я с киностудии, мне нужно найти девушку по имени Вера N. Мне говорят: она живет в общежитии театра, телефон такой-то. Я ухожу, звоню по этому номеру, мне говорят: «Сейчас позовем». Через минуту в трубке звучит мужской голос, который спрашивает с эстонским акцентом: «А зачем она вам нужна?» И в голосе этом, во-первых, этакие хозяйские нотки, а во-вторых, никакого желания меня с ней соединить. Я представляюсь, а он говорит, что Веры сейчас нет в общежитии.

Тогда я снова приезжаю в театр, говорю, что не смог дозвониться, и спрашиваю, давно ли она тут работает. А мне говорят: «Да они с мужем тут уже несколько лет, у них прекрасная семья! Приходите вечером, сегодня она играет».

Мне становится ужасно грустно, но вечером я все-таки подъезжаю к этому театру, надеясь ее увидеть. И в шесть часов, за час до начала спектакля, я вижу, как она идет в сопровождении какого-то мужчины, тоже красавца актера, и они заходят в театр через служебный вход. Я жду еще час в надежде, что он выйдет, уйдет, не будет же он смотреть спектакль, который он видел, наверное, раз сто. Но он не выходит, остается там. И я понимаю, что мне нельзя идти в театр, что он будет там до конца спектакля, что он, возможно, тоже играет в этой пьесе, а затем заберет ее прямо со сцены, и я не смогу сказать ей даже двух слов или передать букет цветов. И все же я рассчитываю, когда примерно закончится спектакль, уезжаю ужинать в ресторан, а через два часа возвращаюсь и вижу, что да, все именно так, как я себе и представлял: они вышли из театра вдвоем, он не отпускает ее от себя ни на шаг. И они уходят по направлению к их театральному общежитию.

Не знаю, нужно ли рассказывать, как я поехал в местную гостиницу и как спал там в неудобной постели, всю ночь ворочаясь и думая, что эта волшебная, фантастическая женщина — вот здесь, рядом, через несколько кварталов. И как утром я мчался обратно в Москву и всю эту тысячу километров вспоминал самую смешную, самую нежную и самую необычную ночь в своей жизни.

А Кеша Перов, мой друг и товарищ, обиделся на меня смертельно, не звонил мне и вообще исчез из моей жизни, хотя, практически, сам затеял этот дурацкий розыгрыш.

Прошло какое-то время — может быть, год, может быть, больше. Еду я из Москвы в Таллин со своей съемочной группой выбирать натуру для фильма на острове Сааремаа. Вхожу на Ленинградском вокзале в вагон «СВ» вместе с оператором и директором своего фильма и вижу — стоит Кеша Перов, который тоже едет в Таллин на гастроли. Увидев меня, он тут же начинает кричать:

— Вот этот тип! Вот этот мерзавец, который уводит чужих девушек!

То есть кричит вроде в шутку, но видно, что обида в нем живет до сих пор. Я говорю:

— Кеша, перестань. Ничего особенного не произошло. Этих девушек море разливанное по всему миру, мы их еще поделим с тобой.

Кеша смиряется, и в знак восстановления нашей дружбы я приглашаю его выпить в свое купе «СВ». Мы заходим, я достаю коньячок, мы начинаем по рюмочке, вспоминаем какие-то истории и анекдоты. И Кеша говорит:

— Слушай, пойдем поужинаем в ресторане.

— Знаешь, — я говорю, — я поел перед поездом, совершенно не хочу.

— Ну, пошли со мной, посидишь.

— Да я лучше тут посижу, книжку почитаю. Ты сходи поешь, а я тебя тут подожду.

Он меня долго уговаривал, не уговорил и ушел. А ко мне пришли из соседнего купе мой оператор и директор фильма. И мы сидим втроем, болтаем под коньячок. Через час или полтора — стук в дверь. Входит Кеша.

— О, привет, ребята! Я к вам не один.

Может, он решил, что у нас есть выпивка, или захотел похвастаться новой победой, но, так или иначе, он открывает дверь и вводит совершенно замечательную девушку. Говорит:

— Знакомьтесь, это Катя. Я с Катей познакомился в ресторане, она пришла туда, искала место, я ей предложил сесть за мой столик, и мы вместе ужинали. Потом я ей сказал, что в поезде едут мои друзья, съемочная группа, и, может быть, вы снимете ее в кино. И Катя согласилась прийти сюда. — И подмигивает мне, чтобы я поддержал его игру.

Я говорю:

— Конечно, Катя, нет вопросов. Заходите, мы рады вас видеть.

Оператор уступает Кате место за столиком у окна, я сижу напротив нее, а вокруг нас рассаживаются Кеша и мои коллеги-киношники. Теперь нас уже пять человек, и мы продолжаем распивать ту самую бутылочку коньяка, которую я открыл с Кешей. Разговоры, анекдоты, веселье, юмор — все как обычно в дорожной атмосфере у богемной публики. А уже дело к ночи. Мы сидим, разговариваем. Катя, как единственная девушка, — центр внимания, мы делаем ей комплименты, но не больше того. И вдруг я чувствую, как чья-то нога возле моих ног делает некие движения. Я сначала не обратил на это внимания, но поскольку движения не прекращались, посмотрел под стол и вижу — это Катина нога выказывает моим ногам свое расположение и дружбу. Естественно, я, как живой человек, начинаю тоже отвечать ногой или даже двумя и встречаю со стороны ее ног полное взаимопонимание. Это дает мне новый прилив вдохновения, и я начинаю рассказывать новые анекдоты, какие-то истории, байки и так далее. Короче, мы хохочем, веселимся, и Катя веселится больше всех. А ее нога уже вылезла из туфли и пальчиками в чулке пошла гулять по моим ногам, знакомиться с ними. Что, конечно, приятно. Хотя никто об этом не знает, все наше купе сидит, смеется разным анекдотам и шуткам по-прежнему. Между тем под столом уже происходят очень откровенные закулисные переговоры наших ног, причем на самом высоком уровне. То есть ее ножка достигла высоты моих колен, раздвинула их и вышла к той цели, которую я прикрыл пиджаком.

А поезд идет, колеса стучат, экспресс несет нас на запад. И где-то в полночь мои оператор с директором говорят: мы пошли спать. И уходят. Мы остаемся втроем в купе. Кеша сидит, поскольку он пришел с этой девушкой, он ее снял, закадрил, покормил в ресторане и считает своей. Но, как человек интеллигентный, он не хватает ее ни за какие части тела, а просто ведет себя как мужчина, который пришел со своей девушкой и с ней же уйдет. Хотя я тоже понимаю, что девушка уже далеко зашла своей шаловливой ножкой и вряд ли эта ножка отсюда так просто выйдет. И когда около двух часов ночи стало ясно, что мы наболтались, насмеялись и надо расходиться, Кеша говорит:

— Катя, может быть, пойдем? Я тебя провожу.

Наверное, он собирался проводить ее в свое купе, но Катя вдруг сказала:

— Я никуда не пойду, мне здесь очень нравится.

Кеша совершенно опешил, но понял это не впрямую, а так, что Кате просто нравится наша компания. И Кеша продолжает сидеть, просидел еще час. А потом стал клевать носом, ему захотелось спать, — он сказал:

— Пойдем, Катя. Надо человеку дать отдохнуть.

На что Катя повернулась к нему и сказала:

— Ты хочешь идти — и иди. А я здесь останусь.

Кеша захлопал глазами:

— В каком смысле?

— В прямом, — она говорит. — Я здесь остаюсь, у Александра.

Отчего у Кеши совершенно вытянулось лицо, но он еще сидел и никак не мог этого переварить, даже пытался что-то сказать насчет ее вещей в другом вагоне, которые могут пропасть. Но Катя уже эдак по-хозяйски встала, открыла свою сумочку и стала смывать макияж, говоря ему:

— Ну что ты сидишь? Иди спать.

Короче, она его выгнала и заперла дверь изнутри. Ну что мне оставалось делать? Ты же понимаешь. Утром мы рука об руку вышли с этой Катей из купе в Таллине и в коридоре нос с носом столкнулись с Кешей Перовым, который выносил свои чемоданы. Но он посмотрел на нас как на врагов, не сказал ни «здрасьте», ни «до свидания» и исчез в толпе на перроне. А мы с Катей поехали в гостиницу «Олимпия», где у меня был заказан номер.

Очень скоро я понял, что Катя просто ехала оттянуться в Таллине. И по дороге выбирала, с кем ей будет хорошо. На этом отрезке ее жизненного пути ей сначала встретился Кеша, а потом я, и она быстренько Кешу на меня поменяла. Девчонкой она оказалась исключительно веселой и бойкой, у нас с ней была масса всевозможных приключений.

А Кеша Перов, как ты понимаешь, уже напрочь исчез с моего горизонта. Но не навсегда, в этом месте начинается история «Кеша Перов-3».

Прошло несколько лет. Я уже живу в Париже и как-то приезжаю в район Монмартра, чтобы купить окантовку к замечательному старинному гобелену, который приобрел на Блошином рынке. Еду очень медленно, ищу место для парковки машины, а там такие узкие улочки, забитые машинами, и огромное количество магазинов, в которых продаются ткани и всевозможный приклад — пуговицы, окантовки, нитки. И среди них мой любимый магазин, где я всегда покупаю окантовки, поскольку я коллекционирую гобелены. И когда я нашел место и воткнулся в дырку от отъехавшего автомобиля, смотрю: вдали по улице идет Кеша Перов с какой-то девушкой. С момента нашей последней встречи прошло лет пять, то есть после второй истории, когда я увел у него вторую девушку, и, естественно, Кеша мне после этого не звонил и не общался со мной. И вот теперь у подножия холма Монмартр, среди узеньких улочек, я снова вижу Кешу. И я, обрадовавшись, что увидел русского человека, москвича, своего старого приятеля, выскакиваю из машины и ору на всю улицу:

— Кеша! Перов!

Кеша, конечно, вздрагивает, потому что услышать, как кричат твое имя на улице Парижа, для русского человека — большая неожиданность. Он начинает озираться вокруг. Я машу рукой, он видит меня, узнает и — возникает такая пауза, во время которой на его лице пробегает вся гамма чувств: от неожиданности и радости встречи до воспоминаний о той роли, которую я сыграл в его жизни. А я, совершенно забыв о своем злодействе, с самым радостным лицом и руками нараспашку иду к нему и его подруге. И вдруг вижу, как Кеша хватает свою подругу, бежит с ней по улице, сбивая туристов, и исчезает в толпе.

Вот так он меня испугался. А в чем я, собственно, виноват?

* * *

История восьмая

ШЕХЕРЕЗАДА

— Как-то еду я на машине из Москвы в Ленинград. Только въехал в город, смотрю — в самом начале Московского проспекта, напротив бронзового Ленина с кепкой в руке, голосует замечательная девушка. Я останавливаюсь, она говорит:

— Мне нужно в центр. Сколько?

— А я, — отвечаю, — из московского бюро добрых услуг, подвожу красивых девушек бесплатно. Специально ради вас прикатил из Москвы, 700 километров по отвратительной русской дороге.

Она засмеялась:

— Тогда вам нужно домой, спать, вы устали.

Я говорю:

— Конечно, но вам в центр, и мне в центр. Садитесь и не давайте мне уснуть.

Однако вместо Невского, куда она собиралась, мы поехали на Кировские острова, за стадион, выехали на берег Финского залива и развернули автомашину так, чтобы видеть всех людей, которые к нам подходят. Затем откинули сиденья и предались любви, несмотря на то что знали друг друга меньше часа. И после этого стали замечательными любовниками — то она мне звонила и назначала встречи, то я ей звонил, и мы с удовольствием встречались. Причем мы могли не видеться две и даже три недели и никогда друг друга не спрашивали, кто где и как провел это время. То есть никаких обязательств. Такое, можно сказать, спортивное любовное приключение, которое доставляло нам обоим огромное удовольствие.

А девушка, как я уже сказал, была просто замечательная и в сексе очень продвинутая. Поэтому однажды в процессе любви я предложил ей: расскажи мне про свои сексуальные приключения. И она стала рассказывать. Оказалось, что, несмотря на свои девятнадцать лет, она уже имела огромное количество любовников и потому рассказывала мне свои истории до бесконечности, причем одна история другой смешней и лучше. Она меня так ими развлекала, что я прозвал ее Шехерезадой. Но, как ты понимаешь, все иссякает, и даже опыт этой юной девушки на какой-то двадцать восьмой или тридцать пятой истории закончился. И тогда я ее спросил: «А можешь ты рассказать про свое самое сильное сексуальное впечатление в жизни?» Она говорит: «Могу, но ты мне должен поклясться, что никому никогда эту историю не расскажешь». Вот сейчас я нарушаю эту клятву. Но поскольку прошло лет двадцать пять, я думаю, что эта девушка, судя по ее классу, сейчас пребывает где-то совсем в других краях, а если мы в нашем фильме переделаем Ленинград на Москву, то и вообще все концы уйдут в воду.

— Так вот, — она говорит, — слушай, история такая. Хотя любовники у меня появились уже в шестнадцать лет, но я была, конечно, ребенком в глазах своих родителей. Отец у меня одно время был богатейшим человеком, он был главный человек по аукционной продаже скакунов. И мы занимали роскошную квартиру, в которой, слава Богу, до сих пор живем, тут все прекрасно. Но однажды я заболела, и заболела очень сильно. У меня была температура под сорок два, жар. И родители ухаживали за мной, поили медом, соками, лекарствами. А когда жар у меня спал и наступили озноб и слабость, они уложили меня спать, а сами легли с двух сторон, чтобы согревать меня своими телами. И я лежала меж ними в полубреду, умирала от слабости. А потом мама сказала, что засыпает, встала и ушла спать в свою комнату. Я осталась с отцом. Меня колотит в ознобе, и он меня согревает как может. А как он может? Обнимает, прижимает к себе. И вдруг я чувствую, что это уже объятия не отца, а мужчины. То есть он начал меня обнимать не как ребенка, а как женщину. Но не откровенно, как ты сейчас, а то были одновременно объятия и как бы мужчины, и как бы отца. Если бы я сказала: «Папа, ты что?» — он мог бы удивиться, сказать: «А что? Ничего особенного». Но я молчала, лежала к нему спиной, меня стало колотить, но уже не от озноба. А через какое-то время я к нему повернулась, вцепилась губами в его губы и отдалась ему. Мы занимались любовью, может быть, всего тридцать секунд, потому что он сразу кончил, как только в меня вошел, буквально через несколько движений. Но ничего более острого, ничего более сладкого, ничего более фантастического я в этой жизни никогда не испытывала и никогда, очевидно, не испытаю.

После этого он сразу же встал с постели и ушел к маме. И у них по-прежнему были прекрасные отношения, они любили друг друга. И никогда ни словом, ни взглядом он не напоминал мне о той ночи, и я ему не напоминала. Но это у меня было самое сладкое впечатление в жизни, самое сильное. И у него тоже. Я в этом убедилась через два года, когда отца поймали на валютных операциях, что по тем временам было чревато. Был громкий судебный процесс, отца посадили на десять лет, но адвокат, нанятый за большие деньги, ухитрился вывести из-под конфискации наше имущество. И поэтому мы сохранили квартиру, машину, мамины драгоценности и какие-то деньги. А отца отправили в лагерь, и, конечно, это была трагедия и для меня, и для мамы.

Между тем наступил очередной аукцион скакунов. А поскольку мы всегда бывали на всех аукционах, я и мама в первом ряду, то нам по традиции прислали билеты и на этот раз. Мы пришли и сели на свои места. А там, как всегда, был друг отца, крупнейший шведский закупщик донских жеребцов. Он подошел к нам, спросил, как отец. Он уже знал всю историю. Мама заплакала, рассказала о своей последней поездке в лагерь. Он стал ее утешать, потом сказал, что привез для меня подарки, спросил, могу ли я с ним отойти. Мама осталась смотреть аукцион, а я пошла. Но подарки — это был предлог, чтобы остаться со мной наедине. Он дал мне дурацкую коробку конфет и сказал:

— Девочка, я тебе хочу сказать одну вещь. Запомни: хотя твоего отца арестовали и посадили, но все его деньги сохранены, они лежат в банке в Стокгольме. Денег очень много, больше миллиона долларов. Это его процент от сделок. А в распоряжении по вкладу написано, что единственным человеком, который может распоряжаться этими деньгами кроме него, являешься ты.

Я сначала не врубилась, не поняла, о чем он говорит. А он сказал:

— Если ты сможешь выехать на Запад, то в Стокгольме ты получишь карточку банка. Ты теперь очень богатая девочка. Только не говори маме, это его условие.

Тут я пришла в себя и спросила:

— А вы можете сказать, как давно эти деньги лежат и когда они на меня записаны?

Он ответил:

— Я сейчас не могу точно сказать, но в следующий раз, когда я приеду, я тебе скажу обязательно.

И через три месяца, во время своего следующего визита в Ленинград, он показал мне банковскую выписку, которую тут же сжег. Там была вся информация: когда открыт счет, сколько денег, какие проценты набежали. И там же была дата, когда был указан второй распорядитель счета, то есть я. Я подсчитала, и оказалось, что это было в первую же командировку отца на Запад после того, как между нами случилась та история. Он вылетел в Швецию и сделал меня распорядительницей его зарубежного вклада, не сказав о нем маме ни слова.

— Повезло тебе, — сказал я.

— Это тебе повезло, — сказала моя Шехерезада. — Я уезжаю на Запад. Буквально сижу на чемоданах. Еще весной подала документы на выезд и до сих пор жду. Не затянули бы с визой, мы бы с тобой не встретились.

* * *

НАСЛЕДНИЦА ПРЕСТОЛА

— Я не верю в версию Библии о том, что женщина была создана из ребра Адама. Если бы Господь использовал этот метод, то, как при любом клонировании, женщина походила бы на мужчину, как овечка Долли на свою родную сестру. И не только физически, но и психически, умственно. А поскольку это совершенно не так, то я склоняюсь к мысли, что женщины вообще созданы на другой планете, в другой цивилизации. Потому что их понимание мира, их философия, психология — это совершенно неземные вещи. Конечно, с тех пор как женщины прибыли на землю и стали здесь жить, они цивилизовались, а некоторые из них даже усвоили какие-то земные правила и манеры. Но далеко не все. Например, одна моя знакомая каждым своим поступком подтверждала мою теорию о неземном происхождении женского пола. Звали ее Люда Розанова.

Людка работала у меня на фильме ассистентом художника по костюмам. Собственно, толку от нее как от ассистента не было никакого, но я ее взял в свою группу, как только увидел. Потому что девка она была необыкновенно яркая. Ее нельзя было назвать красавицей, но ею можно было любоваться — это был законченный тип рыжей бестии. Она была высокая, стройная, конопатая, с огромной гривой рыжих волос и с голубыми глазами. И отличалась она поведением крайне экстравагантным. На фокусы, которые она выкидывала, никакой мужчина никогда в жизни не был бы способен. Например, в обеденный перерыв я часто брал Людку в нашу элитную столовку на «Мосфильме». Это такой а-ля ресторанчик для режиссеров и руководящего состава студии. Мы там обедали, и Людка, обедая со мной, всегда рассказывала массу смешных историй. И вот однажды, когда я зачерпнул ложкой наваристую мясную солянку, украшенную черными маслинами, и уже собрался отправить в рот это чудо кулинарии, я поднял глаза на Людку, которая что-то рассказывала, и... Ложка выпала у меня из рук прямо в тарелку, обрызгала солянкой все вокруг, маслина выкатилась на пол. Потому что секунду назад напротив меня сидела девушка с огромной копной великолепных рыжих волос, а теперь — абсолютно лысое существо! Инопланетянин с бритой головой и накрашенными губами! Я замер с открытым от ужаса ртом.

Надо сказать, что Людку никогда не удивляла реакция людей на ее фокусы. Поэтому она прямо приступила к объяснению своей трансформации.

— Ты представляешь, Саша, — сказала она. — У меня был любовник-американец. То есть он вообще-то был не любовник, а гнида, как я теперь понимаю. Но он говорил, что он меня любит, собирается на мне жениться. И я с ним жила. А он периодически шлялся в свою Америку...

Тут надо сказать, что дело было еще в коммунистические времена, когда выезд из СССР был крайне затруднен и единственным способом попасть на Запад, кроме туризма под надзором гэбэшников, был выезд по браку. О чем мечтали, конечно, все девушки Советского Союза.

— И вот, — продолжала абсолютно лысая Людка, — этот самый американашка мечтал на мне жениться и так запудрил мне мозги, что я с ним, гнидой, целый год прожила, как порядочная! Тут он снова уезжает в свою Америку, вещей почти не берет, говорит, что, как всегда, через две недели вернется. Но его нет. Нет его две недели, три недели, нет месяц. Я сижу тут, кукую. Ну, конечно, у меня есть другие любовники, это как водится, но я-то считаю себя невестой этого американца, я уже губы раскатала на квартиру в Нью-Йорке и на дачу на океанском берегу. И вдруг он присылает толстый пакет, в котором объяснительное письмо насчет каких-то своих семейных обязательств и фотографии с его свадьбы. Оказывается, он, поганка дешевая, и там имел невесту, и здесь. Две недели тут жил со мной, а две недели там, с американкой. И мне обещал жениться, и ей. Но в конце концов выбор был сделан в пользу своей местной аборигенки, а я, как туземка, брошена тут, в этой отсталой стране. И я решила ему отомстить. Я пошла в парик-махерскую, побрилась наголо, а потом зашла в фотографию, сделала фото и вчера экспресс-почтой отправила ее в Нью-Йорк.

— А что же было у тебя на голове минуту назад? — спросил я.

— Ну как ты не понимаешь! — сказала Людка. — Побрилась-то я ради американца, чтоб ему, гаду, насолить! Пусть он думает, что у меня вши, сифилис, проказа, и от страха импотентом станет! Но не ходить же мне лысой среди советских людей! Тут меня милиция на каждом углу будет останавливать, думая, что я из зоны сбежала. Поэтому я сегодня пораньше пришла на студию в платочке, подобрала себе в гримерной парик под свои волосы и хожу. Никому и в голову не пришло, что это парик. Даже тебе. Верно? Ну, ешь свою солянку! Остыла небось...

Но это, старик, была лишь увертюра к главному рассказу. Потому что другие Людкины номера были еще экзотичней. И вот один из них. Как-то она мне звонит: «Можно я к тебе приеду? Это срочно!» — «Приезжай». Приезжает и говорит:

— Слушай, ты получил приглашение на прием в американское посольство по случаю 4 июля?

А я тогда дружил с послом Соединенных Штатов Уолтером Стасселом, и он меня приглашал на каждое мероприятие, которое там было. Я говорю:

— Да, конечно.

Она говорит:

— А ты с кем идешь?

— Я еще не решил.

— Возьми, — говорит, — меня.

Я уже открыл рот, чтобы сказать: конечно, Люда, почему бы нет, ты эффектная и красивая девушка, я туда всегда с красивыми хожу — пусть американцы полюбуются русскими красавицами. Но что-то остановило мой порыв, и вместо того, чтобы сказать «конечно», я спросил:

— А зачем тебе это нужно?

И она сказала:

— Саша, мне это очень важно! Потому что, кроме любовника-американца, у меня, как я тебе уже сказала, были другие мужчины, параллельные. А среди них Марк, ты его знаешь, это сын знаменитого композитора. И вчера мы с Марком пришли к Борьке Ермолаеву, твоему коллеге-режиссеру, у которого квартира — не то клуб, не то проходной двор. Туда можно прийти в любое время суток, выпить рюмку водки, выслушать от Борьки историю, какой он великий экстрасенс и как он вылечил Федерико Феллини, Джульетту Мазину, и другие байки. И там же можно посмотреть кучу американских и немецких журналов, где Ермолаев красуется с парящей перед ним сигаретой, которую он поднял с помощью телекинеза или хрен его знает чего. И вот мы приходим с Марком к Борьке, там сидит огромная компания, Марк раздевается, а я вхожу прямо в шубе и сажусь на диван вместе со всеми. На что Ермолаев, как хозяин дома, говорит:

— Люда, ты бы сняла шубу. Тут, между прочим, люди не сидят в верхней одежде.

Тогда я распахиваю шубу и показываю Борьке, что под шубой у меня ничего нет, что это и верхняя моя одежда, и нижняя. На что Борька, гад, говорит:

— Люд, иди и сними шубу! Кто тебя здесь не видел голую?

Это, может быть, и соответствует действительности, но не в такой же грубой форме. Поэтому я поднимаю глаза на Марка и говорю:

— Марк, меня обозвали блядью!

На что Марк спокойно говорит:

— А ты не ходи туда, где тебя знают. — И продолжает, гад, беседовать с какой-то дамочкой, повернувшись ко мне спиной.

Тогда я встаю и, конечно, ухожу из этой грёбаной квартиры...

Дальше, старик, рассказ Людки прерывается, поскольку я перепроверял его истинность и считаю, что продолжение лучше выслушать в версии Бори Ермолаева.

— Сашок, — сказал мне Боря, — ты понимаешь, какая муля, я даже не знаю, что теперь делать. Вчера пришел ко мне Марк с этой рыжей жердью Людкой Розановой. И она прямо в шубе плюхается посреди квартиры на диван, где сидят другие люди. Я ей говорю: «Люда, иди сними шубу». А она показывает, что под шубой у нее ничего нет. Я говорю:

«Людка, ну кто тебя тут не трахал? Ходи голая, эка невидаль!» А она говорит: «Марк, меня блядью обозвали». Марк говорит: «А не ходи туда, где тебя знают». Тут Людка встает, хлопает дверью и уходит. Мы сидим, культурно общаемся, а через полчаса — звонок в дверь. Я подхожу, там стоит мой сосед и говорит: «Борис, извините, внизу автомобиль «Жигули» оранжевого цвета, это ваш?» Я аж похолодел, потому что мой друг, великий шахматист Боря Спасский, приехав с очередного чемпионата мира, дал мне в долг пять тысяч рублей и я купил себе «копейку», первую модель «Жигулей». Не могу же я ходить пешком, если все режиссеры «Мосфильма» ездят на «Жигулях»! Я же никогда работу не получу! «Да, — говорю я соседу, похолодев, — моя». А он говорит: «Там какая-то рыжая дамочка кирпичом разбила уже все фары, стоп-сигналы, боковые и задние стекла, изувечила двери, капот и багажник, а сейчас бьет переднее лобовое стекло, но оно плохо поддается». Первое, о чем я подумал: «Я еще на «Мосфильме» на этой машине не был, а Спасскому мне деньги отдавать придется ни за что!» Я бросился к телефону, набираю милицию и говорю: «Вам звонит владелец автомашины, которую сейчас курочат возле дома по такому-то адресу. Пожалуйста, приезжайте скорей!» Милиция, надо сказать, тогда работала оперативно, и уже через пять минут Людка была схвачена и с руками, завернутыми за спину, поднята к нам на девятый этаж. При этом она с милицией не вступала в полемику. Она им сказала, что вся разборка будет в моей квартире. Милиция поднялась, думая, что разборка будет со мной, как с хозяином машины. Они входят и говорят: «Мы только что пресекли правонарушение, вот эта девушка искурочила всю вашу машину». Людка говорит: «Он тут ни при чем, он просто хам!» Милиция говорит: «Но вы же ему нанесли ущерб! Кто будет за это платить?» На что Людка совершенно спокойно показывает на Марка: «А вот он будет платить! Я сюда с ним пришла, он за меня и отвечает!» Тут до Марка доходит, что его невинная фраза «не ходи туда, где тебя знают», обошлась ему примерно в 3 тысячи рублей, что по тем временам составляло половину цены «Жигулей».

А теперь, старик, снова рассказ Людки, финал этой истории.

— Знаешь, Саша, — сказала она, — то, что мужчины сволочи, я знала давно. Ты же помнишь мою историю с американцем? Но чтобы русский оказался таким же?! Представляешь, Марк после этого мне уже третий день не звонит!

— Люда, — говорю, — я удивляюсь, что ты жива третий день, что он тебя вообще не убил.

Но Люда пропускает это мимо ушей и продолжает излагать историю по своей женской логике:

— Я не могу его добиться! Его жена мне не отвечает, хамски бросает трубку. Марк от меня где-то прячется, я его где только не ловила — и на даче, и в «Балалайке», ресторане Дома композиторов. Нигде его нет! Более мерзкого отношения к женщине я еще не видела! Но теперь я вспомнила, что Марк, как человек педантичный и тоже машущий хвостом при появлении любого американца, обязательно пойдет на прием по случаю национального праздника Дня независимости 4 июля. Поэтому я хочу пойти вместе с тобой и устроить ему там такое... Я там вообще все перебью!

А поскольку в том, что перебьет, сомневаться не приходилось, я сказал:

— Люда, дорогая, спасибо тебе за то, что у тебя есть единственное неженское качество — искренность. Вали отсюда как можно дальше и никогда не подходи ко мне с такими предложениями.

Но когда я шел в резиденцию американского посла на Спасо-Песковской площадке, я, честно говоря, внутренне дрожал, поскольку, зная Людку, был уверен, что она там все равно появится. Не со мной, так с кем-то другим, действительно все там переломает, перевернет столы с напитками и с тем роскошным яблочным тортом, который американцы подают 4 июля, сорвет с потолка люстру и изобьет посла, что неминуемо приведет к разрыву дипломатических отношений, а то и к третьей мировой войне. Поэтому я весь прием был как на иголках. Но, к счастью, Люда не добралась до резиденции. Я облегченно вздохнул и думал, что история на этом закончилась. Отнюдь нет. Два дня спустя посол Италии давал большой прием, на котором Люда разнесла все посольство, швыряла в Марка тарелки с закусками и испачкала всех гостей. Охранники не знали, как ее скрутить, она там, как ведьма, бегала по всему особняку и ушла безнаказанной — итальянская служба безопасности не смогла поймать ее на территории посольства, а мимо советских милиционеров, охранявших посольство, она прошла с гордо поднятой головой и даже подмигнула одному из них.

А теперь постскриптум. Марк, сын композитора, уехал на Запад. Некоторые думали, что это политический акт, протест против советского режима. Другие считали, что он погнался за гонорарами своего отца. Но на самом деле Марк никакой не диссидент и не хапуга. Он убежал от террора Людки Розановой, чего он, конечно, при въезде в Америку объяснять американцам не стал. Но и Людка спустя какое-то время тоже уехала из России. Как я понимаю, чтобы настичь Марка. Однако в Штаты ее не впустили — может быть, получили наводку от итальянцев. И следующий раз она встретилась на моем жизненном пути в городе Лондоне. Приехав туда первый раз в жизни и проходя по Пиккадилли мимо газетного киоска, я вдруг увидел огромные Людкины портреты на первых страницах всех главных английских газет — «Таймс», «Гардиан» и так далее. На этих фото Люда была снята в каком-то яростном состоянии, что-то кричала фоторепортеру.

Я схватил одну газету, вторую, их оказался целый ворох, и в каждой на первой странице была фотография Людки Розановой. Я купил все газеты, но поскольку я плохо понимал тогда по-английски, то сразу же позвонил своему другу Саше Шлепянову и сказал:

— Саша, привет! Мы много лет не виделись, но я тебе не потому звоню. Я в Лондоне, у меня целая куча газет, я хочу, чтобы ты мне перевел кое-что.

Он спросил:

— Про Людку Розанову, что ли?

— Ну!

Он говорит:

— Весь Лондон уже на ушах стоит.

— А что такое? Что произошло?

Он отвечает:

— Для этого ты должен знать, кто такая Людка Розанова.

Я говорю:

— Я знаю, она у меня работала ассистенткой.

Он говорит:

— Важно не кем она работала, а из какой она семьи. Ее мама — какая-то уборщица, сами они из какой-то деревни, попали в Москву по лимиту. Но Людка приехала в Лондон и устраивала здесь немыслимые фокусы, о которых отдельный рассказ. А несколько дней назад она стала в Англии просто человеком номер один.

— А как такое возможно? Почему?

— Понимаешь, — объясняет Шлепянов, — тут все банки имеют специальную комнату, где рядами стоят небольшие ящички, куда можно положить какие-то вещи. Называется «save deposit box». Так вот, непонятно зачем, Людка сняла такой бокс в одном маленьком банке. Она и в России-то была нищая, жила за счет мужиков, а здесь просто ютилась в подвале и перебивалась случайными заработками. Что она могла хранить в этом «сэйф депозит боксе» — не могу себе даже представить. Но, может, ей кто-то что-то из жалости подарил, какую-то мелкую брошку чехословацкого производства, а она решила хранить эту брошку в банке. И надо же так случиться, что грабители напали именно на этот банк и вычистили там все сейфы. Это первый случай за всю историю Англии! А принцип этих «сэйф депозит боксов» в том, что человеку дают эту коробочку, он заходит с ней в отдельную комнатку, запирается, и что он туда положил, не известно. Он сам запирает эту коробочку, сам относит к стене, где такие коробочки как бы замурованы рядами, и вместе со служащим банка он ее запирает. Причем ключ остается у него, и никто в банке не может этот ящик открыть, это гарантировано. Но если этот сейф ограбили, то он, конечно, может предъявить банку претензии в связи с плохой системой безопасности и охраны. И все англичане, как честные люди, написали как было: у одного там хранился пистолет, у другого редкая гравюра, у третьего семейные реликвии, у четвертого еще что-то. Поэтому пресс-конференция, посвященная этому грабежу, мало кого интересовала и привлекла лишь двух-трех репортеров каких-то мелких районных газетенок. И вдруг на этой пресс-конференции Людка выступила вперед, взяла микрофон и стала орать, что она наследница императорского рода Романовых и все фамильные драгоценности, которые их семье удалось спрятать от коммунистического режима, а ей — вывезти в Англию, хранились в этом дрянном крохотном банке. И теперь она выставляет этому банку, городу Лондону и вообще всей Великобритании счет на 867980456282 фунта стерлингов и еще 29 пенсов. И надо сказать, что то ли от недостатка юмора, то ли от незнания женщин эту информацию растиражировали все газеты. Фотография, которую ты видел, — это уже с большой пресс-конференции в отеле «Ритц», куда собрались все звезды английской прессы, радио и телевидения. Там Людка сказала, что поскольку английские короли были родственниками Романовых, то английская королева должна личным своим состоянием ответить перед своими родственникам за этот банк. А на вопрос, какое она имеет отношение к Романовым, если по паспорту она Розанова, Людка сказала, что в России, в условиях тяжелого коммунистического режима, нельзя было жить под фамилией Романовой, а уж тем более бежать оттуда с фамильными ценностями царской семьи. Поэтому ей пришлось переделать в своей фамилии одну букву, что совершенно ясно видно в ее паспорте, который, как ты видишь на фото, она им показывает.

И представь себе, англичане, которые не знают о том, что женщины прибыли на землю с другой планеты, Людке поверили. Кроме, конечно, английской королевы, которая не стала почему-то делиться с Людкой своим состоянием. Но банк то ли чтобы замять скандал, то ли чтобы заверить своих клиентов в сохранности их вкладов, выплатил Людке компенсацию, достаточную для приобретения небольшой квартирки в Лондоне. Однако Людка презрела эти буржуазные прикупы. На следующий день после получения своего куша она купила туристическую путевку в США и улетела туда на охоту за Марком.

Насколько я знаю, эта охота длится по сей день.

* * *

История десятая

СЕКС В МИНУТУ ОПАСНОСТИ

— Рассказываю сюжет из жизни поколения, которое выбрало пепси. Мне его поведала девушка из московского ночного клуба «Липс». Назовем ее Варя. Так вот, девушка Варя вышла замуж за своего первого мужчину, за любимого мальчика, роман с которым у нее начался еще в школе. И поскольку в сексе они были людьми малообразованными, ей страшно хотелось чего-нибудь такого попробовать, о чем она слышала от подруг или видела в кино. Но муж всячески пресекал ее попытки разнообразить их любовные утехи, и это желание подспудно в ней копилось и копилось. И однажды на ее жизненном пути встретился парень, с которым она занялась сексом просто в первый же час знакомства.

Познакомилась она с ним на совершенно невинной прогулке на речном трамвайчике по Москве-реке. На этом трамвайчике был небольшой бар, в котором они что-то выпили, горячительные напитки потянули их друг к другу, они начали вдруг обниматься, целоваться, в процессе этих объятий юноша, прижав ее к бортику корабля, овладел ею прямо на виду всей Москвы и ее набережных, заполненных автомобилями и людьми. Она говорит, что, когда он до нее добрался, то ее это просто парализовало, она не могла сопротивляться, у нее от страха не двигались ни руки, ни ноги. Ей казалось, что все на нее смотрят. А когда это довольно быстро закончилось, ее вдруг охватил необыкновенный восторг, как они это ловко и здорово сделали. Словно она совершила немыслимую авантюру, выиграла миллион долларов, и ее не поймали за руку. Ощущение восторга настолько переполнило ее душу, что она уже сама привлекла своего только что узнанного партнера и отдалась ему еще раз посреди Москвы-реки. И если первый раз они это сделали на нижней палубе, где их скрывали ка-кие-то бортики, то второй раз осуществили это на верхней палубе, где не было пассажиров этого пароходика, но зато они были уже действительно на виду всей Москвы и она ло-вила на себе взгляды, которыми провожали их люди с мостов и набережных. И от этого еще больше балдела.

Короче, этот новый приятель стал ее постоянным любов-ником. И почувствовав, что она особенно возбуждается в мо-мент опасности, выдумывал места для секса совершенно необычные. Например, однажды, дав деньги какому-то сто-рожу, они залезли на трамплин на Ленинских горах и преда-лись любви на этой самой высокой точке над обрывом, на верхней площадке трамплина, где было не особенно комфорт-но и дико задувал ветер, но кайф, как она говорит, был про-сто необыкновенный. А ее приятель был просто неиссякаем на выдумки. Каждое свидание проходило в какой-то новой, совершенно немыслимой атмосфере. Но больше всего ей за-помнился секс на футбольном поле. Они залезли на один из московских стадионов. Дело было вечером, там не было ни-каких спортивных соревнований, но было еще довольно свет-ло. Они вышли на футбольное поле, и она отдалась ему прямо в самом центре, в том месте, где футболисты делают первый удар по мячу. При этом она лежала на траве и поглядывала вокруг в надежде, что кто-нибудь на них смотрит. Но никого не было вокруг, и она попросила повторить этот опыт. И в первый, и во второй, и даже в третий раз получалось так, что они приходили на этот стадион под вечер и никто их не ви-дел. И только в четвертое свидание, когда она опять лежала под этим парнем на траве футбольного поля, она, закинув голову, увидела, что на дальней верхней трибуне появился какой-то человек, стал смотреть на них, потом достал би-нокль и в течение всей сцены их любви разглядывал их в этот оптический прибор. Она была на вершине блаженства. Так она ловила кайф с этим любовником.

А муж ее, помимо того что был человеком довольно наив-ным в сексе, был наивным и по жизни. Каждый раз, когда она приходила со свидания и говорила какую-нибудь чушь — то она была у мамы, то в кино, то еще где-то, — он принимал это за чистую монету. Когда уже в тридцатый раз она пришла со свидания совершенно удовлетворенная и муж ее спросил, где она была, ей было уже совершенно наплевать, догадается он или не догадается, и она с издевкой сказала, что качалась на качелях. А он кивнул и продолжил свои домашние дела. И только ночью, когда они легли в постель, она его спросила:

— Слушай, Колян, скажи, ты правда такой наивный или ты прикидываешься?

— А что такое?

— Коля, я пришла и сказала, что я качалась на качелях. А ты кивнул — мол, все в порядке. Скажи, я в своем уме, чтобы в мои двадцать лет залезть на качели и качаться целый вечер? Ты вообще соображаешь что-нибудь или нет?

— А что же ты тогда делала? — спросил муж.

— На качелях, блин, качалась, я тебе сказала! — разозлилась она. — Только не на тех, на которых дети качаются, а на тех, на которых мужики нас качают!

Тут муж устроил ей дикий скандал, обозвал ее шлюхой. Семейная их жизнь покатилась под гору. И они перестали спать друг с другом. Но муж при этом все время ее доставал: кто же твой любовник, чем же вы там занимаетесь? И она, отказав мужу в сексе, хотя они спали в одной кровати — что же делать, российские условия жизни, однокомнатная квартира, — она почему-то вдруг стала находить какое-то особенное удовольствие в том, что рассказывала мужу про свои любовные приключения с этим любовником. И муж слушал это с изумлением, даже с восторгом, он стал от этого возбуждаться, и она возбуждалась, когда рассказывала и вспоминала это. Он начал ее ласкать, а затем они перешли и к супружескому сексу. И он ей говорил:

— Ну у тебя и фантазия! Здорово ты это выдумываешь! Да тебе надо книжки писать, ты Маринину переплюнешь!

Как ни странно, в этом новом сексе с мужем, который приходил в возбуждение от ее рассказов о свиданиях с любовником, она вдруг стала находить удовольствие. И ее отношения с мужем улучшились, она решила с ним не разводиться. К тому же муж перестал устраивать ей скандалы, поскольку ему нравилось заводиться от рассказов о ее новых приключениях, которые он считал выдуманными, потому что они становились все немыслимей и фантастичней. То она, по ее рассказам, занималась сексом в метро, то на воздушном шаре, то на лодке в ЦПКиО в праздничный день, то на парашютной вышке. То есть чего только они не придумывали с любовником, и каждый раз она все рассказывала мужу, он возбуждался, и от этого она получала как бы двойное удовольствие — сначала от приключения, которое переживала с любовником, а потом от воспоминаний об этом приключении. Но уже с мужем. В конце концов ее супружеская жизнь так и не разрушилась, у нее теперь есть и муж, и любовник. И она мне со смехом рассказала эту историю, а потом посмотрела на часы и сказала:

— Ой, мне нужно бежать ребенка кормить!

Я говорю:

— Подожди, а от кого ты родила ребенка? От мужа или от любовника?

На что она сказала:

— Честно — не знаю. Но значения это никакого не имеет. Потому что муж и любовник — для меня это одно существо. Вернее, два человека, каждый из которых дополняет другого.

Сказав это, она оставила мне свой телефон и побежала кормить ребенка.

* * *

ЛИКА И ЛИЗА

— Давным-давно, когда у меня еще не было автомобиля и я ездил на метро, я на станции «Маяковская» увидел очень красивую девушку, которая ждала поезда. Я подошел к ней, разговорился, заинтересовал каким-то делом, мы пропустили несколько поездов, пока болтали, и в конце концов я сказал ей, что она мне очень понравилась и я хотел бы ее увидеть еще раз, могу ли я надеяться на встречу? Она сказала: «Да, конечно, вы мне тоже интересны, давайте встретимся завтра». Я говорю: «Где, когда?» Она говорит: «Здесь, под этим плафоном». А там наверху, на потолке, художником Дейнекой сделаны мозаичные картины, и на одной из них изображен летящий самолет. Вот под этим самолетом она и назначила мне свидание, а потом села в поезд и уехала.

Я целый день думал только о том, как я встречу эту замечательную девушку с прелестным чеховским именем Лика. Сутки прошли в ожидании, и через двадцать четыре часа я, как часовой, стоял под тем самолетом. Но она опаздывала, я стал думать, что я ее потерял, и проклинать себя за то, что не взял ее телефон, адрес. И вдруг появляется Лика, такая же прелестная, как вчера, и говорит: «Ох, извините, я немножко опоздала!» — то есть то, что обычно говорят девушки. «А куда мы пойдем?» Я предложил ресторан Дома кино, в то время это был один из самых престижных и закрытых для рядовой публики клубов. И мы пришли, сели за отдельный столик, заказали всякой вкуснятины и провели там чудесный вечер. После этого пошли гулять и как-то незаметно подошли к моему дому. Я сказал, что вот здесь я живу, не хочет ли она подняться ко мне на чашечку кофе. Она ответила, что это не совсем удобно. Но все-таки мы поднялись ко мне, начали целоваться, и между нами возникла любовь. А часов в одиннадцать она сказала, что ей пора идти, потому что дома ее ждут родители. Я хотел проводить ее домой, но она сказала: «Нет, не надо, доведи меня только до метро». Конечно, я довел ее до метро, сказал, как она мне нравится, и спросил, когда мы можем увидеться. Она говорит: «Хоть завтра, потому что мне тоже было хорошо». Я говорю: «Чудесно, где мы встретимся?» Она говорит: «Как обычно, в метро «Маяковская», под самолетом».

Нужно признаться, что после первого любовного свидания некоторые девушки уже не вызывают стремления к повторным встречам. Но эта Лика была такая замечательная во всех отношениях, что мое чувство к ней стало еще сильней, я целый день думал только о ней, и желание увидеть ее крепло во мне с каждым часом. Вечером я опять был в метро, под мозаикой с самолетом, и Лика явилась такая же прелестная, даже еще лучше — в новом платье и туфлях на каблучках. Я шагнул к ней навстречу:

— Привет! Как дела? Куда мы пойдем?

Она отвечает:

— Привет! А что ты предлагаешь?

— Мы можем пойти куда хочешь, есть масса замечательных мест. Есть ВТО, там актерский ресторан. Есть ресторан Союза архитекторов. Или «Балалайка», то есть ресторан Союза композиторов. А можно пойти в Дом журналиста, Дом писателей. Это самые модные закрытые клубы, все мечтают туда попасть...

Она говорит:

— Нет, давай пойдем туда, где мы были вчера.

Это меня немного удивило, но думаю: ладно, пусть будет так, видно, девушке понравилось. Пошли туда, я говорю: «Что будем заказывать?» Она говорит: «Давай закажем все, что мы заказывали вчера». Мы сделали заказ, провели чудесный вечер, я рассказал ей кучу анекдотов, каких-то веселых историй, после чего мы пошли по уже протоптанной тропинке прямо к моему дому и опять любили друг друга. Часов в одиннадцать она сказала, что ей пора домой. Я опять проводил ее до метро и спросил, когда могу увидеть ее снова. Она сказала: «Хоть завтра!» На следующий день мы с ней встретились опять под той же мозаикой с самолетом и я спросил:

— Куда мы пойдем, в Дом кино?

Она говорит:

— Нет, там мы уже были, пойдем в другой дом.

Мы пошли в ВТО. Потом пришли ко мне, провели какое-то время и договорились о встрече на следующий день. А на четвертый день нашей встречи, когда я спросил, куда ты хочешь пойти, она говорит: «Мы идем туда, где были вчера».

И так мы с ней в течение двух недель обошли самые знаменитые московские кабаки, в каждом из которых мы побывали по два раза. Надо сказать, что и любовь наша удвоилась или даже учетверилась, она уже превратилась из любви в страсть, в какую-то, я бы даже сказал, вакханалию страсти. Потому что на каждую новую встречу Лика приходила с новой, удвоенной жаждой любви и наслаждений, словно за сутки изголодалась так, как за месяц. И чем дольше продолжалась наша любовь, тем больше меня охватывало ощущение какой-то странности, я чувствовал, что в наших свиданиях что-то не так, но я не мог понять что. Девушка была замечательная, очаровательная, милая, умная, юная, готовилась поступать в институт. Но ощущение какой-то иррациональности, какого-то сдвига было у меня постоянно.

И вот однажды, когда после прелестной любовной игры я нежно гладил ее по щеке, по шее и по родинке за ушком, я вдруг вспомнил, что вчера за этим очаровательным ушком никакой родинки не было. А сегодня есть. Как она могла вырасти за один день? Я стал исподволь осматривать ее тело. Вчера у нее на бедре была крохотная родинка, а сегодня нет. И тогда я спросил у нее:

— Дорогая, как же так? Что происходит? У тебя какие-то блуждающие родинки...

Тут она засмеялась, потом всхлипнула, а потом снова засмеялась и говорит:

— Неужели ты и сейчас ничего не понял?

Я говорю:

— Нет. А что я, собственно, должен понять?

Она говорит:

— Понимаешь, нас две, в один день к тебе прихожу я, а в другой — моя сестра. Мы близняшки и похожи друг на друга как две капли воды. И у нас все общее. У нас с детства общие игрушки, платья, учебники. А теперь — общие поклонники. Она мне отдает своих кавалеров, я ей — своих. То есть мы как бы *делимся,* но на самом деле мы получаем поклонников в два раза больше, чем любая другая девушка. И к тому же это очень смешно и весело.

Она сказала это со смехом, но я почувствовал себя, с одной стороны, одураченным, а с другой стороны, подумал: «Как же здорово! У меня, оказывается, не одна, а две такие потрясающие девчонки!» Я говорю:

— Ну, давайте встретимся все вместе.

Она говорит:

— А вот этого не будет никогда!

— Почему?

— А вот так, дорогой! Теперь, раз ты все узнал, ты должен выбрать одну из нас.

Я говорю:

— А ты кто? Тебя как зовут?

Она говорит:

— Ну, я-то Лика, а сестру мою зовут Лиза. Дело в том, что по четным дням ты встречаешься со мной, а по нечетным — с ней. Кто из нас тебе больше понравился?

Я сказал:

— Ты. Потому что я тебя первую увидел и с тобой знакомился. А с Лизой твоей я, можно сказать, и не знаком вовсе. Даже когда она тут была, я все равно думал, что это ты, Лика. И называл ее твоим именем.

Она подумала и говорит:

— Да, это логично. Лизки здесь вообще никогда не было. А если и была, то все равно она тут меня изображала. И потому с тобой я и останусь. Хотя честно тебе скажу, ты ей тоже очень понравился.

Я говорю:

— Что ж, спасибо тебе за это решение. Мне оно тоже кажется очень логичным.

Но все-таки какое-то ощущение потери, и существенной, у меня было, и поэтому я снова спросил:

— Но неужели мы никогда с Лизой не пересечемся?

Лика говорит:

— Во всяком случае, втроем, чтобы ты, я и она, — нет. Никогда!

И тогда я рассказал эту историю своему другу режиссеру Омару Гвасалия, с которым я начал делать свой первый фильм на «Мосфильме», и предложил девчонкам познакомиться с ним. Я сказал Лике:

— Знаешь, вот как вы с сестрой близнецы от природы, так мы с ним словно близнецы с первого курса ВГИКа, мы даже дипломную работу снимали вместе!

Мы встретились с Лизой, я познакомил ее с Омаром, и мы уже ходили в Дом кино вчетвером, и весь ресторан смотрел на нас с завистью, потому что два молодых красавца режиссера — один стройный русский блондин, а второй весь из себя жгучий грузин — приходили с двумя очаровательными красотками, похожими друг на друга как две капли воды. Это производило серьезное впечатление, мы там были просто короли. И девчонкам это страшно нравилось, они хихикали, веселились и всячески развлекались своим успехом. А мы к ним так привязались, что даже вписали для них роли двойняшек в сценарии фильма, к съемкам которого приступили на «Мосфильме». И они должны были уехать с нами в киноэкспедицию в Ригу.

Но перед самым отъездом оказалось, что родители не отпускают их, а хотят, чтобы они серьезно готовились к поступлению в институт. Мы страшно расстроились и уехали на съемки в Ригу, где выбрали на роли двойняшек двух других девушек, местных латышских красавиц. Но это совсем другая история. А за то время, пока мы находились в Риге, вокруг наших Лики и Лизы возникло, оказывается, целое море страстей. А именно: оставшийся в Москве на хозяйстве наш второй режиссер Борис Урецкий, зная этих девочек по Дому кино, разработал совершенно дьявольский план. Он быстро вычислил, кому могли быть нужны такие замечательные двойняшки. И познакомил их, ни за что не догадаешься с кем, со знаменитым магом, артистом цирка Конрадом Ахтунгом. У этого Конрада все трюки были построены на подмене. Одна девушка входит в клетку с тигром, он ее проглатывает, весь цирк в ужасе, а она выскакивает из клетки как ни в чем не бывало. Потом она входит в огонь и сгорает заживо, а через минуту — бац! — вылетает из пушки совершенно целая и еще красивей, чем была до сожжения. Весь цирк ахает и охает, а на самом деле это две разные девушки. Одну тигр на самом деле съедал, а вторая выходила вместо нее.

Но это я шучу, а на самом деле там все было очень лихо сделано. Кстати, не у одного Ахтунга, но и у Кио, и у Дэвида Копперфилда все трюки построены на том же. Лика и Лиза не стали поступать ни в какой институт, а стали работать у этого Ахтунга, и так успешно, что маэстро женился на одной из них. И он повез их по всему миру, что по тем коммунистическим временам было вообще пределом мечтаний. Они стали ездить в Японию, Америку, Австралию, Францию, Китай, Индию, они объехали весь мир! То есть, грубо говоря, через нас девушки вышли на мировую орбиту. Но я с ними всякую связь потерял.

И вот прошло десять лет. Как-то я со своей очередной женой, известной эстрадной певицей, приехали отдыхать в город Сочи и остановились в гостинице «Жемчужина», на десятом этаже в номере 1001. И оказывается, что номер 1002, то есть такой же «люкс», только через коридор, занимает знаменитый артист Конрад Ахтунг со своей женой Ликой. Конечно, моя жена и Конрад знакомы, и, естественно, она меня знакомит с Конрадом, а тот — со своей женой, у которой такое замечательное чеховское имя. Я знакомлюсь с этой Ликой так, словно вижу ее первый раз в жизни. В общем, мы ходим друг к другу в гости и прекрасно проводим время. Но как-то я, оставшись с Ликой наедине, спрашиваю у нее, как Лиза живет, куда она делась. Она говорит, что Лиза работает с ней в шоу Ахтунга, но живет в другой гостинице. Вообще было бы хорошо, говорит мне Лика, если б ты ей позвонил, потому что она очень грустит и у нее какие-то проблемы. И Лика дает мне телефон гостиницы «Чайка».

Должен сказать, что «Жемчужина» — это супергостиница по тем временам, и в самых лучших ее номерах жили мы и Ахтунг с Ликой. А «Чайка» — это какой-то дрянной постоялый двор на окраине города, без воды, с тараканами и общим туалетом. Я туда позвонил, подозвали Лизу, она меня вспомнила и сказала: да-да, давай увидимся. Мы с ней встретились, и она мне рассказала самую грустную историю, которую я слышал в жизни.

Дело в том, что, как ты помнишь, эти близняшки до своего восемнадцатилетия и встречи с нами, а потом с Ахтунгом жили душа в душу, делили все пополам и были веселыми и жизнерадостными девчонками. Но когда они стали работать у Ахтунга, то подписали с ним контракт, по которому одна из них была всегда на виду и останавливалась с Ахтунгом в лучших номерах самых лучших отелей всего мира, а вторая всегда, куда бы ни приезжала цирковая труппа, должна была скрываться, жить где-то очень далеко от центральной гостиницы, ходить только в парике, входить в цирк не с парадного подъезда, а с какого-то бокового входа и никогда даже близко не подходить к своей сестре Лике. Которая, как ты понимаешь, очень скоро настолько сблизилась с маэстро и магом, что вышла за него замуж. То есть одна из них жила жизнью принцессы и получала все аплодисменты, наряды, бриллианты, наслаждения и другие радости жизни, а вторая была всего лишена и жила жизнью серой мыши. Можешь представить себе ее положение. Она сменила уже трех мужей, она стала пить, у нее начались психические проблемы...

И всю эту историю она мне со слезами на глазах рассказала в маленьком кафе неподалеку от гостиницы «Чайка». А я смотрел на нее, вспоминал, какой она была до того, как все это с ней случилось, и у меня ком подкатывал к горлу. Я слушал ее и вспоминал тот день, когда я встретил ее сестру на станции метро «Маяковская» под мозаикой на потолке, на которой изображен летящий самолет.

Этот самолет летит там до сих пор.

* * *

История двенадцатая

ЗАПАХ ХОЗЯИНА

— А сейчас я расскажу три истории с участием Гоши Коновалова, одна из которых, на мой взгляд, является драматургическим шедевром высокого класса.

Так вот, где-то году в 75-м я подписался на Ленинградском телевидении снимать один документальный фильм. Прелесть этого проекта состояла в том, что съемки предполагались в Польше, ГДР, Чехословакии и Венгрии. Честно говоря, снимать там не нужно было, но я поставил студии условие: мол, я согласен делать фильм, если у меня будут экспедиции в эти страны. Конечно, студия скрипела, что у них нет денег на командировку режиссера и оператора, и мы сторговались на том, что все эти экспедиции будут за мой счет. Меня это устраивало, потому что в те времена выехать за границу было очень трудно, а сразу в четыре страны и без сопровождающих — просто невозможно. А что касается транспортных расходов на поезда или самолеты, то этих расходов все равно не было, поскольку я планировал совершить все путешествие на своем автомобиле.

Когда я приступил к работе над этим фильмом, студия выделила мне своего лучшего оператора Георгия Коновалова. Это был действительно легендарный человек, его работы есть во всех фотоальбомах по истории Второй мировой войны. Во время той войны он был фотокорреспондентом ТАСС и сделал знаменитую фотографию, которая называется «Санитарка». Там изображена девушка, которая несет на плечах раненого танкиста. За спиной у нее горящий танк, очень драматичные черные клубы дыма в небе. То есть действительно замечательное художественное полотно, хоть и снято на фотопленку.

А чтобы портрет Гоши был более полным, нужно упомянуть и про то, что он был автором легендарного трюка, который впоследствии приписывался огромному количеству фронтовых фотографов и операторов. Но Гоша мне сказал честно:

— Саш, я за свою жизнь сделал две вещи, благодаря которым вошел в историю. Я снял фотографию «Санитарка» и придумал трюк с оптической осью. Как ты думаешь, что самое ужасное на войне?

— Наверное, — говорю, — когда люди гибнут. Когда твоя жизнь зависит от случайности.

Он говорит:

— Это все ерунда. Самое страшное на войне — это идиоты.

— В каком смысле?

— Понимаешь, во время войны лучшие люди попадают на фронт, а среди тех, кто остался в тылу, военное начальство больше всего ценит верноподданных идиотов, а таких у нас пруд пруди. И вот эти идиоты назначаются на ключевые посты, а нормальные люди должны им подчиняться.

Начальником ленинградского отделения фотохроники ТАСС, где Гоша Коновалов прослужил всю войну, был некий N. Известно, что в блокадном Ленинграде люди умирали от голода, жителям города давали 125 грамм хлеба в день, а тем, кто работал на заводе, — 250 грамм. Гоша и его товарищи фотографы получали тоже по 250, и все равно выжить на эти 250 грамм было невозможно. Но их иногда подкармливали на передовой, на линии фронта, куда они выезжали. Выезд на фронт был для них сопряжен не только с риском для жизни, но и с тем, что они там получали военный паек. Но когда они возвращались в блокадный Ленинград, то голод давал себя знать. Тем более наступила зима. И тогда в мозгу Коновалова родилась гениальная по своей простоте идея. Он, как руководитель группы фронтовых фотографов, написал официальное письмо начальнику Ленинградского отделения фотохроники ТАСС о том, что необходимо выделить спирт для промывки оптической оси, рассчитывая, что тот, профан в фотоделе, это подмахнет. Начальник внимательно прочитал заявление и действительно написал: «Выделить». И фотографы в течение всей блокадной зимы получали на пятерых литр спирта в день. Они спирт выпивали, закусывали четвертушкой хлеба и так перезимовали. Никто не умер.

Но через какое-то время этот начальник обнаружил, что Гоша его надул. Он вызвал Коновалова и стал на него орать:

— Мерзавец! Сволочь! Расхититель народного добра! Под трибунал пойдешь! Сейчас война, каждый грамм спирта на учете, им авиация пользуется для размораживания обледеневших крыльев! Я с тебя сейчас сорву погоны, я тебя лично расстреляю!

Гоша все это выслушал и сказал:

— Хорошо, могу сдать оружие, могу сдать погоны. Но под трибунал пойдем вместе.

Тот спросил:

— В каком смысле?

— Ну, я написал ту бумагу, но вы ее подписали. Еще не известно, кому трибунал больше вмажет.

Тот разорался еще больше, но делать ему было нечего. Он выкрикнул:

— Молчать! Кругом марш!

И Гоша оказался повязанным с этим начальником одним военным преступлением, а именно — расхищением стратегических запасов спирта в военное время. Что вызвало, с одной стороны, огромную ненависть к нему этого начальника, а с другой стороны, тот стал оказывать Гоше какое-то покровительство, чтобы Гоша, не дай Бог, нигде не вякнул и не выдал его. И это покровительство обернулось несколько необычной историей.

Как-то этот начальник вызывает Коновалова и говорит:

— Лейтенант Коновалов, взять лучший аппарат, лучшую пленку, штатив, по-парадному одеться, поедешь со мной в Смольный!

— Слушаюсь!

Коновалов все выполнил, они садятся в «эмку» и приезжают в Смольный, где находится штаб обороны Ленинграда, Ленинградские обком и горком партии. У начальника фотохроники ТАСС был пропуск всюду, они проходят прямо в приемную первого секретаря Ленинградского горкома партии Попкова. Но у Попкова идет работа, там решаются серьезные дела по обороне города, там не до них, они ведь не записывались на прием, их никто не вызывал. Секретарь говорит:

— Придется ждать.

— Будем ждать.

— А как доложить? По какому делу?

— Не могу сказать, секретное дело.

Прождали полдня. Наконец секретарь вышел от Попкова и говорит:

— Товарищ Попков примет вас ровно на три минуты, потому что начинается новое заседание военного совета прямо после вашей встречи.

Коновалов рассказывает: я вошел за своим начальником, встал смирно с фотоаппаратом. А этот подходит к Попкову и говорит:

— Здравствуйте, товарищ Попков. Я — начальник фотохроники ТАСС.

— Знаю, знаю. По какому вы делу?

— Вот, товарищ Попков, история такая тяжелая. Погиб генерал Черняховский в Прибалтике.

— Да, знаю, жалко человека. А какое у вас дело?

— Да вот, когда погиб Черняховский и некролог написали, то стали искать его изображение. И оказалось, что с фотографиями неувязка, фотографии его есть только в полковничьем мундире. В результате некролог, подписанный товарищем Сталиным, вышел не с фотографией, как положено, а с рисунком.

Тут стали входить члены военного совета, Попкову некогда, он говорит:

— Ну что ж, плохо работаете, товарищи тассовцы. Что я могу еще сказать по этому поводу? А ко мне-то вы по какому делу пришли?

— Так ведь по этому делу, товарищ Попков. Я посмотрел наши архивы и обнаружил, что вашей фотографии нет хорошей. Поэтому я вот фотографа захватил. Думаю, а вдруг не ровен час...

Тут до Попкова дошло, и он как заревет:

— Пошел отсюда на хрен! Вон, скотина!

И они — Гоша с этим начальником — вылетели из кабинета. Прибежали в машину, помчались обратно в фотохронику ТАСС. Гоша думает: все, сейчас арестуют, расстреляют, подставил меня этот дурень. Подъехали к зданию фотохроники, начальник говорит:

— Коновалов, выходи!

Гоша вышел, а начальник ему:

— Запомни, Коновалов, мы с тобой нигде не были! Понял?

Вот такими байками развлекал меня Гоша Коновалов на дорогах пяти стран, чтобы я не уснул за рулем. К моменту нашего путешествия ему было 65 лет, а мне тридцать. Но разницы в возрасте я практически не чувствовал. Потому что Гоша человек очень легкий, веселый, сохранивший потрясающее жизнелюбие и знающий массу анекдотов и историй. Вообще во время этой поездки мы получили массу удовольствий и сняли неплохой фильм, несмотря на то что попадали в сложные переделки. Но самое главное — мне с Гошей было интересно еще и потому, что, несмотря на свой возраст, он был большой любитель женского пола. И рассказывал мне про свои бесчисленные приключения. Несомненно, он пользовался большим успехом у женщин в течение всей своей жизни, но самые сильные и лучшие его воспоминания были связаны с войной. Вернее, с окончанием войны, когда советские войска освобождали Восточную Европу. Он мне говорил, что ничего подобного в сексуальном отношении в его жизни не было ни до, ни после войны. Хотя в ранней юности он захватил нэп, когда, по его словам, тоже были сказочные времена. И все-таки самая светлая страница его жизни — освобождение Восточной Европы. Поскольку он был фронтовым фотокорреспондентом, он одним из первых входил в эти страны с советскими солдатами. Он прошел Польшу, Румынию, Чехословакию, Венгрию, Болгарию, часть Германии. И он клялся, что действительно, наших солдат, во что сейчас трудно поверить, встречали охапками цветов, к ним бросались с поцелуями, выкатывали вино, угощали. Девушки считали за честь отдать самое дорогое советскому воину-освободителю. Единственным исключением была, конечно, Германия, но там местные девушки хорошо понимали наведенный на них автомат ППШ и делали то же самое, правда, уже без того энтузиазма, с которым это делали польки, чешки, венгерки, болгарки и румынки.

Всю эту историю советско-европейских военно-половых отношений Гоша мне рассказывал взахлеб. Он вспоминал какие-то события и имена, но особенно ему помнилась гданьская девушка по имени Ванда. Что-то у него с этой Вандой было совершенно невероятное. Слюни у него текли, когда он рассказывал про Ванду — какая она замечательная, красивая, женственная и сексуальная. А путь наш пролегал как раз через

Гданьск, и Гоша сказал, что он хочет эту Ванду найти. Как он ее найдет, не понятно. С тех пор прошло уже больше тридцати лет. Тем не менее Гоша сказал, что это его долг. У него, как и у меня, выезд за границу был большой проблемой, и теперь эту редкую возможность он хотел использовать до конца.

Когда мы приехали в Гданьск, Гоша стал разыскивать улицы, на которых он первый и последний раз был в 1945 году и которые тогда были в сплошных развалинах. Представляешь, насколько с тех пор изменился город? Но Гоша не сдавался. Как любой художник помнит свои картины, так он помнил свои снимки и точки, с которых он снимал. И он находил эти точки. «Вот здесь росло дерево, я снимал отсюда. Но этого дерева уже нет. Здесь стоит райком партии, ужасное советское здание, а раньше здесь стоял костел, я снимал его с этой точки. А там была площадь, а там был сквер...» И так, по каким-то только одному ему ведомым приметам, он нашел улицу, на которой они встречались. «Да, вот под этим деревом у нас было свидание, а вот здесь мы с Вандой шли в пивнушку — о, смотри, вот она, она еще работает! А здесь мы зашли в этот садик и...»

То есть он все описывал, словно это было вчера. Хотя больше чем за четверть века его волшебная девушка Ванда могла умереть, выйти замуж, переехать в другой город, в другую страну. И тем не менее Гоша был одержим ее поисками. И в конце концов он таки нашел не только место их свиданий, но улицу и даже дом своей Ванды. Да, все изменилось, но он нашел этот дом! И когда мы подъехали к нему, Гоша вытер лысину, надел на нее кепочку для солидности, вышел из машины и позвонил в калитку. Не знаю, как он там объяснялся, но спустя несколько минут из ворот вышла старушка. Некоторое время на него смотрела, потом бросилась в его объятия, и они стали плакать. Поплакав, они сели на скамеечку возле дома и в обнимку продолжали о чем-то ворковать.

Я тактично сказал, что съезжу на бензоколонку. Уехал, минут тридцать дал им побыть наедине. А когда вернулся, то застал их точно в той же позе, нежно глядящими друг на друга, воркующими. Очевидно, у этой Ванды, несмотря на коммунистический режим и прочие трагедии, которые обрушились на Польшу после войны и которые она могла связывать с Советским Союзом, сохранились о Гоше счастливые воспоминания. И она к нему продолжала относиться так же трогательно, как тридцать лет назад. Все их свидание прошло на скамеечке — они там просто сидели и говорили друг с другом. Потом, позже, Гоша сказал мне, что она уже бабушка, ей нельзя было надолго оставлять своих внуков. И в конце концов они обнялись и расстались, и мы поехали, и я еще долго видел в зеркало, как она стояла у ворот этого дома и плакала.

Вот такая любовная история. Но она является только увертюрой к другой, самой главной истории в этом триптихе, посвященном Гоше Коновалову.

Главная же история такая. Гоша, как я сказал, во время войны работал фотокорреспондентом ТАСС сначала в Ленинграде, а потом в Москве. Работа его состояла в том, что он постоянно выезжал на передовую линию фронта и снимал либо отличившихся героев, либо отвоеванные только что города, либо разрушения, которые причинили немцы. Быстро отсняв это, он должен был любыми способами доставить пленки в Москву, в ТАСС, проявить, отпечатать, расписать, где что снято, сдать негативы, контрольные фотографии и снова садиться в поезд или самолет и мчаться обратно на фронт. Таким образом, вся его жизнь состояла из бесконечных переездов, которые теперь, с легкой руки Генри Киссинджера, называют челночными.

И вот, в очередной раз привезя с фронта какие-то фотографии, которые он проявил, отпечатал и сдал, Гоша получил новое задание и возвращался на фронт. У него были права на какой-то особый литерный билет, по которому железнодорожные службы были обязаны посадить его в первый же поезд, идущий в нужном направлении. Во время войны, как известно, все движение было военизировано, просто купить билеты в Москву или из Москвы было нельзя. Но существовали специальные воинские кассы, где Гоша и другие военнослужащие получали проездные документы. Гоша пришел в Москве на Ленинградский вокзал, подошел к кассе и, отстояв небольшую очередь, назвал кассирше пункт своего назначения. Но кассирша посмотрела на него очень странно, потом попросила его военный билет, еще какие-то документы. Стала их изучать, время от времени очень пристально разглядывая Гошу и сличая живой оригинал с фотографиями на документах. Гоша забеспокоился, спросил, что не так. Она сказала:

— Нет, все в порядке. Но билетов сейчас нет, я прошу вас прийти к шести часам вечера в эту же кассу. Вы все получите.

Гоша выразил некоторое недоумение, потому что обычно все проездные документы ему, при его льготах, давали моментально. Но он подумал, что это задержка из-за каких-то военных действий. И, зная, что ни НКВД, ни СМЕРШ ему не грозит, ведь он имел массу боевых наград и в политику не лез, Гоша решил, что у него есть несколько часов погулять по Москве, а к шести он вернется в кассу и уедет. И, погуляв эти три часа по Москве, он без пяти шесть снова пришел на Ленинградский вокзал. Он подошел без очереди к кассе, кассирша ему обрадовалась и сказала:

— Да-да, все в порядке, сейчас я вам вынесу билет.

То есть не через окошко подаст, а почему-то вынесет.

В этот момент пришла ее сменщица, кассирша попросила Гошу немного подождать, сдала свою смену и вышла. Отдав Гоше его билет, она сказала, что закончила работу, не хочет ли он ее проводить? А Гоша уже давно отметил, что это была молодая красивая женщина. Так почему бы и нет? Тем более она сама предложила! И они пошли по Москве. Шли они довольно длинным маршрутом. От Ленинградского вокзала они пересекли Садовое кольцо, по улице Кирова, ныне Мясницкой, вышли на бульвары и по бульварам сделали почти полкруга по Москве, чтобы дойти до Арбата, где она жила. Пока они шли, она попросила его рассказать о себе. Гоша, предвкушая близкое знакомство с этой красавицей, запел соловьем и стал рассказывать о своих боевых подвигах, что он видел на фронте, какие у него льготы и возможности. А она ничего не рассказывала о себе, но очень внимательно его слушала. И лишь иногда уточняла что-то, спрашивала, на каких фронтах он был. Но Гоша был практически везде, потому что работа корреспондента ТАСС всюду его водила.

Наконец они пришли к ее дому. Это был большой старый арбатский дом. Она сказала:

— Вот здесь я живу и хочу пригласить вас на ужин.

Гоша обрадовался сразу по двум причинам. Первая и романтическая понятна сама собой, а вторая, прозаическая, заключалась в том, что с едой тогда было очень напряженно.

130

Они поднялись по лестнице, она открыла дверь в большую, хорошо обставленную пятикомнатную квартиру. Судя по всему, это была квартира людей очень состоятельных. И когда Гоша вошел, то оказалось, что там находилась вся ее семья — отец, мать, какие-то тетки, даже собака. То есть целая куча народу, которые, оказывается, их ждали. Это вызвало у Гоши некоторое недоумение, но, будучи человеком легкомысленным и веселым, он это недоумение быстро отбросил и продолжал так же чирикать, рассказывая фронтовые байки. После того как он познакомился со всеми и вымыл руки, его пригласили за большой стол, заставленный шикарными по военному времени закусками и даже выпивкой. Вся семья уселась за этот стол, и начался ужин. При этом, Гоша говорит, они все смотрели на него какими-то странными глазами. Ужин прошел при их общем молчании, и только он, Гоша, продолжал свою соловьиную трель, считая, что герой-фронтовик должен всем этим штатским разъяснить, какое положение на фронтах. И он уже все, что мог и не мог, рассказывал, выдумывал, веселил народ. Удивляясь про себя тому, что он рассказывает веселые и смешные случаи, но никто не смеется, хотя все слушают очень внимательно и вообще глаз от него не отрывают.

А в самом конце обеда, когда все пили чай, эта кассирша вышла в другую комнату и вернулась с его, Гошиной, портретной фотографией. Поставила перед ним на стол и сказала: вы узнаете? Гоша был потрясен, потому что на фотографии был он, только в другой военной форме, с погонами старшего офицера. А у Гоши, как у фотокорреспондента, было младшее офицерское звание. Он мне сказал: «Я фотограф, я знаю, что такое фотомонтаж. И я был поражен, потому что там не было никакой липы — это был я, это была моя фотография, хотя в этом мундире и на этом фоне я никогда не снимался».

Тогда женщина сказала:

— Это мой муж. Он погиб полгода назад. У нас есть похоронка. Его звали так-то и так-то...

Что, конечно, совершенно не совпадало ни с именем, ни с фамилией Георгия Коновалова.

И тут Гоша увидел, что весь этот огромный стол, все эти десять или двенадцать человек смотрят на него — молча, в упор. И он вдруг понял, что они принимали в гости, соб-

131

ственно, не его, а его убитого двойника, мужа этой кассирши. Тут ему стали понятны и ее взгляды, которые она бросала на него с самого начала, еще в кассе, и взгляды всех этих людей, когда он разливался за столом соловьем. Она сказала:

— Вы не представляете, как вы похожи. У вас такой же голос, у вас такие же интонации, вы такой же веселый, как он. Я даже спрашивала вас, не знаете ли вы кого-то из его сослуживцев...

Но Гоша сослуживцев ее мужа не знал. Хотя получалось, что в тот момент, когда ее муж погиб, он, Гоша, находился на этом же фронте, и больше того — где-то поблизости, в соседней дивизии.

У Гоши волосы, конечно, встали дыбом, он не знал, как себя вести, и странное молчание наступило за этим столом, оно продолжалось довольно долго. Потом она сказала:

— Знаете, билет, который я вам дала, — это билет на завтра. То есть вы могли бы уехать и сегодня, но я специально сделала вам билет на завтра, чтобы вы могли прийти сюда и мои родственники могли на вас посмотреть. Потому что, когда я вас увидела, я сразу же позвонила домой, все объяснила, они подготовились, организовали стол. Я должна была работать сутки, но я нашла подругу, которая меня подменила...

Единственное, что Гоша сообразил сделать, чтобы как-то эту напряженность сгладить, — он сказал, что, как офицер, просит выпить за память ее павшего мужа. И все, не чокаясь, выпили. После чего встали из-за стола, разбрелись по комнатам и стали укладываться на ночь. А Гоше досталась на ночлег эта столовая со стеклянными дверями, в которой, кроме стола и стульев, стоял и большой кожаный диван. Ему постелили на этом диване.

Гоша, находясь еще в полном шоке, помылся, лег спать и стал думать об этом странном происшествии, которое сначала обещало ему романтическое приключение и любовную интрижку, а теперь вызывало ощущение ужаса, потому что он в данном случае был как бы призраком погибшего человека. И в этом состоянии он не мог сомкнуть глаз, представляя себе с замиранием сердца, что во фронтовых условиях, в этом кошмаре бомбежек, артиллерийской пальбы и в клубах дыма, судьба могла легко ошибиться, обознаться и...

Где-то в середине ночи, когда воображение фотографа уже извертело его на этом диване, показывая ему сцены его собственной гибели, вдруг раскрылась дверь и в халатике вошла эта самая кассирша. Она просто подошла к его кровати, присела рядом, положила руку ему на плечо. Гоша ее обнял и понял, что он должен делать. И они стали обниматься, предались любви. Но диван этот жутко скрипел. И поэтому они, бросив одеяло на пол, стали заниматься любовью на полу. И эта женщина плакала, смеялась, говорила какие-то нежные слова. Но Гоша понимал: все, что она говорит, адресовано не ему, а умершему человеку. От этого у него состояние было жуткое и шоковое, ему было и страшно, и сладко в одно и то же время. Он говорил, что никогда в жизни не испытывал столько противоречивых чувств в момент любви. Но страсть уже вошла в его тело, и он решил забить свой страх этой страстью, он стал любить ее очень сильно, со всем темпераментом молодого фронтовика-офицера.

И вдруг совершенно дикая, страшная боль пронзила его. Он почувствовал, что кто-то вцепился ему сзади в шею и разрывает ему спину. Он решил, что это ему чудится, что это некий мистический удар, что это покойник бросился на него и душит его в тот момент, когда он любит его жену. Он закинул свою руку назад, через голову, чтобы отбить это нападение или проверить, есть ли оно вообще, но, когда он выдернул руку обратно, то обнаружил, что она вся в крови. То есть это была не мистика, это было на самом деле. Женщина, которая была под ним, тоже стала отбиваться от нападавшего.

— Но сила, с которой в меня вцепились, — рассказывал мне Гоша, — была просто немыслимая. Я потерял сознание от шока, я думал, что все, у меня перебита шея. А когда пришел в себя от боли и как-то вывернулся, то обнаружил, что это огромная немецкая овчарка вцепилась в мою шею и пытается меня загрызть. Хозяйка вскочила, заорала на эту собаку и утащила ее в другую комнату. Ушла и больше уже не появлялась...

Гоша вышел в ванную, смыл кровь, перебинтовал раны — у него, как у любого фронтовика, был в вещмешке пакет первой помощи. Забинтовав себе всю шею и даже лопатки, он снова лег на диван и уже не спал до утра. Он был в состоянии полубреда, он все это переживал заново. Он думал: что же, собственно, произошло? Почему все эти люди приняли меня за своего умершего родственника, а собака не приняла, отнеслась как к чужому? Он долго думал и только под утро понял, что люди отличают друг друга по зрительному и звуковому образу, а собаки, очевидно, по запаху. И хотя полное внешнее сходство с хозяином этой собаки привело его не только в эту квартиру и эту семью, но даже в эту постель, собака не сочла его ни своим хозяином, ни его двойником. Для нее он был совершенно чужим человеком, посягнувшим на собственность ее хозяина.

И на следующее утро все было скомкано, он быстро позавтракал, она попрощалась с ним довольно прохладно, без горячности и воспоминаний о ночи любви. И он ушел, и даже не мог вспомнить потом, где этот дом и эта квартира. «Иногда, — говорит, — мне казалось, что все это мне привиделось, что это было не со мной. И только когда я смотрел на себя через маленькое походное зеркало для бритья в большое зеркало, то я видел шрамы у себя на спине и на шее. Они еще долго не заживали и болели, напоминая о моем покойном двойнике, его жене и собаке...»

Вот такая история номер два.

А теперь история номер три, тоже связанная с Гошей. Но уже частично, потому что, согласно законам драматургии, если в первой истории я был лицом соучаствующим, а во второй не участвующим никак, то в третьей истории соучаствующим лицом должен быть Гоша. И тогда получится классическое рондо.

Интересно, что в жизни именно так и произошло.

Слушай.

Мы с Гошей совершили большой круг. Мы проехали пять тысяч километров, посетив Варшаву, все балтийские польские города, потом Берлин и юг ГДР, были в Праге, Братиславе, Будапеште. И в Праге со мной произошел такой случай.

Когда-то в Риге у меня был роман с одной чешской манекенщицей. Я снимал тогда на «Мосфильме» один фильм, и у нас была экспедиция в Ригу, а у Пражского дома мод были там гастроли. И как-то вечером наша группа и группа этих чешских манекенщиц обедали в одном ресторане. В результате произошло знакомство, и совершенно очаровательная девушка Габриэль попала в мои объятия. У нас была бурная любовь, которая закончилась тем, что Габриэль уехала в Прагу, а у меня были большие неприятности на почве того, что я аморальный тип, завел еще один роман с иностранкой. И из-за этого нашу съемочную группу не выпустили на съемки в Западный Берлин, куда уже были оформлены наши документы, и нам пришлось снимать не в Западном, а в Восточном Берлине. И потому мне эта девушка хорошо запомнилась.

Но с тех пор прошло уже лет пять, и никаких контактов у нас не было. А когда мы въехали в Прагу и остановились где-то в центре города у светофора, я вдруг подумал, что нужно бы эту Габи найти. Но как с ней встретиться? Кроме того, что ее звали Габи, я ничего о ней не помнил. И вот здесь подтвердилась теория о резервных возможностях человека. Мы стояли в этой пробке, и я стал представлять себе ту страницу моей записной книжки, оставленной в Москве, в которой она записала свой адрес. Я вспомнил цвет бумаги, синие клеточки и даже цвет чернил, которыми она написала: Прага, улица ...агарова, 17. Но первую букву я не помнил. Она затерлась так, что не разобрать. То ли Хагарова, то ли Пагарова, то ли Нагарова. Хочешь верь, хочешь нет, но я никогда не обращал внимания на эту запись в своей записной книжке. Хотя поверить в это нетрудно — вряд ли я похож на человека, который пять лет будет ходить, держа перед глазами адрес одной и той же девушки. И вдруг какое-то внутреннее напряжение ясно вычертило мне эту страницу. За исключением первой буквы в названии ее улицы. Я даже увидел, что эта страница обтерта в левой части и из-за этого не читается первая буква.

Честно скажу, такая мощь моей памяти меня совершенно поразила. Я вышел из машины, и оказалось, что мы стоим прямо перед большим планом Праги для туристов, на котором были названия всех улиц. Я посмотрел, но улицы Хагарова и Пагарова не было, а улица Нагарова была. И по этому же плану я вычислил, как нам из центра проехать в нужный район. Несмотря на позднее время, вскоре мы уже были там, нашли улицу Нагарова, дом № 17. И обнаружили, что это огромный дом, в котором черт-те какое количество квартир. А время уже двенадцать ночи, пройти сейчас по всем этим квартирам, спрашивая манекенщицу Габриэль, было совершенно невозможно, люди бы нас не поняли.

В полной грусти я стоял возле этого дома. Все-таки в Гданьске все было иначе. Там Гоше было трудно найти дом своей Ванды, но когда он его нашел, остальное случилось само собой. А тут — вот он, дом, но как мне найти в нем мою Габриэль? Мои надежды развеялись, растаяли.

И вдруг я увидел, что — ночью! — по улице идет с велосипедом почтальон. Ночью, понимаешь?! Я понял, что это судьба, и бросился к почтальону. Гоша мне ассистировал. Мы сказали, что мы из России, из Москвы и ищем девушку, которая живет в этом доме, — высокую, красивую, по имени Габриэль. Она модель. Он послушал, покивал головой и сказал: «А-а, с цирку...» То есть в его представлении она была циркачка. Я закивал: «С цирку, с цирку». Он сказал, что она в этом доме уже не живет, она переехала, и теперь письма, которые приходят к ней сюда, он отправляет по другому адресу. Тут он достал свою почтовую тетрадь и прочитал мне ее новый адрес. Я его быстро переписал, мы с Гошей бросились в машину, и в 12.30 ночи приехали по нужному адресу, нашли дом, нашли эту квартиру, я нажал кнопку звонка. Через минуту за дверью заспанно спросили: «Кто там?» Я сказал: «Габинка, это Александр, ахой!» Она открыла дверь и упала в обморок.

Назавтра мы встретились и чудесно провели три дня. Мы ездили по Праге и ее окрестностям, и Габинка показывала нам все достопримечательности. Все было здорово.

А когда на обратном пути в Москву мы въехали на рассвете на территорию Украины и катили мимо какого-то заповедника, на нас из тумана выбежал лось. Он бежал по дороге с огромной скоростью, он мчался прямо на нас, он летел на таран, выставив вперед свои метровые рога. Возможно, он принял нас за своих конкурентов, за каких-то враждебных ему зверей. Но факт остается фактом: он решил протаранить нас своими жуткими рогами. Я чудом уберег машину от лобового удара, направив ее вправо. Но левым задним боком мой «Жигуль» на всей скорости все-таки ударился об эту тушу, нас выбросило с дороги, и мы полетели, переворачиваясь в воздухе, как на трюковых съемках. Только на этот раз не было никаких трюков, машина действительно грохалась то на капот, то на багажник, от которых не осталось ничего, они были смяты в гармошку.

Я хорошо это видел, потому что нас держали в сиденьях ремни. В течение всего путешествия Гоша сопротивлялся тому, чтобы пристегиваться ремнем безопасности, а я его заставлял, несмотря на дикие скандалы. И в этот момент нас спасли ремни, хотя машина крутилась и грохалась, как жестяная банка от сильного удара. Я видел, как за вылетевшим лобовым стеклом лес то уходит, то поднимается, то снова падает. А справа от меня крыша проломилась и острым краем пошла в лысый череп Гоши. И струйка крови стала делать на этом черепе такие зигзагообразные траектории — в зависимости от того, как вращалась наша машина. Наконец машина последний раз перевернулась и встала, что удивительно, на четыре колеса. Двери открывались, в гармошку были смяты только багажник и капот. Это был уникальный удар. Кабина была цела, хотя и с проломленной крышей. Стекла вылетели — лобовое и заднее. Но мы остались живы!

Я вылез наружу и не успел опомниться от этого кошмара, как был ослеплен какой-то новой вспышкой. Оказывается, Гоша из разбросанного по всему оврагу багажа уже извлек фотоаппарат и, не обращая никакого внимания на кровь и свой расцарапанный череп, начал быстро снимать репортаж о нашей аварии и о моей реакции на разбитую машину — как я стою над ней, с каким выражением осматриваю смятый в гармошку моторный отсек. И мне эта его работоспособность и профессионализм показались такими жизнеутверждающими, что я засмеялся, и он стал смеяться.

Возможно, мы смеялись от шока. Стояли возле этой разбитой машины и хохотали. Это случилось на автостраде, по ней ехали другие машины, и они, конечно, останавливались. Как обычно при каждой аварии в России, никто не помогает, но все смотрят, и уже остановилось с десяток машин, оттуда вышли люди и смотрели сверху вниз на то, как два дурака — старый и молодой — хохочут и фотографируют друг друга возле абсолютно раскуроченной машины. А когда у Гоши кончилась пленка и он подошел ко мне, я спросил:

— Слушай, Гоша, этот лось, который пытался нас забодать, — это муж твоей Ванды или муж моей Габриэль? Ты как думаешь?

* * *

На этом, Эдик, я заканчиваю нашу заочную творческую встречу и жду тебя в Париж для написания синопсиса телевизионного любовного триллера. Учти, что, помимо вышерассказанных историй, в моих записных книжках, которые я веду всю жизнь, таких сюжетов — двести!

Сообщи дату прилета и номер рейса, чтобы я тебя встретил.

ПРИВАЛ НА ОБОЧИНЕ

39 км от Шамбери

СТЕФАНОВИЧ *(оглядывая пейзаж):* **Женщина — это второстепенное существо, прекрасный цветок, паразитирующий на теле мужчины.**

ТОПОЛЬ *(потягивая кофе):* **Насчет женщин советую быть поосторожней. Еще неизвестно, кто на ком больше паразитирует, кто главный, а кто второстепенный.**

СТЕФАНОВИЧ: *Я никого не хотел обидеть. Но таковы суровые законы жизни. Как говорил один мудрец, «каждый мужчина хочет убить мамонта, а каждая женщина хочет найти мужчину, который уже убил мамонта».*

* * *

ЧАСТЬ ВТОРАЯ

НОЧЬ ИСТИНЫ

— *Слава, это Тополь! Мы попали в грозу и не успеваем...*

— *А где ты?*

— *Во Французских Альпах. Тут такой ливень — дороги не видно!*

— *И когда ты приедешь?*

— *Ну, нам еще двести километров, под дождем.*

— *А я ушел из гостей. И там не пил, чтоб с тобой...* — В голосе Ростроповича было по-детски искреннее огорчение.

— *Я понимаю, Слава. Извини. Но как я мог тебя предупредить? Мы будем утром.*

— *Утром я не смогу и рюмки, у меня в десять репетиция.*

— *Будем пить чай. В девять, о'кей?*

— *Нет, приходи в восемь, хоть потреплемся. Какая жалость!..*

— *Я сам в отчаянии. Но что делать? Разверзлись, понимаешь, хляби небесные. Спокойной ночи, с наступающим тебя днем рождения!* — И я выключил мобильный телефон.

— *Да, подвел ты друга!* — сказал Стефанович. Он вел машину, подавшись всем корпусом вперед, потому что метавшиеся по лобовому стеклу «дворники» не успевали справляться с потоками воды и мощные фары «БМВ» не пробивали этот ливень дальше метра.

— *Но кто мог это предположить!..*

Действительно, даже метеорологи не ждали этот циклон, налетевший на Европу откуда-то из Гренландии. Еще три часа назад под Греноблем мы фотографировались на фоне сказочных пейзажей, украшенных змейками горнолыжных подъемников над проплешинами лесистых горных склонов. Романтические виды альпийских гор, знакомые по десяткам фильмов, выскакивали из-за каждого поворота, солнце плясало на островерхих черепичных крышах модерновых шале, сверкало в цветных витражах придорожных таверн и ресторанчиков и играло с нами в прятки, ныряя под ажурные мосты над горными пропастями. Все было уютно, обжито, цивилизовано, асфальтировано, размечено дорожными знаками и предупредительно выстелено мостами, туннелями, сетчатыми ограждениями от камнепадов и крутыми улавливающими тупиками. Но за Шамбери, как раз когда кончилась автострада и дорога, сузившись до однорядной «козьей тропы», запетляла в разреженном от высоты воздухе, — именно тут все и началось! Будто разом сменили декорацию или кто-то капризно плеснул на сусально-киношный пейзаж фиолетовой краской грозовых туч, а выскочив из 17-километрового туннеля между французским Модане и итальянской Бардонеччией, мы оказались словно не в Италии, а под натовской бомбежкой в Югославии. Разом почерневшее небо сначала сухо треснуло угрожающими громами, а затем густой шрапнелью на нас обрушился не дождь, не ливень, а нечто совершенно дикое и архаически нецивилизованное. Какие тут, к черту, спичечно-игрушечные усилия человеческой инженерии! Мы оказались наедине с Ее Всемогуществом Природой, разгневанной до остервенения и битья всего и вся — именно вокруг нашей машины. Узкую змейку дороги стало видно только изредка, при пикирующих на нее стрелах молний, которые лупили в асфальт буквально перед радиатором и сопровождались таким оглушительным громом, что мы невольно закрывали глаза. Громовержец целил в нас — это было совершенно ясно, однозначно, неоспоримо, и в такие минуты особенно остро ощущаешь свое родство с доисторическими предками, которые сиротно жались в пещерах при таких же грозах. Как высоко мы вознеслись над ними, и как недалеко мы от них ушли! Оглушенные и ослепшие в своей скорлупке по имени «БМВ», мы плелись в этой хлесткой дождевой темени со скоростью 20—30 километров в час, ощупью держась за ниточку дороги и ожидая, что следующая молния угодит в нас уже без промаха. Лишь изредка, на прямых и освещенных фонарями участках шоссе, Саша осторожно повышал скорость.

— Это ужасно, — сказал я. — Слава там без Галины Павловны. И представляешь — из-за нас просидит весь вечер в одиночестве. Накануне своего дня рождения! По моей вине!

Саша не ответил. Дорога, виляя, подло выскакивала то сле-
ва, то справа столбиками боковых ограждений буквально в метре
от переднего бампера. Я то и дело рефлекторно жал правой
ногой на воображаемый тормоз. Дорожный щит, выскочив спра-
ва, сообщил, что до Турина пятьдесят километров, а до Мила-
на сто девяносто. Но с потерей высоты дорога наконец
расширилась, мы опять оказались на шоссе.

— К часу ночи будем в Милане...

— Дай Бог в два, — уточнил Саша.

— А в восемь у Ростроповича. На час...

Саша промолчал. Я знал почему. Даже если мы ровно в
девять утра выедем из Милана, мы попадем в Ниццу не рань-
ше часа дня. А он сговорился с продюсером на утро. Конечно,
можно позвонить, сослаться на грозу, придумать, что мой
самолет опоздал, но... В бизнесе так не делается. Точность
уже давно не только вежливость королей, но и показатель
способности работать по-западному. Какого черта я так пе-
ретрусил, что сбил нас с прямой дороги? «Покушение»! Кому
я на фиг нужен! Скорее всего Саша нечаянно подрезал води-
теля «опеля» и тот взъелся, решил нас боднуть. К тому же у
Сашиной машины французские номера, а «опель», по-видимо-
му, был немецкий или австрийский, и у них тут в Европе свои
национальные разборки — говорят, что, например, бельгийцы
дружат с датчанами, как армяне с азербайджанцами...

Хотя — оперативка Интерпола?

Но еще не известно, какие знатоки русского языка сидят в
этом Интерполе на расшифровке телефонных разговоров. Если
переводчики моих книг, переводившие до меня горы русской ли-
тературы, выдают порой такие перлы, что целые абзацы тек-
ста приобретают обратный смысл, то как я мог купиться на
несколько строк перевода какого-то телефонного разговора?

Нет, в самом деле — кому я уж так «забежал» дорогу, что-
бы меня «заказать», да еще в Европе?!

— Саша, значит, по поводу историй, которые ты мне при-
слал на пленке. Я понимаю, что ты деликатно молчишь, ожи-
дая услышать мое мнение.

*— Твое, заметь, **высокое** мнение.*

— Вот именно. Излагаю. «Ивонна» меня пленила, это анти-
советская «Love Story», я готов хоть завтра сесть и писать по
ней сценарий. Но боюсь, что твой продюсер этот сюжет забо-

дает, потому что это история из советских времен и ее никак не перебросить в сегодняшний день. А все, что относится ко временам СССР, на Западе уже никого не интересует. Они тут переболели борьбой с коммунизмом, как корью, и пошли дальше. «Баскетболистка». Это смешно, но мелковато, и к тому же там нюансы русско-кавказских отношений, это французам не понять. Значит, «Баскетболистку» уводим в тыл в ожидании сюжета, куда она может войти комедийным эпизодом. «Мисс мира». Почти готовый сюжет, запишем это в актив, но, конечно, нужно усилить любовную пружину. Свердловский бандит ее действительно любил. Болел за нее, интриговал за кулисами, там может быть несколько сильных сцен из твоего багажа закулисных игр на конкурсах красоты. А она, став «Мисс Россия», улетает. Только не в Лондон, конечно, в Париж, все-таки фильм для французов. И парижскую часть, то есть пребывание героини в Париже, нужно расширить и добавить туда ее французскую любовь, чтобы уральская пуля достала нашу девушку не в момент ее будничной работы, а на взлете, на всплеске счастья... Ты согласен?

— Я слушаю.

— Нет, «я слушаю» — это не ответ. Мне нужно знать, понимаем мы друг друга или не понимаем. На кого я буду шить этот костюм?

— Эдик, когда я слушаю, я думаю. И тут же начинаю вспоминать истории, которые можно подшить в парижскую часть этого сюжета.

— Это другое дело. Думай. Следующая история «Девочка с бюстом». Я просто хохотал. Но как это сделать для французского телевидения? Это же не сыграешь ни в каком павильоне и ни с какой массовкой. Это нужно снимать именно там, в бухте Советская, с натуральными тамошними солдатами и матросами. Вот тогда это будет кайф. Но никаких французов туда, конечно, не пустят. «Любовь албанца». Оглушительная история для полнометражного фильма, причем двухсерийного. Вогнать ее в пятьдесят две минуты телесерии можно, но с огромными потерями самого вкусного мяса мелких подробностей. «Тихоборов» отпадает вообще, это из другой оперы. «Мимистка» — готовый телесюжет, всего две декорации и небольшая досъемка на натуре. Но где там любовь?..

— Вот сука!

— Что?!

— Да не ты! Смотри, что они делают! Сволочи!

Впрочем, теперь я уже видел и сам. Два огромных автофургона каким-то образом оказались слева и справа от нас и вдруг резко пошли на сближение, собираясь расплющить промеж собой наш «БМВ», как спичечный коробок.

— Тормоз! — закричал я.

Но даже антиблокировочные тормоза «БМВ» не помогали на мокром крутом уклоне. Нас несло в капкан, и этот капкан сжимался. Я увидел справа, за стеклом, темную стену воды, водометом взлетающую из-под гигантских колес автофургона... и торчащий, выплывающий из этой воды стальной штырь, он лезвием шел на мою дверь... Все ближе... ближе... А над ним — сквозь мокрое стекло кабины водителя — его бородатое размытое лицо...

Сжатая слева и справа двумя валами воды, наша машина, казалось, оторвалась от шоссе и вплавь неслась в катастрофу, беспомощно вращая колесами.

— Тормоз, Саша! — сдавленно заорал я, не слыша своего голоса.

Но вместо тормоза Саша вдруг с такой силой рванул на себя ручку переключения скоростей, что внутри машины что-то громыхнуло и клацнуло, сместив центр ее тяжести, от чего задние колеса «БМВ» рухнули на асфальт, и в этот миг — буквально в этот именно миг! — два металлических борта автофургонов пронеслись в миллиметре от нашего капота, залив нас водой, как подводную лодку при погружении.

Сильный удар бросил меня грудью на ремень безопасности, а головой я чуть не достал до лобового стекла. Сзади, в багажнике и на заднем сиденье, что-то хрястнуло. Затем — в разом наступившей тишине — я услышал грохот своего сердца.

Потом — Сашин мат.

Потом — барабанную дробь дождя по крыше машины.

И только после всего этого ко мне вернулось зрение. Выпрямившись, я увидел, что мы стоим поперек дороги и уткнувшись передним бампером в покосившуюся полосу бокового дорожного ограждения.

А впереди, метрах в ста от нас, на мостике через горную речку, стоят гуськом, в затылок друг другу, два автофургона.

Ждут нас.

— Ну, сволочи!.. — Саша стал выбираться из машины.

— Назад, Саш! — сказал я тихо.

— Почему? Эти мерзавцы нас чуть не угробили. Я им...

— Назад. Они с оружием.

— Откуда ты знаешь?

— Я видел, — соврал я и тут же понял, что не соврал — без оружия они быть не могли. Потому они и остановились. Не мытьем, так катаньем: в грозу, под этим ливнем и на пустой ночной дороге пристрелить нас — плевое дело.

Однако никто из них не выходил из своих кабин. Скорее всего двое убийц, глядя в зеркала заднего обзора, просто забавлялись нами, своими жертвами, как два матерых кота одной мышью.

И тут я вспомнил о нашем единственном оружии. Я вынул из клемм трубку мобильного телефона, вышел с ней из машины в дождь, стал перед фарами «БМВ», чтобы им ясно было видно, что я куда-то звоню, и набрал телефон Интерпола.

— *Hello!.. «Interpol»? It's Edward Topol speaking. I need to talk to Mister Guyland, it's urgent!.. **

Я не знал, есть ли у наших убийц прибор перехвата радиотелефонных разговоров, но где-то и кто-то наверняка слышал мой давешний разговор с Ростроповичем, иначе как бы они нашли нас в Альпах, на дороге из Лиона в Милан?

— *Mr. Topol,* — ответил дежурный по Интерполу, — *you can talk to me, I have instructions to transfer your massage directly to police.*

— *We are in Italy, road A-32, five kilometers east of Susa. Two tracks are trying to squeeze us or push over the fence...*

— *Tell me their tags numbers.*

— *Well, I'll try... ***

* Алло!.. Интерпол? Это Эдуард Тополь. Мне нужно поговорить с мистером Гайлендом, это срочно!.. *(англ.)*

** — Мистер Тополь, вы можете говорить со мной, у меня инструкции немедленно передать ваше сообщение полиции.

— Мы в Италии, на дороге А-32, пять километров восточнее Суси. Два грузовика пытаются сплющить нас или сбросить через ограждение...

— Скажите их номера.

— Сейчас попробую... *(англ.)*

Под дождем и в темноте номера этих фургонов можно было разглядеть не дальше чем с двух шагов. Но выхода у меня не было, и я двинулся в сторону грузовиков. Однако не успел я сделать и трех шагов, как услышал взрев их двигателей и увидел, что они отчалили от обочины и покатили вперед, набирая скорость.

Хотите — верьте, хотите — нет, но я побежал за ними следом, крича:

— Суки! Стоять! Сволочи!..

И только шагов через двадцать вспомнил, что это со мной уже было.

Ровно и в аккурат семнадцать лет назад, в теплый мартовский день 1981 года, я шел в Нью-Йорке по 42-й улице, когда ко мне вдруг подошел молодой двухметроворостый негр и, оттирая меня локтем к потоку машин на мостовой, сказал:

— Give me three bucks!*

— Отвали, у меня нет денег, — произнес я по-русски.

— Come on, man! Give my three bucks or I'll cut your face!** — Его руки были в карманах пиджака, и там могли быть бритва, нож или вообще ничего.

— Я тебе говорю — у меня нет денег! Отстань!

— Oh, don't give me that bullshit! Do you really want me to cut your face for three bucks? Give me the money!*** — И он снова толкнул меня плечом к мостовой.

И тут со мной что-то случилось. То ли оттого, что весь мой нищенский бюджет составлял в то время ровно восемь долларов — на еду, на квартиру, на транспорт и вообще на всю оставшуюся жизнь, то ли во мне возопила бакинская улица, то ли уже тогда я, сам не зная того, страдал повышенным давлением, но как бы то ни было мощный выброс адреналина буквально взорвал мою кровь, я вдруг выскочил впереди этого негра, развернулся к нему, заступил дорогу и крикнул прямо в его черно-белые глазища:

— Сука, what do you want?!****

---

* Дай мне три доллара! *(англ.)*

** Ладно тебе, мужик! Дай мне три доллара — или я попишу́ тебе лицо! *(англ.)*

*** О, не трепись! Неужели ты хочешь, чтобы я писа́л тебе лицо из-за трех долларов? Давай деньги! *(англ.)*

**** Что ты хочешь?! *(англ.)*

Наверное, с минуту мы смотрели друг другу в глаза — я снизу вверх, как разъяренный бык, а он сверху вниз, как изумленный жираф.

Поток пешеходов обтекал нас, не замечая этой молчаливой дуэли.

И вдруг этот черный жираф, обогнув меня, побежал вперед, к Шестой авеню.

Я, еще не понимая, что случилось, смотрел ему вслед, а потом, я помню, побежал за ним следом! Зачем? Что я мог с ним сделать? Ведь у него мог быть нож, да и без ножа он управился бы со мной одной рукой. Но закон бакинской улицы диктовал мне не думать, а догнать и бить, и я уже видел себя прыгающим ему на спину...

Слава Богу, эта спина скрылась в потоке прохожих, и я, выскочив на Шестую авеню, остановился в растерянности.

Слава Богу, эти два автофургона уже набрали такую скорость, что я не смог их догнать.

Саша подкатил ко мне сзади, помигал фарами, и я, опомнившись, открыл правую дверцу машины, плюхнулся на сиденье, снял насквозь мокрые туфли и носки.

— Зачем ты за ними бежал? — спросил Саша, наблюдая, как я выжимаю носки в открытую дверь. — Ты же сам сказал — они с оружием.

— М-мало ли что я с-сказал! — Зубы предательски выдавали мой внутренний колотун. — П-поехали!

— Закрой дверь.

Я закрыл.

— Рассказывай.

— Что?

— Все. Кому ты звонил?

— Я з-звонил в Интерпол, Гайленду.

— Зачем?

— Потому что я не могу позвонить в полицию! — взорвался я. — Как я мог звонить в итальянскую полицию, если я не говорю по-итальянски?

Саша помолчал, потом сказал:

— По-моему, это похоже на «Дуэль» Стивена Спилберга. Там весь фильм грузовик гонится за автомобилистом.

— Там был один грузовик, а тут два.

— Но сначала был один. Правда, пикап... Знаешь, я наездил по Европе четыреста тысяч километров, но со мной никогда не было ничего подобного.

— Саша, это охотятся за мной.

— Какого черта?

— Я не знаю.

Он опять помолчал, ведя машину и вглядываясь в пустую дорогу перед собой. Я повернулся назад, достал свою дорожную сумку, свалившуюся меж сиденьями, расстегнул на ней «молнию» и, порывшись, извлек сухой свитер и носки. Саша включил отопление и радио, но грозовые помехи хрипом и свистом забивали его любимую и единственно говорящую по-русски «Свободу», мы смогли — с пятое на десятое — услышать только очередную сводку новостей о натовских бомбежках в Югославии. Я снял промокший пиджак и рубашку, надел свитер и натянул носки. Джинсы, мокрые на коленях, согревались отоплением. И я, согреваясь, остывал, успокаивался. Да, теперь, когда я выпалил ему самое главное, можно было остыть.

— Я так не думаю, — вдруг сказал он.

— Что ты не думаешь?

— Во Франции и в Италии у тебя не может быть врагов, ты тут не живешь. А в Москве заказное убийство стоит тысячу баксов, максимум — две. Еще тысячу — билет в Майами. За три штуки тебя можно спокойно кокнуть хоть в России, хоть во Флориде. И без всех этих «опелей», автофургонов и погонь через Альпы.

— Может, мы свернем на другую дорогу?

— Тут нет другой дороги. Это горы.

— Но мы не можем ехать за ними. Это убийцы!

— Ты хочешь повернуть назад? А Ростропович?

Я промолчал. В конце концов, я же позвонил в Интерпол, и сразу после этого звонка они сбежали.

Некоторое время мы ехали молча.

Конечно, в кино персонаж по фамилии Тополь сказал бы: «О'кей, продолжим. «Шехерезаду» мы делать не будем, это слишком даже для эротического фильма. А «Людка Розанова...»

Но жизнь не ковбойский фильм, и я не Иствуд, я молчал.

— Нет, — сказал вдруг Саша. — Тут что-то не то...

— В каком смысле?

— С чего вдруг кому-то убивать тебя во Франции? Уж скорее — меня...

— А тебя есть за что?

— Как тебе сказать? Я не верю ни в какую мистику, но ты помнишь мою историю про Коновалова?

— Я думаю о ней постоянно. У меня есть незаконченный документальный роман об американском Рихарде Зорге в Японии, и там, я помню, описан подлинный эпизод, который мне рассказала одна японская журналистка. В 55-м году японские солдаты возвращались из Сибири после десятилетнего плена. Они приплывали из Владивостока на баржах, и эти баржи в Токио встречали десятки тысяч матерей. Представь эту картину: Токио, порт и на пирсе — море старых японок, они всматриваются в солдат, спускающихся по трапу, — обросших, в каких-то обмотках, отрепьях. Первые суда встречала буквально вся Япония. И вот один из пленных спустился по трапу, но, никем не узнанный и сам никого не опознав или не увидев, прошел через порт и пешком отправился в пригород. Он шел часа три или четыре, у него не было денег ни на трамвай, ни тем более на такси. Он нашел свой дом, открыл калитку, вошел и остановился. Его мать, отец и сестры сидели во дворе, пили чай. Увидев вошедшего, они подняли головы и смотрели на него, не узнавая. Он ушел из дому юношей, а пришел тридцатилетним стариком. И только собака, которая с лаем кинулась на незнакомца, вдруг, подбежав к нему, заскулила, завизжала и стала ползать у его ног на брюхе. «Тогда, — сказала мне эта журналистка, — я поняла, что это мой брат». Знаешь, мой колотун прошел. Наверное, нам сейчас нельзя молчать. У тебя есть еще мемуары на эту тему?

— Есть.

СМЕРТЬ В АДЛЕРЕ

— Сюжет называется «Смерть в Адлере», — сказал Саша. — Вряд ли он годится для нашего сериала, я и не собирался его рассказывать. Но похоже, сегодня ночь истины. Поэтому слушай. Неподалеку от Дагомыса, если ехать по направлению к Москве, стоит километровый столб с отметкой — «1888». И однажды, когда я проезжал мимо этого столба, у меня появилась идея написать пьесу с названием «1888». Я где-то читал, что в 1888 году Винсент Ван Гог и Поль Гоген жили в маленьком городишке Арле на юге Франции, и там отношения этих двух гениев осложнились настолько, что это привело к сумасшествию одного и бегству другого. Я подумал, что хорошо бы об этом написать. Почему-то я это представил себе в форме пьесы, а поводом был тот километровый столб. Но в мою жизнь этот столб вошел по совершенно другой причине.

Как-то, проезжая на машине вдоль моря, я увидел роскошную красавицу, которая шла в легкой юбочке и малюсенькой кофточке, надетой на потрясающе загорелое тело. Я притормозил машину, чтобы с ней познакомиться. Но оказалось, что этого не нужно делать — то была моя московская подружка. Я обрадовался, совершенно искренне обнял ее, поцеловал и спросил, что она делает, не можем ли мы провести время. Но она сказала, что, к сожалению, не может, поскольку приехала сюда со своим женихом. А для утешения познакомит меня со своей подругой, девушкой еще более немыслимой красоты. Правда, предупредила она, эта девушка замужем и тебе придется с ней повозиться. Более того, замужем она за каким-то высокопоставленным гэбэшником, так что смотри, может, и не стоит связываться...

Но это только добавило мне охотничьего азарта. И мы поехали в Адлер, в домик, который они снимали. А по дороге она сказала, что вообще и времени-то у меня для ухаживаний за ее подругой крайне мало, послезавтра к ней приезжает муж. То есть в моем распоряжении только сегодняшний вечер и завтрашний день. Но когда мы приехали, этой подруги дома не оказалось. Мы отправились искать ее сначала на пляж, потом в какое-то кафе — не нашли.

На следующий день я, распаленный рассказами об умопомрачительной красоте этой девушки, приехал к своей знакомой рано утром, и действительно, она представила меня роскошной брюнетке с большими сочными губами, с прелестными и чуть навыкате глазами, с персиковой кожей — в общем, очень достойная девушка оказалась. Я сказал ей какие-то слова, но, наверное, и обо мне ей были сказаны какие-то слова еще до того, как я приехал, и теперь эта красавица смотрела на меня с явным интересом. Я предложил девчонкам поехать завтракать. За завтраком знаками попросил свою московскую знакомую исчезнуть. Она оказалась понятливой и сказала, что у нее, мол, есть дело на почте, вы, ребята, идите на пляж без меня, я вас там найду. И оставила нас вдвоем. Мы пошли на пляж, поплавали, повалялись на песке и поехали обедать. Обед плавно перешел в ужин с посещением одного ресторана, второго, третьего. Потом в каком-то прибрежном ресторанчике мы обнаружили французское вино «Божоле»; мы его, конечно, отведали, и оно ударило нам в голову. Я предложил ей прокатиться в горы, и она восторженно согласилась. Мы сели в машину и поехали по приморской трассе. А у столба с надписью «1888» повернули направо в надежде, что этот поворот приведет нас в какое-нибудь живописное место.

Довольно долго мы ехали по пыльной проселочной дороге, среди каких-то небольших деревушек с грязными горцами, которые нас совершенно не интересовали. Ехали-ехали, дорога вилась сначала по дну ущелья, потом стала подниматься на гору. Но и тут было некрасиво и грязно, какие-то камни, валуны, осыпи. То есть красивое и романтическое путешествие явно срывалось, девушка стала скучать.

Наконец мы подъехали к какому-то шлагбауму, где местный житель стал мне что-то объяснять на непонятном языке. Но, получив червонец, шлагбаум открыл, и мы вдруг въехали в огромный и сказочно красивый виноградник. То было воистину подарком за все наши предыдущие дорожные невзгоды. Катаясь по этому винограднику, мы выехали на небольшой холм с типично вангоговским пейзажем вокруг. Я остановил машину, достал купленную в ресторане бутылку «Божоле», и мы ее тут же распили за исполнение наших желаний. Потом я откинул сиденья своих «Жигулей», где все было приспособлено к тому, чтобы с помощью двух канистр из-под бензина и двух надувных матрасов превратить салон этого лимузина в довольно удобную кровать. Что, конечно, требовало проверки, и проверка была тут же произведена. Оказалось, что кровать действительно замечательная.

Спустя какое-то время девушка сказала мне, что пора ехать домой, завтра приезжает муж. Я это уже знал. Кроме того, я уже получил свою порцию счастья и потому свернул надувные матрасы, положил их в багажник, потом сел за руль, выжал сцепление и нажал на газ. Но машина не двинулась с места. Оказалось, что земля на том холме такая мягкая и рыхлая, что машина просела на брюхо и колеса крутились в этой земле, как в жидком шоколаде.

А вокруг никого не было. Южное солнце стремительно падало за ближайшую гору, и довольно быстро наступила темнота. Девушка увидела, что я искренне пытаюсь вытащить машину, сдвинуть ее с места, и особенно на меня не ругалась. Но нам ничего не оставалось, как заново вытащить из багажника матрасы, опять превратить салон автомашины в спальню, достать очередную бутылку «Божоле» и предаться лучшим в мире наслаждениям.

Проснулись мы от блеяния овец. Оказалось, что этот холм оккупировала огромная овечья отара. Мы лежали в машине в обнимку, обнаженные, а вокруг машины стояли пастухи и смотрели на нас. Как они на нас не напали, ума не приложу. Но они просто смотрели, словно перед ними какие-то инопланетяне, спустившиеся на «Жигулях» в этот виноградник.

Я вылез из машины, сказал им слова приветствия. Потом, вооружив одного из них очередным червонцем, отправил его в ближайшую деревню за трактором. Приехал трактор, вытащил нашу машину, и мы, смеясь и вспоминая вчерашние приключения, поехали обратно в Адлер. Но по мере приближения к Адлеру лицо моей возлюбленной становилось все серьезней, строже, а потом стало и совершенно мрачным — она вспомнила, что утром должен был приехать муж. Поэтому она не разрешила мне подвезти ее к домику, я остановил машину квартала за три. Мы поцеловались, и она побежала домой, придумывая на ходу, что ей наврать мужу.

Надо сказать, что это был мой последний день в Большом Сочи, и на следующее утро я уехал в Москву. Ехал я до Москвы трое суток, потом прошло еще какое-то время, и наконец я решил позвонить своей давней приятельнице и поблагодарить ее за то, что она познакомила меня с такой замечательной девушкой. И вот я звоню и спрашиваю:

— Как там дела у моей красавицы?

А она отвечает:

— А ты ничего не знаешь?

— О чем?

— Может быть, — говорит она, — и хорошо, что ты ничего не знаешь.

— А в чем дело-то?

Она сказала:

— Лучше бы я тебя с ней не знакомила.

— Почему?

— Потому что когда она пришла домой, то обнаружила там мужа. Который приехал на юг на день раньше, то есть еще тогда, когда вы гуляли по ресторанам. Но поскольку девушка начала врать что-то несусветное, то он со свойственным чекистам гуманизмом достал пистолет и застрелил ее, а потом застрелился сам.

Вот и все, старик. Конец истории.

* * *

— *Саша, — сказал я, — это сюжет для грузинского кино, а не для французского. Французы не поймут его финала. Дождь, как ты видишь, затихает, а до Милана еще сотня километров. Ночь истины взыскует продолженья.*

— *Ты в юности писал стихи?*

— *Конечно.*

— *Я тоже, — сказал он в ритме, подозрительно смахивающем на белый стих. — Между прочим, для жертвы покушенья ты выглядишь не очень огорченным. Ладно, слушай.*

— *Еще одно признание?*

— *История — «Галюня» и носок.*

ГАЛЮНЯ

— Эта история началась, когда я приступал к съемкам очередного документального фильма для Ленинградского телевидения. Съемки происходили в моей любимой Ялте, и то был мой последний питерский вечер перед отъездом на юг в киноэкспедицию. Вся съемочная группа уже уехала поездом, а я люблю путешествовать на автомобиле и потому решил ехать в Крым на своих «Жигулях». И вечером накануне отъезда пошел с приятелем в ресторан «Кронверк» — это на старом паруснике, который стоит возле Петропавловской крепости. Посидели там какое-то время, но нам не понравилось, и мы решили продолжить вечер в гостинице «Ленинград», которая недавно открылась. Поскольку мы оба были при машинах, Андрей поехал туда на своей тачке, а я чуть задержался — не то встретил кого-то, не то расплачивался, не помню. Факт тот, что мой товарищ вышел на несколько минут раньше, а я чуть позже.

И вот иду я по трапу, который переброшен с этого парусника на берег, и смотрю — чуть впереди меня тоже идет на берег удивительно красивая девушка, блондинка с замечательной фигурой. Лето, теплая белая ночь, она в легком коротком платье, которое ветер лепит на ее тело так, как скульптор поглаживает свою любимую и удачную работу. Я думаю: если она еще и лицом красавица, то это может быть интересное знакомство, надо к ней подойти. В этот момент она сходит с трапа, идет по тротуару, и я вижу по ее профилю, что она действительно красотка. Я ее окликаю:

— Девушка, минутку! — И с ходу задаю совершенно наглый вопрос: — Девушка, не хотели бы вы вместе с молодым режиссером поехать завтра в Ялту на две недели на его машине?

Она говорит:

— Я вообще-то с удовольствием, но что об этом скажет мой муж?

Я говорю:

— А мужу мы напишем письмо.

Она говорит:

— Если вы напишете такое письмо, которое устроит мужа, то я с вами поеду.

Я говорю «хорошо», приглашаю ее сесть в автомобиль, достаю бланк киностудии и спрашиваю:

— Как вас зовут?

Она говорит:

— Галюня.

— А по отчеству?

— По отчеству Галина Ивановна.

Я начинаю писать письмо: «Уважаемая Галина Ивановна, вы утверждены на главную эпизодическую роль в фильме «Голубая речка». Поэтому убедительно прошу вас прибыть такого-то числа в Москву. Прошу информировать организацию, в которой вы работаете, о том, что в течение двух недель вы будете отсутствовать, так как съемки будут происходить в одной из отдаленных деревень Подмосковья, с которой нет связи. С уважением, ассистент режиссера Курочкина». Подписываюсь женским именем и передаю ей это письмо.

Она читает, хохочет и говорит:

— Но это же не мужу.

Я говорю:

— А зачем письмо мужу? Так не делается. Вы ему покажите это письмо — и все, он вас отпустит. А сейчас мы должны отпраздновать наше знакомство.

Она говорит:

— Только чур не здесь! — и показывает на «Кронверк».

Я соглашаюсь:

— Хорошо, не здесь. Мы поедем в гостиницу «Ленинград».

— Нет, — она говорит, — туда нам не попасть. Они только открылись, и там играет оркестр Иосифа Вайнштейна, у него собрались лучшие джазмены Ленинграда — Голощекин, Носов, Гольдштейн. Там такой ажиотаж!..

Я говорю:

— Неужели? Я этого не знал. Но давайте попробуем. Давайте сделаем так: если мы придем туда и найдем себе место,

156

то тогда мы с вами уже точно едем на юг. И все у нас будет хорошо, фишка ляжет правильно. Идет? Попробуем?

Она говорит:

— Попробуем.

Я трогаю машину, но еду не прямо к Петропавловской крепости, а предлагаю ей покататься по вечернему Питеру, сделать небольшой круг по набережным, рассчитывая про себя, что мой приятель, который уехал туда чуть раньше, займет нам место и все будет в порядке. И, проехав через Васильевский остров и вокруг «Медного всадника», потом по Дворцовой набережной, мимо Летнего сада, мы минут через двадцать прибыли в гостиницу «Ленинград». А там действительно ажиотаж, крик, шум, у дверей толпа, войти в ресторан невозможно, швейцар никого не пускает. Я говорю:

— Галюня, подождите одну минутку здесь у двери, а я сейчас договорюсь.

Швейцар говорит:

— О чем вы договоритесь? Все места заказаны.

— Но я же не брошу у входа девушку, — я ему отвечаю. — Тем более такую! Разрешите, я зайду на минуту.

Ровно через минуту я вышел в сопровождении метрдотеля, который кланялся и приказывал швейцару открыть дверь.

Галюня, совершенно потрясенная, прошла через толпу страждущих, и мы сели за стол к моему приятелю. Когда он увидел меня с такой красавицей, у него слюни потекли. А я ее представил:

— Это — Галюня, мы только что случайно встретились.

Короче, мы чудесно провели вечер. Танцевали, веселились. Джазовый оркестр Вайнштейна был бесподобен, играл в лучших традициях двадцатых годов. Где-то в первом часу ночи, когда закончилась музыкальная программа, я отвез Галюню в район Литейного, она жила в том доме, где раньше жил Иосиф Бродский.

— Галюня, — сказал я на прощание, — если бы Бродский знал, что в его доме будет жить такая красивая девушка, он бы ни за что не уехал в Америку!

Она улыбнулась:

— Завтра утром подъезжайте к моему дому, только встаньте вот тут. И давайте договоримся так: если ваш номер удастся и муж клюнет на это письмо, то я в восемь часов выхожу. Если меня в 8.15 нет, значит, я не приду и вам придется ехать одному.

Я говорю:

— Хорошо. Я буду ждать даже до 8.30.

И поехал домой спать, а на следующее утро был там ровно в восемь часов. Но в восемь она не вышла. В 8.15 тоже не вышла. Я решил, что буду, как и обещал, ждать до 8.30. В 8.30 я посмотрел на часы и понял, что мне придется ехать одному. И в этот момент из подъезда появляется Галюня и машет в какое-то окно, которого я не вижу, потому что машину она просила поставить в то место, которое из окна не видно. Но она прекрасно видит одним глазом окно, а вторым — мою машину. И, помахав кому-то в это окно, она подходит, бросает сумку на заднее сиденье, сама садится на переднее и говорит:

— Ну, так и быть, поехали! Только по пути заедем на Невский, там находится мое начальство.

Оказалось, что она работает в варьете ресторана «Кронверк», в кордебалете. В те времена у нас не было никакого стриптиза и других низменных развлечений нынешней демократии, а самой эротической формой советского искусства были танцы кордебалета с отмашкой голыми ногами влево и вправо. И вот она работала в варьете ресторана «Кронверк», а теперь ей нужно было заехать в ЛОМА — Ленинградское объединение музыкальных ансамблей, — чтобы оставить мое письмо, которое, как она сказала, произвело на ее мужа грандиозное впечатление. Он вообще не задал ни одного вопроса, он сказал: «Галюня, конечно, езжай на съемки, это начало твоего большого пути в искусство!»

Итак, мы приезжаем в ЛОМА, Галюня с гордым видом бросает это письмо на стол секретарю и под завистливыми взглядами толпившихся там музыкантов и кордебалетниц возвращается в мою машину. А затем по большому пути в искусство, который называется шоссе № 95, мы с ней на предельной скорости, доступной машине «Жигули», мчимся в Москву. В Москве происходит первая ночь нашего счастья, и Галюня оказывается удивительно нежной, милой, веселой, очень женственной и эротичной девушкой.

Назавтра следующий перегон, Москва—Запорожье. Лето, июнь, прекрасная погода, и Галюня решила в машине позагорать, поскольку она девушка ленинградская, а в Ленинграде, как известно, с загаром дело поставлено плохо. Она откинула правое сиденье, разделась до узеньких трусиков, бюстгальтер, естественно, сняла и легла. Солнце по пути нашего движения находилось справа от машины и освещало ее сквозь открытые окна. И она лежала, спала и загорала, а мне было приятно, что рядом со мной лежит такая красавица, которой я могу любоваться, периодически отрывая глаза от дороги.

И дальше произошел эпизод специально для нашего фильма, если мы будем снимать его в жанре кинокомедии. Мы проезжали по украинской территории, через маленькие городки, ведь то была не американская и не европейская автострада, а советская дорога, которая проходит через населенные пункты. И вот, пересекая маленький украинский городок, я останавливаюсь на светофоре. И надо же, чтобы так вышло: справа от нас оказался милиционер, который посмотрел внутрь машины и увидел обнаженную Галюню. Со свойственной украинскому народу прямотой он спросил:

— Шо цэ такэ?

Я сказал, что это девушка.

Он снял фуражку, вытер пот и спросил:

— А чому у таким виде?

Я говорю:

— Она загорает.

Он говорит:

— Нэ положено. На то е указ украинской народной рады. За голый вид два роки тюрьмы.

Я сказал:

— Давайте.

Он удивился:

— У яком смысле?

Я говорю:

— Давайте два года тюрьмы. Только меня тоже судите, потому что я с удовольствием проведу с этой девушкой два года в любом месте.

Он сказал:

— А вас судить нэ можлыво.

Я, переходя на местное наречие, спрашиваю:

— Это чому?

— А тому, шо вы одетый, а вона раздетая.

И так мы препирались и дискутировали ровно столько, сколько горел красный свет. А как только включился зеленый, я дал по газам и этот украинец остался стоять там, где стоял. Думаю, что он и до сих пор там стоит. Ему кажется, что это видение было, голый ангел пролетел.

Короче, мы приехали на юг. Но перед самым Крымом Галюня говорит:

— Я с удовольствием еду на юг, это для меня счастье. Так надоел этот «Кронверк»! Где ты в Ялте расположился?

— В гостинице «Ялта», у меня там вся съемочная группа.

— Нет, это не годится. Ты должен остановиться со мной в Симферополе. У меня там есть одно семейное дело.

Я говорю:

— Ты вообще была в Крыму?

— Нет, не была.

— Так я тебе скажу: у меня все съемки морские, а Симферополь находится от моря в ста километрах. Это каждый день два часа дороги туда, два обратно, через горные перевалы. Заколебаться можно.

— Ну, хорошо, — она говорит, — давай сделаем так. Давай одну ночь переночуем в Симферополе. Я же с тобой не препиралась — ехать мне или не ехать. Ты предложил, и я поехала. А теперь я тебя прошу заехать в Симферополь. Мне это нужно.

Ладно, мы приехали в Симферополь. Под вечер. У Галюни был записан какой-то адрес, стали мы его искать. И уже затемно на улице очередного Серафимовича или Станюковича нашли старенький домик, эдакую одноэтажную глиняную халупу, в которой, оказывается, жила бабушка Галюни. Галюня сказала:

— Ты должен мне помочь. Ты должен сказать бабушке, что ты мой муж.

Я говорю:

— Очень интересно. А как потом, если твой настоящий муж выйдет на эту бабушку?

Она говорит:

— Никогда! Муж вообще про эту бабушку и не знает. Но бабушка знает, что я замужем. И поэтому бабушке ты должен быть представлен, как муж.

— Знаешь, — я говорю, — мне это не совсем удобно. И вообще, для чего это надо?

— Потому что, — она говорит, — моя бабушка умирает.

— Час от часу не легче! Значит, мы приехали на панихиду? Она говорит:

— Эта бабушка не так проста. Она родилась еще до революции, вышла замуж, унаследовала какое-то состояние, и часть этого состояния пронесла через всю жизнь. Многое растеряла в период революции и гражданской войны, стала нищей советской служащей, но что-то и сохранила. Причем то, что у нее сохранилось, она протащила через немецкую оккупацию Крыма, через приход Советской власти второй раз в сорок четвертом году, через НКВД и так далее.

— Откуда ты это знаешь?

— От брата, — говорит Галюня. — У меня есть родной брат, он живет в Днепропетровске. И мы являемся наследниками этой бабки. Но бабка почему-то его не любит. И поэтому он раз сто мне писал, что нужно нам вдвоем к ней подкатиться. Если бы он сам мог к ней подкатиться, он бы про меня никогда и не вспомнил. Но я все не ехала и не ехала. А бабка умирает или вот-вот помрет. И поэтому в качестве надзирательницы он приставил к бабке свою жену. То есть там очень опасно. Но я тебя честно посвящаю в нашу семейную тайну, а ты должен мне подыграть. Я с тобой поехала, и тебе хорошо со мной. А теперь сделай, как я прошу.

Мы вышли из машины, постучали в эту глинобитную хатку. Там во дворе сразу загоготали гуси, закудахтали куры, петух забил крыльями. Потом проснулась «умирающая» бабка, вышла, стала причитать:

— Ой, внученька приехала!

— А это мой муж, — представила меня Галюня.

Тут же выскочила какая-то молодая дама. Может быть, Галиных лет, но выглядела совершенно как партийная работница. Плетеная «хала» с лаком на голове, в партийном правильном костюмчике. Из чего следовало, что это жена брата. Она посмотрела на нас, как на врагов. Но Галюня сказала ей, что мы приехали по договоренности с братом. Та немножко успокоилась. Я представился как муж. Все честь по чести. Нас покормили и уложили спать в одну постель и в той же комнате, в которой на другой постели лежала эта самая жена брата. Ночью Галюня стала меня ласкать и приставать, как жена к мужу, а я стал ей шептать, что неудобно, в комнате посторонний человек, которого мы первый раз в жизни видим. Она сказала:

— Это надо сделать, иначе никто не поверит, что мы муж и жена.

Я сказал:

— Ну, токмо за ради вашего семейного спокойствия.

И мы очень подробно и шумно убедили жену брата, что мы муж и жена. А наутро сказали, что все, нам пора, мы едем по делам, Гале нужно на съемки, а я ее сопровождаю. То есть я из режиссера превратился в мужа, сопровождающего жену на съемки кинофильма. Но бабка сказала, что она обидится, если Галюня проведет у нее всего одну ночь, им нужно поговорить, бабке скоро умирать. Тема этой скорой смерти исходила от самой бабки, у нее каждое второе слово было: мне скоро умирать, дайте хоть поговорить с внучкой, которую я вижу первый раз в жизни. И они стали ходить и шушукаться. Гусей кормили — шушукались, кур кормили — шушукались. Но ни о чем серьезном. Потому что за ними постоянно ходила жена брата. Она просто не спускала с них глаз. Галя с бабкой не могли остаться наедине ни секунды. Жена брата все время, как коршун, кружила вокруг этих двух цыплят — седого и белобрысого. За целый день они ничего так и не вышептали.

А я отдыхал. Там во дворе был гамак. И после трех дней дороги я отлеживался в этом гамаке. Тепло, солнце, да еще вино мне выставили. В честь приезда внучки были зарезаны куры, сварен суп, куплены какие-то замечательные фрукты и овощи. То есть все было как надо. В деревенском доме в центре Симферополя я провел целые сутки. И на следующий день мы должны были уехать.

И тут бабка проявила свои недюжинные способности старого конспиратора. Галюня мне сказала:

— Значит, так, Саша, мы с бабкой дошептались, что завтра события будут происходить следующим образом. Утром мы распрощаемся, расцелуемся и уедем. Отъедем за поворот улицы и будем ждать. И где-нибудь через полчаса придет бабка.

Я говорю:

— Это чей план?

— Бабкин, она старая партизанка.

На следующий день мы так и поступили — поели, поцеловались с бабкой и с женой брата, дали по газам и помчались как будто в Ялту, а на самом деле я сделал круг и остановился на соседней улице под большим каштаном, как было указано в бабкиных инструкциях. И мы стали ждать. Но ждали больше получаса, я даже заснул. Вдруг Галюня меня толкает: о, бабка идет! Действительно, бабка, оглядываясь, как разведчица, шла на контакт со своей внучкой. Подходит к нам и говорит:

— Ну, милки, вылезайте из машины.

Я посмотрел на Галю, потому что я вообще здесь с боку припеку, куда мне идти? Но бабка сказала:

— Идемте. Дело семейное. И ты, Сашко, иди, ты мне понравился.

Я закрыл машину, мы обошли еще квартал и зашли в дом к подруге бабки, такой же старухе, которой бабка уже с гордостью представила свою внучку Галюню и меня, ее мужа. Они там еще посидели, пошептались, и эта вторая бабка куда-то ушла. Через некоторое время она принесла какой-то сверток из тряпок. Бабка берет этот сверток, кладет на стол и начинает разворачивать. Одну ветхую тряпку в паутине, вторую. И достает немецкий термос времен войны с завинчивающейся крышкой, защитного зеленого цвета. Свинчивает эту крышку, высыпает на эти грязные тряпки целую горку золотых монет и украшений и говорит:

— Галюня, это твое. Я давно поняла, что эти гниды — твой брат с женой, — они меня охмуряют, они за мной ухаживают, а сами хотят найти у меня эти драгоценности. Но я люблю тебя, а их ненавижу.

Логики в этом не было никакой. Потому что, как бы там ни было, какими бы корыстными интересами ни руководствовались брат Галюни и его жена, они тем не менее приезжали к этой бабке, о ней заботились, помогали. Но женская логика иная, и она возненавидела своего внука и его жену. А к Галюне, которую видела впервые в жизни, прониклась и сказала:

— Галюня, это твое.

Я попробовал хоть примерно прикинуть стоимость этих драгоценностей, но не смог. Там не было больших бриллиантов, но там были изумруды, рубины в оправе и без, броши и одно колье очень хорошей старинной работы, а также царские червонцы. То есть это действительно было сокровище, которое стоило довольно дорого. И бабка сказала:

— Видишь, Галюня? Это твое, но только после моей смерти. Я сейчас тебе ничего не даю, но когда я помру, это к тебе перейдет. Эту бабку, мою подругу, зовут Марья Ивановна. Когда я умру, ты придешь к ней, и Марья Ивановна тебе это передаст. Поклянись, Марья, при свидетелях, что ты передашь.

Марья Ивановна поклялась, сказала:

— Христом Богом клянусь: передам Галюне. Если нарушу — чтоб мне на том свете в рай не попасть и тебя там не встретить.

Я говорю:

— Или мужу передайте.

Но они эту шуточку пропустили мимо ушей. Они сидели над этим золотом, и надо сказать, Галюня была несколько ошалевшая. Она взяла несколько драгоценностей, посмотрела, прикинула к себе ожерелье, покрутилась у зеркала. Глаза у нее загорелись. Но тут бабка засуетилась и сказала:

— Все, мне надоть идти! Я этой самой сказала, что пошла на рынок купить овощей. Не дай Бог она заподозрит неладное, начнет меня искать бегать и по машине увидит, что вы не уехали. Давай быстро все соберем!

Они стали собирать драгоценности и ссыпать их обратно в термос. Рубины и изумруды сыпались туда с таким стуком, что я не выдержал и сказал:

— Прасковья Федоровна, я, конечно, не хочу вторгаться в ваши личные дела, но, с другой стороны, я, как член семьи, хочу вас попросить об одной вещи. Галя так о вас думала, столько о вас мне рассказывала, она к вам очень нежно относится. Дайте ей какую-нибудь вещь просто на память о вас. Это ведь все равно ей достанется рано или поздно. А сейчас просто дайте ей что-то, чтобы она в далеком холодном Ленинграде держала у сердца и вспоминала о вас. А вы живите долго, зачем вы все время говорите про вашу смерть? — Тут я оседлал эту тему и, хотя бабка, честно говоря, уже дышала на ладан, начал напирать: — Вы еще хорошо выглядите, вы своими ногами ходите, вы все сами делаете. Поэтому пусть у Гали будет память о вас в виде какой-то вещицы.

Бабка, которая уже все собрала, сказала:

— О, действительно, мужик, а соображает. Хороший у тебя мужик, Галюня, не зря он мне приглянулся.

Опять вытряхнула все свои сокровища из термоса на стол, стала копошиться в них, достала какую-то брошь и сказала:

— Ну вот, Галюня, это тебе подарок!

Я под столом ногой нажал Галюне на ногу так, что у нее глаза вылезли на лоб. Тут до нее дошло, и она сказала:

— Бабуль, а мужу моему тоже дай какую-нибудь маленькую вещицу, сувенирчик.

И бабка сказала:

— Да, муж-то у тебя хороший, золотого стоит.

Взяла золотую монетку и дала мне — так я узнал свою истинную стоимость. А бабка быстро ссыпала все остальное в термос, обернула тряпками и отдала этой Марье Ивановне, которая тут же убежала куда-то. Бабка сказала:

— Усе, давайте прощаться, мы должны расходиться. Я огородами пойду, чтобы эта не узнала, где мое добро хранится. Учти, Галюня, ни брат твой, ни его жена про эту Марью Ивановну ничего не знают. И Марья ко мне не приходит, когда они бывают. Мы договорились так, что только я к ней хожу. Такая у нас конспирация, помни про это.

Тут мне пришлось поцеловать эту бабку на правах родственника, а также в знак благодарности за подаренную монетку. И мы пошли к автомашине. Но когда мы отъехали, я сказал:

— Галюня, я, конечно, не имею никакого права на эту монету. Но с другой стороны, согласись, что я, как актер, роль твоего мужа сыграл блестяще.

И Галюня сказала:

— Да, абсолютно точно. Ты эту монету заработал. От имени нашей семьи я тебе ее дарю. — И поцеловала меня в щеку.

А сама тут же стала примерять свою брошку, дышать на нее, тереть об рукав, снова примерять, смотреться в зеркало автомобиля, спрашивать, идет ли она ей. Мои предложения полюбоваться красотами Крыма и замечательной дорогой Симферополь — Ялта ни к чему не привели, она просто не могла оторвать взгляд от этого произведения ювелирного искусства.

И мы приехали в Ялту, где замечательно отдохнули. А ровно через две недели сели на нашего боевого коня под названием «Жигули» первой модели и помчались обратно по той же дороге. Галя была женщиной на все сто, и, как всякая женщина после двух недель совместной жизни с мужчиной, она стала позволять себе капризничать. И даже скандалить. Произошел такой инцидент. Ночью в дороге она стала особенно выступать — мол, ей надоело трястись в этом драндулете, у нее уже вся попа в мозолях и так далее. Тогда я сказал:

— Знаешь, мне тоже надоели твои капризы, ну-ка вылезай из машины.

Она говорит:

— Хорошо, остановись.

Я остановил машину, она открыла дверцу, вышла, хлопнула ею и осталась на дороге в надежде, что я начну ее уговаривать сесть обратно. А я ударил по газам и помчался вдаль под гроздьями южных звезд. Проехав минуты две-три, я сообразил, что, во-первых, оставил девушку на ночной дороге, а во-вторых, и что самое главное, я уехал с ее сумкой, и она подумает, что я пытаюсь украсть ее брошь, которая была действительно настоящим произведением искусства и должна была стоить довольно дорого. Когда во мне взошла эта мысль, я ударил по тормозам, быстро развернул машину и помчался обратно. Но дорога пуста, ничего не видно, никаких указателей нет. Я еду обратно, проехал минуту, две, три — Галюни нет. Я проехал дальше. Куда она могла деться? Машин встречных не было, за нами никто не ехал. Мы были единственными путешественниками на этой автотрассе, связывавшей столицу СССР с ее главным курортом. И вот тебе раз — никакой Гали, пустая дорога под южными звездами. Волки ее съели? Разбойники украли? Ужасные мысли стали пролетать в моей голове. Я проехал еще три минуты вперед, потом вернулся обратно, ориентируясь по минутам и по километражу. Каким-то шестым чувством я выехал на то место, где я ее оставил, остановился и стал сигналить. Никто не отзывался на дороге. Я вышел из машины, стал орать: «Галя! Галюня!» Никто не отзывается. Я наорался так, что голос у меня охрип. И когда я уже изнемог, вдруг из кювета буквально рядом со мной вышла счастливая Галюня и сказала:

— Испугался? Страшно тебе было, что ты меня потерял? Любишь меня, значит.

— Да, Галюня, люблю.

Она говорит:

— И я тебя.

Так между нами произошло небольшое объяснение, затем мы подтвердили нашу любовь действиями и дальше поехали счастливые и довольные. А через два дня я подвез ее к ее дому, на то же место, где я ее ждал две недели назад. Она взяла свою сумочку, вышла из машины и, пройдя несколько метров, стала махать рукой в направлении окна, где ее уже ждал муж. Вот так завершилось наше путешествие, в котором я сыграл роль Галюниного супруга.

Но роман с Галюней на этом не закончился. Он еще продолжался какое-то время, а точнее, до тех пор, пока мне пришлось лично познакомиться с ее мужем. Вот как это случилось. Как-то Галюня мне сказала: приходи ко мне в такой-то день, я буду свободна от своего шоу. Я пришел, и мы поехали в ресторанчик, поужинали. А потом Галюня пригласила меня к себе. Как я уже говорил, она жила в доме, где раньше жил Иосиф Бродский. В этом историческом здании, на пятом этаже, в коммунальной квартире, у нее была большая комната, в которой стоял рояль, два кресла, туалетный столик, трюмо и большая кровать напротив окна. А кроме нее и ее мужа, в этой комнате жила маленькая собака-шпиц. Противная мерзкая белая собачка, которая с самого начала меня невзлюбила. То ли она была поверенной мужа-геолога во время его отъездов, то ли считала Галюню своей личной собственностью, но она яростно тявкала на меня, как только я появлялся. Галя ее шугала, собачка пряталась и злобно урчала из-под кресла или из-под рояля. В общем, отношения у меня с этой собакой не сложились, чего нельзя сказать о ее хозяйке.

И в тот вечер мы, вернувшись из ресторана, выпили кофе и вино, стали обниматься, целоваться и перешли к любовным утехам. А где-то часа в два или в три ночи вдруг раздается звонок. Надо сказать, что в этой коммунальной квартире жили пять семей и у них была кодовая система звонков, чтобы соседи не бегали и не открывали гостям, которые пришли не к ним. И по тому, как этот звонок позвонил два коротких звонка и один длинный, Галя сказала: «Это муж!» Время было позднее. В комнате мы были вдвоем. И оба раздеты. В течение дальнейших тридцати секунд я вскочил, натянул на себя трусы, майку, рубашку, брюки, пиджак, туфли. Проблема вышла с носками. Один носок я нашел, а второй найти не смог. Но поскольку Галя, накинув халат и закрыв кровать каким-то пледом, уже побежала открывать мужу, я сунул ноги в ботинки как был — одну ногу в носке, а другую без.

Вошел муж, роль которого я так замечательно сыграл в Симферополе. Он, как я сказал, был геологом, и у него периодически были длительные северные экспедиции по месяцу или по два, что позволяло мне еще больше входить в его образ. Но вот он ввалился с рюкзаком, с ружьем и с охотничьими сувенирами в виде больших рогов. Рога сегодня были особенно кстати. Он вошел, а Галя уже по пути, очевидно, упредила его, что у нее гости. Войдя, она сказала:

— Вот это Александр, а это Витя, мой муж. Познакомьтесь. — И с ходу стала фантазировать: — Александр ставит у нас программу в «Кронверке». Он делает программу как режиссер и хочет меня сделать звездой, примой кордебалета. Сейчас мы сидим, обсуждаем костюмы и мои выходы. Ты уж извини, что у нас производственное совещание в такой час. Мы час назад кончили шоу, пришли и здесь продолжаем заниматься творчеством...

На столе стояли чашки из-под кофе, бутылка с вином, два стакана. Галюня быстро достала третий стакан, остатки вина мы с мужем выпили за знакомство. Галюня села с мужем, стала его обнимать и всячески успокаивать его подозрения. Я сказал, что мне пора идти. Но Галюня возразила:

— Подождите, давайте еще выпьем кофе. И давайте по-человечески договорим, а то как-то неловко. Я не знала, что приедет муж, и мы только начали работу, так что надо по-человечески договорить...

Почему-то она все на гуманизм напирала, и слово «по-человечески» было у нее главным, выскакивало через каждое второе слово.

По-человечески мы сели. Муж спросил, что я делаю. Я стал развивать версию Галюни — мол, я ставлю шоу в варьете. И тут же вспомнил какой-то французский музыкальный фильм, стал излагать его идею, выдавая ее за свою. Он заинтересованно спросил:

— И что там Гале светит?

Я сказал:

— Я считаю, что Галя у нас — самая лучшая, самая крупная звезда этого шоу, на нее нужно сделать ставку. Несмотря на то что она недавно работает и другие девки старше ее. Но нужно делать ставку на молодых. Тем более у нее такие способности.

А муж стал поддакивать и говорить:

— Да, у нее такие балетные задатки! Она же, вообще, училась в балетном училище, пока ее не выгнали оттуда за пьянку.

Короче, мы с мужем нашли общий язык. И все шло к тому, что инцидент сглажен и подозрения развеяны. Но в этот момент из-под кровати, держа в зубах мой носок, вышла эта мерзкая собака-шпиц. Она села посреди комнаты и стала с остервенением драть этот носок и дико рычать. Галя попыталась прогнать ее, сказала «пошла вон!», но собака, отойдя на полметра, села прямо перед мужем и снова стала рвать мой носок. Муж подозрительно посмотрел и спросил, чей носок. Галюня сказала:

— Как чей? Твой. Чей же тут может быть носок?

На что муж сказал:

— Что-то не похож на мой...

И тут Галя допустила промашку — стала прогонять эту собаку, и ситуация начала накаляться. Мужнины подозрения, которые Гале удалось погасить, вспыхнули с новой силой. Муж — я следил за его глазами — стал коситься в сторону моих ног, чтобы проверить, чей же носок рвет собака. А я сидел, поджав обе ноги под кресло, чтобы ему не были видны мои щиколотки, и думал, как же мне выйти из этого положения, что сделать. В какой-то момент мы с Галюней стали общаться телепатически. Очевидно, существуют какие-то стрессовые ситуации, когда люди общаются, включая в своем организме дополнительные сигнальные системы. И Галюня, перехватив мою мысль, вдруг подошла к окну и сказала, что за окном что-то происходит, мол, идите сюда, посмотрите. Муж встал, пошел к окну, и в этот момент я встал.

Первое, что сделал муж, когда обернулся, — вперился глазами в мои ноги. Но он опоздал — брючины мои уже опустились, легли на ботинки, и не видно было, какие у меня носки и есть ли они вообще.

Я сказал:

— Приношу извинения, мне было страшно приятно познакомиться. Галя, завтра у нас репетиция, не опаздывай. А сейчас мне пора домой, меня ждет жена.

То есть я на всякий случай впилил и про несуществующую жену. На что муж сказал:

— А что, ваша жена отпускает вас так поздно?

Я сказал:

— Видите ли, моя жена тоже работает в ночном варьете. Поэтому у нас все не как у людей — днем мы спим, а ночью работаем.

Он спросил:

— Она у вас в «Кронверке»?

— Нет, в другом варьете, — на всякий случай уточнил я. — Но у нас с ней абсолютное доверие, потому что мы любим друг друга.

Галя сказала:

— Да-да, это такая идеальная пара! Про них все знают. У нас в ЛОМА про них даже легенды рассказывают... — то есть опять стала успокаивать мужа, и он вроде бы угомонился.

А я протянул ему руку и пошел к двери на абсолютно негнущихся ногах, чтобы брюки не обнажали мои щиколотки. Он спросил:

— Что это с вами?

Я сказал, что, к сожалению, я инвалид, у меня с детства полиомиелит, я прихрамываю. Муж, как тактичный человек, не стал развивать эту тему, и я на негнущихся ногах вышел в коридор. Они вдвоем проводили меня до двери, и я, попрощавшись, сел в лифт и, не веря своему счастью, спустился вниз и пошел к машине. Но когда я сел в свои «Жигули» и поднял глаза, то увидел, что там, на пятом этаже, в окне стоит Галин муж. И тут я похолодел до холодной испарины. Я вспомнил, что от парадного до машины я шел совершенно нормальной и даже веселой походкой человека, у которого от эйфории удачной аферы прошла вся хромота и инвалидность. И под ярким северным небом одна моя щиколотка темнела черным носком, а вторая сверкала, как северное сияние.

Как я уже сказал, существуют ситуации, когда люди общаются телепатически. Я встретился взглядом с глазами Галиного мужа, и нас обоих пронзила одна и та же идея. Его голова тут же скрылась из окна, а моя рука лихорадочно повернула ключ зажигания, в то время как левая нога до отказа выжала сцепление, а правая — газ. И теперь отсчет пошел не на минуты, а на доли секунды. В ответ на мою молитву «жигуленок» взревел именно в тот момент, когда Галин муж появился в окне с охотничьим ружьем в руках.

Я бросил педаль сцепления, и машина буквально прыгнула вперед, вынося меня из-под оглушительного выстрела и осколков разбитого стекла.

Вскоре я уехал в Москву и никогда больше не видел Галюню.

Но золотой червонец, подаренный ее бабкой, лежит у меня до сих пор. На черный день.

* * *

— *Саша, для ночи откровений эта история слабовата, — сказал я. — В чем ты сознался? Что стырил у старушки золотой червонец? А если на следующем повороте нас ждет динамит или пуля? Неужели история про твой носок — последнее, что ты оставишь человечеству на магнитофонной пленке?*

Саша повернул ко мне изумленно-насмешливое лицо.

— *Вот ты как мыслишь?*

— *Извини. Я стараюсь так жить. Правда, мне это не всегда удается.*

Урчание двигателя и шуршание шин по просыхающему асфальту были мне ответом. И только после развилки Турин — Милан Саша сказал:

— *Хорошо. Вот история, которую я могу тебе рассказать впандан твоему настроению. Только это случилось не со мной, а с моим приятелем. Но история сильная.*

— *Валяй!*

ИЩУ ЖЕНЕ ЛЮБОВНИКА

— Как-то я попросил своего приятеля рассказать мне про самый странный секс в его жизни, и он мне рассказал историю, которая меня потрясла.

Вообще-то он большой любитель женского пола, известный всей Москве ходок. Но у него, как он говорил, была одна проблема. Он страшно боялся процесса знакомства с девушкой. Увидев красивую женщину, он начинал так трепетать, словно ее отказ от общения с ним означал для него конец света и душевную травму. Поэтому после перестройки, когда в Россию пришла свобода прессы и начали выходить журналы знакомств, он на этих журналах просто помешался. Конечно, в них было много пошлятины и откровенных предложений секс-услуг, проституток, эротических массажей, саун «ВИП-интим» и так далее, но там же было большое количество частных объявлений, по которым стеснительные люди как с мужской, так и с женской стороны могли найти друг друга.

И вот ему на глаза попалось в журнале следующее объявление:

Муж ищет мужчину 20—50 лет, который станет любовником его жены. Ей 23/164/55. Она любит о/с, а/с, фантазии. Не пожалеете. Ответим всем. Оставьте ваш телефон, тайну гарантируем. В материальной поддержке не нуждаемся. Фото обязательно.

Конечно, можно было подумать, что это такая оригинальная форма привлечения клиентов к проститутке, но фраза «в материальной поддержке не нуждаемся» отметала эти подозрения. Речь в данном случае шла не о деньгах. Кроме того, сказал мне мой приятель, это объявление с самого начала показалось ему необычным тем, что именно муж, а не просто какой-то сутенер или любовник ищет любовника для своей жены. Хотя чего не бывает?

Так вот, он написал письмо по адресу, который был там указан. Выслал свою фотографию. И через какое-то время был звонок. Довольно приятный мужской голос в интеллигентных по манере выражениях сказал: мы получили ваше письмо, ваша внешность нас заинтересовала, вы еще не раздумали? Приятель ответил: как я мог раздумать, меня ваше предложение заинтриговало, и я хочу узнать, что все это значит. Ему ответили:

— Здесь подвоха никакого нет, не беспокойтесь. Мы даем вам свой адрес. Когда вам удобно приехать?

Они договорились на встречу через три дня, в пятницу вечером. То есть до этой встречи у него было несколько дней на раздумье. И все эти дни он размышлял, что же за этим стоит. Несмотря на трепет, который обуревал его каждый раз, когда он думал о сексе, он то полагал, что здесь какой-то розыгрыш, то вообще хотел отказаться от этой затеи, поскольку черт его знает, куда его пригласили и что там с ним сделают. Но когда наступила пятница, он все-таки поехал в этот отдаленный спальный район Москвы. Не зная, как ему там себя вести, нужно ли приходить с подарком или без подарка, он сунул в карман пол-литровую фляжку дорогого виски — на всякий случай.

Чем выше он поднимался по лестнице в нужную ему квартиру, тем больший трепет его охватывал. На звонок ему открыла милая, нельзя было назвать ее красивой, но действительно очень милая, с тонкими чертами лица девушка, которая спросила: вы такой-то? Да, сказал он.

— А я Наташа. Заходите.

Это и была героиня его будущего романа.

Он вошел в квартиру. Дело было зимой, она предложила ему снять пальто и пригласила на кухню, где усадила в кресло. Как во всех русских домах, кухня здесь являлась главным местом, это была и столовая, и приемный зал. Большая, красиво оформленная, с какими-то поделками ручной работы. Она сказала:

— Это работы моего мужа — все, что вы здесь видите. Он очень талантливый человек. Но я должна перед вами извиниться. Дело в том, что сегодня муж занят. А мы с вами встретились для того, чтобы познакомиться друг с другом. Но без мужа мы ничего не будем делать из того, что обещали в этом журнале знакомств. Хотя не беспокойтесь, у вас еще все впереди.

То есть она вела себя очень мило, интеллигентно, предложила ему на выбор чай или кофе. Они сели к столу, он достал фляжку виски и предложил ей выпить вдвоем. Она сказала:

— С удовольствием, по рюмочке выпьем.

Они выпили по рюмочке под кофе, но потом она закрыла бутылку и сказала:

— Знаете, мы с вами ее допьем, но вместе с моим мужем. В следующий раз.

Надо сказать, мой приятель не был обескуражен тем, что он пришел на любовное свидание, а ему не выдали сразу же все обещанное. Потому что девушка оказалась милой, интеллигентной, живо реагировала на его треп и сама рассказывала какие-то истории. В общем, они замечательно и тепло провели время, но без всяких поцелуев, прихватов или еще чего-то. Потому что она все время подчеркивала:

— Знаете, все будет, но только с мужем, когда он придет. Сегодня его, к сожалению, нет, а без его согласия я ничего делать не могу. Потому что объявление давал он.

Выпив кофе с виски и поболтав еще немножко, она сказала:

— Завтра приходите обязательно, завтра можете вообще прийти к нам на обед, и муж будет дома.

Они договорились на три часа, и мой приятель ушел, стал ожидать встречи на следующий день. Потому что девушка, честно говоря, ему понравилась. Он ею увлекся и подумал, что это, наверное, какой-то трюк, девушка придумала новый способ познакомиться, а мужа там никакого нет. И он оценил тонкость этого хода — девушка всегда может дать откат, если ей не понравится человек. Но, судя по приглашению на обед, он-то ей подошел.

Короче, на следующий день он со всеми этими мыслями является туда, захватив с собой большой торт и бутылку шампанского. Приходит, звонит, она ему опять открывает и встречает его довольно радостно:

— Здравствуйте, заходите!

И опять ведет на кухню, где готовит еду. Он говорит:

— А где ваш муж, он сегодня дома?

Она отвечает:

— Он скоро подойдет. Да вы ни о чем не беспокойтесь, располагайтесь...

Наливает ему какую-то рюмочку, причем это было не виски, которое он принес, это была рюмочка коньяка. И говорит:

— Вот вам аперитивчик, вы выпейте пока, а я, если вас не смущает, буду готовить, потому что обещала накормить вас с мужем обедом.

И возится с плитой, утку жарит в духовке, салатики готовит. А он сидит и пьет. И они продолжают вчерашнюю беседу. Она ему говорит:

— Знаете, у нас с мужем семья немножко особая. Наша история не похожа на другие. Мы с ним очень любим друг друга, и мы знакомы со школьной скамьи, мы вообще одноклассники. Больше того, мы с ним учились вместе с самого первого класса. Но класса до пятого были не особенно дружны. А где-то в пятом классе я стала уже на него поглядывать, и почему-то когда я рисовала принцев, то все принцы получались у меня похожими на этого мальчика. Когда я это заметила, то поняла, что он мне нравится, и стала на него поглядывать еще больше. А если девочка поглядывает, то мальчик, конечно, тоже поглядывает в ее сторону. И у нас возникли сначала дружеские отношения, потом мы стали встречаться, ходить в кино. Родители про это знали. А потом мы с ним стали целоваться, и где-то в девятом классе у нас возникли любовные отношения. Родители, как мы от них ни скрывали, догадались об этом, но, в общем, нас не ругали и даже, может быть, поощряли, что у нас такое постоянство. Я не меняю мальчиков каждый день, и он не бегает по девочкам. В общем, мы поженились, как только окончили школу, было нам по семнадцать лет. И оба поступили в институты. При этом я поступила в педагогический, а он стал заниматься электроникой. Начали жить, и довольно хорошо все у нас складывалось, детей, правда, не было, но семья была замечательная. Мы вместе проводили все время и нисколько друг от друга не уставали. Все было необыкновенно здорово...

И мой приятель-рассказчик, слушая ее, понимает, что все, что она рассказывает, — это совершенно искренне, но ни к какому сексуальному продолжению не ведет. Она с таким восторгом говорит о своем муже — какое тут, к черту, объявление в газету с предложением какому-то мужчине спать с этой влюбленной в мужа женой?!

А она, готовя закуски, продолжает рассказ:

— Окончив институт, я стала работать переводчицей. Он тоже окончил институт, поступил на работу, электроника сейчас очень популярная профессия, он стал хорошо зарабатывать. И на первые же деньги мы с помощью родителей купили машину. А спустя короткое время муж попал в жуткую аварию. Понимаете, он теперь инвалид. У него нижняя часть тела парализована. Он не может быть полноценным мужчиной.

И, сказав это, она посмотрела ему прямо в глаза.

Он всякого мог ожидать от ситуации, в которую попал, но такого, честно говоря, не ожидал. Она сказала:

— Знаете, объявление, которое вы прочли в газете, дано действительно по инициативе мужа. Потому что он человек умный и все понимающий. Он считает, что мне нужен мужчина, а он не может дать мне полноценного секса, который, как он себе представляет, должен быть у женщины. Конечно, он пытался сделать что-то другими способами и попросил меня купить фаллоимитатор. Но он чувствует, что я не получаю от этого полного удовольствия. Я ему говорю, что все это ерунда, мелочи жизни и не в этом счастье, но он говорит, что женщине нужен мужчина, а не какой-то фаллоимитатор, не какие-то пальцы или поцелуи. И вот он долго уговаривал меня и уговорил — и дал это объявление. И из тех людей, которые нам написали, прислали свои фотографии, мы выбрали вас. Я с вами познакомилась. И ему вы тоже понравились...

Тут мой приятель посмотрел изумленно, а она сказала:

— Дело в том, что муж не выходит из квартиры, он и вчера был здесь. И сейчас он находится в спальне. А вас он видел вчера, когда вы от нас уходили. Да и сегодня я видела из окна, как вы идете, и тоже ему показала. Сейчас я вас познакомлю.

Моего приятеля охватило странное чувство, и холодный пот покатился по его спине. Секс и инвалидность! Это же полная дикость! Даже при самом сильном воображении представить эту милую девушку в постели с мужем-инвалидом, который пытается сделать что-то с помощью фаллоимитатора, — бррр! Мой приятель считал, что секс — это такое гипертрофированное выражение жизненной силы, энергии и счастья, это для молодых, красивых и здоровых. И никакого отношения к болезни, несчастью, инвалидности не имеет.

Но это только одна сторона вопроса. А вторая — его, моего приятеля, роль во всей этой ситуации была не совсем ясна. У него, конечно, и до этого были романы с замужними женщинами, которым мужья в силу своей занятости или еще почему-то не давали того, в чем эти женщины больше всего нуждались. Но во всех тех случаях мужья были за кадром — в отъездах, в командировках. А здесь...

Однако долго рассуждать на эту тему ему было некогда, потому что она ушла и через минуту вернулась, толкая перед собой инвалидное кресло. В этом кресле приехал очень симпатичный молодой парень. Если бы не кресло, он бы выглядел абсолютно нормальным человеком. Единственное, что отличало его от нормальных людей, были его глаза. В них было то, что нельзя описать даже такими крайними словами, как «трагедия», «боль», «надлом», «катастрофа». То, что стояло, тонуло и кричало в этих глазах, вообще невозможно передать словами.

А в остальном он держался очень достойно. Протянул руку при знакомстве. Они сели за стол, начали обедать. Но прежде она достала ту самую бутылку виски и сказала:

— Как мило, что вы пришли к нам с подарком. Этот подарок предназначается нам обоим. Потому что у нас с мужем все общее...

Короче, пока мой друг ел утку, которую она приготовила, он все время представлял себе, что же будет дальше. И никакого сексуального развития он не мог вообразить. Он видел, что может дружить с этими симпатичными молодыми людьми. Но секса в таком развитии ситуации не предвиделось. Тем более что никакой эротической прелюдии не было, никаких глазок ему эта Наташа не строила и никаких фривольностей или намеков себе не позволяла. И муж совершенно не касался этого вопроса. И мой приятель решил: что ж, я познакомился с милыми людьми, это и будет главным событием за сегодняшний день.

И вдруг в конце обеда муж-инвалид сказал:

— Знаете, я вам очень благодарен, что вы откликнулись на наше объявление. Наташа вам уже сказала про наши с ней отношения. Так получилось, что я не могу быть ей полноценным мужем...

И когда он это сказал, Наташа положила свою руку на руку мужа. А тот накрыл ее второй рукой и продолжал:

— Но мы же люди современные, книжки читаем, фильмы смотрим. И мы решили таким образом выйти из нашего положения. Может быть, вы нам в этом поможете. Потому что Наташка — смотрите, какая она живая, какая она веселая и красивая женщина. Ну, не повезло ей с сексом. Но это то, что я с вашей помощью могу исправить. Тем более что вы совершенно ее обаяли и мне тоже очень понравились. Поэтому я буду рад, если у вас все будет хорошо. Только учтите, что мы с Наташей очень любим друг друга.

После этого заявления в воздухе повисла долгая пауза, потому что мой приятель не знал, что он может ответить. Какие слова он должен был найти?

Но муж помог ему, он сказал:

— Ребята, знаете что? Давайте я приберу со стола и вымою посуду, а вы не теряйте времени. Идите! — Взял жену за руку и заставил ее встать из-за стола. Она наклонилась к мужу, обняла его и поцеловала. А муж тем не менее стал ее подталкивать, говоря как бы в шутку и улыбаясь: — Иди, иди! А то еще, чего доброго, наш гость испугается.

А мой приятель продолжал сидеть, не зная, что ему делать и как себя вести. Но, подталкиваемая мужем, Наташа подошла к нему, взяла его за руку и повела в глубину квартиры. Они прошли в гостиную, она поставила музыку, и они стали танцевать. При этом муж оставался на кухне, оттуда доносился звон посуды, он гремел там тарелками, убирая их со стола и укладывая в посудомоечную машину. А они танцевали, не говоря друг другу ни единого слова. И при этом у моего друга проснулась к этой Наташе жалость, а потом нежность. И он, танцуя, обнял ее, а потом начал гладить по голове, поцеловал в щеку, и губы их соединились, они стали целоваться. После чего она взяла его за руку и повела в спальню.

Когда произошло все, что должно было произойти, она оделась, привела себя в порядок, и он тоже понял, что ему надо одеваться. Они вышли на кухню, где муж сидел за рюмкой виски и курил. Посмотрел на них и спросил:

— Ну как?

Причем спросил, обращаясь не к жене, а именно к моему приятелю. Тот, будучи человеком достаточно тонким, не знал, что ответить, и сказал нечто типа «замечательная женщина, как вам повезло, как здорово». И почувствовал, что говорит полную чушь. Говорить несчастному мужу о том, как ему повезло с такой чувственной и сексуальной женщиной, было просто бестактностью и издевательством. Но он не мог найти слов, подобающих этой совершенно немыслимой ситуации.

Между тем эта Наташа все свое внимание переключила на мужа. Она села рядом с ним, взяла его руку, они прикоснулись друг к другу щеками, нежно поцеловались. И мой приятель увидел, что эти люди действительно любят друг друга. Все, что они рассказывали о своих чувствах, это — не выдумка, не обман, а подлинная трагедия, из которой эти два любящих, счастливых и одновременно несчастных человека пытаются найти выход. И потрясение, которое он испытал теперь, глядя на них, было сильнее сексуального удовольствия, которое он получил двадцать минут назад.

Они еще посидели вместе какое-то время, выпили что-то. Мой приятель сказал, что ему пора домой. На что муж сказал:

— А вы что, у нас не останетесь?

Мой приятель промямлил какую-то маловразумительную чушь, попрощался и пошел одеваться. Но когда он, надев пальто, зашел на кухню еще раз попрощаться перед уходом, он увидел, что Наташа беззвучно рыдает в кресле, отвернувшись лицом к окну и сдерживая истерику, а муж гладит ее руки, колени, и извиняется перед ней, и сам чуть не плачет.

Эта сцена была настолько драматичной, что мой друг остановился как вкопанный, некоторое время смотрел на них и понял, что он должен что-то сделать. Если он сейчас уйдет, то все, что случилось сегодня, просто разрушит их любовь и жизнь. Нет, он не мог, не имел права уйти. Тем более что и уходить-то он собирался исключительно из-за неловкости, которую испытывал. Но сейчас у него лучшие чувства к этим ребятам стали превалировать над неловкостью ситуации, они стали главными. И он снял пальто, повесил его в прихожей на вешалку, вернулся, налил по рюмке из оставшегося в бутылке и сказал:

— Ребята, я решил никуда не уходить. Давайте выпьем.

Через какое-то время у Наташи высохли слезы, она взяла себя в руки и улыбнулась через силу. И они выпили втроем. И с этого момента, с этой секунды они стали единым целым. Все трое. Потому что дальше у него возник с этой Наташей действительно безумный и странный роман. Он стал приходить туда довольно часто, оставался там ночевать. Они стали его ближайшими друзьями. Он занимался с Наташей любовью, и на пятую или шестую ночь Наташа сказала:

— Знаешь, у меня к тебе одна просьба. Муж очень просит, чтобы он был с нами в спальне, чтобы он тоже присутствовал. Ты не будешь против?

Мой приятель сразу же согласился, потому что они действительно стали для него очень близкими людьми. Она упорхнула из спальни, а потом привезла мужа в его инвалидном кресле. Поставила возле постели и попыталась его приподнять, но он сказал:

— Нет, ребята, я буду здесь. Я посмотрю. Я очень хочу посмотреть.

Мой приятель сказал мне, что когда появился муж, то он думал, что у него ничего не получится. Несмотря на все хорошие отношения, несмотря на то что он согласился продолжать связь с Наташей, он, по его словам, никогда не участвовал в коллективке и никогда никто не смотрел на него в такие святые минуты. И вдруг тут оказался третий человек, и психологически моему другу было довольно трудно начать. Но это только показалось. А на самом деле все произошло так естественно и хорошо, что он стал опять заниматься с Наташей любовью, а она, отдаваясь этой любви, откинулась на кровати, протянула руки к мужу и взяла его ладони в свои. И он сидел в этом инвалидном кресле у их постели, держал ее руки, она смотрела на него, а я, говорит мой приятель, занимался с ней любовью и не мог поднять на него глаза. Но потом, когда я все-таки посмотрел на него, мысленно прося у него прощения и как бы извиняясь за свои действия, я вдруг увидел такую мужскую силу в его глазах, такую мощную энергетическую поддержку, словно он соучаствовал в этом процессе удовлетворения его любимой жены, словно он вместе со мной заставлял ее стонать и вскрикивать от наслаждения. И буквально вцепившись друг в друга глазами, мы с ним, как единое целое, но с удвоенной энергией, заставили ее дойти буквально до полного изнеможения, когда она уже, как пустая тряпичная кукла, распласталась по постели и уползла от нас с шепотом: «Все, я больше не могу, остановитесь, пожалуйста!..»

Но самое драматическое произошло дальше. Спустя какое-то время, когда я привык к присутствию мужа в спальне, сказал мой приятель, Наташа стала укладывать его вместе с нами в постель, и он стал участвовать в сексе не только взглядом, но целуя Наташу в губы и лаская ее грудь, а я занимался нижней частью ее тела, и это доставляло большое удовольствие всем троим. Но одновременно мой приятель начал чудовищно страдать, он объяснил это так:

— Я тебе честно скажу: я в эту Наташу влюбился. И стал ревновать ее к мужу. Потому что ее тело принадлежало мне, но ее душа, ее руки, ее глаза, объятия принадлежали мужу. Конечно, я понимал, что это нелепая ревность и вообще глупая ситуация. Меня сюда пригласили на роль живого фалло-имитатора, и я на эту роль согласился без всякого принуждения, я сам в это влип. И тем не менее я ревновал. Ты будешь смеяться, ты знаешь, что я много девчонок имел в своей жизни и, как бы трудно мне ни давалось знакомство с ними, я к ним потом относился легкомысленно, я их бросал. Конечно, иногда переживал, но такого сильного чувства у меня никогда не было.

После этого монолога мой приятель замолчал и тем самым дал мне понять, что это конец. Но я-то понимал, что за этим должно быть еще что-то. Я спросил:

— А чем же все закончилось?

И он мне ответил:

— А это еще не закончилось. — И посмотрел на часы. — Сегодня я еду к ним ночевать. У тебя случайно нет какого-нибудь яда?

— Зачем тебе? — испугался я.

— Да так, — улыбнулся он. — Шутка!

И он скрылся в московской ночи на своем старeньком «фольксвагене», а я подумал, что в каждой шутке есть только доля шутки, и трагическая развязка этого рокового треугольника может случиться в любую ночь.

Конец истории, можешь выключить магнитофон.

* * *

Некоторое время мы опять ехали молча. Грозовая ночь истины стояла над Альпами, и я благодарил за нее свою причудливую судьбу. Я уже давно знал ее жестокосердный характер — никогда и ничего она не дарила мне просто так, даром, как этому баловню судьбы Стефановичу. Даже за эту действительно классную историю (в нее нужно вставить что-то насчет войны в какой-нибудь «горячей точке», какие-то вспышки воспоминаний этого калеки, потому что для сценария лучше, если бы он стал инвалидом не в банальной автокатастрофе, а на войне...) я должен был заплатить минутами страха и дорожной дуэлью с грузовиками. И вообще, меня всегда испытывали на излом, доводя до последней крайности. И только потом, когда я отбрасывал уже намыленную веревку, пер дальше и прошибал лбом стены, я получал, наконец, то, что хотел — ВГИК, сибирские командировки, слезы и смех зрителей своих фильмов, свои книги на 18 языках и лучшую в мире женщину в жены.

— *А как ты подружился с Ростроповичем? — спросил вдруг Саша.*

Я усмехнулся — поток его мыслей шел рядом с моими, дышло в дышло.

— *Это не любовная история, Саша.*

— *Ничего. Сегодня Ночь откровений.*

— *Ты прав. Ладно. Этого никто не знает, а если меня грохнут сегодня, то пусть это останется хоть в твоей памяти. Ты* помнишь мое письмо Березовскому и другим евреям-олигархам в «Аргументах и Фактах»? Оно было напечатано 15 сентября прошлого года, за день до самого главного еврейского праздника — Судного дня. По закону наших предков, принятому ими у горы Синай, в эти Дни Трепета каждый еврей обязан накормить голодного и одеть нищего. **Обязан**, понимаешь? И я написал своим братьям по крови, что миллиарды долларов, которые они обрели в России, не упали на них за какие-то особые их таланты — никто из них ни Билл Гейтс и даже не Тед Тернер. Они сделали эти деньги в России — не мое дело на чем, но в святой для евреев день они могут и должны помочь этой нищей стране — ведь всего месяц назад, 17 августа, вся Россия ухнула в катастрофу национального кризиса й, по русской традиции, винить в этом будут евреев. Ты же знаешь, в России всегда и во всех бедах винят кого-то — татар, американцев, евреев. Только не себя. Так и тут — падение в экономический кризис чревато, писал я, вспышкой антисемитизма. Помогите нищим, накормите голодных, это ваш долг перед **своим** народом — вот, по сути, и все, что я сказал. Разве не могли они сделать, как Ян Курень в Польше десять лет назад, — взять у армии полевые кухни и кормить на улицах голодных людей? Разве так уж трудно одеть детей в детских домах и приютах? Но, Господи, что тут началось! Ты не можешь себе представить, сколько собак — и каких! — на меня спустили! И не столько в России, сколько в русскоязычной прессе Израиля и Америки! Меня назвали провокатором погромов, наемником фашистов, наследником Гитлера, духовным отцом Макашова. В течение месяцев мое имя не сходило со страниц газет. «Позор Тополю!», «Политический дикарь», «От погромщиков не откупиться», «Тополь и его последователи играют со спичками», «Боже, спаси Россию от Тополя!», «Тополя нужно повесить, а его книги сжечь!»... Сестра позвонила из Израиля и сказала, что боится за мою жизнь. Тетя из Бруклина сообщила, что плачет пятый день, потому что по местному русскому радио и телевидению меня день и ночь проклинают ведущие публицисты. От Брайтона до Тель-Авива газеты печатали развороты с коллективными письмами читателей, которые объясняли мне, какой я мерзавец и сколько добра евреи сделали России. В Москве делегаты Еврейского конгресса дружно клеймили меня позором. Иосиф Кобзон по «горячей линии» «Комсомольской правды» объяснил миллионам читателей, что я «дешевый провокатор»...

Конечно, я понимал, что это издержки корпоративного страха моего народа и нашего еврейского экстремизма, ведь я и сам экстремист. Именно такие экстремисты-от-страха даже распяли когда-то одного еврея. Но что из этого вышло? Чем это обернулось для евреев? И вообще винить меня в новой вспышке антисемитизма — все равно что шить провокацию плохой погоды матросу, кричавшему с мачты о приближении грозы и шторма.

Но так или иначе это было похлеще грозы, которую мы проехали. Я перестал выписывать русские газеты, не слушал русское радио. Но когда на тебя обрушивается **такой** поток грязи — да еще сразу с трех континентов! — трудно сохранять рабочую форму. Даже если считаешь, что это полезно для творчества, что я на своей шкуре испытываю то, что пришлось испытать Пастернаку, когда вся советская пресса печатала коллективные письма читателей: «Мы Пастернака не читали, но считаем, что ему не место в Советском Союзе!..». Я не сравниваю себя с гением, да и поводы были разные, но ощущения от плевков и битья камнями — близкие. В будущем, думал я, это ощущение пригодится для романа о каком-нибудь изгое общества...

И вот теперь представь, что этому изгою, «подонку», «предателю» и «провокатору», заплеванному всей эмигрантской прессой от Израиля до Австралии, вдруг звонят из Москвы, из «АиФ», и говорят:

— Пожалуйста, включите факс-машину, сейчас вам из Парижа пришлет письмо Мстислав Ростропович.

И действительно, через пятнадцать минут из факс-машины поползла бумажная лента, а на ней — летящие рукописные строки великого музыканта нашего века.

Старик, я не имею права публиковать это письмо, потому что оно — личное. Но тебе я могу пересказать его близко к тексту. В нем было сказано: дорогой господин Тополь, дорогой Эдуард, дорогой друг! Сегодня я прилетел из Тель-Авива, где играл концерт, и моя жена Галина дала мне «АиФ» с вашим открытым письмом и **велела** прочесть. Но было много дел, прочел его только в два часа ночи, когда лег в постель. И —

расплакался, как ребенок. И, понимая, что уже не усну, уселся писать вам. Я стараюсь не говорить о том, что мы с Галей делаем в области благотворительности, потому что мы это делаем *для себя*, для ощущения своего присутствия и сопричастия к тому, что происходит сейчас в России...

Тебе, Саша, я могу объяснить, что значит это «сопричастие» — Галина Павловна Вишневская помогает продуктами, одеждой и мебелью детскому дому в Кронштадте, Ростропович после премьеры «Хованщины» в Большом театре оставил свой гонорар в банке, и на эти деньги уже три года живут двадцать два музыканта оркестра Большого театра. А все 250 тысяч долларов его премии «Глория» идут на выплату стипендий двадцати трем студентам Московской консерватории. И еще они регулярно отправляют тонны — тонны, старик! — продуктов в различные детские дома и больницы, и туда же — медикаменты на миллионы долларов...

Саша, пойми, он не хвалился этим, он написал, что они с Галей просто хотят чувствовать себя **людьми среди тех своих соотечественников,** которые находятся в тяжелейшем положении.

Но ведь и я написал свое письмо, вступаясь за свой народ и ради того, чтобы мои баснословно богатые братья по крови стали **людьми среди людей.** Я не мог не крикнуть им об этом. Разве они бедней Ростроповича?

А Ростропович в конце письма написал мне, что он потрясен моей смелостью. Которую, между прочим, главный редактор одной якобы независимой газеты назвал глупостью, а бывший «главный» советский певец — оплаченной провокацией.

Но я признаюсь тебе, Саша, это не была ни смелость, ни глупость, ни тем более какая-то рассчитанная акция. Эта статья была написана просто по вдохновению — ее буквально вдохнули в меня среди ночи, вдохнули свыше, продиктовали. Я, как под диктовку, написал ее на одном дыхании и без всякой правки отнес в редакцию. Думая по наивности, что вслед за мной с таким же призывом к олигархам русской национальности обратятся мои братья-славяне Слава Говорухин или Олег Табаков. Этого не случилось — к моему полному изумлению, — зато теперь я стоял посреди вселенской хулы над своей факс-машиной и читал последние строки письма Ростроповича. Там было написано его рукой и его летящим почерком: «Об одном очень Вас прошу — если где-нибудь когда-нибудь будут у Вас неприятности в связи с этой публикацией — дайте мне знать. А если когда-нибудь при моей жизни будет вблизи Вас погром, я сочту за свой долг и за честь для себя встать впереди Вас. Обнимаю Вас с благодарностью и восхищением, всегда Ваш Ростропович, а для Вас — просто Слава...»

Саша, я получил это письмо 5 октября — за три дня до своего дня рождения. И это стоило всех поздравлений! Скажу тебе как на духу — ведь сейчас у нас Ночь Откровений, — если бы мне сказали сегодня: не пиши своего письма олигархам, не подставляйся под этот огнемет проклятий, я бы все равно написал. И потому, что не мог не писать, и еще потому, что без той публикации не получил бы письма Ростроповича. Дело не в том, что это, конечно, ужасно лестное, просто замечательное письмо великого музыканта и не менее великой личности — человека, который вопреки всей мощи советской империи дал в свое время кров и пристанище великому изгою этой власти Александру Солженицыну. Нет, дело не в этом. А в том, что **именно это письмо делает меня Евреем.** Понимаешь, о чем я? Да, я еврей и горжусь этим, как высоким званием, и пишу об этом в своих книгах с гордостью и даже с хвастовством. И когда я восхваляю в этих книгах наш ум и половую мощь, ни одна еврейская газета не оспаривает меня, хотя среди евреев полно и дураков, и импотентов. Зато стоило мне призвать своих богатых собратьев по крови к благотворительности, как меня прокляли, предали анафеме, назвали юдофобом и антисемитом. Но я думаю, что не им судить. Даже если они все в ногу, а я — не в их ногу, я еврей не по их суду и не тогда, когда хожу в синагогу. А тогда, когда меня, **как еврея**, уважают и ценят лучшие люди других народов — и особенно того народа, среди которого мы родились. И если сам Мстислав Ростропович готов защитить меня от погрома, то я — настоящий еврей, истинный! Да будет это, кстати, известно тебе — наполовину русскому, на четверть украинцу и на четверть поляку.

— Я это учту, старик... — усмехнулся Саша. — И в ответ на твою откровенность, так и быть, расскажу тебе нечто совершенно специфическое.

МАЛОДУШИЕ

— Вообще мужчины любят рассказывать о своей храбрости и победах и не любят — о поражениях. Я хочу отступить от этой традиции и рассказать тебе историю, которую не рассказывал никому. Но я настаиваю, чтобы ты оценил этот поступок по двойной ставке, а почему я этого требую, ты поймешь по ходу моего рассказа. Итак, вот история, которую я посвящаю тебе, Эдуарду Тополю, персонально.

В одно из моих первых путешествий по Западной Европе на автомобиле «Жигули» я заехал в Вену. В то время я вообще старался за одно путешествие заезжать в наибольшее количество стран. Начал я ездить поздно, мне было около сорока лет, и я решил охватить все, что мне не позволили большевики видеть за предыдущие годы. Дел у меня в Австрии никаких не было, просто Вена — знаменитый и красивый город, про который я много слышал, читал, видел в фильмах. Я решил в него заехать.

Приехал я туда, в самый центр, на своих «Жигулях» уже под вечер. Поскольку ехал я долго, а города не знал, я оставил машину на стоянке недалеко от знаменитой Венской оперы, зашел в ресторанчик, и пока поел, отдохнул, выпил пива, наступила ночь. Мне нужно было найти ночлег. Денег у меня тогда было совсем мало. Я ткнулся в одну, вторую, третью гостиницу, но оказалось, что в центре Вены все отели пятизвездочные и стоят таких безумных денег, о которых я в то время даже мечтать не мог. Поэтому я воспользовался старым приемом собственного изобретения. Несмотря на то что я был с автомобилем, я остановил такси, попросил его включить счетчик и ехать впереди меня к какой-нибудь недорогой гостинице. Надо сказать, что в Европе это стопроцентно действующий прием. Потому что таксисты знают все. Выведут наиболее короткой дорогой, расскажут, покажут, а ты им платишь только за маршрут. И вот я сказал тому таксисту, что мне нужна недорогая гостиница. Он с сомнением посмотрел на мою машину и спросил, что это за модель. Я сказал, что это «фиат». Он сказал, что это на «фиат» не похоже. Я сказал, что это специальная модель «фиата», называется «Лада». Он говорит: а откуда она? Я сказал: из России. «А! — сказал он. — Из России? Все понятно, садись!»

Он сел в свою машину, я в свою, мы уехали из центра на окраину, он меня привез в какую-то гостиницу. «Вот здесь», — сказал он. Я зашел, спросил, есть ли комната. Портье сказал: да, конечно. Я спросил, сколько стоит. Портье назвал фантастически низкую цену. Я спросил, где можно поставить машину. Почему-то это вызвало у него большое недоумение. Но он сказал, что во дворе можно поставить, ничего не случится.

А была уже ночь. Я поставил машину, пришел в свой номер, лег в кровать и тут же заснул, потому что устал за целый день. Утром я проснулся от крика:

— Изя, Изя! Шо ты делаешь? Не кусай бабушку!

Я подумал, что сплю, и перевернулся на другой бок. Но крики продолжались:

— Сема, Сема, не бей Цилю! Шо тебе сделала бедная девочка?

Я решил, что у меня глюки или я попал в сумасшедший дом. Но крики раздавались из коридора:

— Берта, ты сварила уже куриные ножки?

Я приоткрыл дверь и увидел полный коридор советских, как мне показалось, туристов. Я подумал: блин, куда я попал? Почему я не мог остановиться в нормальной гостинице, почему даже в Вене я должен общаться с совком?

Часы показывали, что оставалось всего десять минут до окончания завтрака, мне нужно было успеть в ресторан. Я вышел в коридор. Тут же какой-то мальчик наехал на меня велосипедом, какая-то девочка уронила на меня швабру, и все это сопровождалось русскими криками и визгом. То есть полный кошмар! Я спустился в ресторан, и там меня совершенно поразило то, что я завтракаю в этом ресторане один.

Да, я в полном одиночестве ел свой завтрак, а в дверях ресторана стояла толпа этих людей, которые на меня смотрели, но почему-то в ресторан не входили. После чего я вышел на улицу к своей машине и увидел, что вокруг нее тоже стоит толпа людей, которые с изумлением рассматривают мои московские номера. И какая-то женщина ругает своего мужа почем зря, она ему кричит:

— Гриша, какой ты идиот! Ты видишь? Людей выпускают на автомобилях! Зачем мы продали наш «Запорожец»?

Я подошел к своей машине. Все бросились ко мне и стали спрашивать:

— Вы откуда? Из Москвы? Как вам удалось выехать на машине?

Я сказал:

— Вот сел и приехал.

— О! А мы продали машины, какие мы идиоты! И что же, теперь можно на машинах? С какого числа?

Я говорю:

— Я выехал из Москвы неделю назад.

— Неделю назад! Гриша, ты слышишь? Если бы мы подождали три дня, мы были бы здесь с машиной! О, как вам повезло! А в каком вы номере?

Я посмотрел этой женщине в глаза. Красивая жгучая брюнетка не старше тридцати, она, нисколько не смущаясь присутствием мужа, сказала:

— Такой умный человек! Я хочу зайти к вам посоветоваться насчет икры и презервативов. Вы везете презервативы?

Я покраснел, спросил:

— А зачем, собственно?

— Как это — зачем? Вы не знаете, зачем презервативы? А вы что везете? Оптику? — И они все заглянули в мою машину, но там, на заднем сиденье, лежала только моя старенькая «Колибри».

— Нет, — сказал я, — я везу пишущую машинку.

— Вот! — сказала женщина своему мужу. — Умные люди везут пишущие машинки! А ты набрал два ящика индийских презервативов...

— Минуточку! — сказал ее муж. — Вы какую машинку везете? Английскую или немецкую? Вы куда едете?

Я сказал, что еду в Швейцарию и везу русскую машинку.

Тут у них загорелись глаза, и они зашумели, как на базаре:

— Как?! Шо вы говорите?! Разве нас уже пускают в Швейцарию? Боже мой, как я хочу в Швейцарию! Минуточку, а зачем в Швейцарии русские машинки? Кто их там купит?

А брюнетка посмотрела на меня долгим взглядом и сказала:

— А насчет Швейцарии мне можно с вами посоветоваться? Я зайду вечером, когда Семик будет спать...

Я назвал свой номер, но сказал, что не знаю, останусь ли тут до вечера, ведь мне еще пилить до Женевы столько километров!

Они закричали:

— Как? Вы только приехали и уже едете в Женеву? У вас что, прямая виза? Как вы ее получили?

Короче, мы разговаривали полчаса, пока не выяснили, что я просто турист, а они — еврейские эмигранты из Советского Союза. Оказывается, какая-то американская еврейская организация арендует эту самую дешевую в мире гостиницу специально для евреев из России как перевалочную базу. Отсюда они уезжают кто в США и Канаду, кто в Израиль, а кто — нелегально — в Германию. Когда выяснилось, что я советский турист, половина эмигрантов сразу же отпала с криками «Это агент КГБ!», а другая, наоборот, стала меня расспрашивать, как там в Москве, что нового. И я понял, что венский таксист, выяснив, что я русский, просто отвез меня туда, где австрийцы селят беженцев из СССР, — в самую дешевую гостиницу на окраине города.

Тут, пока мы выясняли, кто я и кто они, появился молодой человек, довольно симпатичный, лысоватый, лет тридцати, который прикрикнул, чтоб они от меня отстали, а мне сказал:

— Я — Вова. Давай отсюда уедем, а то они тебя заклюют. Тебе куда ехать?

Я сказал, что хочу посмотреть Вену.

— Очень хорошо, — сказал он, садясь в мою машину. — Я тебе все покажу. Поехали.

Я сел в машину и уже завел ее, когда встретил взгляд этой брюнетки. Не знаю, как ты относишься к еврейским женщинам, может быть, ты считаешь их святыми. Но во взгляде этой еврейки было то, что не имело к святости никакого отношения. В ее глазах был такой огонь, и даже не огонь — пламень, что у меня перехватило дыхание и ноги стали ватными, я не мог выжать сцепление. А когда все-таки включил первую скорость и стал выезжать из гостиничного двора, у меня было полное ощущение, что и мой затылок и заднее стекло моей машины плавятся от ее взгляда.

Должен тебе признаться, что по какому-то странному стечению обстоятельств евреек у меня на ту пору еще не было. Хотя я не антисемит, но вот не было у меня евреек, и все. И вдруг это ощущение огня, пожара, как будто вся аравийская пустыня дохнула на меня огнем ее огромных глаз — я ехал по каким-то венским улицам, а видел перед собой свой номер в этой гостинице и нас двоих на моей постели...

Между тем этот Вова привез меня в центр Вены и, как заправский гид, показал мне там все самое интересное, мы совершили с ним чудесную прогулку. Мы поели вместе, выпили пива, а потом он уговорил меня отвести его на порнофильм. Я говорю:

— А что? Ты раньше не ходил, что ли?

— Нет, у меня нет денег. Пойдем, ты заплатишь за билет.

Оказывается, они там живут по нескольку месяцев в ожидании, пока их впустят в США или в Канаду; им дают какие-то деньги, но такие мизерные, что они даже на трамваях экономят и ходят по Вене пешком. Продают на базаре какой-то скарб, который с собой привезли, каких-то матрешек, бинокли и индийские презервативы. В общем, он потащил меня смотреть порнуху, но я, глядя на экран, представлял себе совсем другое — то, что ждет меня вечером в этом окраинном отеле.

Когда мы вышли из кинотеатра, Вова стал меня уговаривать взять с ним одну проститутку на двоих. Я сказал, что не буду этого делать. Тут он стал жаловаться на жизнь и говорить:

— Слушай, я здесь уже десятый месяц и, представляешь, десятый месяц я без бабы! Я уже на стенку лезу. В Москве я имел по шесть девок в день...

Выяснилось, что он жил на Мосфильмовской улице и вся наша мосфильмовская братия была ему хорошо известна. Мы нашли кучу общих знакомых, и он мне рассказал совершенно потрясающую историю своего отъезда в Израиль. Он полуеврей и ни сном ни духом не хотел никуда ехать. Он был инженером-электронщиком в каком-то «почтовом ящике» и прекрасно себя чувствовал. Но среди всего женского контингента, который был к его услугам, ему попалась какая-то замужняя еврейская красавица, с которой у него случился безумный роман. А она и ее муж решили уехать в Америку, у нее там какие-то богатые родственники. Но оставлять любовника в СССР она не хотела и уговорила его ехать с ними. При этом она сделала ему приглашение, все честь по чести. Вова пошел в ОВИР, после чего его тут же уволили с работы в «почтовом ящике» и выгнали из партии. То есть он оказался на улице и с волчьим билетом. Поскольку эта любовница подала документы раньше, то и разрешение ей пришло раньше. И когда она уезжала с мужем, то Вова был в числе провожающих в аэропорту Шереметьево. Перед самым отлетом она его поцеловала и сказала: «Милый, приезжай, мои родственники обеспечат тебя работой, у них своя фирма». Но он был так огорчен ее отъездом, что напился с ее подругой, которая тоже была в аэропорту, и по пьянке они предались любви. Просто чтобы утешиться. Что сделала подруга на следующий день? Она рассказала об этом его любовнице, которая позвонила ей из Вены. И через какое-то время Вова получил из Австрии письмо: «Ты подлец, сволочь, я тебя так любила, а ты изменил мне с моей подругой в день моего отлета. Не хочу тебя видеть, никакой работы тебе в Америке не будет, забудь мое имя и моих родственников, которые хотели взять тебя в свою фирму».

Теперь он оказался и без работы в Москве, и без перспектив на жизнь в Америке. Подумав, он пошел в ОВИР забирать документы, написал им какое-то покаянное письмо, в котором клялся в любви к советской власти и просил восстановить его на работе и в родной коммунистической партии. Но Софья Власьевна не из тех женщин, которые прощают. Ему сказали: «Конечно, вы можете забрать свои документы и остаться в СССР, но ни о каком восстановлении на работе и в партии не может быть и речи. Если вы один раз предали Родину, решив уехать, то кто может гарантировать, что вы не сделаете это еще раз?» И Вова понял, что и через сто лет и он, и его дети будут в черном списке. И вот, сидя теперь со мной в венской пивной за кружкой пива, он буквально плакал, он говорил:

— Саша, я тебе честно скажу: я не знаю, что мне делать. В Америку меня не пускают, поскольку я честно написал в анкетах, что был членом КПСС. В Израиль я ехать боюсь, потому что я не чистокровный еврей, там таких не любят. А назад в Россию мне тем более нет хода. К немцам меня тоже не тянет, мой дедушка погиб на Курской дуге. Может, мне поехать в Южную Африку? Как ты думаешь?

Я сказал, что не был ни в Южной, ни в Северной Африке и ничего посоветовать ему не могу, но могу взять еще пива. Он выпил еще кружку, стукнул кулаком по столу и сказал:

— Эта жидовка поломала мне жизнь! Втравила в эту гребаную эмиграцию и бросила из-за какой-то подруги, которую сама же мне в аэропорту и подставила! И теперь я уже десять месяцев сижу тут без баб, торгую на рынке матрешками, вся моя жизнь поломана. Что ты на это скажешь? Как мне дальше жить? Может, ты все-таки возьмешь мне проститутку?

Оплатить ему проститутку я отказался, а высказал кое-какие философские сентенции, из которых ему понравилась одна: все зло в этом мире из-за баб. Но скажу тебе честно: все его причитания и жалобы я уже слушал вполуха. А второй половиной своего слуха я все больше прислушивался к себе и ловил себя на том, что у меня уже нет никакого желания возвращаться в ту гостиницу.

Назови это малодушием, трусостью — как хочешь. Но я тебе признаюсь как на духу: я дал этому Вове какую-то мелочь на трамвай, а сам сориентировался по карте и поехал на юго-запад, в сторону Швейцарии. На Западе вдоль дорог, особенно в сельской местности, всегда есть дешевые мотели...

* * *

— *Спасибо, Саша, — сказал я растроганно. — Ты очень деликатно снял пафос моей истории про письмо Ростроповича. А ты, случайно, не помнишь названия той гостиницы?*

— *К сожалению, нет. А что?*

— *Это была двухэтажная гостиница с холлом на втором этаже?*

— *Да.*

— *И в этом холле стояли вытертые желтые плюшевые диваны?*

— *Кажется. А что, ты там тоже был?*

— *Дорогой Саша, эта гостиница называется «Вульф», и я там был одним из первых эмигрантов. Дело в том, что до нас это была не гостиница, а публичный дом. Но потом хозяйка этого заведения мадам Бэтина быстро сообразила, что с евреев она получит больше прибыли — особенно если селить их по три семьи в одной комнате, — и сдала его ХИАСу под транзитную базу. Но выселить сразу всех проституток ей не удалось, она не имела права выбросить их на улицу, и я еще застал там такую замечательную картину: по коридорам и холлу первого этажа ползали наши еврейские младенцы, а длинноногие и костлявые австрийские проститутки, перешагивая через них, вели наверх своих пузатых клиентов. И следом за ними, хихикая и перемигиваясь, крались наши десяти- и двенадцатилетние подростки, чтобы подслушать и подсмотреть, что там будет происходить, в этих верхних номерах. Но родители были начеку и мощными подзатыльниками свергали их по лестнице на первый этаж, от чего поднимался жуткий ор и плач, из-за которого в конце концов проститутки сами выселились из этого отеля. Они не могли работать в такой обстановке! А что касается твоего Вовы, то мне его нисколько не жаль, а жаль, что ты кормил его и поил. Никакой он не нищий! То есть лично его я, конечно, не знаю, но я хорошо помню тех жуков, которые обретались в «Вульфе», «Зум Туркене» и в других аналогичных заведениях, где в качестве портье и администраторов за гроши скупали у новоприбывших эмигрантов все более-менее ценное, что разрешила им вывезти Советская власть, и перепродавали в три и даже в пять раз дороже...*

— *Но ты мне не ответил на главный вопрос, — сказал Саша.*

— *Какой?*

— *Правильно я сделал, что сбежал от той еврейки, или нет?*

— *Знаешь, Саша, — сказал я. — Как я тебе только что рассказывал, меня уже однажды объявили врагом еврейского народа за то, что я выдал наш суперсекрет, огласил национальность основных российских олигархов. Поэтому обсуждать достоинства и недостатки еврейских женщин я отказываюсь. Назови это малодушием, трусостью — как хочешь. Но пусть их качества останутся нашей последней национальной тайной.*

— *Понятно... — усмехнулся Саша. — А у истории с Ростроповичем есть продолжение? Ты ответил на его письмо?*

— *Продолжение этой истории случилось в Москве, в декабре, в день рождения Александра Солженицына. В честь его восьмидесятилетия Ростропович прилетел в Москву и давал концерт в Большом зале Московской консерватории. Я в те дни был в Москве по своим литературным делам. И конечно, приехал в консерваторию. Но, если ты помнишь, в тот день в Москве был ужасный снегопад, и я больше часа ехал машиной от Красной Пресни до консерватории. И опоздал аж на сорок минут! Оправданием мне может служить только то, что из-за этого снегопада опоздал не я один, а даже жена юбиляра! И все первое отделение Александр Исаевич просидел один, рядом с пустым креслом жены. И с лицом, окаменевшим от обиды, — ведь он никуда и никогда не ходит без нее. А тут — на концерте в его честь! под объективами телекамер! на виду у всей московской элиты и самого Ростроповича! — он сидел в одиночестве. Можешь себе представить его лицо?!*

Опоздав на сорок минут, я уже не пошел в администрацию за билетом, а, чтоб не терять время, по какой-то немыслимой цене купил с рук простой входной и побежал по лестнице в зал. Но все двери в зал были уже закрыты, их охраняли суровые билетерши. Тогда я нырнул в дверь служебного хода за кулисы, поднялся по лестнице куда-то наверх, в гримерные. И оказался вдруг прямо в том узком коридорчике, который ведет от гримерных на сцену.

— *Где тут комната Ростроповича? — спросил я у какой-то администратории.*

— *Вас туда не пустят, — сказала она. — Но стойте здесь, он сейчас пойдет на сцену.*

И действительно, буквально через минуту в глубине коридора возник Ростропович в обнимку со своей виолончелью. Он шел быстро, стремительно — навстречу аплодисментам, которые неслись через сцену из зала. А он, насупившись, смотрел не вперед и не себе под ноги, а куда-то в себя, внутрь. Словно уже был до макушки наполнен музыкой, которую нельзя расплескать. И свою огромную виолончель тоже нес не как тяжесть или груз, а с той нежной силой, с какой я ношу своего весьма увесистого сына.

Мне бы, конечно, не встревать поперек его пути в эту святую для него минуту! Но я встрял. Я шагнул к нему от стены и сказал:

— Мстислав Леопольдович, я...

Он пролетел мимо, даже не поведя зрачком в мою сторону!

Наверное, на моем лице отразилось такое унижение, что стоящая рядом со мной администраторша сказала:

— Не обижайтесь. Он вас просто не слышал. Вы приходите в антракте.

Я ушел вниз, в буфет, взял коньяк и, медленно цедя его, думал, не уйти ли мне отсюда к чертям собачьим? Зачем я пришел? Я не мальчишка, чтобы стоять у стены. Да, у Ростроповича была сентиментальная минута, когда он читал мое письмо олигархам. Да, как человек эмоциональный, он прослезился и даже написал мне несколько возвышенных строк. Но помнит ли он об этом? И на фиг я ему нужен? Что, собственно, мне нужно от него? А что, если он уже раскаивается в том, что писал мне? Что, если он будет со мной сух и вежлив — на бегу, мельком, ведь сегодня юбилей его друга — и какого друга! Так до меня ли ему? Но ведь еще один его жест невнимания, равнодушия — и все, это перечеркнет его письмо! И с чем я тогда останусь? С эпитетами Кобзона?..

Но видимо, коньяк был твоими французами придуман не зря. При его поддержке я дождался антракта и снова поднялся за кулисы, к гримерным. Там была уже просто толпа! Журналисты, фотографы, музыканты, какие-то дамы с цветами, оркестранты во фраках — толчея ужасная! Но я протиснулся в глубину коридора, к комнате маэстро. Тут, однако, стоял заслон посерьезней — гренадеры-телохранители.

— Мстислав Леопольдович меня приглашал...

— Даже не думайте! Только после концерта!

— Просто я опоздал из-за снегопада...

— Пожалуйста, освободите коридор! — Высокий и плечистый парень смотрел на меня сверху вниз такими стальными глазами, что я понял: это либо ФСБ, либо Управление по охране президента. Не меньше.

Я повернулся и пошел прочь, но тут же увидел спешащую к Ростроповичу Вишневскую. В зеленом парчовом и шитом золотом платье и в такой же шапке, отороченной горностаем, она царственной походкой шла сквозь расступающуюся толпу.

— Галина Павловна, я Эдуард Тополь, здравствуйте.

— Ой, здравствуйте! Приходите после концерта прямо на банкет, вот в эту комнату. А сейчас он просто ничего не видит и не слышит, ведь ему играть. Понимаете?

— Понимаю, Галина Павловна. Спасибо.

И я пошел по лестнице вниз, пять этажей пролет за пролетом и прямиком — в раздевалку. Левая рука уже держала наготове номерок от куртки, а правая ощупывала, сколько в кармане денег на выпивку в каком-нибудь кабаке. Денег было немного, но в «Экипаже» на Спиридоновке меня знают и принимают мою «Визу». А уж емкостей моей «Визы» мне на сегодня хватит...

Чья-то тяжелая рука легла на мое плечо и легко развернула меня на сто восемьдесят градусов. Я изумленно поднял глаза — тот же молодой сероглазый охранник.

— Я вас еле догнал, — сказал он. — Быстрей! Ростропович приказал найти вас и немедленно поднять к нему. Бежим!

Не говоря больше ни слова, он своей клешней подхватил меня за локоть и, как подъемный кран, буквально вознес по крутой закулисной лестнице с первого этажа на пятый, а затем по коридорам — тараном сквозь толпу и прямо в распахнутые другими охранниками двери комнаты Ростроповича.

И я увидел Маэстро.

Посреди просторной и почти пустой комнаты он сидел в золоченом елизаветинском кресле и, держа в ногах виолончель, наклонялся к ее грифу и шептал ей что-то своим мягким смычком.

Так гладят детей и возлюбленных.

Но шум распахнувшейся двери отвлек его, он поднял глаза и вдруг...

Я даже не заметил, куда он, вскочив, подевал свою возлюбленную виолончель.

— Дорогой мой! — бросился он ко мне и буквально стиснул в объятиях, шепча прямо в ухо: — Никуда не уходи! Никуда, ты слышишь! После концерта я жду тебя на банкете, мы должны выпить на брудершафт! Ты понял?

— Слава, уже третий звонок! — сказала Галина Павловна.

— Иду! — ответил он ей и повторил мне в ухо: — Обязательно приходи, обязательно!

Не нужно тебе говорить, Саша, что то был банкет в честь Александра Исаевича Солженицына. И что французское красное вино и русская белая водка лились там рекой. И что юбиляру подносили адреса и бокалы с частотой как минимум двух раз в минуту. И что десятки каких-то послов, знаменитостей, звезд и друзей произносили тосты и разрывали маэстро, чтобы сфотографироваться с ним и с юбиляром. Но среди этого карнавала амбиций и честолюбий Ростропович вдруг подошел ко мне и сказал:

— Где твой бокал? Мы должны выпить на брудершафт и перейти на ты.

Бокал я тут же нашел, вино тоже, мы скрестили руки и под блицы фотографов выпили до дна. Но сказать ему «ты» я не смог, у меня не хватило духу.

— Ах так! — возмутился он. — А ты пошли меня на фуй и сразу сможешь!

— Идите куда хотите! — произнес я.

— Нет! Так не пойдет! Еще бокал! И пошли меня на фуй! Обязательно! — приказал он.

Я, дерзая, послал. Самого Ростроповича. После чего был представлен Солженицыну, его жена Наталья сказала Александру Исаевичу, который уже собирался идти домой:

— Саша, я хочу познакомить тебя. Это Эдуард Тополь...

— Как же! — сказал Солженицын без секунды промедления. — Я помню. Семнадцать лет назад я написал вам, что не смогу принять участие в том проекте. Я действительно не мог, извините.

Старик, это меня просто сразило! Семнадцать лет назад я был главным редактором первой русской радиостанции в Нью-Йорке, и мы сделали тогда театр у микрофона — у меня были лучшие актеры-эмигранты, выпускники ГИТИСа и «Щуки». Они блестяще — поверь мне, я в этом понимаю, — просто первоклассно разыграли перед микрофоном несколько глав из «Ракового корпуса», и я отправил эту запись Солженицыну в Вермонт с предложением заслать, при его согласии и поддержке, сотню таких магнитофонных кассет в СССР, чтобы люди там копировали их самиздатом, как кассеты с песнями Высоцкого и Галича.

Ты понимаешь, какая это была бы бомба в 1982 году! Книги Солженицына — «Раковый корпус», «Архипелаг ГУЛАГ», «Ленин в Цюрихе» и все остальные — на кассетах, которые размножались бы под носом КГБ и — безостановочно! Миллионами копий! Да советская власть рухнула бы на пару лет раньше!

Через месяц я получил ответ Солженицына. Он написал мне буквально три строки. Мол, в связи с большой загруженностью он не может принять участия в этой акции. Я решил, что он просто не хочет вязаться с нами, эмигрантами, — другого объяснения я тогда не смог придумать, поскольку идея была чиста как слеза. И акция с заброской этих кассет в СССР не состоялась, я позабыл о ней и даже теперь, встретив Солженицына, не вспомнил. А он — вспомнил! Мгновенно! Просто, как суперкомпьютер, вытащил из-подо лба файл с моей фамилией и извинился за свое сухое письмо семнадцатилетней давности. Я стоял с разинутым ртом, пораженный сверхпамятью этого сверхчеловека...

Вот с того вечера я на ты с Ростроповичем. Сразу после банкета он увез меня в ресторан на ужин, где были только он, Галина Павловна и еще трое их друзей. И в этом ресторане я вдруг услышал совершенно иного Ростроповича — не только гениального музыканта, но и гениального рассказчика. Ох, Саша! Если бы при мне была кинокамера или хотя бы магнитофон! Слава был в ударе, он много и, не хмелея, пил, я против него просто молокосос в этом вопросе. И он рассказывал байки из своей жизни — но как! Я слышал — и не только со сцены, но и в узком кругу, в домашних компаниях — и Аркадия Райкина, и Леонида Утесова, и Александра Галича, и Володю Высоцкого. Но я не помню, чтобы с таким юмором и артистизмом они рассказывали о себе. Ростропович рассказывал о том, как после своего первого концерта в Париже он был зван к Пабло Пикассо, приехал к мэтру с виолончелью и с ящиком водки и к утру, находясь подшофе, подарил тому свой бесценный смычок — не просто подарил, а гвоздем выцарапал на нем «ПАБЛО от СЛАВЫ»! А жена Пикассо в ответ сорвала с себя бриллиантовое колье с золотой цепью и надела на Ростроповича. За что Пикассо тут же устроил ей скандал, потому что, оказывается, это был первый подарок, который Пикассо сделал ей еще в начале их романа. А Ростропович, проснувшись наутро в бриллиантовом колье, которое ему и на фиг не было нужно, обнаружил, что у него нет смычка и играть ему нечем. Кстати, теперь тот смычок хранится в музее Пикассо в Антибе, и Ростропович готов отдать за него любые деньги, потому что второго такого смычка нет во всем мире, но директор музея отказывается не только продать смычок, но даже обменять на другой, тоже ростроповичский.

Короче, Саша, я в тот вечер просто умолял Галину Павловну записывать за Славой эти рассказы или хотя бы всегда держать наготове магнитофон... А после ресторана они повели меня к себе домой, где мы сидели на кухне, втроем пили чай, обсуждали всякие благотворительные проекты, а потом Ростропович сказал мне, что сегодня состоялся его последний концерт в России — новые российские «отвязные» критики пишут о нем какие-то гадости, и больше он играть не будет.

— Как? — сказал я. — Ты же сам только что внушал мне, что нужно быть выше этой хулы и мрази!

— Нет, я больше тут не играю.

— Но ведь публика не виновата!

Он, однако, был непреклонен. И я подумал: а так ли верно, что публика не виновата в том, что пишут ее «отвязные» критики, что поют с экрана ее кумиры и что творят ее министры и правители?

Мы расстались в четыре утра, а в девять я снова был у него и, представь себе, застал у него уже человек десять певцов и певиц, которых он прослушивал в связи со своей постановкой оперы в Самаре. И тогда я понял, что значит слово «титан». Солженицын и Ростропович — два последних титана нашего века, это бесспорно. При этом я не знаю, какой титан Солженицын насчет выпивки и застольных баек, но что Ростропович титан в трех лицах — и в музыке, и в риторике, и в застолье —

это я видел своими глазами. И потому втройне жаль, что мы не попали сегодня в Милан и не выпили с ним. Ты бы услышал великие байки великого человека!

Но мы отвлеклись от работы. Значит, на первом месте стоит, конечно, история с безногим ветераном-афганцем под названием «Ищу жене любовника». Это то, что нужно по всем параметрам. Я только предлагаю поднять ее из чисто эротического плана на социальный. То есть ввести туда что-то про войну в Афганистане — пластично, вспышками его памяти. И может быть, проявить в разговоре или в деталях, что этот любовник каким-то образом закосил от армии, слинял от той войны, а теперь ветеран-«афганец» вынужден пользоваться его помощью, и они вместе делают любовь этой женщине. Но эту сцену нужно снять даже не знаю как — сверхгениально! Помнишь, был фильм с Ивом Монтаном и Клаудией Кардинале, нам его показывали во ВГИКе по зарубежному кино. Там Ив Монтан играл коммуниста-подпольщика, который неделю прячется от немцев у другого подпольщика, своего друга. И пока этот подпольщик, хозяин дома, устраивает немцам террористические акции, Монтан сутками напролет занимается любовью с его дочкой, Клаудией Кардинале. И вот там эта эротика была снята просто как «Песнь песней»! Я до сих пор вижу, как Клава Кардинале стелит простыни, они взлетают, словно крылья...

— Городишко Новара, — сообщил Саша. — До Милана полста километров.

— И, как ни странно, мы живы.

— Нам нужно заправиться бензином.

— И кофе.

Мы подкатили к огромному стеклянному кубу дорожного ресторана при бензозаправочной станции «ВР», сиявшей в ночи неоном рекламы и желтыми огнями навесных фонарей. Жалкие остатки грозового ливня мелким дождичком секли лужи на черном асфальте. Под навесом, у кормушек заправки, стояли легковушки, а поодаль, у заправки соляркой, высились, как стадо бизонов, автофургоны.

— Не наши ли киллеры? — спросил Саша, выбираясь из-за руля.

— Вполне возможно, — ответил я. — Кстати, где ты научился этому трюку с коробкой передач?

201

— Меня учил водить машину Саша Микулин, главный авто-каскадер «Мосфильма», он снимался в моих фильмах. Но учить меня азам вождения ему было скучно, он сразу начал с трюков. И я эти фокусы выучил еще до того, как узнал, где включаются габаритные огни. Смотри-ка! — Он показал на шоссе. — Уж не нас ли они полетели спасать?

Действительно, по встречной полосе шоссе вдруг промчались, вереща сиренами и вращая мигалками, сразу три полицейских машины.

Мы проводили их взглядами, снова посмотрели на стадо дремлющих автофургонов и пошли в дорожный trade-post, магазин-кафе. Согласно законам детективного жанра, я полагал увидеть там хоть одного бородатого шофера. Сидя за столиком кафе, он будет нагло зыриться на нас и отпускать своему приятелю шуточки в наш адрес, а у нас не будет ни малейшего повода вызвать полицию.

Но бородачей там не было. Ни одного.

Впрочем, **тот** бородач мог уже и побриться. На заправочных станциях «British Petroleum» есть не только горячая вода, пена и лезвия для бритья, но даже душевые кабины.

ПОХИЩЕНИЕ ГЕНИЯ, или
ЭФФЕКТ ЧЕРНОЙ ЗАДНИЦЫ

— Раз уж у нас такая детективная ночь, — сказал Саша, садясь через полчаса за руль, — я расскажу тебе историю про нашего общего друга, классика детективного жанра, которого ты не видел, наверное, очень давно, потому что уехал в Америку и долгое время жил там без всякой возможности вернуться на родину, а когда приехал, то в России его уже не было, он уехал в Англию, где и живет уже около десяти лет. Человек этот — давай назовем его Вадимом Губановым — просто замечательный, необыкновенно талантливый, автор одного из самых знаменитых русских детективных фильмов. Я говорю это специально для того, чтобы было понятно, что это личность недюжинных способностей и, может быть, один из самых умных или даже самый умный человек, которого я встречал за свою жизнь. Голова у него устроена феноменально. Когда с ним работаешь над сценарием, он начинает фонтанировать и извлекать из ситуации такие невероятные драматургические возможности, что просто теряешься, как это тебе не приходило в голову. То, что для других ровное место, для него какой-то Клондайк, кладезь, причем не только творческих, но и практических путей к реальному финансовому обогащению.

Но у этого человека есть один недостаток — он слишком умен. Как-то я объяснил ему это следующим образом:

— Вадим Ильич, вы человек очень умный, даже необыкновенно умный. Хотя я тоже не самый тупой на этой планете, но я, конечно, глупее вас. Я считаю, что если взять за параметр ума 21 очко, то я набираю 17, 18, а иногда и 20, но редко. То есть мой рейтинг достаточно высокий по сравнению с остальным человечеством, набирающим в среднем одно-два очка, ну, пусть — пять. А вы, Вадим Ильич, набираете 22—23, то есть значительно выше рейтинга. Но целей своих вы не достигаете.

— Почему? — спросил он, обидевшись.

— Потому что вы умнее, чем жизнь.

Не знаю, согласился он со мной или нет, но история, которую я хочу рассказать, должна проиллюстрировать, как Губанов оказался умнее жизни. Или жизнь оказалась глупее Губанова, что, наверное, точнее.

И еще одна преамбула: Вадим Ильич Губанов — англофил. Это началось у него в тот момент, когда он впервые попал в Англию для сбора материала к сценарию своего знаменитого фильма. Надо сказать, что до этого Губанов работал литературным негром у человека, который имел высокое гэбэшное звание и не написал за свою жизнь ни одной строчки. Тем не менее это был известный сценарист и режиссер, поскольку он умел отыскивать очень талантливых и нуждающихся товарищей и заставлять их работать на себя. Губанов написал для этого человека несколько произведений, но там его фамилия даже не была упомянута в титрах.

Но в какой-то момент Губанов от дальнейшего анонимного рабства отказался, и «мэтр» взял его в официальные соавторы, что дало Вадиму Ильичу возможность не сидеть в скромной ленинградской квартирке, сочиняя шедевры за гэбэшного автора, а наравне с ним ездить по разным странам. А по тем временам — то были 60-е годы — выезд из Советского Союза был практически невозможен. Но для такого человека, как тот режиссер с погонами, было возможно все. Под создание сценария о советском суперразведчике он не только получил на «Мосфильме» несколько тысяч долларов, но и пробил себе несколько ознакомительных поездок в Лондон для изучения мест реальных событий. И в поездку эту был взят Губанов.

Пребывание в Англии произвело на Губанова совершенно ошеломляющее впечатление. Это была первая капиталистическая страна, которую он увидел, и потом, по-моему, долгие годы не видел никакой другой. Поэтому представление о рае на земле было у него связано только с Англией. Тогда Губанов еще не знал фразы Черчилля, которая лично для меня стала путеводной звездой в выборе места жительства на земле и которую, я думаю, должен знать любой человек, сравнивающий достоинства капитализма и социализма. Черчилль, бывший премьер-министр Англии, выразился следующим образом: «Идеальных обществ нет, но капитализм — это неравное распределение блаженства, а социализм — это равное распределение убожества. Так что можете выбирать».

Конечно, Губанов выбрал неравное распределение блаженства. Но выбрал только в своем воображении, потому что продолжал пребывать в Ленинграде, потом переехал в Москву, где жил лишь одним — как свалить на Запад. Этому были посвящены все его сценарии, все фильмы. Если проанализировать, то речь там шла только об этом. Поводы были любые — от прославления советских дипломатов и разведчиков до сурового осуждения перебежчиков, смелости которых Губанов втайне безумно завидовал. Сам же он, собирая на тлетворном Западе материал для этих фильмов, сбежать не решался, но старался задержаться там как можно дольше. А вернувшись в Советский Союз, создавал вокруг себя эдакий западный кокон из импортной одежды, машины, еды и атмосферы фильмов, которые снимались по его сценариям. Надо сказать, что и я попал в эти сети и сделал с Губановым фильм, посвященный зарубежной жизни. Но это особая история...

Так вот, живя в Советском Союзе и годами мечтая свалить на Запад, Губанов — отдадим ему должное — не занимался маниловщиной. Он неоднократно пытался реализовать свою мечту. Первый раз он женился на какой-то престарелой голландской даме, тайно переправил ей огромную коллекцию своих картин, а затем и сам отбыл к ней в Амстердам. Но по приезде в Голландию обнаружил, что эти картины уже экспроприированы его женой, а ему с этого брака не светит ничего, кроме крохотной комнаты на ее старой барже, пришвартованной в одном из каналов, пересекающих этот замечательный город на манер питерских проспектов. То есть свершился нормальный капиталистический подход к таинству брака, но для Губанова, романтика и искателя западных блаженств, это было тяжелым ударом, он вернулся в Россию

205

и несколько недель лежал без движения в кровати, глядя в одну точку на стене.

Однако время шло, он оклемался и, несмотря на этот трагический опыт общения с обществом неравного распределения блаженства, стал думать, как же ему свалить в это общество еще раз, но так, чтобы не помереть с голоду в условиях чудовищной эксплуатации человека человеком. При этом надо сказать, что при наличии литературных талантов Вадим Ильич Губанов был еще и одним из лучших игроков. Он играл во все, во что можно выиграть деньги. Он играл в покер, в бридж, на бильярде — в любые игры! И довел свое мастерство до такого совершенства, что это стало основным источником его существования в СССР. Забегая вперед, могу сказать, что и сейчас Вадима Ильича можно в любой вечер любого дня любого года увидеть в Лондоне возле игорного стола лондонского казино «Барракуда». Его легко отличить от остальных игроков по лысине, которая покрыта испариной и красными пятнами, а также по беспрестанному заглядыванию в собственный бумажник, потому что Губанов ежедневно проигрывает в этом казино огромные деньги, которые, правда, довольно легко отыгрывает, но затем так же быстро и легко проигрывает снова.

Но вернемся в Советский Союз, а точнее, в общество равного распределения убожества. В восьмидесятых годах в этом обществе случилась великая перестройка, то есть появилась возможность уезжать на Запад легально, а не по фиктивным бракам. И первой ласточкой был, конечно, Вадим Ильич Губанов. Страной его вожделенных мечтаний по-прежнему оставалась Англия, чей сказочный образ он лелеял в своем воображении в течение двадцати лет. И он сделал все возможное, чтобы попасть именно туда, получил разрешение на выезд, британскую визу и прочее. Но, приехав в Англию, обнаружил, что жить ему там не на что. В обществе, где продается все — от физической рабочей силы до талантов, — невозможно было жить славой автора знаменитого советского кинотриллера. Под это не давали авансов, не заключали контракты на новые киношедевры. И тогда Губанов стал судорожно думать, что бы ему такое продать, чтобы обеспечить себе средства существования. И пришел к выводу, что ничего, кроме родины, он продать не может. Ему было около 60 лет, и кий его притупился — бильярдный я имею в виду. Голова его тоже совершенно облысела, а его способности игрока требовали весомых первоначальных ставок, которых Губанов с собой не привез. Оставалось подторговать родиной.

Поэтому, связавшись с английскими спецслужбами и другими господами, заинтересованными в развале советской мощи, он стал у них выяснять, что же такое советское есть, что Англия могла бы приобрести с большим удовольствием и за немалые деньги. Ему сказали, что вообще-то ничто советское их не интересует — ни якутские алмазы, ни сибирская нефть, ни даже совершенно потрясающие новые модели удлиненных и приталенных пиджаков от Славы Зайцева. Но есть нечто, что их интересует очень сильно. В городе Арзамас-26 живет сверхсекретный академик и гений разработки лазерного оружия Николай Егорович Бобров, каждая из идей которого принадлежит не XX, а XXI и даже XXII веку. Что в голове этого гения творится что-то невозможное, что это новый Микеланджело, Эйнштейн и Сикорский, вместе взятые. И они готовы за любые деньги заполучить его в Англию, но при условии, что он будет работать на английскую военную промышленность.

Надо сказать, что в момент, когда Губанов услышал эту историю, его лысина разом покрылась красными пятнами и на ней выступила испарина, точно как в казино «Барракуда», когда шарик приближается к «зеро», на которое Вадим Ильич поставил свои последние деньги. Поэтому буквально назавтра Губанов бросил все остальные проекты обогащения и рванул обратно в презираемый им Советский Союз. Тут с помощью своего всемогущего соавтора он выяснил, что Арзамас-26 — это закрытый город, самый секретный объект создания лазерного оружия, и что попасть туда совершенно невозможно. Но Вадим Ильич был тоже непрост. Ведь он был автором любимого всеми гэбэшниками фильма об их супершпионе мирового класса. Поэтому, получив какие-то письма со студии и из Союза кинематографистов, и негласное покровительство КГБ, он все же пробился в Арзамас-26 под предлогом создания сценария нового фильма, прославляющего советских военных ученых. На самом же деле он приехал туда для того, чтобы склонить секретного академика Николая Егоровича Боброва, гения, директора КБ по созданию супероружия и члена КПСС, к измене Родине и побегу на Запад, что, как ты понимаешь, для другого человека было делом совершенно невыполнимым.

Но не для Вадима Ильича! Он втерся в доверие к этому ученому, он охмурял его несколько дней, а что именно он ему пел и какие приводил аргументы — остается тайной. Но факт остается фактом: член КПСС, орденоносец, дважды лауреат Государственной премии, Герой Соцтруда и действительный член Академии наук, с прекрасным знанием английского языка, что имеет немаловажное значение для дальнейшего сюжета, поддался на уговоры Вадима Губанова и согласился предать Родину. А именно — бежать в Англию. Возможно, немалую роль в этом сыграла жена академика, которой Губанов объяснил, что, мол, сейчас вы живете в тесной трехкомнатной квартирке барачного типа и ваши прогулки ограничены колючей проволокой вокруг славного города Арзамас-26, а можете жить в Кембридже, который находится в 80 километрах от Лондона и славен не только своим знаменитым научным центром и дюжиной лауреатов Нобелевской премии, но и несравненными розовыми садами, потрясающим качеством стриженых газонов, полным отсутствием гэбэшников, колючей проволоки и банных дней. Кроме того, он сказал, вы будете жить не в этой сраной хрущобе, а занимать целый особняк. А когда муж-академик попытался вставить слово, Губанов прервал его и объявил: «А вы, мой дорогой, помолчите и подумайте вот о чем. Советская империя находится в распаде, холодная война проиграна, и это международный факт. Здесь вас ждет медленное гниение и прозябание на окраине мировой науки, что равносильно убийству вашего таланта. А там — мало того, что вы будете получать 300 тысяч фунтов стерлингов в год, что составляет полмиллиона долларов, — нет, это не все. Мне поручено официально вам объявить, что вы будете руководителем лаборатории, в которой работали Резерфорд и Капица, и эта лаборатория будет носить ваше имя!»

Я думаю, последний аргумент и сыграл главную роль в том, что великий Бобров стал, по наущению Губанова, каждое утро вдыхать ванильный порошок, чтобы таким старым способом всех дезертиров и косящих от армии студентов заработать себе затемнение в легких. Действительно, через какое-то время медики Арзамаса-26 обнаружили, что легкие академика Боброва представляют собой сплошную черную дыру, адекватную последней стадии рака, и это, конечно, мешает ему руководить созданием сверхмощного лазерного оружия. Бобров получил направление на лечение в Москву, что и было главной целью организатора этой авантюры Губанова. Когда академик приехал в Москву, Губанов уже ждал его там в стартовой позиции. Хотя Бобров числился совершенно секретным и абсолютно невыездным, но ради спасения его бесценного здоровья ему было дано разрешение на трехдневную поездку в Польшу для консультаций в Варшавской клинике знаменитого доктора Пшындьевского по поводу операбельности или неоперабельности его легких. Правда, выпуская в братскую Польшу своего бесценного ученого, осторожные блюстители советского режима оставили в СССР в качестве заложницы его жену. Но это нисколько не смутило Губанова и даже обрадовало его, поскольку тайно вывезти из Польши одного человека куда легче, чем двух.

Губанов посадил Боброва в свой «фольксваген», перевез через польскую границу, а из Польши специальный английский самолет частной авиакомпании «Трэвел интернэшнл», нанятый британской разведкой, вывез их обоих в Англию. Губанов ликовал и уже подсчитывал миллионы, которые он слупит с английской короны за эту операцию. Но при посадке на задворки лондонского аэропорта Хитроу Бобров заявил, что не собирается оставаться в Англии без жены, а прилетел сюда лишь на один день убедиться в том, что слова Губанова — не вранье и ему действительно дадут лабораторию Резерфорда и зарплату 300 тысяч фунтов стерлингов в год. На что Губанов лишь усмехнулся. Поскольку Боброва действительно ждало все, о чем только может мечтать ученый, Губанов не сомневался, что когда Бобров попадет в Кембридж, увидит не только свою будущую лабораторию, но и своих будущих лаборанток, то вопрос о пятидесятилетней арзамасской жене отпадет сам собой. Поэтому, не вступая в полемику с гением, он представил Боброва ответственным чинам из британской разведки, которые служебным ходом провели их мимо таможни и пограничных служб, посадили в автомобиль и прямо из Хитроу отвезли в Кембридж.

Там Боброву было предъявлено все, что обещал ему Губанов: потрясающая лаборатория Резерфорда и Капицы, особняк из двенадцати комнат с уже укомплектованной библиотекой, розовым садом и подстриженными газонами, и контракт на 300 тысяч фунтов стерлингов в год. То есть все то количество блаженства, которое положено на Западе ученому его калибра и таланта. Потрясенный академик сказал:

— Джентльмены, я принимаю ваше предложение. Но я не могу бросить в России жену, с которой прожил двадцать четыре года. Поэтому доставьте меня обратно в Москву, а затем вывезите оттуда нас обоих — и я ваш.

Пятна, которыми покрылась лысина нашего друга Губанова, невозможно передать никакими красками! А его монолог на чистом русском языке, с которым он обратился к Боброву при агентах британской разведки по пути из Кембриджа в Лондон, нельзя опубликовать даже при нынешней полной свободе слова.

Но академик был непоколебим. Если вы хотите, чтобы я подарил британской короне оружие XXI века, привезите меня сюда вместе с моей любимой женой, которая прошла со мной путь от нищенской аспирантуры до этого гребаного Арзамаса-26. А бросить ее теперь, на пороге британского рая, было бы просто непорядочно с моей стороны.

Англичане сказали, что они это понимают и дают ему возможность вернуться обратно, все их обещания остаются в силе, а мистер Губанов, который так замечательно справился с первой частью операции, справится, безусловно, и со второй. Но сегодня лететь обратно в Польшу уже поздно, самолет можно заказать только на завтра. Поэтому они выдали Губанову какие-то деньги на гостиницу для Боброва, попросили их явиться завтра в полдень в тот же аэропорт Хитроу и высадили из машины в центре Лондона, возле Мраморной арки.

Как я уже говорил, голова Губанова была устроена феноменально, и после короткого размышления он решил, что гонорар, который ему должны будут отстегнуть за Боброва плюс те 30 процентов, которые будет отстегивать ему этот ученый пожизненно от всех своих доходов, включая вполне вероятную Нобелевскую премию, стоят того, чтобы организовать повторное похищение Боброва из СССР вместе с его столь бесценной супругой. А пока этих гонораров нет, то можно сыграть в рулетку в «Барракуде» на те средства, которые выданы ему на проживание Боброва в Лондоне. Этому строптивому Боброву совсем не обязательно жить в «Ритце» или «Шератоне», где номер стоит 300 фунтов в день, он перебьется и в номере какого-нибудь пригородного мотеля стоимостью 25 фунтов в сутки.

Поэтому Губанов обошелся со своим будущим источником существования довольно сурово. Во-первых, он тут же, прямо из телефонной будки, заказал ему комнату в мотеле в окраинном районе Лондона. А во-вторых, он дал ему всего 35 фунтов, объяснив, что 25 из них — на мотель, фунт — на метро от центра до гостиницы, где завтраком его накормят бесплатно, и еще 7,5 фунта ему понадобится утром на метро в аэропорт Хитроу, где завтра в 12 часов они должны встретиться. На этом наши герои расстались, и Губанов устремился по адресу Бейкер-стрит, дом 1, то есть прямо к игорным столам казино «Барракуда».

Теперь нужно сказать несколько слов о нашем великом ученом. Как я говорил, ему было 55 лет. Он был гений. Он знал в совершенстве английский язык и свободно читал все английские и американские научные журналы — как открытые, которые Академия наук выписывала прямо на Арзамас-26, так и самые секретные, которые специально для него КГБ воровал на Западе. Но он никогда в жизни не выезжал из России. Поэтому, вместо того чтобы спуститься в метро, возле которого Губанов оставил его с четкими инструкциями, он пошел по Оксфорд-стрит в направлении к центру.

Надо сказать, что Оксфорд-стрит — одна из главных торговых улиц Лондона, на ней находится огромное количество замечательных магазинов, в том числе один из лучших универмагов мира «Селфриджес». Когда наш герой подошел к витринам этого магазина, то с ним произошло то, что произошло с профессором Плейшнером в известном детективе «Семнадцать мгновений весны», когда этот профессор с помощью нашего замечательного разведчика Штирлица оказался после немецкого концлагеря в швейцарском городе Берне. Помнишь: «воздух свободы сыграл с профессором дурную шутку». Он впал в эйфорию, потому что увидел вдруг то, чего он не мог себе представить даже во сне. Никакие фантазии, никакое воображение гения ядерной физики не могло конкурировать с витриной, которая открылась его изумленному взору члена КПСС с 1956 года. Дело в том, что наш академик страшно любил пиво, которое в Арзамасе было, конечно, «Жигулевским» и которое он закусывал креветками, продававшимися в советских магазинах, — мелкими, размером с семечку, морожеными и с отвратительным запахом. Их нужно было очень долго варить, чтобы отбить этот запах и уничтожить грязь с сапог советских моряков, которые ловили этих несчастных креветок в водах Мирового океана. Так вот, войдя в магазин «Селфриджес», Николай Егорович Бобров прямо на первом этаже, в отделе продуктов, обнаружил креветки пятидесяти видов, и они лежали там на льду, совершенно свежие, а не мороженые, от микроскопических, размером с женский ноготок, до огромных гамбасов, у которых только один хвост был величиной с мужскую ладонь. Я уж не говорю про лангустинов, лангустов, омаров, лобстеров и других морских и речных тварей, которые так и просились в качестве закуски к пиву. А что касается самого пива, то сортов этого пива было немыслимое количество, их было невозможно подсчитать. Но больше всего потрясло академика то, что среди сотен сортов этого пива, которые он, как истинный ученый и ценитель, подробно изучал по этикеткам одно за другим, ему бросилась в глаза небольшая темная бутылка, на которой на чистом английском языке было написано следующее: этот сорт пива русского происхождения, он впервые произведен в России в 1768 году по личному рецепту императрицы Екатерины II и по этому же рецепту производится в Англии с 1917 года и по сей день.

Высчитав из 35 фунтов свои обязательные расходы на мотель и метро, будущий нобелевский лауреат понял, что в его личном распоряжении есть полтора фунта. Он купил себе бутылочку этого пива, по русскому обычаю открыл ее возле магазина об какой-то металлический уголок и, несмотря на изумленные взгляды англичан, стал прямо из бутылки пить этот сладостный напиток. Ничего более вкусного он не пробовал с момента отлучения от материнской груди ровно 54 года назад! Это был самый что ни на есть божественный нектар! Который, несмотря на слабую степень алкоголя, дополнил эйфорию, царившую в голове арзамасского академика. И потому все дальнейшее путешествие по Оксфорд и Пиккадилли-стрит он проделал в форме балетных па от витрины к витрине. Усталость пришла только в районе Пиккадилли-серкус, где он присел у знаменитого фонтана и понял, что все прожитые им 55 лет были лишь прелюдией к той настоящей жизни, которая ждет его и его любимую жену.

С этим замечательным открытием академик спустился в метро и поехал на окраину Лондона, но даже грязное лондонское метро показалось ему сказочным дворцом. Как человек дотошный и умный, он хорошо сориентировался по карте и, несмотря на свою эйфорию, прибыл, куда ему было нужно, и встал на ступень эскалатора, который понес его вверх, к гостинице.

И в этом месте наступает кульминация моего рассказа.

Казалось бы, что же такое особенное может произойти на эскалаторе метро на окраине Лондона, населенной в настоящее время выходцами из всех бывших колоний Британской империи?

Этого не мог ни предусмотреть, ни вообразить самый умный человек нашей планеты, каким я считаю Вадима Ильича Губанова.

На эскалаторе, прямо перед находящимся в состоянии эйфории российским академиком и членом КПСС, на расстоянии буквально полуметра от него оказались две длинные стройные черные женские ноги, которые начинались в туфлях на высоких каблуках и поднимались высоко, очень и даже, я бы сказал, слишком высоко, и скрывались под ярко-желтой мини-юбкой, а из этой мини-юбки выпирала округлая и в отличие от русских и других европейских задниц как-то задорно сбитая вверх попка негритянской девушки.

Академик, не раздумывая, протянул руки к этой негритянской попе и обнял ее своими трепетными ладонями, в которые обе половинки попки вошли как влитые. Негритянка обернулась, брезгливо посмотрела на седого старика, который стоял ниже ее на ступеньке, залепила ему пощечину и быстро пошла наверх.

Надо сказать, что академик отнюдь не обиделся, потому что наслаждение, которое он испытал от прикосновения к ее попке, а также предвкушение тех наслаждений, которые ждали его на протяжении всей его будущей жизни в этой сказочной стране, были настолько сильны, что он даже подумал, правильно ли он делает, что возвращается завтра в СССР за своей женой.

Изумленный этой важной мыслью, академик достиг на эскалаторе выхода из метро и увидел четырех молодых негров в ярких цветных пиджаках, которые этакой плотной стайкой окружили его и, не применяя к нему никакой силы и даже не дотрагиваясь до него руками, плечами стали подталкивать его в каком-то направлении. Академик сначала не понял, в чем дело, он улыбался этим неграм, негры улыбались ему, и все это происходило в такой замечательной атмосфере улыбок, но, работая исключительно плечами, они завели его в полицейский участок и на сленге «кокни» стали что-то быстро объяснять дежурному полицейскому. Выслушав негров, полицейский обратился к нашему академику:

— Сэр, я приношу вам свои извинения, но вот эти молодые люди говорят нечто такое, что кажется мне полным абсурдом. Они говорят, что, стоя на эскалаторе метро, вы — я не знаю, как это выразить, — прикоснулись руками к нижнему бюсту жены одного из этих джентльменов. Поскольку вы выглядите пожилым и солидным господином, мне это обвинение кажется абсурдным, но я бы хотел услышать вашу точку зрения по этому поводу.

На что наш академик, подмигнув почему-то полицейскому, сказал на совершенно чистом и по-университетски правильном английском:

— Сэр, ничего абсурдного в этом нет. Если бы видели ее жопу, то вы бы сделали то же самое.

— Простите, сэр, вы откуда? — спросил полицейский.

Академик, которому Губанов дал четкие инструкции ни под каким видом не признаваться даже в гостинице о своем советском происхождении, почему-то с гордостью сказал:

— Я из Советского Союза, сэр!

— Тогда понятно, — сказал полицейский. — Видите ли, сэр, на территории, находящейся под юрисдикцией английской короны, такое обращение с дамами не принято. Поэтому я вынужден, несмотря на все мое уважение к вашему возрасту и положению... Кстати, чем вы занимаетесь?

— Я — академик, сэр, — сказал наш академик.

— Тем более, — сказал полицейский. — При всем уважении к вашему положению, сэр, я должен вам сообщить, что в нашей стране все подданные королевы равны перед законом, и я вынужден принять к сведению заявление этих джентльменов, а вас попросить завтра в полдень зайти в суд нашего района, он находится здесь поблизости.

— Это совершенно невозможно, сэр, — сказал академик.

— Почему, сэр?

— Дело в том, сэр, — объяснил академик, — что завтра в 12 часов дня я улетаю из Англии.

На что полицейский сказал:

— Сэр, уважая ваш возраст и ученое звание, я готов пойти вам навстречу, и потому рассмотрение этого дела в суде состоится не в полдень, а в 9 часов утра. Это займет всего 15 минут, и вы успеете в аэропорт. Вас это устроит?

— Вполне, сэр, — сказал академик.

— Тогда желаю вам всего доброго, сэр. Вот адрес, по которому вы должны прийти.

Академик пришел в гостиницу и лег спать пораньше, чтобы успеть и на суд, и не опоздать и в аэропорт Хитроу. А рано утром, съев отвратительный английский завтрак, состоящий из пресной овсянки и жареного бекона, политого яичницей, который все равно показался академику райской едой, он заспешил в суд. Конечно, любой другой советский человек поехал бы прямо в аэропорт, а этот суд послал бы по тому адресу, по которому в России принято посылать все суды, законы, милицию и друг друга. Но наш герой был великий ученый, без пяти минут лауреат Нобелевской премии и без трех минут подданный английской короны, он подумал: какая замечательная страна, в этой стране мне предстоит жить, я не могу начать эту жизнь с обмана, это было бы свинством с моей стороны. Нет, я покажу им, что мы, русские, не хуже их! И поехал в суд.

Надо сказать, что в Англии все работает как часы, и ровно в 9.00 и английский судья, и свидетели, и потерпевшая уже были на месте. Судья, ознакомившись с рапортом полицейского и заявлением потерпевшей стороны, обратился к нашему герою с тем же вопросом, с которым намедни обращались к нему в полиции: неужели такой уважаемый академик и так далее мог публично, в метро схватить за жопу эту черную леди?

На что академик гордо сказал:

— Да, ваша честь, я не стану этого отрицать, это было действительно так.

Не встретив сопротивления со стороны обвиняемого, судья изумленно повторил:

— Вы действительно сделали то, о чем говорят эти джентльмены, сэр?

Мне неизвестно, хотел ли судья еще раз убедиться в том, что он слышит, или он давал своему товарищу по расе последний шанс отрицать все обвинения. Но из протокола суда доподлинно известно, что наш академик убежденно ответил:

— Ваша честь, если бы вы видели ее задницу, то вы бы, наверное, сделали то же самое!

Тут, конечно, нужно было видеть реакцию судьи. Затем, вспомнив о своей британской невозмутимости, он сказал:

— Я в этом не уверен, сэр. Тем не менее, отмечая, что вы нарушили правила поведения в общественном месте, я, согласно прецеденту йоркширского суда от 1626 года, когда в Британии последний раз кто-либо в публичном месте хватал женщину за нижний бюст, приговариваю вас к штрафу в 200 фунтов, которые вы должны заплатить прямо здесь, и на этом инцидент будет исчерпан.

Академик сказал:

— Благодарю вас, ваша честь, но это совершенно невозможно.

— Почему?

— Потому, ваша честь, что у меня осталось только 7,5 фунта — ровно на билет от этой станции метро до аэропорта Хитроу, и других денег у меня нет.

Судья некоторое время подумал и сказал, что он мог бы изменить свой приговор по прецеденту 1745 года, когда суд в

Стратфорде-на-Эйвоне заменил штраф в 200 фунтов общественным порицанием. На основании этого он может сделать то же самое.

— Вас это удовлетворит, сэр? — спросил судья у нашего героя. — Или вы снова будете протестовать?

— Никак нет, ваша честь! Я считаю ваше решение совершенно справедливым и принимаю ваше порицание, — ответил академик, который уже считал себя настоящим английским джентльменом.

— На этом дело закончено, — сказал судья, собираясь стукнуть молотком по столу. — Но у меня к вам один вопрос, сэр. Скажите, пожалуйста, когда вы приехали в Великобританию?

— Вчера, ваша честь.

— Тогда у меня возникает еще один вопрос: а почему в вашем паспорте нет нашей въездной британской визы и, более того, нет отметки о том, что вы пересекли нашу границу?

— Видите ли, ваша честь, это дело сложное, — сказал академик. — Я бы, конечно, мог вам ответить, но боюсь, что при этом пострадают национальные интересы как вашей, так и моей страны и все может обернуться большим политическим конфузом. Поэтому позвольте мне откланяться и отбыть в аэропорт.

На что судья сказал:

— Видите ли, сэр, я как представитель закона не имею на это права. Я должен обратиться в полицию, полиция должна заявить в иммиграционную службу о вашем нелегальном пребывании в нашей стране, иммиграционная служба сделает представление в суд и затем, на основании нового судебного решения, депортирует вас из Англии. Но поскольку вы только что заявили о своем стремлении не оставаться в Великобритании, а, наоборот, покинуть ее пределы, я хочу упростить для вас эту процедуру. Сейчас я вызову представителя полиции, который сопроводит вас в аэропорт Хитроу.

Тут академик, кажется, впервые допер, что он натворил, и, забыв все светские обороты английской речи, с жалкой и рабской улыбкой советского человека сказал:

— А может, не надо, ваша честь?

Но судья с доброй улыбкой истинного джентльмена ответил:

— Так это же и в ваших интересах, сэр. Вы сэкономите 7,5 фунта, потому что вас доставят в Хитроу на полицейской автомашине.

Выхода не было, и никакие дискуссии по этому поводу уже не помогли. Была вызвана полицейская машина, академика снова доставили в полицейский участок и стали разбираться с его документами, изумляясь, почему этот русский господин утверждает, что ему нужно быть в Хитроу в 12 часов, когда посадка на рейс «Аэрофлота» начинается только в 17 часов.

А время шло.

Наш друг Губанов, выиграв за прошедшую ночь в рулетку больше трех тысяч фунтов стерлингов, в самом прекрасном настроении прибыл в аэропорт Хитроу на встречу со своим подопечным. У него уже был готов очередной хитроумный план вывоза из СССР этого гения и его жены через бунтующую Армению и Арабские Эмираты. Но гения почему-то не было. Его не было ни в 12.00, ни в 12.15, ни в 12.45. Джентльмены из британской разведки нервничали, поскольку арендованный ими самолет уже стоял на взлетной полосе с заведенным мотором и за каждую минуту простоя им приходилось платить немалый штраф. В 13.05, когда Губанов, потный и покрытый красными пятнами не только на лысине, юлой метался по аэропорту, он вдруг наткнулся там на советского консула.

— Что вы тут делаете, Вадим Ильич? — поинтересовался консул, который давно знал Губанова и его знаменитого соавтора в гэбэшных погонах.

— А вы что тут делаете? — мудро спросил Губанов.

— Да меня тут вызвали из иммиграционной службы, потому что какой-то придурок, выдающий себя за советского академика, незаконно пересек границу Британии и сейчас его в сопровождении полицейских сюда доставляют. Вот, смотрите, уже и пресса сюда понаперла!..

У Губанова все похолодело внутри, и в это время в сопровождении полицейских в терминал вошел наш академик. Не знаю, нужно ли описывать дальнейший скандал. Нужно ли описывать издевательские статьи в таблоидах желтой прессы. Может быть, на них никто даже не обратил внимания. Главное было в другом. По возвращении на родину карьера великого ученого, гения и создателя лазерного оружия XXI века рухнула. Он был исключен из партии, снят со всех своих должностей, лишен всех наград, званий и привилегированной служебной жилплощади в городе Арзамас-26. Это с одной стороны. Но с другой стороны, ему и его жене был навечно запрещен выезд за колючую проволоку, ограничивающую территорию Арзамаса-26, так что он, очевидно, до сих пор существует там в каком-нибудь бараке, и жизнь его, конечно, ужасна. В ней нет никаких просветов и никаких перспектив. Но будем надеяться, что даже в самом черном существовании человеческого духа есть хоть какое-то светлое пятно. И этим светлым пятном, как я себе представляю, может быть сладкий утренний сон, в котором нашему академику снится черная негритянская задница, лихо вздернутая вверх и обтянутая ярко-желтой мини-юбкой.

В то время как наш с тобой общий друг Вадим Губанов ходит по Лондону и с ненавистью смотрит на эти задницы, поскольку эффект черной задницы оказался сильнее и выше его рейтинга самого умного человека планеты.

* * *

Ну а поскольку я рассказал тебе о негритянской заднице, а до Милана еще тридцать километров, я, так и быть, расскажу о русской заднице. Слушай.

ЗДРАВСТВУЙ, ПОПА, НОВЫЙ ГОД, или ЭФФЕКТ РУССКОЙ ЗАДНИЦЫ

— Я думаю, что наш фильм можно разнообразить какими-то анекдотами по теме того или иного сюжета. А поскольку следующая история случилась на охоте, я бы начал ее с анекдота, который потом будет нетрудно инсценировать. Итак, анекдот.

В советские времена идет правительственная охота. Стоят номера — члены Политбюро. А где-то вдали — гон, собаки лают, егеря кричат, гонят на них добычу. И вдруг на члена Политбюро, который стоит перед заснеженной тропинкой, уходящей в глубины леса, выскакивает егерь — в тулупе, в шапке лисьей, с горящими глазами. Член Политбюро вскидывает ружье, спускает курок и попадает егерю точно в лоб. Егерь падает. Другой член Политбюро подходит к мертвому телу, брезгливо трогает его ногой и, обращаясь к первому, говорит: «А на меня такие выбегали — я не стрелял».

Этот анекдот хорошо показывает нравы тех времен и отношение наших бывших вождей к своей обслуге и ко всем нам, грешным.

А теперь вот тебе история про русскую задницу, которая перекликается с историей про негритянскую задницу, но сначала я должен описать участников событий. Был у меня один приятель, которого в жизни звали Борис Бурлаков, но в киносценарии фамилию эту мы, конечно, изменим. Он был неоднократным чемпионом Олимпийских игр, мира и Европы и многократным чемпионом Вооруженных сил по стрельбе. Стрелок это был настолько феноменальный, что члены Политбюро, которые очень любили охотиться, брали его с собой на охоту. Там он стоял за спиной высших руководителей страны, и когда выбегал лось, кабан или заяц, загнанный егерями и загонщиками, а члены Политбюро палили, конечно, в молоко, то Борис из-за их спин точно поражал цель. Причем делал это на заказ. Если егеря говорили, что, например, член Политбюро Кириленко любит убивать белку в глаз, то он убивал белку в глаз. Если говорили, что Леонид Ильич любит засадить 16-й калибр промеж лопаток бегущему на него кабану, то Борис засаживал 16-й калибр именно промеж лопаток.

После того как вся дичь была героически отстреляна нашими вождями, они приглашали Бориса на обязательный стопарь водки, который назывался «на крови». На этом общение Бориса с небожителями заканчивалось, его аккуратно оттесняла охрана и увозила на машине. Правда, иногда ему доставался кусок печенки или передняя нога кабана, потому что задний окорок Леонид Ильич любил посылать с фельдъегерем своим соратникам, особо проявившим себя на ниве коммунистического строительства.

Так вот, этот замечательный стрелок Борис Бурлаков пытался привить мне любовь к охоте. А я с детства не могу убить ни мышку, ни жука. Я уж не говорю про таких красивых и благородных животных, как лисы, зайцы, олени, лоси — это же украшение леса, их нужно оберегать. Однажды я ехал по южной Швеции, в районе Трелленборга, и вдруг увидел, что дорога шевелится. Я решил, что у меня галлюцинация. Но, подъехав ближе, я в свете фар разглядел, что это на теплый и разогревшийся за день асфальт вышли сотни зайцев. Они сидели только на теплом дорожном полотне, а на грунтовых обочинах никого из них не было. Я стал сигналить. Зайцы не уходили. Я стал мигать фарами — они никак не реагировали. Ну, смотрели, шевелили ушами, и все. А мне нужно было проехать. И я поехал медленно-медленно. Тогда зайцы стали очень неохотно отпрыгивать на обочину, прямо из-под колес, а когда моя машина проезжала мимо, запрыгивали обратно, на свое место. Ни одного зайца я, естественно, не задавил и не поранил. Но я могу себе представить такую дорогу в России и нашего человека на ней! Что бы он сделал с этими зайцами, как бы он набил ими багажник — в полном соответствии с традициями великого гуманиста

Вэ И Ленина, который, если помнишь по детским книгам, зайцев, спасавшихся на маленьком островке от наводнения, убивал веслом.

А я тех зайцев вспомнил, когда Борис пригласил меня на охоту с какими-то большими генералами из Генштаба. Мы приехали в лес, в какой-то правительственный заповедник, и из шести охотников я оказался единственным без ружья. Они смотрели на меня как на такую штатскую штафирку и вообще недочеловека. Потом всех нас поставили по номерам. И меня тоже поставили на номер, но без ружья, напротив тропинки. И вот егеря под руководством Бориса стали гнать на нас зайцев с противоположной стороны леса. Со всех сторон послышалась стрельба, хотя, как потом выяснилось, эти бравые генералы ни в одного зайца не попали, потому что ни одного просто не видели. А я стоял на своей тропинке без ружья, и, очевидно, русские зайцы каким-то телепатическим образом связались со шведскими зайцами, выяснили у них мое отношение к животным и все как один стали выходить только на мою тропинку. Они выскакивали один за другим, останавливались, смотрели на меня, шевелили ушами, словно называли пароль, и пробегали мимо с таким спокойствием, словно я держал тут открытый шлагбаум.

В результате, когда охота закончилась и подводились итоги, эти генералы ругались, что ни одного зайца так и не было. Я сказал:

— Как ни одного не было? Я лично видел 14 или 15 зайцев, они все пробежали мимо меня.

Генералы подняли меня на смех, но я отвел их на эту тропинку и показал следы. И тогда Борис сказал:

— Нет, все-таки я должен научить тебя стрелять, потому что звери сами на тебя выбегают.

Следующий этап моего обучения охотничьему искусству должен был состояться под Новый год на закрытой охотничьей базе Моссовета под городом Дмитровом. Попасть на эту базу простым смертным было совершенно невозможно, она была только для самых высших руководителей города — председателя Моссовета, его заместителей и узкого круга приближенных лиц. Но поскольку тамошний старший егерь был другом Бориса, он мог приезжать туда когда угодно и с кем угодно. И Борис пригласил меня, сказав, что там будет совершенно замечательная охота. А для меня охота была совсем в другом, и я спросил, могу ли я взять с собой девушку. Тут он стал канючить, что брать с собой девушку на охоту не принято, это плохая примета, но если взять двух девушек, тогда другое дело. А поскольку у него никаких девушек нет, то он обеспечивает замечательную новогоднюю охоту в райском заповеднике под заснеженными елями, а я соответственно обеспечиваю встречу Нового года Снегурочками.

Нужно сказать, что в этот момент у меня был роман с одной очаровательной студенткой театрального института, которая, будучи родом из города Сочи, привезла в занесенную снегами Москву весь зной и аромат юга. И я предложил ей встретить Новый год вместе. Она с удовольствием согласилась, но я сказал:

— Есть одна проблема. Нужно взять с собой какую-то подругу, потому что я еду с приятелем.

Она подумала и сказала:

— Такая подруга есть. Твой приятель любит девушек с большой грудью?

— Кто же их не любит? — выпалил я, за что получил, естественно, по носу.

Короче, 31 декабря утром мы встретились с Борисом и поехали за девушками в общежитие театрального института, где, кроме моей подруги, мы обнаружили совершенно замечательную русскую красавицу, которая могла бы украсить собой любую картину художника Кустодиева. Это была девушка с очень пышной грудью, с крутыми бедрами и с роскошным нижним бюстом. При этом она была очень стройной и с такой тонкой талией, что эти выпуклости в верхней и нижней части тела казались просто выдающимися, чем она сразу произвела неизгладимое впечатление и на меня, что я, конечно, скрывал, и на Бориса, что он скрыть был просто не в состоянии.

Часа два мы ехали и приехали, наконец, в это охотничье хозяйство, где обнаружили гостиницу — большой деревянный дом со всеми видами удобств, которые на тот момент были распространены в цивилизованном мире. Потому что партийные и советские вожди жили в особом мире и их комфорт ничем не отличался от комфорта какого-нибудь среднего европейца или американца. Там, в этой гостинице, мы встретили большую компанию руководителей московского правительства, которые, оказывается, только что вернулись с охоты. Нас пригласили к столу, где дымился суп из забитого ими лосенка, мы выпили по чарочке, и за столом явно наметилась симпатия руководителей московского правительства к нашей компании, потому что эти руководители приехали без женщин, а мы были с двумя красавицами. И так нам было за этим столом хорошо и уютно, вкусно и комфортно, что я расслабился и решил: как славно мы проведем здесь этот Новый год! И поделился этой мыслью с Борисом. На что Борис выкатил на меня глаза и сказал:

— Ты с ума сошел? Разве стоило ехать в такую даль ради стола, который мы могли иметь в любом ресторане? Ни под каким видом! Мы проведем его в совершенно другом месте!

И убежал куда-то. Оказалось, он убежал, чтобы дать указание старшему егерю. И через несколько часов для нас было приготовлено еще более замечательное место, которое представляло собой маленькую баньку, находящуюся метрах в ста от главного дома, на берегу покрытого льдом озера. Это была русская банька, которую к этому моменту жарко натопили. И топилась она по-черному, то есть там была печка, которая находилась прямо внутри баньки, был там предбанничек, в котором раздевались, и собственно парная с нагретыми докрасна камнями.

А надо сказать про одну немаловажную деталь. В этот день начала резко падать температура. Скажем, когда мы выехали из Москвы, температура была −5°С. Когда мы приехали в Дмитров, она уже была −10. Пока мы сидели за столом, она стала −20. А пока натопили эту баньку, она опустилась до −30 градусов, то есть был довольно сильный мороз.

Но нам-то ничего не грозило, потому что мы собирались в баньку. И вот где-то часов в одиннадцать вечера, когда у этих начальников застолье достигло апогея, мы пожелали им счастья в наступающем Новом году и дружной компанией — я, Борис и две девушки — пошли в сопровождении егеря в баньку. Егерь вел нас, освещая дорогу фонариком, и давал инструкции:

— Ребята, в общем, вы, конечно, парьтесь. Вот тут я пробил для вас полынью в озере, это рядом с банькой, можно выскочить и в ней охладиться. Правда, придется ее разбивать багром, потому что из-за этого мороза ее все время ледком затягивает. Поэтому, прежде чем нырять, возьмите багор, который вот тут лежит, и пробейте ледок. Но самое важное, запомните, ребята: у нас появилась стая волков, забежали, мерзавцы, на территорию заповедника и задрали тут уже с десяток коз и даже нескольких моих собак. Поэтому если вы увидите что-то подозрительное, то немедленно прячьтесь в баньку и стреляйте.

Ну, мы ему сказали, что волков бояться — Новый год не встречать, и вообще с нами Борис Бурлаков, чемпион мира по стрельбе, волкам на него лучше не нарываться. Зашли в баню и сказочным образом встретили Новый год. Во-первых, мы там напарились и отодрали друг друга вениками. Во-вторых, мы, конечно, взяли с собой какое-то количество закуски, выпивки и магнитофон. То есть музыка играла, мы орали песни, выскакивали периодически из бани с визгом и криками и ныряли в эту прорубь. Потом девушки, с которыми мы, конечно, уже ухитрились вступить в преступную связь, поздравляя их с Новым годом, начали шептаться о своем, женском, а мы с Борисом увлеклись какими-то мужскими рассказами, он стал рассказывать про охоту, которая нам завтра предстоит, и как это будет здорово, когда я первый раз в жизни возьму в руки ружье и кого-нибудь застрелю.

В какой-то момент я вдруг заметил, что сидим мы втроем и уже довольно долго беседуем в компании — я, Борис и моя подружка. А ее подруги, этой пышногрудой красавицы по имени Галя, с нами нет. Я спросил: «А где Галя?» «Да где-то здесь, — говорят, — наверное, в парилке». Мы заглянули в парилку, но там ее не было. Тогда было высказано предположение, что она пошла нырнуть, охладиться. Надо сказать, что на улице мороз был значительно ниже 30 градусов. Поскольку Галя была дамой Бориса, он открыл дверь и крикнул в ледяную ночь:

— Галя! Галя, ты где?

Но никакого ответа не последовало. Это нас озадачило, мы стали совещаться, что делать. На ледяную улицу никому выходить не хотелось. Но поскольку вся ее одежда, вплоть до трусиков и лифчика, лежала в предбаннике, девушка соответственно пропала голой и надо ее искать. Мы надели на себя какие-то вещи и с криками «Галя, ты где?» пошли к проруби. К нашему изумлению, а потом и ужасу, Галю мы возле проруби не обнаружили. Тогда моя подруга высказала предположение, что Галя, выпив лишнего, полезла в прорубь и утонула. Перед нами встала проблема извлечения тела из воды. Но для этого нужно было его найти. Мы взяли багор, разбили тонкий лед и стали этим багром шарить в темной воде. Ничего не зацеплялось, и никакого тела мы не нашли.

Должен признаться, что тревога наша стремительно нарастала, поскольку, по моим подсчетам, Гали с нами не было уже минут сорок. Но одновременно мы довольно быстро подмерзали, поэтому поиски Гали состояли в том, что мы периодически убегали от проруби в баньку согреться и принять стопку водки, а потом с криками возвращались и опять искали ее в проруби. На пятой или шестой попытке, когда я напомнил, что голой Гали нет с нами уже минут пятьдесят, Борис не на шутку испугался, сказал, чтобы мы сидели в бане, пошел в дом егеря, разбудил его и сказал, что пропала девушка, нужно ее искать.

Полусонный егерь, ругаясь, что три часа ночи и даже на Новый год нет покоя от этих гребаных москвичей, пришел в баньку. Первым делом он осмотрел предбанник, залез под лавку, зашел в парилку, посмотрел там под всеми лавками, за печкой, в общем — всюду. Ничего не обнаружил и ушел макать багор в прорубь. Мы сказали, что мы это делали, но он решил все проверить сам. После чего мы опять вернулись согреться в баню, и егерь сказал:

— Товарищи, это дело сурьезное. Тем более что на тропке между банькой и прорубью я видел следы крови на снегу.

— Ну и что? — сказали мы.

— А помните, что я вам сказал про волков? Ее могли задрать волки.

Но тут вмешалась моя подруга. Будучи большим, чем мы, знатоком женской психологии, она сказала:

— Есть еще один вариант. Галя девушка очень требовательная. Она могла обидеться, что Борис не уделяет ей внимания, и голяком сбежать в большой дом к одному из московских начальников. Вы же сами видели, как они ее за столом охмуряли.

Мы облегченно вздохнули, и егерь с Борисом ушли в большой дом, а я со своей девушкой остался в баньке. Придя в дом, а время было уже к четырем, егерь и Борис стали барабанить во все номера, где жили высшие руководители московского правительства, и спрашивать, нет ли у них девушки Гали. В ответ они получали разнокалиберные ругательства довольно большой мощности, вплоть до угроз выгнать с работы к бениной матери. Тем не менее, поскольку человек пропал, паника минут через двадцать поднялась и среди этого руководящего состава. Хотя я там не присутствовал, но подозреваю, что было проведено выездное заседание московского правительства по поводу того, что делать. Решили позвонить в милицию. Но милиция находилась в городе Дмитрове, километрах в 30 от нас, и ждать ее вскорости не приходилось. Нужно было продолжать поиски.

Егерь, уже не стесняясь, спустил всех собак на меня и на Бориса, заставил нас снова выйти на мороз, а с нами вышли и протрезвевшие руководители столицы первого в мире социалистического государства. И стали орать во все горло, то есть заниматься тем, чем мы занимались в течение предыдущих двух часов без всякого результата. При этом фонарик у егеря сдох, и он притащил палки, обмотанные паклей, и поджег их. Можешь себе представить черную новогоднюю ночь, заснеженный русский пейзаж, 30 градусов мороза, деревянную баньку на берегу замерзшего озера, и членов московского правительства, шастающих там с этими факелами и орущих: «Галя! Галя! Где ты, мать твою так и так!» Впрочем, их энтузиазма хватило минут на десять, а потом, замерзнув, они скрылись в доме, чтоб согреться, а мы — я, Борис, егерь и моя подруга — остались на морозе и с этими факелами.

Так прошло еще минут двадцать. А мороз был лютый. И вот, когда наши силы были уже на исходе и вот-вот должна была подъехать милиция для составления протокола, чреватого, как я себе представлял, бесконечными вызовами в прокуратуру, егерь вдруг замер, словно окаменел, и задрал голову в небо. Мы тоже подняли глаза и увидели в свете мерцающих факелов на тонком стволе березы, которая уходила в небо, где-то на самой ее макушке, среди голых и тонких ветвей, большую и очень красивую задницу нашей подруги Гали. Мы страшно обрадовались и заорали:

— Галя! Галя! Ты жива? Прыгай!

Но сколько мы ни кричали, Галя не подавала никаких признаков жизни, раскачиваясь вместе с этой тонкой березой на ледяном ветру. Тогда мы попытаться сбить ее. Начали бросать в Галю, или точнее в то, что мы видели снизу, снежки, куски льда и какие-то щепки. Никакой реакции! Кроме этой ядреной, но безмолвной кустодиевской задницы, освещенной огнями факелов, мы не видели ничего. Борис схватил багор, которым мы шарили под водой, и стал метать его острым концом в эту замечательную попу, которая висела над нами как луна, в форме двух полушарий. Будучи чемпионом мира по стрельбе, он не мазал, а попадал точно в цель, что впоследствии подтвердилось довольно глубокими ранами на этой части Галиного тела. Поэтому после очередного точного попадания раздался хруст веток, и тело Гали с высоты шести метров упало в снег. Мы быстро схватили ее за руки и за ноги и затащили в баню, причем не в предбанник, а прямо в жарко натопленную парилку. И первое, что сделали — стали растирать ее водкой, не щадя этого животворящего напитка. Галя была абсолютно белого цвета, губы сине-фиолетовые, а огромные зеленые глаза, очевидно, замерзли на морозе в распахнутом виде и не мигали. Было такое впечатление, что это куски настоящего льда. Но поскольку живой воды у нас не было, мы продолжали ее растирать и лить на нее все свои запасы водки и еще ту водку, которую притащил егерь, и после пятой бутылки нам удалось ее немножко расторошить, она зашевелила ресницами.

Тут мы влили в нее два стакана водки и, избив ее вениками до изнеможения, а также залив егерьским йодом рваные раны на ее заднице, наконец привели ее в чувство и вытащили в предбанник. И начали спрашивать, что же, собственно, произошло, как она оказалась на этой березе? На что Галя, которая говорить нормальным голосом уже не могла — она сипела, — объяснила, что, когда она в очередной раз окунулась в прорубь (а это является истинно русским развлечением, ведь если показать французам как наши замечательные кустодиевские девушки при 30 градусах мороза голяком ныряют в прорубь, вся Франция будет стонать от такого темперамента, французы тут же побросают своих «мон амур», примчатся в Россию на поиск невест и случится наконец полное и долгожданное покорение России Францией) — так вот, когда Галя в пятнадцатый раз искупалась в ледяной проруби и побежала обратно в баньку, то по дороге она увидела ярко-зеленые глаза каких-то животных. Были то собаки, волки или кабаны, которых в том заповеднике тоже немало, ей некогда было разбираться. В ее сознании тут же вспыхнуло предупреждение егеря о стае волков, и она сказала, что сама не понимает, как в несколько прыжков оказалась возле этой березы и взлетела на самый ее верх. Сверху она видела, как эти животные стали бегать вокруг дерева, что окатило ее еще большей волной ужаса, и она вцепилась мертвой хваткой в ствол дерева. Потом животные исчезли, но у нее уже не было сил спуститься.

Тут, конечно, мы покрыли ее густым матом и сказали:

— Блин, мы несколько часов орали, кричали, звали тебя! Почему ты не откликалась?

На что Галя сказала:

— А я откликалась.

— Как ты откликалась? Каким образом?

И тут Галя тем самым беззвучным шепотом, каким в фильме «Титаник» замерзающая героиня зовет на помощь, просипела так неслышно, как можно выразить только самыми мелкими буковками:

— Я говорила: «я здесь».

Вот так мы встретили Новый год. Я поздравил своего друга Бурлакова с самым метким попаданием в его жизни, а он в ответ сказал, что больше никогда не возьмет меня ни на какую охоту. Потому что я во всем виноват, ведь он предупреждал, что брать на охоту девушек — плохая примета.

Но, насколько я знаю, Галю он стрелять все-таки научил. И она это вполне заслужила своей замечательной кустодиевской задницей.

* * *

229

КРАСАВИЦА ЗА СТЕНОЙ

— Я не проверял, но говорят, что в Париже есть публичный дом, где удовольствие провести какое-то время с девушкой стоит, предположим, 500 франков. Удовольствие наблюдать за парой, которая занимается любовью, стоит уже 1000 франков. А вот понаблюдать за тем, кто наблюдает за парой, которая занимается любовью, обходится в 3000 франков. Потому что наше воображение зачастую рисует нам такие картины, какие реальная жизнь создать не способна.

Этот прием замечательно использует кинематограф, когда вместо события показывает человека, который видит это событие, и я сам не раз использовал этот трюк в своих фильмах. Но одно дело рассказывать про это байки или снимать кино, и совсем другое — самому оказаться невольным свидетелем выдающегося эротического события.

Мы снимали фильм «Начни сначала» с участием Андрея Макаревича. Съемки проходили в Крыму, в совершенно сказочном месте Судак, где находится старинная генуэзская крепость. Когда-то там поселились итальянцы, они устроили генуэзскую колонию, посадили потрясающие виноградники, которые впоследствии превратились в знаменитые шато князя Голицына. Это место называлось Парадиз, то есть рай, и там делали лучшее шампанское в Крыму. Однажды гостем этого рая был царь Николай Второй, который проснулся с больной головой после большой пьянки, но, выпив голицынского шампанского, сказал: «Вот теперь я на новом свете!» С тех пор это место называют Новым Светом, и шампанское, которое там делают, — тоже «Новый Свет».

Но нас туда привлекло не столько шампанское, сколько сама генуэзская крепость, мы сняли в ней один из эпизодов фильма. А когда экспедиция свернулась и отчалила поездом в Москву, я и Макаревич сели в мой «Жигуль» и отправились в столицу машиной. А по дороге Андрей предложил заехать в Гурзуф, который сыграл важную роль в жизни ансамбля «Машина времени». Дело в том, что в былые времена этот ансамбль влачил наполовину запрещенное существование. Но каждое лето музыканты приезжали в Гурзуф, в молодежный лагерь «Спутник», где отдыхало огромное количество студентов, в том числе и иностранных. Там они зарабатывали себе на жизнь, играя на танцульках, пользовались большим успехом у местных девушек. А жили музыканты в так называемых бочках — странных полукруглых сооружениях барачного типа, обитых рифленым железом. Тем не менее Андрей говорил, что они были там счастливы. У них были Черное море, вино, успех и девушки — действительно, что еще нужно для счастья?

И вот из-за этой романтической ностальгии по беззаботному прошлому Макаревич уговорил меня проехать по горной дороге из Нового Света в Гурзуф и остановиться на один день в «Спутнике», чтобы он мог вспомнить свою замечательную юность. По дороге он мне рассказывал массу историй и обещал какие-то необыкновенные приключения с загорелыми обитательницами этого студенческого лагеря.

Наконец мы приехали в «Спутник». И тут выяснились две вещи. Во-первых, это были первые дни сентября и лагерь практически прекратил свое существование, все студенты уехали на занятия. То есть никаких загорелых девушек там не было и в помине. Макаревич сказал: ладно, тогда мы зальем наше горе прекрасным крымским вином! И мы пошли в соседний киоск «Соки-вина», который тоже был легендарным местом — когда-то «Машина времени» трехлитровыми банками черпала там свое вдохновение. Но обнаружилось, что мы явились туда в первые дни горбачевской антиалкогольной кампании и там продавались только соки. Это так потрясло Андрея, что он сказал: все, смысл автомобильной поездки пропал! Взял билет на самолет и улетел, оставив меня одного, а мне предстояло уже одному пилить на автомобиле в Москву. Но благодаря Андрюшиной славе, руководство «Спутника» выделило мне под ночлег нечто вроде люкса — бочку, в которой летом жили двадцать человек. А если говорить точнее, то мне был выделен полулюкс, потому что эта бочка была перегорожена железной стеной пополам, и за этой перегородкой была другая спальня.

Вернувшись из аэропорта, я поужинал, пошел в свою бочку, потому что не только девушек, но и вообще ни одного человека в этом лагере не было. Потушил свет и заснул с неудовлетворенным сексуальным желанием.

Проснулся я от какого-то скрежета ключа в замке и скрипа открываемой двери. Я напряженно посмотрел в сторону двери — кто же еще может ее открыть, если этот полулюкс выделен только мне? Но дверь моя была закрыта, хотя я слышал какое-то женское хихиканье и мужской низкий говорок, который подбадривал девушку. Я подумал, что у меня галлюцинации. И только потом до меня дошло, что перегородка в этой бочке сделана из металла, а металл — потрясающий проводник звука. И я слышал каждый хруст, каждый скрип в соседнем отсеке. Конечно, я проснулся и уже не мог заснуть, потому вынужден был слушать все, что там происходит. А там происходило любовное свидание, и развивалось оно стандартно. Какой-то мужчина с небольшим кавказским акцентом уговаривал девушку присесть, а она, естественно, говорила, что она не такая, она к мужчинам не ходит, она зашла сюда случайно, только на пять минут. В общем — всю молитву, которую обычно говорят женщины, перед тем как лечь в постель.

Потом я услышал звук разливаемого вина и расклеивающиеся звуки поцелуев. Затем негромкие стоны, потому что парочка улеглась в постель прямо возле моей кровати. То есть моя кровать в одном отсеке и их кровать в соседнем отсеке стояли впритык друг к другу, а между нами была лишь тонкая, как мембрана, перегородка из жести. Можешь себе представить, какая была замечательная слышимость!

Конечно, если бы Макаревич не бросил меня одного в этой бочке, мы бы с ним тут пошумели и шуганули эту парочку. Но я был один и не мог этого сделать, я затих, как мышь. И слышал буквально самый мельчайший звук. А эта любовная пара, улегшись в постель, предалась такой страстной любви, которую даже я не мог себе вообразить. Кровать под ними ходила ходуном. При этом они издавали соответствующие возгласы и крики страсти, они говорили друг другу разные интересные слова — он ее просил повернуться, подставить это, поцеловать то. Она ему отвечала тем же самым. Они были полностью уверены, что их никто не слышит.

А я, лежа в темноте, уже не мог не только уснуть, но и удержать свое воображение. Подстегиваемое криками страсти за стеной, это воображение вопреки всем усилиям моей воли рисовало мне совершенно отчаянные сцены. Тем более что во время маленьких перерывов они очень живо обсуждали, что они еще не выполнили и как теперь будут этим заниматься. Судя по всему, они были поклонниками Камасутры и каждую новую позу обсуждали, перед тем как ее попробовать. При этом мужчина говорил с грузинским акцентом, а девушка отвечала с веселым украинским хохотком. И я очень живо представлял себе этих двух молодых людей: его — темпераментного грузинского красавца, с сильными бицепсами, с длинными мускулистыми ногами, с широкой и волосатой грудью гимнаста и с медальным профилем горного орла; и ее — этакую южную длинноногую красавицу спортсменку с чуть вьющимися волосами, карими глазами, упругим бюстом и крепким задом. Под их столь насыщенные информацией реплики, переходящие в стоны, а затем в крики восторга, и под грохот их кровати мое воображение рисовало невероятные картины, превосходящие эротику Генри Миллера и Эдуарда Тополя, вместе взятых. В полной темноте передо мной, замершим в своей кровати, разыгрывался самый потрясающий порнофильм, который я видел в своей жизни.

Угомонились они только тогда, когда лучи рассвета стали проникать сквозь щели нашей бочки. Они уснули, и я уснул вместе с ними. И проснулись мы, судя по всему, в одно и то же время. Но если они, проснувшись, вели себя совершенно естественно — потягиваясь и лениво ласкаясь, то я, честно говоря, не знал, как себя вести. Обнаружить свое присутствие было неловко — это показало бы, что я подслушивал. Продолжать изображать, что меня здесь нет, тоже глупо. К тому же я очень не хотел смущать этих молодых людей, которые могли оказаться не просто случайными любовниками, но и молодоженами, которые приехали в Крым в свадебное путешествие. Несмотря на мой отчаянный вид, я, честно говоря, человек довольно деликатный. Поэтому я на цыпочках подошел к двери, открыл ее ключом, а потом стал усиленно топать ногами, словно я только что вошел.

Но самое главное — мне очень хотелось увидеть эту пару. Поэтому, быстро одевшись, побрившись и приведя себя в порядок, я вышел и расположился таким образом, чтобы видеть выход с их стороны бочки. Сделать это было легко, потому что рядом находилось кафе «Ласточка», в котором можно было позавтракать. Несмотря на то что лагерь уже закрылся, оно еще работало для проезжих курортников. Я выбрал стол, удобный для наблюдения, съел завтрак. Потом стал заказывать бесчисленные чашки кофе. И дождался.

Но то, что я увидел, — лучше бы я этого не видел никогда! Потому что когда в бочке открылась дверь их полулюкса, то вместо ожидаемого мной красавца грузина выкатил совершенно отвратительного вида маленький, кривоногий, лысый и безобразный человек. И я подумал: Боже, какой ужас, какая несправедливость, что эта красавица украинка спала с таким отвратительным и гадким карликом, который не представляет собой не только сексуальной, но и вообще человеческой ценности!

Но это был только первый удар. А второй удар меня просто сбил наповал. Потому что минуту спустя я увидел эту красавицу, которая в воображении моем рисовалась «Мисс Киев» или даже «Мисс Украина». А из бочки выползла на белый свет кастелянша этого «Спутника» — очень немолодая, если не сказать — просто старая — женщина в давно не стиранном халате, с нечесаными и крашенными пергидролем волосами, с какими-то зубами через один. Своим антиэстетическим и вообще антиженским видом она настолько разрушала образ, созданный моим воображением, что я был совершенно подавлен.

Потому что я некрасивых женщин просто не воспринимаю как сексуальный объект. Конечно, я могу с ними разговаривать, но только по делу. А если нет дела, то они мне не интересны. Я хочу видеть мир таким, каким его видел юный Будда, — мир, наполненный красавицами и цветами. Ты, конечно, помнишь историю великого основателя восточной религии и шок, испытанный им, когда он, выйдя впервые за пределы дворца, увидел старого человека и был потрясен открывшимся ему миром страданий, который доселе был от него скрыт.

Именно такое потрясение испытал и я, когда вместо двух сказочных созданий — грузинского бога и украинской богини, любовь которых я слышал всю ночь, из этой бочки вышли два чудовища, которые ночью были так же счастливы, как если бы они были действительно божественного происхождения.

А может, и были? Ведь говорят же японцы, что любая женщина кажется красивой в темноте, издалека и под зонтиком. Но я бы уточнил: любая женщина кажется красивой в темноте, за стеной и в чужих руках.

* * *

История двадцатая

АТТРАКЦИОН В ГАМБУРГЕ

— В одно из моих первых путешествий по Европе я заехал в Гамбург. И моим тамошним гидом была знакомая девушка, которая раньше жила в Москве, работала гидом в «Интуристе», а потом вышла замуж за немецкого торговца лесом, стала богатой светской дамой и развлекалась, показывая заезжим московским знаменитостям разные злачные места. Когда я приехал в Гамбург, она спросила:

— Что ты хочешь посмотреть?

Я говорю:

— На твое усмотрение.

— Тогда поехали на Рипербан.

Оказалось, что это улица проституток. Конечно, сейчас по сравнению с Тверской эта Рипербан просто отдыхает. Потому что на Тверской этих девушек в тысячу раз больше. Но десять лет назад пройтись русскому человеку по улице, где несколько кварталов закрыты для женщин и детей, а вход только для мужчин, было необыкновенно интересно. Там эти красавицы стояли в окнах-витринах, договаривались с клиентами, а мужики, выбирая живой товар, обменивались с ними шуточками на всех языках мира.

Но один раз на это взглянешь — и все, на том аттракцион и заканчивается, никакого сюжета там нет, даже если ты зайдешь внутрь, за витрину. Я сказал моей провожатой, что мне все ясно и скучно. А она ответила: хорошо, теперь я тебя поведу на сюжет, в театр. Но то, что она громко назвала театром, на деле оказалось эротическим кабаре, правда, очень высокого класса. При входе швейцар уносит в недра этого заведения твою верхнюю одежду, а вместо гардероба там этакая пещера, в которой лежала полуголая красавица и завлекала гостей, причем ее, как мне объяснила моя знакомая, можно было поиметь еще до входа в зал, это входило в стоимость билета. Зал был с роскошным интерьером старинного немецкого театра, а сцена имела длинный подиум, который шел чуть ли не через весь зал. Вокруг него амфитеатром располагались ложи со столиками, где сидели гости.

Как только мы зашли, к нам подлетела совершенно роскошная красавица, которая представилась Глорией, метрдотелем этого ресторана. Узнав, что я из России, она радостно защебетала и сказала, что русские здесь редкие гости, усадила нас за один из лучших столиков прямо возле подиума и пригласила официанта. Нам принесли выпивку, и мы стали смотреть шоу. Шоу, надо сказать, было потрясающее. Я потом много раз в других городах смотрел такие эротические шоу, но ничего подобного по размаху и роскоши постановки никогда больше не видел. Это был настоящий бродвейский размах. Там были такие сцены, как фрагмент из балета «Собор Парижской богоматери». И это был не примитивный трах чудовища с обнаженной девкой — нет! Сцена представляла собой чердачное помещение этого собора, там находились Квазимодо и Эсмеральда — прекрасно загримированные, замечательно был сделан горб у Квазимодо, и мимика у актера была великолепная. И феноменально красивая девушка Эсмеральда. И вот начинается пожар, клубы дыма окутывают их суровое убежище, слышится пальба и грохот, начинается штурм собора, горят деревянные балки. Они залезают на стол, висящий на цепях, и, летая над залом театра, занимаются любовью, причем полет этих качелей имел очень большую амплитуду. Все это в лучах прожекторов, под соответствующую музыку, под дымы, в хороших костюмах, в гриме. То есть это было действительно красивое и дорогое зрелище.

Другие номера, несмотря на фривольность содержания, тоже были очень хорошие по режиссуре и оформлению. Конечно, рано или поздно все сводилось к траху, но поставлено это было с большой фантазией.

И пока мы смотрели эти номера, Глория периодически подходила к нам, спрашивала, как у нас дела, и всячески нас развлекала. А когда приходили другие посетители, она, извинившись, уходила, встречала их, усаживала и тоже уделяла им внимание. Но нам уделяла внимание особое. При этом она вела себя весело и озорно. Залезала ко мне на колени, обнимала за шею. От нее пахло потрясающими духами, у нее были тонкие руки, огромный прекрасный бюст, тонкая талия, хорошие бедра, очень нежная кожа. Она всячески веселилась. А мне она была вдвойне симпатична, потому что была очень похожа на известную певицу Софию Ротару, которая играла главную роль в моем фильме «Душа». Поэтому я к ней сразу расположился. А она все больше и больше строила мне глазки и увлекала меня своими чарами настолько, что со всех сторон на нас уже ревниво поглядывала вся публика. Что мне, конечно, ужасно льстило, и я тоже строил этой Глории глазки, подмигивал и отпускал ей комплименты, которые она вполне заслуживала. Тем более что у нас не было никакой проблемы с переводом, моя подруга все аккуратно переводила и страшно хохотала при этом.

А шоу продолжалось, номера сменялись номерами, и в конце представления, которое шло нон-стоп, оркестр сыграл барабанную дробь и конферансье сказал:

— Внимание почтенная публика! Для вас танцует наша суперстар Глория!

Глория спорхнула с моих колен и взлетела на сцену. Оказалось, она совершенно замечательная танцовщица. И костюм у нее был очень здорово сделан. Она была одета в платье до пола, которое состояло из длинных полос ткани — черно-синих снаружи и сиреневых изнутри. И вот, танцуя, она быстрыми движениями отстегивала от себя эти полосы, все больше и больше обнажаясь. В конце концов на сцену слетели последние чешуйки ее наряда, Глория танцевала в одних трусиках и прозрачном лифчике. В какой-то момент она движением плеча избавилась от лифчика, причем так, чтобы он отлетел в мою сторону, и я его с удовольствием поймал. А она некоторое время танцевала, прикрывая ладошками груди, но потом раскинула руки и продемонстрировала публике совершенно роскошный бюст. Публика взорвалась воплем восторга, номер Глории, несмотря на то что это был просто стриптиз, оказался гвоздем программы. Глория осталась в прозрачных тоненьких плавочках, которые она долго не снимала, но зато, продолжая на подиуме свой танец, явно давала понять, что все ее прелести достанутся мне — уж не знаю, за какие заслуги. Я, конечно, таял и одновременно гордо выпячивал грудь, чувствуя на себе завистливые взгляды мужской половины публики. А когда наконец она эти плавочки отстегнула и они отскочили от нее, то тут на меня напал настоящий столбняк, поскольку то, что вывалилось из ее плавочек, было большим мужским достоинством.

То есть Глория была трансвеститом. Публика ревела от восторга и, глядя на мое лицо, просто каталась от хохота. А я был в шоке. Ведь целый вечер у меня на коленях сидела девушка с нежным голосом, шелковой кожей, очаровательными и чисто женскими ужимками, прекрасным бюстом и всеми остальными прелестями, которые мы так ценим в девушках. Мужчину всегда можно отличить по некоторой грубости движений, по размеру его ноги, по небритости щек. А Глория — это было существо абсолютно женственное. У меня был столбняк с оттенком обиды на то, что этот немец «Глория» выбрал меня, русского, в качестве посмешища.

А моя спутница, видя мое лицо, хохотала просто как умалишенная. Она говорила:

— Ты молодец, ты все-таки удержался на стуле. А перед тобой приезжал «Ленком», и я водила сюда артиста Сашу А., так он просто упал на спину вместе со стулом и ударился головой об пол!

Оказывается, у моей спутницы по Гамбургу это был любимый аттракцион. Она водила русских на этот трюк Глории и получала удовольствие при виде шока, который испытывали люди, обнаружившие в этой роскошной красавице мужика.

* * *

— Ну, как тебе эта история? — спросил Саша. Но я молчал, и спустя пару километров он не выдержал: — Ты уснул, что ли?

— Я думаю...

— Может, поделишься великими мыслями?

— Ага... Наверное, я должен поблагодарить тебя за эти попытки отвлечь меня от того, что с нами случилось. Но скажи мне честно: неужели на моем лице такие уж сильные признаки страха?

— Во всяком случае, я знаю, о чем ты думаешь.

— О чем?

— О том, что твоему сыну семь месяцев, и если нас кокнут на следующем повороте — что будет с ним?

— И это написано на моем лице?

— И это тоже.

— А что еще?

— А еще ты пытаешься понять, как и когда мы так круто разошлись по жизни. В конце концов, мы с тобой одного поколения, вышли из одной алма-матер и жили в одной общаге на стипендию. Так почему же твоя жизнь сложилась так, а моя — иначе?

— Действительно — почему?

— Потому что в те времена 99 процентов населения жили, как им велели и позволяли жить коммунисты. Впрочем, это и при любой власти так — большинство живет, как стадо в том или ином загоне. Но существует один процент людей, у которых мозги работают иначе. И у этих людей есть только два пути. Один — это начисто забыть о том, что вокруг коммунизм, ужас и кошмар. Насрать на социальную систему и сделать так, чтобы коммунисты не испортили тебе жизнь. То есть — жить в лучших гостиницах, иметь лучших женщин, зарабатывать максимальное количество денег и получать максимальное количество удовольствий. Это и было моим принципом, это мой путь. А второй путь — это путь людей, которые понимали, что живем мы в дерьме и ужасе и надо бороться, надо это ломать. Это был путь Сахарова, Солженицына, Ростроповича, Высоцкого, Галича, диссидентов и твой, в частности, потому что ты сделал два фильма, которые были запрещены коммунистами по идейным соображениям. А потом ты уехал и продолжал по-своему бороться с этой системой оттуда — писал книги про Брежнева, Андропова и про всю нашу гребаную жизнь. Их читали по «Свободе» и «Би-би-си», их слышала вся страна. По таким книгам миллионы людей в разных странах узнавали, что такое коммунистический режим на самом деле. А ты спрашиваешь, кому и на фиг нужно нас с тобой кокнуть? Да мало ли в мире коммунистов, мечтающих о реванше или взявших на себя миссию мстителей? А третьего пути для умных людей в СССР не было. Или ты борец с системой, или ты используешь ее для своей кайфовой жизни. Я ее использовал и относился к ней, как в том анекдоте: «Советская власть? Да пошла бы она на...!» А ты не мог ее пользовать, поэтому ты хотел ее свергнуть. *И мы прожили разные жизни, и возникает философский вопрос: кто же прав? Но если бы мы стали спорить на эту тему, это занесло бы нас в гибельные выси. Потому что человек религиозный должен быть борцом, он должен бороться со злом, он должен зло уничтожать. Но для тех, кто выше всего ставит жизнь, есть только миг, который принадлежит тебе, и этот миг ты должен прожить максимально интересно и ярко. Так что спор, кто из нас прав, — нелеп. С точки зрения одних взглядов на мир — ты прав, с точки зрения других взглядов на мир — я прав. Но самое интересное не это. А то, что мы с тобой, прожив совершенно разные жизни, в которых мы даже не вспоминали друг друга, оказались в одной машине и нас обоих хотели убить. То есть мы могли — и еще, наверное, можем — погибнуть одной смертью, в один и тот же миг. И это отвечает на многие философские вопросы.*

— *И ты считаешь, что Бога нет?*

— *Я считаю, что религия придумана для управления людьми.*

— *Постой, религия — это одно, а Бог или Высший Разум — это другое. Ты не веришь в Нечто вне нас, над нами?*

— *Над нами, это где? Ты вообще как представляешь себе мироздание? Ты только представь себе эту крошечную пылинку под названием Земля, затерявшуюся в бездне бесконечного и мертвого космоса. Где в этой конструкции место для доброго бородатого дедушки, который следит за нами и наставляет, как жить? Если что и управляет людьми, отличает их от животных, то это нравственный закон, но он не над нами, а внутри нас и сотворен людьми. А религия, чтобы заставить людей жить по нравственному закону, стращает их Божьей карой, а за хорошее поведение обещает загробную жизнь. Бог — самый прекрасный и мощный миф, придуманный человечеством. Просто сознание людей не может смириться с пониманием того, что их жизнь случайна и конечна. С верой в Бога им легче жить. Так пусть те, кто верит, живут с миром в собственной душе. Пусть каждый выберет себе веру в соответствии со своим пониманием мира. А я понимаю, что, к сожалению, вечной жизни нет. Поэтому выше всего ценю жизнь, которую стараюсь прожить в ладу со своей совестью. И наслаждаюсь жизнью как великим даром, пока он мне отпущен, повторяя как молитву строчки Омара Хайяма, написанные еще тысячу лет назад:*

Бегут за мигом миг и за весной весна.
Не проводи же их без песен и вина.
Ведь в царстве бытия нет блага выше жизни —
Как проведешь ее, так и пройдет она.

— Ты нарисовал жуткую картину бессмысленности нашего бытия. Поразительно, как ты при такой философии умудрился так легко и вкусно жить. Я бы давно повесился.

— Так именно моя философия и дает такую возможность, а твоя — нет. Жизнь — превыше всего! — это главный постулат моей веры. Можно подумать, у тебя есть другое рациональное объяснение смысла жизни?

— Есть. Но ты для него закрыт, и не мне его тебе открывать.

— Опять мистика, — поморщился Саша. — Тополь, еще одно слово, и я буду думать, что ты не только еврей, но и масон. А знаешь, как это называется по-русски?

— Меня это не интересует. А вот где и когда мы разошлись по жизни?..

— Во-первых, мы разошлись в генах.

— А во-вторых?

— А во-вторых... Помнишь ли ты великий фильм Орсона Уэллса «Гражданин Кейн»? Там сюжет построен на том, что перед смертью Кейн произнес два слова: «Розовый бутон». И герой фильма, журналист, пытаясь разгадать эту великую личность, ищет, что же такое розовый бутон. По ходу этих поисков он находит друзей и близких Кейна и вообще раскрывает его биографию, как кочан капусты. Но никто — даже самые-самые близкие друзья и женщины Кейна — не знает, что такое «розовый бутон». И только в последнем эпизоде этого замечательного фильма камера попадает на чердак фамильного дома Кейнов и совершенно случайно видит там детские санки, на которых облупившимися буквами написано название фирмы, выпускавшей эти санки полвека назад. Эта фирма называлась «Розовый бутон». То есть, по сути, воспоминание о детстве, когда маленький Кейн катался на санках, являлось главной движущей силой великого гражданина Кейна в течение всей его жизни.

А теперь позволь мне рассказать про свой «розовый бутон», про то, как мы с Сережей Соловьевым чуть не сбежали во Францию.

БЕГЛЕЦЫ

— Я и Сережа Соловьев, знаменитый ныне режиссер и секретарь Союза кинематографистов, дружим с детства, а в возрасте 14 лет первый раз в жизни уехали из-под родительской опеки за сто километров от Ленинграда, в маленькое местечко под названием Поляны. Уехали мы на велосипедах. Мы оба жили в районе Старого Невского, поэтому встретились утром возле Московского вокзала и проехали сначала по Невскому, в тот момент еще пустому, чистому и умытому водой из поливальных машин. На Садовой улице мы свернули направо, проехали по брусчатке мимо Русского музея и Инженерного замка. Потом по асфальту вдоль Лебяжьей Канавки и Летнего сада переехали Кировский мост, по Кировскому проспекту, оставив слева от себя Петропавловскую крепость и киностудию «Ленфильм», а справа район, который назывался «Новый Париж», помчались вперед, через Аптекарский остров, к Приморскому шоссе. Вскоре мы выскочили из города и катили уже вдоль моря. Слева от нас был Финский залив, на котором играло солнце, а справа стоял замечательный и удивительно красивый сосновый лес. За спинами у нас были рюкзаки.

Мы мчались быстро, были необыкновенно возбуждены и радостны. Впервые родители отпустили нас из дома. И это ощущение свободы придавало нам новые силы, мы жали на педали изо всех сил и с криками диких индейцев неслись все дальше и дальше по этой удивительно красивой дороге. Наш путь пролегал через Лисий Нос, Ольгино, Дюны — такие замечательные поэтические названия, — потом мы проехали Солнечное, где мама Сережи работала директором ресторана «Горка». Он стоит в Солнечном до сих пор. Потом мы проехали Пенаты, усадьбу, в которой последние годы жизни провел художник Репин, он там же и умер. Но при жизни Репина эти Пенаты относились к Финляндии. То есть мы уже ехали по территории бывшей Финляндии, которую Советский Союз оттяпал у финнов в 1940 году.

Следующим пунктом, сквозь который мы пролетели, было Комарово. В нем находился пионерский лагерь обкома партии, лучший пионерский лагерь в Ленинграде, куда я ездил каждое лето и где я познакомился с Валерием Плотниковым, ныне замечательным фотохудожником, а Валерий Плотников, в свою очередь, познакомил меня с Сережей Соловьевым. Сережа к этому моменту был уже известным театральным мальчиком, он играл в спектакле Большого драматического театра «Дали неоглядные» в постановке самого Георгия Товстоногова! Так что Сережа уже пообтерся в кулисах театральной жизни и стал учить меня искусству, а я учил его жизни. Сережа мне рассказывал о том, что такое театр, что такое кино, кто такие операторы, художники, режиссеры, чем они отличаются друг от друга. А я рассказывал ему про подводную охоту, потому что в тот момент вышла знаменитая книга «Мы выходим из моря», а на экранах шел фильм Жака Ива Кусто «В мире безмолвия», который рассказывал о прелестях подводной жизни. И это было такое потрясающее зрелище, что я, занимаясь в спортивной школе «Зенита» и будучи в то время чемпионом Ленинграда по прыжкам в высоту в своей возрастной категории, бросил легкую атлетику, решил стать подводным ныряльщиком, аквалангистом. До акваланга, правда, дело не дошло, потому что их тогда в СССР просто не было, но я купил себе маску «Харрикейн» — липовую, конечно, самопальную, отлитую каким-то народным умельцем. И такие же самопальные ласты. Сделал трубку с резиновым загубником и уже имел некоторый опыт ныряния. И когда Валера Плотников привел Сережку ко мне в квартиру, то я, чтобы произвести впечатление на этого артиста, надел трубку и маску и стал делать глубинные погружения в ванне, задерживая дыхание на две или на три минуты, что было, наверное, рекордом для книги Гиннесса. Потом я выпрыгивал из ванны, глаза вылезали из орбит от отсутствия кислорода, сердце выскакивало из груди. Тем не менее я был героем и произвел на Сережу такое впечатление, что он до сих пор относится ко мне с уважением как к человеку, который умеет что-то такое, чего не умеет он.

А в тот день мы впервые объединились в нашем отрыве к свободе. Надо сказать, что к этому моменту мы были мальчиками довольно эрудированными. Мы знали огромное количество стихов, ходили в Эрмитаж, вместе посещали кино. Я помню, какое впечатление произвели на нас «Красный шар» Альбера Ламориса, «Сена встречает Париж» со стихами Жака Превера, «Мир входящему» Алова и Наумова и, конечно, «Неотправленное письмо» Сергея Урусевского. В кинотеатре, когда закончился сеанс «Неотправленного письма», мы были настолько потрясены увиденным зрелищем, что не могли встать со своих мест. Публика вышла, а нас из зала выгнала уборщица. Мы были мальчиками, которые тянулись к искусству и хотели жить в искусстве, в этом загадочном и непонятном, удивительно красивом и манящем слове.

А кумиром и учителем жизни был для нас в тот момент Илья Григорьевич Эренбург. Он был потрясающей личностью. Из-за русских революционных потрясений он в совсем молодом возрасте оказался в Париже и прожил там значительную часть своей жизни. И даже в самые страшные советские времена он каждый год ездил в Париж, имел там вторую квартиру и, говорят, даже вторую семью. Но не в этом дело. Он написал знаменитую книгу «Люди. Годы. Жизнь» — воспоминания о людях, с которыми он встречался. После сталинского кошмара в период хрущевской оттепели эта книга стала энциклопедией для всех людей, которые хотели понять, что к чему в этом мире. Потому что в СССР при полном отсутствии информации о Западе это была первая книга, в которой по-человечески рассказывалось о самых знаменитых людях, с которыми судьба столкнула Эренбурга. Он рассказывал о своих встречах с Пикассо, Модильяни, Шагалом, Хемингуэем, Хаимом Сутиным, Сальвадором Дали — то есть со всеми, кто стал легендой XX века. Илья Григорьевич был приятелем всех этих великих людей, близко их знал и написал про них разные веселые истории. И в то же время, рассказывая о своей жизни, он еще и открыл нам Францию. Потому что это была страна, которую он безумно любил, в которой прожил половину жизни. А кроме книги «Люди. Годы. Жизнь», большая часть действия которой проходит именно во Франции, он написал замечательную книгу «Французские тетради», где рассказывается о французском национальном характере, о Париже, о том, что такое Франция.

Конечно, все его рассказы относились к первой половине XX века, и, может быть, к моменту публикации его мемуаров та довоенная Франция уже не имела ничего общего с послевоенной Францией. Тем не менее написано это было здорово, Эренбург был выдающимся публицистом, феноменальным рассказчиком, он потрясающе владел метафорой, что, конечно, производило мощное впечатление на всю читающую и думающую публику, и прежде всего на юные умы, к которым мы и относились.

И вот эти юные умы мчались на велосипедах все дальше и дальше от Питера, проехали Рощино и увидели, что здесь дорога делает развилку, один ее рукав идет вдоль моря на Приморск, но там запретная пограничная зона, а второй — на север. Мы поехали туда, в направлении Ладожского озера. И, отъехав от города километров на 80, решили найти место для привала. Съехали с дороги и вдруг остановились, просто пораженные той необыкновенной красотой, которая была перед нами. Среди холмов, поросших высоченными соснами, лежали несколько иссиня-голубых озер, в которых, как чайные ложечки в стаканах, утопали отражения этих сосен. Похоже, что именно в этом месте Шишкин писал свою «Корабельную рощу». Так это примерно и выглядело. Такие гигантские корабельные сосны, как мачты на этих холмах. И большие красивые голубые озера, в которых отражались сосны и небо.

Это было так здорово, что мы решили: здесь и остановимся. Местечко называлось Поляны. Эти Поляны и стали конечной точкой нашего путешествия. В поисках сухого и удобного места мы стали объезжать первое озеро, второе и возле третьего нашли небольшую плоскую полянку, на которой решили поставить палатку. А мы взяли с собой палатку, маски, ласты, спички и какую-то еду — тушенку, картошку. То есть у нас было все, что нужно путешественникам. Стали забивать колья, но увидели, что небо затягивается, собирается дождь, а на противоположном берегу озера стоит какой-то домик, судя по всему, пустой и заброшенный. Мы обошли озеро. Выяснилось, что это старая банька, оставшаяся, наверное, с финских времен, совершенно нежилая, запущенная, там никого нет. И атмосфера вокруг была страшноватая — тучи, темное озеро, рябь на воде...

Тут еще пошел дождь, а это банька все-таки, крыша над головой. Мы зашли в нее, развели огонь, просушили одежду, запекли картошку. Достали хлеб, пиво — мы, естественно, тогда пили пиво, это был большой загул, у нас была одна бутылка пива на двоих. И в этот момент стало смеркаться. Мы зажгли свечу. Где-то рядом стоял стог старого сена, мы набили им рюкзаки и получили замечательные подушки. У нас были с собой одеяла. Мы разложили их на двух лавках, которые шли вдоль стен баньки, и легли отдыхать, потому что уже наступала ночь.

Сережа достал книжку, которую он привез с собой. Открыл ее и начал читать. Книжка была одна на двоих. Мне было нечем заняться, и я попросил его читать вслух. И Сережа начал читать главу из «Французских тетрадей» Эренбурга, посвященную Франсуа Вийону. Это был великий поэт раннего французского Возрождения. А кроме того, он был разбойником и не раз был приговорен к виселице. Однажды, ожидая смерти, он на стене своей тюремной камеры написал сам себе эпитафию:

> Я — Франсуа, чему не рад,
> Увы, ждет смерть злодея,
> И сколько весит этот зад,
> Узнает скоро шея.

И вот — представь — ночью, в лесу где-то между Ленинградом и финской границей, в абсолютно безлюдном месте, на берегу озера, в маленькой закопченной баньке без окон горела свеча, освещая черные стены и двух мальчиков. Один из них читал, а второй слушал рассказ Эренбурга о жизни Франсуа Вийона, который заканчивался его великим стихотворением «Баллада поэтического состязания в Блуа»:

От жажды умираю над ручьем.
Смеюсь сквозь слезы и тружусь играя.
Куда бы ни пошел, везде мой дом,
Чужбина мне — страна моя родна́я.
Я знаю все, я ничего не знаю.

Сережа остановил чтение, наступила тишина. Мы лежали с открытыми глазами, но в зыбкой темноте этой крохотной баньки перед нами вставали солнечная дорога, летящая среди сосен, и Финский залив, который блестел на солнце чешуей средневековой кольчуги, а где-то там, за этим заливом, — волшебная страна Вийона, Пикассо, Дали, Шагала, Хемингуэя и Эренбурга. Эта страна называлась Франция. И то ли от первого в моей жизни ощущения свободы, то ли под эйфорией нашего путешествия, то ли под впечатлением жизни великого поэта и разбойника Франсуа Вийона я совершенно неожиданно сказал:

— У меня есть потрясающая идея.

— Какая? — спросил Сережа.

— Давай украдем яхту, уплывем на ней во Францию и будем жить в Париже.

Сережа ничего не ответил. А я больше не продолжал. Не стал его убеждать. Нам было по четырнадцать лет.

Вот, старик, и весь мой «розовый бутон».

Я попал в Париж только тридцать лет спустя.

И на этом пути в Париж был один поворот — как раз тот, о котором ты спрашиваешь.

* * *

История двадцать вторая

ВОЛОДЯ ВЫСОЦКИЙ, или
ПЕРВЫЙ ПОВОРОТ СУДЬБЫ

— Этот поворот связан с Володей Высоцким и Мариной Влади, — продолжал Саша, — но перед этим я должен рассказать про обстоятельства, при которых мы познакомились. Я снимал на «Мосфильме» картину «Вид на жительство». Она имела такую предысторию. Посмотрев во ВГИКе наш с Омаром Гвасалия дипломный фильм «Все мои сыновья», выдающийся режиссер и профессор ВГИКа Григорий Чухрай привел нас на свой курс, где у него учились такие будущие знаменитости, как Ираклий Квирикадзе и Рустам Хамдамов, и сказал им: «Ребята, я буду счастлив, если вы когда-нибудь снимете что-либо подобное тому, что сняли эти мальчики». И с этими словами показал им наш фильм. А после просмотра повернулся к нам и при всем своем курсе добавил: «А теперь, ребята, после того как я посмотрел ваш фильм второй раз, я, как художественный руководитель экспериментального творческого объединения киностудии «Мосфильм», приглашаю вас к себе в объединение и даю вам постановку. Вы можете снять полнометражный фильм по любому материалу, который выберете».

В нашем с Омаром юном возрасте получить такое предложение было совершенно феноменально. И мы, одурев от счастья, стали искать материал для фильма. В процессе этого поиска мы, в частности, познакомились с Еленой Сергеевной Булгаковой, потому что первым нашим предложением Чухраю было экранизировать «Мастера и Маргариту», а потом сделать фильм по рассказам Булгакова «Дьяволиада» и «Роковые яйца». Мы хотели объединить их в одном фильме, даже придумали композицию. Но когда принесли заявки по Булгакову на студию, то главный редактор, прочитав, сказал:

— Гениально, но не пройдет. Ищите другой материал.

И тут, на свое счастье или на свою беду, я уж не знаю, мы познакомились с Александром Шлепяновым, выдающимся советским драматургом, который написал к этому моменту сценарий самого знаменитого в то время детектива «Мертвый сезон». Я рассказал ему о предложении Чухрая. И Шлепянов загорелся идеей написать сценарий для нас. Ему, как я теперь понимаю, это давало возможность перебраться из Ленинграда в Москву, а для нас это была встреча с высокопрофессиональным кинодраматургом. И он предложил нам сделать фильм о русском эмигранте, вернувшемся из-за границы в Россию. Потому что он к тому времени сделал документальный фильм «Перед судом истории» о знаменитом члене царской Государственной думы Шульгине, принимавшем отречение Николая II, а потом бежавшем в Югославию. После освобождения Югославии советскими войсками Шульгин был арестован, отсидел десять лет во владимирской тюрьме и написал огромные мемуары. Но мемуары эти были полной лабудой, они восхваляли Ленина. Очевидно, ему сильно промыли мозги в НКВД.

Конечно, такую ерунду мы не могли снимать. Но мы решили взять саму по себе идею: эмигрант возвращается в Россию умирать. К тому же у нас была давнишняя идея занять в фильме Леонида Леонидовича Оболенского, великого актера, который снимался у нашего учителя Льва Кулешова, потом был осужден, двадцать пять лет провел в лагерях и жил затем в далеком уральском городе Миассе. Как актер, он там просто загибался, хотя артист был выдающийся и внешность у него была просто уникальная — и лицо, и манеры несли печать благородства и подлинного аристократизма. И вот мы написали заявку, разработали сюжет. В его основе была история любви 70-летнего старика и 16-летней девочки — такая немножко странная фрейдистская история, парафраз набоковской «Лолиты». Все было лихо придумано, с детективной фабулой, любовью, убийством, расследованием. И когда Шлепянов упаковал это все в сценарную заявку и притащил на «Мосфильм», то кто-то из редакторов-доброжелателей сказал:

— Ребята, сюжет просто потрясающий, но к этому сценарию вам нужен «паровоз». Иначе такой фильм никогда в жизни Госкино не запустит.

Шлепянов решил в качестве «паровоза» взять Сергея Владимировича Михалкова — автора Гимна Советского Союза, председателя правления Союза писателей России, Героя Социалистического Труда, лауреата Ленинской и Государственной и всех прочих премий. То есть на тот момент это был самый непререкаемый авторитет во всех инстанциях вплоть до ЦК КПСС. И Шлепянов внедрился в доверие к Сергею Владимировичу и предложил ему сотрудничество по этому сюжету. Михалкову идея очень понравилась, он часто ездил за границу, знал жизнь эмигрантов и сказал, что с удовольствием примет в этом проекте творческое участие. И, вооружившись нашей заявкой, на которой его фамилия теперь стояла самой первой, пошел в ЦК. А мы сидим, ждем. Я — в Ленинграде, куда уехал после ВГИКа, а Гвасалия — у себя в Тбилиси, куда он тоже уехал после окончания института. И вдруг раздается звонок Шлепянова:

— Немедленно приезжайте в Москву, Сергей Владимирович все пробил!

Мы рванули в Москву. Надо сказать, что более сообразительный Омар приехал не с пустыми руками, он привез Михалкову замечательный подарок, который отыскал его отец, заведующий административным отделом ЦК партии Грузии, — старинную, заплесневелую снаружи, всю в паутине, бутылку вина года рождения самого Сергея Владимировича, что Михалкова, конечно, очень тронуло. И он к нам заблаговолил и посмотрел наш дипломный фильм, который ему тоже очень понравился. В картине было некое обаяние, которое действительно на всех зрителей производило очень хорошее впечатление.

И вот мы встретились с Сергеем Владимировичем. Он пригласил нас в ресторан Союза журналистов, куда я и раньше ходил, как член этого Союза, но я никогда не знал, что там был особый кабинет для VIP-персон. Михалков пригласил нас в этот кабинет, выкатил, что называется, поляну. То есть накрыл совершенно замечательный стол. Мы выпили за знакомство и сказали, что готовы внимать Сергею Владимировичу. Он сказал:

— Ну, ребята, все в порядке. Я был в ЦК, все пробил. Картину вашу запускают, кандидатуры ваши одобрены. И в общем, можете хоть завтра приступать к съемкам.

Мы за это выпили. Когда выпили, Михалков сказал:

— Но тут одна маленькая деталь. Впрочем, вас это не касается, это нас со Шлепяновым касается. В общем, нужно сделать фильм не про то, как эмигрант приехал умирать в Россию, а про то, как диссидент — педераст и сволочь — решил сбежать на Запад. А в остальном все в порядке.

Мы обомлели. Ведь это была полная противоположность тому гуманному и лирическому фильму, который мы задумали. А нам предлагали сделать дешевую агитку, в которой мы должны были заклеймить предателя. Меня чуть не вырвало от одной мысли об этом. Но Сергей Владимирович, видя наши кислые рожи, сказал:

— Ну, ребята, нет плохих тем, есть плохие режиссеры и плохие писатели. Сядьте, подумайте и выжмите из этой идеи что-нибудь талантливое. Давайте, работайте. А у меня времени мало, я пошел проводить секретариат Союза писателей.

И — умотал.

Мы вышли на улицу в полном шоке. Тут Шлепянов со свойственной ему силой убеждения — а человек он умный, хитрый, тонкий и вообще один из самых умных и талантливых людей, которых я встречал в жизни, — стал говорить:

— И правильно! Абсолютно верно! Замечательная мысль! Я давно хотел вам, ребята, об этом сказать, мне это давно приходило в голову. Это же свежо, ярко и необычно. Мы же не будем дерьмо какое-то делать, мы сделаем тонкий психологический фильм о неприкаянности, о трагической необходимости расставания с родиной, в которой властвуют проклятые коммунисты. Это будет фильм о невостребованности таланта. Мы можем сделать нашего героя кем угодно — писателем, художником, поэтом. Посмотрите, какие трагические фигуры встают перед нами. Вот, например, Вертинский...

Мы говорим:

— Но Вертинский, наоборот, вернулся!

— Не важно. До того он же уехал. Мы сначала снимем первую половину, а потом снимем вторую серию — как он вернулся...

Короче, он стал нас убеждать со всем своим цинизмом и обаянием, о котором, в частности, очень наглядно говорит такой эпизод. Во время нашей работы над сценарием он приучил нас обедать в легендарном московском кафе «Националь». В этом кафе полжизни провели такие люди, как Юрий Олеша и Михаил Светлов. То есть это место было своеобразным клубом московских знаменитостей, они там часами сидели перед огромными окнами с видом на Красную площадь и тусовались, запивая вином и водочкой разные местные яства.

И вот сидим мы как-то за столиком — я, Омар Гвасалия и Саша Шлепянов — и смотрим на Манежную площадь. А там пейзаж еще тот — Кремль со звездами, грязь, серое небо, снег идет, какие-то люди, ужасно одетые, бредут, сутулясь, и милиционеры ходят... И вдруг неизвестно откуда, как будто с Марса, с другой планеты, перед нами возникает чисто вымытый, потрясающе красивый старинный желтый автомобиль. С таким длинным капотом, сверкающими никелем фарами и радиатором, застегнутым большими кожаными ремнями. Иностранный автомобиль, с иностранным номером. Какой-то иностранец, любитель экзотики и автомобильной старины, совершал, видимо, на этом автомобиле кругосветное путешествие и заехал в Москву. Остановился в отеле «Националь», помыл машину и подъезжает к центральному входу за своей дамой на этом сверкающем лимузине ярко-желтого цвета. У нас ножи и вилки попадали, челюсти отвисли, мы от этой картины просто оторваться не можем. А он выходит из машины — прекрасно одетый, в замшевой куртке под цвет машины и в голубых джинсах, на которых ни пятнышка нет. Ну, картина — чудо. Даже кремлевские звезды стали иначе смотреться, и вообще все вдруг заиграло, весь этот фон византийский. А навстречу ему выпорхнуло из отеля нечто совершенно ослепительное — какая-то южноевропейская брюнетка с глазами Софи Лорен, с полными губами и с развевающимися волосами. Но самое главное — одета она была в совершенно белое кожаное пальто, каких мы никогда не видели. И вот он, этот парень в замшевой куртке, взял ее под руку, помог сесть в машину, потом небрежным движением захлопнул дверцу, сел за руль и они стали отчаливать.

Мы были молодые ребята, у нас вся жизнь была впереди, и, глядя на эту картину, я сумел только произнести одно слово:

— Неужели...

Я не закончил фразу, меня прервал Шлепянов. Он мрачно, со свойственным ему цинизмом сказал:

— Ни-ког-да!

То есть мы понимали друг друга с полуслова. И если бы кто-то другой стал убеждать нас тогда делать такой фильм по идее Михалкова или еще кого-то над ним, мы бы с возмущением отказались. Но это был наш старший товарищ, который презирал Софью Власьевну еще больше, чем мы. И именно он стал убеждать нас, что в этом сюжете есть и трагизм, и человечность, и психологическая глубина.

И — убедил. Единственное условие, которое мы поставили: чтобы мы принимали участие в написании сценария, пусть даже без наших имен в авторских титрах. Потому что снимать чужую агитку мы не хотим.

И мы в этот сценарий вложили все, что только могли. Леонид Леонидович Оболенский стал играть одного из главных героев этой картины. Мы за уши притянули туда роль для Инны Сергеевой, снявшейся в нашем дипломном фильме, — она потом получила приз за лучшее исполнение женской роли в «Виде на жительство», будучи никакой не актрисой, а простой девушкой с улицы. То есть все, что мы могли, мы туда втюхивали. Но сама по себе идея сделать фильм о диссиденте-беглеце из СССР была изначально абсолютно гибельной, дубовой, просоветской. И я, приехавший из Ленинграда молодой поэт из диссидентских кругов, и Омар, мой вгиковский побратим, — мы поняли, что попались. Что как ни крути, мы должны сделать какое-то кошмарное полотно, от которого нас самих вырвет. И мы стали думать, как из этого выкрутиться. Мы ломали головы, прикидывали так и эдак, были даже идеи сделать из этого комедию.

И вдруг нам пришла в голову гениальная идея, как сделать этот фильм самым сенсационным и абсолютно правдивым. Более того, чтобы этот фильм стал просто культовым для целого поколения советских интеллигентов. Ты спросишь, как это возможно? А очень просто. Взять на главные роли Володю Высоцкого и Марину Влади! Представляешь?! Они в ту пору только поженились, у них был трогательный и нежный роман. Ты понимаешь, *какой* фильм мы могли сделать?! Фильм о том, как затравленный системой диссидент Высоцкий бежит на Запад и встречает там свою любовь — Марину Влади, как они оба ностальгируют по России под песни, которые мог написать Высоцкий... То есть это была бы чистая гарантия того, что фильм посмотрит сто миллионов зрителей. А кроме того, у нас возникала возможность работать с кумирами всей страны. Ведь в каждом, даже самом отдаленном кишлаке, поселке, деревне знали Высоцкого, любили его песни. А перед Мариной Влади вся страна преклонялась еще со времен фильма «Колдунья»...

И вот мы, одержимые этой идеей, вышли на Высоцкого, пригласили его и Марину в Болшево, в подмосковный Дом творчества кинематографистов, где мы работали над сценарием. И Высоцкий с Влади согласились приехать. Но этот приезд стал отдельной драмой или комедией. Хотя Марина Влади была русской по происхождению, членом ЦК компартии Франции и доброжелательно относилась к Советскому Союзу, у нее был один недостаток — она была француженкой. То есть в наших глазах это было величайшее достоинство, но в глазах КГБ — ее смертельным недостатком. Поэтому их визит в Болшево, которое стоит в 27 километрах от Москвы по Ярославскому шоссе, нам пришлось согласовывать с Первым отделом «Мосфильма» и лично с директором студии генералом Сизовым. Но и после того как все было согласовано, им не разрешили приехать к нам на своей машине. Потому что, оказывается, дорога в Болшево проходит мимо подмосковного Калининграда, в котором делают межконтинентальные ракеты. И чтобы Марина Влади, не дай Бог, не похитила по дороге одну из этих ракет, в КГБ была разработана целая операция. Их посадили в гэбэшную машину, и гэбэшный шофер в звании майора, не отклоняясь от маршрута, должен был довезти их до нашего зеленого коттеджа в Болшево. А потом ждать у ворот, посадить их в машину и, не отклоняясь от маршрута, привезти обратно в Москву. Вот такой бред.

Тем не менее они к нам приехали. И, что нас больше всего удивило, сказали, что сценарий им обоим понравился. Хотя, как я понимаю, Высоцкому сценарий мог и не понравиться. Но он был одержим жаждой сниматься — в любой роли, где угодно, лишь бы прорваться на экран и к зрителю. Потому что он был великий и невостребованный киноартист. А кроме Театра на Таганке и отдельных ролей у Говорухина на Одесской киностудии, ему ничего не светило. И он сказал нам, что видит себя в этой роли. Более того, он сказал, что нужно главного героя сделать таким парнем, которому действительно здесь нечего делать и невозможно жить. «Знаете, — сказал он, — прочтя ваш сценарий, я написал песню». Он взял гитару, ударил по струнам, и мы услышали потрясающую песню «Гололед на земле, гололед, люди падают, бьются о лед...».

— Ребята, — сказал он, — это на финал фильма. Это то, что нужно. Это я для вас написал, под впечатлением вашего сценария.

Не знаю, было это правдой или только реверансом актера в адрес режиссеров и авторов. Но так было, мне незачем тебе врать.

— А вторую песню, — он сказал, — если вы не используете, то вы просто дураки. Потому что эта песня словно для вас написана, для вашего фильма. Я ее написал по другому поводу, но вижу, что она сюда ложится.

Тут он спел свой великий шедевр «Идет охота на волков, идет охота». И сказал:

— Это же про нас, ребята, это о том, как эти сволочи нас убивают. И ваш парень, который бежит на Запад, — это ж про него. «Я из повиновения вышел!.. За флажки! Жажда жизни сильней! Только сзади я радостно слышал удивленные крики людей!..» Это же я вырываюсь... — То есть он себя уже ассоциировал с нашим персонажем. — Я вырываюсь за эти ненавистные красные флажки, я там, за горизонтом, за пределами!.. Конечно, кое-что мы с Мариной в сценарии подправим...

Мы поняли, что он собирается весь сценарий переписать. Но этому мы и сами были бы рады. Тут Шлепянов сказал:

— Марина Владимировна, а как, на ваш взгляд, этот сценарий? Ведь мы-то писали его в России, режиссеры вообще никогда не были за границей. А я только иногда выезжал. Как вы считаете, верно ли описана эмиграция?

Она сказала:

— Знаете, ребята, я вам честно скажу: я была просто удивлена. Я некоторые эпизоды читала так, как будто это происходило у меня на глазах в Париже. Вы совершенно точно описали эмигрантскую газетенку, вы будто с натуры написали этого человека, играющего в ресторанчике с собакой, вы правильно описали жесткие разговоры в полиции. Это все правда. Когда мой отец бежал от большевиков, он долго не мог найти работу и содержал нашу семью, играя на бильярде. Русские почему-то думают, что если они сбегут на Запад, то там все перед ними расстелятся. Это миф, и этот миф надо жестко развеять. Они там и даром никому не нужны! Нужно свою страну изменять, а не убегать за ее пределы. Вот в чем пафос вашего фильма. Поэтому я хочу вам сказать: ребята, я с удовольствием буду у вас сниматься.

Мы были вне себя от счастья, на вершине блаженства. Потому что, заполучив двух таких актеров, да еще такого консультанта по Западу, как Марина Влади, да еще такого поэта и певца, как Володя Высоцкий, мы выходили уже на совсем иной уровень и по профессии, и по смыслу картины. Из дешевой агитки могла получиться картина о трагедии талантливого и яркого человека, который не нужен ни этому строю, ни тому обществу. Мы могли сделать фильм о гибели яркой и талантливой личности. А это уже становилось настоящей картиной, это уже было интересно снимать. И это, между прочим, предугадывало судьбу Александра Галича и многих других...

Расставались мы самыми лучшими друзьями. Володя был страшно горд тем, что он выглядел в глазах Марины не просто артистом с гитарой и подпольным бардом, а большим актером, которого приглашают на «Мосфильм», с которым

Путешествие в Поляны

В мастерской Льва Владимировича Кулешова.
ВГИК

С Омаром Гвасалия и Александром Шлепяновым
в день подписания первого контракта на «Мосфильме».

С оператором Гошей Коноваловым
на съемках в Чехословакии

На съемках фильма «Начни сначала»
с Кареном Шахназаровым, Андреем Макаревичем
и Александром Бородянским

Завтрак в Швейцарии

В мастерской художника Анатолия Брусиловского.
Москва

Вернисаж на Монпарнасе.
Ресторан «Куполь». Париж

С Мстиславом Леопольдовичем Ростроповичем.
Милан

Романтическое путешествие
на теплоходе
«Леонид Собинов»

За кулисами
после концерта

С Эдуардом Тополем на автостраде

обсуждают роли и сценарии и которого режиссеры жаждут снимать. А кроме того, он ведь способствовал тому, что и Марина Влади снимется в русском фильме, для него это было важно. И они оба были так довольны, что Володя, конечно, взял гитару — гитара была ключом, которым он открывал сердца, — и целый вечер пел нам свои песни — старые и новые. Потом Володя рассказывал о себе какие-то совершенно несусветные байки — про то, например, как он в Сибири ходил на медведя с рогатиной и убил медведя ножом. Мы понимали, что это чистый треп, что это рассказывается исключительно для Марины, но Марина это слушала как завороженная, она смотрела ему в рот, и при этом ее губы шептали что-то по-французски. Мы видели действительно влюбленную женщину и понимали, почему она в него влюблена. А этими рассказами Володя ее просто заворожил...

Короче, мы расстались самыми лучшими друзьями, мы знали, что наш фильм спасен, и крылья выросли за нашими плечами. Мы бросили всю эту гульбу в Болшево, которая обычно сопровождает там работу над сценарием, — все эти попойки и любовные похождения. Мы примчались на «Мосфильм», погрузились в работу, нашли художников, операторов, стали обсуждать эскизы, строить декорации. Одержимые своей замечательной идеей, мы работали за десятерых. Ведь у нас в руках были золотые козыри — и не один, а два!

Но — недолго музыка играла, недолго фраер танцевал. В один прекрасный день директор нашего фильма сообщил, что нас вызывают на Лубянку. На Лубянке, как известно, находился Комитет государственной безопасности. Он и сейчас там, только под другим названием — ФСБ. За нами прислали машину. Мы сели в нее, не совсем понимая, что случилось. Друг у друга спрашивали: «Ты что, где-то не то сказал?» То есть мы совершенно не понимали, в чем дело. А может, подумали мы, нам эти гэбэшники решили помочь? Мало ли, чем черт не шутит! Среди них тоже, говорят, бывают порядочные и умные люди.

Нас привезли на Лубянку со стороны «Детского мира», не в основное здание, а в какую-то невзрачную двухэтажку. Провели в приемную, шофер сдал нас чиновнику, а чиновник повел по каким-то невероятно длинным коридорам и привел в комнату, где велел подождать. Мы сидим, ждем. Особенно впечатлениями не делимся и ничего постороннего не болтаем. Открывается дверь, входят два человека, представляются:

— Полковник Абрамов и полковник Жуков. Здравствуйте. Мы хотим с вами серьезно поговорить. Вы молодые люди, пришли на «Мосфильм», делаете идеологическую картину, мы считали вас серьезными людьми, которым можно поручать большое дело, которым можно доверять огромные государственные деньги. Считали вас людьми талантливыми. Вы поступили на работу в академию киноискусства Советского Союза — на киностудию «Мосфильм». Любой киношник мечтает туда попасть. А вы сразу же со студенческой скамьи — режиссеры-постановщики! И вдруг такое себе позволяете!..

Старик, пойми — нам тогда было чуть больше двадцати лет. Мы сидим пораженные.

— Что мы себе позволяем? Извините, но знаете, мы к вам ехали и просто все перебрали. В нашей жизни ничего такого не было, за что вы могли бы к нам иметь претензии. Ну, анекдот какой-то порой расскажем, но кто их теперь не рассказывает?

То есть мы уже на себя стали наговаривать, давать им материал.

Они говорят:

— Да при чем здесь анекдоты?! Не в анекдотах дело! А в том, что вы что — с ума сошли? Вы с кем связались?

Мы говорим:

— А с кем мы связались?

— С антисоветчиком Высоцким, вот с кем! С мерзавцем, негодяем, диссидентом и с этой его, слов не буду подбирать, Мариной Влади, которая еще неизвестно, на какую разведку работает!

У нас просто все оборвалось внутри, мы говорим:

— Простите, пожалуйста, мы не знаем, какими вы сведениями располагаете, но мы знаем, что Высоцкий — ведущий актер Театра на Таганке, он снимается у нашего товарища Славы Говорухина в картинах на Одесской студии. Мы знаем, что Марина Влади — кумир всей советской публики, все в нее влюблены со времен «Колдуньи». Она член ЦК компартии Франции и актриса международного класса, снимается в Голливуде, с самыми крупными мировыми звездами. Нам казалось, что это приобретение для нашего фильма.

— Ребята, вы внимательно слушаете, что мы говорим? Вы вообще отдаете себе отчет, где вы находитесь? Мы могли бы с вами разговаривать совершенно по-другому. А мы говорим с вами доброжелательно. Вы нам внимайте, а не вступайте в дискуссии...

Но мы еще настолько были одержимы своей работой с Высоцким и Влади, что продолжаем им доказывать:

— Подождите! Подумайте: ведь мы снимаем картину о перебежчике. Но не все такой сюжет в нашей стране воспримут. Фильм адресован интеллигенции, а интеллигенция, не надо вам объяснять, понимает все несколько иначе, чем рабочий класс и крестьянство. Для многих интеллигентов заграница является вожделенным местом, они считают, что там рай земной. Вот мы с Мариной Влади разговаривали, она сказала, что нужно разоблачить этот миф, что перебежчиков никто там не ждет. И мы собираемся вместе с ней сделать абсолютно правдивый и достоверный фильм. Но одно дело, если эту правду скажет какая-нибудь наша доморощенная актриса, и другое — сама Марина Влади, француженка!..

Тогда один из них говорит другому:

— По-моему, разговор не складывается. Ребята нас не понимают.

А второй посмотрел на нас и спрашивает:

— Вы на «Мосфильме» хотите работать?

Мы говорим:

— Да, хотим.

— Тогда вот что. Или вы забываете навсегда два эти имени, или вы никогда в жизни не работаете на киностудии «Мосфильм» и вообще в кино. Выбирайте. И помните — третьего пути нет. Все, дискуссия закончена. До свидания. Вас ждет шофер.

Они вышли, какой-то тип проводил нас до машины, машина доставила нас на «Мосфильм», высадила у главного здания и уехала. И мы стоим там оба пораженные. До этого момента мы, честно говоря, даже не особенно задумывались, в каком государстве живем и кого собираемся перехитрить. Но теперь, когда нас просто швырнули, как щенков, кое-что стало до меня доходить. Как-то раньше я полагал, будто гидра о двух головах — ЦК КПСС и КГБ — это миф, рожденный на кухнях творческой интеллигенции. Но в этот момент я понял, что это далеко не сказки. Софья Власьевна показала нам свое лицо железной женщины и «добрые материнские руки» со стальными пальцами. И если до сих пор я относился к Советской власти с мальчишеским презрением, то с этого момента я начал ее ненавидеть. И еще нужно было придумать, как жить дальше...

Конечно, мы еще пытались хлопать крыльями, Михалкова мобилизовать в защиту нашего выбора Высоцкого и Влади на главные роли, но нас уже никто не слушал, дирекция студии была в курсе мнения КГБ на этот счет. И единственное, что я смог сделать в этой ситуации, и считаю, что поступил правильно, — я поехал в Театр на Таганке, попросил Высоцкого в перерыве между репетициями пройти со мной в буфет. Мы сели с ним, и я сказал:

— Володя, вообще режиссеры не обязаны извиняться перед актерами или объяснять им, почему не взяли их на роль. Но я приехал потому, что бесконечно тебя уважаю и хочу вам с Мариной сказать следующее. Мы очень хотели, чтобы вы снимались. Но с нами провели очень жесткий разговор в одной организации. Там сказали, что вы у нас сниматься не будете...

И совершенно неожиданно я увидел, как у Володи Высоцкого глаза налились слезами. И он как бы в никуда сказал с какой-то болью и мукой:

— Ну объясни мне — за что? Что я им сделал? Объясни мне: за что?

А потом, когда я уже считал, что разговор закончен, он вдруг на меня посмотрел и спросил:

— А Марина?

Я сказал:

— Марина — тоже.

Он отвернулся и сбежал вниз по лестнице.

* * *

— *Не знаю,* — *заключил Саша,* — *в какой степени эта история отвечает на твой вопрос, но добавить к ней мне нечего. Тем более что и некогда* — *мы въезжаем в Милан.*

— *Ты меня уважаешь?*

— *В каком смысле?* — *изумился Саша.*

— *Это цитата, старик. Обрати внимание: я уже двадцать лет не живу в России, а ты уже лет десять живешь в основном во Франции. Мы встретились как два профессионала, чтобы по-западному быстро написать синопсис телесериала. А вместо этого чисто по-русски начали изливать друг другу душу. Осталось распить пол-литра и спросить: «Ты меня уважаешь?»*

ПРИВАЛ НА ОБОЧИНЕ

64 км от Милана

СТЕФАНОВИЧ: *Эдик! Открою тебе страшную тайну. У меня есть табу. В далекой юности, еще в Ленинграде, я дал себе слово, что Москва будет самой восточной точкой, куда ступит моя нога. И всю жизнь я следовал только на Запад, по направлению к цивилизации.*

И вообще, как ты объяснишь, что я, русский, постоянно стремлюсь во Францию, а ты, живущий в Америке, постоянно ездишь в Россию?

ТОПОЛЬ: *Кстати, я облазил всю Сибирь от Урала до Курильских островов. И нашел там замечательную восточную пословицу. Она гласит: как жаль, что человек умирает, не успев проснуться.*

СТЕФАНОВИЧ: *Подозреваю, что эту мудрость тебе открыли чукчи.*

* * *

ЧАСТЬ ТРЕТЬЯ

К ЛАЗУРНОМУ БЕРЕГУ

Отсутствие Галины Павловны было видно во всем — цветы в гостиной торчали в вазах почти без воды, на кухне в раковине стояла кастрюля с засохшей овсяной кашей, рядом с немытой посудой лежал клавир. И здесь же, надрываясь, свистел в свисток давным-давно закипевший чайник. Но Ростропович стоял в другом конце гостиничных апартаментов, у телефона, принимал поздравления со всех концов мира.

— Thank you very much, Your Honesty!.. Заходите, ребята, располагайтесь!.. I'll see you soon, I'll be there next month. Thank you again*. — Он положил трубку, но телефон тут же взорвался снова. — Ребята, — успел сказать он, — чай на кухне!.. Алло! Спасибо! С шести утра звонишь? Ну что я могу поделать? Нет, все в порядке, тут пришел Тополь с приятелем... Понимаешь, я не могу выключить телефон, вчера российский консул сказал, что с утра будет звонить Ельцин, хочет сам поздравить... Да, сейчас будем завтракать, пока...

— Слава, мы привезли тебе привет с Родины — бутылку настоящей «Московской».

— Спасибо. Какая жалость, что вы не приехали вчера! А сейчас я не могу выпить — у меня репетиция... Алло! Bonjour, cimon ami! Comment allez-vous? Merci beaucoup! Mes amities a Cardinal!..** — Он положил трубку и повернулся ко мне. — Ты нашел чай? Тут есть какие-то печенья...

— Слава, у тебя найдется еще ваза для цветов? Я хочу тебя познакомить. Это мой друг кинорежиссер Александр Стефанович. Мы вместе учились во ВГИКе и не виделись двадцать лет.

---

* Спасибо, ваше высочество!.. Скоро увидимся, я буду там в следующем месяце. Спасибо еще раз *(англ.)*.

** Здравствуйте, мой дорогой! Как поживаете? Большое спасибо! Благодарю вас, кардинал!.. *(фр.)*

Сейчас мы заняты одним кинопроектом, едем в Ниццу на встречу с продюсером. Но специально сделали небольшой крюк, чтоб тебя поздравить.

— *Спасибо. Как твой сын? Ты привез фотографии? Я в мае даю концерт в Чикаго, а ты сейчас где, в Нью-Йорке?*

— *В Майами.*

— *Жаль, а то бы показал мне жену и сына. Между прочим, писатель, я же был в Самаре, ставил там оперу и купил одну книгу — это нечто! Я с ней не расстаюсь, у меня даже закладки заложены...*

Я ревниво насторожился. Пелевин? Сорокин?

— *Смотри.* — *Он взял с подоконника какую-то книжку.* — *Читаю: «Мужчины высоко ценят высокоамплитудные движения женского таза, так называемые подмахивания. Они осуществляются... с резким торможением женского таза в верхней точке, благодаря чему происходит почти полный вылет полового члена из влагалища в высшей точке и затем при обратном движении его полное погружение на всю его величину, что дает особые фрикционные воздействия насыщенного характера...»*

Я слушал, изумленно распахнув глаза. Великий Ростропович и...

— *Кто это?*

— *Это претендент на кресло президента России!*

— *Кто?!*

— *Жириновский, «Азбука секса». Тут такие тексты! Слушайте! «Проблема эрекции полового члена мужчины — это проблема женщины. Мужчина тут вообще ни при чем. Половой член мужчины есть сфера владения, обладания и распоряжения женщины, и никакого отношения к нему сам мужчина в половом акте не имеет. Что с ним происходит и происходит ли вообще что-то — это сугубо женская проблема...» Или вот: «Наша российская концепция секса в корне отличается от западной, и прежде всего американской... Хотя страсть всунуть свой половой член до самого упора вполне естественна, отвечает мужскому сексуальному позыву, но тут должно быть самоограничение...» Ну, Жириновский! Вот это тип! Он, кстати, когда-то заявил, что Ростропович нищенствует и играет на своей скрипочке в парижских кафе!* — *Слава повернулся к Стефановичу.* — *У вас там в Думе все такие умники? И кстати, что там за скандал с генеральным прокурором? Вы можете мне объяснить? Как его фамилия?*

— Скуратов, — сказал Саша.

— И что, его действительно засняли в постели с проститутками? Или это кинотрюк? Скажите мне как профессиональный киношник.

— Такие трюки невозможны, — ответил Саша. — Я как-то сделал на «Мосфильме» картину с Макаревичем в главной роли. А потом начальство спохватилось, что он музыкальный диссидент. И новый директор студии, отставной партийный функционер, на худсовете предложил с помощью комбинированных съемок лицо Макаревича всюду заменить лицом другого актера. Так весь худсовет от хохота по полу катался. Но здесь, Мстислав Леопольдович, сюжет еще интересней...

И Саша стал рассказывать такие закулисные подробности этого скандала, что Ростропович постоянно восклицал:

— Неужели?.. Не может быть!.. Как жаль, что Галя не слышит! Надо ей пересказать! Может быть, останетесь до вечера?..

А Саша уже перешел на другие байки.

— Кстати, о сексе, Мстислав Леопольдович. Вы знаете, как Подгорный ездил на Кавказ? Не знаете? Однажды Подгорный, тогдашний Председатель президиума Верховного Совета СССР, прилетел в Азербайджан, и его повезли в Кировабад. Там этих высоких гостей принимал отец моего приятеля, первый секретарь Кировабадского горкома. Естественно, в горах, на лоне природы, была накрыта поляна с шашлыками из индейки и баранами, запеченными в земле, под костром. Во время пира Подгорному, как самому главному гостю, подали шампур с жареными бараньими яйцами. «Это что такое?» — подозрительно спросил Подгорный. «Это бараньи яйца, потрясающе вкусно!» — «Нет! — заявил Подгорный. — Эту гадость я есть не буду! Как вы можете мне такое предлагать?» — «Да вы что, Николай Викторович? Неужели мы вам гадость будем предлагать? Это самое главное лакомство на Кавказе, вы попробуйте!..» Короче, уговорили. Подгорный откусил, пожевал и вдруг повернулся к своей свите — а с ним из Кремля прикатило человек пятьдесят секретарей и шестерок, — и вот он повернулся к ним: «Товарищи! Это и правда вкусно! Все попробуйте!»

267

Отец моего приятеля побледнел — где ему взять бараньих яиц на всю эту московскую ораву? Это же сколько овечьих стад нужно без баранов оставить! Но видит, что Алиев ему кулак показывает, и он дает команду пустить под нож полста баранов. А сам подсчитывает убытки, ведь каждый баран покрывает за лето до сотни овец и обеспечивает приплод ягнят. Но делать нечего, и через час сотня жареных бараньих яиц горой лежит перед кремлевскими гостями, они их под водку и коньяк смели за милую душу.

Назавтра везут Подгорного в другой колхоз, снова накрывают стол, но Подгорный ничего не ест, требует бараньи яйца. И его подхалимы, конечно, тоже. Отец моего друга приказывает пустить под нож еще одно стадо баранов. И так на всем пути Подгорного по Кировабадскому району каждый день вырезались все бараны. За пять дней этого визита животноводству края был нанесен какой-то дикий урон. А Подгорный, улетая в Москву, сказал:

— Вы мне в самолет положите пару ящиков яиц. Для товарища Брежнева и нашего Политбюро. И вообще, я заметил, что вы как-то скуповато нас яйцами угощали. Надо вам увеличить яйценоскость баранов. Это очень ценный продукт...

Глядя на хохочущего Ростроповича и развлекающего его Стефановича, я вдруг испытал странное чувство ревности. Словно до этой минуты Ростропович был моей личной собственностью, которую Саша теперь присвоил.

Неожиданно в дверь постучали.

— Да, да! Войдите! — крикнул Ростропович.

Вошли сразу и секретарь Ростроповича, и администратор отеля.

— Мстислав Леопольдович, что у вас с телефоном? Вам уже час звонят из Кремля, а у вас телефон занят и занят!

— Боже мой! — всплеснул руками маэстро и побежал к телефону. — Ну, конечно! Я не положил трубку на рычаг! Мы заболтались...

— А ты спрашиваешь, за что тебя убивать! — заметил Саша, когда мы уже катили из Милана в Ниццу. — Ты зашел к человеку — и телефон отключился, сам Ельцин не мог к нему прозвониться!

Я молчал. Теплое весеннее утро, нежное, как апрельские тюльпаны, парило над нами. Справа были видны Альпы, которые мы пересекли ночью, но там теперь не было и намека на непогоду, грозу и ливень. Пейзаж был такой библейски-идиллический и покойный, что воспоминания о ночном покушении казались пустой нелепостью и отлетевшим в прошлое сном. Хотя Стефанович на всякий случай старался не обгонять автофургоны и вообще не приближаться к ним. Но фургонов было немного, и вообще двухрядное шоссе было достаточно свободно — курортный сезон еще не наступил, а пролетевшая над Европой гроза спугнула преждевременных «дикарей». По обе стороны от нас мягко холмилась зеленая долина с чистенькими итальянскими деревушками и аккуратно очерченными лоскутами виноградников, снятых с полотен Сезанна. Все было подстрижено, окучено, прополото, поднято на подпорки, накрыто полиэтиленовой пленкой...

— Ну чем это не Сочи? — сказал я. — Неужели и в России нельзя...

— Ни-ког-да! — перебил Саша на манер своего духовного отца Шлепянова.

— Но почему?

— Потому что у нас другой климат. И из-за этого мы другая нация. Когда здесь, в райском климате Средиземноморья, родилась цивилизация, у нас еще был ледниковый период. Тут уже были водопровод, виноградарство, философия и поэзия, а у нас касоги дрались с зулусами. Тут уже были законы, суды, ремесла и живопись, а у нас еще шили одежду из звериных шкур. Тут уже снимали по три урожая в год, а у нас только учились класть печи, чтобы как-нибудь пересидеть зиму. Но если девять месяцев в году сидеть на печи и ни хрена не делать, то как успеть за развитием человечества?

— Похоже, мне придется защищать от тебя Россию...

— А кто на нее нападает? По моей теории граница цивилизации проходит по границе выпадения снега. И я просто констатирую факт — нам не повезло с климатом. Сегодня в Москве минус шесть, снег, никакого солнца и продолжение ледникового периода! Как Шлепянов сказал однажды о Петре Первом: «И что ему дался этот Финский залив! Не мог он, что ли, «ногою твердой стать» при Ялте?» Ведь действительно совсем другая была бы страна!

269

— У шведов климат не мягче, а они построили социализм с человеческим лицом.

— Я жил в Стокгольме. Там зимой довольно тепло. Гольф-стрим рядом. А у англичан двести пятьдесят дождливых дней в году, и поэтому они зануды, как их погода. Нет, климат — это очень важно. Посмотри вокруг — мы с тобой в утробе европейской цивилизации! Только в этом тепле и в этой красоте могли родиться гуманизм и гедонизм — самые великие, на мой взгляд, открытия человечества. Прошу снять шляпу и побриться — ты приближаешься к возлюбленной мною Франции. Как ты уже понял, в моей жизни было много красивых женщин. О некоторых из них я тебе рассказал, о других еще расскажу, а о самых красивых и всемирно знаменитых не расскажу никогда. Но с кем бы я ни был, в душе я никогда не изменял главной любви своей жизни — Франции. Я люблю эту девушку с четырнадцати лет. Тогда это была, конечно, только мальчишеская романтическая любовь по книгам и фильмам, она могла исчезнуть при встрече с реальной Францией и, действительно, чуть не испарилась во мне в первый день моего пребывания в Париже. Но затем... Я могу на полном серьезе говорить с придыханиями Татьяны Дорониной: «Любите ли вы Францию? Нет, я хочу спросить вас: любите ли вы ее так, как люблю ее я — всей душой...» — ну и так далее.

И я хочу, чтобы ты увидел Францию моими глазами. Чтобы ты влюбился в нее, как я, и понял — нет, не понял, понять не проблема, — **прочувствовал,** для кого мы будем делать наш фильм. Без ощущения души этой страны у тебя ничего не выйдет. Только зная французов — этих великих гурманов жизни, еды, вина, женщин и искусства, — можно приступать к созданию фильма для французского зрителя.

— Хороший монолог, старик. Нужно его куда-нибудь вставить. Можешь повторить на магнитофон?

— Блин! Вокруг тебя рай, а у тебя никаких эмоций! Ты стал настоящим американцем, бесчувственным, как все они. Или ты и был таким?

— Был, Саша. Всю жизнь.

— А что? Разве нет? Если посмотреть твою жизнь, ты давил свои чувства ради достижения каких-то других целей. Пренебрег ради них карьерой в кино и любимыми женщинами, ночевал на вокзалах и даже услал сам себя в эмиграцию ради своей заветной «Главной книги». Устроил в своих книгах публичную, на весь мир порку КГБ и советскому режиму, а теперь — нашим миллиардерам-олигархам...

— Саша, не надо так высоко, я еще жив.

— Мне одно не понятно: если это действительно «заветная» книга, о которой ты мне рассказывал, почему ты не написал ее тогда же, по горячим следам? Почему тянул столько лет?

— Это хороший вопрос. Сегодня какое число?

— Ты сам знаешь — двадцать седьмое марта, день рождения Ростроповича.

— Саша, в марте 79-го года я дал подписку о неразглашении фабулы этой книги. Запрет распространялся на двадцать лет. Поэтому я и сговорился с Гайлендом на апрель 99-го...

— Запрет на фабулу? Я не понимаю. Кому ты дал подписку?

— Об этом ты прочтешь в романе.

— Минуточку! Я тебе рассказываю о самых, можно сказать, интимных событиях моей жизни. А ты не можешь рассказать мне фабулу своей книги? Я что — стырю ее?

— Саша, не нужно меня пытать. В марте 79-го КГБ проводил в Риме совершенно уникальную операцию, а ЦРУ пыталось эту операцию сорвать. Я был участником событий, но дал подписку о неразглашении на двадцать лет. Всё. Больше я не могу сказать об этом ни слова.

— Насколько я понимаю, ты дал эту подписку не в КГБ...

Я молчал, я и так сказал ему о своей работе больше, чем когда-либо кому-либо.

— Н-да... — усмехнулся он. — Тяжелый вы народ, писатели. Я думаю, что и достать тебя можно тоже только через литературу. Может, таким путем ты проникнешься к Франции. Поэтому послушай мою трактовку самого знаменитого французского романа «Три мушкетера».

КТО ТАКИЕ ТРИ МУШКЕТЕРА

— Наверное, ты не станешь отрицать, что самый популярный французский роман в России — «Три мушкетера» Александра Дюма. Мы его еще в школе зачитывали до дыр, а потом неоднократно возвращались к нему в юности. Его экранизируют каждое десятилетие и в Голливуде, и во Франции, и даже у нас по нему поставлен очень милый фильм с Мишей Боярским в главной роли. И вообще три мушкетера считаются олицетворением храбрости, патриотизма, доброты и мужества, им подражают все пацаны. Сам писатель заявил, что роман — не просто фантазия автора, но еще и документальное повествование, поскольку основан на рукописях, найденных мсье Дюма в королевских архивах. Это воспоминания графа де Ла Фер и мемуары мсье Д'Артаньяна. Эта легенда придает роману еще больший аромат и множит ряды его поклонников, к числу которых отношусь и я. Читал я этот роман с удовольствием и неоднократно. И когда я, уже взрослым человеком, стал жить в Париже, то воспоминания о трех мушкетерах тоже не покидали меня. Тем более что первая моя квартира в Париже находилась неподалеку от бывшей улицы Могильщиков и улицы Старой Голубятни, где жили соответственно Д'Артаньян и господин де Тревиль. Я уж не говорю о том, что я почти каждый день переезжал через Новый мост, на котором произошла первая встреча Д'Артаньяна и Миледи. То есть романтические воспоминания о любимых с детства героях не оставляли меня и во Франции.

И я относился к мушкетерам так же, как миллионы советских школьников, которые читывали эту книгу взахлеб, пока не задумался, а о чем же, собственно, повествует этот роман? И вдруг понял, что ни я, ни миллионы наших читателей не имеют ни малейшего представления о том, кто эти герои, которыми мы так восхищаемся.

Но давай вспомним все по порядку.

Гасконского юношу по имени Д'Артаньян отец отправил служить верой и правдой *французскому королю*. А конкретно — послал его в Париж к господину де Тревилю, капитану *королевских* мушкетеров, чтобы юный Д'Артаньян стал настоящим французским патриотом и верным *слугой короля*. Наш герой попадает в Париж и благодаря интрижке, даже еще не состоявшейся, а просто под обещание, что с ним переспит мадам Бонасье, оказывается ввергнут в цепь немыслимых приключений и в эти приключения ввязывает своих друзей мушкетеров — тоже *королевских*, прошу заметить. То есть тех, кто давал присягу королю и должен ему служить. Что же делают эти замечательные ребята?

По поручению королевы Анны Австрийской — изменницы (вспомним роман с герцогом Бекингэмом) и интриганки (вспомним ее письмо австрийскому королю с предложением напасть на Францию), эти *королевские* мушкетеры, убивая направо и налево гвардейцев, истинных патриотов Франции, прорываются к морскому побережью. Для чего? Чтобы нанести урон врагу? Как бы не так! Д'Артаньян плывет во враждебную Англию, чтобы получить злополучные подвески и прикрыть преступную связь французской королевы с главным врагом Франции Бекингэмом. (А то, что тот враг, не приходится сомневаться. Именно Бекингэм наносит подлый удар Франции, захватив остров Ре.) То есть Д'Артаньян со своими приятелями действует против государственных интересов Франции, нарушает присягу, *данную королю,* и вообще его поведение иначе как предательством не назовешь.

И ладно бы Д'Артаньян совершал свои подвиги, одержимый какой-то возвышенной шекспировской страстью. «Борьба любви и долга» — это я еще понимаю. Но ведь нет никакой возвышенной любви. Д'Артаньян просто хочет включить мадам Бонасье в список своих любовных побед. Ведь по ходу дела Д'Артаньян в главе «Ночью все кошки серы» проникает к Миледи и трахает ее сначала под именем графа де Варда, а потом под своим собственным.

Кроме того, он еще соблазняет ее служанку Кэтти. Я уже не говорю про огромное количество безымянных красоток, которых он трахает вообще без всякой сюжетной надобности.

Что-то тут не то. Или я не прав?

Чтобы разобраться, давай перенесем действие в Россию. А что? Давай перенесем всю эту историю в Россию начала нашего века. Из какого-то провинциального города, скажем, из Рязани, в Санкт-Петербург едет молодой офицер, которому отец дает напутствие служить *царю*-батюшке верой и правдой. Приехав в столицу, устроившись на *царскую* службу и получив даже определенный доступ ко двору, этот юный дворянин заводит интрижку с замужней женщиной, которая обещает отдаться ему при условии, что он поедет во враждебную Германию и привезет оттуда некое послание, какой-то предмет для царицы, которая *изменяет* русскому царю с врагом — немецким генералом. И наш юный офицер, да еще в компании других офицеров, *дававших присягу царю,* с большими приключениями приезжает в столицу вражеского государства, находит этого высокопоставленного немецкого генерала, забирает у него посылку и едет обратно в Россию для того, чтобы покрыть любовную интрижку русской царицы с этим немцем — в тот самый момент, когда страна начинает войну с Германией, а русский царь лично руководит своими войсками.

То есть этот офицер и его компания занимаются самым настоящим предательством. Более того, на своем пути они направо и налево убивают русских патриотов.

Как ты думаешь, мог бы роман, прославляющий такие подвиги, пользоваться популярностью в России, а его герои могли бы стать примером для подражания?

А ведь это и есть подлинная история «патриота» Франции Д'Артаньяна и его друзей-мушкетеров. Никакая бравада во время осады Ла-Рошели не покрывает предательства этих господ. И возникает вопрос: почему читатель находится на стороне этих изменников Франции, а совсем не на стороне патриота Франции кардинала Ришелье, которого мсье Дюма буквально оболгал, потому что на самом деле это был великий человек, много сделавший для процветания Франции. Кстати, именно кардинал Ришелье построил Пале-Руаяль и перед смертью подарил дворец французскому королю.

Но оставим в стороне личную неприязнь мсье Дюма к кардиналу и подумаем о том, чем же так очаровывает этот роман. И неужели французы настолько лишены патриотизма и здравого смысла, что каких-то предателей и клятвоотступников возвели в ранг своих любимых героев, а их автора сделали любимцем Франции? Ты можешь себе представить, что сделали бы в России с писателем, который написал бы роман «Три опричника» с аналогичным сюжетом, прославляющим похождения изменников Родины?

Так в чем же дело?

Внимание, мой друг! То, что я сейчас скажу, «архиважно»! Я дам тебе ключ к пониманию французского национального характера, открыто изложенный в самом французском из всех французских романов!

Суть романа состоит в том, что любовь, частная жизнь, наслаждения и страсть к приключениям *гораздо выше,* прошу это заметить, чем государственные интересы, патриотизм и масса других вещей, на которые нас натаскивали в школе, которыми нам фаршировали мозги и забивали голову. В России испокон века считается, что долг перед Родиной и служба Государю — дороже живота, то есть жизни. На войне нужно с радостью умирать за царя-батюшку, за товарища Сталина и за родную КПСС. Родина-мать зовет, и она же посылает куда хочет. И куда бы она тебя ни послала, ты должен идти и умереть — в Афганистане, в Анголе, на целине и на урановом руднике. Умереть за Родину-мать и царя-батюшку — священный долг каждого русского человека.

А роман «Три мушкетера» о том, что любовь к жизни во всех ее проявлениях — это и есть главное содержание жизни человека. И если выбирать между любовью и государственными интересами, то нужно выбирать любовь. И там не напрасно, помимо Д'Артаньяна, выведены его приятели-мушкетеры Атос, Портос и Арамис — обжоры, бабники и пьяницы. Три мушкетера — это три богатыря французской философии, это веселые сибариты и гедонисты, которые свою любовь к жизни поставили выше преданности своему королю. И роман Дюма — гимн этой философии. Живи в свое удовольствие, наслаждайся женщинами, вином и приключениями, потому что это и есть цель и смысл твоей жизни. Вот о чем этот роман, вот чем он пленяет всех читателей мира и даже такую враждебную этой философии страну, как Россия. И вот за что французы, которые, как ты понимаешь, тоже не лишены патриотизма и даже шовинизма, тем не менее считают мсье Дюма своим великим писателем. Итак, дорогой Эдик, в твоих руках ключ к пониманию характера этого замечательного, жизнелюбивого и прекрасного народа, в гости к которому мы с тобой катим сейчас по дороге А-7. Скоро мы пересечем границу, и я с чистой совестью смогу сказать тебе: «Добро пожаловать, мистер Тополь, во Францию — страну мушкетеров, любовников, чревоугодников и гедонистов!»

* * *

— *Thank you, мсье Стефанович,* — *сказал я,* — *то есть мерси боку!*

— *Между прочим,* — *ответил он,* — *прошу заметить, что теперь между Италией и Францией нет никаких пограничных кордонов, паспортного контроля, таможен и шлагбаумов. Европа объединилась, завела свою валюту «евро», которая могла потеснить доллар, и поэтому вы, американки, втянули Европу в бомбардировки Югославии. Вам не нужна сильная объединенная Европа, вы хотите расколоть нас, ослабить.*

— *Саша, только что ты звучал, как француз, а теперь — как русский...*

— *Я говорю как европеец. Я считаю, что Америка не имеет права лезть в европейские дела. Между прочим, впереди развилка: прямо — Генуя, налево — Венеция. Хочешь, махнем в Венецию?*

— *Да ну ее на!.. Мы опаздываем.*

— *Нет, ты только подумай! Когда мы с тобой учились во ВГИКе и жили в общаге на Яузе — если бы тогда кто-то сказал, что мы будем ехать на «БМВ» из Милана в Ниццу и на мое предложение заехать в Венецию ты скажешь «Да ну ее на!..» — ты смог бы в это поверить?*

— *Запросто. Когда мне было девять лет и я шел из школы домой, ко мне подошла цыганка, взяла мою руку и сказала: «Ты будешь жить за океаном и будешь дважды женат... Дай десять копеек, я тебе еще много скажу». Но у меня не было десяти* копеек, и остального я не узнал. А что буду жить в Америке, это, оказывается, у меня на руке написано.

— Тебя не пробьешь. Вокруг Италия, весна, Альпы, Венеция, а у тебя ноль эмоций.

— Саша, я на Западе уже двадцать лет. И в Венеции был дважды — первый раз нищим эмигрантом приехал из Рима с одним бутербродом в кармане, а второй раз — автором дюжины книг на разных языках, в том числе итальянском, и со стопкой кредитных карточек в кошельке. Но, скажу тебе честно, первый раз было интересней...

— А моя первая встреча с Венецией была совершенно потрясающей. Я подъехал к ней ночью. Честно говоря, я не представлял себе, какой это город в действительности. Хотя я видел до этого его на фотографиях, я не знал, что там нет автомобильного движения. И когда выяснилось, что в Венеции вообще нет проезжих улиц, а одни каналы, я оставил автомобиль на платной стоянке, сел с чемоданом в руках на катер и поплыл в поисках отеля. В первые же пятнадцать минут мы проплыли мимо каких-то набережных и неярко освещенной площади, а потом берега стали все темнеть и темнеть, и я понял, что центр города мы уже миновали. Еще через пятнадцать минут, на следующей же остановке, я сошел, надеясь пересесть на встречный катер. Там я прождал еще полчаса, заглянул в расписание и выяснил, что следующий катер будет только в пять утра. А мои часы показывали два часа ночи. Был ноябрь. Ледяной ветер перехватывал дыхание. На дебаркадере я был совершенно один. Подняв свой тяжеленный чемодан, я поплелся искать отель. Но никаких отелей на близлежащих улицах не было. Прошлявшись часа полтора, я вернулся к пристани. Там меня ждал неприятный сюрприз — на дебаркадере расположилась местная шпана. Молодые развязные парни курили наркотики и запивали спиртным прямо из горлышка. Мое появление вызвало у них напряженное недоумение. Но я так устал, таская свой пудовый чемодан, что мне уже было все равно. Больше всего хотелось присесть. Я устроился на скамейке в углу дебаркадера. Парни, с интересом поглядывая на чемодан, начали меня задирать. Очевидно, меня спасало то, что я не понимал ни слова по-итальянски и в ответ на все обращения отвечал: «Экскьюз ми, ай донт андестенд ю». Но атмосфера сгущалась. И в эту минуту на набережной послышалось цоканье каблучков, которое тут же отвлекло от меня внимание шпаны. На ступенях дебаркадера появилась молодая, не очень красивая и полупьяная проститутка. Шпана встретила ее радостным ржанием. Девица остановилась и слегка отрезвела.

«Так, — подумал я, — теперь я пойду как свидетель».

Девица своими куриными мозгами поняла, очевидно, куда она попала, и тут же сообразила, что бежать не имеет смысла. Поэтому она спустилась на дебаркадер и уселась рядом со мной, догадавшись, наверное, что я не из их компании, и надеясь, в случае чего, на мою помощь. Парни тут же начали ее задирать. Она сначала что-то грубо ответила, потом показала им язык. Это их только раззадорило. Самый наглый подошел к ней и положил руку на ее обнаженное колено. Она шлепнула его по этой руке своей ладошкой. Ввиду неизбежности последующего я нащупал в кармане нож с выдвигающимся на стальной пружине лезвием. И не зря — шпана начала лапать девицу.

Но тут она вскочила ногами на лавку и пафосно произнесла несколько слов, из которых я понял только одно — «кончерто!».

И она запела.

Но как! Во всю мощь своих легких она замечательно запела сложнейшую оперную арию. Волшебные звуки вырывались из ее рта вместе с паром, который растворялся в морозном воздухе, а ее песня летела над каналами с их зеркальной водой, над домами с потрескавшейся штукатуркой, над золочеными куполами соборов. И что самое поразительное — под звуки ее голоса небо стало светлеть. Забрезжил рассвет.

Когда девица закончила арию, шпана устроила ей овацию. Ее уже никто не хватал за попу и другие мягкие места, а главарь угостил ее сигаретой.

В это время подошел катер, и вся наша компания переместилась на его палубу. Шпана расселась по скамейкам, а девица нашла себе место на самом носу катера. Она встала там, как героиня фильма «Титаник», раскинула руки и снова запела. Катер заурчал мотором и двинулся к площади Сан-Марко. Больше всего поражало, что из такой плюгавой фигурки исходил голос такой красоты и мощи. Вставало солнце. Навстречу мне плыла Венеция.

— Саша, даже если ты придумал половину этого эпизода, все равно здорово, поздравляю.

278

— Ошибаешься, я не автор детективов. У меня бедное воображение. И все, что я тебе рассказал или еще расскажу,— правда, и ничего, кроме правды.

— Во всяком случае, по этому этюду тебя можно еще раз принять во ВГИК. Даже на сценарный факультет.

— А ты помнишь свой этюд на первом экзамене?

— Еще бы!..

Конечно, весь этот безостановочный треп был бравадой двух пожилых мальчишек, нашей попыткой заглушить свой внутренний голос, вопивший: «оглянись во страхе» и «внимание, грузовик!». Хотя библейская безмятежность окружающих пейзажей все больше убеждала в правоте другого внутреннего голоса, который успокоительно шептал, что ночной налет грузовиков нам просто причудился, что есть, наверное, какое-то иное объяснение этого инцидента — скажем, тормоза у тех грузовиков отказали, или водители просто не видели в ночи нашу машину, или, наконец, у этих водителей грузовиков есть общая радиосвязь и они мстят всем, кто подрезал одного из них. А теперь, когда уже оповещена полиция, они от нас отвязались...

Я открыл свою «полевую сумку офицера», достал портативный компьютер-«лаптоп», умостил его на коленях и принялся сочинять синопсис по тем историям, которые мне казались самыми перспективными для французского телевидения.

А Саша ткнул пальцем в кнопку радиоприемника, и тот отозвался голосом радиостанции «Свобода»:

«— ...Расчет на быструю капитуляцию Милошевича не оправдался, войска НАТО понесли первые потери — вчера возле Белграда силами югославского ПВО сбит американский истребитель F-117. По сообщениям из Москвы, только что в центре российской столицы произошла перестрелка между милицией и неизвестными нарушителями, которые пытались обстрелять американское посольство из гранатомета. Одновременно сообщается, что российская прокуратура сегодня собирается обратиться в Интерпол с просьбой о задержании во Франции бывшего Исполнительного секретаря СНГ Бориса Березовского, а в Австрии — банкира Александра Смоленского. Эксперты считают, что, хотя между Францией и Россией нет официального соглашения о выдаче преступников, французское правительство вряд ли предоставит миллиардеру Березовскому политическое убежище. Газета «Совершенно секретно», которая в течение двух лет публиковала материалы, разоблачающие финансовые махинации олигархов, вышла под шапкой «Розыск Березовского и Смоленского. Кто следующий?»...

— Вот тебе и ответ на вопрос, кто тебя «заказал», — с ухмылкой сказал Саша. — Твои любимые олигархи.

— Да перестань! — отмахнулся я. — Им не до меня, тем более — сейчас. И вообще пошли они... Мы через пару часов встречаемся с продюсером, а у нас сюжетов раз-два и обчелся.

— Я тебе рассказал уже два десятка!

— Ты рассказал всего два десятка. Но из них годятся только два с половиной.

— Минуточку! — Саша стал возмущенно загибать пальцы: — Инвалид-«ветеран» — раз, «Мисс мира» из Екатеринбурга — два, «Мимистка» — три, «Качели» — четыре...

— Стоп! — перебил я. — «Ветеран» и свердловская «Мисс» — да, а все остальное — нет.

— Почему?

— Потому что, как я тебя понял, твой продюсер делает кино о любви у **разных** народов. И следовательно, мы должны ему дать пять серий любви **по-русски,** то есть такой, какой нет ни у кого — ни у греков, ни у американцев, ни даже у поляков. А «Мимистка», «Качели» и все остальное — интернациональные сюжеты. Кроме, конечно, истории про русскую задницу. В общем, гони еще истории.

— Хорошо, сейчас пригоню. Мы приближаемся к моему самому любимому месту на этой земле — к Лазурному берегу. И поскольку я прожил здесь несколько лучших лет своей жизни, эти пейзажи вызывают у меня кое-какие воспоминания.

Слушай...

ЗОЛУШКА — КОРОЛЕВА ЛАЗУРНОГО БЕРЕГА

— Сейчас я расскажу тебе подлинную, но похожую на сказку историю, где я выступил в роли Пигмалиона, а Галатеей была совершенно очаровательная девушка, которую звали Катя, но в фильме мы ее имя заменим.

Итак, однажды летом, проходя по скверику между гостиницей «Украина» и магазином «Сантехника», я заметил на лавочке девушку, которая только что сделала какие-то покупки и вытаскивала их из пакета. Я заинтересовался: что же она рассматривает с таким интересом, чем любуется? А приглядевшись, обнаружил, что это самые обыкновенные дешевые домашние тапочки. Но она смотрела на них так, как Золушка на подаренные феей хрустальные башмачки, и было понятно, что эти тапочки — исполнение ее мечты. А тапочкам была цена три копейки. Но она их разглядывала, изучала, как они сделаны, стучала ноготком по подошве, пробовала на упор, прикладывала к ноге. И мне это показалось так трогательно, что я подошел поближе и обнаружил, что девушка очень симпатичная, хорошо сложена, а на вид от 15 до 20 лет, то есть не очень определенного возраста. Поскольку она сидела, то и рост был тоже неясен. С этого я и решил начать, поскольку при знакомстве с девушкой главное — либо озадачить ее, либо рассмешить, либо сбить с толку первым вопросом. Я спросил:

— Девушка, а какой у вас рост?

Но на этот раз моя тактика меня подвела, девушка подняла на меня гневные глаза и сказала:

— Как вы смеете?!

— Что смею? Что я плохого спросил? — защищался я. — Это же совершенно нормальный и безобидный вопрос!

Она сказала:

— Если бы у меня был нормальный рост, то и вопрос был бы нормальный.

Я говорю:

— А какой же у вас рост?

— А вот такой! — сказала она и встала.

Как впоследствии выяснилось, рост у нее был 186, а лет ей было 16. И училась она в девятом классе общеобразовательной школы. Короче, мы познакомились, и я стал за ней ухаживать, потому что, во-первых, скоро ей должно было исполниться 17 лет и она становилась взрослым человеком. А что касается ее внешних форм, то взрослой она стала давным-давно, это была уже совершенно сложенная женщина ростом выше меня на целых шесть сантиметров, и, кроме того, тип ее женственности был абсолютно зрелый. Бывают женщины, которые до конца своих дней похожи на девочек, а бывают девочки, которые уже в 14—15 лет выглядят как зрелые женщины. Вот она и принадлежала ко второму типу. Хотя и была совершенно юной. Оказалось, что уже в 12—13 лет она была в своей школе выше всех девчонок и мальчишек на целую голову, за что имела десятки прозвищ, среди которых «дылда» и «жердь» были еще самые мягкие. То есть она являлась предметом всеобщих насмешек. Поэтому она горбилась и старалась ходить на полусогнутых ногах — лишь бы снизить свой рост. Но это ни к чему хорошему не приводило, только делало ее еще более неуклюжей. И лишь недавно, буквально за последний год, она стала расцветать и к ее высокому росту добавились совершенно замечательные формы, очень пропорциональные и красивые. Естественно, изменилось и ее лицо, что-то в нем округлилось, утончилось, порозовело и вообще изменилось в лучшую сторону настолько, что все мальчишки, которые еще год назад ухлестывали за ее погодками, вдруг забыли о своих пассиях и теперь ходили за Катей стаями, делали ей комплименты, приглашали ее в театр, в кино, в кафе. Да и взрослые мужчины не пропускали ее на улицах без каких-то знаков внимания — иногда приятных и безобидных, а иногда грубых и назойливых.

Дальше я пропускаю некоторые подробности наших с ней личных отношений, потому что стараюсь сосредоточиться на сюжетах, которые можно использовать для нашего фильма. А интимных подробностей стараюсь избегать, у меня такой принцип: что касается нас двоих, касается только нас двоих. Поэтому я опускаю занавес и не рассказываю о том, что было между нами в течение последующих двух лет. К тому же ничего особенного и не было, вскоре после нашего знакомства я уехал во Францию, причем надолго, и наш роман продолжался только по телефону. Я периодически звонил ей из Парижа, она рассказывала мне о своей жизни, и я не помню, чтобы мы говорили друг другу какие-то нежности. Но когда два года спустя я приехал в Москву и мы встретились, то оказалось, что она относится ко мне так же тепло, как и тогда, когда мы познакомились.

Теперь она работала манекенщицей в Доме моделей, ей было восемнадцать лет без нескольких месяцев, и мне захотелось сделать ей ко дню рождения хороший подарок. Ведь она была из очень и даже очень бедной семьи. А поклонников своих, которые есть у каждой красотки из Дома моделей, она не умела использовать так, чтобы шикарно одеваться, ходить по ресторанам и так далее. То есть она все еще была трогательным полуребенком-полуженщиной, и я сказал:

— Твое 18-летие мы должны встретить в Испании, на берегу Средиземного моря, в каком-нибудь замечательном романтическом месте, между Севильей и Гранадой.

Я назвал эту точку планеты потому, что еще в детстве слышал замечательный романс, в котором «от Севильи до Гранады распевают серенады».

Понятно, что она такой перспективе безумно обрадовалась. Тут можно многое рассказать о мытарствах оформления выезда за границу человека из общества равного распределения убожества, но опустим эти детали. Тем более что Катя была в этих вопросах абсолютно беспомощна, и мне приходилось преодолевать всевозможные сложности, чтобы девушке, которой еще нет 18 лет, оформить выезд. Но самой большой трудностью оказалось не получение заграничного паспорта, а разрешение родителей на загранпоездку. Правда, разрешение мамы она получила легко, там не было проблем, а вот с разрешением отца пришлось помучиться. Дело в том, что, хотя Катя носила фамилию отца, она его никогда в жизни не видела. У него была совершенно другая семья и отдельная жизнь. И вот Катя должна была прийти к этому незнакомому и практически чужому человеку и уговорить его пойти с ней к нотариусу с бумажкой, в которой написано, что он не возражает против ее отъезда за границу. Тут я уже ничем не мог ей помочь, это она должна была сделать сама.

А как она это сделала, я узнал совершенно случайно, когда мы уже ехали по Испании. Это было в машине, когда мы мчались по новой автостраде между Сан-Себастьяном и Мадридом, прорубленной среди гор. Над нами было голубое испанское небо, вокруг нас высились испанские горы с уходящими в небо острыми вершинами, а по испанскому радио вдруг ни с того ни с сего стали передавать русскую церковную музыку. И вот это сочетание автострады, грандиозных гор, тоннелей, сквозь которые мы пролетали, и русской музыки, очевидно, так подействовало на Катю, что она вдруг заплакала. Я спросил: что ты плачешь? И она сказала:

— Я вспомнила, как я брала разрешение отца. Я шла к нему, сжимая в руках эту бумажку, и когда поднималась по лестнице, то просто физически ощущала, что каждая ступенька — это год, который я о нем мечтала.

Я понял, что вся ее жизнь — это была дорога к отцу, которого ей не хватало, которого она всегда любила, но никогда не видела. Она его себе сочинила и подсознательно всегда хотела найти. И наконец появился не только повод прийти к нему, появилась возможность его увидеть, и теперь она шла к нему — вверх по этой лестнице. Конечно, предварительно она ему позвонила, и он знал, кто она такая и зачем придет. То есть не было момента неожиданности, встречи врасплох, и он мог подготовиться к встрече с дочкой, которую тоже не видел столько лет. Тем не менее он встретил ее очень сухо, казенно, по-деловому, спросил чисто формально «как дела?» и «где твоя бумага?». Быстро прошел с ней два квартала до нотариальной конторы, расписался где нужно и сказал Кате: «Пока, я спешу, я занят». Она была потрясена. Она не просила у него алименты, она не рассчитывала на его слезы раскаяния, поцелуи или какие-то подарки, но хотя бы обнять свою дочь, заглянуть ей в глаза, погладить по голове, сказать: «Господи, какая ты большая!»... Нет, ничего этого не было. Только — «привет, пошли, где расписаться? ах, тут! ну, пока, я спешу». То есть отец, о котором она мечтала восемнадцать лет, которого видела в снах и к которому поднималась по этой лестнице всю жизнь, — исчез, убежал, смылся. И видимо, потрясение от этого так глубоко в ней сидело, что даже за пять тысяч километров от Москвы она, вспомнив об этом, не могла сдержать слез...

Но как бы там ни было, она получила разрешение родителей и паспорт, я оформил ей французскую визу. И мы сели в мой любимый «БМВ-525» и отправились из Москвы в наше путешествие через Брест и Берлин, с короткой остановкой в Париже. Там я быстро сделал свои дела, и мы помчались дальше, потому что это было зимой, в начале морозного и ветреного февраля, а мы стремились туда, где тепло, где даже в рождественскую ночь температура не опускается ниже 20 градусов тепла, то есть на южное побережье Испании. Но точного адреса у нас не было, мы не знали, в какой город едем. Я считал, что по дороге от Севильи до Гранады что-нибудь само вынырнет из-за поворота, какой-нибудь сказочный гриновский Зурбаган.

На обед мы остановились где-то в центре Испании, в придорожном ресторане, устроенном в старинной мельнице. Именно с такими мельницами, наверное, воевал Дон Кихот, и, кажется, даже название этого ресторана было то ли «Дон Кихот», то ли «Сервантес». Короче, мы зашли туда и обнаружили, что меню написано только по-испански и никаких признаков других языков, даже английского, нет. Более того, официанты здесь тоже разговаривали только по-испански. Озадаченные этой ситуацией, мы стали разглядывать меню и обсуждать, что же выбрать, и в конце концов сошлись на том, что в каждой категории блюд закажем самое дорогое, потому что это, наверное, самое лучшее. И когда я уже хотел открыть рот, чтобы позвать официанта и ткнуть пальцем на самые крупные цифры в меню, мы вдруг услышали мужской голос, который на чистом русском языке сказал:

— Если вы не возражаете, я могу вам помочь.

Мы обернулись и увидели респектабельного испанского господина, который спросил:

— Вы из России?

— Да.

— О, я очень рад, я тоже родом из России. Я сын испанских эмигрантов, а точнее, испанских детей, вывезенных когда-то Сталиным из воюющей испанской республики. Я родился в Москве и люблю Россию. Знаете, я не советую вам брать самые дорогие блюда. Это для проезжих туристов, которые поступают точно как вы. Между тем в этом ресторанчике есть блюда совершенно уникальные. Я вам советую взять рыбу в соли.

На что Катя фыркнула и сказала:

— Я не люблю соленую рыбу.

— Нет, девушка, — сказал он с улыбкой, — это не соленая рыба, это рыба в соли. Поверьте мне, я отношусь к вам с искренней симпатией, последуйте моим советам.

— Хорошо, — сказал я. — Пусть будет по-вашему.

Действительно, обед был просто фантастический. И какая-то экзотическая закуска, и невероятно вкусный холодный суп «гаспаччо», и эта рыба, которая была совсем несоленой, оказывается, соль использовалась только для того, чтобы пропечь эту рыбу со всех сторон равномерно. И фрукты, которые мы взяли на десерт, и, конечно, вино, которое выбрал нам наш новый испанский знакомый, — все было совершенно замечательным.

Здесь я должен сделать маленькое отступление — буквально в несколько слов. Но если я его не сделаю, я буду не прав. Я объехал много стран и выбрал для жительства Францию, но если спросить у меня, какая страна после Франции самая лучшая на свете, то я, не задумываясь, скажу, что это Испания. И не только потому, что это необыкновенно красивая и огромная страна с разными климатическими зонами, фантастической красоты пейзажами и удивительным переплетением западноевропейской и мавританской культуры. Но и потому, что люди, которые живут в Испании, просто поразительны. Это люди в полном и подлинном смысле этого слова. Это люди открытой и большой души, необыкновенно доброжелательные. Во всяком случае, я был в Испании раз пять или шесть и каждый раз сталкивался со знаками внимания, потрясающими русского человека. Совершенно незнакомые люди, узнав, что я из России, то дарили мне бутылку вина, то давали добрые советы, о которых я их даже не просил. Так же, как и этот человек, с которым мы только что встретились. Мы пригласили его отобедать с нами, но он очень вежливо отказался, сказав, что он пообедает за своим столом, а чай мы выпьем вместе. И я оценил его деликатность. А когда мы уже втроем покончили с десертом, я спросил, куда он советует нам поехать на южном побережье. Он посмотрел на меня даже с некоторым недоумением и сказал:

— Конечно, только в Марбелью.

— А что это такое?

Он говорит:

— Вы не спрашивали меня, что это такое, когда ели блюда, которые я вам посоветовал. Поэтому не спрашивайте и сейчас. Запомните одно слово: Марбелья. Этого достаточно.

Я достал записную книжку и записал. Он говорит:

— В Марбелье, как и на всяком курорте, много гостиниц. Но вы должны остановиться только в одном отеле, который называется «Марбелья-клаб».

Я говорю:

— Почему?

Но он усмехнулся:

— Мы же договорились, что вы не будете задавать вопросы. И еще: у вас есть испанский разговорник?

— Нет.

— А как вы собираетесь общаться?

— Ну, — отвечаю, — на том ломаном английском, которым владею.

Он говорит:

— Понимаете, не все испанцы владеют ломаным английским в такой степени, как вы. Поэтому откройте в своей записной книжке чистую страничку и запишите главные выражения: «Буэнос диас! Буэнос ночес!» — соответственно «Добрый день!» и «Добрый вечер!» «Кисьерамос мэрэндар» — «Нам бы хотелось перекусить». «Грасьяс» — «Спасибо». А если вы будете способны произнести: «Ла куэнте пор фавор» — «Счет, пожалуйста» и сможете соответствовать, то вся Испания будет вам открыта!

И так он продиктовал мне, а я записал русскими буквами самые важные для иностранца испанские фразы, которые включали в себя: «где здесь находится ближайший туалет» и «как пройти к моему отелю». А на отдельной страничке этот милый господин, имени которого я, к сожалению, не запомнил, написал названия самых вкусных испанских блюд, среди которых были «чориса фрита», которую я полюбил совершенно нежно, и «марсилья фрита». Это два сорта жареных испанских колбас, вкусней которых в колбасном мире ничего нет.

Простившись с этим замечательным человеком, мы сели в автомобиль и через сказочный город Толедо, в котором мы остановились на ночь, приехали в Марбелью. Это действительно оказалось лучшее место на берегу, наш знакомый был абсолютно прав. А уж отель, который он нам рекомендовал, оказался действительно самым лучшим отелем, он вообще не был похож ни на один отель, в котором я когда-либо останавливался. Потому что это был не какой-нибудь дворец, дом, или, по вашему, по-американски, «билдинг», а это был райский сад, в котором стояли небольшие уютные бунгало, окруженные цветущими лимонными и апельсиновыми деревьями, пальмами, плодоносящими кустами и невиданными цветами. Среди этих садов были проложены тропинки, по которым бродили павлины, а на ветвях деревьев — хочешь верь, хочешь нет — сидели райские птицы. В общем, это был рай. И этот рай одной стороной примыкал к автомобильной дороге, а другой — к пляжу, что было очень удобно. То есть наш новый друг оказался действительно человеком, замечательно знающим Испанию, но мало того — еще и настолько деликатным, что, прощаясь, он мне сказал:

— Знаете, этот отель, конечно, самый дорогой. Я не знаю ваших финансовых возможностей, но тем не менее советую вам именно его, потому что вам страшно повезло — вы едете в начале февраля и имеете право на большую скидку. Поэтому, если сейчас ваш номер будет стоить 100 долларов, то после 15 февраля, когда начнутся карнавалы, его цена будет 200 или даже 300 долларов, а летом, в курортный сезон, — 1000 долларов. А сейчас вы будете жить в нем всего за сто. Потому что сейчас наши курорты пусты, ведь у нас лютая зима. Хотя для вас, москвичей, это просто жаркое лето...

И все было так, как он сказал. Всего за сто долларов мы сняли лучшее бунгало в раю по имени «Марбелья-клаб», и дальше началась просто сказка. Как раз к тому моменту, когда мы загорели до черноты и осмотрелись вокруг, начались знаменитые испанские карнавалы. И в течение двух недель мы каждый вечер уезжали из нашего отеля и проводили целую ночь то в Малаге, то в Кадисе, то в Севилье, то в Гранаде, то в Ронде, то в Михасе — прекрасных испанских городах, больших и маленьких, где проходили эти невиданные, невероятные ночные карнавалы, описать которые сейчас просто невозможно, им нужно посвятить целый роман. А днем мы просыпались в этом райском саду и в перерывах между карнавалами разъезжали по другим маленьким городкам, посещая ресторанчики и прочие испанские развлечения. В хорошую погоду мы брали лодку и уходили в Атлантический океан рыбачить или заезжали в Сан-Роке, садились на паром, через 20 минут уже были на другой стороне пролива Гибралтар, в Африке, наслаждались арабскими яствами в Сеуте и Танжере и возвращались обратно.

Одним словом, это было совершенно сказочное путешествие, достойное Катиной красоты. А день ее 18-летия мы провели так. Утром поехали в Малагу, где в огромном универмаге Катя выбрала себе подарки — какие-то платья, украшения. Я сказал: выбирай все что угодно. И меня тронуло то, что она выбрала себе вещи красивые, но не безумно дорогие. Что говорит не о моей скупости, а о деликатности наших отношений. Кроме того, именно в этот день и я, и она впервые попали на бой быков. Мы уехали в потрясающий город Ронду, где я впервые увидел это зрелище, описанное лучшими писателями мира. При воспоминании об этом жутком, страшном и прекрасном спектакле, с настоящей кровью и настоящей смертью, я до сих пор испытываю дрожь. А вечером мы пошли в самый лучший марокканский ресторан, который находился неподалеку от нашей гостиницы.

Не нужно объяснять, что в новом платье Катя была первой красавицей среди тех красавиц, которые там присутствовали. А это, надо сказать, шикарный испанский курорт, и туда приезжают очень богатые люди с не самыми, как ты понимаешь, уродливыми женщинами. Особенно приятным был следующий эпизод. Заказывая официанту ужин, я попросил принести нам свечи. Он поставил нам одну. Я попросил восемнадцать. «Зачем?» — спросил официант. Я сказал, что сегодня этой девушке исполняется 18 лет. Даже ты, писатель, не можешь себе вообразить, что произошло дальше! Официант буквально испарился, и через минуту оркестр, прервав свою музыкальную программу, вдруг сделал паузу, его руководитель разразился спичем в честь Кати, а потом музыканты сыграли специальный испанский туш. При этом все посетители ресторана — а это были дамы в красивых платьях и мужчины в смокингах, было видно, что это не последние люди мира, — встали и с бокалами шампанского подошли к этой русской девочке, поздравили ее с днем рождения. У нее на глазах выступили слезы и начали капать, и чем больше капали эти слезы, тем больше шампанского лилось в ее честь. После чего весь вечер был посвящен только ей, в ее честь пели на разных языках, в ее честь исполняли всевозможные песни и танцы, она начала получать со всех столов подарки — дорогое шампанское, цветы, сувениры, а какая-то дама даже подарила ей брошь. Это было невероятно! Катя сидела, не веря своему счастью, и на каждый презент, на каждое поздравление говорила только одно:

— Ну не надо... Ну не надо...

Да, старик, это было потрясающе. А потом, проведя эти сказочные три недели в Испании, мы через Мадрид, Сарагосу и Барселону поехали обратно во Францию. И тут испанская природа сделала нам еще один сюрприз: когда мы пересекали Пиренеи, начался невероятный снегопад, который бывает тут только раз в сто лет. Это было зрелище необыкновенной красоты. Над Пиренеями, над этими легендарными древними вершинами и ущельями, падал какой-то фантастически крупный снег. Он то шел, то прекращался. То все небо чернело от бури, то все вдруг освещалось ослепительным, безумно ярким солнцем, и вершины гор, которые обычно серые и лысые, вдруг от этого небывалого снегопада становились гордыми заснеженными пиками, сияющими, как ледники в Гималаях.

В общем, когда мы въехали во Францию и через Кольюр, Парпиньон и Авиньон вернулись в Париж, то даже эти сказочные городки моей возлюбленной Франции померкли перед красотой, подаренной нам Испанией.

В Париже я стал заниматься своими делами, которые забросил ради путешествия в Марбелью, и предоставил Кате возможность одной гулять по улицам. Но в один прекрасный день я вдруг застал ее опять плачущей. Сначала я объяснил это шоком от встречи с Парижем, который испытывают все женщины мира, вне зависимости от их возраста, гражданства и вероисповедания. Но выяснилось, что история гораздо прозаичней. Оказывается, она позвонила в Москву спросить у мамы, как ее здоровье, а мама сказала: тебя разыскивают, срочно позвони на работу. Катя позвонила в Дом моделей и там выслушала целую бочку прямой русской речи в самых крутых ее оборотах. Потому что, будучи одной из первых красавиц московского Дома моделей, она должна была принимать участие в театрализованном показе мод в день рождения Славы Зайцева, который приходится на 2 марта. А она, мол, такая-сякая, укатила в такой-сякой Париж и срывает, туда ее и сюда, это важное политическое мероприятие. Общеизвестно, что Зайцев, который к своим девушкам относится как отец родной, в разговорах с ними по-отечески пользуется всей палитрой родного языка. И вот она, зареванная, сидела дома и рыдала:

— Я должна немедленно уехать, потому что Вячеслав Михайлович, — а он для нее «Вячеслав Михайлович, бог и гений, хозяин ее жизни», — он меня выгонит.

Я говорю:

— Подожди! Он же подписал тебе отпуск!

— Это не важно. Раз он говорит, что я должна быть второго, то я должна быть. Иначе мне конец.

— А зачем ждать, когда он выгонит? Ты сама уйди.

Она сказала:

— Нет. Если я уйду, он меня сгноит, он меня уничтожит. Мне не жить и не работать в этом бизнесе, потому что в нашем мире он законодатель не только моды, но судьбы и жизни.

Тут я начинаю думать, что бы такое сделать, чтобы эту замечательную девушку оставить в Париже, из которого она так рвется. Потому что Испанию я ей уже показал, а Парижа она еще, честно говоря, не видела. Те несколько самостоятельных прогулок по городу, которые она совершила, это, конечно, Париж для туристов, а не тот настоящий Париж, которыи я ей могу показать. Нужно было придумать что-то неординарное, чтобы Зайцев потом ее не угробил. И тогда мне в голову приходит одна идея, которая любому нормальному человеку может показаться бредом сумасшедшего. Да и мне она поначалу показалась абсурдной, но потом я подумал: что-то в этом есть. А потом размял ее и увидел в этой идее единственный выход из нашей ситуации. Потому что без Кати мне было бы очень грустно в Париже. А идея родилась случайно, родилась потому, что накануне мне позвонил мой парижский приятель Вадим Нечаев, президент Ассоциации русских художников и писателей города Парижа, и сказал:

— Привет, Саша! Приглашаю тебя в «Куполь» на выставку русских художников.

А «Куполь» — это знаменитейший ресторан на Монпарнасе, в котором провели значительную часть своей жизни такие не последние люди, как Сальвадор Дали, Пабло Пикассо, Хаим Сутин, Марк Шагал и другие не менее известные личности. В этом ресторане выставлялись их картины, так что просто зайти в этот ресторан — уже событие, а выставиться в нем, вывесить там свои работы — событие, о котором художники мечтают годами и в большинстве своем умирают без этой чести. Вадик сказал мне, что он пробивал эту выставку десять лет и наконец ему это удалось, да и то лишь потому, что он подружился с какой-то монпарнасской школой французских художников и эти французы пригласили русских художников принять участие в их выставке. И вот, вспомнив об этом, я звоню своему другу Нечаеву и спрашиваю:

— Вадик, помнишь ли ты, что я оказал тебе одну серьезную услугу?

— Еще бы! — говорит Нечаев. — Конечно, помню.

— А помнишь, что ты мне сказал после этого?

— Помню, — он отвечает. — Я сказал, что я твой должник по гроб жизни.

Я говорю:

— Так вот, Вадик, наступило время платить должок.

— В каком смысле?

Я говорю:

— Сколько там русских художников должно быть? На вашей выставке в «Куполе»...

Он говорит:

— Десять.

— А будет одиннадцать.

— Ты что, с ума сошел? — закричал Нечаев. — Да у нас каталог отпечатан! Мы завтра уже картины развешиваем! Там места нет!

Я говорю:

— Вадик, когда ты просил тебя выручить, я же не кричал, что это невозможно и «ты с ума сошел»! А без всяких вопросов сделал то, что и должен был сделать, как друг. А что касается каталога, то мы и без каталога обойдемся.

Объяснив мне, что я выкручиваю ему руки и что я мерзавец, который при любом случае использует своих друзей, он наконец спросил:

— А в чем, собственно, дело?

— Да ни в чем. Повесишь там две картинки.

— Чьи картинки?

— Русского художника.

— Что за художник?

— Вадик, какое тебе дело? Художник будет русский, картинки будут хорошие. Повесишь — и все.

— Но там нет места!

Я опять говорю:

— Вадик, помнишь ли ты, что ты мне обещал?

— Ну, ты меня достал! — сказал Нечаев. — Хорошо, завтра в семь часов вечера чтобы ты был со своими гребаными картинками в «Куполе»!

Разговор наш происходил поздно вечером, и назавтра, в девять утра, подняв Катю, я отвез ее в магазин «BHV», что значит «Базар Отель де Виль», а другими словами — «Рынок городской ратуши», в нем есть все, включая краски, холсты, бумагу, карандаши и окантовку для картин. Я взял пачку бумаги, какие-то краски и две рамы, соответствующие размеру купленной бумаги. Потом мы спустились на другой этаж, и я купил несколько книг художников различных направлений — реалистов, импрессионистов, постимпрессионистов, экспрессионистов и абстракционистов. Все это я притащил домой вместе с недоумевающей Катей и сказал:

— Давным-давно, когда мы только познакомились, ты мне говорила, что не знаешь, кем тебе стать — моделью, баскетболисткой или художницей. Почему моделью и баскетболисткой — понятно. А вот почему ты хотела стать художницей? Ты умеешь рисовать?

Она сказала:

— Я пробовала...

— И что?

— Мне кажется, у меня получалось.

— И что ты рисовала?

— Это в школе было. Один раз я нарисовала принцессу, а второй раз — замок.

— Так, понятно, — говорю я. — Принцесса и замок у нас отпадают. Давай выберем для тебя сюжет. Что тебе больше всего понравилось в Испании? Какое было самое потрясающее впечатление?

— Самое потрясающее, — она отвечала, — это бой быков.

— Отлично! Значит, сюжет у нас уже есть. Осталось нарисовать.

Она сказала:

— А я не помню, как быка рисовать.

— Минуточку, — я говорю, — мы же там фотографировали. Где наши фотки?

Мы достали фотографии, сделанные во время боя быков, я отобрал из них две самые яркие и экспрессивные и говорю:

— Вот твой сюжет. Эта фотография и эта.

— Я попробую, — она сказала. — Только они повторяются.

— Молодец! Ты абсолютно права. Нам не нужны две одинаковые картинки. Давай сделаем вот что. Одна картинка будет у нас из Испании, а другая из Франции. Что тебе в Париже понравилось больше всего?

Она сказала:

— Да я тут ничего не видела.

— Как? Ты же пятый день в Париже! Ты тут гуляла с утра до вечера!

— Ну да, — она сказала. — Я прошлась про трем магазинам и двум улицам, вот и все.

Тут я вспомнил, что разговариваю с русской девушкой, которая только месяц как из Москвы. Я говорю:

— Тогда посмотри за окно. Видишь площадь под нашими окнами.

Она выглянула в окно и сказала:

— Ну, клево! Потрясающе! Как я раньше не видела?

А жили мы в самом центре Парижа, между Шатле и «Ле Алем», и под нашими окнами находилась маленькая квадратная площадь, посреди которой стоит знаменитый Фонтан Невинных. И с высоты пятого этажа эта площадь просто изумительна — в такой серой гамме, с перламутровым цветом окружающих домов, с темной брусчаткой и с черными стволами каштанов без листьев. Действительно, живописно.

Я говорю:

— Значит, так. На одной картинке ты рисуешь бой быков, а на второй — площадь с Фонтаном Невинных.

Она спросила:

— Как? Прямо сейчас?

— Конечно, — я говорю. — Бери бумагу и начинай.

Дальше возник вопрос, в каком стиле рисовать. Я достал книги по живописи и сказал:

— Какие художники тебе нравятся? Смотри, можно рисовать, как рисует Матисс, можно — как Коро, а можно — как Винсент Ван Гог. Видишь, насколько они разные?

И я прочел ей небольшую лекцию по истории живописи, а в конце мы сошлись на стиле Морриса Утрилло, который писал Париж в постимпрессионистской манере. Но первые Катины наброски были мной разорваны и выброшены в корзину, и только после ее слез, обещаний выброситься из окна и запирания в ванной я добился своего — где-то к шести часам вечера мы имели два довольно приличных рисунка, один из которых изображал бой быков, а второй — площадь с фонтаном. С помощью скотча они были вставлены в рамы, и к семи часам вечера мы, переехав на левый берег Сены, оказались в ресторане «Куполь», где происходило развешивание картин. Тут выяснилось, что Нечаев воспринял мою вчерашнюю просьбу как розыгрыш, ему и в голову не приходило, что какой-то наглый художник будет действительно влезать на выставку, где выставлялись лучшие профессионалы. Но самое главное — он меня обманул, сказав прийти к семи часам, в то время как развеска картин началась еще в четыре.

То есть все стены ресторана были уже впритык завешаны картинами, свободных мест не было.

Обнаружив этот обман, я стал требовать сатисфакции. Я грозил, что вызову его на дуэль на вилках для устриц, или на щипцах для разделки крабов, или на том виде оружия, которое он сам выберет. Мы поскандалили, и потом он сказал:

— Черт с тобой! Вешай куда хочешь, если найдешь место.

Я окинул взглядом все стены и увидел в самом центре ресторана небольшую стойку метрдотеля. Это был форпост ресторана, его главная кафедра, Триумфальная арка и Лобное место. Но конечно, метрдотель, стоявший за этой стойкой в позе роденовского памятника Бальзаку, не позволил каким-то художникам даже приблизиться к своему заповедному уголку. Я сказал:

— Катя, за мной!

Мы подошли к этому властителю зала.

— Мсье, — обратился я к нему, — я хочу вам представить известную русскую художницу Катю Иванову, которая участвует в этой выставке...

А надо сказать, что при появлении Кати все мужчины расцветали и, даже когда она уходила, их улыбки продолжали цвести еще несколько часов.

— К сожалению, — я продолжал, — так получилось, что мы опоздали на развеску картин и для нас не осталось места. А это очень обидно, поскольку Катя проделала путь в три тысячи километров и приехала из Москвы специально на выставку в вашем ресторане. Я уж не говорю про то, что она долго собирала материал, готовилась и ждала этого несколько лет...

Тут мэтр, который при одном приближении Кати втянул свой бальзаковский живот и расцвел улыбкой де Фюнеса, сказал, что если он может быть чем-то полезен, то, конечно, весь к нашим услугам. Но какой вы видите выход?

Я говорю:

— Мсье, за вашей спиной есть пустое пространство, и две ее картины — посмотрите на них, это совершенно замечательные картины — они там как раз поместятся и украсят ваш ресторан. Тем более что завтра, когда откроется выставка, Катя, как автор, все время будет стоять при них, то есть как раз рядом с вами.

Он мельком посмотрел на картины, потом еще раз на Катю и сказал:

— Мсье, нет вопросов! Если она будет тут стоять... — и быстро куда-то убежал. Далее потрясенные официанты и еще более потрясенные русские и французские художники увидели, как этот напыщенный метрдотель вернулся с двумя гвоздями и большим молотком и, несмотря на все представления о престиже, стал самолично забивать гвозди в дубовые панели и вешать на них Катины картины. Прямо напротив входа и на самом видном месте, что сразу превращало Катины работы в центральный экспонат всей этой русско-французской выставки.

Конечно, это вызвало полное недоумение французских художников и град чисто русских эпитетов в мой адрес со стороны Вадима Нечаева и его коллег. Но когда развеска была закончена, мы, как это водится во Франции, уселись за столик и, выпив по бокалу «Шабли» за мой счет, стали приятелями. Художники приняли Катю в свою компанию.

Между тем выставка в «Куполе» — это событие. Пригласительные билеты были разосланы знаменитостям, художникам, журналистам газет и телевидения. Назавтра в семь вечера в «Куполе» должен был собраться цвет Парижа.

Но утро следующего дня началось с рева Кати. Она буквально заливалась слезами. Я спросил, почему она плачет, неужели опять из-за какого-то Зайцева? Она сказала: я никуда не пойду. Я говорю: почему?

— А вы видели, в чем были одеты люди в этом ресторане?

Тут следует заметить, что Катя со мной разговаривала исключительно на вы. Я сказал:

— Одеты как одеты, нормально.

Она ответила:

— Нет, люди были одеты не «нормально». Это вам, мужчинам, кажется, что нормально, а мы, женщины, отмечаем, где нормально, а где — как надо. Так вот, у меня такой одежды, чтобы одеться как надо и выглядеть достойно в этом ресторане, нет.

Я говорю:

— А то, что мы купили в Испании?

— Но ведь это летнее, — она сказала.

— А какая разница?

Она сказала:

— Это для вас нет никакой разницы между летним и демисезонным, а я кикиморой выглядеть не хочу.

Короче, вместо того чтобы заниматься своими делами, я пошел с ней в «Форум ле Аль», там мы обошли все бутики и нашли ей потрясающее длинное красивое платье с глубоким декольте. Тут я должен отметить, что при росте 186 бюст у Кати четвертого размера. Что производило потрясающее впечатление не только на французов, но даже на француженок, потому что французы народ малорослый и средний рост их мужчин — 170 сантиметров, а женщины еще ниже. И когда среди них появлялась юная красавица 186 сантиметров ростом, да еще обаятельная, легкая в походке, профессиональная модель с бюстом четвертого размера, они к ней необыкновенно располагались. Даже полицейские. А на разинутые рты пешеходов мы вообще не обращали внимания, это было в порядке вещей. Поэтому я спокойно отнесся к тому, что у витрины магазина, в котором Катя примеряла это замечательное платье и еще дюжину других, сначала остановился один прохожий, потом женщина с собакой, а потом собралась уже небольшая толпа.

Между тем я смотрел на покупку этого платья как на совершенно лишнюю трату. Но тут хозяйка магазина, обрадованная толпой дополнительных посетителей, увидела сомнение на моем лице и сказала, что отдает нам это платье за полцены. Услышав это, я сказал:

— Знаешь что, Катя? В таком случае давай купим тебе и туфли.

Катя от такой новости расцвела, и мы пошли в обувной магазин. При этом я полагал, что девушка такого роста должна выбрать низкие туфли, чтобы не столь чрезмерно выделяться среди низкорослой французской публики. Но жизнь еще раз показала, что я ничего не понимал и до сих пор ничего не понимаю в женщинах вообще и в женской логике в частности. Катя выбрала себе туфли с каблуком 14 сантиметров, таким образом общий рост Кати от уровня моря составил два метра.

Но и это было не все. Когда, изнуренный выбором платья и туфель, я уже собрался пойти домой и отдохнуть, Катя сказала, что я хоть и режиссер, но ничего не понимаю в жизни, потому что теперь ей нужно привести в порядок голову. Я испугался:

— А что у тебя с головой?

Поскольку после всех расходов тратиться еще на французских врачей...

Но Катя сказала:

— С головой у меня пока все в порядке. Но мои волосы — вы разве не видите?

Тут у меня отлегло от сердца, я взял Катины волосы в руки, поднял их и сказал:

— А что твои волосы? Нормальные волосы. Вымоешь шампунем — и порядок.

Этот диалог происходил при выходе из обувного магазина, и, хотя мы говорили на чистом русском языке, одна из продавщиц, поняв, очевидно, по жестам, о чем идет речь, вдруг подошла к нам и дала мне какую-то визитную карточку. Это оказалась карточка парикмахерской в самом центре Парижа, рядом с Елисейскими полями, где цены, как ты понимаешь, такие, что за стоимость одной прически можно купить два «ягуара». Но продавщица сказала, что с Катиной красотой нужно идти только туда, потому что главный дизайнер этой парикмахерской — консультант Голливуда по прическам. Мол, сейчас всюду идет новый голливудский боевик, так он как раз был там дизайнером. И вообще, сказала мне эта продавщица, раз уж вы ходите с такой девушкой, вы должны знать, где ее могут подстричь достойно.

После этого у меня не осталось выбора, и мы поехали на Шанз-Элизе.

Как говорится, любишь кататься, люби и саночки возить. Мы прибыли на Елисейские поля, в салон красоты. Там в Катю тут же вцепились сразу пять парикмахеров. Для начала они устроили часовой консилиум с применением компьютеров, на экранах которых они вращали Катину голову и примеряли на нее различные виды причесок. При этом никто из них не обращался ни ко мне, ни к Кате, никто не интересовался нашим мнением. Они разговаривали между собой, как разговаривают хирурги возле постели пациента накануне операции. В результате консилиума они пришли к какому-то выводу, о котором не сочли нужным даже поставить нас в известность. Они усадили Катю в кресло и начали с ней работать. Работали они два часа тридцать минут. За это время я успел трижды прогуляться по Шанз-Элизе и выпить шесть чашек чая. Каждый раз, когда я возвращался, на меня махали рукой и говорили, чтобы я отвалил как можно дальше и не мешал людям заниматься делом. Надо сказать, что и до этой парикмахерской Катя не ходила абы как, в московском Доме моделей с ней тоже работали дизайнеры, они сделали ей эдакую пышную гриву с начесом под женщину-вамп, что при ее юном и милом личике выглядело очень эффектно. Поэтому я не понимал, что еще такого могут изобрести эти французы, и, честно говоря, слегка побаивался результата. Тем более что когда я пришел принимать работу этих мастеров, они решили продемонстрировать ее цирковым образом — они закрыли Катю занавесом, как Дэвид Копперфильд закрывает своих девочек во время фокусов. Тут я приготовился к самому худшему. И действительно, когда по команде эта простыня была сброшена и я увидел Катю, то в первый момент я испытал недоумение, потом разочарование и лишь минуты через три понял, что они совершили чудо.

Целых три минуты я молчал, глядя на Катю, и все эти художники-дизайнеры наслаждались гаммой чувств, меняющихся на моем лице. А мне тем временем открылось то, что даже я в этой девочке никогда не видел. В Москве дизайнеры Славы Зайцева сделали Катю эффектной, привлекательной, броской, но вместе с тем — из-за этих по-вампирски взбитых волос — слегка грубоватой. А французы превратили Катю в очаровательный и нежный цветок. Они изменили цвет ее волос, они сделали мелирование, то есть каждый волос окрасили в особый цвет. И волосы ее теперь переливались из золотого цвета в пшеничный, а из пшеничного в перламутровый. Это было удивительное сочетание, так переливается небо Парижа, так Рихтер играл Моцарта. И не только я и Катя были в восторге от этой прически, но и сами дизайнеры любовались своей работой, и весь салон сбежался посмотреть на это чудо. Я их поблагодарил и сказал Кате:

— Ну, теперь все в порядке! Пошли, мы уже опаздываем!

И что же? Придя домой, Катя переоделась, удалилась в ванную и провела там еще полтора часа, занимаясь марафетом. Я не понимал, что она может там делать, если ею уже занимались лучшие дизайнеры Парижа! При ее юном, без единой морщинки личике — ну, кинула на себя легкий тон, ну, подправила глаза. Она, кстати, никогда не злоупотребляла косметикой, как многие русские девушки, которые делают себе такой боевой раскрас, что просто оторопь берет. Нет, она пользовалась косметикой очень тонко. И при этом провести в ванной полтора часа — я этого не понимал. Я стучал в ванную, я требовал, чтобы она немедленно вышла, потому что уже семь вечера, мы опаздываем на открытие выставки, а ведь я из-за этой выставки поругался со своим приятелем...

Ничего не помогало!

Катя или не отзывалась, или шипела из-за двери:

— Ну сейчас... Сейчас...

И только когда она вышла, я понял, что мы, мужчины, действительно никогда не поймем суть этих поразительных созданий — женщин. Потому что на лице у Кати не было никакого грима и в то же время она каким-то шестым, неизвестным нам, мужикам, чувством всего за пять дней уловила тот стиль французских женщин, когда на лице как бы ничего нет и в то же время от него нельзя оторваться. Это был высший пилотаж косметики! И ничего ты не можешь заметить — где тени? где тон?

Не надо тебе объяснять, что, конечно, мы опоздали в «Куполь» на два часа. Из-за ее косметики мы выехали из дома после семи, когда по Парижу ездить совершенно невозможно, весь город движется со скоростью метр в час, а нам нужно было проехать по самому центру города мимо Дворца правосудия на Сите, потом перебраться на левый берег Сены, потом двигаться по узкой рю Сен Жак, подняться по бульвару Сен-Мишель наверх, проехать мимо Сорбонны и Люксембургского сада. Когда, преодолев весь этот маршрут, я свернул к Монпарнасу, то уже знал, что мы прибываем к шапочному разбору, что ловить там уже нечего. Но будь что будет! Мы вошли в ресторан. «Куполь» — это огромный, может быть, самый большой ресторан Парижа, с громадным залом человек на пятьсот, и публика там отборная, элита Парижа, которая выпендривается друг перед другом, себя любит больше всего на свете и все остальное человечество не имеет для них никакого значения, потому что Париж — это крыша мира, а они — крыша Парижа, «Куполь», одним словом! Но именно тут и произошло самое невероятное.

Когда мы вошли в зал, там стоял громкий гул, свойственный всем презентациям и выставкам, — выстрелы открывающегося шампанского, какие-то всплески смеха, тосты, звон посуды — то есть все то, что соответствует атмосфере французского ресторана.

И вдруг наступила мертвая тишина.

Ресторан замер.

И я увидел, что все эти пятьсот, а может быть, и больше, людей повернулись в нашу сторону и смотрят на юную двухметроворостую красавицу с роскошным бюстом, в прекрасном длинном платье, с изумительной прической, — смотрят, как на какое-то чудо, которое явилось к ним с неба, с другой планеты.

И в этой тишине Катя с таким неожиданным артистизмом, что даже у меня дух захватило, пошла от главного входа к метрдотелю, к стойке, за которой висели ее картины. А он бросился к нам, расплывшись в улыбке. Катя приветствовала его как старого знакомого. Тут же к нам подбежали журналисты, началось щелканье фотоаппаратов, вспышки, съемки на видео. Какие-то люди стали рвать нас на куски, наводить камеры и задавать Кате вопросы на французском языке, которым она не владеет. Мгновенно рядом с Катей возник Вадим Нечаев, он принялся объяснять прессе, что, как устроитель этой выставки, он рад приветствовать здесь звезду современного русского живописного искусства, новую великую художницу Катю Иванову, которая продолжает в России традиции великих завсегдатаев этого ресторана Пикассо, Шагала и Дали, и в ее лице «Куполь» наконец дождался настоящего художника. А вот, мадам и месье, ее работы! И он широким жестом показал на две картинки, нарисованные вчера утром со слезами и угрозами выброситься в окно.

Восторгу французов не было предела. Крики, шум, поздравления. Снова защелкали вспышки, фотографы стали снимать эти картины, телеоператоры попросили метрдотеля убраться из-за стойки и, поставив Катю рядом с ее картинами, включили камеры. Они снимали с пола, со стульев, чуть ли не с потолка.

Я не знаю, старик, что ты испытываешь, когда после всех трудов и мучений твоя книга выходит в свет. Но когда я вывел в свет эту девочку и весь цвет Парижа охнул и взвизгнул от восторга, я почувствовал себя Творцом.

А когда съемки были закончены, метрдотель сказал мне, что нам заказано лучшее место, и повел нас в центр зала, где был столик на двоих. Но это вызвало неудовольствие Вадима Нечаева и остальных художников, они сказали, что Катя должна быть с ними. Официанты подняли наш столик и, как знамя, через весь ресторан перенесли к русским художникам. Едва мы сели, художники стали наперебой поздравлять Катю, а она быстро все сообразила и стала поздравлять художников, то есть все поздравили друг друга и были страшно довольны. Тут начали подбегать какие-то люди, дергать Катю в разные стороны и говорить ей что-то по-французски. Но Вадим всех их бил по рукам, говорил каждому: отвали, подойди через двадцать минут. Оказалось, что это журналисты. Когда я спросил, откуда они, один сказал: я из «Фигаро», а другой: я из «Монд», а третий — что он из «Франс суар». То есть Вадим гонял людей из самых главных французских газет, одна строчка в которых является пределом мечтаний для любого русского художника.

Можешь представить себе, как прошел этот вечер. Мое любимое «Шабли» лилось рекой. А затем прямо из ресторана мы с Катей, Вадимом и примкнувшей к нему корреспонденткой американского телевидения отправились на Почтамт на рю де Лувр, откуда отбили телеграмму следующего содержания:

МОСКВА, ДОМ МОДЕЛЕЙ, МСЬЕ ВЯЧЕСЛАВУ ЗАЙЦЕВУ.
УВАЖАЕМЫЙ МЭТР! ОБЩЕСТВЕННОСТЬ ПАРИЖА СЕРДЕЧНО ПОЗДРАВЛЯЕТ ВАС С ДНЕМ РОЖДЕНИЯ И С БОЛЬШИМ УСПЕХОМ ВЫСТАВКИ КАРТИН ВАШЕЙ УЧЕНИЦЫ ЕКАТЕРИНЫ ИВАНОВОЙ, КОТОРАЯ ОТКРЫЛАСЬ СЕГОДНЯ НА МОНПАРНАСЕ В ИЗВЕСТНОМ РЕСТОРАНЕ «КУПОЛЬ». ПОДРОБНОСТИ ЧИТАЙТЕ В ЗАВТРАШНИХ ПАРИЖСКИХ ГАЗЕТАХ. ЖЕЛАЕМ УСПЕХОВ В ВАШЕЙ ТВОРЧЕСКОЙ И ПЕДАГОГИЧЕСКОЙ ДЕЯТЕЛЬНОСТИ. ПРИМИТЕ ЗАВЕРЕНИЯ В СОВЕРШЕН-

НЕЙШЕМ К ВАМ ПОЧТЕНИИ. АССОЦИАЦИЯ РУССКИХ ХУДОЖНИКОВ И ПИСАТЕЛЕЙ ПАРИЖА, ПРЕЗИДЕНТ ВАДИМ НЕЧАЕВ

Уже назавтра Катины подруги доложили ей из Москвы, что в Доме моделей эта телеграмма произвела фурор. Зайцев предъявлял ее как доказательство своей славы в столице мировой моды. Катя была спасена от увольнения за прогул.

Но это еще не конец. Самым интересным в этой истории оказалось ее продолжение. Дело в том, что эта выставка висела в ресторане еще несколько дней, как выставка-продажа, и за две Катиных картинки было в первый же день предложено: за «Бой быков» — 10 тысяч франков, а за «Фонтан Невинных» — 12 тысяч. Какая-то часть этой суммы должна была уйти устроителям выставки, но, в общем, это был вполне приличный заработок для одного дня работы. Правда, через день позвонил Нечаев и выяснилось, что и это не предел, что после статей в газетах стоимость картин повысилась, люди оставляют в ресторане свои визитные карточки с ценой, которую они предлагают. Мы запретили вывешивать на картинах табличку «Продано», и так прошло еще несколько дней, цена картин каждый день росла на 2—3 тысячи франков. Вадим, трепеща, подсчитывал свою долю, которая уже окупала аренду ресторана, и говорил мне с восторгом и уважением: «Ну ты дал!»...

Но когда мы решили, что все, важно не передержать картины и вовремя их продать, у меня дома вдруг раздался звонок из Москвы. Звонил мой приятель, президент Международной федерации художников Эдуард Дробицкий. В свойственной ему грубоватой и прямолинейной манере он сказал:

— Саш, здорово! Ты чего, в Париже, что ли? Это хорошо. В общем, так. Через неделю откроется наша выставка на Лазурном берегу, там есть какая-то гостиница, название не помню, но такое румынское...

Я осторожно спросил:

— «Негреско»?

— О, точно! — он говорит. — Это что за гостиница?

Я говорю:

— Ну как бы тебе объяснить, старик? Эта гостиница является самой дорогой и самой роскошной гостиницей Лазурного берега, включая Монако. А может быть, и самой дорогой в мире.

На что он говорит:

— Ну, тогда нормально. Понимаешь, 25 лет, со времен «бульдозерной выставки», мы, русские художники андеграунда, пробивали себе путь к признанию в Западной Европе. И наконец добились своего. Сейчас наши самые знаменитые художники — Рабин, Целков, Биленок и я с Ириной Горской — приезжаем на Лазурный берег и устраиваем выставку в этом отеле. Поэтому ты встречаешь нас в Ницце и покажешь нам этот берег, чего там на нем лазурного.

Я говорю:

— Понимаешь, Эдик, ты позвонил не вовремя. У меня тут совершенно неотложные дела, я не собираюсь ехать на Лазурный берег.

Этим сообщением твой тезка и замечательный художник Дробицкий был совершенно потрясен. Будучи родом из кубанских казаков, он не понимает ни притворства, ни мелких хитростей. Он рубит напрямую:

— То есть как? Ты чо, Саш, не врубаешься? В кои-то веки я еду на Лазурный берег, и что? Я там выйду на станции Ницца и, как последний совок, не буду знать, в какой стороне море? Так, что ли?

Я говорю:

— Но у вас же официальная делегация. У вас будет гид, вас встретят, все покажут.

— Это не факт. Там сейчас происходит международный рынок по продаже земли и недвижимости разных столиц, и туда едет все московское правительство. А под это дело решили везти и культурную программу, вот нас в нее и включили. Как называется отель? «Негреска»? Это маленькая негритянка, что ли? Нет? Но отель-то хороший? Там хоть картины можно повесить?

Я говорю:

— Понимаешь, старик, там вообще-то картины уже висят.

— А чего там висит?

— Ты сам увидишь, что там висит, когда приедешь.

— А освещение там какое?

— Ну, там есть люстра в центральном зале.

— Всего одна люстра? Одна — это мало. Нас пять художников, везем каждый по нескольку работ. Люстра небось тусклая?

Я говорю:

— Понимаешь, какая штука... Ее Николай Второй заказал для Зимнего дворца, для своего Тронного зала, но тут грянула революция, и он не смог ее оплатить. Поэтому люстру выкупил отель «Негреско» и повесил в этом зале.

— Да? А большая люстра?

— Не очень, Эдик. Метра три в диаметре.

— А, ну тогда ладно. Так что, ты настроился?

И хотя я люблю Дробицкого и считаю, что провести время в его обществе, да еще с другими знаменитыми художниками огромное удовольствие, я говорю:

— Эдик, я же тебе сказал, что я занят.

— Старик, это не по-человечески. Если ты меня не встретишь в Ницце, я обижусь, ты меня знаешь.

Но я гну свое:

— Эдик, мне, конечно, приятно тебя прогулять по Лазурному берегу, но я не могу здесь все бросить. Я на этом и деньги потеряю, и какие-то контакты. Чтобы я туда поехал, у меня должен быть стимул.

— Какой тебе еще стимул? Что я тебе — заплатить должен?

Я говорю:

— Что за ерунда? Мы же друзья. У вас сколько художников?

— Пять.

— Давай сделаем так: давай еще одного художника включим с двумя работами.

— Саш, ты вообще в своем уме? Ты слышал, кто там выставляется? Ты воображаешь уровень художников?! Это люди, которые всей своей жизнью выстрадали эту выставку! А ты мне говоришь про какого-то художника. Что за художник? Хотел бы я знать фамилию, которая может стоять рядом с этими художниками! Кто такой?

Я говорю:

— Это не художник, это художница.

— Какая еще художница? Что ты мне голову морочишь?

— Ты ее не знаешь.

— А работы у нее говно?

— Нет, работы имеют огромный успех в Париже на выставке в ресторане «Куполь», где, между прочим, выставлялся Пикассо. Я тебе притащу кучу вырезок из «Фигаро», «Франс суар» и других изданий, чтобы ты убедился, что это совершенно несказанный талант.

На том конце провода раздался скрип, он говорит:

— Ладно, приеду посмотрю. Может быть, одну работку поставлю, если она достойная. Только без всякого каталога, без афиши. Просто будет сбоку стоять на мольбертике одна работа. Художница эта вообще жива?

Я говорю:

— Пока да.

— Но ее хоть можно людям показать? Ты же понимаешь, там будет открытие и банкет, приедет Лужков с Церетели. Мы не можем включать в нашу компанию какую-нибудь корову. Работку, может, и покажем, а людей надо тщательно отбирать.

— Я постараюсь, Эдик. Какого числа ваша выставка?

— Через неделю.

— Хорошо, через неделю встречаемся в Ницце.

Я повесил трубку, и мы с Катей помчались в «Куполь» забирать картины. И обнаружили совершенно неожиданное препятствие. Мой друг и устроитель выставки Вадим Нечаев категорически отказался их отдавать, потому что он уже договорился об их продаже, причем одну за 20 тысяч франков, а другую за 18, что в переводе на ваши зеленые составляет общую сумму в 7 тысяч долларов. Совсем неплохие деньги за две почеркушки. А доля Нечаева была 30 процентов. И ему нужно было платить за банкет, за аренду зала и так далее. Он мне устроил дикий скандал — мол, если хочешь забрать картины, гони двенадцать тысяч франков за участие в выставке и упущенную выгоду. Я говорю:

— Да ты вообще не хотел их брать на выставку! Ты говорил, что их никто и смотреть не будет!

— Мало ли что я говорил!..

В результате долгих торгов мы сошлись на том, что Катю принимают в члены Ассоциации русских художников и писателей Парижа, в связи с чем ей выдают соответствующий билет с фотографией, и одна картина уходит за 20 тысяч франков, из которых мы получаем 14 тысяч. А вторая картина остается нам, потому что мы едем на выставку на Лазурном берегу. Узнав про выставку в «Негреско», Нечаев вообще открыл рот и долго не мог его закрыть. И когда мы уходили, неся под мышкой картинку «Бой быков в Испании», я снова услышал вслед: «Ну, ты дал!..»

А мы сели в автомобиль и поехали на Лазурный берег, к теплу и солнцу. Там мы встретили Эдуарда Дробицкого и всю его русскую компанию. Я честно выполнил свое обещание и выкатил им полную программу: отвез в ресторан «Мер Жермен», самый лучший ресторан в Вильфранше, и в «Кафе де Туран» в Ницце на площади Гарибальди. Ребята были довольны, никто не ворчал, что они никому не известную девочку с ее картинкой пустили наравне с собой в «Негреско».

Тут надо рассказать, что собой представляет этот отель. Ты его скоро увидишь, поскольку мы как раз туда и едем, а пока поверь мне на слово: если уж мэры городов всего Лазурного берега выбрали его для своей встречи, то это не самая последняя гостиница в мире. Это очень красивое здание, выходящее на Променад-дез-Англе, то есть на главную набережную в Ницце. А главным украшением гостиницы является огромный круглый зал со стенами из красного бархата, с мраморными колоннами, с красивейшим ковром в центре зала, с великолепной люстрой, по случайности не попавшей в Зимний дворец. Так вот, между колоннами были поставлены мольберты с работами наших лучших художников, а в одном уголке притулилась скромная работа Кати. На банкет и выставку были приглашены следующие товарищи: с русской стороны — делегация московского правительства, а с французской стороны — мэры Ниццы, Канн, Антиба, Сен-Рафаэля, Сен-Тропеза, Ментона, премьер-министр Монако и другие хозяева Лазурного берега. Кроме того, собрался бомонд, поскольку началась весна и все звезды парижского бомонда уже были в Ницце.

Короче, когда мы, уже наученные «купольским» опытом, с некоторым нарочитым опозданием приехали на открытие выставки, «Негреско» гудел как улей и килограммовые бриллианты на шеях у дам сверкали, как фары «роллс-ройсов» и «бентли», на которых они подкатывали к отелю. Мы тоже подкатили к главному входу, я бросил ключи от машины подбежавшему портье, и по мраморной лестнице мы поднялись в зал. Конечно, эффект от появления Кати был приблизительно такой же, как в ресторане «Куполь». Но публика здесь была классом выше, и журналисты знали свое место, поэтому той свалки, какая была в «Куполе», все-таки не произошло, и я был несколько разочарован. Однако спустя две минуты к нам подошла какая-то очень пожилая дама и стала делать Кате комплименты, а я сказал ей в ответ, что эта девушка — художница и мы идем к ее работе, не хотите ли посмотреть? Тут старушка всплеснула руками и громко, на весь зал, сказала: «Мой Бог, она еще и художница!» Оказалось, что это ни больше ни меньше как сама хозяйка «Негреско». Не нужно объяснять, что вся толпа тут же повалила к мольберту с маленькой Катиной картинкой «Бой быков в Испании» и стала громко обсуждать это бессмертное произведение. Со всех сторон посыпались поздравления, и, естественно, вездесущие корреспонденты тут же начали это снимать. Потом какие-то люди стали наперебой фотографироваться с Катей на фоне средневекового камина, а стоящая рядом со мной русская переводчица восклицала: «Ой, блин, это ж мэр Канн! Ой, блин, это ж мэр Ниццы!»

Русская делегация, как обычно, слегка опаздывала, но когда она появилась, то, конечно, не надо объяснять, кто стал центром ее внимания. Не называя фамилий, скажу, что я был свидетелем небольшой стычки двух приближенных к Лужкову руководителей Москвы, которые пикировались друг с другом: «Я к ней первый подошел!», «Нет, я первый!»

Французы между тем тоже не терялись, они — через переводчиков — наперебой предлагали Кате «постоянную прописку» на Лазурном берегу — кто в Ницце, кто в Каннах, а кто говорил, что у него есть свободная башня в Антибе, прекрасная и нисколько не хуже, чем та, в которой творил Пикассо. На что представитель московской мэрии громко сказал:

— Зачем вы смущаете юную душу? Она же патриотка России! У нас на Кутузовском проспекте стоит прекрасная трехкомнатная квартира, а наверху мастерская с плафоном, это как раз для нее.

Забегая несколько вперед, хочу сказать, что, конечно, нужно было брать башню в Антибе. Потому что, когда Катя вернулась в Москву и у нее возникла проблема с жильем, оказалось, что не то что получить квартиру на Кутузовском проспекте, а просто дозвониться до этих господ из московской мэрии, которые так галантно вели себя на Лазурном берегу, было совершенно невозможно.

Но в тот вечер мы не думали о будущем, то был один из самых счастливых дней в жизни этой 18-летней девочки. Я думаю, он был не хуже, чем ее день рождения в Испании или дебют в качестве художницы в ресторане «Куполь». Я отметил, что когда она уходила из этого зала, то в отличие от своего первого бала в Испании, где она плакала и говорила «Ну не надо... Ну не надо...», она уже шла с гордо поднятой головой, поглядывала на всех свысока, знала себе цену и цену всем этим крутящимся вокруг нее мэрам самых знаменитых городов мира.

А что касается меня, то я не хочу ни приуменьшать, ни преувеличивать свою роль в этом крутом восхождении простой русской девочки в королевы Лазурного берега. Да, я подобрал на Кутузовском проспекте русскую Золушку ростом 186 см, которая разглядывала свои новые трехкопеечные тапочки с таким восторгом, как Золушка — полученные от феи хрустальные башмачки. Да, я привез ее во Францию, приодел, причесал, прочел ей лекцию по истории живописи и другим предметам. Но нельзя сказать, что весь ее взлет произошел только благодаря моим возможностям. Если бы в ней не было необыкновенного обаяния, то и не было бы этой истории. Если бы не было способностей к рисованию, то, наверное, при всех моих возможностях и стараниях, даже если бы я встал на уши, я все равно не смог бы сделать из нее художника. Но так удачно сложились обстоятельства, что на один вечер она стала королевой, и в этом ей помогли я и Лазурный берег.

* * *

С этими словами Стефанович, продолжая вести машину, посмотрел через плечо.

— Может, тормознем и перекусим?

Поскольку руль своего бесценного «БМВ» он мне не доверял, несмотря на мой тридцатилетний шоферской стаж, мне в этом путешествии была отведена роль пассажира и дозорного по заправкам. Но тут я повременил с выбором остановки, я сказал:

— Минутку, это же не конец истории.

— Это конец, — произнес он.

— Ничего подобного. Ты упоминал, что в Москве вы пытались дозвониться в мэрию каким-то чинам, которые обещали Кате квартиру...

— Ну, это уже не интересно. К нашему фильму это не имеет отношения.

— Мсье, — сказал я официально, — давайте раз и навсегда договоримся так. Пока создается сценарий, я решаю, что интересно и что не интересно. А когда будут съемки, приоритет перейдет к режиссеру, то есть к тебе. Гони финал истории.

— Финал ты придумаешь, — отмахнулся Стефанович, — тебе за это деньги платят.

— Пока что мне не заплатили ни сантима. Это во-первых. А во-вторых, жизнь придумывает лучше любого сценариста, ты же знаешь.

— На этот раз жизнь ничего хорошего не придумала...

— Саша, мы уже проехали Савойю, до Ниццы всего сто километров! Ты долго будешь меня мурыжить? Гони финал истории!

— Я не помню тебя во ВГИКе таким настырным. Ты был рыжий и скромный.

— Спасибо. Ну!

— Эдик, посмотри вперед. Если кто-то хочет нас убить, это лучшее место.

Дорога действительно запетляла в горах и то и дело стала нырять в узкие туннели. К ней снова подступили Альпы, с которых ночью, в грозу, мы спустились в Италию. Здесь они вплотную подошли к Средиземному морю, защищая Лазурный берег от северных ветров. Но хотя бы раз в столетие какой-нибудь циклон прорывается и сюда, словно Суворов через Альпы, и, похоже, мы угодили именно в эту ситуацию — погода опять испортилась, с севера наползли облака и озера тумана. Саша заставил меня пристегнуться ремнем, которым я не пользуюсь в США даже под угрозой стодолларового штрафа. А он сказал:

— Знаешь, у меня есть правило, которое стало привычкой. Каждый раз, когда я, уезжая за бугор, пересекаю границу моей горячо любимой Родины, я произношу слова Лермонтова: «Прощай, немытая Россия!» А когда подъезжаю к границе Франции, то говорю: «Вив ля Франс!» Это была первая французская фраза, которую я выучил. Сейчас будет щит с надписью «Франция», и ты скажешь «Вив ля Франс!» вместе со мной.

— Не морочь голову.

Через минуту справа от нас, при въезде в очередной туннель, появился щит с надписью «FRANCE 1 km», и Саша, съехав к обочине, остановил машину. Я удивился:

— В чем дело?

— Я жду, когда ты скажешь «Вив ля Франс!».

— Блин! Ну погоди — ты приедешь в Америку!

— В Америку я не собираюсь, а Франция перед нами. Вив ля Франс! Повтори.

Я принужденно выдавил:

— Вив ля Франс.

— Мерси, мсье, — сказал он. — Между прочим, ты умеешь читать знаки судьбы?

— Читать умею. А вот понимать — нет, — признался я.

— Я тоже. Хотя каждый раз, когда приезжаю во Францию, вспоминаю один эпизод. А точнее, два. Послушай. Клянусь, все, что я расскажу, — чистая правда. Дело было двадцать с чем-то лет назад, я только что женился на актрисе Наташе Богуновой, у нас еще продолжался медовый месяц. Ты застал Наташу во ВГИКе?

— Конечно. Маленькая зеленоглазая блондинка с персиковой кожей и походкой балерины.

— Правильно. Она поступила на актерский после Вагановского балетного училища. Так вот, свадьбу мы сыграли в Ленинграде, в ресторане «Европа», а потом перешли к культурным мероприятиям, я повел ее в Эрмитаж. И там произошло два события, одно из которых просто уникально, а второе символично для всей моей жизни. Представь, мы заходим в зал, где висит главный шедевр Эрмитажа — «Мадонна Литта» Леонардо да Винчи. Это как «Джоконда» для Лувра. Круче ничего нет, цена этой картины не измеряется никакими деньгами. Стоим, смотрим. И в этот момент в зал входят какие-то музейные работники в синих халатах, подходят к «Мадонне», отключают сигнализацию и начинают открывать стеклянный стеллаж, в котором она находится. Очевидно, они забирали эту работу на фотографирование или реставрацию. И вот они открывают пуленепробиваемое стекло, и вдруг картина, а она написана на доске, отклоняется от стены, плашмя летит с высоты полутора метров на пол и падает с эдаким громовым гулом — масляным слоем вниз.

Б-бу-ух!!!

Надо было видеть лица этих музейных работников! Они не могли двинуться с места минуты три. Они боялись прикоснуться к обломкам этой расколотой, как им представлялось, картины. Они не дышали и не произносили ни звука. И только один из них, высокий, моего роста, который был почему-то в кепке, все время шептал:

— Я работаю в Эрмитаже 15 лет... Я работаю в Эрмитаже 15 лет...

Очевидно, у него это был единственный аргумент, чтобы его не посадили в тюрьму, не убили, не растерзали.

Дальше произошло следующее. Он опустился на колени и аккуратно, двумя пальцами за углы, взял эту доску, поднял и перевернул. Когда он ее перевернул, раздался громкий, на весь зал, вздох облегчения, она не раскололась. Хотя какие-то маленькие крошки краски с картины отпали. Он вытащил из кармана записную книжку, вырвал из нее страничку и стал собирать в эту бумажку крошки краски с паркета. Каждую крошку он чуть придавливал пальцем, она прилипала, и он стряхивал ее на бумажку. Затем, когда он рукой собрал все, он свернул эту бумажку конвертиком, спрятал в карман, вырвал из записной книжки еще один листок и собрал на него всю пыль, которая была на полу в том месте, куда упала картина. Эту бумажку он тоже завернул, спрятал, а потом, все еще стоя на коленях, выпрямился, посмотрел на «Мадонну», которую держали его коллеги, снял с головы кепку и стал вытирать ею пот на шее и на лице.

Но мы с Наташей и все остальные сотрудники музея, которые там были, смотрели не на «Мадонну», а на голову этого человека. Она была абсолютно белая, белей, чем твоя. И по тому, как эти люди смотрели на его седину, мы с Наташей поняли, что еще пять минут назад, до падения «Мадонны», этот человек седым не был.

Но этот человек еще не знал, что он поседел. Он надел кепку, поднялся с колен, взял картину и, бережно прижав ее к груди, понес из зала. А следом пошли его сотрудники, посмотрев на нас косо и очень странно. Потому что, кроме нас, никто этого страшного эпизода не видел. Мы стояли вдвоем в этом зале...

— Саша, — заметил я, — я не вижу тут никакой мистики. Просто при твоем появлении пала ниц даже Мадонна Литта...

— Не кощунствуй! Это только начало. Дальше произошло нечто совершенно уникальное. Мы поднялись на третий этаж, где находятся импрессионисты, и стали гулять по залам. Там, если ты помнишь, есть залы Клода Моне, Ван Гога, Сезанна, Гогена. И там же стоят скульптуры Родена. А Матисс даже не в зале висит, а над лестницей. То есть там весь этаж французский. И залы не очень большие, на один-два зала одна смотрительница-старушка сидит в кресле. И вот мы с Наташей стоим в зале Клода Моне вдвоем, влюбленные мальчик и девочка, держимся за руки, у нас медовый месяц. Смотрим картины. Сзади раздаются какие-то приглушенные шаги. Мы не обращаем на это никакого внимания, продолжаем смотреть живопись. Судя по шагам, какие-то люди зашли в зал и вышли. Но потом раздались уже громкие шаги, целая группа людей зашла в наш зал. А нам и это до фени, мы — юные и влюбленные ценители искусства. Но когда я все-таки оборачиваюсь, то вижу какую-то ужасно знакомую рожу и не могу понять, кто это такой. А он мне улыбается. Вернее, улыбается не столько мне, сколько нам, такой красивой влюбленной паре, которая стоит перед прекрасной картиной. И с ним еще каких-то четыре человека. И так, продолжая улыбаться нам, он что-то говорит своим спутникам, и те, глядя на нас, тоже улыбаются. И я скорее догадался, чем понял из его французского журчания, что он сказал: «Какая милая пара...»

И тут до меня дошло, где я его видел. В газете! Это был президент Франции Жорж Помпиду, который находился с визитом в Ленинграде. Я наклоняюсь к Наташе и говорю:

— Это Помпиду.

Она говорит:

— Кто?

Я говорю:

— Президент Франции.

Он слышит, потому что зал маленький. И улыбается — мол, узнали, да, я действительно Помпиду. Кивнул нам на прощание и вышел.

И в течение всей остальной жизни я думал о том, какой же я идиот! Я же знал два-три английских слова! Я бы мог сказать: «Мсье президент, я русский режиссер, а это моя жена — известная актриса. У нас свадьба, медовый месяц. Какие у вас мысли по этому поводу?»

— И что бы он, по-твоему, сделал? — спросил я.

— Он бы сказал: «Друзья, вы мне так понравились, что я хочу сделать вам подарок. Я дарю вам поездку на медовый месяц во Францию». Ну что ему стоило! И я бы попал в Париж и сказал «Вив ля Франс» не в 1988 году, а в 1968-м. То есть ровно на двадцать лет раньше. А я вместо этого все двадцать лет повторял песню Высоцкого про алкоголика, который «глядь в телевизор раз или два, а там французский их глава. Взял я, поправил ногой табурет и оказался с главой тет-а-тет». Это было просто про меня. А ты говоришь, что судьба не дает нам знаков. А судьба — она женского рода, и нужно уметь быстро понимать ее сигналы. Сразу — пока она милостива и дает тебе шанс...

С этими словами Стефанович свернул с дороги на площадку отдыха, выключил двигатель, потянул за ручку под своим сиденьем, до отказа откинул его спинку, вытянулся и закрыл глаза.

— В чем дело? — спросил я.

— Я должен поспать. Разбуди меня через десять минут.

Пришлось выйти из машины, причем я тут же и пожалел об этом. Во-первых, снаружи оказалось куда холодней и ветреней, чем это виделось изнутри. А во-вторых — и это главное, тут же исчезло ощущение хоть какой-то укрытости и безопасности, которую давал, оказывается, «БМВ». Хотя его кузов сделан, конечно, не из броневой стали, но даже и этот тонкий панцирь имел, как выяснилось, большое значение. К тому же мы там были вдвоем. А теперь я один торчал на виду у дороги — чудная мишень, просто заяц в тире. И совершенно рядом туннель, эдакая дыра в скале, откуда с пушечным выхлопом выскакивали машины и траки и тут же уносились в другую скальную дыру, просвистев мимо меня словно военные истребители — так резонировал в горах шум их колес и двигателей.

Но не идти же назад, в машину! Стефановичу и в самом деле нужно поспать, и не десять минут, а хотя бы час.

Мы прикатили в Милан в два часа ночи и при полном отсутствии полиции или хоть какого-нибудь цивилизованного носителя информации еще минут сорок катались под мелким дождем по его пустым и темным кольцевым бульварам от одной проститутки к другой, чтобы узнать у них, как проехать по адресу, который продиктовал мне Ростропович. Проституток мы встретили штук шесть, при виде нашего «БМВ» они, конечно, делали стойку, выскакивали к нам из-под козырьков трамвайных или автобусных остановок и, профессионально оттопыривая попки, склонялись к окну машины. Но никто из этих синьорин не говорил ни по-английски, ни по-французски, ни даже, кажется, по-итальянски. «Румынки!» — заключил Стефанович, спросил у них интернациональное «Гранде Централе», и мы, больше ориентируясь по карте, чем по разноречивым указаниям проституток, покатили в направлении железнодорожного вокзала. Оказалось, что в три часа ночи и вокзал закрыт, перед его запертыми дверьми спали на асфальте какие-то арабы и прочие европейские бомжи такой выразительной внешности, что обращаться к ним с вопросом было небезопасно. Полиции тоже не было. Стефанович затормозил у такси, спугнув двух педерастов, которые, похоже, уговаривали шофера разрешить им уединиться в кабине его машины. Глянув на адрес в моем блокноте, таксист сказал, что это будет стоить десять долларов, и Стефанович сказал ему «O'key, let's go», знаками объяснив, что мы поедем за ним. В три тридцать мы нашли наконец резиденцию Ростроповича, а в три сорок пять таксист показал нам ближайший отель «Президент», где самый дешевый двухместный номер стоил 240 долларов. Но уже не было никаких сил искать что-то еще, до визита к маэстро оставалось ровно четыре часа, а до этого еще нужно было где-то купить цветы... В четыре ноль-ноль мы упали в койки, а в пять за окнами раздался вой полицейских сирен, и я, дитя Второй мировой войны, спросонок решил, что это воздушная тревога по случаю соседней войны в Югославии. Зачумленно вскочив с кровати, я подбежал

316

к окну, ища в небе военные самолеты, но оказалось, что это доблестная итальянская полиция мчалась по миланским улицам, сообщая жителям, что вновь контролирует правопорядок в городе. В шесть загрохотал трамвай, в семь — будильник. За 240 долларов можно было найти ночлег и потише даже на территории Косово, и будь я на месте Стефановича, я бы проспал сейчас часа три, не обращая внимания ни на рев машины, ни на начавшуюся грозу.

Но ровно через десять минут он встряхнулся, выпрямил спинку своего сиденья и выкатил машину на шоссе. Набирая скорость, мы въехали в туннель и через двести метров выехали из него уже во Франции. Там сиротливо торчали пустые будки бывшего пограничного поста, в них не было ни души, и мы проскочили этот пост, даже не сбавив скорость. Я вспомнил, как ровно двадцать пять лет назад в Паневежисе Донатас Банионис говорил мне в три часа утра, когда мы в честь знакомства допивали третью бутылку коньяка: «Кто придумал границы, пограничников, колючую проволоку? По какому праву один человек может запретить другому человеку поехать в Японию, во Францию, в Африку? Мы родились на Земле, и она вся наша — как можно отнять у людей право посмотреть ее всю? А тут какие-то солдаты стоят на границе и говорят мне, что туда нельзя и сюда нельзя...»

— Знаешь, Саша, здесь, пожалуй, Европа обошла Новый Свет, — признал я. — Мы въехали ночью в Италию, теперь выезжаем из нее во Францию и — ни таможни, ни паспортного контроля! А у нас на границе США и Канады все-таки стоят пограничницы. Паспорта не проверяют, но спрашивают: «Where are you going? Куда ты едешь?»

— То-то же! — польщенно сказал Саша. — Да здравствует Франция! А вообще ты представляешь, что такое влюбиться в совершенно чужую страну, языка которой не знаешь, где ты не ходил в детский сад, не пел «На просторах Родины чудесной» и не целовался с девочками в девятом классе? Ведь это даже не то, что влюбиться в чужую жену или девушку. В конце концов, самую безумную влюбленность в женщину можно перебить влюбленностью в другую, еще более прекрасную женщину. И от самой замечательной жены нередко уходят к более молодой и соблазнительной. Но тот, кто однажды полюбил Францию, не уходит от нее никогда! Нет в истории примеров французских перебежчиков! А вот в обратную сторону, то есть людей, переселившихся во Францию, — гигантское количество! Причем — каких людей! Твой друг Ростропович, который припеваючи жил в США и может вообще припеваючи жить в любой стране мира, в конце концов все-таки поселился в Париже. И разве он один? В Париже живет несметное количество всемирно знаменитых иностранцев. А русских вообще пруд пруди! Так что же такое Франция? Я хотел бы сделать о ней фильм, но так, чтобы зрители полюбили ее моей любовью.

— Это очень просто, — сказал я. — Помнишь, в фильме «Кабаре» конферансье выходит на сцену с обезьяной и поет: «Да, моя возлюбленная волосата, у нее кривые ноги, у нее руки до пола, но если бы видели ее моими глазами...»

Чудовищной силы удар бросил меня вперед, и только ремень безопасности спас мою голову от лобового стекла. Затем, откинувшись спиной к сиденью, я очумело посмотрел по сторонам. Новое покушение? Но вокруг было совершенно пусто, никаких грузовиков, и вообще мы были одни на дороге. Так какого же черта он ударил по тормозам?

Я изумленно повернулся к Стефановичу.

— Не сметь! — сказал он, и глаза его из голубых стали серыми. — Не смей ни под каким видом! Я запрещаю тебе глумиться над Францией! Если ты еще раз позволишь себе такие сравнения...

Я оттянул ремень, передавивший мне горло, выдохнул воздух и произнес с некоторым трудом:

— Саша, блин! Если ты еще раз ударишь по тормозам, ты будешь делать кино без меня. Более того: в своем завещании я укажу, что в моей смерти виноват Александр Стефанович, и миллионы моих российских читательниц тебя просто растерзают. Причем не в постели, учти!

С полминуты Саша молча вел машину, взвешивая реальность моей угрозы. Потом сказал примирительно:

— Хорошо. Но не трогай Францию. Я же не оскорбляю твою Америку.

— Ты делаешь это на каждом шагу, но не в этом суть. Ты постоянно перебиваешь меня, не дослушав. А я старше тебя на шесть лет. К тому же я всего лишь хотел сказать, что зрители должны увидеть Францию твоими глазами русского автомобилиста. Ты же изъездил ее вдоль и поперек. Вот и сделай кинопутешествие по Франции — *глазами русского поклонника*. Покажи рестораны, где ты бывал со своими замечательными девушками, вина и блюда, приятные русскому вкусу. И поскольку это будет снято в движении, на проездах, то зритель проглотит любой закадровый текст. Например, ты говоришь: «Так что же такое Франция?» — и делаешь эдакий наезд на Европу из космоса при первых лучах рассвета, когда твоя возлюбленная страна просыпается после ночи любви. Какой ты ее видишь?

— Понимаешь, Эдик, — сказал Саша, — у меня вообще представление о мире пластическое. Каждое явление или место имеет в моем компьютере под волосами свою картинку, которая говорит мне больше, чем мысль, облеченная в слова. Слово «Россия» вызывает из моей памяти такую картину. Прекрасная золотая осень. Закат. Роща, подернутая багрянцем. Туман, висящий над полем. И остов заржавевшего трактора в дальнем овраге...

— А при слове «Франция»?

ФРАНЦИЯ КАК ВОЗЛЮБЛЕННАЯ

— ...А при слове «Франция» я вижу яркий и свежий солнечный день. На асфальтированной площадке между Лувром и Пале-Руаяль гоняет по кругу на роликах зеленоглазая девушка с развевающимися на ветру черными волосами и в черном трико, обтягивающем ее стройную фигуру. Вокруг толпы туристов, снуют машины, проплывают автобусы, а она кружится на асфальтовом пятачке под музыку, слышимую одной только ей в наушниках ее «вокмэна».

Так что же такое Франция?

Прежде всего это легкое отношение к жизни. Французы говорят: «Мы работаем, чтобы жить, а американцы живут, чтобы работать». Там, где русский будет биться в истерике с криком «Так жить нельзя!» и разбираться «Кто виноват?» и «Что делать?», француз просто скажет: «Се ля ви» и, насвистывая, пойдет дальше. Один из моих неснятых сценариев так и назывался — «Насвистывая», и я решил реализовать его не на экране, а в своей жизни.

А французские женщины! От природы они не так красивы, как славянки, и не так стройны, как итальянки, но весь мир стоит на ушах именно из-за француженок. Обаяние и кокетство рождается раньше их и сопровождает француженок до глубокой старости. Недавно умерла Жанна Кальме — самая старая женщина Франции. Когда ей исполнилось 110 лет, к ней в пансион с поздравлениями и букетом цветов прикатил министр здравоохранения. Как всякий галантный француз, он поцеловал ей руку и сказал: «Мадам, я потрясен тем, как вы прекрасно выглядите! Я знаю, сколько вам лет, но не вижу у вас ни одной морщины!» «Что вы! — ответила 110-летняя кокетка. — У меня есть одна морщина, но я на ней сижу!»

А еда!

Даже при всех ваших «бабках» Америке не удалось отравить Францию гамбургерами и кока-колой. Во Франции еда —

это культ, и мне это импонирует. Знаменитые повара здесь ценятся не меньше, чем знаменитые дирижеры или писатели. А что касается уважения к деятелям искусства, то такого нет ни в одной стране мира. Французское правительство тратит на развитие искусств в тридцать раз больше, чем правительство США...

— *Ты это проверял?*

— Во всяком случае, нет в мире страны, которая бы оказала такое огромное культурное влияние на остальной мир. И это потому, что французская культура как губка впитывает в себя все лучшее из всех сопредельных и дальних стран. Вспомни лучших французских художников: Марк Шагал приехал сюда из России, Сальвадор Дали и Пикассо из Испании, Модильяни из Италии, Ван Гог из Голландии. Но никому и в голову не придет назвать их русским, испанским, итальянским или голландским художниками. Они часть Франции, ее культуры. Французский режиссер Роже Вадим на поверку является просто Вадимом Племянниковым. Французским режиссером стал в конце концов и американский поляк Роман Полански. А у вас в стране эмигрантов? Довлатов стал американским писателем? Бродский стал американским поэтом? Межберг стал американским художником? А во Франции удивительным образом сочетаются какой-то космический модернизм и бережное отношение к старине. Вспомни открытие футбольного чемпионата — ты видел по телику эти феерические шествия инопланетян по улицам Парижа? Или съезди в Дефанс. Я не люблю модернистскую архитектуру, но Нью-Йорк просто отдыхает. А посмотри на французские провинции — они сохранили свою самобытность. Несмотря на единую территорию, единый язык, единые законы и единое государственное управление, Лазурный берег, который вошел в состав Франции сто сорок лет назад, по сей день хранит итальянский темперамент. В Нормандии — типичные английские дома. Бретань — совершенно отдельный мир потомков кельтов. А жители Бургундии поют: «Горжусь я тем, что я — бургундец!»...

Если вашу Америку называют плавильным котлом наций, то Францию уместно сравнить с прекрасным садом, потому что ничто, в нее привходящее, не расплавляется и не нивелируется, а, наоборот, расцветает. Возьмем, к примеру, кино.

Ты не хуже меня знаешь, что такое Голливуд. Закрытая консервная банка для своих, куда посторонним вход абсолютно запрещен. А во Франции вот уже сколько лет существует фонд развития кинематографа для стран Восточной Европы, и львиная часть этих денег осела, конечно, в России. Наши режиссеры — Михалков, Лунгин, Каневский, Хамдамов, Норштейн, Бодров и многие другие — снимают свои так называемые национальные фильмы на французские деньги. Мало этого, Франция дает им прокат, премии на фестивалях, а некоторых даже награждает орденом Почетного легиона за вклад во французскую культуру. Такое в Америке можно представить? У вас, по-моему, одного только и наградили — Мишу Барышникова, медалью Свободы. А ведь сколько художников, писателей, режиссеров и артистов осело в Америке!

Вообрази себе на секунду, что Россия, которую в Москве пытаются представить как центр Евразии, вкладывает десятки миллионов долларов в развитие весьма далекой от нее корейской кинематографии. Осуществляет широкий прокат корейских фильмов у себя в стране, премирует их на фестивалях и награждает корейских режиссеров высшими российскими орденами. Да такое просто никому в голову не придет!

— *Саша, ближе к телу! Я имею в виду — к Франции.*

— *Я не уверен, что ты достоин этой близости.*

— *Я тебе дам «Монд» с рецензией на мои книги, там написано, чего я достоин.*

— Ладно. Так и быть. Давай хотя бы мысленно совершим путешествие по всем шести сторонам этой шестигранной «печати Бога», называемой Францией. Откуда начать? Давай начнем с Альп, где мы с тобой были вчера. Там над маленьким городом Шамони возвышается Монблан — самая высокая гора в Западной Европе, 4800 с чем-то метров над уровнем моря. Я это сообщаю не в качестве лекции по географии, а чтобы показать, сколь разнообразна природа Франции. Вчера мы с тобой проехали через Альпы чуть южнее Монблана, а справа от нас был Гренобль — родина великого Стендаля. Но самое трогательное, что в 35 километрах от Гренобля расположен монастырь Гран-Шартрез, основанный в 1084 году. То есть тогда, когда по территории России еще бегали и дубасили друг друга орды язычников, во Франции, неподалеку от хребта Шартрез, монахи, помимо молитв, уже занялись замечательным делом — они изобрели и стали производить вкуснейший ликер, известный теперь всему миру.

А если бы мы не спешили вчера к Ростроповичу, я завез бы тебя в совершенно прелестный средневековый городок Анси, который прославился, с одной стороны, своим кинофестивалем, а с другой — тем, что в нем жил Жан-Жак Руссо. Там, на рю Сен-Клер, улочке потрясающей красоты, можно зайти в любое кафе или ресторанчик и вкуснейше отобедать. А виды на Альпы там просто невероятные! Какой Голливуд, какой Диснейленд к чертовой матери?! Представь себе такую картину: через город протекает небольшая река, в центре ее стоит островок, на нем старинная тюрьма с маленькой очаровательной башенкой, а вокруг этой тюрьмы плавают лебеди, и набережные увиты цветами. Немыслимой красоты место! Ты бы в этой тюрьме написал свою лучшую книгу!

— *Спасибо, Саша. Я всегда ценил французское гостеприимство. А твое особенно.*

— Не нравится? Поехали дальше. Если бы мы двигались из альпийской зоны на север, то попали бы в Эльзас. Главный город — Страсбур, причем прошу называть его именно «Страсбур», а не «Страсбург» на немецкий манер. У города два названия, потому что он переходил из рук в руки — то французам, то немцам. В конце XIX века он еще был немецким, но в результате Первой мировой войны снова возвращен Франции. Теперь там заседает Европарламент. Городишко, конечно, симпатичный, но сильное немецкое влияние мне не очень по сердцу. Тем не менее обязан отметить, что Эльзас — один из лучших производителей белого вина, и нет ничего приятней, чем с любимой девушкой совершать по этим волшебным местам автомобильное путешествие — от одного сорта рислинга к другому. И если идти по винному, так сказать, компасу, то, двигаясь на северо-запад через Нанси, Мец и Реймс, ты попадешь в знаменитую провинцию Шампань. Как ты знаешь, игристые, бродящие вина производят во всем мире и всюду их называют шампанскими. Но французы правильно настаивают на том, что никакие вина не могут называться шампанскими, если они не происходят из Шампани. Настоящее шампанское готовят три года по сложной технологии, и его композицию составляют из различных сортов только французского винограда. Поверь мне, когда после эльзасских рислингов твоя девушка впервые в жизни пробует настоящее французское шампанское, да еще в Шампани, то тебе уже не надо кружить ей голову никакими своими литературными произведениями...

— *Саша, оставь в покое моих девушек.*

— *Хорошо, едем дальше. Ту часть шестигранника, которая расположена между Дьепом и французским Брестом, я знаю особенно хорошо, потому что здесь расположена нежно любимая мною Нормандия. Когда я полгода работал в Англии, у меня не было многократной визы, то есть я не мог уехать из Англии и вернуться обратно. Поэтому я каждый уик-энд приезжал в Брайтон, это курорт на морском берегу, и с тоской смотрел через пролив на французский берег, на любимую мною Нормандию, и думал: когда же наконец я окажусь там?*

— **Представляю эту картину!** *Полотно называется «Плач Стефановича по Франции на берегу Па-де-Кале». Стефанович простирает руки через пролив.*

Но тут Сашина нога взлетела над тормозом, и я закричал:
— *Нет! Не тормози! Я больше не буду...*

Саша вернул свою ногу к педали газа, и мы благополучно избежали столкновения с идущим сзади «пежо». Обгоняя нас, он лишь прогудел угрожающе, а Саша сказал:

— Неподалеку от Кале находится город Дьеп, тоже порт, в котором я бываю довольно часто, потому что там у одного моего друга детства, русско-еврейско-французского художника Вильяма Бруя, есть небольшое поместье в деревне Саше. Одним из нескольких домов, которыми владеет Вильям, является старинный дом нормандских рыбаков, этому дому 350 лет. В этом огромном двухэтажном доме по двум противоположным сторонам первого этажа находятся два гигантских камина с такими топками, в которые может въехать автомобиль. А внутри этих каминов такие приступочки справа и слева. И Вильям выиграл у меня бутылку вина, потому что я никак не мог отгадать их назначение. Оказалось, что эти камины растапливались днем, когда готовилась пища, потом огонь угасал, но камень сохранял тепло, и в холодные зимние вечера внутри каминов сидели и даже спали жители этого дома. В этом поместье я провел много замечательных дней и ночей. Не один, как ты понимаешь...

Саша замолчал, предавшись, видимо, воспоминаниям о тепле нормандских каминов, потом сказал со вздохом:

— Да... То побережье совершенно изумительно по красоте. Там прекрасные пляжи, огромные меловые скалы и маленькие уютные городки... А еще дальше, за большим портом Гавр, находятся два прелестных городка, которые так срослись между собой, что теперь никто не называет их порознь, а называют одним словом — Довиль-Трувиль. Когда-то, в начале двадцатого века, эти городки были очень модными курортами, но в связи с развитием авиации парижане стали летать на уик-энд на Лазурный берег, и популярность их упала. Тогда мэра одного из этих городков — то была женщина — осенила гениальная идея, она добилась разрешения на открытие там казино, и Довиль с Трувилем расцвели. Дело в том, что азартные игры во Франции запрещены почти везде. Например, они запрещены в Париже, что сильно удивит наших новых русских лохов, которые привыкли просаживать свои деньги в бесчисленном количестве этих московских обдираловок.

А если двигаться еще дальше на запад, то можно вообще попасть в мировую жемчужину, официальное восьмое чудо света, которое называется Мон-Сен-Мишель. Это небольшой город-замок, расположенный на скале в Атлантическом океане. К нему проложена автострада. Когда-то, тысячу лет назад, после того как на этой скале местному епископу явился архангел Михаил, там был основан монастырь. С тех пор почти тысячу лет этот монастырь строили, достраивали и перестраивали. И создали место, которое по своей значимости сравнивают с собором Святого Петра в Риме. Описать его словами невозможно, это надо видеть: в море, примерно в километре от берега, возвышается гигантская скала, увенчанная монастырем и храмом с острым шпилем.

Надо сказать, что Мон-Сен-Мишель чтят не только правоверные христиане, сюда на свой медовый месяц приезжают самые крупные знаменитости. Остров крохотный, но оттуда открывается совершенно потрясающий вид на море, и там всего несколько гостиниц, которые расположены в старинных домах. Так вот, стены этих гостиниц увешаны сотнями фотографий с автографами людей, которые провели здесь лучшие дни своей жизни. Сюда приезжали Джон и Жаклин Кеннеди, Мэрилин Монро и Артур Миллер, принц Ренье из Монако и Грейс Келли, здесь были короли, премьер-министры, президенты, шейхи и вообще все самые богатые и влиятельные люди мира. Считается, что если ты не побывал там, то потерял что-то очень важное в этой жизни.

— *А ты там был?*

— И не раз. Кстати, об этом будет отдельный рассказ, он называется «Девушка и нефть». А пока мы с тобой мысленно переместились в Бретань — самую своеобразную и экзотическую часть Франции. Живут здесь бретонцы, потомки кельтов, что и отразилось на их культуре, обрядах и на их характере. Они довольно долго сохраняли независимость от Франции и, даже когда вошли в нее, сохранили свой бретонский диалект, несколько отличающийся от французского языка. В бретонских деревнях можно запросто встретить женщин в национальных костюмах, это их повседневная одежда. Но самое главное, что эта часть Франции сохранила такие уникальные древности, как мистический Карнак. В Карнаке находится одна из самых больших археологических загадок — колоссы каменных дольменов, подле которых наши предки исполняли свои ритуалы. Здесь в результате раскопок найдено большое количество нефритовых топоров, ножей и украшений, и ученые гадают: кто мог тысячи лет назад поставить на попа эти каменные глыбы? И только если верить в НЛО, все становится ясно: сюда прилетали инопланетяне. И в самом деле, куда еще, кроме Франции, может приземлиться разумное существо? Не в Подлипках же им парковаться! — И Саша покосился на меня, ожидая, видимо, моей реакции.

Но я молчал. Потому что затягивающая прелесть французских ландшафтов становилась очевидной. Хотя я далеко не такой влюбчивый, как Саша, и не называю Америку своей возлюбленной, но я, безусловно, горжусь своим американским гражданством и высоко ценю эту самую удобную в мире страну. Однако прожив в США двадцать лет, я не привык к ее сарайной архитектуре, и потому европейские пейзажи — эти идиллические, как в сказках, домики с черепичными крышами, эти виноградники, словно сошедшие с картин импрессионистов, и зеленые поля с пятнистыми коровами — трогают мое сердце. В таком состоянии уже не до колкостей, и потому Саша смог без помех продолжать свою обзорную проповедь:

— Именно в Бретани, в Бресте, заканчивается северо-западная сторона шестигранника и начинается его юго-западная часть, она идет до самой границы с Испанией. Посреди этой грани находится всемирно известный город Ла-Рошель, прославленный в романе «Три мушкетера», из-за него, собственно, и шла битва, в которой отличились эти четыре замечательных бездельника. Хотя сам по себе городок неплохой и даже красивый, но значительно интересней соседний остров Ре. Этот остров в Атлантике связан с Ла-Рошелью современной автострадой, стоящей на высоченных сваях, под ней проходят даже морские корабли. На Ре есть маленький прелестный форт — старинная крепость, в порту которой стоят сотни больших и красивых яхт. Во время приливов эти яхты держатся на воде, а когда наступает отлив, они опускаются на морское дно и лежат на боку, и это совершенно потрясающее зрелище.

На этом острове у меня произошла удивительная встреча с грузинским царем. Да, первый раз я попал туда летом, была жара, я стоял в какой-то автомобильной пробке. И вдруг из соседней машины раздался голос человека, который спросил, откуда я родом. Я сказал, что я из России. Он сказал: «Да, я понял это по вашим автомобильным номерам». Я тогда путешествовал на «Жигулях», которые вызывали у всех такое изумление, как будто какой-то динозавр приполз в современную Западную Европу. Мой собеседник спросил: «Можно сделать вам подарок?» И передал моей подруге пакет с фруктами. Я поблагодарил, в ответ мы подарили им бутылку вина и спросили: кто вы? Человек представился как потомок грузинских царей из рода Багратиони. Насколько я понял, он живет в Испании. Это был очень короткий разговор из двух машин, которые стояли рядом. Он спросил, был ли я в Грузии. Я сказал, что да, много раз. Он спросил: как там? И назвал грузинские местечки, которые, как я понял, когда-то были связаны с его царским родом. А я был в тех местах, там на ту пору были совхозы имени не то Ленина, не то Орджоникидзе. Но я не успел сообщить ему об этом, потому что пробка рассосалась и наши машины разошлись в разные стороны. Однако мы еще долго махали друг другу...

Короче, если ты туда попадешь, я советую зайти на местный рынок, потому что Ре славится еще и своими знаменитыми устрицами. Местные жители разводят их в специально вырытых каналах, там устриц то накрывает приливом, то освобождает отливом, то есть у них сохраняется естественный режим обитания. И вот этих больших и вкуснющих устриц прямо из моря доставляют на рынок или в местные ресторанчики.

Вообще устрицы — это «песнь песней» французской кухни, и я готов ради них сделать небольшое отступление. Самое главное в устрицах то, что их нужно есть свежими. Потому что устрицу едят, когда она живая. Как только устрица умерла, ею можно отравиться и даже умереть. Меня просто потрясает наш русский вариант французской кухни. Как-то я зашел в широко рекламируемый в Москве ресторан и спросил дюжину устриц. И официант, обрадованный таким заказом, уже побежал на кухню, но я его остановил: «Простите, а сколько стоит у вас дюжина?» Он сказал: «Триста долларов». Ошеломленный ценой, я спросил: «Это что, суперсвежие устрицы? Их что, на самолете спецрейсом привезли?» «Конечно, свежие, — сказал официант. — Свежемороженые. Мы их сейчас разморозим и подадим». Не надо объяснять, что заказ был остановлен и я немедленно из этого ресторана ушел. Устрицы должны быть абсолютно свежими и на специальном блюде со льдом поданы к столу вместе с дольками лимона и черным хлебом. Маленькой вилочкой с тремя зубчиками устрицу отковыривают от ножки, держа раковину таким образом, чтобы из нее не вылился удивительный сок, а затем выдавливают на устрицу несколько капель лимончика, выводя ее из состояния анабиоза к жизни. И когда устрица оживает, ее как бы всасывают вместе с соком, чуть-чуть разгрызая ее живую мякоть зубами — так, чтобы она слегка извивалась во рту. Понимающие люди говорят, что более сексуального блюда не было изобретено человечеством. И конечно, изобрести его могли только французы. Кстати, в Ницце, в «Кафе де Туран», я тебя ими угощу...

А если спуститься еще ниже от Ла-Рошели по побережью к Испании, то мы попадем в Бордо. Пожалуйста, вслушайся в это слово — «Бордо»! Ты чувствуешь его цвет, вкус, запах? Бордо — это западная столица французского вина. И поэтому не нужно объяснять, что главным украшением города Бордо на пару с Большим городским театром является

Дом вина, в котором можно получить сведения о виноградниках различных шато. И первый среди них, наверное, Шато О'Брион, который начинается сразу за городской чертой. Слово «шато» в виноделии означает поместье, где производится определенный сорт вина. Бордо, конечно, самый знаменитый винодельческий район Франции, а самой знаменитой частью Бордо по части виноделия является Мэдок — это узкая полоска виноградников, которая протянулась от Бордо на северо-запад и насчитывает около 180 шато. Здесь вино совершенно изумительного качества, потому что виноград здесь выращивают на слегка приподнятых площадках, почва очень плодородна и никогда не перенасыщается водой. Для этого там создана огромная система каналов и шлюзов, которая предотвращает распространение прилива, то есть подтопления почвы соленой водой. Кроме того, именно там впервые начали использовать новую технологию выращивания винограда, когда вдоль лоз укладывают алюминиевую фольгу, отражающую солнечный свет. От этого виноград становится слаще и быстрее созревает.

А к востоку от Бордо расположен еще один винодельческий район, название которого звучит как музыка — Сен-Эмильон. Здесь уже в течение восьмисот лет качество вина контролирует специальное жюри, которое собирается ежегодно в одном из готических монастырей. И собрания эти имеют определенный ритуал, а участники их носят специальные красные мантии. Впрочем, во Франции каждый обязан разбираться в винах или хотя бы делать вид, что разбирается. Если ты в ресторане нарушишь ритуал тестирования вина, то будешь выглядеть дикарем и плебеем. Ритуал начинается с того, что официант подходит и показывает тебе бутылку вина, которое ты заказал. Да, киваешь ты головой, это именно тот сорт, который ты выбрал, и урожай того года, когда это вино было особенно удачным. Далее, он при тебе ее открывает и наливает один глоток на дно твоего бокала. Ты поднимаешь бокал, слегка раскручиваешь вино по стенкам, любуешься его цветом и только потом нюхаешь. Да, это именно тот аромат, который ты ожидал. Теперь ты осторожно опускаешь в бокал кончик языка, прикасаешься к вину, чувствуешь его аромат у себя во рту, а потом делаешь глоток и уже нёбом, всей полостью рта ощущаешь его вкус. «Хорошее вино», — говоришь ты и киваешь официанту. И только после этого официант ставит бутылку на твой стол и разливает его по бокалам. Если же тебе что-либо не понравилось, официант забирает эту бутылку и приносит другую. Если и эта не понравится, он извинится за то, что партия вина не совсем хорошая, и предлагает выбрать другой сорт, лучший на его вкус и уже опробованный другими посетителями этого ресторана.

А теперь, со вкусом настоящего «бордо» на кончике языка, спустимся к крайней южной точке атлантического побережья Франции — к Биаррицу. Это замечательный курорт, который открыл для публики в середине XIX века Наполеон III. Здесь, в Биаррице, кончается еще одна сторона французского шестиугольника и начинается новая, которая идет с запада на восток вдоль Пиренеев, вдоль испанской границы.

Можно проехать вдоль этой грани не по пиренейскому шоссе, а по горной дороге, она начинается на Атлантике, проходит среди величественных гор и кончается на средиземноморском побережье. Это будет замечательное путешествие вдоль ущелий, рек и грандиозной горной гряды, которая в течение веков являлась естественной границей между Испанией и Францией. Оставив слева от себя замечательный город Тулузу, а справа — удивительное карликовое государство Андорру, мы выйдем наконец к Средиземному морю и попадем в город Кольюр. Этот город воспет Матиссом, Браком, Пикассо, множеством других художников, которые в свое время сделали его своей средиземноморской резиденцией. И что самое трогательное, за стол и кров художники там расплачивались и до сих пор расплачиваются картинами, потому в гостиницах Кольюра ты можешь увидеть на стенах подлинные работы французских мастеров. Когда я первый раз приехал в Кольюр, я остановился в маленьком отельчике «Барамар» — это небольшой четырехэтажный домик, стоящий прямо на пляже. Там на стенах висели картины начала века, а **под** отелем размещалась маленькая старая фабрика по разделке анчоусов. Кольюр, чтоб ты знал, славится своими несравненными анчоусами с невиданной гаммой переходов от почти не улавливаемой солоноватости до суперсоли, от которой просто плавится язык.

А я приезжал в Кольюр в основном для того, чтобы заняться подводной охотой. Там совершенно прозрачное Средиземное море, видимость на десять метров в глубину.

Ну и чтобы замкнуть круг этого великого шестигранника, нужно двигаться на восток через Парпиньон, Монпелье и Марсель, с заездом в нудистский рай Кап-д'Аг, который населяют 15 000 абсолютно голых людей, чтобы достичь наконец самого лучшего места в этой самой лучшей стране мира. Это место называется Лазурный берег. Здесь расположены всемирно известные курорты — Сен-Тропез, Сен-Максим, Сен-Рафаэль, Канн, Антиб, Ницца, Монте-Карло и Ментон, за которым в районе деревни Вентимилья и кончается эта последняя грань Франции и начинается итальянская граница. Мы с тобой ее только что миновали...

Вот, дорогой друг, я нарисовал тебе абрис Франции. К сожалению, не рассказав ничего о центральной ее части, не упомянув Лотарингию, Иль-де-Франс, Бургундию и Прованс. Что совершенно несправедливо, потому что, например, Прованс — это уникальный мир магических запахов. Попадая в Прованс, ты чувствуешь, что въехал в некое фантастическое царство. Здесь растут миллионы цветов, это оранжерея французской парфюмерной промышленности. В воздухе разлит запах лаванды, роз и других немыслимых ароматов. Наверное, нигде в мире нет такого густого, пьянящего, похожего на вино воздуха. Кроме того, это богатейшая плодоносная земля с огромным количеством виноградников, с оливковыми плантациями. И все это под голубым небом — и виноградники, и оливковые рощи, и гигантские оранжереи цветов разбросаны среди скал, воспетых Сезанном. Причем это, очевидно, самое теплое место во Франции — опаленное прованским солнцем, с одной стороны, и продуваемое нежным бризом Средиземного моря — с другой. Аромат прованских трав — это что-то потрясающее, они его даже экспортируют. Да, здесь на любой бензоколонке ты можешь купить мешочек с прованскими травами и привезти домой, это будет лучший французский сувенир. Потому что, положив этот мешочек в постельное белье, ты еще долго будешь спать с Провансом. И жизнь твоя изменится к лучшему, потому что Прованс — это место, откуда вышла легендарная жизнерадостность французского характера. А при твоем угрюмом взгляде на мир тебе это нужно в первую очередь.

А еще я буду не прав, если в своем описании Франции не упомяну Корсику — этот божественной красоты остров со сказочным городом пиратов Бонифасье!

* * *

— А теперь извини, — сообщил Саша, — я вынужден прервать твое путешествие по Франции, потому что мы — в Ницце. Перед тобой Променад-дез-Англе. А это отель «Негреско», с которым ты уже знаком. К сожалению, льет проливной дождь, такое тут бывает раз в сто лет, а у нас один зонтик. Поэтому ты посидишь в машине. А я зайду в отель и узнаю, где наш продюсер. У тебя готов синопсис?

— Почти. Пока ты будешь ходить, я впишу про Катю-художницу. Мне кажется, что для телесериала можно взять кой-какие эпизоды из этой истории и пришить к парижскому периоду свердловской «Мисс мира».

— Ладно. Главное — коротко и на хорошем английском. Чтобы наповал.

— О'кей...

Я включил «лаптоп» и огляделся в поисках вдохновения. Никаких праздников жизни, о которых так смачно рассказывал Стефанович и которыми знамениты Ницца, Канны и Монте-Карло, вокруг не наблюдалось. Тротуары были абсолютно пусты, дождь хлестал по вереницам машин вдоль мостовых, ветер гнул пальмы и раскачивал светофоры вдоль бесконечного пляжа. Волны захлестывали и этот пляж, и прибрежные клумбы с кустами роз.

Но не успел я сочинить и двух фраз, как Саша вернулся. Даже по его походке было видно, что он чем-то расстроен. Быстро нырнув в машину и стряхнув зонтик, он сначала выругался, а потом сообщил:

— Мы опоздали. Из-за этой гребаной погоды они отменили тут съемки и ночью улетели в Алжир.

Я молчал. В гребанстве французской погоды моей вины не было. Потом спросил осторожно:

— Так что? Полетим в Алжир?

— Для нас у портье оставлено сообщение: факсом или по E-mail прислать им свой синопсис и через три дня звонить в их парижский офис. Там, в зависимости от погоды, нам скажут, где состоится встреча.

ПРИВАЛ НА ОБОЧИНЕ

15 км от Ментона

СТЕФАНОВИЧ: Любовь — наиболее загадочное, иррациональное, но основополагающее чувство, которое движет моими поступками. На мой взгляд, к духовной сфере любовные романы имеют весьма косвенное отношение. Как-то я влюбился в очень умную, интеллигентную и высокодуховную девушку. Долго мечтал о ней, а когда добился, оказалось — ничего особенного. Но, бывает, снимаешь совершенную дурочку — и такое это чудо и удовольствие!..

ТОПОЛЬ: Саша, снимая шляпу перед твоим феноменальным опытом, я все же не могу отказаться от своих скромных познаний. По моим представлениям, сексуальный темперамент высокоинтеллигентной женщины на порядок выше.

СТЕФАНОВИЧ: С такими взглядами ты должен завести роман с престарелым академиком.

ТОПОЛЬ: А что касается любви, то ее исчерпывающую формулировку найти невозможно. Если кто-то сделает это, он убьет всю мировую литературу. Поэтому мы можем говорить о любви только с помощью метафор, сравнений или притч. И вот тебе одна из них. Я большой сластена, мед — моя любимая еда, я перепробовал, кажется, все его сорта и в России, и в Америке — цветочный, липовый, алтайский, калифорнийский, даже эквалиптовый. И всегда это был мед в желто-коричневой гамме. Но однажды в Москве на рынке я увидел рядом с банками обычного меда банку с какой-то почти прозрачной белой жидкостью. Спрашиваю у старушки продавщицы: «Что это?» — «Мед». — «Ну, какой же это мед? Это, наверное, рассол». — «Нет, милок, это северный мед, особый. Сто рублей стоит!» То есть она за него просила вдвое дороже, чем за другие сорта. Я, конечно, купил. Знаешь, такого тонкого вкуса и изысканного аромата, такой сладости я не пробовал никогда. И съев первую ложку, я, помню, сразу подумал: этот мед отличается от остальных медов так же, как секс с любимой женщиной от секса со всеми другими, пусть даже самыми немыслимыми красавицами. С ними, конечно, тоже вкусно, да сладость не та.

ЧАСТЬ ЧЕТВЕРТАЯ

РУССКИЕ НА РИВЬЕРЕ

— Если уж мы сюда добрались, то должны получить свою порцию счастья, — сказал Стефанович и завел машину. — Мы едем в «Кафе де Туран».

«Счастье» оказалось, прямо скажем, непритязательным. Какие-то убогие столы с пластиковыми крышками вместо скатертей. Грубые скамейки. Стены, выкрашенные ядовитой серо-зеленой краской. На одной из них выцветшая картина в духе грузинских примитивистов. Только вместо усатых грузин в черкесках на этой красовался лихой французский моряк с пивной кружкой и пеной, льющейся из этой кружки через край. Полог из прозрачных пластиковых ремней, которым были занавешены наружные двери, раскачивался под порывами ветра, этот ветер знобил мою и без того ревматическую спину. Таверна — поскольку слово «кафе» тут было так же кстати, как корове бантик, — не отапливалась. Гарсон в мокром фартуке тряпкой смахнул лужу пива с нашего столика и открыл блокнотик.

— Мсье?..

Саша заказал две дюжины королевских устриц, какое-то «бюлё» и графин местного вина. Просмотрев меню и не найдя в нем никакого мяса, я спросил:

— А что поесть? Может, мне хоть рыбу пожарят?

— Давай начнем с бюлё и устриц. К тому же здесь ничего не жарят.

Я с тоской отложил меню. Конечно, я люблю устриц, но не до такой степени, чтобы они заменили тарелку мясной солянки или бараний шашлык. Гарсон исчез. Саша сказал:

— Я должен тебя предупредить. К некоторым блюдам французской кухни надо привыкнуть. Не все сразу могут есть, например, лягушачьи лапки или улиток. Я помню, как в детстве я однажды зашел в магазин и первый раз в жизни увидел маслины. Я их купил, съел и решил, что меня обманули. Я думал, что это должно быть нечто сладкое, как вишня, а оказалось — соленое и отвратительное. Потом я вырос, поумнел, и маслины стали моим самым любимым блюдом. Нечто подобное произошло с одной моей знакомой русской девушкой. Мы пошли обедать в ресторан на холме Монмартр. И из большого выбора блюд из рыбы, мяса и супов она почему-то взяла андуйет. Не знаю почему, наверное, ей просто понравилось название. А андуйет — это рулет из требухи с соответствующим специфическим запахом. И когда ей это принесли, она с отвращением склевала маленький кусочек, а остальное оставила в тарелке и, конечно, осталась голодная на целый день. Со мной, когда я первый раз ел андуйет, произошла точно такая же история. Это было, как сейчас помню, 13 декабря в Париже. В этот день я решил сделать себе, любимому, подарок на день рождения — купить «БМВ». А перед поездкой в магазин зашел в пивной ресторанчик и заказал андуйет. Ничего, кроме чувства глубокого отвращения и законной гордости гурмана-великоросса, я, попробовав это французское блюдо, не испытал. И хотя я потом все-таки купил себе замечательный «БМВ» пятой серии, день рождения у меня был отравлен воспоминаниями об этом андуйете. Но потом я подумал, что, наверное, французы не такие дураки, дай-ка я еще раз попробую. Заказал еще раз, и сейчас это одно из моих любимых блюд.

— Спасибо, Саша, что ты меня подготовил. С чего меня будет тошнить? С бюлё или с устриц?

Саша не успел ответить — гарсон поставил перед нами два блюда с действительно огромными устрицами на льду и еще одно — с бюлё, то есть с морскими улитками. Рядом устроились корзина с хлебом и запотевший кувшин.

— Улиток нужно есть с майонезом, — сказал Саша. — Их выковыривают специальной вилочкой, вот так...

Но я на улиток не клюнул, сразу начал с устриц. И не ошибся. Уже после первой я честно сказал:

— Саша, беру назад все свои слова. Эти устрицы вызывают у меня удовольствие, близкое к оргазму. Если я съем дюжину, я просто умру.

И действительно, таких устриц я, признаюсь, не ел никогда и нигде, даже в самом знаменитом устричном баре под «Гранд централ Стэйшн» в Нью-Йорке. Устрицы в «Кафе де Туран» были воистину феноменальны! Я позабыл о покушении, о грубой скамье, на которой сидел, и даже о моей спине, не терпящей сырых сквозняков.

338

— Саша сказал:

— Знаешь, у французов есть анекдот. Дочь спрашивает у мамы, чем ей кормить жениха перед первой брачной ночью. А мама говорит: «Дай ему дюжину устриц». И наутро спрашивает у дочери: «Ну как?» А дочь отвечает: «Знаешь, мама, сработали только шесть устриц». Поэтому не увлекайся...

Но я, съев первую дюжину, сказал:

— Ты читал «Этюды о творчестве» Мечникова? Он утверждает — и я это проверил на своем опыте, — что творчество поглощает сексуальную энергию.

— Фрейд говорит примерно то же самое.

— Поэтому я предлагаю заказать еще по дюжине устриц и начать работать. Гони следующую историю.

— Подожди, — ответил он. — У нас целых три дня! Теперь, когда ты проникся к «Кафе де Туран», я могу рассказать тебе о моих других любимых местах на Лазурном берегу...

Но я видел, что дело не во мне, а в самом Саше. С тех пор как мы въехали на Лазурный берег, он преобразился. Исчезла сутулость, свойственная нашему возрасту и вообще русским мужчинам. Распрямились плечи. Взорлил взгляд. И даже накладка с продюсером его не подсекла, он, похоже, не очень этому огорчился.

— Рестораны в Ницце, — сказал он вдохновенно, — это, конечно, особая песня. Про них можно многое рассказать. В частности, тут рядом, в Кань-сюр-Мер, есть «Шарлотта I» — это один из лучших рыбных ресторанов Лазурного берега. Его вывеска видна издали, потому что она расположена на небольшой башенке, которая возвышается над двухэтажными домами. Но ни про «Шарлотту I», ни про «Метерлинк», ни про «Мер Жермен», ни про ресторан «Шантеклер», находящийся в гостинице «Негреско», я рассказывать не буду. Потому что мы с тобой сидим в ресторанчике, который, по убеждению многих французов, является лучшим рыбным рестораном Ниццы. Но, как ты видишь по обстановке, это место не для туристов, а для французов. Во Франции на этот счет четкое разделение. Дело в том, что в Ницце, так же как и в Париже, тысячи ресторанов на все вкусы. Но даже в самый лучший сезон далеко не все рестораны заполнены. И только в особые из них в любое время года войти просто так невозможно. Перед ними всегда очередь. «Кафе де Туран» — из их числа, нам с тобой просто повезло, что мы пришли сюда в дождь и за час до обеда. Скоро тут будет не протолкнуться, несмотря на непогоду. Но как видишь, тут есть смысл отстоять очередь. Потому что то, что тебе подали, не сравнимо ни с чем. Это самые свежие морепродукты и самые вкусные. Здесь в сезон можно заказать даже икру морских ежей. Этих ежей подают разрезанными на две половинки, и там внутри есть маленький, буквально с ноготочек, комочек икры, напоминающей по виду икру селедки. Да и по вкусу это примерно то же. Но французы едят эту икру с превеликим трепетом, выуживая ложечкой капельки икры из каждого морского ежика и намазывая ее на бутербродики из черного хлеба с маслом. Нужно видеть их лица, когда они съедают этот бутерброд и запивают его глотком домашнего вина. В этом ресторанчике нужно брать именно домашнее вино. Оно сделано из нескольких сортов белого и розового винограда. Оно не имеет какой-то высокой кондиционной марки, но в этом ресторанчике оно отличается хорошим вкусом и качеством.

Что же еще можно заказать в «Кафе де Туран»? Если бы ты с такой страстью не набросился на устриц, я бы заказал нам еще розовых креветок. Настоящие креветки — это крупные красивые розовые существа, на большой тарелке их может поместиться не больше трех. А если тебе повезет с сезоном, твои креветки будут еще и с икрой. И естественно, здесь эти креветки подают абсолютно свежими, их никто не варит. Всего за несколько часов до того, как их подали на стол, они были выловлены из моря и сохранялись на льду.

А теперь позволь тебе сказать «за бюлё». Эти улитки — потрясающее блюдо французской кухни. В отличие от эскарго — виноградных улиток — бюлё живут на морском дне. Есть их нужно с майонезом и черным хлебом. Вкус мяса этой улиточки, которую специальной кривой вилочкой с двумя зубчиками я выковыриваю из панциря, ни с чем не сравним. Для меня это самое вкусное блюдо французской рыбной кухни. Кухни «фри де мер» или даров моря — так поэтично французы называют морскую живность: раков, лангустов, креветок, улиток, морских гребешков. И особенно замечательно бюлё проходит в желудок с бутылочкой «Шабли». Не знаю, как уж получилось, но для меня ощущение того, что я вернулся во Францию, происходит именно в тот момент, когда я ощущаю на языке вкус бюлё с «Шабли». И, прощаясь с Францией, я тоже обязательно захожу в ресторанчик, где подают «фри де мер», и заказываю бюлё и «Шабли». Может быть, еще и потому, что в других странах я этих бюлё нигде не находил. Я ел там французских устриц и, конечно, пил там «Шабли», но вот этого сочетания «Шабли» и бюлё за границами Франции, как правило, ты получить не можешь. А для меня это является одним из главных наслаждений жизни — наслаждением, которое приближается к сексуальному, но, к сожалению, не заменяет его.

— Это потому, что ты не читал Мечникова, — сказал я. — Но теперь, когда ты съел своих бюлё, — за работу! Давай следующую историю...

«НОВЫЙ РУССКИЙ» В КОТ Д'АЗЮРЕ

— На Лазурном берегу, по-французски это будет Cote d'Azur, на приеме в мэрии моего любимого городка Вильфранша — о нем я тебе еще расскажу, — я познакомился с одним русским бизнесменом, которого мы назовем Владимиром Дьяконовым. Поначалу этот веселый и жизнерадостный человек произвел на меня странное впечатление. Маленького роста, толстенький и необыкновенно самоуверенный, он стоял, очень напыщенный, в зале старинного замка, где происходил прием, курил толстую сигару и, несмотря на свой небольшой рост, свысока оглядывал всех присутствующих. И похоже, у него были на то основания — вокруг него буквально вились мэр Вильфранша и его заместители, а также какие-то высокопоставленные чиновники из Ниццы.

Меня представили ему, мы быстро нашли общих знакомых и подружились. Он оказался совершенно уникальным человеком. К сожалению, я не могу называть людей их подлинными именами, но попробую передать суть дела без имен и названий. В то время в России был большой шум вокруг грандиозной аферы, которая потрясла русскую экономику. То было очень громкое дело, не буду называть фирму, ее все знают, но в основном знают ее генерального директора, о котором писали все газеты. Но Дьяконов мне сказал, что на самом деле это была его фирма. Как же так, говорю, когда это фирма известного русского миллионера такого-то? Он сказал: «Да кто этот хмырь болотный? Подставное лицо. Работал у меня главным инженером, потом я сделал его генеральным директором. На самом деле я президент и хозяин этой компании». И рассказал мне свою историю.

Действительно, в эпоху перестройки он открыл кооператив, сделал очень большие деньги на новой технологии анодирования металлов, но тут грянул август 1991 года. Дьяконов понял, что если победит ГКЧП и у власти останутся коммунисты, то неизвестно, сохранятся ли его капиталы и вообще останется ли он в живых. Поэтому он решил помочь народной революции, и весьма своеобразным образом. У него была охрана из ингушей, и каждый из охранников, поступая на эту работу, поклялся на Коране в случае необходимости отдать жизнь за хозяина и, кроме того, беспрекословно выполнять любое его распоряжение. Причем клятву на Коране, при поступлении на работу, Дьяконов придумал сам и считал, что это единственный способ заставить мусульманина держать слово. Как известно, даже президент Чеченской республики Масхадов, подписав документ о вечном мире с Россией в обмен на большие деньги обещанные под восстановление Чечни, тут же сказал журналистам: «Чеченец может взять деньги, но чеченец не продается». И тем самым дал понять, что он может взять деньги и подписать договор, но выполнять его не обязан. Однако если бы вместо подписи на бумаге с Масхадова взяли клятву на Коране, ему пришлось бы прикусить язык и держать слово.

Короче, Дьяконов привел в Белый дом свою гвардию — тридцать до зубов вооруженных ингушей, которым было приказано охранять не то Ельцина, не то Руцкого. Они там просидели три дня и пришлись впору, потому что как раз в этот момент российское руководство сменило всю свою бывшую охрану из 9-го управления КГБ на представителей охранных структур частного бизнеса. А когда августовская революция 1991 года закончилась победой демократических сил, Володя Дьяконов был приглашен к высшему руководству, его решили отблагодарить за такую персональную поддержку вождей демократии. В качестве благодарности ему был открыт нефтяной кран. Он, как говорится, «сел на трубу». За короткий срок его капитал увеличился до 100 миллионов долларов, Володя решил, что ему хватит, закрыл свой бизнес, вывез семью на Запад и осел на Лазурном берегу. Время он проводил в основном там, где проводят его все русские миллионеры, а именно в казино «Руль» на Променад-дез-Англе в Ницце. Когда мы туда зайдем, ты увидишь, что в «Руле» играют практически одни наши соотечественники, густой русский мат висит над столами, а ставки совершенно безумные.

Итак, он приехал на Ривьеру. Что прежде всего делает русский человек, оказавшись в раю? Он реализует голубые мечты своего нищего детства. Дьяконов купил виллу в Ницце. Этого ему показалось мало — он приобрел квартиру в роскошном жилом комплексе в самом центре Монте-Карло, где *один* квадратный метр стоит 100 тысяч франков, то есть 20 тысяч долларов. Там он купил себе целый этаж. Потом он прошелся по магазинам и скупил всего Карла Фаберже, который был в наличии. Купил также гору антиквариата, русские картины, обставил квартиру и виллу роскошной мебелью. Затем в роскошном бизнес-центре на Променад-дез-Англе он купил двухэтажную резиденцию под офис, который обшил кожей — стены, шкафы и вся мебель, включая стулья и письменный стол, все было обтянуто вишневой кожей под цвет его 600-го «мерседеса». Это была еще та песня! Но и после этого у него остались кое-какие деньги, и он стал думать, что бы ему купить еще. И тут он встретил знаменитого местного нотариуса.

Здесь следует объяснить, что такое французский нотариус. В отличие от своего российского коллеги он не только заверяет твою подпись. О нет! Во Франции законы сильно отличаются от российских, и по французским законам нотариус — это главное действующее лицо в делах по купле-продаже недвижимого имущества. А с недвижимым имуществом можно делать грандиозные комбинации. Так что, поверь мне на слово, нотариусы на Лазурном берегу — богатейшие люди.

И вот Дьяконову удалось познакомиться с таким человеком. Нотариус пригласил Володю в свое поместье. А надо сказать, что местные богачи не живут на побережье, они живут в горах, которые окружают Лазурный берег. И вот он пригласил Дьяконова в горы, в свое поместье размером в 67 гектаров. Если ты способен представить себе цену земли на Лазурном берегу, то можешь вообразить, какое это богатство. Там были сады и леса — в них бегали олени, жили ламы и бродили павлины. А кроме того, там была, конечно, совершенно замечательная вилла. И на этой вилле дружба нотариуса и Дьяконова росла и крепла в прямой зависимости от количества выпитого ими французского вина и коньяка, а также девочек, которых они выписывали из Москвы, Бразилии и Филиппин. И когда они почувствовали себя родными братьями, этот нотариус предложил Дьяконову совершить одну операцию, необыкновенно выгодную. Как раз в этот момент в предместье Ниццы, которое называется Сен-Лоран, в устье реки Святого Лаврентия, строился роскошный жилой комплекс. Я тебе его покажу. И вот нотариус предложил Дьяконову скинуться по 10 миллионов долларов и за 20 миллионов купить серьезную часть этого комплекса, то есть штук двадцать квартир. Каждая из которых была с бассейном, камином, джакузи и стометровыми лоджиями, и все это прямо на морском берегу. Любая из этих квартир стоимостью в 1 миллион долларов спокойно могла после завершения строительства уйти за 4—5 миллионов.

Представив, сколько новых русских он расселит в этом комплексе и по какой цене, Володя подписался на это дело, и они создали совместное предприятие. Володя внес первые десять миллионов, а через какое-то короткое время нотариус должен был внести вторые десять миллионов. Строительство шло быстрыми темпами, и совершенно роскошный комплекс рождался буквально на глазах. Когда приезжали гости из Москвы, Дьяконов сажал их в свой «мерседес», привозил туда и показывал: вот это мои квартиры, и здесь мои, и тут тоже. Так продолжалось несколько месяцев. Однажды он привез очередную делегацию и в манере, свойственной новым русским, сказал менеджеру этого уже почти достроенного комплекса:

— Эй ты, старичок! Ну-ка, подсуетись, принеси мне ключики, я покажу приятелям свои квартиры.

На что менеджер ответил:

— Мсье, ключи-то у меня есть, но показывать своим друзьям вы ничего не будете.

— То есть как? Ты что, не знаешь, кто я такой?

— Я знаю, кто вы такой.

— Но это же мои квартиры!

— Вы ошибаетесь, мсье. Это совсем не ваши квартиры.

Володя опешил:

— Ты в своем уме? Они построены на мои деньги!

На что менеджер сказал:

— Мсье, разве вы не получали наше письмо?

— Какое письмо?

— Мсье, вы же еще месяц назад просрочили выплату второй половины денег. И мы, к сожалению, должны были что-то решать. Мы решили, что вы больше не заинтересованы в строительстве вашей части комплекса, и мы его продали.

С Володей чуть инфаркт не случился. Он сказал:

— Как? Вы с ума сошли? Я вложил десять миллионов долларов! 55 миллионов франков! Как вы могли его продать?

— Мсье, вы почитайте договор, который мы с вами заключили. Там же ясно написано: до 1 мая вы должны внести 55 миллионов, а до 1 ноября еще 55 миллионов. А вы вторые 55 не внесли.

— Но это должен был сделать мой партнер, у нас же совместное предприятие!

— Мсье, это уже не наши проблемы. Ваша компания не выполнила своих обязательств, и мы продали ваши квартиры. Поэтому здесь уже нет вашей собственности, и я прошу вас подсуетиться и освободить территорию.

Володя в состоянии шока примчался к себе в офис и, бросив своих московских друзей, стал звонить другу-нотариусу:

— Ты знаешь, что мне сказали? У нас отняли эти квартиры!

Нотариус с легкой грустью ответил:

— Понимаешь, дорогой Вольдемар, у нас действительно накладочка вышла. Дело в том, что я был в Швейцарии, потом летал в Америку, потом в Японию, и мы пропустили срок взноса денег. А когда я приехал, было уже поздно, эти мерзавцы продали наши квартиры.

На что Володя стал орать:

— Что ты несешь? Это же мои деньги! Ты меня кинул на десять миллионов долларов!

— Почему я тебя кинул? Просто так вышло, бизнес есть бизнес. Нужно рисковать.

Но по тону нотариуса, совершенно спокойному, довольному и не особенно извиняющемуся, Володя заподозрил, что тут не просто «накладочка вышла». А поскольку он потерял десять миллионов долларов и был страшно зол, то он нанял людей, которые через какое-то время принесли ему полную информацию. Оказалось, что нотариус намеренно не заплатил свою долю в 10 миллионов долларов, после чего фирма-строитель выставила эти квартиры на аукцион и нотариус через подставное лицо — свою жену — приобрел на ее имя все эти квартиры, но не за полную стоимость в 20 миллионов долларов, а за 10, то есть за оставшуюся сумму долга. Когда до Володи дошла эта афера и он понял, как его кинули, то пришел в ярость и поступил так, как поступил бы любой новый русский бизнесмен. Он ворвался в офис нотариуса и сказал:

— Ну ты, гнида! Ты не знаешь, сука, с кем ты связался! Ты думаешь, ты меня кинул и все? Да ты будешь кровью харкать, паскуда! Да я тебя закатаю в асфальт! Я уничтожу твою семью! Ты в страшном сне будешь вспоминать тот час, когда эта идея пришла тебе в голову!..

Короче, Володя высказал ему все то, что каждый день в России один русский бизнесмен говорит другому русскому бизнесмену в условиях конфликтной ситуации. Нотариус выслушал его с каменным лицом. А когда Володя выдохся и упал в кресло, нотариус изрек:

— Дорогой брат Вольдемар, я тебе очень благодарен за то, что ты все это сказал, да еще так громко. Теперь вся твоя жизнь будет посвящена только одному: ты наймешь охрану и станешь охранять меня, как только сможешь. Ведь даже если совершенно случайно кирпич упадет мне на голову, или машина собьет меня на улице, или я утону в море во время купания, то за все это будешь отвечать ты. Потому что пленку, на которой записано, как ты только что угрожал закатать меня в асфальт, — эту пленку мой секретарь уже везет в полицейский участок. Если тебя не затруднит, протяни руку — вот визитная карточка самой лучшей во Франции фирмы, которую я советую тебе нанять для охраны моей персоны и всей моей семьи.

Володя еще похлопал ртом, в котором уже не было ни звука, ни дыхания, и вышел из этого кабинета, проклиная этого гада, мерзавца и жулика. А спустя какое-то время выяснил, что на Лазурном берегу он был не первый и, думаю, не последний, кого надули аферисты. Оказалось, у местных жуликов существует тонкая и годами отработанная система по отлову лохов иностранного происхождения. На окраине Ниццы, за горой Мон-Барон, что по дороге в Монако, стоит даже памятник этому жульничеству, который аборигены Лазурного берега с гордостью показывают туристам. Этот памятник представляет собой полуразрушенный старинный особняк, развалившуюся конюшню и десять гектаров изумительного сада с потрясающим видом на море, которые купил тут некий арабский шейх за какие-то безумные миллионы долларов. Но когда он начал перестраивать развалюху-конюшню под жилой дом для прислуги, то тут же пришла архитектурная инспекция и заставила его не только прекратить это строительство, но и наложила арест на недвижимость. Оказывается, по контракту, который шейх, конечно, не читал, поручив это дело своим французским адвокатам, он обязывался не производить никакой перестройки, а должен был делать только реставрацию. А реставрация во Франции — немыслимо дорогой процесс, поскольку тут царит такой закон: если особняк XVII века сделан из кирпича, то и восстанавливать его можно только с помощью кирпичей и растворов XVII века. А кирпичи, созданные по технологии этого XVII века, продаются в специальных магазинах по цене золотых слитков. Чего лохи, приобретающие недвижимость, конечно, не знают и горят, как погорел тот арабский шейх. Впрочем, с этим шейхом дело кончилось несколько иначе, потому что денег у него было настолько много, что он решил отомстить Лазурному берегу — он огородил это поместье гнилыми досками и платит ежегодный налог за землю, но не продает поместье, чтобы оно никому не досталось. И любой проезжающий может видеть эти живописные развалины среди ухоженных райских пейзажей французской Ривьеры.

Но у моего приятеля оказался другой менталитет. Хотя спустя пару дней полиция заявилась к нему и уже официально поставила его в известность о том, что в случае каких-либо инцидентов с его бывшим партнером он сядет в тюрьму, у Володи, как у всякого русского человека, душа по ночам горела от желания отомстить нотариусу. Он вспомнил, что в период братания у них были совместные похождения по девушкам, и не сам, конечно, а как бы от лица французского доброжелателя написал об этом во всех подробностях жене нотариуса, что вызвало скандал в семье. Нотариус понял, откуда у этого доноса ноги растут. И однажды в 8 часов утра на вилле Дьяконова раздался звонок. Налоговая полиция сообщила ему по домофону, что у них есть санкции прокурора на обыск, поскольку Франция имеет претензии к нему на 200 миллионов франков за неуплату налога на ввезенный капитал. А поскольку в России на моего приятеля тоже было заведено уголовное дело, перед ним встала дилемма: возвращаться на родину и получить расстрел с конфискацией всего имущества или заплатить Франции 40 процентов от ввезенных денег, то есть 40 миллионов долларов, и жить на остаток, значительная часть которого уже потрачена. Стоя у ворот Володиной виллы, полиция сообщила:

— Мсье Дьяконов, если вы сейчас же не подтвердите свою готовность заплатить налоги, мы будем вынуждены произвести обыск и изъятие документов, которые нам необходимы для предъявления обвинения.

Володя понял, что нужно потянуть время и сжечь кой-какие бумаги. Поэтому он сказал им, что он, конечно, может принять у себя налоговую полицию, но, к сожалению, еще не оделся и не побрился. Ведь обычно он встает значительно позже.

— Когда? — спросили французы.

— Где-нибудь часов в десять.

— Хорошо, — сказали полицейские и расположились в своих машинах прямо у ворот, продемонстрировав удивительную солидарность со своими российскими коллегами, которые тоже чрезвычайно вежливы при посещении налогоплательщиков — например таких уважаемых господ, как Жечков или Лисовский.

На протяжении двух последующих часов эти блюстители закона с любопытством наблюдали, как в жаркий летний день из каминной трубы виллы русского миллионера в безоблачное небо Ниццы поднимался черный хвост дыма. По-видимому, мсье Дьяконов даже по утрам не может обойтись без русской печки или, на худой конец, французского камина. Что ж, человеку, который собирается заплатить Франции 40 миллионов долларов, можно простить маленькие странности. Полицейские прождали два часа и ровно в 10.00 деликатно позвонили еще раз. К этому моменту Володя сжег уже восемь ящиков документов и был вынужден открыть им дверь. Они вошли, конфисковали оставшиеся полтора ящика, в которых не было ничего особенного, и, заявив ему, что отныне все его имущество находится под арестом и он не имеет права распоряжаться им без согласия налоговых органов, покинули виллу.

Не знаю, что бы сделал в данном случае француз, но что сделал русский человек, одержимый жаждой справедливости, я могу рассказать. Дьяконов взял бумагу и написал следующее:

Президенту Франции господину Франсуа Миттерану.

Мсье Президент, к Вам обращается скромный русский миллионер, который приехал во Францию и привез сюда определенную сумму денег для занятия бизнесом и развития российско-французских деловых отношений. В России я известен как серьезный бизнесмен. А в Ницце я открыл свой собственный бизнес, обеспечив французскую сторону рабочими местами... (Очевидно, он имел в виду двух своих секретарш, но поскольку конкретной цифры названо не было, то президент Миттеран мог решить, что мсье Дьяконов подарил Франции тысячи рабочих мест.) *И вот,* — продолжал в письме Володя, — *какой-то паршивый налоговый инспектор приходит ко мне, мешает моему бизнесу и установлению прочных экономических связей между нашими странами. Но мы-то с Вами, господин Президент, как крупные деятели в политике и бизнесе, должны понимать и поддерживать друг друга, тем более что Россия испытывает сейчас угрозу возврата коммунистов и уничтожения ростков открытого рынка, который она строит при Вашей непосредственной помощи. Короче, мсье Президент, нужно поставить на место этих зарвавшихся чиновников налогового управления, которые вредят установлению прочных связей между народами наших стран и препятствуют плодотворному развитию российско-французского бизнеса. С уважением, Вольдемар Дьяконофф.*

Надо сказать, что не прошло и двух недель, положенных по закону на ответ, как мсье Вольдемар Дьяконофф получил пакет из канцелярии президента Франции. Размахивая этим пакетом, он примчался в Ниццу и сказал мне, что теперь-то он вставит клизму всем — и налоговой инспекции, и этому тухлому фраеру нотариусу! Я хотел открыть конверт и прочесть ответ президента Франции, но Володя не позволил и умчался с ним к своему адвокату. А когда мы встретились на следующий день, у него уже был другой вид и он говорил о французском президенте примерно то же самое, что и о своем бывшем партнере по бизнесу. Я попросил его все-таки показать мне письмо французского президента и прочел там буквально следующее:

Уважаемый мсье Дьяконофф!

Президент Французской Республики получил Ваше письмо, и мне поручено ответить Вам, что французские налоговые органы являются совершенно независимой организацией. Никто, даже Президент республики, не может давать им указания или влиять на их работу каким-либо образом. Мы доводим это до Вашего сведения и надеемся, что Вы будете работать в контакте с налоговыми органами на благо установления российско-французских отношений, о которых Вы так тепло пишете в Вашем обращении к Президенту.

С уважением, заведующий канцелярией Президента Франции мсье такой-то.

С этого времени мсье Дьяконофф исчез с территории Французской Республики. Его вилла в Ницце, квартира в Монако и офис опечатаны. Иногда я разговариваю с Володей по мобильному телефону. При этом я не задаю ему глупых вопросов и не спрашиваю, в какой стране он находится. Поэтому мы беседуем исключительно о том, какая сейчас погода в Ницце, какие новости на Лазурном берегу, с кем я тут встречался, в каких ресторанах побывал и что ел. О последнем он просит рассказать подробно, из чего я заключаю, что он ностальгирует по французской кухне, и рассказываю ему о своих походах в рестораны с большим удовольствием.

* * *

ФАРИДА

— Не следует думать, что все новые русские, приехав на Лазурный берег, сплошь и рядом превращаются в лохов и становятся жертвами французских аферистов. Вот история, из которой видно, кто есть кто на самом деле.

Однажды мы с тем же Володей Дьяконовым решили поехать на пляж в Сен-Жан-Кап-Ферра, а говоря по-русски, в город Святого Вани. Это фешенебельное курортное местечко на мысе Ферра между Ниццей и Монте-Карло, там расположены шикарные гостиницы и виллы, которые стоят запредельные суммы. И там же есть несколько замечательных пляжей, которые мы облюбовали себе для отдыха. Мы приехали на стоянку возле виллы Лидо, поставили наши машины рядом — его роскошный вишневый «Мерседес-600» и мой черный «БМВ». И о чем-то разговаривая по-русски, пошли к пляжу. И вдруг:

— О, как приятно слышать русскую речь!

Эту фразу произнесла молодая и очень милая женщина восточной внешности, которая неожиданно выросла на нашем пути. Мы ей заулыбались, она в ответ улыбнулась нам. Разговорились. Она назвала свое имя — Фарида. И французскую фамилию, которой мы не придали никакого значения. Фарида сказала, что провела свое детство в Москве. Мы заинтересовались этим, тем более что женщина была очень симпатичная. Сказали, что мы идем на пляж, и спросили: а вы куда? Она ответила: я тоже на пляж, я просто подходила к своей машине. Мы решили расположиться рядом с ней и заодно поболтать. Она подвела нас к своему пляжному зонтику и, улегшись в своем шезлонге, начала свой рассказ.

Оказалось, что она дочь арабского мультимиллионера, который был послом, ну, скажем, Египта в России в течение долгих лет. Потом он подал в отставку, но остался в Москве в должности главного египетского торгпреда и вел крупный египетско-советский бизнес. И все эти годы Фарида жила в Москве. Отец настоял на том, чтобы она обучалась не в «американ скул» для детей дипломатов, а в русской школе. Конечно, для нее была выбрана замечательная школа в районе Патриарших прудов, в которой учились дети всех партийных шишек Москвы. И Фарида не только училась в этой школе, но была принята в пионерки, стала звеньевой, а затем и комсомолкой и закончила эту школу с серебряной медалью. После чего отец уехал из Москвы, а Фарида поехала учиться в Сорбонну, получила там высшее образование и вышла замуж за француза, владельца авиационных заводов, фамилию которого я называть не стану, потому что ты ее все равно не знаешь, хотя любой француз знает это имя, как сегодня в России любой русский знает Березовского или Потанина. Это один из богатейших людей Франции. Она прожила с ним несколько лет, родила троих детей, а в настоящий момент они находятся в стадии развода. Теперь она собиралась обосноваться на Лазурном берегу, куда приехала не далее как вчера, и хочет присмотреть здесь какую-нибудь приличную виллу.

Тут Володя ткнул меня в бок и сказал ей:

— Вам страшно повезло, потому что подруга Александра как раз является владелицей крупнейшего агентства недвижимости и все виллы от Ниццы до Монте-Карло — ее вотчина. Она продала здесь виллу Тине Тернер, она продала виллу Джеку Николсону, и вам она, конечно, тоже поможет.

— Неужели? — спросила у меня эта египтянка.

— Сделаю это для вас с огромным удовольствием, — ответил я, мысленно подсчитывая свои маклерские проценты от продажи ей виллы стоимостью в три-четыре миллиона долларов, поскольку именно с этой суммы начинаются приличия на Лазурном берегу. — Завтра вы можете позвонить по этому телефону, скажете, что это от меня, и вам будет предложен выбор из самых шикарных вилл, которые здесь есть.

Она обрадовалась и сказала:

— Видите, как все легко и просто! Вообще я должна сказать, что все, что связано с Россией, у меня в жизни складывалось очень хорошо. Там я была принята в пионерки, там у меня была и первая любовь.

Почему-то на прием в пионерки она особенно педалировала, как на необыкновенно счастливую веху в своей жизни. И вообще всю российскую часть своей биографии, которую я изложил тебе столь коротко, она рассказывала длинно, подробно и с большим количеством деталей, как человек, который заново испытывает самые радостные моменты своего прошлого. А мы, развалясь на лежаках, поглощали устриц на льду, которых по нашему заказу выкатили официанты, и запивали их моим любимым «Шабли». Обслуживание на этом пляже, как ты понимаешь, было по высшему классу.

И вдруг Володя хлопнул себя по лбу и закричал:

— Ой! Я совершенно забыл! Саша, нам нужно срочно ехать в Монако! Нам же сейчас будут звонить из Америки!

Действительно, увлекшись устрицами и этой милой египтянкой, я совершенно забыл о важном звонке из США, который касался, правда, не столько меня, сколько Володи. Мы извинились перед Фаридой, обменялись телефонами и, прыгнув в свои машины, помчались в Монте-Карло. Приехав туда, мы еле-еле успели к этому звонку, и Володя был страшно обрадован теми новостями, которые ему сообщили, сказал, что ему удалась важная сделка. Мы решили отпраздновать его победу, но прежде чем отправиться в ресторан, я позвонил своей подруге — хозяйке агентства недвижимости:

— Фредерика, мон амур, ты же знаешь, как я тебя люблю! У меня есть для тебя подарок. Я нашел потрясающую клиентку, завтра тебе будет звонить миллионерша, жена такого-то...

Когда Фредерика услышала фамилию Фариды, она буквально заверещала на другом конце провода:

— Нет вопросов! У меня есть такие виллы! Такие классные варианты! Я предоставлю все, что ей надо!

— Насколько я понял, — сказал я, — ей нужна очень скромная вилла, ведь она разводится и не может себе позволить излишнюю роскошь. Поэтому ей нужна вилла лишь с двумя бассейнами — один для детей, один для нее. И сад примерно в полгектара земли. А поскольку она любит принимать гостей и будет вынуждена искать себе нового мужа, ей нужна вилла на восемь—десять спален. У тебя найдется что-нибудь в этом роде?

— Александр, мон амур! — воскликнула счастливая Фредерика. — Это же роскошная клиентка! С меня бутылка «Дом Периньон» и пять процентов!

— Вот теперь, — сказал я Володе, — мы действительно можем пойти в ресторан!

И мы отправились в японский ресторанчик «Фудзи», который находится в комплексе «Метрополь» в самом центре Монте-Карло. Там мы съели замечательное сашими, запили саке, и тут я себя хлопнул по лбу:

— Володя, а ты заплатил за устриц на пляже?

— Нет, — он сказал, — я думал, что ты заплатил.

Я посмотрел на часы. Был восьмой час, пляж закрывался в семь. Тем не менее я бросился в машину и помчался в Сен-Жан-Кап-Ферра, проклиная и себя, и Володю. Ничего себе джентльмены! Прикатили на самый шикарный пляж, наговорили с три короба, наели-напили и сбежали!

Как я тебе говорил, между Ниццей и Монте-Карло существуют три дороги, и самая нижняя, по которой я должен был проехать вдоль моря, оказалась забитой в этот вечер огромным количеством автомобилей. Я ехал страшно медленно и только часам к восьми проехал эти несчастные десять километров и выехал на пляж. Там уже никого не было — ни отдыхающих, ни официантов. Но ресторан был еще открыт, я нашел нашего официанта и сказал:

— Мсье, я приношу тысячу извинений, но мы должны были срочно уехать и забыли заплатить. Дайте мне счет, я приехал специально для того, чтобы исправить эту оплошность.

А он сказал:

— Не беспокойтесь, мсье, ваша подруга за все заплатила.

— Как за все заплатила? Мсье, какой там был счет?

— Небольшой, мсье. Около тысячи франков.

Я был совершенно убит этим сообщением. Поскольку весь пляж видел, как мы втроем хохотали, веселились и разговаривали по-русски, то есть были единой компанией, Фарида была вынуждена за нас заплатить. Где ее искать, я не знал, она дала мне только свой парижский телефон, а где она поселилась на Лазурном берегу, я даже не удосужился спросить. И несолоно хлебавши я отправился обратно в Монте-Карло.

Звонки по ее парижскому телефону не дали результата, работал автоответчик.

А через два дня Фредерика стала меня спрашивать, где же эта клиентка. Я ответил:

— Не знаю, я дал ей твой телефон. Она сказала, что непременно позвонит, но, может быть, у нее что-то изменилось в жизни...

Хотя я, конечно, догадывался, почему не позвонила эта замечательная египтянка. Когда наконец дозвонился до Парижа, то мне ответили, что ее нет, — она на Лазурном берегу. Спустя две недели я приехал в Париж и снова позвонил ей, сказал: «Это Александр, с которым вы познакомились возле виллы Лидо на мысе Ферра».

— Да-да, я помню, — засмеялась она, — это тот самый Александр, который не платит в ресторанах.

— Именно по этому поводу я вам и звоню, — сказал я. — Мы тогда в такой спешке уехали, что просто забыли заплатить. Я потом вернулся, чтобы увидеть вас, но, к сожалению, вы уже ушли, а официанты мне сказали, что вы за все заплатили. Я чувствую себя крайне неловко и хочу вернуть вам деньги.

— Ну что вы, Александр! — ответила она. — Для меня тысяча франков — это не деньги. Но я тем не менее рада, что вы позвонили. Все-таки у меня остались такие светлые воспоминания о России, мне очень не хотелось омрачать их какими-то устрицами!

— Я понимаю, — сказал я, — что вы не возьмете у меня тысячу франков. Но у меня есть компромиссный вариант. Я приглашаю вас в любой ресторан, где мы сможем потратить не меньше тысячи франков. И я обещаю вам вечер, который развеет это недоразумение.

— О, это хорошая идея! Сейчас я посмотрю свое расписание. Послезавтра в восемь часов вечера вы можете заехать за мной по такому-то адресу.

Конечно, я заехал за ней и повез ее в ресторан «Ритц» на Вандомской площади — тот самый, в котором принцесса Диана ужинала с Додди Аль-Файедом, перед тем как уехать в свое последнее путешествие и закончить жизнь под мостом Альма.

Мы приехали в «Ритц», провели там чудесный вечер, и я сказал Фариде, что на Лазурном берегу ее ждут замечательные виллы, там все в порядке, она может в любое время их приобрести.

— Спасибо, Александр, — сказала она. — Но я уже купила там виллу. И вы можете приехать туда в гости в любое время, у меня там восемь спален, два бассейна и сад площадью в гектар. То есть даже лучше, чем я хотела.

— Я с удовольствием приеду, спасибо. Но мне жаль, Фарида, что вы не сделали эту покупку через мою подругу.

— Вы должны меня понять, Саша́, — улыбнулась она тонкой улыбкой египетской красавицы. — Не могла же я пользоваться услугами человека, который не может заплатить за себя в ресторане.

* * *

МЕСТЬ СЕКРЕТАРШИ

— Одна моя знакомая студентка Сорбонны, русская по происхождению, приехавшая учиться во Францию из Москвы, рассказала мне такую историю. Поскольку денег у студенток нет, она подрабатывала переводчицей. А объявление о том, что она, студентка Сорбонны, может поработать в этом качестве, она писала от руки и вывешивала в «Глобе», в магазине русской книги в Латинском квартале. Она считала, что, если она будет давать подобные объявления в газету, то ее могут неправильно понять, примут за проститутку. А в книжный магазин ходят люди интеллигентные, и если кому-то нужна переводчица, то это и будет работа переводчицей, а не что-то еще. И периодически она действительно получала такую работу по сто франков в час или по пятьсот в день, которые были нелишними в ее студенческой жизни.

И вот однажды ей позвонил человек, который оказался новым русским, приехавшим во Францию прогуливать нажитые в России деньги. Первое задание, которое он ей дал, — помочь ему купить квартиру в Париже. И она полдня шаталась с ним по агентствам недвижимости, переводила, вела переговоры. Затем, расплатившись за работу, он пригласил ее пообедать. Они пошли в тихий ресторанчик на берегу Сены, пообедали и познакомились поближе. Он сказал, что он одинокий человек, Франция ему нравится, но он еще не решил, будет ли он жить в Париже или на Лазурном берегу, про который много слышал, но никогда там не был. Поэтому он осторожно спросил, не хочет ли она поехать на Лазурный берег и поработать с ним там. А у нее в этот момент наступали каникулы в Сорбонне, и она согласилась. Он взял машину напрокат, и они отправились в Ниццу, куда считают за обязанность приехать все русские, хотя на Ривьере есть и другие не менее замечательные места. Но Ницца — с давних пор мечта всех русских туристов.

Они приехали туда к ночи и пошли снимать гостиницу. При этом она сделала у портье не совсем точный перевод того, что он просил, но точный, как она считала, по их взаимоотношениям. То есть, зайдя в гостиницу, которая ему понравилась, он попросил номер. А она попросила номера. И поскольку он по-французски не говорил, то им дали два разных ключа, чему он несколько удивился. Но виду не подал. И спали они в разных номерах. Зато на следующий день они пошли в агентство недвижимости, и он снял большую и роскошную квартиру с окнами на море. И в этой квартире они поселились вместе. Там были две спальни и одна гостиная. И каждый из них занял свою спальню. Но поскольку они вместе проводили все время, то не надо объяснять, что через какое-то время оба оказались в одной постели, чему она не особенно противилась, потому что парень, по ее словам, был довольно симпатичный, несмотря на то что новый русский. То есть пальцы веером не распускал, даже прочитал какое-то количество книг, и с ним было о чем поговорить.

Итак, они стали любовниками, но при этом ее занимало, как бы он не воспринял это неправильно и не перестал ей платить за ее работу. Поэтому она сказала:

— Милый, ты совершенно замечательный парень, мне с тобой очень хорошо. Но все-таки я приехала сюда работать твоей переводчицей.

Он сказал:

— Отлично, пусть так и будет.

И они продолжали свои любовно-деловые отношения. Занимаясь поисками дома или квартиры, они объехали весь Лазурный берег, каждый день приезжали на новое место, посещали агентства по продаже недвижимости и смотрели какие-то квартиры и виллы. В конце дня он оплачивал ее рабочее время, а по вечерам приглашал поужинать, как свою подругу. И однажды, в одном из городков неподалеку от Ниццы, в очередном агентстве он встретил француженку редкой красоты. Хотя француженки в массе своей, между нами говоря, большой красотой не отличаются, но это была жемчужина Лазурного берега. И наш герой влюбился в нее до такой степени, что буквально дрожал в ее присутствии, а затем стал со своей переводчицей-любовницей откровенно обсуждать, как же ее увлечь. Переводчице эта игра понравилась, и она сказала: давай придумаем, как это можно сделать. Они еще пару раз посетили это агентство недвижимости под предлогом осмотра квартир, но этот новый русский был влюблен до такой степени, что робел даже обратиться к той француженке. И переводчица стала над ним подтрунивать:

— Ну что же ты? Вперед! Это француженка, она воспринимает все очень конкретно. Если мы ей говорим, что пришли по делу, она и относится по-деловому. А если сказать, что по любви, то и будет относиться соответственно.

Он говорит:

— А как перейти к любви?

— Да очень просто! Ты же меня пригласил в ресторан — и ее пригласи!

— А это удобно?

— Что значит удобно? Меня тебе было удобно приглашать?

— Так ты же своя!

— Все женщины чужие, пока ты с ними поближе не познакомишься, запомни это! Ладно, помогу тебе, построю с ней разговор так, чтобы это было удобно.

Он сказал:

— Ох, ты моя прелесть! Какая ты умница, я тебе увеличиваю зарплату.

— Прекрасно! — засмеялась она. — В таком случае я тебе создам французский гарем, чтобы ты еще больше думал о моем материальном положении.

И она завела с француженкой разговор о том о сем, потом перешла на местные рестораны и спросила, какие эта французская красавица посоветует рестораны им посетить. Француженка с совершенно чистым сердцем отвечала: у нас рестораны на все вкусы, а на ваш вопрос насчет моего любимого ресторана могу сказать, что больше всего люблю рыбный тайский ресторан в Ницце возле цветочного рынка. Тогда переводчица сказала:

— А может быть, вы будете так любезны, что покажете нам этот ресторан и мы туда сходим вместе, обсудим наши дела? Естественно, мы вас приглашаем, потому что этот человек очень состоятельный, он может все оплатить.

Та сразу согласилась, назначила на следующий вечер рандеву и назавтра привезла их в совершенно потрясающий рыбный ресторан, где они ели омаров, лобстеров и другую живность. Напились вина, сели в машину и решили продолжить ужин в его квартире, что они и предложили этой француженке. Француженка поехала с ними с большим удовольствием, считая этих ребят любовной парой. По пути они взяли несколько бутылок вина, которое она порекомендовала, а в квартире продолжили пир. И довольно прилично напились все трое, стали веселиться. Француженка стала им петь на французском языке, а потом попросила, чтобы они спели что-то в ответ. Они нестройным дуэтом спели ей «Подмосковные вечера». Француженка аплодировала, визжала от восторга.

И в какой-то момент этот парень осмелел и положил француженке руку на руку, а она ее не отняла. Потом он положил ей руку на плечо. Она тоже не возражала. Тогда он обнял француженку за талию и стал с ней танцевать. Она и этому не противилась. Затем они сели на диван. И тут, рассказывала мне переводчица, я почувствовала в нем какую-то робость и поняла, что дальше он не пойдет, такой у русских мужиков комплекс перед иностранками. Я решила ему помочь, подсела с другой стороны и стала ласкать эту француженку — тоже взяла ее за руку, стала гладить по шее. Француженка была сильно пьяненькая, но в этот момент слегка протрезвела и спросила:

— А ты, собственно, в каких отношениях с ним? Вы любовники или муж и жена?

— Нет, — сказала переводчица, — я его секретарь, я только перевожу ему, не больше, это мой наниматель.

И стала продолжать ее обнимать, даже попыталась поцеловать ее в плечо. На что француженка сказала:

— Знаешь, я абсолютно нормально отношусь к женской любви у других, но сама этого не делаю. Я люблю мужчин.

— Замечательно! — воскликнула переводчица. — Вот тебе как раз и мужчина для любви.

— А ты не обидишься?

— Как же я обижусь, когда я тебе объяснила, что у нас с ним только деловые отношения?

Тут новый русский спросил:

— О чем вы воркуете?

— Да тебя делим, — сказала переводчица.

— И как, поделили?

— Нет еще. Мы как раз спорим, кто из нас должен остаться.

И тогда этот новый русский открыл свой бумажник, достал полторы тысячи франков, что составляло двухдневный заработок этой девушки, дал ей деньги и сказал:

— Знаешь что, дорогая? Сходи куда-нибудь — хоть в ресторан, хоть в кино. А потом сними себе гостиницу и поспи где-нибудь одна. Сегодня ты здесь ночевать не должна.

И тут, рассказывала мне эта переводчица, я страшно обиделась. Потому что если бы он просто попросил меня уйти в другую комнату, что ж! Разве я бы им мешала? Ушла бы, как мышка, и оставила их вдвоем. Но он на глазах у француженки, перед которой он хотел шикануть и показать, какой он крутой и богатый, вытащил деньги и показал мне мое место в жизни. На меня это очень плохо подействовало. Глаза мои налились слезами, я встала, взяла эти деньги и ушла, хлопнув дверью. Вышла на улицу и стала думать, что же мне делать.

Внизу, под этим домом, было кафе, куда она зашла, села в углу и заказала себе какую-то выпивку и кофе. И поскольку она была под хмельком и во взвинченном состоянии, то заказ она сначала сделала по-русски.

И дальше с ней произошло приключение, которое вообще не входило в ее планы. В этом кафе сидели четыре юных французика — не то старшеклассники, не то студенты-юниоры. И конечно, когда туда зашла одинокая красивая девушка, они сразу же обратили на нее внимание. А услышав, что заказ сделан не по-французски, приняли ее за туристку и решили снять. Один из них, самый смелый, подсел к ней, поприветствовал по-английски, отпустил какие-то комплименты. Потом подсел второй, потом третий и четвертый. И она оказалась в окружении четырех симпатичных французских мальчиков, которые приняли ее за иностранку, не понимающую языка, и решили ее соблазнить. Причем идею эту они с самого начала обсудили между собой по-французски, а она сделала вид, что по-французски не понимает, развлекалась этой игрой.

А мальчики, воодушевившись ее благорасположением, стали напропалую ее веселить по-английски, переговариваясь между собой по-французски, как бы ее побыстрей напоить и куда ее потом затащить для группового удовольствия. Причем они это обсуждали с такой мальчишеской возбужденностью, что она про себя просто помирала от смеха и еще подливала масла в огонь, подстегивала их, громко говоря по-английски: «Официант, я хочу уйти, сколько с меня?» Мальчишки начинали жутко волноваться, говорили друг другу: давай скорее, закажи еще бутылку, расскажи ей еще что-то, а то она уйдет! Короче, они ее все подпаивали и подпаивали, а она заставляла их пить наравне с ней, и в результате они напились все впятером.

И в конце концов эта компания вывалилась из кафе, перешла улицу и пошла на пляж, который находился тут же, напротив ресторана. Там они продолжили пьянку, кто-то предложил покурить травку. Она приняла и в этом участие. Один из них стал ее ласкать, потом присоединился второй, третий и четвертый. Она никак не сопротивлялась и занялась любовью с этими четырьмя мальчиками одновременно — причем с бо-о-ольшим удовольствием. После чего мальчишки пригласили ее в дискотеку, и они провели целую ночь совершенно замечательно — все впятером поехали в дискотеку, где она была королевой бала и главной их девушкой. Конечно, будь это в России, дело, как ты понимаешь, могло бы закончиться совершенно иначе — но не будем о грустном... Тут была Франция, и мальчики были галантными французами, а она — их иностранной гостьей, которой они выражали всяческое восхищение. Под утро, снова на пляже, она отблагодарила их за это своей любовью еще раз и часов в десять заявилась к своему новому русскому. А тот спал один, потому что его французская девушка уже исчезла.

Она пошла в свою спальню и завалилась спать. Он, проснувшись, пытался ей напомнить — мол, пора вставать, работать, но она ему нагрубила и спала до обеда. В обед она проснулась, думая, что уже уволена. Поэтому она пошла в ванную, привела себя в порядок и вышла в гостиную с видом гордой и независимой женщины, готовой к несправедливому увольнению.

А в гостиной ее ждал завтрак на двоих. То есть этим новый русский перед ней как бы извинялся. Она это отметила и села к столу. Тут он вышел из своей комнаты. Она небрежно спросила:

— Ну, как твои дела?

— Дорогая, — сказал он с гордостью, — я должен честно признаться: я тебе изменил. Приношу свои извинения. — И отвесил ей эдакий шутовской поклон.

На что она, отпив глоток сока, посмотрела на него и сказала:

— Извиняться не надо, дорогой. Мы квиты.

* * *

ФРАНЦУЗСКИЕ КАНИКУЛЫ

— Эти две девушки познакомились на конкурсе «Мисс Россия». Одна из них была, скажем, «Мисс Омск», а другая, допустим, «Мисс Томск». И одна из них была блондинка, а другая брюнетка. Но на этом разница между ними и кончалась. Потому что обе они были по 180 см ростом и с параметрами 90—60—90 — я имею в виду параметры женской фигуры. То есть обе роскошные красавицы и конкурентки на этом конкурсе. Но победила третья девушка, а эти две стали «Вице-мисс России». Победительницу конкурса увенчали короной, а они получили по диадеме и конверту с каким-то количеством премиальных. Затем на сцену выходили спонсоры и говорили, что они дарят новой «Мисс Россия» какие-то видеомагнитофоны, наборы косметики, наборы белья. А один из спонсоров сказал:

— На «Мисс Россия» так много свалилось подарков, что я хочу восстановить справедливость. Пусть девушки, которые заняли второе и третье места, тоже получат свою порцию счастья. Наша фирма дарит им путевки для отдыха во Францию, на Лазурный берег.

Весь зал зааплодировал, а девчонки прослезились и обрадовались, потому что они надеялись на первое место и, конечно, завидовали победительнице. После завершения официальной части был банкет, на котором этот спонсор подошел к ним и сказал:

— Девчонки, вы мне обе так понравились, вы были такие трогательные, мне так жалко, что вы не победили. Каждая из вас могла быть «Мисс России». Вот я и решил вас утешить, вы прекрасно проведете время в этом путешествии.

И целый вечер они провели втроем — этот юный банкир, ему было лет 25, и эти две очаровательные девчонки. Он им дал свои телефоны и сказал, чтобы они ему позвонили. Но желательно, чтобы позвонили вместе, потому что оформлять в поездку нужно обеих сразу. Поскольку никакого желания возвращаться в свои Омск и Томск у девчонок не было, они не стали откладывать дело в долгий ящик и на следующий же день позвонили ему. Хотя банкира не было на месте, его секретарша сказала, чтобы они немедленно приехали в банк с фотографиями и заграничными паспортами. И то и другое у них было. Надеясь на победу в конкурсе и вытекающие из этой победы загранпоездки, они еще в Омске и Томске обзавелись заграничными паспортами. Поэтому они тут же примчались в тот банк. Секретарша попросила их заполнить анкеты, взяла фотографии и сказала, что их паспорта уходят во французское посольство на визу.

Девчонки не ожидали такой скорости и спросили, как скоро будет готово. Она сказала, что готово должно быть не позже чем через десять дней, и сразу — отъезд. Они страшно обрадовались, позвонили родителям и сказали, что едут во Францию. Поскольку родители видели их по телевидению и гордились их призовыми местами, они отпустили их с легким сердцем. Тем временем срок их проживания в гостинице за счет этого конкурса закончился, им пора было куда-то перебираться, и, скинувшись своими премиальными, они сняли однокомнатную квартиру в Москве, но заплатили только за месяц вперед. Потому что ни та ни другая не собирались возвращаться не только в свои дремучие Омски-Томски, но и вообще в Россию. Собираясь в это вожделенное путешествие, они гадали, каким оно будет, и предполагали жить в роскошной гостинице, щеголять на пляжах своими роскошными фигурами, а по ночам пропадать в дискотеках и подцепить каких-нибудь принцев или, на худой конец, устроиться во французское модельное агентство. То есть нормальный расклад любой российской красавицы, вырывающейся за просторы Родины чудесной. И на почве этих планов они стали неразлучны и решили всегда идти по жизни вдвоем. Вместе ходили по московским магазинам, вместе примеряли какие-то наряды, вместе выясняли, какая погода в этот момент на Лазурном берегу Франции. Тем более что никакой информации от этого банкира они получить не могли. Потому что каждый раз, когда они туда звонили, секретарша отвечала, что его нет, он занят, он работает, он с вами поговорить не может. И вообще, девочки, когда для вас будут какие-то новости, вам сообщат, ждите.

Девочки терпеливо ждали. И на десятый день новости действительно поступили. Секретарша банкира позвонила и велела завтра к семи утра прибыть в офис с вещами. Они встали в пять, привели себя в порядок, собрали сумки и примчались на такси в этот офис. Там их ждал микроавтобус, в который их погрузили и повезли в аэропорт. И только уже в аэропорту они увидели этого банкира. Он их встретил, сказал, что летит вместе с ними, и провел через VIP-зал на летное поле.

Оказалось, что летят они чартерным рейсом, специально арендованным этим банкиром, и всех пассажиров в их самолете было пять человек: банкир, два его охранника и эти девчонки. Самолет прилетел в Ниццу, откуда они на машине поехали в порт. В порту не было никакого отеля, но их ждала прекрасная яхта по имени «Марсельеза», в каютах которой они поселились.

Заняв свои каюты, девчонки сразу же переоделись и вылезли на палубу поглазеть на Францию и погреться на солнышке, от которого они отвыкли в Москве. Оказалось, что на палубе уже сервирован обеденный стол и кок-француз стоит с белым полотенцем через руку в ожидании хозяина этого плавания. Тут вышел их банкир, дал капитану яхты приказ отправляться, а девчонкам сказал:

— Ну что, девочки, перекусим? Садитесь к столу.

И яхта ушла в открытое море.

Девчонки были в восторге.

Потом они валялись на палубе, загорая. А банкир, глядя на них, сказал:

— Девчонки, зачем вы надели бюстгальтеры? Здесь так не принято. Посмотрите в бинокль. Здесь на пляжах все топлесс.

Девчонки смутились и быстро скинули бюстгальтеры, после чего банкир сказал:

— Посмотрите, вон там яхта плывет, видите?

И дал им бинокль. Они посмотрели и увидели девчонок, которые на соседней яхте загорали абсолютно голые. Тогда и они скинули трусики и, хихикая, легли на животики, подставив попки солнцу.

Наступил вечер. Банкир пригласил их на ужин, который был накрыт в салоне яхты. Девчонки расфуфырились, надели какие-то наряды и вышли к ужину по-светски, на каблуках. Он посадил их напротив себя и оказывал им абсолютно равное внимание. А они уже давно, еще на палубе, гадали, на кого же из них он положил глаз. И решили, что не важно, кого он выберет, вторая ей завидовать не будет. Раз уж идти по жизни вдвоем, то без зависти и подножек друг другу.

Но банкир оказывал им абсолютно равные знаки внимания и поровну наливал прекрасное французское шампанское. Правда, когда заиграла музыка, он сначала пригласил танцевать блондинку, а потом брюнетку, из чего они сделали вывод, что блондинка нравится ему больше. В общем, к концу вечера они напились. И блондинка считала, что имеет на него больше прав. Она решила застолбить это право, повисла на этом банкире и, вместо того чтобы пойти в свою каюту, ушла в каюту к нему.

Утром все снова встретились на верхней палубе. И опять был совершенно замечательный день — завтрак, обед и ужин. За ужином они опять танцевали. Но на этот раз банкир начал танцы с брюнеткой. На что блондинка фыркнула и сказала:

— Ты должен определиться все-таки.

Он сказал:

— Дорогие девчонки, я уже давным-давно определился, а вы, как дуры, все спорите между собой. Но я же честно и открыто сказал вам в самом начале нашего знакомства: вы мне обе нравитесь. Разве не так?

Это несколько расстроило блондинку, тем более что брюнетка решила заявить свои права и после ужина ушла в каюту к банкиру.

Когда на следующее утро вся компания встретилась, то блондинка посчитала глупым надуваться и отравлять себе путешествие. Ведь они действительно договаривались идти по жизни вдвоем и все делить поровну. Поэтому она стала вести себя раскованно и напомнила банкиру, что тоже является его девушкой. Банкир сказал:

— Ну вот, наконец-то вы все поняли! Какие вы замечательные девчонки, как мне нравится иметь с вами дело!

И дальше они провели совершенно чудесные две недели на этой яхте. Они обошли все порты Лазурного берега, сплавали в Италию, потом вернулись во Францию. Когда им надоедало кататься на яхте, они пришвартовывали ее в порту, брали напрокат машину и раскатывали по каким-то чудным курортным городкам. Играли в казино, ужинали в ресторанах, танцевали в дискотеках. Весь Лазурный берег любовался ими и завидовал этому русскому принцу-банкиру.

И вдруг, когда они валялись на пляже в Каннах, зазвонил мобильный телефон. Банкир не хотел брать трубку, говорил охраннику, что его нет, он испарился, он отдыхает на Луне. Но охранник сообщил, что это звонит его партнер и дело срочное. Банкир взял трубку, выслушал все, что ему там сказали, дал отбой и раздосадованно сказал:

— Девчонки, тут такое дело. Мой партнер требует, чтобы я срочно прилетел в Москву и подписал один документ. Но вы не расстраивайтесь. Неужели вы думаете, что мы этот отпуск так лажово закончим? Да я просто подлечу на самолете на пару часов в Москву, подпишу документы и вернусь. А вы пока плывите в Ниццу.

Они проводили его в аэропорт, один из телохранителей улетел с ним, а второй привез их машиной на яхту и остался с ними. Прошел день — банкир не вернулся. Прошел второй — банкира не было. Когда на третий день у этого охранника зазвонил мобильный телефон, они завизжали от радости, потому что звонить ему мог только этот банкир и, значит, он уже в дороге, он возвращается, нужно мчаться в аэропорт его встречать.

Но, судя по тому, как во время телефонного разговора у охранника вытянулось лицо, они поняли, что что-то переменилось в этих планах. И стали его теребить. Охранник ничего не мог из себя выдавить несколько минут, а потом сказал, что банкир убит. Когда он приехал в Москву, зашел в банк, подписал документы и через полчаса вышел, чтобы ехать в аэропорт, пуля снайпера пробила ему череп.

Можешь себе представить, какое впечатление это произвело на девчонок. Они впали в рев. Плакали три дня и спрашивали у охранника, что же будет дальше. А охранник сам ничего не знал, потому что он всегда выполнял распоряжения шефа. А последним распоряжением шефа было охранять девчонок на яхте и ждать его возвращения.

В конце концов девчонки попросили его позвонить в Москву и выяснить, когда похороны. Хотя яхта была оплачена на тридцать дней и они могли жить на ней и плавать еще две недели, но им так полюбился их банкир, что они готовы были бросить и Лазурный берег, и эту яхту и лететь на его похороны в холодную и грязную Москву. На что охранник сказал:

— Вы чего? Вы соображаете вообще, что несете? Там будет его жена, ребенок, родители. А вы там в какой роли будете выступать? У вас есть яхта, вот и живите тут еще две недели. Пока из офиса скажут, чего нам делать.

— Но у нас нет никаких денег...

— А зачем вам? Тут все оплачено вперед — и еда, и горючее. Можем хоть в Африку сплавать!

Но у них уже не было желания никуда плавать, даже в Африку. И они провели еще две недели на этой яхте, пришвартованной к пирсу в Ницце. По вечерам их видели гуляющими по Променад-дез-Англе, где кто-то, конечно, пытался их закадрить, пригласить в ресторан или в дискотеку, но они игнорировали всех и вся, не отвечали ни на «бонжур, мадемуазель», ни на «гуд ивнинг», и в конце концов их оставили в покое. А они, проводя все время вместе в трауре по своему погибшему любовнику, еще больше сблизились друг с другом. Теперь они проводили вместе не только дни, но и ночи. И как-то само собой получилось, что, утешая друг друга, они начали ласкать одна другую, а потом и стали любовницами. И то ли потому, что их лесбийское чувство пришло к ним в такой драматический момент их жизни, то ли оттого, что они были изолированы на яхте от мира в течение двух недель, эти случайные ласки, которыми часто награждают друг друга подружки, переросли у них в глубокое чувство, которое связало их. И они забыли о своих планах подцепить какого-нибудь богача, вернулись в Москву, работают в Доме моделей, живут в арендованной однокомнатной квартире и продолжают любить друг друга. И в этой квартире, на стене, над их единственной кроватью висит большая фотография яхты по имени «Марсельеза», на которой они сняты со своим любимым банкиром.

* * *

ПЕТЯ В МОНТЕ-КАРЛО

— Снимал я для российского телевидения сериал о Франции, и съемки происходили в таких золотых местах, как Корсика, а также в Монте-Карло, Ницце, Канне и в других городках Лазурного берега. То есть они-то и были героями фильма. А приехали мы туда русской съемочной группой. Разные люди работали на этом фильме, но про одного из них стоит рассказать особо. Это был продюсер, мы называли его Петя Блин, и он резко отличался от киношных администраторов, с которыми я привык работать. Типичный новый русский. Нужно сказать, что как режиссер кино я привык иметь дело с работниками «Мосфильма», которые всегда были кинематографической элитой, у них были какие-то представления о правилах поведения и приличия. Но Петя был из другого поколения и из другого мира. Он был человеком телевидения. А производство на современном русском телевидении принадлежит по большей части молодым ребятам с замашками голливудских гангстеров. Он был невысокого роста, лысый и круглолицый, но считал себя неотразимым красавцем, который приехал завоевывать Москву. И надо сказать, довольно успешно ее завоевал.

В поездке он ни на секунду не расставался с сотовым телефоном, который на самом деле на Лазурном берегу ему на хрен не был нужен. Но он все время носил этот телефон при себе, с важным видом нажимал кнопки, связывался с Москвой или Харьковом, спрашивал, как там дела, и сообщал на родину:

— Да вот, блин, парюсь в этом грёбаном Монте-Карле, кино сымаю, шоб йому луснуть...

Как я сказал, один из эпизодов мы должны были снимать в княжестве Монако. А Монако — это особое государство.

Здесь живут самые богатые люди мира, и они установили тут совершенно другие, чем в окружающей Европе, порядки. Если в Европе не принято носить шубы из натурального меха, то в Монако, наоборот, каждая дама считает своей обязанностью надеть шубу из соболя, вне зависимости от погоды. Если во Франции одеваются элегантно, но с подчеркнутым равнодушием к моде, то в Монако, наоборот, все расфуфыренные. И человек в смокинге здесь не редкость даже на улице. Кроме того, Монако — очень консервативная страна. На телевидении никаких эротических программ, никакой фривольности — похоже на телевидение времен Черненко в Советском Союзе — рядом с абсолютно свободным телевидением Франции. В Монако не принято ходить по улицам в шортах ни женщинам, ни мужчинам. На моих глазах туристы неоднократно получали за это замечания, причем как от полицейских, так и от местных жителей.

Все это я рассказал перед поездкой нашей съемочной группе. И надеялся, что люди воспримут это правильно и сделают выводы. Ну, все и восприняли — оделись, как принято в Монако: легкие летние брюки, рубашки. И только Петя вышел из отеля в униформе новых русских — в шортах на своих волосатых ногах, в босоножках без носков и в нестиранной майке-борцовке. Все мои увещевания по поводу того, что в чужой монастырь со своим уставом не ходят, натыкались на его фразу:

— В гробу я их видел, козлов!

Понадеявшись на то, что Петю примут за шофера и не обратят на него внимание, я перестал заниматься его просвещением, мы погрузились в машины и поехали. Надо сказать, что во Франции можно запросто снимать на улицах документальные фильмы. Но Монако, как я уже говорил, полицейское государство, тут на все нужно получать разрешение. В том числе и на съемки. Чтобы его получить, наша переводчица, взявшая на себя роль администратора, долго добивалась рандеву пресс-секретаря принца Монако и наконец получила эту аудиенцию лишь в пятницу вечером. А съемка у нас в субботу. Пресс-секретарь сказала: можете снимать, только скажите полицейским, что вы со мной согласовали.

И вот кавалькадой, состоящей из открытой машины со съемочной камерой впереди и роскошной игровой машины «бентли» стоимостью в 300 тысяч долларов с актерами Маликовым и Леонидовым сзади, мы поехали в Монте-Карло. Проехав нижней дорогой, мы спокойно въехали в княжество Монако и стали снимать. Первый эпизод сняли в Комдомине, второй — в старой части Монако, а потом по тоннелю въехали в Монте-Карло, на красивую центральную площадь, где в центре стоит казино «Де Пари», справа отель «Де Пари» и слева кафе «Де Пари». Замечательное, к слову сказать, кафе, в котором всегда полно людей. И на этой маленькой площади нас тормозит полицейский. Причем «бентли» у нас настолько шикарный и актеры-красавцы Маликов и Леонидов так роскошно одеты знаменитым Клодом Бонуччи, дизайнером из Ниццы, который шьет костюмы всем кинозвездам, что к ним у полицейского никаких претензий. А претензии только к нам. Полицейский вежливо нас останавливает и говорит:

— Пожалуйста, ваши документы.

Мы достаем документы. Полицейский ждет Петю. Но Петя никаких документов не достает, он в этот момент разговаривает по мобильному телефону с Харьковом. Идет следующий диалог:

— Ну и шо? А почем клубника? Шо ты кажешь?! Ой, а почем груши? Шо ты кажешь?! А галушки у тети Маруси ты ив? Шо ты кажешь?!

Полицейский берет наши паспорта и, обращаясь к Пете, говорит:

— Мсье, ваши документы, пожалуйста, я жду.

На что Петя, не удостоивая полицейского взглядом, говорит:

— Отвали, козел!.. Ну а вишня почем? Шо ты кажешь?! Та нэ можэ такого буты!..

Вот так через тысячи километров с помощью спутников и параболических антенн летит над планетой этот содержательный разговор между Монте-Карло и Харьковом о цене фруктов на местном рынке.

Полицейский вежливо, но строго говорит:

— Мсье, я прошу третий раз: предъявите ваши документы.

Поскольку рядом сидит переводчица, она все это Пете переводит. На что Петя, уже поворачиваясь к полицейскому, говорит:

— Я тебе сказал, козёл, отвали! Ты не видишь, я разговариваю... Да, слухай, Зин, а шо, у дедушки правда грыжа? Шо ты кажешь?! Та нэ можэ буты! У бандаже ходит? Ай-яй-яй! А я тут парюсь, в этом грёбаном Монте-Карло. Прынца местного буду сымать...

Полицейский становится белого цвета. Но это же не наш полицейский. Он двумя пальцами берёт Петю за шею, железной хваткой вынимает его из автомобиля и ставит рядом с собой, несмотря на все его визги и мобильные телефоны. И говорит уже совершенно грозным тоном:

— Мсье, я требую, чтобы вы предъявили мне свои документы.

Петя пытается что-то вякнуть насчёт «отвали, козёл», но тут уже я не выдерживаю и говорю:

— Петя! Я тебя умоляю! Немедленно дай ему свой паспорт!

А наша переводчица Нина обращается к полицейскому:

— Мсье, тысячу извинений за этого господина! Он просто в невменяемом состоянии — он говорит с Россией, где его жена рожает. И он сейчас должен узнать, кто там у него родился, мальчик или девочка?

Полицейский говорит:

— Это его проблемы. Я требую, чтобы он мне предъявил документы.

Тут уже мы все — я, оператор, Нина — просим:

— Петя, выключи мобильник и отдай полицейскому свой паспорт!

А Петя, естественно:

— Та шо этот козёл пристал? Да я его счас на рога поставлю!

Мы у него вырываем паспорт, отдаём полицейскому. Полицейский наклоняется к нашей машине, вынимает из неё ключи и говорит:

— Я требую, чтобы вы шли за мной.

И мы все — с нашими камерами, кассетами и штативами — уныло следуем за полицейским. Причём сзади остаётся наш роскошный «бентли», в котором сидят нарядные, в белых пиджаках, Леонидов и Маликов, а к ним подбегает огромная толпа японских туристов и начинает их снимать на фото- и кинокамеры, как монакских миллиардеров, и фотографироваться на их фоне.

А полицейский отводит нас тут же на этой площади в маленькое здание, которое оказывается полицейским участком. По его побелевшим скулам я вижу, что внутри у него все кипит. Но как человек, находящийся при исполнении служебных обязанностей, он не поддается эмоциям и докладывает старшему полицейскому, дежурному по участку, что им арестована русская съемочная группа, которая нарушала покой граждан Монако. И он, полицейский, требует, чтобы мы были проверены на вшивость, то есть на право пребывания в Монако, на разрешение на съемку, а также объяснили, почему мы вторглись в частную жизнь людей. Причем на эту последнюю фразу он особенно напирает, повторяет ее постоянно.

В дело вступает переводчица Нина и говорит:

— Мсье, сейчас я все объясню. Это съемочная группа российского телевидения, это очень уважаемые и законопослушные люди. Это знаменитый режиссер, это очень хороший оператор. У нас на площади остались наши известные актеры, мы никого не трогаем, снимаем только их. Вчера вечером я была у мадам такой-то, пресс-атташе принца Ренье, она дала нам «добро», разрешила съемки в течение одного дня — субботы. Она сказала, что можно с ней связаться, если возникнут проблемы. Мы не нарушаем никаких законов, мы знаем, что Монако особое государство, мы очень уважаем вашу страну и не совсем понимаем, в чем конфликт.

Хотя на самом деле, в чем конфликт — совершенно ясно. Слово «козел», произнесенное с определенной интонацией, понятно на всех языках. Кроме того, мы своими улыбками пытаемся смикшировать ситуацию, а Петя, развалившись в кресле, говорит:

— Та шо вы с этими лохами вообще разговариваете? Хто они такие? Да они шо, не понимают, что имеют дело с ядерной державой? Да одна наша ядерная боеголовка тут вообще ничего не оставит!

Старший полицейский говорит:

— По-моему, вот этот ваш мсье так ничего и не понял. И я ему сейчас все популярно объясню. — И уже поверх наших голов обращается к Пете: — Прошу перевести ему. Вы кто такой?

Петя отвечает:

— Кто я? Я — продюсер московского телевидения! Понял, ты, козел? Я — главный! Ты шо, не врубаешься, шо ли? Посмотри на себя, посмотри на меня — кто ты и кто я? Видишь мою цепуру, козел? У тебя такая цепура есть? И вообще, тебе же, козлу, объяснили: нам ваша козлиха пресс-атташе дала разрешение. Шо те еще надо, козел?

Старший полицейский говорит:

— Прошу перевести.

Нина переводит этот монолог так:

— Уважаемый мсье офицер, наш продюсер приносит вам свои извинения и просит объяснить, в чем, собственно, суть конфликта.

А полицейский говорит:

— Суть конфликта в том, что вы, возможно, получили разрешение у пресс-секретаря, но у вас нет никаких документов на этот счет. А проверить ваше заявление я сейчас не могу, потому что сегодня суббота и управление пресс-службы не работает.

Нина говорит:

— Вот номер ее мобильного, вы можете ей позвонить.

— Это абсолютно исключено, — отвечает тот. — Сегодня суббота, мы не имеем права беспокоить ее вне работы. Но предположим, что вы не обманываете меня и что вы действительно, поскольку вы называете ее фамилию и телефон, имеете ее устное разрешение. Но вы вторглись в частную жизнь жителей и гостей Монако...

— Каким образом мы вторглись? На площади стоит наш «бентли» с актерами, мы только их снимали!

Он говорит:

— По законам Монако, посещение казино является частной жизнью. А поскольку наш полицейский видел, что ваша камера была направлена на казино, то вы, следовательно, снимали людей, в него входящих. А это и является нарушением закона.

Мы говорим:

— Да что вы! Казино от нас было очень далеко! Если в поле зрения и попали какие-то люди, то на экране это будут микроскопические фигурки...

Он говорит:

— Вот я и хочу это посмотреть.

Рассчитывая на то, что мы имеем дело с малообразованным полицейским и что на маленьком просмотровом экранчике видеокамеры он вообще ничего не увидит, я подмигиваю оператору и говорю:

— Ну отмотай ему общий план, снятый широкоугольником. Там людей и заметить нельзя.

Оператор смотрит в камеру, отматывает кусок. Полицейский, взглянув на секунду в камеру, говорит:

— Нет, мсье, я прошу, чтобы вы поставили мне кассету сначала. И все остальные кассеты тоже.

Я ужасаюсь:

— Вы что, будете смотреть все кассеты? Два часа? Мы же снимали в Кондомине, мы снимали дворец принца на скале — там рядом нет никаких казино...

Он говорит:

— Хорошо. Давайте смотреть только материал, который снят в Монте-Карло.

Делать нечего, мы отматываем пленку, он ее смотрит и говорит:

— Что ж. Я убедился, что вы должны этот материал уничтожить, стереть.

Мы говорим:

— Как, мсье?! Вы не совсем понимаете, это же общий план, широкоугольник!..

Он говорит:

— Мсье, это вы не понимаете. Здесь я эксперт, я решаю. И я убедился, что этот материал наносит ущерб жителям и гостям Монако. Прошу его стереть в моем присутствии.

Нина это переводит, до продюсера Пети доходит, что его поведение привело к срыву съемки и это всем ясно. Но он же не может такого допустить, он опять:

— Ты объясни этому козлу, что я пришлю своих ребятишек! Я из него печенку выну, я всех его родственников раком поставлю...

А Нина, умная женщина, племянница знаменитого астронома Шкловского и дочка скульптора Шкловского, переводит это следующим образом:

— Мсье полицейский, мсье русский продюсер приносит вам огромные извинения и просит вас найти форму, при которой мы могли бы решить данный конфликт, потому что производство данного фильма очень затратно. Мы заплатили большие деньги, чтобы приехать в Монако. Мы снимаем очень доброжелательный фильм о вашей стране и хотим, чтобы он послужил делу дружбы между нашими народами и привлек в Монако еще больше туристов из нашей страны...

На что полицейский говорит:

— Мадам, больше не надо. Сначала вы их научите вести себя. Я, как представитель власти, требую от вас исполнения монакских законов.

И нам ничего не остается, как стереть эту запись на площади. Полицейский, который привел нас в этот участок, взял под козырек и пошел на свой пост. А начальник участка пожелал нам всего хорошего. Ответом ему было шипение Пети «козел, я тебя достану», которое Нина ему перевела, как «мсье русский продюсер благодарит вас за то, что вы дали нам исчерпывающую информацию о правилах поведения в княжестве Монако».

После этого мы погрузились в свою машину и поехали, намереваясь продолжить съемку, но на этом наши злоключения не кончились. Потому что озлобленный полицейский, который, конечно, понял все, что Нина ему не переводила, сообщил о нас по своей рации всем полицейским Монако, и ровно через двадцать метров нас остановил другой полицейский, который сказал:

— Мсье, прошу ваши паспорта, я хочу проверить законность вашего пребывания в Монако.

Мы сказали, что вот, мы только что из этого участка, там уже проверили наши документы и разрешили нам продолжить съемки.

Он сказал:

— Я должен это проверить лично.

Взял наши документы, запросил полицейскую компьютерную систему, не был ли кто-то из нас депортирован раньше из Монако, промурыжил нас минут двадцать и сказал:

— Да, все в порядке, можете продолжать движение...

Но через двадцать метров нас остановил следующий полицейский, потом еще один... И так мучительно продолжалась наша съемка, потому что каждый полицейский в этом районе — а их там видимо-невидимо — останавливал нашу машину, заставлял нас предъявлять документы, ждать выяснения и так далее.

А за нами перся роскошный «бентли» с нашими красавцами актерами, которые, находясь в образе, курили сигары и позировали толпам шведских, японских, новозеландских и американских туристов. Но самое потрясающее было в конце рабочего дня, когда, уже совершенно изнеможенные, мы отдали свои паспорта в пятьдесят второй раз и стоим ждем, пока полицейский получит компьютерный ответ, а в этот момент из-за поворота выходит огромная толпа русских туристов. Они видят популярнейших эстрадных исполнителей Максима Леонидова и Диму Маликова, не верят своим глазам, потом бросаются к ним за автографами, женщины просто визжат от счастья. И вдруг из нашей машины вылезает Петя Блин, пальцы врастопыр, и кричит им:

— Ну вы, козлы! Потише тут! Это вам не Житомир!

* * *

НАТАШКА И МОНЕГАСК

— Как известно, в конструкции русских девушек тормоза не предусмотрены. То есть если уж русская девушка что начнет, то остановиться не может. Так было и с Наташкой. Она еще со времен детского садика научилась использовать мужиков. То же самое было и в школе. Вокруг этой красотки с голубыми глазками и льняными волосиками вечно крутились пажи, портфеленосцы и «защитники». Потом пошли ребята с ее лестничной площадки, со двора, с улицы. Потом она поступила в институт и стала заниматься проституцией: сначала со студентами-иностранцами, а затем переместилась в золотую точку — бар гостиницы «Интурист». Она постоянно занималась улучшением качества своей жизни, и надо сказать, что ей это удавалось. От каких-то нищих марксистов из института Лумумбы она перешла на западных бизнесменов, затем на дипломатов, а потом выскочила замуж за финна, но вскоре из Финляндии перемахнула в Испанию, а из Испании во Францию. И наконец встретила то, о чем любая девушка могла только мечтать, — богача из Монте-Карло.

Это был вполне приличный муж, у которого была вилла в Монако, яхта и солидный счет в банке. Но самое главное — он был монегаском — коренным жителем Монако, подданным принца. И это положение давало ему гигантские возможности. Как я тебе говорил, в Монако сосредоточены все деньги Западной Европы, потому что здесь налоговый рай. Но открыть здесь фирму или зарегистрировать компанию может только монегаск. Поэтому каждый монегаск, которых в Монако всего 8 тысяч человек, является членом правления 10—15 компаний, где они, конечно, ничего не делают, а только получают высокие оклады и дивиденды. Вот таким человеком был ее муж, который влюбился в эту красавицу Наташку до безумия. А влюбиться было во что. Наташка была блондинкой с голубыми глазами, с роскошной фигурой, рост — под 180 и по виду — чистый ангел. То есть она была настоящей женщиной — ее внешний вид и внутренние качества находились в полном противоречии. А этот монегаск полюбил ее настолько, что разрешил ей пользоваться своим домом и гаражом, в котором стояла небольшая коллекция отборных автомобилей, включая «феррари», «мерседес» и джип для выезда в горы. Наташка выбрала себе «феррари» и каталась на нем по всему Лазурному берегу: гоняла в Ниццу, в Канны, в Антиб, а также в Италию, которая находится в 20 километрах от Монако. В общем, жила прекрасно.

Но успокоиться не могла, и в каком бы направлении она ни двинулась, она тут же начинала заводить романы. Она перетрахала всех приятелей-монегасков своего ничего не подозревавшего мужа, половину французского Лазурного берега и еще половину мужиков на итальянской части Ривьеры. Причем ухитрялась это делать с громкими скандалами, мордобоем и выяснением отношений между любовниками. Только идиот муж ничего не знал про эти похождения. Кроме того, она довольно часто мотала в Москву под предлогом тоски по матери, которую она в Москве и в глаза не видела, а носилась по своим бесчисленным московским любовникам или сидела в баре гостиницы «Интурист» со своими подругами по прежней профессии. При этом если ей кто-то предлагал «сняться», то она спокойно договаривалась о цене и уходила с мужиками. То есть она была идейной проституткой, потому что деньги, которые она зарабатывала проституцией, были мизерными в сравнении с тем, что давал ей муж. Но иначе она с мужчинами вести себя не могла.

И вот однажды во время очередного полета в Москву она в аэропорту Ниццы познакомилась с совершенно потрясающим красавцем — немецким военным летчиком, на которого она произвела неизгладимое впечатление. Он тоже летел в Москву. Первый раз они трахнулись прямо в самолете во время полета. При этом выяснилось, что Наташка делала это в самолете многократно, а летчик-профессионал, жизнь которого проходит в воздухе, первый раз попробовал это удовольствие на высоте 8 тысяч метров. В связи с чем Наташка стала над ним издеваться в своей вечной манере общения с мужиками — она то заискивала перед ними, то издевалась. Что мужиков сильно сбивало с толку. Короче, этот немец заторчал на нее, и они прекрасно провели время в Москве. При этом немец, конечно, сорвал свою деловую поездку и получил огромный нагоняй от начальства, поскольку вместо того, чтобы заниматься в Москве переговорами с Министерством обороны о советском военном имуществе, оставленном в бывшей ГДР, он пропадал с Наташкой в ночных дискотеках, барах и казино.

Но самое смешное в этой истории то, что немец, несмотря на свое добропорядочное немецкое происхождение, семью и детей, в Наташку безумно влюбился. И стал на своем спортивном «Мерседесе-500» приезжать из Мюнхена в Монако, где встречался с Наташкой и уходил с ней в большие загулы. И хотя про бесчисленные романы Наташки с жителями Ниццы, Канн, Антиба и всего остального побережья ее муж ничего не знал, но про этого немца ему стукнули отвергнутые Наташкины поклонники. Он нанял частного детектива, выследил их и, затаив некоторую обиду, поступил довольно коварно. Он предложил Наташке смотаться в Таиланд, поскольку Таиланд — одно из тех редких на земле мест, где тоже находится филиал рая. А в Таиланде, поужинав с женой в роскошном ночном ресторане, он взял такси, вывез Наташку на какой-то пустырь, где неожиданно достал пистолет, стал разговаривать с ней грубо, выкинул из машины и сказал, что знает все про немца и требует, чтобы она ему во всем призналась.

Надо сказать, что Наташка свое чудовищное блядство сочетала с чудовищно лживым характером. Она ни одного слова правды сказать не могла никогда. И соответственно никак ему не признавалась. Тогда он бросил ей в лицо пачку фотографий, присланных ему «доброжелателями», и закричал:

— А это что? Я тебя, тварь, нашел на панели, вытащил из твоей сраной России и привез в Монте-Карло — лучшее место в мире! Я дал тебе все возможности, а ты мне изменяешь, сволочь, да еще с кем — со швабом, с немцем поганым! И еще врешь, не признаешься! Поэтому сейчас я тебя просто убью, тварь такую, и брошу в эту канаву, где тебя даже искать не будут. А если и найдут, кому ты нужна в Таиланде? Таксисту я заплачу так, что он будет молчать до могилы. Признавайся во всем!

Тут Наташку охватил дикий страх, и она сказала мужу:

— Я знаю, что ты меня все равно убьешь, но перед смертью хочу тебе признаться. Да, действительно, всего один раз я тебе изменила, он столько меня преследовал, он угрожал, что иначе убьет и меня, и тебя! И потому я пошла с ним, но это было только один раз, ради тебя — я говорю это тебе перед смертью! А теперь стреляй в меня, но, пожалуйста, не в лицо, а в сердце!

С этими словами она заломила руки, упала на землю, всем своим видом демонстрируя, что готова принять мученическую смерть. Эта комедия на мужа подействовала. Он сказал, что за то, что она сказала ему правду, он ее прощает, но тут же взял с нее клятву, что ничего подобного больше не будет. Короче, он привез ее в Монако, и ей опять был открыт доступ к яхте, к коллекции автомобилей и к его банковскому счету. Ей была выделена кредитная карточка «Америкэн экспресс», правда — с ограничением суммы до пяти тысяч долларов в месяц на мелкие расходы. То есть Наташка извлекла пользу даже из этой истории.

Но изменилась ли она после этого? Рассказав мне — в постели — всю эту историю, она сказала, что сделала из нее один вывод: нужно быть осторожной. Поэтому сейчас, когда она выезжала ко мне на свидание, она сказала мужу, что нашла работу переводчицы, и я ей должен заплатить 2 тысячи франков за час. А поскольку «работали» мы с ней шесть часов, то получалось 12 тысяч франков. Я сказал:

— Наташ, ты когда мужу врешь, то ври, да не завирайся. Никогда никакому переводчику не платят 12 тысяч франков за один день работы. Ты за всю свою работу получишь у меня тысячу франков, что соответствует 200 долларам, и это хороший заработок для переводчицы.

Она говорит:

— Саш, но я уже сказала мужу, что получаю две тысячи долларов в час.

Я говорю:

— Наташка, из того, что ты мне рассказала, я тоже сделал один вывод. А именно: что ты начинаешь врать еще до того, как открываешь рот. Ты же мне только что признавалась в безумной любви. А бабки все-таки хочешь с меня срубить.

На что Наташка ответила:

— А для чего вы, мужики, еще нужны?

* * *

ВИКТОР КАННСКИЙ

— В префектуру города Парижа я пришел для того, чтобы продлить свой «карт де сежюр», то есть вид на жительство. А там в огромном зале сидят все, кто просит Францию о том же, — арабы, индусы, китайцы, вьетнамцы, представители Восточной Европы и африканских стран. В тюрбанах, в сари, с детьми, которые орут и сопливятся, и с престарелыми родителями, которые спят в инвалидных креслах или трясутся от эпилепсии. И среди этого пестрого и в основном азиатского столпотворения встречаются очень экзотические фигуры. Например, Андрей Грачев, бывший пресс-секретарь Горбачева. Он сидел в измятом плаще точно так же, как остальные, — в очереди. А дальше я увидел еще одно знакомое лицо — известного и теперь уже французского кинорежиссера Виктора Невского, который стал лауреатом Каннского фестиваля, за что я его называю теперь Виктор Каннский, и он откликается. А стать лауреатом Каннского фестиваля — это, надо сказать, крупнейшее достижение в области кино, особенно на фоне того, что русским режиссерам давно никаких премий здесь не дают. То есть Невский — это просто выдающийся человек! И не только своим режиссерским талантом, а всей биографией...

— Саша, я знаю его биографию, я написал о нем в книге «Игра в кино».

— Ты написал сухую и прозаическую версию. А я расскажу романтическую. Которую ты не знаешь, потому что ты учился во ВГИКе раньше нас.

— Да на сколько же раньше? На пару лет! Я с Витей нашей вгиковской общаге жил, на Яузе! У нас компания была — Лева Репин, Валя Козачков, Витя Невский, Слава Говорухин и я. Мы по субботам все пять этажей общаги обегали, у каждого брали пять копеек. Больше не брали — только пять, но с каждого человека! А в воскресенье утром на эти деньги ехали на такси в «Арагви» хаши есть. А когда Репин ногу сломал, Говорухин о нем поэму написал, она так начиналась: «Я вышел в ночь, стою на костылях, шумит «Арагви» предо мною...»

— Но ты сагу про кинобудку знаешь?

— Нет, не знаю.

— Ну так слушай. Я учился в мастерской профессора Кулешова, а Витя на два курса старше меня, у профессора Генике. И тогда, во ВГИКе, Витя был очень заметным персонажем — юный, обаятельный, с простецким круглым лицом и вечно озорными глазами. Василий Шукшин, когда его увидел, тут же взял его сниматься, и Витя снимался во всех студенческих работах Шукшина, а потом и в больших его фильмах, что уже само по себе говорит об уровне Витиного актерского обаяния и народности типажа. Потом он снимался у Виктора Трегубовича в его ленфильмовских картинах. На весь ВГИК тогда было два таких ярких крестьянских персонажа — Невский и Валя Теличкина. То есть если бы Витя выбрал актерскую карьеру, то из него вышел бы эдакий замечательный гибрид Леонова, Куравлева и Ролана Быкова.

— Я помню его вгиковскую прибаутку: «Мадам, прилягемте у койку!»

— Вот из-за этой «койки» все и случилось. Во ВГИКе, если ты помнишь, система обучения особая. Студенты, а особенно режиссеры, значительное время проводят в кинозалах. Ежедневно мы должны были посмотреть как минимум один фильм из истории советского кино и один — из истории зарубежного. А кроме этого — какие-то лекции по изобразительному искусству, театру, эстетике, марксизму-ленинизму и т.д. и т.п. Поэтому наши кинопросмотры в чем выражались? Если они были с утра, то все студенты с девяти до двенадцати в этом зале спали. Потому что, во-первых, сказывалась наша ночная жизнь, а во-вторых, фильмы далеко не всегда были интересные, а часто — просто обязательные по программе. Поэтому храп стоял поголовный. А наш друг Виктор Невский, как человек живой и верткий, однажды перед сном повернул голову круче других и увидел в окне кинобудки, рядом с лучом кинопроектора, очень симпатичное женское личико. А поскольку вход в кинобудку был прямо из зала, он открыл дверцу, поднялся по лесенке в проекторскую и увидел там молодую девушку-киномеханика с огромными сиськами. Обаяв ее с присущей ему легкостью и сказав ей ту самую заветную фразу, которую ты на всю жизнь запомнил и даже через эмиграцию пронес, он тут же вступил с ней в преступную связь. И дальше в течение долгого времени занятия по истории кино были его самыми любимыми, потому что, когда все садились за парты и засыпали, он уходил в кинобудку и занимался любовью с девушкой-киномехаником. Одно было плохо — каждые десять минут им приходилось прерываться для смены бобин в кинопроекторе. Что, конечно, мешало глубокому усвоению Невским истории кино, но зато придавало пикантность их романтической связи.

Короче, у него возник с ней роман — не роман. Потому что, кроме как в кинобудке, они нигде не встречались. Они не назначали свиданий, не гуляли по осенним аллеям и, как ты понимаешь, не ходили в кино. Они встречались только в этой кинобудке и занимались там только любовью и сменой бобин в кинопроекторе — ничем больше. Поэтому, когда она предложила Вите встретить с ней Новый год, он удивился, но сказал: «Почему нет? Конечно!» И пришел к ней на Новый год с бутылкой «Столичной». А придя, обнаружил, что она не одна, а с подругой, которая тоже очень симпатичная. Выпили, закусили, потанцевали, снова выпили. Снова потанцевали и выпили еще раз. В результате — «мадам, прилягемте у койку!» Прилегли. Сначала с грудастой, с киномехаником, потом втроем. 1 января гуляли целый день то за столом, то в койке, а 2 января утром Витя, счастливый и хмельной от вина и усталости, ушел домой в общежитие.

И теперь, когда эти подружки остались наедине, то, как всякие женщины, они стали обсуждать, что было, и выяснять отношения. И эта «киномеханик» говорит подруге:

— Какая же ты сволочь, какая ты падла, какая ты гадина! У меня с человеком любовь, и я, как порядочная, приглашаю тебя на Новый год — на наш, можно сказать, семейный праздник, — а ты, сука такая, соблазняешь его и трахаешь! Моего, можно сказать, жениха! У нас ведь серьезные намерения были...

Та говорит:

— Извини, какого жениха? Ты что, сдурела? Вы сначала целовались, потом трахались, потом меня подключили к этому делу, и когда он на меня переключился, так это с твоего согласия было! Ты же тут рядом лежала!

А та говорит:

— А ты не понимала, что это я его проверяла? Ведь мы должны были пожениться!

Представляешь? Если бы Витек услышал этот разговор, он бы от изумления заикой стал! Какой пожениться? Он, как только выходил из кинобудки, забывал о ее существовании!

Но у девушек свой кураж, тем более после пьянки. Они же не как мы, они из другого леса. У них настоящая дружба из чего состоит? Из ссор и примирений, примирений и ссор. Одна говорит:

— Ты сволочь, ты гадина, ты такая-сякая!

А вторая:

— Извини, подруга, мы с тобой с детских лет знакомы, столько у нас было общего, я никогда тебе ничего плохого не сделала. А если теперь так получилось, то это потому, что все мужики — подлецы, гады, сволочи. И этой сволочи надо отомстить!

— А как мы ему отомстим? Может, мы его снова позовем и яйца ему отрежем?

— Нет, за это в тюрьму сядем. А надо не нам сесть, а его посадить!

— Правильно! Давай скажем, что он тебя изнасиловал. А я подтвержу! Ты, вообще, подмывалась после этого? Нет? Очень хорошо. В тебе его сперма осталась?

— Вроде осталась... Слушай, давай его действительно посадим, засранца! Чтоб знал!

— Точно! Ну-ка, давай в милицию, быстро!

И они пошли в милицию, написали заявление, что Невский эту Веронику изнасиловал. Милиция тут же повезла ее на экспертизу. Экспертиза обнаружила сперму. Между тем Невский, придя 2 января в общежитие, попал — куда? Ясное дело — на сабантуй, на пьянку. Потому что наша общага после Нового года еще несколько дней гудит так, что жители из соседних домов жалобы в милицию пишут. Мы для них и в обычные-то дни — бельмо на глазу — творческие, блин, работники! А уж на праздники, когда из каждого окна джаз гремит и пробки летят, — ну, ты сам помнишь! В нашем райотделе милиции жалоб на нас и протоколов о приводах в милицию — тонны! Там, если порыться в архиве, все звезды советского кино свои студенческие автографы оставили в виде объяснений и показаний. Даже ты, наверно...

— Не будем уточнять, Саша. Рассказывай.

— Поэтому заявление этих девок по поводу изнасилования одной из них студентом ВГИКа было для нашего райотдела милиции просто сладостным новогодним подарком! Они прикатили в общежитие на двух машинах, нашли пьяного Невского и забрали его на глазах изумленной хмельной общественности. Привозят в отделение и говорят:

— Вы знаете Веронику Петрову?

— Какую Петрову? — говорит Невский. — Да я такой никогда в жизни...

Потому что он действительно забыл, как ее даже по имени-то зовут. Он и у своей киномеханикши никогда фамилии не спрашивал, а тем более у ее подруги!

— Ничего! — говорят в милиции. — Вот мы возьмем у тебя сперму на анализ, сразу вспомнишь ее фамилию!

— Какую сперму? Вы что, ребята?

— Давай, давай! На анализ!

А Витя же такой веселый, обаятельный парень. И добрый — ты помнишь. Нужно сперму — пожалуйста! Достает свой, по терминологии твоей «России в постели», ключ жизни и начинает им манипулировать на глазах у изумленных милиционеров. Они говорят:

— Не здесь, не здесь, мы тебя отведем!

И ведут его в поликлинику. Причем все это с шутками, с прибаутками, потому что, во-первых, сама ситуация смешная и абсурдная, а во-вторых, сам Витек такой весельчак, ерник, типичный скоморох, за это его Шукшин и любил. Он пришел в поликлинику и громко:

— Товарищи, где тут сперму сдают?

И все время пытается ширинку расстегнуть.

Но в конце концов его куда-то заводят, в какой-то кабинет. И говорят:

— Вам как? Дать порножурнал?

То есть у них, оказывается, все есть для этих целей.

Но Витя же у нас гордый товарищ, он говорит врачихе, причем солидной даме:

— Да какой порножурнал? Зачем? Вы тут постойте, и все!

Она говорит:

— Мерзавец! Негодяй! Как вы смеете!

Ладно, берут у него сперму на анализ и опять тащат в милицию, прессуют: «Лучше по-хорошему сам признавайся, как изнасиловал гражданку Петрову!» Мол, за признание — полнаказания, ну и прочие сказки. Но Витя: «Ребята, какая Петрова? Вы чего?» Тут они берут с него подписку о невыезде из Москвы и отпускают до получения результата сравнительного анализа спермы. Витя приходит в общежитие, ложится спать, а утром идет во ВГИК на занятия. А там первый урок — история кино, как обычно. И с похмелья все студенты на третьей минуте уже храпят, а Витя идет в кинобудку к своей зазнобе. Она ему отдается и по ходу дела говорит со страстью:

— Ну, гад, изнасиловал мою подружку? Она тебя засадит!

Он с изумлением говорит:

— Какую подружку?

Она говорит:

— Ну как же! Помнишь Новый год?

Тут он вспоминает, что действительно была там и подружка. Но он же шутник, ерник, он спрашивает, будто с трудом вспоминая:

— Так это я с тобой был на Новый год?

Она говорит:

— Ах ты, сука! Ты даже не помнишь, с кем ты в Новый год был? Ну, смотри, я тебе устрою!

Но поскольку весь этот разговор происходит во время определенного лирического процесса, то и ее угрозы звучат как бы в шутку.

А тем временем в милиции процесс уже пошел, то есть там заводится уголовное дело. Которое попадает к следователю — правильной и несчастной советской женщине, члену КПСС. И когда к ней приходит этот серафим со своими шуточками под рязанского Швейка и говорит: «Здрасьте, вы меня вызывали?» — она ему очень сухо и протокольно отвечает:

— Вы приглашены по делу об изнасиловании...

Но Витя же в своем амплуа, он продолжает ваньку валять:

— Я вообще по этому делу специалист. Если вам надо помочь, то я...

Она говорит:

— Вы вообще отдаете себе отчет, с кем вы разговариваете? Я следователь.

Он говорит:

— А что, следователи — не женщины? У вас дырочка, а у меня пипирочка.

Она вызывает караул и говорит:

— Вот этого типа, чтобы он охолонился, на три дня в КПЗ. А через три дня я продолжу допрос.

И его уводят в камеру предварительного заключения.

А в КПЗ бывают дни, когда там полно задержанных и люди как-то общаются. А бывает, когда там никого нет, пусто. Витя попал в пустой день. И вот он, при его общительном характере и темпераменте, походил десять минут туда-сюда по камере — делать нечего. Постучал в дверь, ему снаружи сказали: заткнись! Он понял, что дело хана — тоска. А он так не может, он должен что-то выкинуть, какой-нибудь фортель. Тогда он говорит:

— Сержант, очень важное дело! Государственное! Я знаю серьезные военные тайны, но боюсь, что не смогу донести их до начальства, потому что сюда в любой момент могут привести каких-нибудь убийц или бандитов. Дай мне бумагу и карандаш, я должен записать важнейшие вещи.

Сержант, конечно, смотрит на него с подозрением, но Витя же гениальный актер, он что угодно мог сыграть, хоть самого Баниониса в «Мертвом сезоне». И этот мент достал школьную тетрадку и химический карандаш и бросил их Вите через намордник камеры. Невский открыл первую страницу и подумал, что бы ему такого бессмертного написать. Он еще сам не знал в тот момент, зачем он попросил ту тетрадку. И он пошел по тому же пути, по которому мы с тобой идем. Он решил перед тем, как его посадят, а может, не посадят, вспомнить самое дорогое, что было у него в жизни. А что у него было самое дорогое? Любовные романы. И он вывел на первой странице этой тетради бессмертную фразу в его собственном стиле. Он написал так: «КАК Я СТАЛ НА ПУТЬ РАЗВРАТА.

История моей жизни». И дальше, поскольку его обвиняли в изнасиловании, которого он не помнил, он начал издалека. Про то, как в возрасте трех лет он, сидя на горшке в детском садике, смотрел, как какала его соседка. И это его страшно возбудило. Потом, как в возрасте семи лет он схватил за косу какую-то девочку. А когда она его ударила, то он ударил ее по попе, и это его страшно возбудило. И пошло-поехало. Это было очень вольное сочинение на заданную тему, как на приемных экзаменах во ВГИК. Покончив с детством, Витя перешел на свою учебу в ремесленном училище и на поступление во ВГИК — как, сдавая творческие экзамены, он перетрахал всех абитуриенток. А поступив во ВГИК — всех актрис, институтских секретарш и преподавательниц. Короче, все трое суток он сочинял в совершенно сказочных творческих условиях — полная тишина и уединение, трехразовое, но не утомительное питание и никаких отвлекающих соблазнов в виде бутылки кагора или киномеханика с бюстом пятого размера.

К концу трехдневного срока тетрадочка была исписана до последней страницы его талантливыми и юмористическими фантазиями, и если бы мы смогли отыскать ее в архивах прокуратуры, то по ней можно было снять замечательный фильм для фестиваля комедийных фильмов. А на четвертый день Витю выводят из КПЗ и ведут на допрос к той же следовательнице. Которая уже получила заключение по результатам сравнительной экспертизы Витиной спермы и спермы, извлеченной у пострадавшей гражданки Петровой. А поскольку эти результаты идентичны, следователь предъявляет Невскому обвинение, то есть говорит уже официальным тоном: я, такая-то и такая-то, предъявляю вам, такому-то и такому-то, обвинение по статье такой-то и такой-то — изнасилование; что вы можете сказать по этому поводу?

Но Невский еще не врубается, насколько это серьезно, он ведь сейчас после творческого процесса, после, можно сказать, своей Болдинской осени, и он ей отвечает:

— А чего тут говорить? Я все написал.

И подает ей тетрадку со своим юмористическим сочинением, которое в другой ситуации могло бы сойти за такой предмет литературы, как, скажем, «Лука Мудищев» или известные вольные сочинения Пушкина и Лермонтова на ту же тему. Но когда это ложится в уголовное дело об изнасиловании, то для следствиия это уже никакое не легкомысленное сочинение, а улика, вещественное доказательство и неоспоримый юридический документ. К тому же эта баба-следователь совершенно, как ты понимаешь, нетворческий человек. Она воспринимает все всерьез и ищет в своих юридических справочниках, как называется это извращение, когда с трех лет подсматривают, как другие какают. И на основании этой тетрадки она находит, что Витя педофил, эксгибиционист, извращенец и так далее. То есть она составляет на Витю огромное заключение на сорока страницах с цитатами из его сочинения и комментариями из учебников по криминалистике и судебной психиатрии. И это дело идет в суд. И несмотря на то что за Витю вступаются Шукшин, Трегубович, все руководство «Ленфильма», студии имени Горького и еще целая куча знаменитых людей, которые пишут, что он талантливый режиссер, замечательный актер и надежда советского кинематографа, что никакого изнасилования не было, а эти две твари просто сводят с ним счеты, Витя Невский получает восемь лет. Его исключают из ВГИКа, он сидит семь лет и выходит уже совершенно седой, без зубов и с какими-то запавшими и трагически-горестными глазами. Его узнать было невозможно. Когда он бросился ко мне в Доме кино и стал обнимать: «Саша! Дорогой! Здорово!» — я его сначала чуть не оттолкнул от себя — бомж какой-то! Потом узнал, пригласил в ресторан, мы вспомнили вгиковскую молодость.

Конечно, во ВГИКе его не восстанавливают, диплом он не защищает, а начинает работать на «Ленфильме» каким-то пятым помощником шестого ассистента. То есть на мелкой должности и с совершенно ничтожной зарплатой. Пьет и живет где придется. При этом все к нему относятся доброжелательно и даже с сочувствием: мол, жалко парня, эта тварь сисястая изломала человеку жизнь ни за что. Но что поделаешь, так получилось.

И так бы оно, конечно, докатилось до трагического конца и еще одной загубленной жизни и пропитого таланта, как это бывает у нас сплошь да рядом, но в этот момент развернулась горбачевская перестройка, а что такое перестройка в кино? Это была какая-то странная и дикая кинолихорадка, когда любой человек с улицы, без образования мог получить постановку даже на «Мосфильме»! Это был просто бум плебейства и дилетантства в кино! Люди находили деньги на постановку фильма у каких-то банков, авизных аферистов, спекулянтов нефтью, нуворишей. «Мосфильм», который обычно производил около 40 художественных и 20 телевизионных фильмов в год, за один 1991 год сделал триста полнометражных фильмов! И все эти фильмы были сняты непрофессионалами, после чего кино рухнуло, потому что зрители по инерции ходили в кино на каждую премьеру, а напарывались на дерьмо.

Но среди этого вала киномакулатуры могли всплыть и какие-то неожиданные вещи. На «Ленфильме» вдруг вспомнили, что есть Невский — хороший парень, которому надо помочь. Ему сказали: пиши сценарий. Он написал сценарий и снял своей первый фильм. Это была картина о несчастной любви, построенная на его детских воспоминаниях, — чернуха и достоевщина в стиле гиперреализма. Девочка и мальчик, которые влюблены друг в друга, и жуткая, страшная нищета послевоенного Ленинграда. Убийства, грязь, черная эротика, какие-то кошмары. Но снято с потрясающей достоверностью и какой-то магической, завораживающей жутью кафкианства.

Тут в Москву прилетает директор Каннского кинофестиваля, чтобы, как обычно, найти что-нибудь интересное для своей конкурсной программы. Ему показывают с десяток фильмов, но как только он увидел фильм Невского, он закричал: «Все! Это Гран-при! Я гарантирую! Присылайте режиссера на фестиваль!»

И Витя едет во Францию, в Канн, за своим Гран-при. А нужно сказать, что, даже став режиссером-постановщиком «Ленфильма», Витя не изменил ни свой стиль жизни, ни форму одежды и даже не вставил себе зубы, потерянные в лагере. Каким выглядел бомжем, таким и остался. И в таком же виде он прилетает в Париж. Там его встречают представители нашего посольства и «Совэкспортфильма», везут на вокзал, сажают в поезд и говорят: «Запомните только три слова: Канны, отель «Карлтон». То есть выйдете из поезда, когда объявят «Канн», возьмете такси и скажете: «Отель Карлтон». Там вас ждут. Понятно?»

Витя человек покладистый, говорит «понятно» и уезжает. Но Канн он проспал, проснулся в Ницце. В принципе, это недалеко, можно вернуться на электричке или доехать на такси. Но Витя решил, что он не может просто так пересесть с поезда на электричку, как в каком-нибудь Ставрополе или в Ростове. Все-таки это Ницца, снятая в сотнях классических кинофильмов, которые он, Витя, не успел во ВГИКе посмотреть, поскольку по молодости лет был занят совсем другими делами в кинобудке. Поэтому, выйдя в Ницце, Витя решил пройтись по этому славному городу и посмотреть его живьем и в натуре. Тем более что Канны от него все равно никуда не денутся, главный приз фестиваля ему гарантирован. Ну и по ходу своей ознакомительной прогулки Витя попал в морской порт. Но не в тот порт, где стоят красивые яхты миллионеров и нуворишей всего мира, а в ту его часть, где трудится рабочий класс — французские рыбаки и краболовы, которые, на его, Витин, взгляд, выглядят в доску своими парнями. Поэтому он залез на какую-то шхуну и стал им объяснять на чистом русском языке, что он тоже портовый парень, из Питера, а сейчас он кинорежиссер и приехал на Каннский кинофестиваль. А они ему говорят «уи, мсье» и что-то такое булькают по-французски. Потом он увидел у них бутылку, взял, налил себе в стакан. Они посмотрели на него с некоторым отчуждением и сказали: «О-о! Рюс?» То есть поняли наконец, что он из России. И под каким-то предлогом выставили его с этой шхуны. Но — вежливо, по-французски, так, что Витя даже не понял степень их негостеприимства, а, наоборот, счел это за приглашение к продолжению знакомства и дружбы.

Поэтому он ничтоже, как принято говорить, сумняшеся тут же отправился в магазин. Тем более что у него были какие-то суточные, 300 франков, которые ему выдали в Париже. А в магазине Витя обнаружил, что во Франции, оказывается, бутылка вина стоит всего 10—15 франков, то есть 2—3 доллара. Дешевого вина, конечно. И вот Витя взял десять бутылок вина и притащил на шхуну, где только что угостился стаканом. А французы, надо сказать, люди особые. Они на чужого лишний сантим не истратят. Зато на шару пить или гулять — это их любимое занятие. И тут они были просто потрясены тем, что в ответ на стакан, который, нужно отметить, Витя сам себе налил, он с чисто русской широтой притащил аж десять бутылок! Они закричали: «О! Рюс! Бон! Силь ву пле!» Взяли его на шхуну и уплыли ловить рыбу в Средиземном море. И занимались этим делом ни много ни мало, а пять дней. И все эти пять дней весь оргкомитет Каннского фестиваля искал русского режиссера Невского, который из Парижа выехал, а на фестиваль почему-то не приехал, хотя здесь его ждала пресс-конференция, здесь он лидер программы и идет на «Золотую пальмовую ветвь». Журналисты атакуют дирекцию фестиваля, кричат: «Где мсье Невски? Этот новый Годар! Это великое будущее кино!» Кинозвезды трясут бюстами, чтобы с ним познакомиться и у него сняться. Продюсеры и сценаристы мечтают дать ему прочесть свои сценарии и синопсисы. Но мсье Невски пропал.

Наконец, когда все эти десять бутылок были выпиты за русско-французскую дружбу, Горбачева и Миттерана и шхуна вернулась в порт, Витя на чистом русском языке сказал своим новым дружкам:

— Старички, теперь я пустой, так что давайте вы дуйте в магазин и тащите газон, надо продолжить!

Что французы, проведя с ним пять суток в море, конечно, отлично поняли и сказали:

— Ну-ка вали с нашей лодки, шваль русская, алкаш несчастный! — и хотели выкинуть его на пирс.

Но Витя сказал: «Ах вы суки!» — и начал бить своих новых друзей, а они стали бить его. Приехала полиция, как положено, с воем сирен скрутили пьяного Витю и потащили, избитого, в кутузку. На первых допросах полицейские вообще не могли понять, что это за человек. Хотя после пятидневного морского курса русско-французской дружбы он уже знал несколько французских слов и говорил, что он русский кинорежиссер и будущий лауреат Каннского фестиваля, но кто мог поверить этому небритому, немытому и пьяному бомжу с выбитыми зубами?

Все-таки в конце концов они позвонили в русское консульство в Марселе. А там сказали:

— Извините, если какой-то беглый русский матрос и алкаш плохо себя ведет, так и вы с ним поступайте соответственно. А кстати, как его фамилия? Как вы сказали? Невский? Виктор Невский?! Мы сейчас! Держите его! Не выпускайте!

Консул сел в машину, двести километров от Марселя до Ниццы пролетел за полтора часа и примчался в этот полицейский участок. Схватил Невского и говорит:

— Мудак! Сволочь! Тебя по всей Франции ищут! Все на рогах стоим! Из Москвы, из «Госкино», из КГБ шифровками мозги проели! Где ты был?

Витя говорит:

— Нужно в порт заехать, этих французских пидоров отметелить, потому что они мои десять бутылок выпили, а мне так и не налили!..

Короче, с диким скандалом его притащили в отель «Карлтон», где за ним уже пять суток стоит номер-люкс с бесплатным коньяком от дирекции фестиваля, где слева по соседству живет Шэрон Стоун, справа Оливер Стоун, а по вестибюлю ходят Мадонна, Линда Евангелиста и Мерил Стрип. То есть это уже последний день фестиваля, закрытие, все звезды в сборе. И в это общество притаскивают какого-то бомжа, но портье не хочет его селить, говорит советскому консулу:

— Пардон, но в таком виде мы этого мсье не можем пустить в наш отель! У нас тут международный фестиваль, а не сходка клошаров.

Консул вне себя, тащит Витю к переводчицам:

— Срочно приведите его в порядок! Фестиваль закрывается!

Витю моют, бреют, одевают и притаскивают на сцену, на закрытие Каннского фестиваля, где ему вручают приз за лучший сценарий и объясняют, что если бы он не был таким мудаком и не провел неделю в кутузках, он бы получил «Золотую пальмовую ветвь». А так — «пардон, мсье Невски, был бы скандал давать главный приз человеку, который так грубо манкировал весь наш фестиваль».

Но Витя на них не обиделся. Он получил приз за лучший сценарий и приз «Золотая камера», то есть грант министерства культуры Франции на следующий фильм. Больше того: французы простили Вите и его семилетнюю отсидку в лагере за изнасилование, и даже дебош в Ницце и дали ему право на жительство в своей замечательной стране. Теперь там живут два великих кинематографиста со статьей за изнасилование — Роман Полански и Виктор Невский. Витя сделал во Франции свою вторую картину, которая, правда, не стала такой знаменитой, как первая, но тоже хорошо прошла, потому что он-то делает правдивое кино про российскую жизнь, а французы кричат: «Какая экзотика!», «Какая фантазия!» и смотрят на нашу жизнь так, как мы смотрим телепрограммы про дикие африканские племена, которые едят червей.

То есть французы Витю страшно полюбили. А он и в Париже остался таким же, как в России, — в помятом пиджаке и с зубами, которые он до сих пор не привел в порядок. Поэтому, когда в парижской префектуре он рассказывал мне свою каннскую эпопею, то соседи, представители слаборазвитых стран, не зная в лицо этого великого кинорежиссера, смотрели на него подозрительно.

Тут нас вызвали к чиновнику префектуры, Вите продлили «карт де сежюр», и мне продлили. Мы с ним поцеловались на прощание, и я говорю: «Как тебя найти?» Он ответил:

— Понимаешь, старик, я тут все время с квартиры на квартиру переезжаю, у меня с хозяевами отношения не складываются. Ну, разбил я им сервиз, но ты ж понимаешь — я пришел с бутылкой, а стакана не нашел. А тут этот сервиз стоит. Я взял портвейн и налил в чашку. А чашка — бац, и выпала, сучка! Ну а когда я первую чашку разбил, думаю: «Ах вы, суки, спрятали стаканы!» И перебил весь сервиз. И теперь у меня такие неприятности, старик, я не знаю, чем это кончится. Может, меня опять выселят.

Я говорю:

— Вить, а на сколько лет тебе продлили вид на жительство?

Он говорит:

— На десять.

Я говорю:

— И мне на десять. У тебя когда следующее продление?

Он говорит:

— 23 февраля, в день Советской Армии.

Я говорю:

— О, и у меня 23 февраля! Старичок, ровно через десять лет, 23 февраля мы с тобой встречаемся здесь. В этом зале для представителей слаборазвитых стран. Только сделай мне подарок, пожалуйста! Вставь себе к этому времени зубы!

— Хорошо, — сказал Витя. А потом подумал и добавил: — Старик, а зачем нам на десять лет откладывать? Может, мы сейчас пойдем выпьем? Пока у меня деньги есть.

* * *

Я слушал Стефановича не перебивая. Я слушал его и в «Кафе де Туран», и на Променад-дез-Англе по дороге в его любимый Вильфранш, где он уверенно подкатил к прибрежному отелю «Версаль» и стал выяснять у портье, свободны ли номера с видом на бухту. И я слушал его рассказы на балконе его 32-го номера, откуда открывался действительно фантастический вид на гавань Вильфранша. Что-то зрело во мне по ходу этих рассказов, какой-то маленький жгучий ком рос во мне, как хлеб в печи, с момента нашего визита к Ростроповичу. Но даже утром, когда мы факсом отправили свою заявку в парижский офис «European Film Production» и завтракали на открытой веранде гостиничного ресторанчика, я еще молчал и слушал, бегло просматривая «Таймс», предупредительно лежавший на нашем столике. А Стефанович продолжал свою песню Лазурному берегу.

ВИЛЬФРАНШ

— Это мой самый любимый город во Франции, его полное имя Вильфранш-сюр-Мер. Перевести это можно как Вольный город над морем. Как видишь, это совершенно крохотный городок, он расположен в 5 километрах от Ниццы и примерно в 10 километрах от Монте-Карло, в самой красивой бухте Лазурного берега. Вообще, на мой взгляд, Франция — самая красивая страна в мире, а самой красивой частью Франции является Лазурный берег. А вот самым красивым местом Лазурного берега является Вильфранш. Когда я увидел его первый раз вон оттуда, с горной дороги, то у меня нога инстинктивно нажала на тормоз и я остановился, потрясенный видом этой изумительной лагуны абсолютно голубого цвета и узкой полоской желтых и розовых домов вдоль нее. Любоваться этим видом можно бесконечно. На одном берегу лагуны стоит старинная крепость и ожерельем вьются жилые дома Вильфранша, а по другую сторону лагуны мыс Ферра, где, так же как и на мысе Антиб, живут богатейшие люди.

Я стоял, потрясенный этой красотой, а потом спустился в город и обнаружил, что его облюбовали кинематографисты всего мира. Тут снимались «Ронин», «Звездные ворота», несколько серий «Джеймса Бонда» — перечислять можно до бесконечности. Хотя сам городок очень маленький, в нем всего около восьми тысяч жителей, но тут жила масса знаменитостей. Во-первых, тут жил знаменитый поэт-сюрреалист французский академик Жан Кокто. Он расписал, кстати, местную часовню. Естественно, где жил Жан Кокто, там жил и его любовник Жан Маре. Можно еще назвать Жака Ива Кусто: когда он изобретал акваланг, то испытывал его именно в Вильфранше, потому что лагуна между мысом Ферра и Вильфраншем — это самое глубокое место в Средиземном море. То есть это Мекка аквалангистов. А сейчас тут живет великая певица Тина Тернер.

Но самое интересное то, что это русский город. Да, представь себе, я проехал немало замечательных мест, но нигде я не испытывал желания немедленно поселиться, купить тут дом или квартиру и прожить до конца своих дней. А в Вильфранше это было как толчок сердца. Только потом, когда я таки купил тут квартиру, я понял, почему это случилось. Оказывается, еще во времена Екатерины II русская эскадра под командованием графа Алексея Орлова бросила тут якорь. Граф положил глаз на эту бухту, названную, кстати, его именем, и Россия заключила первый договор на аренду территории Вильфранша под русскую военно-морскую базу сроком на 50 лет, а спустя годы, когда Россия потерпела поражение в Крымской войне и ей запретили иметь военные базы на Черном море, она стала именно тут, в Вильфранше, строить себе «второй Севастополь», заключив секретный договор об аренде с сардинским королем Виктором Эммануилом. Россия построила тут причал, склады, разместила орудийные батареи и даже повела переговоры о строительстве здесь железной дороги и покупке — ты только вдумайся! — о покупке находящегося рядом княжества Монако! Одновременно шла поощряемая российским правительством скупка земель и строительство вилл «новыми русскими» прошлого века. То есть Вильфранш-сюр-Мер стал русской военно-морской базой на Средиземном море. И у меня даже есть старинная дореволюционная открытка, где русские военные корабли стоят вот здесь, в этой гавани. Когда Николай II прибывал в Ниццу морским путем, то его яхта швартовалась именно в Вильфранше. Вообще цари страшно любили Вильфранш, а английская королева Виктория, которая дольше всех правила Великобританией и при которой Англия достигла своего расцвета, часто приезжала именно в Вильфранш и отдыхала здесь. Количество русских художников, писателей и знаменитых людей, прошедших через Вильфранш, вообще не поддается исчислению, а недавно в Вильфранше был даже поставлен бюст Александре Федоровне, русской императрице, и набережная была названа ее именем. У многих жителей-французов русские фамилии — это потомки русских моряков, которые служили здесь. Когда они где-нибудь на бензоколонке, в магазине или кафе слышали мой русский акцент, они доставали свои паспорта и показывали фамилию — Петрофф, Иванофф, Сидорофф. И необычайно гордились своим русским происхождением.

Да, все было бы хорошо, и мы, русские, по сей день ездили бы в российский город Вильфранш как к себе домой, если бы не коммунисты. В 1918 году Ленин отказался возвращать царские долги. Французы в ответ наложили арест на российское имущество в Вильфранше. И дали ему пять лет, чтобы он образумился. Но чуда не произошло, и в 1923 году Франция выставила России ультиматум: если вы не вернете займы, ваше имущество в Вильфранше переходит на 30 лет во французское временное управление, — разрешив при этом использовать находившуюся в споре собственность российским «императорским» академикам под Океанографическую лабораторию. Еще в 1953 году у СССР была возможность заплатить долги и вернуть собственность в Вильфранше, но — можешь себе представить: 1953 год, смерть Сталина, борьба за власть, какие там царские долги! А по французскому законодательству через 30 лет невостребованная собственность отчуждается в пользу государства, и Франция забрала себе российскую собственность на территории Вильфранша. Город стал бриллиантом в короне Кот д'Азюр. Кстати, в 1997 году Россия признала свой долг перед Францией и даже частично погасила его, но Вильфранша уже не вернуть. Здесь я прожил несколько лет, здесь у меня был один из самых красивых моих романов.

Три года назад Вильфранш праздновал свое 700-летие. Для маленького города это было гигантское событие, и оно очень пышно отмечалось, весь город был украшен — буквально каждый дом, каждая улица! Конечно, денег в это было вложено немерено, это было празднование, по размаху напоминающее 850-летие Москвы. Достаточно сказать, что отсюда велись постоянные телевизионные трансляции великолепных шоу, сюда приезжали знаменитые актеры, сцена была построена вон там, в порту, и сама Тина Тернер дала на ней бесплатный концерт. Все это выглядело потрясающе. Жители Лазурного берега вообще живут в атмосфере постоянного праздника — то фестивали, то ралли, то фиесты, то карнавалы. И по части устройства празднеств им просто нет равных.

Где еще, кроме Лазурного берега, ты сможешь узнать из наклеенного на дерево маленького объявления, что сегодня ночью на пляже Ниццы состоится концерт величайшей оперной певицы Монтсеррат Кабалье? Она пела на морской эстраде в сопровождении рок-ансамбля и феерического оформления с использованием десятков лазеров. Я не мог себе представить, что действительно вижу эту великую певицу перед публикой, сидевшей на песке пляжа, и тут же в публике находится Далай-лама!

Но все это я тебе рассказываю ради одного эпизода. Дело в том, что празднование 700-летия Вильфранша длилось почти год. Давались всевозможные концерты, город принимал поздравления, подношения, какие-то подарки. Даже Шестой американский флот зашел в эту гавань поздравить город с семисотлетием. А со мной, как я тебе уже сказал, именно в это время произошло такое событие: я влюбился в самую красивую девушку Лазурного берега, долгое время за ней ухаживал, и наконец она согласилась прийти ко мне в гости. Моя квартира была расположена вон в том доме на скале, с окнами и лоджиями, которые выходят на гавань. И вот после объятий и поцелуев мы вышли полюбоваться морем, и именно в этот момент, когда мы с бокалами шампанского и абсолютно обнаженные стояли на лоджии, все небо засветилось невероятным количеством огней и стало гореть, переливаться, огромные золотые звезды стали падать в залив и какие-то огненные ярко-зеленые и ярко-красные шары стали распускаться прямо возле нашего балкона. Это было что-то невероятное! Оказывается, мы находились в эпицентре салюта, который давал Шестой американский флот. В пятидесятые годы он базировался в Вильфранше, а теперь зашел с визитом вежливости. В качестве прощального подарка он говорил «оревуар» городу этим салютом. Под этот фейерверк корабли снялись с якоря и плавно уходили в Средиземное море. А в центре гавани стояла платформа, с которой взлетали в небо немыслимой красоты шары, стрелы и сверкающие спирали.

Мы стояли совершенно потрясенные. Это был подарок нашей любви, это был ее праздник.

* * *

...Я все еще молчал, обдумывая то, что вызрело во мне наконец. А потом сказал:

— Саша, ты как хочешь умереть?

— В каком смысле?

— В самом прямом. Ты не имеешь права жить.

Доставая крохотной ложечкой желток из яйца всмятку, он спросил:

— Это еще почему?

— По российским понятиям. Смотри. В то время когда вся страна корчилась под коммунистами и люди жили на семьдесят рублей зарплаты, стояли в очередях за колбасой, пахали землю за трудодни и мечтали о путевке на турбазу ВЦСПС, ты что делал? Ты, сука, катался на «Жигулях», попивал коньяк и имел лучших звезд советской эстрады. А теперь, когда вся Россия корчится в кризисе нового режима, ты, блин, ездишь на Лазурный берег, как к себе домой, катаешь тут на «БМВ» теперь уже мировых звезд и еще возишь сюда лучших русских принцесс...

— Родина мне простит, — уверенно заявил Стефанович, заедая «рокфор» виноградом. — Ведь я честно заработал деньги на своем кино, а не украл их. К тому же вспомни, что завещал нам на смертном одре известный хунвэйбин Николай Островский: «Жизнь дается человеку один раз. И прожить ее нужно ТАМ, чтобы не было мучительно больно за бесцельно прожитые годы...» А что касается того, как я хотел бы умереть? Лучший способ продемонстрировал нам великий художник Рафаэль. Он умер в объятиях красавицы.

Стефанович поднялся.

— Кстати, я еду в Ниццу к Клоду Бонуччи. Хочу подарить ему мой фильм, где он снимался. Ты едешь со мной?

— Я собирался работать. Ведь нужно что-то «сварить» из твоих «лазурных» историй.

— Как хочешь. Но смотри, рискуешь остаться без буайбеса.

— А что это?

— Марсельский рыбный суп, который лучше всего варят в Жюан-Ле-Пэн. Ради него даже ваши американские кинозвезды бросают фестиваль в Каннах и приезжают его отведать.

— В таком случае работа не буайбес, я еду.

Взяв из номера свой «лаптоп», я сел в машину и тоже перешел к делу:

— Из всех твоих «лазурных» рассказов можно сделать одну историю, если взять за основу «Французские каникулы», «Мисс Омск» и «Мисс Томск». Молодого банкира, который привезет сюда не только двух девушек, но и сто миллионов долларов, как Володя Дьяконов, нужно шлепнуть здесь, у них на глазах. То есть в Монако, в самом полицейском государстве мира, разыграть крутой любовный триллер с убийством русского банкира. И в середину вставить смешной эпизод с Петей в Монте-Карло.

— А банкира угробить так, как пытались сплющить нас — грузовиками... — подхватил Стефанович, выезжая с гостиничной парковки к дороге Монако — Ницца и резко притормаживая из-за летящего по этой дороге транспорта.

— Можно, — сказал я. — Но учти...

Что-то чиркнуло по лобовому стеклу машины — совсем негромко, словно птица клюнула. И тут же рядом со мной, в панель правой двери, вонзился какой-то крохотный, как майский жук, предмет, а в лобовом стекле образовалась сквозная круглая дырочка с паутиной величиной с пятак.

Я еще не успел ни испугаться, ни сообразить, что это было, как Саша до отказа выжал педаль газа, «БМВ» изумленно взвыл мотором, рывком выскочил на дорогу и помчался с такой скоростью, что ветер подул на меня сквозь эту крохотную пробоину в стекле.

— Саша, в чем дело? Что это было?

Но прежде чем он успел ответить, я уже и сам понял, что это было. Потому что с некоторым усилием извлек из панели правой двери небольшую сплющенную пулю. Желтая, калибра 5,56 и не очень тяжелая, порядка четырех граммов, она выглядела совершенно нестрашно, она даже не разбила наше стекло, как это случилось со мной тридцать лет назад на зимнике у Вилюйской ГРЭС. Тогда озлобленный моей статьей вор-снабженец пальнул по кабине «Волги», в которой мы ехали с главным инженером стройки, и пуля разбила лобовое стекло машины в мельчайшую стеклянную пыль, которая засыпала нам лица и глаза. Но здесь — всего лишь косая крохотная дырочка в трехслойном стекле. Однако не нужно было быть романистом, чтобы понять, что могло случиться, не притормози Саша перед выездом на дорогу. Я живо представил свой пробитый этой пулей череп и, держа в руке собственную смерть, произнес, поперхнувшись своим голосом:

— Саш... это... это не кино... Где... где тут аэропорт? Я уезжаю.

Но он, не повернув ко мне головы, молча гнал машину по серпантину дороги в Ниццу.

— Саша! Ты слышишь, блин?! — вдруг заорал я, срываясь. — Меня хотят убить! Ты слышишь?

— Заткнись.

— Что-о?! Да ты...

— Тихо! — сказал он, не поворачивая головы и не отрывая взгляда от дороги, по которой летел с безумной скоростью. — Убить хотят меня.

— С чего ты взял?

— Тот, кто стрелял с упреждением и поправкой на скорость, не учел моего торможения перед дорогой. Иначе пуля вошла бы в стекло моей дверцы.

— Минуточку!.. Да не гони ты, сбавь скорость! Давай разберемся. Что было сказано в оперативке Интерпола? Что в аэропорту Орли встречали меня! А твоей фамилии они даже не знают. То есть нас ведут, охотясь за мной. И — без всякой мистики. Просто они еще в Орли подсунули нам в машину «жучок» и с его помощью нашли нас и в Альпах по дороге в Милан, и здесь. Причем, как автор детективов, я тебе больше скажу. Сейчас в нас стрелял непрофессиональный снайпер.

— Откуда это известно?

— Во-первых, профессионал не ошибается. Во-вторых, профессионал не стреляет легкими пулями, а только тяжелыми, весом 13 граммов и выше. Так что это вообще какая-то самодеятельность — сначала бездарный наезд грузовиками, а теперь — эта дырка в стекле. Но именно поэтому я должен уехать — логику дилетантов угадать нельзя, завтра меня могут кокнуть и кирпичом по голове. Мы едем в аэропорт.

Он все-таки сбавил скорость. И спросил:

— А вещи?

— Да плевал я на вещи! Это была их третья попытка. Как ты думаешь, они от меня отстанут? Убийца может сидеть в любой машине, которая нас обгоняет.

— Нас еще не обогнал никто, я за этим слежу.

— Между прочим, пока я сижу в твоей машине, ты рискуешь не меньше меня. Вот доказательство. — И я протянул ему пулю на открытой ладони.

Но на его лице возникло выражение такого брезгливого отвращения, словно я показал ему разложившийся труп.

— Убери. Надо заявить в полицию.

— И что сказать? Вот если бы я знал, кто за мной охотится...

— Позвони в Интерпол.

— Это будет слишком назойливо. Но я могу отправить Гайленду «мэсседж» по «E-mail».

Я включил свой «лаптоп», соединил его через секуляр-модем с Сашиным мобильным «эрикссоном», вошел в Интернет и в программе E-mail-Outlook Express тут же наткнулся на надпись *«ATTENTION! MASSAGE IN THE BOX!»* — «Внимание! Вам поступило сообщение!». Я достал его, оно оказалось предельно кратким:

«Дорогие мсье Александр Стефанович и Эдвард Тополь!

Ваши сюжеты «Ищу жене любовника» и «Мисс мира из Свердловска» приняты. Ждем вас в Женеве, в отеле «Нога-Хилтон» 3 апреля для подписания контракта. Пожалуйста, приезжайте к обеду. До встречи,

Алан Лафер,
шеф сценарного отдела «European Film Production Co.»

* * *

ПРИВАЛ НА ОБОЧИНЕ

7 км от Антиба

СТЕФАНОВИЧ: *Я понимаю, что Родина мне действительно мать, я родился в России. Но у меня не патриархальный взгляд на семью, я считаю, что взрослые дети должны помогать родителям, но могут жить отдельно. Иногда это даже полезно.*

ТОПОЛЬ: *По милости советской власти у меня две формальные родины: «историческая» и «географическая». А живу я в Америке. Но все эти привязки, на мой взгляд, условны. Если я родился в Баку — должен ли я считать Азербайджан своей родиной? Или Украину, где я жил в детстве? Или Москву, где прошла моя юность? Я думаю, что на самом деле моей родиной была страна по имени СССР и я по национальности «совок» — в том смысле, как это понимают в Америке, там в графе национальность у всех стоит: «американец». То есть я своей родиной ощущал и продолжаю ощущать все пространство от Вильнюса до Владивостока. А теперь к этому пространству прибавились «новые территории» — США, Канада, Израиль. И поэтому, когда при мне кто-то в Америке поносит Россию, мне так же больно, как когда в России кто-то при мне поносит Америку.*

* * *

ЧАСТЬ ПЯТАЯ

ГЕДОНИСТ

Мы сидели на пляжной веранде ресторана «Bijou Plag» в городишке Жюан-Ле-Пэн и праздновали свою первую творческую победу — я взял на аперитив двойной коньяк, а Саша свое неизменное «Шабли». Но радость успеха была, конечно, отягощена этой мерзкой четырехграммовой пулей, и даже французский коньяк не веселил ни желудок, ни душу. Что делать? Лететь домой, показать жене эту пулю и сказать, что из-за нее я бросил и Стефановича, и пятисерийный французский телефильм? Или остаться, сочинять для французов «любовь по-русски» и ежеминутно ждать очередного выстрела из-за угла?

Не знаю как у других, но у меня коньяк и стрессовые ситуации пробуждают не один, а сразу два внутренних голоса. «Ну, Тополь, что ты решишь? В кусты или грудью на амбразуру?» — вопрошал один. «А ты, писатель? — отвечал ему второй. — Конечно, в минуту опасности ты, бесплотный, исчезнешь, а голову под пулю подставлять мне, грешному!» «Во-первых, — заметил писатель, — не смей больше пить за счет моих гонораров...» «Да? — усмехнулся плотский Тополь. — Garson! One more cognac, please!*— и вновь повернулся к себе, писателю. — Понял? А пидоры, которые хотят нас убить, пусть утрутся! Я не стану из-за них сбегать из Франции! В конце концов, кто они такие? Жалкие дилетанты, даже снайперской винтовкой не умеют пользоваться! Так неужели два таких талантливых мужика, как мы с Сашей, не сумеем от них отвязаться? Сегодня мы разыграем мой трусливый отлет из Ниццы в США (я для этого уже сделал несколько телефонных звонков и по мобильному телефону, и по телефону-автомату и даже зарезервировал себе билет на вечерний рейс в Майами), а затем проселочными дорогами махнем в Женеву! Но ты в эти разборки

---

* Официант! (фр.) Еще один коньяк, пожалуйста! (англ.)

не лезь, занимайся своим делом. По-моему, ты давно хочешь спросить Стефановича о чем-то...»

— Саша, а откуда ты взялся?

— В каком смысле?

— Ну, не в физиологическом, конечно. В духовном. Я не помню, чтобы гедонизму нас учили в школе или во ВГИКе...

Потягивая «Шабли» в ожидании пресловутого буайбеса и глядя, как солнце, крадучись во взбитой над морем облачности, медленно двигается с итальянской Ривьеры на французскую, Саша усмехнулся:

— Тебя интересует генезис главного героя?

— Да. Если мне придет в голову написать роман «Гедонист», то что мне сказать читателю? Что жажда наслаждений и страсть к удовольствиям родились у главного героя в голодном детстве, в блокадном Ленинграде, когда он маленьким мальчиком боролся за...

— Ничего подобного! — перебил Саша. — Я родился на исходе войны, Питер уже был освобожден, и детство у меня было стандартно-советское — пионерско-спортивное, в седьмом классе я был чемпионом Ленинграда по прыжкам в высоту. А что касается моего сибаритства...

КАК Я СТАЛ ГЕДОНИСТОМ

— Моим учителем во ВГИКе был великий кинорежиссер и педагог Лев Владимирович Кулешов, совершенно легендарная личность. В январе 1999 года в Доме кино был вечер, посвященный столетию со дня его рождения. Показали фильм о Кулешове, выступали его ученики, говорили, какой это был подвижник искусства, как его травили при Сталине, не давали снимать, издевались над его женой, великой актрисой Александрой Сергеевной Хохловой. Потом играли на виолончелях — довольно печальную мелодию. То есть отдали дань памяти этому замечательному человеку.

Но у меня все это вызвало противоречивые чувства. Потому что я Кулешова знал совершенно другим. Не скрою, я был на нашем курсе его любимым учеником. У нас был странный альянс — ему было за шестьдесят, а я был самый юный и задиристый студент, который периодически попадал в разные переделки. И тогда он меня страшно ругал и воспитывал, но всегда отмазывал от неприятностей, благоволил ко мне, рассказывал истории из своей жизни и приглашал домой, что не соответствовало стандартным отношениям между престарелым учителем и 19-летним студентом.

Но Лев Владимирович был великий режиссер, а у великих свои стандарты. В семнадцать лет он стал художником в фирме Ханжонкова, в восемнадцать снял свой первый фильм — то есть Стивен Спилберг практически повторил его путь. Кулешов сделал такие открытия в области кино, что наши ведущие кинематографисты во главе с Сергеем Эйзенштейном в предисловии к его книге «Основы кинорежиссуры» написали: «Мы делаем картины, а Кулешов создал кинематографию». Во всем мире Льва Владимировича ценили наравне с Гриффитом, а за открытие «эффекта Кулешова» он вошел в историю кино. То есть человек выдающийся, безусловно. Но мне он запомнился не только как замечательный режиссер, которого то хвалили, то хулили, но и как остроумный человек, заядлый автогонщик, первый любовник Москвы и гурман. Эти его качества вызывали у меня восторг.

Когда я первый раз пришел в гости в его квартиру на Ленинском проспекте, меня поразила одна вещь. На стене у этого патриарха, забывшего, как мне казалось, все бренные радости жизни, висела большая фотография обнаженной женщины с распущенными волосами, которая, стоя на коленях и подавшись вперед своей прекрасной грудью, как бы отдавала свое страстное тело фотографу. И на фотографии надпись: «Дорогой Лева! Запомни меня такой навсегда! Твоя Лиля». Я просто раскрыл рот, когда это увидел. И хотя мой юношеский взгляд с понятным любопытством опускался по этой фотографии все ниже, я усилием воли возвращал его к лицу этой женщины, потому что оно показалось мне знакомым. Я стал к ней приглядываться, но — нет, не мог вспомнить, кто это. Набравшись наглости, я спросил:

— Лев Владимирович, а кто эта красивая дама?

Он заворчал:

— Кто-кто! Лиля Брик, вот кто!

Лиля Брик — знаменитая любовь Маяковского, которая в моем представлении была его музой, и вдруг — дарит свою такую откровенную фотографию Льву Кулешову! Я об этом про Лилю Брик ничего не знал.

А рядом с этой фотографией висели балетные тапочки и было написано: «Леве Кулешову от поклонницы его таланта и обратно». И подпись. Я говорю:

— А это что?

— Что-что! Это тапочки Галины Улановой.

Тут до меня стало кое-что доходить. И я уже не стал спрашивать про остальные сувениры, которые висели на стенах его квартиры. А стал расспрашивать мастера о его жизни. Он мне рассказывал массу каких-то смешных историй. Я узнал, что он был просто невероятно знаменит уже в возрасте 20 лет. К 30 годам он был классиком, снявшим свои лучшие фильмы. Однажды в Тбилиси и в каком-то ресторане его арестовали. В милицейском рапорте было написано: арестован человек, выдающий себя за Льва Кулешова. Такова была его слава. Он мне рассказывал, как побеждал в автогонках. Были такие гонки, когда нужно было ехать сутки на дальность пробега. И большинство машин сошло с дистанции, а он не только не сошел, но и победил.

— И знаешь, как я победил? — сказал он. — Я под рубашку привязал себе на грудь грелку со спиртом. Вставил туда трубку, а другой конец этой трубки себе в рот. Чтобы не уснуть от усталости. И так мчался в этом автомобиле...

Можно себе представить: 20-е годы, бездорожье, Россия. Кошмар! Но он ехал сутки и выиграл гонку. Я могу это оценить, потому что много путешествую на машине и мой личный рекорд составляет две тысячи километров за семнадцать с половиной часов. Когда я вышел из машины, то чуть не упал от усталости и напряжения. Но у меня «БМВ», и ехал я по европейским дорогам, а он сутки вел какую-то рухлядь двадцатых годов — по русскому бездорожью!

Конечно, он мне рассказывал про свои отношения со многими людьми, в том числе и с Маяковским.

— Мне Маяковский, между прочим, посвятил стихотворение, он мне написал на книжке:

«Кулешову Льву Владимировичу
— селезень,
А строчки никак не выверчу!»

Сначала эта надпись показалось мне загадочной — почему селезень? Почему он не мог вывернуть Кулешову и строчки? Но при воспоминании о фотографии Лили Брик у меня возникли кой-какие предположения, которые потом подтвердились самым необычным образом — после выхода в Швеции романа «Я горю», посвященного жизни Маяковского. Тогда возник проект его экранизации, я должен был ставить этот фильм и начал собирать материалы о жизни поэта. Вскоре все мои представления о Маяковском, которые были почерпнуты из школьных учебников, оказались полностью опровергнуты. Оказалось, что Маяковский в начале своей карьеры жил на средства Осипа Брика, то есть мужа своей любовницы. С Лилей Брик он познакомился во время съемок фильмов «Барышня и хулиган» и «Не для денег родившийся», где оба играли как актеры. В процессе съемок они стали любовниками, и Лиля Брик познакомила Маяковского со своим мужем Осипом — книжным издателем и умницей, знавшим несколько языков. А Маяковский был малообразован, провинциален, плохо разбирался в столичной жизни и в политике, но как поэт был необыкновенно талантлив. И Брик стал его идеологом и покровителем. Брик читал в оригинале всевозможные иностранные журналы, вылавливал в них новые эстетические концепции и подкидывал эти идеи Маяковскому. Брик на свои деньги издал первую книгу молодого поэта, стал создателем его имиджа и издателем журнала «ЛЕФ», то есть «Левый фронт искусства», редактором которого был Маяковский. Помнишь их манифест «Левый марш»: «Кто там шагает правой? Левой! Левой! Левой!».

Конечно, Осип Брик прекрасно знал о любовных отношениях своей жены и Маяковского, но он и Лиля держали поэта на коротком поводке. В частности, в доме, который пролетарской властью был дан пролетарскому поэту Маяковскому и его журналу «Новый ЛЕФ», жили Лиля и Осип, а Маяковский продолжал жить в съемных квартирах и покончил жизнь, если ты помнишь, в коммуналке. Но это отдельная история.

Так вот, когда я стал собирать эти материалы, я наткнулся на воспоминания художницы Степановой о ее визите на дачу, где у Маяковского произошел «Разговор с солнцем». Помнишь? «Поселок Пушкино горбил Акуловой горою...» Степанова не была, конечно, свидетельницей визита солнца на эту дачу, зато она была свидетельницей другой истории. Она пишет, что когда приехала туда, то обнаружила, что вокруг этой дачи бегают вдоль забора с одной стороны Маяковский, весь в слезах, а с другой — Александра Хохлова, жена Кулешова, и тоже в слезах. Оказалось, что на этой даче происходило любовное свидание между Львом Кулешовым и Лилей Брик! Так вот откуда взялась та замечательная фотография обнаженной Лили Брик, вот почему Маяковский, который мог написать стихи о чем угодно, даже о «Моссельпроме», не мог «вывернуть» Кулешову и строчки.

Эту историю я рассказал не ради смакования пикантных подробностей жизни великих людей, а чтобы показать тебе, что те, кого мы теперь называем великими, жили страстями. Может быть, поэтому они и оставили нам шедевры.

* * *

И в подтверждение того, что ничто человеческое не чуждо и великим людям, я могу привести в пример абсолютно культовую для любого интеллигентного человека фигуру Михаила Афанасьевича Булгакова, с которым я знаком, конечно, не был, потому что он умер в 1940 году. Но в конце шестидесятых я дружил с его вдовой Еленой Сергеевной Булгаковой, выведенной в романе «Мастер и Маргарита» под именем Маргариты.

МИХАИЛ БУЛГАКОВ
И ЕГО МЕТОД ЗАВОЕВАНИЯ ЖЕНЩИН

— Елена Сергеевна прожила долгую жизнь и умерла в 1970 году. Ее мать тоже была долгожительницей, и с этим связана такая история. Когда ее матери было около 75 лет, она стала чувствовать себя плохо. Вызвали доктора, и тот, отозвав Елену Сергеевну в дальнюю комнату, сказал:

— Знаете, положение абсолютно безнадежное, готовьтесь к худшему, ночью она умрет. А я сейчас пойду, мне здесь уже делать нечего. Я приду утром и выпишу вам справку о смерти.

С этими словами он надел пальто и ушел.

Елена Сергеевна подошла к постели матери. Было видно, что та действительно умирает. Силы ее покидали, она уже плохо слышала, плохо понимала, что ей говорят. Жизнь из нее уходила. Елена Сергеевна рассказывала мне:

— Я не знаю почему, что мне дало этот толчок, но я стала говорить с ней о политике, стала ругать коммунистов. И вдруг угасающее сознание начало возвращаться к умирающей, она стала реагировать, мигать глазами, потом повернула лицо, начала кивать головой, а потом стала поддакивать и говорить: «Да-да, правильно! Это мерзавцы, сволочи! Они уничтожили нашу страну, лучших людей! Не будет им прощения никогда!» Поднялась на постели и стала проклинать большевиков вместе с их ВКП(б). А чем больше мама проклинала коммунистов, тем больше я заводилась и рассказывала ей все, что мы от них вытерпели. И что терпела от них Россия. Тогда умирающая поднялась, села и стала жестикулировать, продолжать эту тему, посылая проклятия коммунистической партии и всем ее вождям, начиная от Ленина и Троцкого до Сталина.

Так они провели целую ночь. Под утро пришел с мороза доктор, чтобы констатировать смерть. Он повесил пальтишко в прихожей, бодро вошел в комнату и, увидев «живой труп», который сидел на постели и громко поносил коммунистов, брякнулся в обморок.

После этого мать Елены Сергеевны прожила еще двадцать лет и умерла, кажется, в возрасте 96 лет. И когда накануне смерти ей снова стало плохо, Елена Сергеевна решила повторить свой старый трюк. Она подсела к ее кровати и стала ругать коммунистов. Мать взяла Елену Сергеевну за руку и сказала:

— Леночка, не надо. Я так устала ждать, когда это кончится!..

И с этими словами она умерла.

А теперь я расскажу, как Булгаков пленил Елену Сергеевну. Я просил ее рассказать, как они познакомились. Елена Сергеевна сказала, что познакомилась с ним на какой-то вечеринке, где Булгаков был центром внимания, потому что он был необыкновенный рассказчик и очень остроумный человек. Она говорила, что, слушая его, она так хохотала, как никогда в жизни. Причем надо сказать, что Елена Сергеевна в этот момент была замужем за генералом Шиловским, это был ее второй брак, и у них было двое детей. То есть она была уже женщиной, которая остановилась в своем выборе. Но рассказы Булгакова были настолько потрясающи и настолько искрометным был его юмор, что она влюбилась в него сразу. Елена Сергеевна рассказывала, конечно, свою историю не подряд, а какими-то отдельными фрагментами. Мне запомнился рассказ об одном ее свидании с Булгаковым. Это свидание было очень странным, и тем оно ей запомнилось. Булгаков пришел за ней на Малый Ржевский переулок, где она жила в генеральском доме. Она вышла, и они пошли пешком по Ржевскому, через Никитскую, мимо церкви, где венчался Пушкин, по Спиридоновке, и вышли на Патриаршие пруды. На аллее, которая идет вдоль прудов, Булгаков подвел ее к одной из скамеек и сказал:

— Вот здесь они встретились.

— Кто они?

Он приложил палец к губам и больше ничего не сказал. Но таким образом он как бы «прикоснул» ее к замыслу романа «Мастер и Маргарита», который первоначально назывался «Консультант с копытами». В романе, в его самой первой главе, на этой скамейке Иван Бездомный и Берлиоз встречаются с Воландом.

Елена Сергеевна была страшно заинтригована, но Булгаков на эту тему в тот вечер больше не говорил. В другой раз он повел ее в какой-то странный дом, в подвальную квартиру, где находились всего два человека. В этой квартире шел фантастический рыбный пир. Во главе стола восседал старик с седой бородой, очень красивый, мощный. Как она себе домыслила, это был хозяин каких-то рыбных заводов, которого Советская власть отправила на Соловки, и, вернувшись после десятилетней отсидки, он отмечал свое возвращение. Ему прислуживал какой-то красивый юноша. Стол ломился от икры, лососины, омуля, кижуча, осетрины. Всевозможных рыбных яств было такое количество, какое только можно себе представить. А гостями этого пира были только Елена Сергеевна и Михаил Афанасьевич. Булгаков был в ударе, рассказывал веселые истории, анекдоты, всех веселил, много и вкусно ел и пил, она еще больше прониклась к нему восторгом, уважением и любовью...

Так Булгаков завоевывал женщин, которых, оказывается, до Елены Сергеевны и у него было немало. Однажды, когда их отношения уже стали серьезным романом, он пригласил ее к себе в гости. Она пришла, как обычно, как Маргарита приходит в романе к Мастеру. Но, придя, застала там с десяток первых красавиц Москвы. Они сидели за столом, который тоже ломился от фруктов и шампанского. А когда она вошла, Михаил Афанасьевич сказал:

— Внимание! Уважаемые дамы, я хочу вам представить — это моя Елена!

И сказано это было таким тоном, что «уважаемые дамы» поняли: это их прощальный банкет. И больше никогда не тревожили ни Мастера, ни его «Маргариту».

А когда Михаил Афанасьевич умирал, тяжело и мучительно — а болезнь вынуждала его соблюдать очень строгую диету, — то за несколько дней до смерти он вдруг попросил Елену

Сергеевну принести рыбы, икры и всевозможных закусок, которые есть ему было совершенно нельзя. Она рассказывала:

— Хотя я знала, что это плохо, но я уже понимала, что жить ему осталось очень мало. И я все купила и поставила на стол. Это был наш прощальный ужин. Он выпил водочки. И за этим ужином мы вспоминали тот рыбный пир, который был у нас в самом начале знакомства...

Дорогой Эдик, я не знаю, насколько эти истории проясняют тебе происхождение моего гедонизма, но мне кажется, что отношение великого писателя Булгакова и великого режиссера Кулешова к радостям жизни — это та эстафета, которую я с моими друзьями с удовольствием у них переняли.

Как-то раз Елена Сергеевна сказала мне:

— Саша, вы такой сибарит! Вам нужно, как в одном французском романе, завести слугу, который бы утром, при пробуждении хозяина, докладывал, который час, какая погода на дворе и какое правительство у власти.

Я замахал на нее руками:

— Что вы, Елена Сергеевна! Никогда! Представляете, я просыпаюсь, а лакей докладывает: мсье, сейчас шесть утра, на дворе дождь, а у власти коммунисты... Ужас!

Мы жили, стараясь не замечать режима, от гнета которого ты уехал. И чтобы не быть голословным, расскажу, как мы это делали.

В середине 70-х годов Москва была унылым, мрачным, коммунистическим городом с бедными магазинами и ограниченным количеством хороших ресторанов. За границу ездить не давали, и единственным нашим способом познания остального мира было посещение посольств. В частности, американского посольства, которое, кстати, не очень хорошо кормило, оно было экономно, и только в особые дни — День благодарения и День независимости — закатывало настоящие банкеты.

Но были и совершенно замечательные в этом смысле посольства — такие, как посольства Индонезии и Ирана, которые закармливали посетителей огромным количеством экзотических блюд. Отличалось красочными приемами и посольство Китая. К сожалению, тогда советско-китайские отношения были в таком напряженном состоянии, что посещение китайского посольства приравнивалось к государственной измене. Поэтому я там никогда и не был, но это была наша постоянная мечта — попасть когда-нибудь на прием в посольство Китая.

А некоторые из известных мне и тебе людей в Москве сделали посещение посольств своей профессией. Например, знаменитый художник Толя Брусиловский не пропускал ни одного приема и даже во время советско-афганской войны умудрялся проникать на пловы в посольство Афганистана. Возникало впечатление, что он дома вообще ничего не готовил, потому что Советский Союз поддерживал дипломатические отношения примерно со 150 государствами, а у каждого государства есть, как ты понимаешь, по крайней мере два национальных праздника. Кроме того, приличные посольства непременно дают приемы в честь дней рождения послов, проведения фестивалей и других культурных мероприятий. Поэтому у Толи был список национальных праздников всех стран мира и длинное расписание приемов, которое он все время скрупулезно пополнял и корректировал. Он знал, что сегодня он ест в посольстве Бурунди, завтра в посольстве Великобритании, послезавтра в египетском и так далее. У него были расписаны все 365 дней в году, а главная его головная боль заключалась в том, что у некоторых стран праздники совпадали и тогда нужно было каким-то образом заранее выяснить меню банкета, чтобы выбрать, куда идти — на рыбную фиесту к мексиканцам или на лапландскую оленину в бруснике в посольстве Финляндии.

То есть Толя сделал эти посещения главным занятием своей жизни.

Но не у всех была такая возможность. Я, например, тоже посещал эти посольства с большим удовольствием, но все-таки был занят и другими делами. Поэтому мы с Андрюшей Макаревичем решили не ограничивать себя ожиданием пиров от случая к случаю, то есть от праздника независимости Гаити до Дня взятия Бастилии. Тем более что мы вообще любили хорошо поесть каждый день. А поскольку мы были лишены возможности загранпутешествий, то решили устроить эдакое замечательное кулинарное путешествие по миру — не выходя за пределы московской окружной дороги. У Андрюши на площади Гагарина была небольшая квартира с огромной кухней, и мы стали приглашать туда иностранцев, которые попадали в поле нашего зрения. Для начала мы вели такого иностранца на Центральный рынок или в магазин «Березка» и за свой счет, но по его указаниям покупали все ингредиенты для приготовления его экзотической национальной еды. А потом приезжали в квартиру, и там этот иностранец получал сковородки, ложки, плошки, кастрюльки и готовил какую-нибудь уникальную еду своего народа.

При этом никакие политические взгляды или идеологические разногласия не имели значения. Нам была важна способность человека посвятить нас в тайны культуры еды своего народа. Как-то у нас побывал один англичанин, корреспондент крупной газеты. Он колдовал целый вечер, готовя суп из бычьих хвостов, которые были закуплены на Центральном рынке. Сначала он их обжаривал, потом тушил с луком и помидорами, потом вывалил в кастрюлю, долго варил, что-то шептал, бросал какие-то специи. И из этого получилось совершенно изумительное блюдо. Когда мы ели этот фантастический суп, мы мысленно переносились в Англию. Другой возможности попасть в Англию у нас не было.

Потом приезжал вьетнамский генерал, то есть персонаж с другой стороны баррикад, летчик, который настолько успешно сбивал американские самолеты, что стал героем Вьетнама и здесь, в Москве, учился в Военной академии. Генерал притащил стопку рисовой бумаги, а мы накупили большое количество свинины, капусты, каких-то специй, которые он нюхал и пробовал на язык на Центральном рынке. Он приготовил нам совершенно сказочное вьетнамское блюдо, что-то вроде наших голубцов, только в рисовой бумаге и со специальными кисло-сладкими соусами его же приготовления.

К нам приходили и узбеки, который готовили плов, и грузины, которые готовили чахохбили. Это были разные люди, и не важно, какой они были религии и политической ориентации, главное — они понимали толк в еде и умели готовить. Впоследствии, интерпретировав эту идею, Андрей Макаревич создал телепрограмму «Смак», которая уже несколько лет является одной из самых популярных программ Общественного российского телевидения. Он приглашает разных знаменитостей, которые на глазах у зрителей готовят еду и делятся своими рецептами, а Андрей, в процессе кулинарного колдовства, беседует с ними о жизни. Идея замечательная, и помимо того, что Андрей знаменитый музыкант, он еще стал известен всей стране как первый кулинар.

Так что, как видишь, даже в условиях коммунистического гнета мы не уронили эстафету великих русских гурманов...

* * *

— Это замечательно, — сказал я. — Но я не понимаю одной вещи. Уж полдень близится, а буайбеса нет. Мы сидим тут тридцать восемь минут...

— Всего тридцать восемь, — уточнил Саша. — Сразу видно американца. Буайбес, чтоб ты знал, — это один из шедевров марсельской кухни, а шедевры не создаются в минуту, как гамбургеры. На его приготовление уходит не меньше часа.

— В таком случае вернемся к нашим баранам. То есть к сюжетам. Если у нас приняли свердловскую «Мисс мира в Париже», то приключения «Мисс Омск» и «Мисс Томск» на Лазурном берегу придется похерить. В нашем сериале о любви по-русски может быть только одна серия с местом действия во Франции. Остальные должны происходить в России.

— И что, все истории Лазурного берега я рассказывал зря?

— Да, старик. «Изводишь единого слова ради тысячи тонн словесной руды» — это как раз про тебя. Нам нужно еще три сюжета с местом действия в России.

— Дай подумать... — Стефанович достал из кармана блокнот, в котором, как я понял, у него было записано все — от телефонов любимых девушек на пожарный случай и размеров дверных шпингалетов, нужных для его дачи, до сюжетов киносценариев.

Но я остановил его:

— Подожди. У меня есть другая идея. Зрители любой страны обожают фильмы из жизни звезд и миллионеров. «Все о Еве», «Звезда родилась», «Богатые тоже плачут» и тому подобное. Не знаю, как у вас во Франции, а у нас в Штатах Даниэла Стил и ее эпигоны копают эту жилу годами, и есть писатели, которые просто специализируются на биографиях звезд. Публика буквально расхватывает их книги о Фрэнке Синатре, Мэри-

424

лин Монро и Хамфри Богарте. *Поэтому один сюжет можно сделать о жизни российских звезд. «Звезда а-ля рюс», а? Романтическая любовь русских «суперстар» на фоне дремучей российской экзотики.*

— А кого ты имеешь в виду? — спросил Стефанович.

— Но тебе нравится идея?

— Идея может иметь место...

— Рабочая... — уточнил я.

— Зависит от того, как сделать. И кого ты конкретно имеешь в виду...

— Я имею в виду самую знаменитую российскую певицу Аллу Лугачеву и ее бывшего мужа Александра Стефановича.

— Ну нет! — поморщился Саша. — Меня уже достали журналисты по этому поводу, но я их всех гоню. И потом — с чего ты взял, что это из жизни миллионеров? Это же блеф, как и все остальное.

Но я гнул свое:

— Я имею в виду ваш четырехлетний роман, о котором и сейчас пишут все газеты в связи с приближающимся юбилеем звезды. Я читал в «Версии», что именно ты придумал Лугачевой тот образ, которому она до сих пор старается соответствовать.

— Ну, я помогал ей немного, — принужденно ответил Стефанович. — Но в общем, ничего там не было интересного.

— Саша, мы же договорились: на этом этапе я решаю, что интересно, а что нет. Мы установили, что сюжет из жизни звезд на фоне российской экзотики может французов заинтересовать. Для меня уже не важно, было это с тобой и твоей Лугачевой или с кем-то еще. И требуется нам вовсе не то, что ищут журналисты желтой прессы. Нам нужны вкусные эпизоды на тему «любовь российских звезд», а все имена будут в фильме изменены.

История тридцать шестая

ЗВЕЗДА «А-ЛЯ РЮС»

— Не знаю, что ты выкрутишь из этого материала, но так и быть — слушай. Только имей в виду, что тут будут такие специфические подробности быта российской эстрады, каких не понять никаким французам...

Идея познакомить нас пришла в голову замечательному поэту-песеннику Лёне Дербеневу, с которым я дружил и сотрудничал по нескольким фильмам. Это был необыкновенный человек. Помимо того, что он был автором прекрасных песен, которые пела вся страна, он еще был и необыкновенно остроумным. Доказательством тому служат две его частушки, за которые он должен войти в историю русской литературы и общественной мысли. Одна такая:

> Что все чаще год от года
> Снится нашему народу?
> Показательный процесс
> Над ЦК КПСС.

И вторая:

> Каждый день на огороде
> Над говном грачи галдят.
> А Ульянова Володю
> Даже черви не едят.

Они были написаны в самый разгар строительства развитого социализма, одна — к столетию со дня рождения Ленина, а вторая — к очередному юбилею Октябрьской революции.

Так вот, впервые фамилию Лугачевой я услышал от Лени. Он мне сказал:

426

— Есть одна девушка, очень талантливая, надо ей помочь. Я думаю, ты сделаешь это лучше всех. Я тебя с ней познакомлю. Все в ней хорошо, один недостаток — она абсолютно без тормозов. Я тебя об этом честно предупреждаю. Дальше смотри сам.

И вот мы встретились у Дербенева дома. Надо сказать, что она сразу стала королевой вечера. Веселила публику, была остроумной, когда надо, внимательно слушала, потом села за пианино, пела песни. Было ей тогда 26 лет. Она была тоненькой, стройной девочкой, что трудно себе представить сейчас. Рыжая, губастая, и хотя от природы у нее не особенно выразительное лицо, но артистизм был необыкновенный. К сожалению, продолжить тогда наше знакомство нам не удалось, потому что у меня были дела в Ленинграде, я там снимал на телевидении.

И вдруг в Ленинграде, на телестудии, узнаю, что она в каком-то павильоне снимается в музыкальной телепрограмме. Я пришел на эти съемки, и, к изумлению работников телевидения, между нами через весь съемочный павильон произошел такой диалог.

— Привет, красавица!

— Привет, Саша. Как ваши дела?

— Неплохо. Когда вы заканчиваете съемку?

— Да вот, обещали через час отпустить.

— Отлично. Я вас приглашаю в ресторан с цыганами.

— К сожалению, не могу, у меня уже куплен билет на самолет.

— Тогда я вас подвезу до аэропорта, и по дороге поболтаем.

И после съемки мы поехали в аэропорт, а по дороге договорились, что приглашение мое в ресторан остается, но осуществим мы его в Москве. Я, закончив съемки в Ленинграде, запустился на «Мосфильме» с музыкальной картиной об ансамбле «Песняры»; это был специальный фильм к их гастролям в Америке. И как-то вечером я ей позвонил и предложил пойти в ресторан Дома кино, мой любимый. Но она отказалась, сказала, что хочет показать мне свой любимый ресторан на Рублевском шоссе. Я подхватил ее в условленном месте, и мы поехали в этот «Сосновый бор», который она называла «Еловая шишка». Надо сказать, что она большой мастер на трюки, которые должны поразить окружающих. Такая деталь: в ресторане она взяла нож, разрезала себе палец, открыла мою записную книжку, выдавила каплю крови на страницу и написала: *«Определите на досуге мою «группу», потому как петь — это мое кровное дело».* И поставила число и подпись. Не каждая девушка способна на такие фокусы, честно тебе скажу. Определить «группу» мне пришлось той же ночью вечера в гостинице «Мосфильма», где я тогда жил. А утром, когда мы пошли завтракать, я ей сказал:

— Не знаю еще, как ты поешь, но артистка ты замечательная, это твоя самая сильная сторона, развей ее. Постарайся все свои песенки обыгрывать. Постарайся вообще превратить это все в театр.

Она говорит:

— Это как?

— Ну, смотри. — Я взял записную книжку и написал: *«Идея: «Театр Аллы Лугачевой».* — Представляешь, — говорю, — ты выходишь на сцену и из каждой песни делаешь маленький спектакль. У тебя должно быть такое платье, которое трансформируется в разные сценические костюмы, чтобы ты могла разыгрывать несколько разных ролей. Тот небольшой реквизит, который у тебя в руках, ты должна обыгрывать.

Она говорит:

— У меня же в руке только микрофон.

— Представь, что сейчас это микрофон, а через минуту это уже скипетр, который ты поднимаешь. А через секунду это бокал, из которого ты пьешь.

— Да, точно! — тут же подхватила она. — Вот в этой песне я так сделаю, а в этой так.

То есть она, как губка, все быстро впитывала, и это мне очень понравилось. А поскольку на сцене я ее еще не видел, то вскоре она меня пригласила на свой концерт. Но это только было так сказано: «на свой концерт». А на самом деле это был концерт оркестра армянской филармонии, там она пела две песни в середине второго отделения. На меня это произвело впечатление ужасное, потому что, во-первых, песни были армянские, а во-вторых, она была в каком-то кошмарном парчовом платье, и на ее колене была прикреплена большая искусственная бумажная роза. Я честно сказал ей о своих впечатлениях. Она говорит:

— Понимаешь, такая у меня ужасная ситуация. Я, с одной стороны, конечно, спела песенку «Арлекино» и стала более-менее известной. Но, с другой стороны, разругалась с «Веселыми ребятами», и ансамбля у меня своего нет. А выступать мне нужно с кем-то, я же не могу одна выйти на сцену. Поэтому я выступаю с оркестром армянской филармонии и больше того — руководитель этого оркестра мой жених. То есть я от него завишу, пою его репертуар и вообще одеваюсь, как армянская девушка.

Я говорю:

— Делай как знаешь, я тебе высказываю свое мнение.

— Да я сама так думаю. Но это ж надо, чтобы кто-то этим занялся — костюмами, репертуаром, оркестром...

Действительно, единственным светлым пятном в ее жизни в тот момент была ее творческая работа с Зацепиным и Дербеневым. В этом смысле ей страшно повезло. Потому что Александр Сергеевич Зацепин — удивительный мелодист, он написал музыку ко всем фильмам Гайдая и вообще массу шлягеров. Имел единственную в Советском Союзе частную студию звукозаписи, которую он оборудовал в своей квартире. А жил он, кстати, именно в том доме, где жила Елена Сергеевна с генералом Шиловским до своего брака с Михаилом Афанасьевичем Булгаковым. Так вот, Зацепин в своей квартире смонтировал собственную студию, купил за свои деньги оборудование, а муж его дочери был звукооператором. В гостиной у них стоял рояль, на окнах висели тяжелые шторы для звукоизоляции. То есть это была совершенно профессиональная студия звукозаписи, где можно было писать хоть вокал, хоть оркестр. Такие залы были в то время наперечет, во всем Советском Союзе — три или четыре, но там композиторы стояли в очереди, и киностудии бронировали время за полгода вперед, платили по часам за использование зала. А Зацепин не зависел ни от «Мосфильма», ни от фирмы «Мелодия», у него студия была своя и не было отбоя от договоров с «Таджикфильмом», «Казахфильмом», «Узбекфильмом» и прочими. Они с Дербеневым брались за любую работу, писали песни к фильмам, которые вообще смотреть было невозможно, и ухитрялись на этом жутком материале делать высококлассные песни. Например, была такая картина «Мудрый Ширак», кажется, киностудии «Узбекфильм» — это было зрелище еще то. Но от него осталась песня, которую пела вся страна: «Даром преподаватели время со мною тратили» — песня Ширака, который плохо учился. И она была записана в студии Зацепина.

А в то время записать песню, иметь фонограмму — это было практически самое главное. Если имелась фонограмма, то ее можно было воткнуть на телевидение, поставить в кино, на радио, где-то раскручивать. Конечно, за это вымогались взятки. Особенно дорогими были новогодний «Огонек» и «Огонек» к 8 Марта. Место там «стоило» до десяти тысяч рублей. То есть две цены автомобиля «Жигули» нужно было отдать, чтобы твою песню поставили в эфир. И эти деньги платили композиторы и авторы. Хотя народ, конечно, думает, что кто на сцене рот открывает, тот и главный. А на самом деле главные те, кто сочинил. Ведь благодаря такой раскрутке их песня становилась популярной, ее заказывали в ресторанах, а каждый ресторан по тем временам был обязан ежедневно писать рапортичку об исполнении песен, ВААП за этим очень строго следило. И за каждое исполнение песни в ресторане композитору и автору текстов шло по 17 копеек. Всего-то! Но помноженное на количество ресторанов в СССР это давало приличные деньги.

Например, один мой знакомый композитор получал примерно четыре автомобиля. В день! Это был доход с одного дня исполнения одной популярной песни! А певцу-исполнителю с этого не обламывалось ничего, кроме его морды на телеэкране, то есть точно по пословице «кому вершки, а кому корешки». Ставка той же, например, Лугачевой была что-то около семи рублей за выступление. Даже если она собирала Дворец спорта «Лужники». А народ был уверен, что весь сбор идет исполнителю, что она с большим мешком денег уходит домой...

Это к твоей теме «О жизни миллионеров». Однако вернемся к нашим баранам.

Тайные романы не могут быть тайными бесконечно, все тайное становится явным. На одну из наших встреч Алла пришла с квадратными глазами:

— Слушай, мой армянин меня подозревает, дикий скандал, кавказская ревность! Ты должен меня спасти, ты должен что-то придумать!

Как обычно у женщин: «Ты должен, и все!»

А надо сказать, что в этот момент не только она собиралась выйти замуж за руководителя армянского оркестра, но и я собирался жениться на одной артистке, которая живет теперь в Нью-Йорке. Мы уже подали заявление в загс — так же, как Алла и ее армянин. Но поскольку она сказала «спаси меня», то я должен был спасать любимую девушку. Я сказал:

— Бери своего жениха и приходи к Дербеневу.

Они в назначенное время пришли к Дербеневу, а я уже сидел там со своей Машей. Я познакомил жениха Лугачевой со своей невестой, мы с ней сидели в обнимку, а Лугачева повисла на своем женихе. Потом мы расположились друг напротив друга в кухне, за столом. А рядом сидели подыхающие от смеха Дербенев и его очаровательная жена Вера, которые все знали и наблюдали этот концерт. Я и Лугачева были в ударе и разыгрывали любовь к своим суженым по полной программе. Все как бы замялось, ее жених успокоился, однако после этой истории стало совершенно ясно, что ни у меня, ни у нее дело с женитьбой дальше не пойдет. И во время одного из следующих свиданий она говорит:

— Да ну их на хрен, наших женихов и невест, давай жить вместе!

Я говорю:

— Ну, давай.

— Только знаешь, я не могу жить у тебя в гостинице. Приезжай ко мне.

— Это куда?

А я всегда подвозил ее в дом на Рязанском проспекте, где жили ее отец, мать и дочка. Там у них была двухкомнатная квартира, и трудно было себе представить совместную жизнь двух молодых богемных существ на этой территории. Но оказалось, что у Лугачевой есть еще одна «тайная» квартира на Вешняковской улице. Когда мы приехали туда, меня охватил ужас. Это была абсолютно пустая однокомнатная квартира, в углу которой лежал голый матрас, а весь пол был заставлен огромным количеством пустых бутылок, больше в комнате не было ничего.

Я, как тебе известно, могу жить только в цивилизованном интерьере, поэтому, даже не спрашивая разрешения хозяйки,

431

начал убирать. И, вынося на радость алкашам бутылки к мусоропроводу, решил их посчитать. Бутылок было 140. Пока девушка что-то готовила на кухне, в картонном ящике, который тоже подвергался выбросу, я нашел елочные игрушки. И чтобы как-то украсить убожество этого жилища, разложил на полу елочные игрушки, сделал из мишуры и шариков такую дорожку с елочкой в конце, поскольку дело было под Новый год. Лугачева вошла в комнату, неся поднос с закуской, увидела выложенную из блесток дорогу к елочке и спросила:

— Это что такое?

Я говорю:

— Это путь жизни Аллы Лугачевой.

Так я переселился в эту квартиру, и мы стали жить вместе.

А тут подступал Новый год. Мы его встретили тоже довольно интересно. Однажды Валентина Максимовна Ковалева, мой постоянный второй режиссер, сказала, что под Москвой, в Одинцово, открывается новый грузинский ресторан, она туда приглашена и приглашает меня. А я сказал, что приеду с девушкой, и поехал с Лугачевой. Хозяином ресторана оказался красавец грузин Торнике Копалеишвили. Сегодня Торнике — владелец лучших московских ресторанов «Пиросмани» и «Рыцарский зал», а в тот момент он только начинал свою блистательную карьеру, открывал первый частный ресторан в Москве, это было задолго до перестройки, в 70-е годы. То есть и Дербенев, который писал свою антисоветчину, и Зацепин, который у себя дома устроил частную студию звукозаписи, и Торнике, который открывал свой частный ресторан, — мы все жили так, как будто не было никакой Советской власти. Когда меня спрашивали, почему я так живу, я говорил: «Я не дам коммунистам испортить себе жизнь». Думаю, что это было их правилом тоже.

Торнике открывал ресторан «Сакартвело». А я, как тебе известно, придумщик. Меня хлебом не корми, дай чего-нибудь наворотить. И после замечательного ужина я, когда мы прощались с хозяином, ему сказал:

— Торнике, дорогой, на хрена, открывая ресторан под Москвой, ты называешь его «Сакартвело»? Это для вас, грузин, священное название. А для русского уха это никак не звучит, для нас это вообще труднопроизносимое слово. Будь проще.

Он говорит:

— В каком смысле?

— А назови свой ресторан иначе.

— Как?

— Ну, например, «Арлекино».

Он говорит:

— Это в честь чего?

— А вот моя девушка, смотри, певица популярная. В ее честь назови ресторан. Песенку слышал «Арлекино, Арлекино»?

— Да, слышал.

— Это она поет.

— Не может быть!

— Может. Знакомься еще раз!

А песенку «Арлекино» каждый день крутили всюду — по телевизору, по радио, все ее знали. Торнике говорит:

— А как это сделать, слушай?

Я говорю:

— Тебе нравится идея?

— Очень нравится!

— Значит, мы сделаем так. Этот столик, за которым мы сидели, ты делаешь резервированным столиком на два человека и говоришь, что это столик Лугачевой и ее спутника. Договорились?

— Да.

— Здесь мы вешаем ее портрет. Дома у нее есть ее портрет, написанный какой-то художницей. Мы дарим его тебе.

Лугачева подхватывает:

— Еще, Торнике, обязательно нужно место для музыкантов. Мало ли — иногда я выйду и чего-нибудь спою.

Я говорю:

— Торнике, дорогой, это она *иногда* споет, когда мы сюда придем. Но ты можешь распространять слухи, что она здесь каждый вечер поет. И вся Москва повалит послушать песню «Арлекино» в ее исполнении.

Торнике сказал:

— Слушай, дорогой, какие гости хорошие! Все, никакой «Сакартвело»! «Арлекино» с завтрашнего дня!

Торнике свой бизнес чувствует идеально. В одну секунду он изменил все, ради чего собрались именитые грузинские гости, и действительно назвал ресторан «Арлекино». Но ни он, ни я не рассчитывали на тот прилив публики, который вскоре начался. Народ просто попер в это Одинцово, там началось что-то немыслимое, все стоянки и подъезды к дому были забиты шикарными машинами, у Торнике были из-за этого скандалы с местными жителями. Даже КГБ принимал в этом участие. Торнике однажды пригласил в ресторан Славу Цеденбала, известного московского плейбоя, сына хозяина Монголии, официального представителя Монголии в СЭВе. Цеденбал поехал в Одинцово на своем «мерседесе» с дипломатическими номерами, но по дороге его остановила милиция: «Куда направляетесь?» — «В ресторан «Арлекино» — «А чего вы там не видели?» — «Там Лугачева поет». — «Откуда у вас такая информация?» — «А меня хозяин пригласил». — «Вам туда нельзя, вы иностранец. Разворачивайте машину». Цеденбал уехал. На следующий день Торнике вызвали на Лубянку. Следователь спросил: «Это правда, что у вас голая Лугачева на столе танцует?» А на самом деле мы приезжали туда раз в две недели, сидели тихонько в уголочке, клевали свое лобио, обсуждали дела и уезжали, не особенно выпивая, потому что я был за рулем. Но шум от этих визитов стоял огромный — Лугачева поет в «Арлекино»!

И в новогоднюю ночь мы тоже были в этом ресторане. Там, конечно, был полный сыр-бор, Лугачева пела, мы с ней танцевали. Но самое интересное, что большую часть этого вечера мы провели вовсе не за столом, а на кухне ресторана, где стоял телевизор, потому что по телевидению показывали новогодний «Огонек». В этом «Огоньке» должна была состояться премьера песни «Все могут короли», и нам было очень важно увидеть, вырежут ее или не вырежут? А если не вырежут, то в каком месте поставят? Потому что по тем временам все было возможно. Эти новогодние «Огоньки» возили в ЦК КПСС, там их отсматривали унылые начальники на предмет нежелательных подтекстов, что-то вырезали, выстригали, «чистили», одним словом.

И вот мы сидели в углу кухни на какой-то грязной лавке, вокруг бегали официанты, повара нас иногда чем-то подкармливали и никак не могли понять, почему мы в новогоднюю ночь уставились в такой маленький, размером 9 на 12 сантиметров, черно-белый телевизор, который и даром никому не нужен. А мы ждали — проскакивает или не проскакивает песня, текст которой написал Леня Дербенев и которая была

лег на пол и снизу фотографировал ее, словно парящую в небе. В результате вышел альбом, который был по тем временам как бомба, потому что, во-первых, ни у кого никогда не было двойных альбомов, а во-вторых, он был един по замыслу, по эстетике, по сопроводительному тексту, и в нем уже прочно закреплялся образ этой страдающей одинокой звезды с ребенком.

О ребенке нужно сказать особо. Ее дочке тогда было шесть лет, она еще в школу не ходила. Она росла одна, отца ей явно не хватало. И вдруг появился в доме мужчина, который делал ей какие-то поблажки, подарки, разговаривал с ней о ее проблемах, разрешал то, что не разрешали мама и бабушка. И у нас с ней сложились отношения просто замечательные. Например, была такая смешная сценка. Однажды ее настоящий отец навестил дочку днем. А мы с Лугачевой приходим домой вечером, дочка что-то шепчет Алле, Алла покатывается со смеху и говорит:

— Все нормально, дочка, иди спать.

А потом мне объясняет:

— Знаешь, что она сказала?

— Нет.

— Она мне на ухо нашептала: «Мама, будем папе говорить, что сегодня отец приходил?»

Для нее «отец» и «папа» были разные люди.

Еще один пункт, четвертый. Если уж потребителями ее жанра являются наши пэтэушницы, незнакомые с иностранными языками, то ей не надо копировать Запад, а, наоборот, нужно *быть чисто русской певицей*, тем более что и фамилия у нее такая русская. То есть никогда не исполнять западных песен и все время подчеркивать свою «доморощенность». Это было точно рассчитанное заполнение пустующей ниши. Потому что в тот момент на эстраде царили полька Эдита Пьеха, которая пела с акцентом, румынка София Ротару, которая жила на Украине, и еще несколько прибалтов. А русская ниша была пуста.

И пятым пунктом было то, что я назвал *«лугачевский бунт»*. В то время обязательной частью репертуара любого певца была гражданская лирика — все эти «за себя и за того парня» и «а мы ребята семидесятой широты». А у нее должен был быть сознательный отказ от любых гражданских тем. Только о любви! Ни о чем больше! Советская власть? Да я ее в упор не вижу! Что опять-таки подкупало публику необыкновенно. Потому что все уже от этой власти устали. Может, на партсобрания и ходили, а на самом деле внутренне ненавидели систему. И поэтому, когда появлялся человек, который ставил себя вне этой зоны, — он притягивал к себе всеобщее внимание.

Таков был «тайный» стратегический план проекта «Алла Лугачева». А кроме него, был еще тактический план из двадцати пунктов по реализации этой стратегии. Он висел на стенке в нашей кухне. Его многие видели.

Конечно, для воплощения этого *образа народной любимицы-страдалицы* нужен был соответствующий репертуар. А в то время основными ее авторами были Зацепин и Дербенев. Но мне хотелось поднять планку, чтобы уровень ее песен был еще выше. А поскольку Шекспир был все-таки несколько выше моего любимого Дербенева, то я и прочел ей для начала свой любимый сонет:

Уж если ты разлюбишь — так теперь,
Теперь, когда весь мир со мной в раздоре.
Будь самой горькой из моих потерь,
Но только не последней каплей горя...

Кончается этот сонет, как ты помнишь, словами:

Оставь меня, чтоб снова я постиг,
Что это горе всех невзгод больнее.
Что нет невзгод, а есть одна беда —
Твоей любви лишиться навсегда.

А потом трагическое стихотворение Осипа Мандельштама: «Я вернулся в мой город, знакомый до слез...» Это, конечно, поэзия дай Бог какая, и песни на эти стихи, я считал, должны войти в ее репертуар. Поэтому я надоумил ее написать музыку к этим стихам. Правда, забегая немножко вперед, хочу сказать, что девушка позволяла себе несколько изменять стихи великих поэтов. Когда я в первый раз услышал это на концерте, я просто брякнулся на пол. Потому что в сонете Шекспира она изменила последнюю строфу и пела так:

Оставь меня, но не в последний миг,
Когда от мелких бед я ослабею.
Оставь меня, чтоб снова *ты* постиг,
Что это горе всех невзгод больнее.
Что нет невзгод, а есть одна беда —
Моей любви лишиться навсегда.

Это была полная белиберда, прямо противоположный смысл! Я ей говорю:

— Поосторожнее с Шекспиром, Алла, яйцеголовые могут тебя осудить.

— Наплевать на яйцеголовых, а моя публика схавает, — ответила она со смехом.

Только одна идея проходила красной нитью через все ее отношение к творчеству — главное, понравиться толпе. Как-то, отправляясь на гастроли в Ленинград, она меня спрашивает:

— Сашечка, ты же из Питера, кто там у вас самая популярная певица?

— Эдита Пьеха, ты же знаешь.

— Только не Пьеха!

— Ну, не знаю. Во всяком случае, сейчас равной ей нет. А несколько лет назад все очень любили Лидию Клемент, но она, к сожалению, рано умерла.

— Как, ты говоришь, ее звали?

— Лидия Клемент.

Через несколько дней на концерте в Ленинграде я слышу со сцены проникновенный монолог Лугачевой:

— А сейчас, дорогие ленинградцы, я дарю вам песню, которую я посвятила памяти моей любимой певицы Лидии Клемент. «Ленинград! Я еще не хочу умирать...»

Между прочим, у Мандельштама в стихах никакого Ленинграда, конечно, нет, там, естественно, Петербург. Несмотря на то что меня слегка коробило от ее смелого обращения с великими текстами, я показывал ей и другие стихи, и под моим влиянием она стала сочинять музыку. Сидела и что-то наигрывала. Стала показывать мне какие-то наброски. Я говорю:

— Запиши, неплохая мелодия.

— А меня композиторы не задолбают?

— Что-нибудь придумаем. Пиши!

Она написала музыку к стихам Мандельштама «Жил Александр Герцович, еврейский музыкант...». Причем написала вопреки некоторому сопротивлению — мол, зачем это нужно, какой еврейский... Ей было объяснено, что сделать реверанс в сторону гонимого народа — это даже благородно. Тем более что стихи прекрасные. И все же на концертах она слово «еврейский» заменяла на «чудесный».

Одновременно мы работали над ее внешностью, над сценическим образом. Тут, как говорится, не было бы счастья, да несчастье помогло. Как-то она уезжала на гастроли и сумку со всеми своими сценическими костюмами положила в мои «Жигули», а сама помчалась по каким-то делам в Москонцерт. А я пошел в Дом кино на премьеру нового фильма и, когда вышел, обнаружил, что стекла моей машины разбиты, а сумка похищена. И Лугачева оказалась в джинсах и в свитере. Как она вышла из положения в Харькове, я не знаю, но сразу после ее возвращения я притащил ее на «Мосфильм», и Марина Левикова, художник по костюмам моего фильма о «Песнярах», сшила ей замечательное платье, что по бюджету отнесли, естественно, на фильм «Диск».

И не только в этом нам помог мой фильм. В сценарий фильма я вписал эпизод в музыкальном магазине, где крутятся какие-то ее пластинки, а потом музыка персонифицируется в Лугачеву. Это дало возможность не только сшить для нее костюм, но, самое главное, записать сочиненную ею песню на стихи Кайсына Кулиева «Женщина, которая поет» и еще две другие. В принципе, они были и на фиг не нужны в фильме о «Песнярах», а их запись в ночные смены и вызов музыкантов стоили довольно дорого, но мы их записали. Потому что Зацепин в своей студии писать песни, написанные не им, конечно, никому не позволял. Так в репертуаре Лугачевой и, более того, на пленках появились песни, записанные ею как композитором! Их аранжировку сделал композитор Леня Гарин, и его включили туда как соавтора одной из песен.

А параллельно с этим шла другая интрига. Еще до нашего с Лугачевой знакомства Зацепин и Дербенев были воодушевлены идеей раскрутить Лугачеву через кинематограф и стали рассказывать про нее Анатолию Степанову, главному редактору одного из творческих объединений на «Мосфильме». Он слушал их с кислой миной, а потом решил сам написать сценарий. Ты же знаешь, что любой профессиональный сценарий нуждается в редактуре и переписывается по нескольку раз. Но Степанов был главным редактором объединения, и он сам у себя принял этот шедевр под названием «Третья любовь» — сочинение о том, как девушка рожает от одного, а любит другого — какого-то поэта, но по жизни у них с поэтом ничего не получается, зато рождается песня...

Фильм по этому замечательному сюжету начал снимать на «Мосфильме» режиссер Саша Орлов, который старался оживить его драматургию, чем только мог. Он притащил туда Славу Зайцева, и тот сделал Лугачевой ее лучшее сценическое платье — красное, с фиолетовыми пятнами. Композитором этого фильма был, естественно, Зацепин, а автором текстов — Дербенев. Но когда Лугачева почувствовала, что ее утвердили на роль — а там пробовались и другие певицы, — то она показала Саше Орлову и свои песни, записанные ею на моем фильме. А в те времена на «Мосфильме» была совершенно жесткая система — музыку к фильмам могли писать только члены Союза композиторов. Даже Петр Ильич Чайковский, не будучи членом этого Союза, на «Мосфильм» попасть бы не смог. Я про это знал и придумал такую легенду. Лугачева показала Орлову эти песни, разыграв при этом драму с комедией, что вот, мол, ей встретился молодой и совершенно гениальный мальчик из Люберец, прикованный к инвалидной коляске, зовут его Борис Горбонос. А Борис Горбонос существовал на самом деле — это мальчик, который учился со мной в школе, я случайно вспомнил, что была такая звучная фамилия. Лугачева рассказала эту душещипательную историю Орлову, Саша проникся, тем более что песни ему понравились и он вставил их в фильм. А кроме того, ему нужно было менять название фильма, потому что над названием «Третья любовь» все просто издевались. Даже Лугачева каждый раз, когда звонила на студию, спрашивала:

— Алло, это двести тридцать пятая любовь?

На следующий день:

— Алло, это двести тридцать шестая любовь?

Поэтому название фильма, после непродолжительной борьбы со Степановым, сменили на «Женщина, которая поет» по названию песни «Горбоноса» на стихи Кайсына Кулиева. А песни Орлов тоже снял, получились хорошие вставные номера. Но тут возмутился Александр Зацепин, уважаемый композитор, в картину которого ни с того ни с сего вставляют песни какого-то неизвестного Горбоноса! Он был страшно обижен, поднял скандал. На «Мосфильме» началась небольшая буча, дошло до генерального директора студии, бывшего генерала МВД Сизова, он поручил Нине Николаевне Глаголевой, заместителю главного редактора студии, это расследовать. А Нина Николаевна, которая хорошо ко мне относилась, что-то заподозрила, вызвала меня и говорит:

— Саша, ну-ка расскажи, что это за Горбонос?

Я повторил всю историю про юного гения в инвалидной коляске. Тогда она всплакнула и сказала:

— Да, действительно, парнишке надо помочь. Но откуда он взялся? Ты пойми: это «Мосфильм», а вдруг он диссидент? Мы должны про него все знать.

Я понял, что мы на грани разоблачения. Схватил Лугачеву, мы помчались с клавирами в ВААП, зарегистрировали эти произведения и, самое главное, ее новый псевдоним — Борис Горбонос. Когда в музыкальной редакции спрашивали: «Что за Горбонос?» — в ВААПе отвечали: «Да, есть такой композитор, живет в Люберцах». А чтобы нам поверили до конца, я взял своего фотографа Славу Манешина и гримершу со своей картины, пришел в кабинет Гии Данелии, художественного руководителя нашего объединения музыкальных и комедийных фильмов, переодел там Лугачеву в мою рубашку, галстук, пиджак, наклеил ей усы, поставил перед ней на рояль ее же фотографию, но уже с распущенными волосами, как будто Горбонос на нее смотрит, посадил Лугачеву за клавиши. И сфотографировал. Фотография была сделана исключительно для Нины Николаевны Глаголевой. Она схватила эту фотку, потащила Сизову и доложила:

— Вот Горбонос, я все выяснила.

Сизов говорит:

— Ну, хрен с ним, там всего три его песни, пусть будут.

Короче, одна песня стала названием фильма, и еще две ее песни вошли в эту картину, но, когда Орлов показал нам с Аллой сложенный по сюжету материал фильма, мы несколько приуныли. Шедевр не получился, несмотря на все действительно титанические старания режиссера. И тогда, чтобы спасти положение, я придумал такой ход. Через прессу мы распространили слух, будто это «биографический» фильм певицы, хотя ничего биографического там не было. Но народ клюнул на эту приманку и повалил на фильм толпами, читатели «Сов. экрана» назвали Лугачеву лучшей актрисой года.

Как бы то ни было, меня увлекла эта игра по раскрутке любимой девушки, мне это напоминало запуск ракеты на орбиту — все делается втайне, а я «генеральный конструктор», про которого никто не знает. Трюков по этому запуску было много, всех не перескажешь, но вот тебе еще парочка. Мой нынешний большой друг, а тогда корреспондент «Комсомольской правды» Лева Гущин, под псевдонимом Лев Никитин опубликовал в «Комсомолке» три огромных подвала — исповедь Лугачевой. На самом деле она там слова не произнесла, а это я наговорил Леве весь текст интервью в течение нескольких вечеров в ресторане Дома кино, под шашлык и грузинское вино. В интервью была масса цитат из книг, и у массового зрителя создавался образ интеллектуальной певицы, совершенно новый тип артистки на эстраде.

Тут кто-то привез из Японии маленькую заметку с сорок восьмой страницы газеты «Асахи», где был перечень людей, популярных в разных странах. И про Россию было написано буквально пять строк: национальный герой — Юрий Гагарин, лучший режиссер — Юрий Любимов, лучшая балерина — Майя Плисецкая, самая популярная певица — Лугачева. Из этой строчки я с помощью друзей в «Литературной газете» запустил публикацию о том, что японцы назвали самыми знаменитыми людьми XX века Юрия Гагарина и Аллу Лугачеву. То есть мы дурачились как могли.

А помимо общей стратегии, существовали еще и тактические задачи. То есть создание ажиотажа, атмосферы скандала. Эти скандалы иногда просто выдумывались. Например, один из первых слухов: что она убила мужа утюгом. Почему-то эта шутка, впервые сказанная мной за столом на кухне, получила дикое распространение, в каких-то газетах стали писать, что уже судебный процесс идет. Точно были продуманы и внезапные исчезновения Лугачевой. «Лугачева уходит со сцены!» Все рыдают, умоляют вернуться, как Ивана Грозного из Александровой слободы. Стоят на коленях: «Вернись, наш государь!» И государь возвращается. Этот трюк проделывался неоднократно — с какого-то момента Алла исчезает из телевизора. А потом, когда все уже воют: «Где Лугачева? Дайте нам Лугачеву!» — Лугачева является народу. Тут, естественно, полное всенародное счастье. Уже не надо колбасы, уже не надо повышения зарплаты, все довольны, все поют: «Арлекино, Арлекино, есть одна награда — смех!» И в ЦК КПСС тоже рады — одной Лугачевой всю страну накормили...

Постепенно это развлечение по раскрутке стало частью моей жизни. При этом я снимал свои фильмы, писал сценарии, а на эстрадной полянке это было мое хобби. Практически то, чем я занимался с Лугачевой, сегодня бы назвали имиджмейкерством. Я был, возможно, первый имиджмейкер в Советском Союзе, хотя и не знал этого слова, а делал это все исключительно как подарок любимой девушке, с которой жить было интересно. Она была женщиной необычной, неожиданной, и всегда было неизвестно, чего от нее ждать в следующий момент. В один прекрасный день, за ужином, она посмотрела на меня внимательно и говорит:

— Сашечка, вот я сижу и думаю: Дербенев написал для меня лучшие тексты, Зацепин — замечательную музыку, Паша Слободкин аранжировал «Арлекино», Слава Зайцев сшил мне платье, Орлов снял в фильме. А ты для меня что сделал?

Я задумался:

— Я... Я тебя вычислил.

Она говорит:

— Да, Сашечка, это правда. Но если ты меня вычислил, то женись на мне.

И мы подали заявление в загс, это было осенью.

А весной, за полгода до этого разговора, перед нами встал такой вопрос: приближается лето, где отдыхать? Публика плохо представляет, как реально жили советские звезды. Собственно, и сейчас, в новой России, их жизнь никоим образом не изменилась — такая же нищая страна, те же маленькие гонорары. А все эти понты с охраной, машинами и так далее делаются на самом деле только для того, чтобы публике пыль в глаза пустить. Поэтому тебе будет небезынтересно узнать, как известная певица Лугачева с мужем-режиссером проводили отпуск. Дачи своей нет, нужно ехать на юг. И вдруг звонят два приятеля — Леня Гарин, композитор, и Наум Олев, поэт, и говорят:

— Мы договорились с руководством лайнера «Иван Франко», что можно поехать в круиз по Черному морю. Но условия такие: Лугачева дает в круизе два концерта, Гарин — один концерт, Олев устраивает вечер поэзии и ты, как режиссер, даешь творческую встречу — выступаешь с фрагментами своих фильмов. За это дают каюту, бесплатную кормежку и две недели морского круиза. Мы уже в прошлом году так ездили, у нас это отработано.

Мы упаковали чемоданчики, сели в поезд и поехали в Одессу. Оказалось, что поезд приходит рано утром, а посадка на пароход в четыре часа. Мы сдали вещи в багаж, позавтракали, делать нечего. Пошли на Приморский бульвар, где-то в районе гостиницы «Лондонской» сели на скамейку. Лугачева легла, положила мне голову на колени, дремлет. Причем оба мы в джинсах, и у нее на колене авторучкой написан ее автограф. А по бульвару экскурсовод-одессит ведет группу туристов:

— Посмотрите налево — знаменитая Потемкинская лестница. На ней снимался фильм «Броненосец «Потемкин». Посмотрите направо — «Лондонская» гостиница. Теперь посмотрите еще раз налево. На скамейке лежит певица Лугачева.

То есть наша работа дала плоды, ее уже воспринимали как достопримечательность. Потом мы заходим в ресторанчик. Пообедали, расплачиваемся. Подходит к нам человек:

— Здравствуйте. Вы Лугачева?

— Да, я.

— А я директор этого ресторана.

— Очень приятно.

— Как вам у нас?

— Все нормально.

— Вкусно покормили?

— Вкусно.

— Вы знаете, у меня к вам маленькая просьба. Пожалуйста, пойдите в конец улицы, видите там такой дворик? Войдите, поверните направо, а потом по открытой лестнице на третий этаж, квартира 64. Можете там нажать кнопочку?

— Зачем?

— Знаете, там живет мой сын, такой безобразник, совершенно не занимается музыкой! Слушайте, я ему купил скрипочку, это очень дорогая скрипочка, а он совершенно не играет. Вы придете и скажете: «Мальчик, учись на скрипочке!»

Мы честно пошли в конец улицы, нашли квартиру 64. Открывает дверь такой маленький очкарик.

— Мальчик, тебя как зовут?

— Меня — Изик.

— Ты меня узнаешь?

— Конечно. Как раз вашу пластинку слушаю.

— Изик, учись на скрипочке.

— Хорошо, тетя.

— Обещаешь?

— Честное пионерское.

— Ладно, Изик, до свидания. И имей в виду, я проверю!

После чего мы сели на пароход.

Но там, где Лугачева, без выступлений не обходится. Нам дали каюту, которая поначалу нам понравилась. Но потом, когда мы зашли к Гарину с Олевым, оказалось, что их каюта такая же, но там два иллюминатора, а у нас один. Лугачева закатила истерику, стала рыдать, вызвали врача, он стал делать ей какие-то уколы. Прибежал директор круиза, спрашивает, в чем дело.

— Как вы можете меня так оскорблять? Почему вы поселили меня в такой плохой номер?

— Ну почему плохой? Этот пароход только называется круизным, а на самом деле танковоз. И в случае войны он может быть использован для перевозки военной техники. То есть тут внутри огромные трюмы, а снаружи сделаны каюты для танковых экипажей. Все примерно одинаковые.

— А что, у вас нет люксов?

— У нас три генеральских люкса, но в одном едет секретарь ЦК, в другом — министр, а в третьем — семья начальника пароходства. А вы тут. Но мы же все советские люди, а советские люди все равны.

Это вызвало еще больший крик, в дело вмешался капитан, он сказал, что если она будет так себя вести, то ее вообще переведут в трюм. Конечно, это была шутка, но Алла представила это как выпад в ее адрес. А корабль уже отчалил, поэтому нам ничего не оставалось, как сидеть в своей каюте. В ресторан она идти отказалась. Мы, голодные, там всю ночь просидели. «Интересно начинается круиз», — подумал я, но ругаться с ней на отдыхе не хотелось. На следующий день, когда корабль приплыл в порт, мы демонстративно взяли наши чемоданы и сошли с трапа. И оказались в Ялте, где нас никто не ждал. А это лето, гостиницы забиты, тысячи туристов, никому мы здесь даром не нужны. Ткнулись в одну гостиницу, в другую, всюду говорят:

— Да идите вы! У нас все забронировано.

Скрепя сердце Лугачева позвонила Софии Ротару:

— Дорогая Соня, как я рада тебя слышать! Я случайно оказалась в Ялте, нет ли здесь возможности где-то переночевать?

Соня говорит:

— Перезвони мне через десять минут.

Через десять минут сказала:

— Знаешь, вы свалились как снег на голову, это Ялта, все забито. На одну ночь я вас в гостиницу приютила, но только на одну ночь. Больше я ничего не могу сделать, несмотря на то что я тут депутат, народная артистка и хозяйка Крыма.

Но все-таки она нас спасла. Мы пошли в эту гостиницу, бросили там вещи, вышли на набережную. Вдруг к нам подбегает какой-то человек, говорит:

— Здравствуйте, моя фамилия Молчанов, я директор круиза теплохода «Леонид Собинов»...

Естественно, Лугачева начинает высказывать ему все, что думает о директорах круиза. А он с каменным лицом пропускает это мимо ушей и говорит:

— Я хочу пригласить вас продолжить ваше путешествие на нашем корабле. У нас вы сможете и хорошо отдохнуть.

Тут опять следует длинный монолог по поводу того, в каком гробу она видела эти круизы. Тогда я говорю Молчанову:

— Вас как зовут?

— Валентин.

— Валентин, будем говорить откровенно. Мы оказались в Ялте случайно. И мы бы с удовольствием приняли ваше предложение, но только если у нас будут нормальные условия для отдыха. Если вы нам сделаете хорошую каюту, то, как говорится, возможны варианты.

Он говорит:

— Я все понял. У меня просьба: идите сейчас в ресторан, пообедайте. А через сорок минут я к вам приду.

И убежал.

Поскольку дело происходит в порту, мы обедаем, смотрим на красивые корабли, любуемся морем. В конце обеда появляется Молчанов:

— Я поговорил с капитаном корабля, он предоставляет вам белый люкс, это лучший номер на пароходе.

— А что это за пароход? Чем он отличается от «Франко»?

— «Франко» — это танковоз, а «Леонид Собинов» — это, не скрою, старый корабль, когда-то он ходил по линии «Англия — Америка», англичане его списали, а СССР купил. Но это был один из шикарнейших пароходов, мы и сейчас обслуживаем заграничные круизы для богатых иностранцев и ходим по линии «Гонконг — Австралия». А раз в году на две недели приходим в Советский Союз на ремонтные работы и сменить команду. За это время мы делаем круиз по Черному морю, потом выгружаем советских и опять уходим на год в плавание...

Мы с Аллой глянули друг на друга и подумали: чем черт не шутит? В конце концов, если будет плохо, то сойдем в следующем порту. Взяли наши чемоданчики из гостиницы и пошли на этот пароход. Оказалось — Молчанов не обманул. Особенно тронуло, что нас, как своих личных гостей, принял капитан корабля Николай Николаевич Сопильняк. Это был самый молодой и самый красивый капитан Черноморского флота, мастер своего дела, капитан в лучшем смысле этого слова, как в романтических фильмах. Одет был с иголочки, все время ходил в белом кителе с золотым шитьем. Когда мы ровно в шесть часов отплывали из Ялты, по всему кораблю заиграла музыка из «Крестного отца», и Сопильняк пригласил нас и еще нескольких своих почетных гостей на капитанский мостик, официантка открыла бутылку французского шампанского, всем разлили по бокалу, и под эту музыку пароход вышел в открытое море. Так было в каждом порту. Отход всегда сопровождался открытием бутылки французского шампанского и музыкой из «Крестного отца», такую он завел традицию. То есть красивый был человек и жить умел красиво.

Кроме того, он за этот час сумел организовать для нас действительно лучший номер на своем пароходе — белый люкс, из которого он кого-то переселил, не знаю. Но мы поселились в этой роскошной каюте. И при таком уважительном отношении капитана, директора круиза и команды это было уже совсем другое путешествие. Лугачева там дала два концерта, и весть об этом разнеслась по всему пароходству.

В общем, мы стали друзьями с капитаном Сопильняком. И когда вскоре мы расписались как муж и жена, то он, узнав об этом, очень был огорчен и говорил:

— Эх, черт! Как жалко, что я это упустил, не знал, какие у вас планы!

— А что такое?

— Да, понимаете, я, как представитель власти, имел право прямо на корабле вас зарегистрировать и объявить мужем и женой! Это было бы очень здорово! Вы такая симпатичная пара...

А теперь нужно на минутку вернуться назад, к эпизоду с похищением из моей машины платьев Лугачевой перед ее харьковскими гастролями. Он стал этапным событием, и вот почему. Обычно ее гастроли обстояли следующим образом. Она приезжала в какой-то город, там администраторы находили ей ансамбль «лабухов», то есть музыкантов, которые по памяти наигрывали ее мелодии, и она с ними пела. Но в каждом городе был другой ансамбль, и это была полная халтура. А в Харькове Аллина тетя, администраторша театра оперетты, познакомила ее с лучшим харьковским ансамблем «Ритм» из местной филармонии. Лугачева с ними очень успешно выступила и решила сделать их своим постоянным коллективом. Началась длинная операция по перетаскиванию этих музыкантов в Москву. Они стали часто приезжать, ночевали на кухне в нашей однокомнатной квартире, там им укладывались матрасы на пол. Их было много — руководитель ансамбля Саша Авилов с женой, еще несколько человек. В общем, этот ансамбль вскоре действительно стал постоянным ансамблем Лугачевой, музыканты уволились из харьковской филармонии, стали гастролировать с Лугачевой по другим городам, учить ее репертуар, заниматься аранжировками. То есть началась серьезная работа.

И тут у девушки стала проявляться мания величия. Мы как-то ехали домой по Волгоградскому проспекту, она говорит:

— Видишь, звезда стоит?

Возле дороги действительно торчала жуткая пятиконечная звезда, покрашенная бронзовой краской.

— Знаешь почему? Потому что здесь звезда живет!

В устах другого человека это могло быть шуткой. Но она это говорила совершенно серьезно. Совсем недавно эта звезда «а-ля рюс» спала на голом матрасе, в пустой квартире, а теперь заносилась в собственных представлениях весьма высоко. Например, поставила в прихожей высокую урну для зонтиков, и в эту урну все ее визитеры должны были класть дань за счастье лицезреть звезду и говорить с ней.

Или приходит в рыданиях.

— Что такое?

— Я была на телевидении, меня оскорбили.

— Каким образом?

— Ты представляешь, я снималась в «Огоньке». И вот этой... Пьехе дали гримерную восемь квадратных метров, а мне шесть — на два квадратных метра меньше!

— Ну и что? У тебя песня лучше, ты молодая, у тебя все впереди. Она с базара идет, ты — на базар.

— Нет, почему этой... дали гримерную больше, чем мне?!

— Какое это имеет значение? Ты выйди и спой лучше ее!

— Ты ничего не понимаешь! Они меня оскорбили!

Естественно, при таких закидонах никаких друзей среди коллег у нее не было.

Вообще ее отношение к эстрадникам — это особая тема. Оно меня просто коробило. За глаза она всех своих коллег называла не иначе как «... кремлевский», «... румынская» и «... польская». Но когда ей приходилось обращаться к ним за помощью, интонация менялась на ангельскую:

— Алло, Иосиф Давыдович? Эдита Станиславовна? Сонечка? Геночка? Это я, ваша Алуся...

Другим ее занятием было вымещать злобу на людях, от нее зависящих. Так она самоутверждалась — увольняла то одного своего музыканта, то другого, то весь ансамбль, потом приходила домой в истерике:

— Мне не с кем петь, я уволила свой коллектив!

Уже в двести шестой раз я ей объясняю, что увольнять коллектив глупо, тем более что они талантливые преданные ребята, бросили родной город, из-за тебя приехали в Москву, живут здесь без квартир, без прописки, и ты можешь их заставить работать простой улыбкой на лице. «Нет, все, я не могу их видеть, мне нужно найти другой коллектив!» А это сложно, потому что хорошие музыканты наперечет, у них наперед расписаны концерты, гастроли. Но как-то, выслушав очередной монолог со слезами о том, что ей не с кем петь, я еду на «Мосфильм», включаю в машине радио и вдруг слышу песню, которая для советского эфира была в тот момент просто немыслимой. Молодые ребята поют:

> Каждый, право, имеет право
> На то, что слева, и то, что справа.
> На белое поле, на черное поле,
> На вольную волю и на неволю.
>> В этом мире случайностей нет,
>> Каждый шаг оставляет след...

Я был потрясен. Но станция была на английском языке, «Радио Москоу Уорлд Сервис», я не расслышал названия ансамбля, а диктор сказал:

— А теперь следующая песня этого же коллектива.

И ребята запели:

> Вот новый поворот,
> И мотор ревет.
> Что он нам несет —
> Омут или брод?
> Пропасть или взлет?
> Ты не разберешь,
> Пока не повернешь...

Это было так неожиданно, просто яркая вспышка на фоне чудовищно серой советской эстрады. И меня это так завело, что когда я приехал домой, то сказал:

— Знаешь, я по радио слышал ребят — по-моему, потрясающих! Я не знаю, как ты оценишь их с музыкальной точки зрения, но с точки зрения текстов, напора, энергетики я ничего подобного у нас не слышал...

Продиктовал ей слова этих песен, она их записала и побежала в «Росконцерт». Там она выяснила, что этот ансамбль называется «Машина времени», и даже нашла телефон руководителя этого ансамбля, малоизвестного мне тогда мальчика, которого звали Андрей Макаревич. Я ему позвонил и сказал, что вот так и так, Андрей, моя жена такая-то хочет с вами встретиться. Может быть, вы приглядитесь друг к другу, и мало ли что, а вдруг у вас получится творческое содружество. Но я хочу сделать вам комплимент, я слышал две ваши потрясающие песни... Он говорит:

— А вы приходите на наш концерт в кафе «Олимп», это в Лужниках.

— Договорились.

Мы пришли в «Олимп», прослушали их программу, и я пошел приглашать музыкантов к нашему столику. А пока я ходил за кулисы, директор «Лужников» пригласил Лугачеву поплавать в бассейне, там есть открытый бассейн. Дело было летом, жарко, мы пошли в этот бассейн вместе с «Машиной времени», но тут выяснилось, что ни у кого нет купальных костюмов. Ну, у мужской части компании под брюками были трусы, это решило нашу проблему, а ей тоже нужно было как-то одеться для купания, и тогда буфетчица, которая там торговала, дала ей свой белый халат. Лугачева надела этот халат, нырнула в воду, а он оказался синтетический, весь прилип к ее телу и стал абсолютно прозрачным. Так состоялась встреча Андрюши Макаревича с Лугачевой.

Потом мы поехали на квартиру к замечательному художнику Эдуарду Дробицкому, моему другу и лидеру московского андеграунда. Я предложил поручить ему все художественное оформление этого проекта. Там Макаревич поиграл ей еще какие-то песни и дал свою кассету. Лугачева наговорила им кучу комплиментов, пророчески наобещала: «Вы будете самым популярным ансамблем в СССР, а может быть, и в мире». Я был в полной уверенности, что лучше нечего и искать, это может быть действительно новый взлет — Лугачева и «Машина времени»!

Она сказала: «Я подумаю».

Макаревич мне звонит на второй день: «Ну, как?»

Я говорю:

— Она думает, но все будет нормально, я не сомневаюсь, что все состоится. По-моему, вы друг другу очень подходите.

Прошло три дня. Я говорю ей:

— Ну что, берешь «Машину»?

— Нет.

— Как — нет? Это же потрясающий ансамбль!

— Да, потрясающий.

— Так в чем дело? Они музыкально одарены, композиции замечательные, стихи замечательные, играют отлично. Что тебе еще нужно?

Она говорит:

— Меня должны окружать люди, которых я могу на... послать. А эти меня пошлют.

Так не состоялся этот альянс.

Но я слова ее запомнил. Они было сказаны спонтанно, но шли из глубины души, как главное кредо — окружить себя теми, кого можно послать. А я как раз в этот момент снимал на «Мосфильме» фильм «Пена». Это была острая по тем временам комедия о том, как начальники покупают себе диссертации, чтобы закрепиться на вершине власти. И у меня собрался просто замечательный актерский состав. Главную роль играл Анатолий Папанов, его жену — Лидия Смирнова, а его ближайшего помощника, который называл себя «нужником», нужным человеком, совершенно блистательно играл Ролан Быков. Кроме них, там снимались Куравлев, Басов, Крачковская, Санаева и Удовиченко, которую я считаю одной из самых талантливых наших актрис. А на роль дочери Папанова пробовались две актрисы: Марианна Вертинская и моя жена. Я показал худсовету пробы актеров, всех утвердили, а потом Гия Данелия, худрук нашего объединения, хитро усмехнувшись, сказал:

— А что касается роли дочери главного героя, то это, конечно, на усмотрение режиссера.

И все засмеялись, понимая, какой режиссер сделает выбор.

Но после худсовета я, вместо того чтобы поехать домой, поехал в ресторан Дома кино поужинать. И у меня всплыла эта фраза: «Меня должны окружать люди, которых я могу послать». Я подумал, что будет не очень хорошо, если это произойдет на моей съемочной площадке. И, приехав домой, сказал, что худсовет утвердил Марианну Вертинскую. Конечно, для Лугачевой это было большим ударом, она этого никак не ожидала. Я сказал:

— Но есть утешительный приз для тебя. Я постараюсь сделать тебя композитором фильма. И кроме того, я специально для тебя придумаю эпизод, где ты будешь петь свою песню. Зачем тебе быть актрисой? Ты певица.

Фильм «Пена», надо сказать, получился неплохой, даже ваша «Нью-Йорк таймс» посвятила ему статью, где было написано: «едкая киносатира на коррупцию и привилегии советских высокопоставленных кругов», «первая сатира за десять лет, которая режет мясо близко к костям».

И Лугачева действительно написала музыку к этому фильму, лейтмотивом картины стала ее песня про еврейского музыканта. Однако обида засела в Лугачевой так глубоко, что даже через полгода, на банкете в честь премьеры этого фильма, она устроила истерику и скандал. Всем было понятно, что это из-за того, что она не снялась в этой картине.

Такие вот у нас были непростые взаимоотношения. Не знаю, что ты сможешь из этого выкроить...

— *Саша, честно говоря, я ждал несколько иного.*

— *В каком смысле?*

— *Понимаешь, французам не особенно интересно, как она называла Пьеху. Нам нужны эпизоды столкновения молодых звезд с реальной советской действительностью и как эти столкновения разрушали или укрепляли их роман. И ничего больше.*

— *Эдик, я же тебе говорил, что эта новелла не для французов, и я вообще не хотел рассказывать эту историю, ты меня заставил. Никакого сквозного сюжета здесь нет. Так, отдельные эпизоды. Хотя каждый из них чистая правда, но я не уверен, что тем, кто верит в мифы, эта правда нужна. Поэтому давай бросим эту тему...*

— *Ни за что! Ты рассказал несколько прелестных сцен, от которых я уже не могу отказаться. Поэтому стань, пожалуй-*

ста, над личным и расскажи те эпизоды, которые ложатся на тему нашего фильма.

— Не знаю, есть ли в этом смысл...

— Блин! Саша, почему я должен тебя вламывать? Мы работаем. Давай продолжение.

— Ладно... — нехотя сказал Стефанович. — Была действительно пара смешных эпизодов про советский быт. Например, история с камином или сантехникой. Дело в том, что, помимо творческих вопросов, мы должны были решать и вопросы житейские. Жить в однокомнатной квартире на окраине города стало уже невозможно. Поэтому, заручившись какими-то письмами и считая, что при ее появлении все должны ложиться у ее ног, она пошла на прием к одному из руководителей Москвы. Она надеялась взять его на личное обаяние или в крайнем случае на взятку. Но этот начальник был, очевидно, уже настолько упакован, что предложил ей расплатиться натурой — поехать с ним в какой-то охотничий домик. На что она довольно остроумно ответила:

— Сейчас, только дуло прочищу! — И вышла из кабинета, хлопнув дверью. Тебе нравится этот эпизод?

— Еще бы! Класс! Но, насколько я знаю, вам все-таки дали квартиру на Тверской, возле Дома кино. Там в соседнем подъезде живут мои приятели.

— Да, — сказал Стефанович, — после этого случая мне пришлось брать в Союзе кинематографистов бумагу о моем праве на дополнительную жилплощадь и катить уже к другому начальнику. В конце концов было принято решение выделить нам жилплощадь в центре города и достаточную, по советским нормам, для проживания трех человек — я, Лугачева и ее дочка — плюс двадцать метров дополнительной площади для творческой работы мне, как режиссеру. Первую квартиру нам предложили в Безбожном переулке, это была замечательная квартира, но мы отказались от нее из-за адреса. На нас посмотрели как на сумасшедших и сказали:

— Вы что? Вон даже Окуджава согласился!

Но я сказал, что я хоть и не особенно религиозный человек, но жить в Безбожном переулке выше моих сил. И эту квартиру заняла Кристина Онассис со своим мужем Каузовым. А мы получили квартиру на Тверской недалеко от площади Маяковского. А у меня, кроме хобби помогать молодым талантам, есть еще одно — окружать себя хорошим интерьером. И в новой квартире я занялся ее перепланировкой. У меня был знакомый, который, разводясь с женой, утащил огромную старинную немецкую кровать со спинкой высотой в два метра. Я решил из этой кровати сделать камин и стал искать каминного мастера. А камины по тем временам были в Москве большой редкостью. Наконец через Главное управление строительства Моссовета меня вывели на одного человека, который, как мне сказали, только что закончил делать камин дома у Галины Брежневой. И кроме того, у него еще были другие заказы, о которых тактично умолчали. Пришел такой Петрович.

— Петрович, — мы говорим, — нам нужен камин такого размера, чтобы спинка от кровати вот так прикладывалась, а в центре топка была...

— А чо! Эт сделаю. Этаж последний? Так, долбить надо через чердак. В общем, 500 рублей будет стоить.

Тогда это были большие деньги. Зарплата месячная была сто рублей. Но уж такой специалист. Я его спросил:

— А кому ты еще делал камин?

— Ну, кому? Гале только что сделал, папаше ейному и в квартире, и на даче. Суслову делал, маршалу Гречко. В общем, всем им...

Неделю он долбил стену, делал дымоход. Сложил печку. И в конце концов однажды мы приходим, он говорит:

— От, хозяева, все готово. Давайте деньги, я пошел.

Я говорю:

— Подожди, Петрович, давай сделаем так. Сначала зажжем камин, а потом уже деньги, вот они. Но сперва попробуем, как тянет.

— А чо тут пробовать? На совесть сделано. Зажигайте, если хотите.

Мы собрали какие-то куски паркета, которые лежали в прихожей, положили бумагу, зажгли. Блин! Как повалил оттуда дым во всю квартиру — дышать невозможно. Мы вылетели на лестницу и говорим:

— Петрович, ты что, с ума сошел?

— А чо? Это ветер. Вот когда будет хорошая погода...

— Петрович, мы не только для хорошей погоды камин хотим иметь, а для любой. Ты как его делал?

— Ну как? Сложил, как я всю жизнь кладу. Тридцать пять лет камины кладу.

Я говорю:

— Петрович, переделывай.

Петрович стал ругаться. Но что ему остается, деньги мы ему не отдаем. Он переделывает. Через неделю я прихожу, Петрович опять зажигает этот камин и повторяется все то же самое. Дым тянет в квартиру. А тут у нас поездка в ГДР, и я в Берлине посвятил время посещению немецких книжных магазинов, где купил книгу о каминах. В Москве мне эту книгу перевели, и выяснилось, что существует определенная пропорция между объемом топки и сечением дымохода. И когда в следующий раз Петрович притащился сдавать нам камин, я ему сказал:

— Петрович, давайте сантиметром топку измерим так, так и так. Объем топки у тебя получается такой, сечение дымохода такое. А по формуле должно быть такое. То есть нужно уменьшить объем топки на два кирпича слева и справа. И тогда у тебя все будет нормально.

Петрович стал скандалить, что он тридцать пять лет делает камины, что Галя Брежнева, «папаша ейный», маршал Гречко и Суслов довольны, а мы вот привередливые. Тем не менее после очередного эксперимента по установлению дымовой завесы я заставил его переделать этот камин в четвертый раз по моей формуле. И что ты думаешь? Как только туда положили поленья, все стало тянуть просто замечательно. Петрович почесал в затылке и сказал:

— Тю! То-то я думаю: шо у Леонида Ильича все время дымом пахнет...

То есть человек, который тридцать пять лет делал камины, был абсолютный профан в своей профессии. И не он один. Это было правилом жизни целой страны.

В общем, непросто далась мне эта квартира. В то время даже купить, например, подушки было проблемой. Я уж не говорю про мебель и все остальное. А если ты хотел иметь хорошую ванну, то это было совершенно невозможно: чешская ванна и чешский унитаз были пределом мечтаний советского человека. Как говорил Дербенев, при развитом социализме деньги для умных людей не проблема, проблема — товары. И вдруг раздается звонок:

— Бон жур, это говорят из французского посольства, у нас предстоит открытие гостиницы «Космос», ее помогали строить французские фирмы. И мы хотим устроить концерт, первое отделение — ваша жена, а второе — Джо Дассен. Нельзя ли это организовать?

Мой первый вопрос:

— Осталась ли у вас сантехника от этого строительства?

— Да, — удивились они. — А почему вы спрашиваете?

Я подъехал, посмотрел сантехнику, отобрал ванну, унитаз и биде. И это было гонораром самой знаменитой советской певицы за концерт с Джо Дассеном, на который собралась вся Москва. Мы даже не поинтересовались, сколько получил Дассен, потому что мы считали свой куш просто даром судьбы. Когда мы после ремонта переехали в эту новую квартиру и я притащил туда свой антиквариат из Ленинграда, то было даже трудно представить, что еще три года назад мы спали на матрасе в совершенно голой однокомнатной квартире, на полу которой валялись сто сорок пустых бутылок.

Так или иначе, а наша жизнь стала приобретать цивилизованные очертания. Тут, однако, произошло событие, которое перевернуло все с ног на голову. Однажды в прихожей раздался звонок, мы открыли дверь, на пороге стоял белый как полотно администратор ее ансамбля. На подкашивающихся ногах он вошел в квартиру, упал в кресло и сказал Лугачевой:

— Я только что из прокуратуры, они требуют вашей крови...

* * *

В этот миг возле нашего столика возникли метрдотель и официант с тележкой, на которой возвышалась огромная фарфоровая супница. Мэтр церемонно объявил:

— Ваш буйабес, мсье!

КОНЕЦ ПЕРВОЙ КНИГИ

Содержание

Почему я летаю «АЭРОФЛОТОМ»

С 1989 года, то есть с тех пор как меня стали печатать в России, я по 6–7 раз в году летаю из США в Москву. Сначала летал «FINAIR» и «Дельтой», потом – «KRASAIR», но вот уже четвертый год летаю только «Аэрофлотом».

Почему?

Во-первых, «Аэрофлот» сменил самолеты, и теперь из Москвы и Санкт-Петербурга в Нью-Йорк, Вашингтон, Майами, Чикаго, Лос-Анджелес, Сиэтл, Сан-Франциско, Монреаль, Торонто и Анкоридж беспосадочно летают комфортабельные и ультрасовременные «Боинги-777» и -767 и «Аэробус-310».

Во-вторых, за эти три года не было ни одного случая отмены рейса, задержки и опозданий – я прилетаю в Москву к началу рабочего дня, а в Нью-Йорк – в полдень, когда без всяких пробок можно проскочить из аэропорта в Манхэттен за 30–40 минут.

В-третьих, в отличие от «Дельты» в «Аэрофлоте» даже при полете эконом-классом можно приобрести билет с открытой датой обратного рейса. При непредсказуемости скорости решения ваших дел это немаловажный фактор.

В-четвертых, сервис у «Аэрофлота» теперь на уровне высших мировых стандартов – в меню и обычная, и вегетарианская, и кошерная еда, и детское питание, а свежих московских газет и журналов всегда такое количество, что даже мне этого чтива хватает на весь полет.

Ну и в пятых – цены на билеты почти на треть ниже «Дельтовских». А это *существенно*, и – весьма!

Думаю, что и на всех остальных рейсах – в Европу, Японию и так далее – «Аэрофлот» летает на уровне этих стандартов.

Короче, я летаю «Аэрофлотом».

И вам советую.

Телефоны «Аэрофлота»:
в Москве 150-38-83, в США (888) 340-64-00

Эдуард Тополь советует:
<u>BEE LINE ME!</u>

Да, по-английски это звучало бы так: «Bee line me!» Но в переводе «Би-лайн мне!» в игре слов теряется флер пчелиного жужжания, и потому я скажу проще:

Я пользуюсь телефонной связью «Би-лайн» не потому, что это самая надежная, удобная, скоростная и приятная система мобильной связи, с помощью которой я из любой точки России могу позвонить куда угодно, даже домой в США.

И не потому, что «Би-лайн» предоставляет дюжину замечательных услуг: переадресовку звонков, голосовую почту, конференц-связь, доступ в Интернет, телебанк, заказ авиабилетов, вызов автотехпомощи, экстренную юридическую помощь, определитель номера вызывающего вас телефона, справочную службу и службу бытовой помощи вплоть до вызова такси, консультаций по вопросам недвижимости, ресторанного рейтинга и доставки продуктов на дом.

И не потому, что «Би-лайн» ввела льготные тарифные планы под нужды любого клиента и посекундную оплату телефонных разговоров, что значительно снижает расходы.

Я пользуюсь сотовой связью «Би-лайн», поскольку мне, как автору политических триллеров, жизненно важна полная уверенность в том, что мои телефонные разговоры никто не прослушивает и не записывает на пленку. Конечно, стопроцентной защиты нет ни от чего, но до тех пор, пока за мной не ездит автобус с подслушивающей аппаратурой и надо мной не летают «Аваксы», вы можете совершенно спокойно позвонить мне по «Би-лайн» и рассказать любые секреты — от государственных до любовных.

Итак, уверенно пользуйтесь сотовой связью «Би-лайн» и говорите всем, как я:

No problem, Bee Line me!

Эдуард Тополь просит:

ДЕТЯМ – НАШЕ ТЕПЛО!

Несколько месяцев назад я летел из США в Москву и решил проверить одну идею. Мы с женой собрали одежду сына, из которой он вырос, и жена сказала соседям, что я везу эту одежду в московский детдом. Вы не представляете, что тут началось! Люди понесли нам одежду своих детей просто мешками! Ведь в Америке как? Родители купят ребенку что-то, он два раза надел и вырос, ему покупают новое. И еще гости приходят с подарками. У меня набралось 60 килограмм детской одежды. Я позвонил представителю "Аэрофлота": мол, так и так, одежду для детдома могу провезти? – "Конечно!" Звоню в Москву, в программу "Времечко": "Одежду в Шереметьево встретите?" – "Встретим!" Они, как вы знаете, уже второй год проводят акцию по сбору одежды для детдомов, и вот я вместе с ними отвез эту одежду в два подмосковных детдома, а потом в их ночной передаче огласил свою идею, предложил президенту "Аэрофлота": "Давайте устроим такую акцию: американская газета "Новое русское слово" обратится к своим читателям с призывом сдавать детскую одежду "Аэрофлоту". "Аэрофлот" будет перевозить эту одежду в Москву, а "Времечко" встречать ее в Шереметьево и развозить по детским домам!" Чистая и красивая акция, правда?

Это обращение "Времечко" передало в эфир три раза и еще написало в "Аэрофлот" письмо, но результата я жду по сей день. Однако сидеть сложа руки нельзя – уже зима, детям в российских детских домах нужна одежда! И каждый раз, когда я лечу в Москву, я везу во "Времечко" тюк или сумку с детской одеждой. Но ведь это – капля в море! И я обращаюсь к своим читателям по обе стороны океана:

ПОУЧАСТВУЙТЕ В АКЦИИ ТЕЛЕПРОГРАММЫ "ВРЕМЕЧКО"!

ПОСЫЛАЙТЕ ИЛИ ПРИВОЗИТЕ ИМ ДЕТСКУЮ ОДЕЖДУ!

ОНИ ДЕЙСТВИТЕЛЬНО ОТВОЗЯТ ЕЕ В ДЕТСКИЕ ДОМА,

РАЗДАЮТ ДЕТЯМ!

ХОЗЯЕВА И ХОЗЯЙКИ МАГАЗИНОВ ОДЕЖДЫ И

ИЗДАТЕЛЬСТВ ДЕТСКОЙ ЛИТЕРАТУРЫ! ЕСЛИ ВЫ ЧИТАЕТЕ

МОИ КНИГИ, ПРИМИТЕ УЧАСТИЕ В ЭТОЙ АКЦИИ!

ДЕТЯМ НУЖНО НАШЕ ТЕПЛО СЕГОДНЯ.

ОНИ НЕ ВИНОВАТЫ В ТОМ, ЧТО РАСТУТ СРЕДИ НИЩЕТЫ!

По вопросам оптовой покупки книг
"Издательской группы АСТ" обращаться по адресу:
Звездный бульвар, дом 21, 7-й этаж
Тел. 215-43-38, 215-01-01, 215-55-13

Книги "Издательской группы АСТ" можно заказать по адресу:
107140, Москва, а/я 140, АСТ – "Книги по почте"

Литературно-художественное издание

ТОПОЛЬ ЭДУАРД
СТЕФАНОВИЧ АЛЕКСАНДР

Я хочу твою девушку

Русско-французский
роман-карнавал

В 2 книгах
Книга первая

Любовные истории,
рассказанные знаменитым
московским плейбоем
Александром Стефановичем
Эдуарду Тополю
по дороге из Парижа в Лион, Милан,
Монте-Карло, Вильфранш-сюр-Мер,
Жюан-Ле-Пэн, Канны и Ниццу

Редактор *О.М.Тучина*
Художественный редактор *О.Н. Адаскина*
Компьютерный дизайн: *А.А. Воробьев*
Технический редактор *О.В. Панкрашина*

Подписано в печать с готовых диапозитивов 10.03.00.
Формат 84×108¹/₃₂. Печать высокая с ФПФ. Бумага
типографская. Усл. печ. л. 24,36. Доп. тираж 10 000 экз.
Заказ 520.

Налоговая льгота — общероссийский классификатор продукции
ОК-00-93, том 2; 953000 — книги, брошюры

«Фирма «Издательство АСТ»
ЛР № 066236 от 22.12.98.
366720, РФ, Республика Ингушетия,
г.Назрань, ул.Московская, 13а
Наши электронные адреса:
WWW.AST.RU
E-mail: astpub@aha.ru

При участии ООО «Харвест». Лицензия ЛВ № 32 от 27.08.97.
220013, Минск, ул. Я. Коласа, 35-305.

Ордена Трудового Красного Знамени полиграфкомбинат
ППП им. Я. Коласа. 220005, Минск, ул. Красная, 23.